e druk april 2021
de druk april 2021
e druk mei 2021
le druk mei 2021
e druk juni 2021
e druk juni 2021
nde druk juli 2021
ste druk september 2021

WILLEM DIE MADOC

Eerst
Twee
Derd
Vierd
Vijfd
Zesd
Zeve
Ach

Nico Dros

Willem die Madoc maakte

Uitgeverij Van Oorschot
Amsterdam

Voor Jessica, mijn lieve dochter.

Voorspel

I

Na alle twisten en beroering rond de leerstoel balanceerde ik geruime tijd op het randje van een zenuwinzinking. Het leek onmogelijk terug te keren naar mijn collega's en studenten, naar het instituut met zijn eeuwenoude bibliotheek, zijn paleografische collecties, ondergebracht in het voormalige klooster dat sinds mensenheugenis verborgen lag achter hazelaars en rode beuken. In gedachten probeerde ik de nederlaag zo veel mogelijk te relativeren. Ik hield mezelf voor dat mijn ambities altijd meer inhoudelijk dan uiterlijk waren geweest. Het kwam door de dubbelhartigheid van onze faculteitsbestuurders, en het feit dat collega's me niet hadden gesteund toen de voordracht van mijn persoon voor het professoraat op de valreep werd doorkruist. Niettemin peinsde ik erover hoe ik in elk geval mijn plezier in het onderwijs van de middeleeuwse letterkunde zou kunnen terugvinden. Nog steeds smeulde het vuur, maar het liet zich niet zomaar meer aanwakkeren. God, wat was ik ver heen. Veelvuldig joegen gevoelens van minderwaardigheid mijn hart op hol. Daar begreep ik weinig van, want even zo vaak voelde ik me uitverkoren en boven iedereen verheven.

Op een mooie voorjaarsdag kwam Jeanette – behalve secretaresse en matrone van onze vakgroep ook een trouwe toeverlaat – thuis bij me langs en bracht een stapel brieven mee die mijn postvak op het secretariaat had doen uitpuilen. Ze vertelde over het reilen en zeilen van het instituut gedurende mijn ziekteverlof, en ik luisterde onwillig naar haar. Het bloed stuwde naar mijn wangen, overal voelde ik prikkels en steken. Onvoorstelbaar dat ik daar bijna vijfentwintig jaar met overgave had gewerkt. Toen ze na een uurtje weer vertrok, omhelsde ze me. Vroeger had ik Jeanette begeerd en haar zelfs weleens in bed gekregen. Daar was ik nu niet op uit, maar wel drukte ik haar steviger tegen me aan.

'Och, Willem, je bent nog lang de oude niet,' zei ze, zich behoedzaam losmakend. 'Laat het me weten als ik iets voor je kan betekenen.'

Stil bij haar liggen, me warmen aan haar zachte lijf, dat zou veel goeddoen. Maar met die aura van ellende om me heen was dat natuurlijk niet aan de orde.

De meeste brieven legde ik ongeopend terzijde. Ze belandden in de mand met houtblokken naast de haard. Een handvol hield ik over. Op de omslag van een ervan stonden mijn naam en het adres van het instituut in Oost-Indische inkt geschreven. Die maakte ik open. 'Strikt vertrouwelijk' stond boven de wellevende aanhef geschreven. Het handschrift op de twee vellen was nogal bibberig. Meer kracht lag er in de vele zwierige uithalen die de schrijver zich bij een aantal medeklinkers had gepermitteerd. Alsof de brief uit de achttiende eeuw dateerde. Ik ging aan mijn bureau zitten en las de regels van ene Ferdinand Baillet.

Zeer geachte dr. Willem de Reuvere,

Hierbij nodig ik u uit bij mij thuis langs te komen om enkele waardevolle boeken te bekijken die in het verleden door vererving in mijn bezit zijn geraakt. Zo bezit ik een incunabel, een echte wiegendruk, eind vijftiende eeuw, van een Keltische ridderroman, u van inhoud zeker welbekend. Het tweede werk betreft een zeldzame druk uit de zestiende eeuw met liederen uit die tijd en voorgaande eeuwen. Ten slotte zal het u als mediëvist interesseren dat ik eveneens in het bezit ben van een in leer gebonden handgeschreven boekwerk dat meer eeuwen heeft getrotseerd dan het drukwerk dat ik hierboven noemde. Neemt u mij niet kwalijk dat ik hier niet in detail treed; de kracht hiertoe ontbreekt me.

Op dat moment klapperde het kattenluik in de achterdeur naar de tuin en even later kwam Pablo, meer poema dan kat, luid mauwend de studeerkamer binnenlopen.

'Ben je daar, grote vriend,' zei ik zonder me naar hem om te draaien. 'Hopelijk heb je de restanten van je prooidieren in de tuin gelaten.' Gewoonlijk gaf ik Pablo gelegenheid op mijn schoot te springen. Omdat ik dat naliet sprong het roodbruine dier zelf op het bureaublad, probeerde mijn gezicht kopjes te geven en liet zich pardoes op zijn zij vallen, boven op de bladen van de brief. Luid spinnend onderging Pablo de strelingen van mijn hand over zijn gladde, glanzende vacht. Onderwijl dacht ik aan de regels die ik zojuist had gelezen. Een brief als deze had ik vaker ontvangen van mensen die in de veronderstelling verkeerden dat ze een kostbaar boekwerk uit vroeger tijden bezaten. Ze hoopten dat een universitaire bibliotheek er een hoger bedrag voor wilde betalen dan het antiquariaat in het hart van de stad. Meestal ging het om goed gelijkende namaaksels van beroemde drukken of handschriften. Facsimile's uit een veel jonger verleden. Het vervalsen van kostbare geschriften is van alle tijden. Hoe vaak had ik niet in een wildvreemd studeervertrek gestaan met een smoezelige replica in handen, gebonden in opzettelijk aangetast varkensleer, ogenschijnlijk eeuwenoud maar bij nader inzien gewrocht van nieuwerwets materiaal.

'Deze incunabel is ongeveer vierhonderd jaar jonger,' moest ik iemand eens meedelen, 'dan het jaartal op het voorblad ons wil doen geloven.'

Zo'n boekbezitter kon zodanige taxatie als een wreedheid, een opzettelijke vernedering, ervaren. Er waren onder zulke ontgoochelden zeer zeker types die je zouden kunnen aanvliegen.

De lust om er nu als forensisch taxateur weer eens op uit te gaan ontbrak me ten enenmale. Toen echter moest ik denken aan de naam van de afzender die ik dacht te hebben gelezen. Baillet? Inderdaad stond deze naam boven de aanhef vermeld. Was hij misschien een nazaat van de vermaarde Baillet die kort na de oorlog samen met enkele andere geleerden het *Centre Belge d'archéologie et d'histoire du livre* had opgericht?

Met zachte drang wist ik Pablo van het bureau te verwijderen. Onder protest keerde het dier terug naar de tuin. Ik pakte de brief weer op en las verder:

> Nog voordat ik kom te overlijden, en dat zal niet lang meer duren, wil ik deze boekwerken van privé-eigendom in publiek bezit veranderd zien. Er zijn echter enkele problemen die een simpele overdracht in de weg staan. Mijn vraag aan u is – mocht ik u kunnen overtuigen van de uniciteit en waarde van mijn bezit – mij te helpen met het oplossen van de problemen, zodat de overdracht zo snel mogelijk zijn beslag kan krijgen.
>
> Dat ik u benader komt omdat ik een aantal jaren geleden, samen met mijn vrouw, in het klooster een reeks zomerlezingen over oude letteren, door u verzorgd, heb gevolgd. Wij waren daar beiden zeer verrukt over, en de daaropvolgende zomer hebben we uw voordrachten over middeleeuwse literatuur bezocht. Zo is het eigenlijk gekomen dat ik u als de centrale figuur van het historisch-letterkundig instituut hier ter stede ben gaan zien, al heb ik onlangs uit verschillende kranten begrepen dat jammer genoeg niet iedereen deze zienswijze deelt.
>
> Gezien de tijdsdruk verneem ik graag zo spoedig mo-

gelijk of u in de gelegenheid bent op mijn invitatie in te gaan.

Plots aangestoken door een gevoel van paniek nam ik de brief nogmaals door en zag dat deze vier dagen geleden was gepost. Ik draaide het telefoonnummer dat onder de naam en het adres van de afzender stond vermeld. Het duurde wel even voordat iemand opnam. Fragiel stemgeluid wist zich na enkele aanzetten aan een gejaagde ademhaling te ontworstelen. Het leek er inderdaad op dat ik met een stervende sprak. We wisselden enkele beleefdheden uit.

'Ik kan nauwelijks wachten,' zei ik, 'om die oude boeken van u te bekijken.'

'Nou, komt u dan vanmiddag deze kant op,' reageerde Baillet laconiek.

Dat de villawijk aan de zuidkant van ons stadje ook een rafelrand heeft, ontdekte ik pas toen ik op zoek ging naar het adres van Baillet. Zonder de gps van mijn mobiele telefoon had ik het waarschijnlijk niet gevonden. Nadat ik de auto had geparkeerd liep ik als een spoorzoeker, telkens turend op mijn scherm, door een beschaduwde straat. Aan weerszijden van het plaveisel woekerden meidoorns en vlierstruiken, waartussen enkele huizen opdoemden. Verderop veranderde de straat in een onverhard pad. Het slingerde zich voort tussen kruipwilg en bosschages. Pas nadat ik dit pad enkele honderden meters had gevolgd, en al overwoog om terug te gaan, vond ik eindelijk het adres: een haveloze villa met een erf vol onkruid en rondsluipende braamstruiken. Een oud mensje, vermoedelijk de hoogbejaarde dienstmaagd, liet me binnen en zei in het Frans dat meneer reeds op me zat te wachten.

2

Midden in de ontvangstkamer zit Baillet in een crapaud, zich warmend aan het binnenvallende zonlicht. Het is een afgeleefde, magere man. Zijn kleding lijkt afkomstig uit een plunjezak van het Leger des Heils. Hij draagt een verschoten jasje over een overhemd met vlekken. Om zijn benen slobbert een grauwe broek. Onder zijn voeten, in grijze kousen gestoken, ligt een gevouwen dekentje met Schotse ruit. Als hij mijn lezingen heeft bezocht moet ik hem eerder hebben gezien. Maar ik kan me zijn verschijning niet herinneren. Ik loop op hem toe en beduid hem te blijven zitten. Hij steekt zijn hand naar me uit en zegt: 'Goed dat u er bent. Kijkt u eerst eens rustig naar mijn aanwinsten. Ze liggen voor u klaar. Gaat u maar aan tafel zitten. Neem de tijd ervoor. Daarna praten we.'

Voor me op de langgerekte tafel liggen drie boeken: een met het allerfijnste craquelé op zijn huid, de twee andere met het patina van verstreken eeuwen. Eigenlijk hoef ik ze niet eens te schouwen om reeds te weten dat het oorspronkelijke werken zijn. Een voor een neem ik ze in handen en blader ze voorzichtig door. De wiegendruk van de Keltische roman *Walewein* – uit 1493 – heeft een Gotische letter die door de wisselende papierkwaliteit nogal eens uitloopt, waardoor sommige passages minder goed leesbaar zijn. Maar als geheel verkeert het boek in goede staat.

Als ik het tweede boek bekijk en de leren band ervan voorzichtig opensla neemt verbijstering bezit van me. Op de titelpagina staat in rode en zwarte inkt geschreven: *Een schoon liedekens. Boeck inden welchen ghy in vinden sult. Veelderhande liedekens. Oude ende nyeuwe. Om droefheyt ende melancolie te verdrijven.*

Is dit mogelijk? Ligt voor mij het zogenaamde Antwerps Liedboek, anoniem uitgegeven in jaren dat de inquisitie een adempauze nam? Er is fanatiek op dat boek gejaagd door wakker geschrokken kerkelijke scherprechters. De wereld weet niet beter dan dat er nog slechts één exemplaar uit het jaar 1544 bestaat, rustend in de bibliotheek van Wolfenbüttel in Nedersaksen. Het is een kostelijke bundel waarin de samenstellers niet alleen eigentijdse maar ook talloze liederen uit eeuwen daarvóór bijeen hebben gebracht. Deze uitgave dateert schijnbaar van hetzelfde jaar. Als dit exemplaar eerder gerestaureerd is – gezien de goede staat ervan en de leren omslag kan dat bijna niet anders – dan is het zeer professioneel gedaan.

Wat het Liedboek belooft gebeurt terstond: alle bitterheid en melancholie uit de achterliggende maanden zijn me op slag ontvloden. Mijn hals is nat van het zweet. Verdwaasd kijk ik op en vang de blik van Baillet. Hij zegt: 'U heeft het mooiste voor het laatst bewaard.'

De oude heeft helemaal gelijk. Toen ik na mijn binnenkomst het lijvige boekwerk op de tafel zag sprong mijn hart op en dacht ik: ligt daar soms een middeleeuws verzamelhandschrift, van een hoedanigheid als de Lanselotcompilatie of het Gruuthuusehandschrift? Maar ik wilde op dat moment mijn bijna onbetamelijke weetgierigheid niet blootgeven (waarom eigenlijk niet?) en met opzet bekeek ik eerst de beide drukken. Nu is het dan zo ver dat ik het handgeschreven boek opensla en meteen begint het in mijn hoofd te suizen. De codex is gebonden in een leren band die, zo te voelen, is vastgelijmd op forse houten platten. Men spreekt ook wel van houten kaften of mooier nog: de vleugels van het boek. Ik klop op de binnenkant van de platten. Geen klank van hout maar van zachter materiaal. Het plat heeft, door een raamwerk van latjes langs de vier randen, een bewaarplek; – zoveel is me meteen duidelijk. Merkwaardig dat de platten zo dik gemaakt zijn. Stempels of metaalbeslag ter versiering van de band ontbreken. Nergens is een heraldisch embleem van een familie te vinden noch een afdruk van een stempel in lak die naar een of andere persoon verwijst. De boekband is nog behoorlijk intact, waarschijnlijk omdat bij het inbinden repen perkament van afgedankte teksten zijn gebruikt om het geheel te versterken. De repen bestaan doorgaans uit versneden Latijnse strofen.

Een inhoudsopgave, voor of achter, ontbreekt. Voorzichtig bladerend moet ik erachter zien te komen welke teksten, bekend of onbekend, het handschrift bevat. Het gehanteerde schrift is een enigszins vroeg ogende Gotische *littera cursiva*, een doorlopend schrift vervaardigd met een spitse pen die een dunne inktlijn voortbrengt. Een leek ziet hierin slechts een woud van haarlijnen, en dat is het eigenlijk ook, want het is een persoonlijk en informeel schrift. Een schrift voor eigen gebruik. Dankzij veel monnikenwerk in de paleografie durf ik te hopen dat ik dit schrift weldra met zeker gemak zal kunnen lezen. Voorlopig echter alleen nog fragmentarisch: woorden, kapittelteksten, verschillende regels. Het is genoeg om me een indruk te vormen.

Het boek opent nota bene met een Dietse vertaling uit het Latijn van de *Ysengrimus*, het verhaal over de wolfsmonnik. Naar de lengte en vorm te oordelen moet de vertaler de inhoud van dit lijvige dichtwerk sterk gecomprimeerd hebben. Zo te zien is de tekst tot ongeveer een derde van het oorspronkelijke werk teruggebracht. Deze vertaling en bewerking is volslagen onbekend! Ligt hier een oorspronkelijk werk in het Diets? Het is in ieder geval niet minder dan een nieuw ontdekte aanwinst in onze prille Middelnederlandse letterkunde.

De tweede tekst is een soort van nazaat van de eerdergenoemde: het betreft een afschrift van het fameuze dierenepos *Van den Vos Reynaerde, den fellen metten roden baerde.* De auteur ervan is onbekend, we weten alleen dat hij Willem heet, of deze naam heeft aangenomen. De tekst lijkt in lengte ongeveer overeen te komen met de twee laatmiddeleeuwse kopieën die we van dit epos kennen. Behalve dan de aanvangsregels die ik denk te kunnen lezen. Dateert deze tekst van Reynaert, net als de vertaalde *Izegrim*, uit een veel vroegere periode dan de tot nu toe bekende versies? Hieraan denkend valt me een overweldigende gedachte in: stel nu eens dat ik niet een handgeschreven kopie, maar het origineel van het dierenepos onder ogen heb. Stel nu eens dat de hele inhoud van dit verzamelhandschrift uit originelen bestaat, geschreven door Willem, mijn illustere naamgenoot uit een verre, donkere eeuw. Als dit waar mag zijn, betekent dit dan dat het boek *Madoc* – ook aan Willem toegeschreven maar spoorloos en onderwerp van speculatie door talloze letterkundigen – ook in dit verzamelhandschrift is terug te vinden?

Het bliksemt in mijn geest. En dan ineens overvalt me de angst dat ik op het punt sta uit een droom vol verleidingen te ontwaken en mezelf bezweet en ongelukkig in mijn sponde zal terugvinden. Ik knipper met mijn ogen en er verandert niets. Nog steeds bevind ik me in de salon van een bouwvallige villa, bewoond door een man wiens dagen zijn geteld. Onwillekeurig kijk ik op van het handschrift en zie de oude Baillet onderuit in zijn crapaud hangen, de neus omhoog en zijn mond ietwat geopend. Hij is ingeslapen. Voor eventjes of in der eeuwigheid? Zijn borstkas blijft vlak. Er loopt een vlieg over zijn voorhoofd. Ga nu niet dood, vadertje. Alsjeblieft niet in deze uren van openbaring, nu er een nieuw, genadig verschiet voor mij wenkt. Ongelovig staar ik naar hem. Er lijkt geen leven in de man meer te bekennen, totdat kleine stuipjes in zijn handen, gevolgd door zacht gesnuif, me geruststellen.

Ik moet me nu bedwingen vanwege een hersenschimmige begeerte het boek *Madoc* te vinden met nerveuze haast de folia om te slaan. Dat zou werkelijk een ontering zijn van deze uit de hemel gevallen codex. En ik hoef me niet te haasten. Op enkele meters afstand van me slaapt de heer des huizes, inmiddels met zacht gesnurk, in zijn crapaud. Langzaam, her en der lezend, vorm ik me een eerste indruk van dit lijvige handschrift. Het boek *Madoc* zoek ik vergeefs, en ik schaam me voor het feit dat ik hierover een zekere teleurstelling voel, terwijl deze stokoude band zo veel andere literaire rijkdom bevat. Ik heb gebladerd in een *Chronieke*, mij niet bekend, die zo te zien over Vlaamse en Brabantse gebeurtenissen en verwikkelingen verhaalt. Jacht op ketters lijkt het voornaamste onderwerp. Ik kwam een bundel *Nachtliedekijns* tegen, poëzie in vagantenstrofen en, zeker weten, tot nu toe volslagen onbekend in onze letteren. Er is nog meer, het is bijna te veel. Als mijn hart het straks maar niet begeeft.

Ik probeer me de totstandkoming van dit handschrift voor te stellen. Alle bladen lijken me door dezelfde hand te zijn beschreven. Slordig, gehaast. Veel minder goed leesbaar dan de *littera textualis*, het boekenschrift met een grotere pen en dikkere lijn, waarvan de realisatie meer tijd vergt.

Bevat deze codex het verzameld werk van één auteur, door een kopiist bijeengebracht? Of zijn auteur en kopiist dezelfde persoon? Ook denkbaar is het volgende: deze schrijver is louter kopiist en stamt uit ongeveer dezelfde tijd als de auteurs van de verschillende teksten... Gaat het hier om een dertiendeeeuwse vertaling, gezien sommige kenmerken van de spelling? En stamt het handschrift dan ook uit dezelfde eeuw? Daartoe bestaat een gerede kans. Een verzamelhandschrift uit zo'n vroege periode, dat zou werkelijk ongehoord zijn.

Jaren van historisch-letterkundig onderzoek wenken. Misschien is dit een mooi project voor een kleine excellente groep jonge promovendi, aangestuurd door een senior researcher, mediëvist én codicoloog, voor wie een bijzondere leerstoel in het leven wordt geroepen. Dat ben ik dan natuurlijk.

Mijn gemijmer boven het handschrift wordt onderbroken. De heer des huizes is uit zijn middagslaapje herrezen.

'Bent u overtuigd van de authenticiteit?' vraagt hij. Uitnodigend wijst hij met zijn hand naar een leunstoel vlak bij de zijne.

'Zonder twijfel zijn deze drie aanwinsten even oud als u eerder zei,' reageer ik als ik naast hem zit. 'Mag ik vragen hoe u eraan komt?'

'Ik ben de laatste telg, een dode tak, uit een Waalse familie,' vertelt de oude monter. 'Nog even en het is gedaan met ons geslacht. De boekwerken zijn onze allerlaatste kostbaarheden. Mijn grootvader was letterkundige en verzamelaar.'

'Auguste Baillet?'

'U kent hem. Natuurlijk. Hij was een fanatieke speurder naar Franse gedrukte werken uit vooral de zestiende en zeventiende eeuw. Met het Nederlands had hij eigenlijk niet veel op. Hij sprak het niet, wilde het niet spreken en liep te hoop als hij meende dat Vlamingen aan Walloonse rechten tornden. Toen ik, zijn oudste kleinzoon, mijn zinnen had gezet op een Vlaamse jongedame was hij woedend. Bij de aankondiging van ons huwelijk luidde zijn reactie: "Leer die Vlaamse zo snel mogelijk fatsoenlijk Frans spreken en zorg ervoor dat ze haar eigen kippentaaltje helemaal afzweert." Het Frans van mijn Charlotte is altijd matig geweest; de voertaal in ons huwelijk werd Vlaams, helemaal toen we deze kant op verhuisden.'

'Maar,' vraag ik met klem, 'het was uw grootvader die deze werken heeft verworven?'

'Bijvangst. Zo placht hij ze te betitelen. Het verhaal gaat dat hij ze in Aken heeft verworven uit het bezit van een patricische familie die in de luizen was geraakt. Mijn grootvader had een enorm netwerk van adellijke families met wie hij contact onderhield. Zijn meeste aanwinsten heeft hij in die kringen verworven en ze dikwijls met behoorlijke winst aan merendeels Franse universiteiten of bibliotheken verkocht. Hij besefte hoe groot de waarde, toen al, van deze Dietse werken moest zijn. Vergeefs probeerde hij ze tegen zeldzame drukken uit de Franse literatuur te ruilen. Verkopen is hem ook niet gelukt. Hij zag ervan af Vlaamse bibliotheken te benaderen, omdat hij wist hoe schraal hun budgetten waren. Hij gaf er ook geen ruchtbaarheid aan in die kringen, want hij vreesde dat ze zouden blijven zeuren om zulke unieke stukken toch voor weinig te kunnen verwerven. Wel heeft hij particuliere handelaars benaderd, maar ook hun biedingen vond hij te laag. Zo bleven de boeken op de plank liggen, tussen de vele antiquarische drukken die hij had verworven. Toen hij plotseling stierf in 1953 vroeg mijn vader of ik "die Vlaamse zooi" wilde hebben. En zo werd ik de eigenaar.'

'En u heeft de boeken al die tijd gewoon maar bewaard, zonder er verder iemand van in kennis te stellen?'

'Die ervan wisten zijn dood,' zegt Baillet droog. 'De laatste twintig jaar hebben de boeken hier in de kluis gelegen. Uit voorzorg.'

'U raakte ervan doordrongen welk fortuin ze vertegenwoordigen?'

'Dat wist ik natuurlijk al veel eerder,' zegt hij. Na enige weifeling vervolgt hij: 'Ik vertel u in het kort hoe het in elkaar steekt. U moet weten dat ik eigenlijk jurist ben – of was. Dat beroep heb ik amper zes jaar uitgeoefend. Het stond me tegen en op een dag hoefde het ook niet meer. Mijn vrouw en ik kregen de beschikking over oud geld. Eerst uit haar familie, later uit de mijne. We zijn bijna zestig jaar getrouwd geweest en al die tijd waren we het liefst in elkaars gezelschap. Mettertijd hebben we stilletjes de pot verteerd, dat wil zeggen: we leefden zuinig om onze vrijheid, onze autarkie, zo lang mogelijk te laten voortduren. Als we voortijdig tot bittere armoede waren vervallen had ik die oude boeken tenminste nog altijd achter de hand. De waarde daarvan was inmiddels enorm gestegen. In het ergste geval had ik ze laten veilen, met het risico dat een of andere particulier er voor veel geld mee aan de haal was gegaan. Dan hadden de universitaire bibliotheken het nakijken gehad. Zo ver is het niet gekomen, gelukkig. Een paar jaar terug is mijn vrouw overleden.'

Het was inderdaad de bejaarde dienstmaagd die me binnen had gelaten.

'U heeft geen kinderen?' vraag ik.

'Onze enige zoon is verongelukt. Hij was nog jong.'

'Dat spijt me voor u.'

Hij knikt. 'En u? Bent u getrouwd?'

'Ik ben net als u al een paar jaar weduwnaar.' Dit gesprek hoeft van mij niet verder af te dwalen.

'U bent nog redelijk jong. Wie weet kunt u...'

'Och nee, het is goed zo.' Sinds mijn vrouw gestorven is heb ik een betere relatie met haar gekregen.

We zwijgen, alsof we een minuut stilte in acht nemen. Alleen de zwoegende ademhaling van Baillet is hoorbaar. Dan zegt hij: 'Ik ga wel weer trouwen. Morgen. Met Cécile. U heeft haar net even gezien. Ze had ons koffie willen brengen, maar ik zei haar: niks ervan, niet bij die boeken... Enfin, laten we het hebben over mijn probleem. U kunt me wellicht helpen en er zelf ook beter van worden.' Hij wacht even. 'Sinds een paar weken is het duidelijk dat de leukemie mij er binnen korte tijd onder zal krijgen. Mijn financiële reserves zijn nagenoeg uitgeput; het huis is inmiddels geheel verhypothekeerd. Ik heb in ruil voor mijn oude boeken een bedrag nodig: om een simpele uitvaart te betalen en ook om Cécile enig extra comfort te geven als ze haar laatste jaren in een verzorgingsflat doorbrengt. Cécile is niet achterlijk, hoogstens een beetje wereldvreemd. Ik heb onlangs maatregelen voor haar getroffen. Daarom heb ik subiet geld nodig.'

'Natuurlijk. Aan hoeveel dacht u?'

'Ik dacht aan honderdduizend euro in totaal.'

Een sisklank ontsnapt me. Die boeken zijn samen meer dan enkele miljoenen waard. 'Een ton? Dat is uiterst bescheiden.'

'Ik heb zelf weinig meer nodig, en onze Cécile heeft ook niet veel toekomst.'

'U trouwt haar,' zeg ik, 'opdat de fiscus niet het leeuwendeel van uw schenking aan haar zal opstrijken.'

'U heeft het helemaal begrepen,' zegt hij. 'En nu wil ik graag weten of u deze zaak met spoed voor me wilt regelen.'

'Dat wil ik. Jazeker.'

De oude kijkt me onderzoekend aan en vraagt: 'Wilt u misschien ook optreden als mijn executeur?'

'U wilt dat ik als uitvoerder van uw uiterste wil optreed?'

'Ik heb niemand anders. Dit kan ik niet aan Cécile overlaten.'

'Zal ik dan ook, als het zo ver is, het huis laten leeghalen en bij de opkoper nog een douceurtje voor haar zien te regelen?'

Baillet lijkt aangedaan door zo veel bereidwilligheid. Na een korte pauze herneemt hij: 'Kunt u zorgen dat er over een week honderdduizend euro op mijn rekening staat? Of is uw instituut te onbemiddeld om dat zomaar te kunnen neertellen?'

'Zou u het bezwaarlijk vinden als ik niet mijn eigen instituut benader, maar de Koninklijke Bibliotheek?'

'Aha, u wilt ze in Brussel onderbrengen, en niet hier.' Hij denkt even na en zegt: 'Ik begrijp het, na al die verwikkelingen.'

Het is waar dat ik Hugo de Kerselaere de triomf van drie zodanige aanwinsten voor de oude collecties niet gun. Ik zeg: 'Het lijkt me gewoon het beste om boeken van dit kaliber in Brussel onder te brengen. Ik heb daar genoeg connecties om de overdracht snel af te wikkelen.'

'U rekent erop dat men daar het geld spoedig beschikbaar heeft?'

'Ze zullen haast maken als ik zeg dat men in Den Haag en Amsterdam een koortsige interesse voor deze werken heeft.'

'Noemt u niemand mijn naam, alstublieft,' zegt Baillet. 'Ik wil buiten de transactie blijven.'

'Heeft u daar een speciale reden voor?'

'U hoeft niet te vrezen dat dit zaakje ergens toch stinkt,' zegt hij met weinig adem. 'Ik heb mijn hele leven zo veel mogelijk in het verborgene geleefd. En dat wil ik graag tot mijn laatste snik volhouden.'

'Nadat ik het contact heb gelegd is het onvermijdelijk dat

ik de boeken meeneem, tenzij u de delegatie bij u thuis wilt ontvangen.'

'U neemt ze maar mee als het zo ver is. Zegt u maar dat ze uit de verzameling van een anonymus afkomstig zijn. Maar u en niemand anders brengt ze aan. En ik mag hopen dat dit uw aanzien en persoon ten goede zal komen. Dan zult u de volgende slag om een leerstoel misschien wel winnen.'

'Ik heb er vandaag een weldoener bij gekregen. Waarom eigenlijk?'

'Mijn leven lang heb ik weinig tot niets voor anderen betekend,' zegt Baillet. 'En nu het bijna gedaan is voelt het wel goed om nog iets voor de publieke zaak te doen, al kan het jammer genoeg niet helemaal gratis. Als u dat op stel en sprong voor me regelt bent *u* mijn weldoener.'

'Op welke rekening wilt u het geld gestort hebben?'

'Ik heb onlangs een rekening onder de naam Fonds Oude Letteren geopend bij BNP Paribas.' Baillet staat op, wankelend en hoestend. 'Wilt u mij helpen de boeken naar de kluis te dragen? U kunt ze daarachter kwijt,' zegt hij wijzend naar een deur.

'Wacht even, ik maak snel een paar foto's van elk boek,' zeg ik en vis mijn mobiele toestel uit mijn jasje.

Even later breng ik de boeken een voor een naar de kluis. Baillet is me voorgegaan, maar in plaats van bij de kluis te blijven staan wachten wil hij iedere keer op zijn knokige benen mee teruglopen. Als ik ten slotte met het middeleeuwse handschrift kom aanlopen, staat de oude hijgend en bedenkelijk onvast ergens halverwege.

'Zoekt u toch steun bij de deurpost,' zeg ik. 'Straks valt u nog.' Geen denken aan dat ik deze fabuleuze codex uit mijn handen zal laten kletteren om de oude man op te kunnen vangen.

'Zullen we de zaak met een glas wijn beklinken?' vraagt Baillet nadat de boeken zijn opgeborgen.

Het loopt tegen drieën. 'Niet nu,' wimpel ik af. 'Over een

paar dagen heffen we het glas, als de zaak rond is. Ik ga direct naar Brussel bellen, naar de conservator van de oudste drukken, en naar een paar andere hotemetoten. Ze zullen versteld staan. Rekent u erop dat ik morgen of overmorgen de boeken kom ophalen. O ja, uw banknummer.'

De oude sloft naar zijn bureau. Hij zijgt neer op de stoel, rommelt in een lade en schrijft vervolgens wat op een briefje. 'De code van de kluis voeg ik er ook aan toe,' zegt hij. 'Je weet maar nooit...'

'U stelt ook een verklaring op voor de notaris?'

'Vandaag nog,' zegt hij. 'Maar eerst ga ik even liggen.'

3

Nadat de oude Baillet met de meeste spoed honderdduizend euro uit Brussel op zijn bankrekening had gekregen leek het alsof alle resterende levenskracht hem terstond ontviel. Nu zijn laatste problemen waren opgelost, alle last van zijn schouders was genomen, ging zijn toestand snel achteruit. Vanwege regelingen die hij voor Cécile had getroffen was ik, in mijn hoedanigheid als executeur, enkele middagen aan zijn zijde. Pas toen alles op orde was mocht ik een dokter voor hem ontbieden en die liet hem direct in het ziekenhuis opnemen. Toen ik Baillet daar de volgende dag een bezoek bracht was hij nauwelijks nog in staat te spreken. Zachtjes kneep hij in mijn hand, knikte me toe zonder zijn ogen te openen en sliep weer verder. Na een uur doelloos waken naast zijn bed ging ik maar weer weg. In de week erna leek het iets beter met hem te gaan en voerden we enkele gesprekken. Daarop kreeg hij hoge koorts en na een nacht waarin hij onrustig was vond men hem dood in bed.

Het was de dag na zijn uitvaart dat het bericht over beide aanwinsten van de Koninklijke Bibliotheek in Brussel – de wiegendruk met de Keltische roman en het Antwerps Liedboek – in zowel Vlaamse als Nederlandse kranten verscheen. Het was vooral groot nieuws dat juist het onvolprezen Liedboek, waarop de inquisitie zo verwoed had gejaagd, nu weer deel uitmaakte van de collectie in onze nationale bibliotheek. Een dag later pikten enkele tv-zenders het item ook op. Er kwam een cameraploeg aan de deur. Opmerkelijk hoeveel informatie je, dankzij een knappe montage, in ongeveer twee minuten kunt overbrengen.

Het middeleeuwse verzamelhandschrift had ik niet overgedragen. Ik had er ook niet over gesproken toen ik met de conservator en directeur in Brussel onderhandelde. Gedurende enkele weken had ik het in een afgesloten lade van mijn bureau bewaard. 's Nachts sliep ik beneden op de sofa die ik naar de studeerkamer had versleept om maar in de buurt te zijn als een inbreker zijn kans zou wagen. Onder de peluw lag een knuppel. Inmiddels rustte het verzamelhandschrift in de kluis van Baillet die ik bij het leeghalen van zijn huis had meegenomen en in een bezemkast aan de muur had laten vastschroeven. De toegangscode die de oude heer me eerder zo onbekommerd toevertrouwde had ik op enkele briefjes gekopieerd en ze her en der goed weggeborgen. Hierna waaiden ook mijn paranoïde buien snel over.

Wist iemand anders nog van het bestaan van dit middeleeuwse handgeschreven boekwerk? Cécile had er geen woord over gezegd toen ik haar en twee volgepropte valiezen in de auto naar haar geboortestad Dinant in de Maasvallei bracht, waar Baillet een appartement in een verzorgingsflat voor haar had geregeld. Mijn Frans is lang niet slecht, maar ik kreeg de oude, stuurse dienstmaagd er tijdens de autorit niet mee ontdooid. Het was een hele toestand geweest om met haar op reis te gaan. Vooraf had ze bedongen dat ik niet harder dan zestig zou rijden. Mijn tegenwerping dat we met zo'n slakkengang niet op de snelweg mochten liet haar koud: ik kon immers ook de binnenwegen nemen? Ze liet me geen andere keus. Pas nadat ik haar herhaaldelijk had bezworen langzaam te zullen rijden, stapte ze in. Ze wilde niet in de gordel, zei ze, want als we te water raakten zou ze hem niet kunnen loskrijgen. Ik demonstreerde haar hoe je zo'n gordel ontkoppelt met een druk op de knop, maar ze volhardde in haar weigering. Onderweg staarde ze voortdurend naar mijn snelheidsmeter. Vergeefs probeerde ik haar met vriendelijke conversatie te laten ontspannen. Op de vragen die ik haar stelde gaf ze slechts in bokkige zinnetjes antwoord en trok er een gezicht bij alsof ze wilde zeggen: dat is toch allemaal bekend? Uit haar zuinige conversatie viel op te maken dat ze vroeger bij Baillets ouders had gediend. Als jong meisje kwam ze er in huis en was gebleven. Na hun overlijden hadden hun oudste zoon en zijn echtgenote zich over haar ontfermd. Ze had blijkbaar nooit een eigen leven gehad. Op mijn voorzichtige vraag of ze zich in haar nieuwe woonomgeving wel zou redden, reageerde ze: '*Aide-toi, le ciel t'aidera*,' en verder niets. Toen ik daarna nog begon over het bijzondere boekenbezit van de man die ruim een week haar echtgenoot was geweest, haalde ze alleen haar schouders op. Ze leek niet in detail op de hoogte te zijn van wat Baillet al die jaren in zijn kluis had bewaard, en dat stelde me gerust.

Halverwege parkeerde ik de auto bij een restaurant en trakteerde haar op koffie en pruimengebak met slagroom en confituur. Dat leek ze te waarderen. De hele rit met Cécile naar Dinant duurde bijna vijf uren – ik reed nogal eens verkeerd – maar het voelde alsof ik een half etmaal onderweg was geweest en heel België had doorkruist.

Bij het afscheid stopte ik haar een enveloppe toe met vijftienhonderd euro erin. 'Dit is het bedrag dat ik van de opkoper denk te kunnen krijgen. Ik bel u als het huis leeg is. En wat ik meer heb gevangen krijgt u alsnog overgemaakt.'

Ze stond verweesd in het portaal van haar gemeubileerde flatje en knikte maar wat.

'Of ik kom langs om het geld zelf te brengen,' zei ik toegeeflijk.

Daarop keek ze me strak aan en zei: '*Ne vous sentez pas obligé.*'

Op de terugtocht over de snelweg monterde ik mezelf op door alles wat ik me had voorgenomen voor de zoveelste maal te overdenken: na de zomervakantie zou ik mijn ziekteverlof omzetten in een studieverlof. Het half jaar waar ik onderhand recht op had schoot tekort voor al mijn plannen. In alle rust wilde ik het verzamelhandschrift thuis bestuderen om vast te stellen welke publicaties ik eraan kon ontlenen. Volgens mijn eerste indruk ging het om ten minste twee letterkundige monografieën en een handvol artikelen. Wanneer eenmaal alles gereed was voor de drukker zou ik de codex overdragen aan de Koninklijke Bibliotheek in Brussel. Met die overdracht, die onwillekeurig iets van een genereuze schenking zou krijgen, en de publicaties erover, alles van mijn hand, wilde ik mezelf weer in het hart van het vakgebied manoeuvreren. Achter het stuur bedacht ik hoezeer mijn leven het achterliggende kwartaal tot stilstand was gekomen en hoe alles nu weer in korte tijd in beweging zou raken.

4

Er waren nog enkele zaken van Baillet die ten behoeve van Cécile moesten worden afgehandeld. Dat zou tussen de bedrijven door kunnen gebeuren. Het weerhield me er niet van lange dagen aan het verzamelhandschrift te wijden. Sociale contacten vermeed ik nagenoeg, praktische besognes in huis en tuin liet ik voor wat ze waren. Ik was altijd matineus geweest, maar nu stond ik elke ochtend reeds voor de dageraad op.

Ik begon ermee het hele verzamelhandschrift aandachtig door te nemen. Alle folia van dit handschrift – 162 stuks, alles aan twee zijden beschreven – waren van hoogwaardig perkament dat soepel en dun aanvoelde. Het ging om geprepareerde schapenhuid; waarschijnlijk waren enkele aparte katernen van een verfijnder lamsvel vervaardigd.

Het formaat van de bladen bleek na meting ruim dertig centimeter in hoogte en bijna tweeëntwintig in breedte. Alle teksten waren in twee kolommen op het blad geschreven, wat een prettige en toegankelijke regelval gaf. De marges rondom waren ruim. Het leek me dat het handschrift nooit was bijgesneden.

Zoals gezegd hadden beide houten platten van de boekband een opvallende dikte. Zowel aan de binnenkant van het voorplat als die van het achterplat waren de dekbladen van sterk perkament onder de smalle strook van de omgeslagen leermantel gelijmd. Aan de boven-, onder- en buitenkant van de platten was, ter versteviging, een rij kleine nageltjes door het omgeslagen leer en het dekblad eronder gedreven. Aan de binnenkant was het dekblad alleen gelijmd. Dekblad en schutblad vormden samen een bifolium, zowel voor als achter in het boek. Naar de kwaliteit van het perkament te oordelen, de omvang van het boekblok en de sterke boekband was de persoon die deze codex had gemaakt, of had laten maken, niet onbemiddeld geweest.

Al bij de eerste oppervlakkige verkenning van alle folia, in de salon van Baillet, had ik gezien dat decoratie in het handschrift ontbrak. Op twee illustraties na: in het bewerkte verhaal van Izegrim was een kleine tekening van de wolfsmonnik aangebracht. Ook bevatte het epos van Reynaert een pentekening, een nogal louche portret van de vos. Elke nieuwe tekst begon met een niet gedecoreerde initiaal, een uitvergrote beginletter, in dezelfde inkt als de rest van de tekst. Rode of blauwe lombarden in de tekst ontbraken geheel en dat gold voor welke andersoortige verluchting dan ook. Het was de auteur of de kopiist – van een opdrachtgever leek me geen sprake te zijn – blijkbaar puur om de teksten, de leesstof, te doen geweest, en nergens anders om.

Bijna drie maanden achtereen was ik bezig met het lezen van de verschillende teksten, geschreven in het mij steeds vertrouwder wordende schrift, en maakte er een behoedzame transcriptie van. Er resteerden hinderlijk veel lacunes waarvan de invulling nog veel werk beloofde. Het tot het laatste woord ontraadselen van zo'n eeuwenoud en informeel cursief schrift, capricieus vanwege een geringe kalligrafische discipline, heeft altijd iets van een worsteling die maar doorgaat. Want evenzo dien je de strikt persoonlijke en vaak inconsequente spelling te duiden, vormvarianten van dezelfde letters te herkennen, voordat je deze in een getrouw afschrift kunt overbrengen. Het werk fascineerde me en gaf me energie. Tegelijk vergde het zo veel van me dat ik al spoedig van de feitelijke wereld meer en meer onthecht raakte. En wanneer deze zich wel aan me opdrong maakte ze me nerveus en bedrukt. Als ik aan het eind van een lange werkdag, na het douchen en het drinken van een paar glazen rode wijn, eindelijk kon slapen keerden spreeuwzwermen vol schrifttekens terug in afmattende dromen. 's Morgens vroeg ontwaakte ik allesbehalve verkwikt. Toch stond ik op, ik kon niet anders. Eerst dronk ik twee bekers teerzwarte koffie, daarna maakte ik de kluis in de bezemkast open.

Gedurende die lange dagen van studie onderhield ik me af en toe met Pablo. Het dier verlangde aandacht en koestering, net als ik, maar mensen sprak ik niet. Uitgezonderd Jeanette, moeder-overste van onze universitaire vakgroep, die wekelijks langs bleef komen met een stapel post: brieven van buiten, verzoeken en invitaties die ik alle negeerde. Het deed me goed van haar te vernemen hoezeer De Kerselaere in zijn wiek geschoten was geweest toen hij vernam dat niet zijn instituut maar de Koninklijke Bibliotheek van Brussel dankzij mijn bemiddeling twee stokoude boeken rijker was geworden. Zelf had hij mij niet benaderd, overigens.

Bij haar vierde bezoek paarde Jeanette haar bezorgdheid ineens aan een groter ontvankelijkheid voor mijn persoon dan ze tijdens haar eerdere visites had kunnen opbrengen. Blijkbaar was de uitwaseming van ellende die me eerder had omgeven behoorlijk verminderd en straalde ik meer levenskracht uit. Ze zocht toenadering, stilletjes weliswaar, maar beslist. Ze kwam naast me zitten op de bank in de voorkamer en algauw schoof ze tegen me aan met de bedoeling dat ik haar in mijn armen zou nemen. Terwijl ik haar koesterde gingen mijn gedachten naar het verzamelhandschrift in de studeerkamer, dat ik na het klinken van de bel ijlings had toegedekt met een paar overhemden. Prediker schrijft ergens dat er een tijd is van omhelzen en een tijd van niet-omhelzen. Eigenlijk was ik alweer in het tweede tijdvak beland.

Tijdens het bezoek een week later was Jeanette er helemaal klaar voor. Ze droeg een zomerjurk van glanskatoen en daaronder droeg ze niets. Jeanette nu versmaden zou haar diep kwetsen. Het vergde wel enige aanloop en gestoei voordat ik in de stemming raakte. Mijn pogingen haar op sensitieve maar onschuldige wijze lief te hebben beleefde ze als een iets langer voorspel. Mijn laatste schroom trotserend bezat ik haar op de bank in de voorkamer, eerst onwennig maar stilaan toch vastberaden. Te oordelen naar de valse grijns van de postbezorger die plots aan de deur stond, was het beter geweest dat ik de gordijnen had gesloten in plaats van te vertrouwen op de vitrage.

Jeanette, sinds mensenheugenis gehuwd met een nogal vroeg opgedroogde procuratiehouder, was waarschijnlijk net als ik jaren zonder seks geweest. Ze hield me vast, drukte talloze kusjes op mijn gezicht en in mijn hals. Vloeide er enig traanvocht in mijn nek? Ik liet me uitgebreid knuffelen en gleed al bijna weg in een rozige slaap. Toen sprak ze, op de toon van een wijkzuster die een helende wond heeft geïnspecteerd: ‘Wie weet, Willem, kun je binnenkort weer een beetje aan het werk.’

‘Ik ben nog niet in staat om te werken,’ zei ik overeind komend en liet het daarbij. Een eerder voornemen om mijn ziekteverlof na de zomer in een studieverlof om te zetten, wilde ik uitstellen, gezien de tijd die de transcriptie me kostte.

5

De vertaalde en bewerkte *Izegrim* – in deze Dietse 'omdichting' werd hij ook twee keer als Isengrijn aangeduid en één keer als Ysengrin – was een dierenepos, nogal vrijelijk vertaald naar het me voorkwam, verteld in een strakke trant, doordesemd van spot en wrede humor over de altijd hongerige wolfsmonnik die steeds uit is op voordeeltjes en buit, maar aan het einde van het verhaal door andere dieren aan stukken wordt gescheurd. Toen ik daarna de 'vroege' versie van *Van den Vos Reynaerde* uit dit verzamelhandschrift las, werd ik gesterkt in mijn vermoedens dat de auteur van beide Dietse epen dezelfde persoon moest zijn: de illustere Willem, grote onbekende. Van hem zou ook nog een derde boek hebben bestaan, getuige de beginzin van de Reynaerde:

Willem die Madock maecte
Daer hi dicken omme waecte...

Ik herinner me hoe ik als letterenstudent, net als andere jaargenoten, in de ban raakte van de geheimzinnige figuur Madoc. Het boek over hem was spoorloos verdwenen, zoals zoveel Middelnederlandse teksten. Wanneer slechts enkele handschriften van een bepaalde tekst hadden bestaan en deze werden niet tijdig gekopieerd, was het logisch dat zo'n geschrift op een dag verdween. De Madoc van Willem moest bekend zijn geweest. Waarom anders verwees hij er in het verhaal van de vos naar? Toch niet alleen maar om te pochen?

Madoc was altijd een literaire mystificatie gebleven. Buiten die ene regel in dat ene handschrift bestond er hoegenaamd niets dat verwees naar het bestaan van dit boek of de figuur van Madoc. Twee uitzonderingen daargelaten: in de *Rijmbijbel* van Jacob van Maerlant wordt Madoc met een droommotief verbonden: '*Want dit nes niet Madocs droem, No Reinaerts no Arturs boerden.*' Een tweede vindplaats betreft *Die borchgrave van Couchi*: '*Noch wanic, ridder, dat ghi doeft, Of dat ghi sijt in Madox drome.*'

Was het boek van Madoc een uitgesponnen verslag van een bijzondere droom geweest? Bijvoorbeeld van een tocht naar een andere wereld, boven- of onderaards? Was de droom in kwestie dermate bekend geweest dat beide auteurs geen enkele moeite doen iets over de inhoud van die droom aan de lezer mede te delen? Waarom is die tekst dan niet aan ons overgeleverd? Werd erop gejaagd door de inquisitie, vanwege het subversieve karakter?

Een letterkundige in onze tijd die het mysterie van Madoc wilde ophelderen beschikte over niet veel anders dan een naam, een uitheemse naam nog wel, enkele flarden tekst, en dat was voorlopig alles. Dit weinige had toch talloze onderzoekers gefascineerd en aan het werk gezet. Wie in mijn studententijd op zoek ging naar Madoc ontdekte gaandeweg dat er sinds 1836 een corpus bestond van honderden studies naar het tweeledig raadsel: wie was deze Willem die het dierenepos *Van den Vos Reynaerde* schreef? En wie was de figuur van Madoc? Was hij een persoon of een personage? Opmerkelijk genoeg hadden velen met tomeloze energie louter dwaalwegen bewandeld. In deze tijd was dit corpus van onderzoekingen nog steeds aan het uitdijen.

En nu had ik, door een gril van het lot, een middeleeuws verzamelhandschrift voor me liggen dat van Willems eigen hand kon zijn. Het lang gezochte droomboek trof men er niet in aan, maar andere werken die van hem leken te zijn wel. Het werk over Izegrim was onbekend, net als de vierendertig liederen onder de titel *Sancwijn bi nachte*, die ik woord voor woord uitploos en transcribeerde. Het waren strofen vol jeugdige onstuimigheid, nachtelijke uitspattingen van Eros in wijn gedrenkt, weeklachten over vergeefse liefdes, mijmeringen vol melancholie en doldwaze proeven van geestrijke hongerkunst. Waren deze liederen ontleend aan de toen in zwang zijnde poëzie van vaganten, meestal in het Latijn geschreven? Vaganten waren door Europa zwervende jongeren die doorgaans behoorlijk onderwijs hadden genoten. Het merendeel van hen combineerde een pover bestaan als student met dat van bard of acteur. Velen verdienden een grijpstuiver door als kopiist handschriften te dupliceren in opdracht van letterlievende edelen of nieuw gearriveerde patriciërs. Een schat aan gedichten of liederen van hen was bekend, het meest vermaarde gedeelte ervan onder de verzamelnaam *Carmina Burana*, naar een lijvig manuscript dat in de Beierse abdij van Beuern was ontdekt. Of waren het misschien geen vertalingen van vagantenpoëzie, maar in het Diets geschreven, oorspronkelijke gedichten van een man als Willem? Was hij vertrouwd met deze traditie van jeugdige dichters en had hij zich er zijdelings door laten inspireren?

Daarna las ik de *Chronieke* (ook wel geschreven als *Cronike*) die voornamelijk over de vervolging van ketters handelt. Deze geschiedenis bevat het verhaal van een drijfjacht op een man in de omgeving rond Gent. Aanleiding was de moord op een kloosterling, vele jaren daarvoor. De chroniqueur vertelt in strofen van lange en vrij berijmde versen wat er speelde in het dertiende-eeuwse graafschap Vlaanderen en het hertogdom Brabant, hoe deze gruweldaad de kettervervolging in beide gebieden aanwakkerde. In meerdere strofen wordt duidelijk gemaakt dat de Vlaamse en Brabantse bevolking zich niet erg ontvankelijk toonde voor ketterij. Een wrede inquisiteur, voorheen zelf een ketter maar onlangs bekeerd, zag dit anders en trok in naam van de moederkerk een spoor van leed en stuitend onrecht door het gebied.

Alle teksten die ik tot nu toe had gelezen hadden een wereldlijk, beter gezegd een profaan karakter. In de teksten waarin verdichting de overhand had, beide dierenepen en de vagantenliederen, werden geestelijken van laag tot hoog bespot vanwege hun vraatzucht, hypocrisie en corruptheid. In de rijmkroniek waarin voorvallen uit het jonge verleden waren opgetekend was de toon serieus en zakelijk, nu en dan niet zonder ironie, en de stellingname vrijmoedig en direct.

Aan het eind van het laatste katern waarop de *Chronieke* was geschreven, viel mij iets vreemds op. De tekst was nog niet af, maar op het volgende katern stond een andere tekst waarvan begin en titel ontbraken. Waren de katernen verkeerd om ingebonden? Ik bladerde verder en kwam bij het laatste blad: het vervolg van de *Chronieke*, dat op basis van de tekst nog maar een beperkt aantal regels moest bevatten, was nergens te bekennen. Er ontbrak een katern; mogelijk ontbraken er meerdere.

Zou er een tekst uit zijn gehaald?

Waarom was dat gebeurd?

En zo ja, welke dan?

Onwillekeurig kon ik nu niet anders dan denken aan *Madoc*, het zoekgeraakte boek, gezien de aard van de verschillende werken in dit verzamelhandschrift. Die leken alle bezield door Willems profane geest. Werd het boek over Madoc in zekere tijd te controversieel of zelfs gevaarlijk bevonden om openlijk in bezit te hebben, zodat het uit deze codex was verwijderd? Was het de auteur of de kopiist zelf geweest die dit had gedaan?

Nu bedacht ik eerder te hebben opgemerkt dat in deze versie van het Reynaert-epos de twee beginregels afweken van die twee andere, onderling verschillende handschriften waarin dit verhaal was overgeleverd. Toen had ik er niet verder naar gekeken. Dus keerde ik terug naar de bewuste beginregels: '*Dichtere die vele bouce maecte / en daer menighe herte raecte*' en kwam erachter, na het perkamentvel in een verduisterde kamer met een ledlamp te hebben doorschenen, dat deze tekst op een rasuur was geschreven. Eerder had er een andere beginregel gestaan en die was weggekrabd. In het felle, doorschijnende licht van een ledlamp achter het vel was de oorspronkelijke regel niet leesbaar. In het lab op het instituut zou ik meer kunnen ontdekken, maar daar kon ik nu onmogelijk naartoe. Nog dezelfde dag dat ik het boekwerk ernaartoe bracht zou De Kerselaere over dit verzamelhandschrift, deze door de hemel geschonken codex, door een medewerker worden geïnformeerd. Dat was wel het laatste wat mocht gebeuren. Deze kwestie kwam later wel tot klaarheid.

Mijn vragen en bevindingen met betrekking tot het boek *Madoc* hadden alleen nog maar een suggestieve lading; sterker waren de aanwijzingen dat ik een groter oeuvre van de fameuze Willem in handen had gekregen. Dat zou ik eerst moeten uitzoeken. Zowel de vondst van het verzamelhandschrift als mijn bevindingen erover konden voor groot nieuws zorgen.

6

Na een aantal regenachtige dagen werd het ineens volop zomer. 's Middags zat ik urenlang in een lommerrijke hoek van de tuin. Het wilde niet lukken mijn aandacht te richten op het transcriptiewerk. Het bezwaarde me dat mijn gedachten nu vooral in beslag werden genomen door de tekst die uit het verzamelhandschrift was verwijderd in plaats van dat ik werk maakte van al het nieuwe en opzienbarende materiaal dat ik er wel in had aangetroffen. Het leek me trouwens dat ik de achterliggende weken te veel van mezelf had gevergd. Ik moest misschien gewoon even op adem komen. Na enkele dagen rust zou ik wel weer op krachten zijn en het werk kunnen hervatten.

Het was heerlijk om buiten te zijn. In de grote tuin achter

mijn huis kon Pablo zich urenlang aan de sluipjacht overgeven. Toen het dier mij onder de kastanje zag zitten mauwde hij blij en vlijde zich tegen mijn benen aan. Emilia, mijn vrouw, had hem ooit meegenomen toen-ie nog piepklein was. Hij was verstoten uit een te groot nest. Met aanwijzingen en hulp van de dierenarts sleepte ze hem door de moeilijke eerste levensfase heen en betuttelde hem alsof hij een mensenkind was. Het dier kreeg een imposant postuur. In de huiselijke kring toonde hij zich een aanhalige stadskat die terugmauwde als Emilia tegen hem sprak en die ronkend van tevredenheid uren op haar schoot sliep, de voorpoten uitgestrekt, zijn nagels in het luchtledige uitslaand. Op andere momenten leefde hij zich buitenshuis uit en joeg zelfs met succes op volwassen eksters. Toen Emilia stierf was Pablo net zo verweesd als ik ontredderd. Voordien hadden we langs elkaar heen geleefd, maar in de nieuw ontstane situatie werden we al spoedig hechte vrienden.

Die middag in de tuin kroop hij bij me op schoot, lag tevreden te slapen, maar schrok telkens wakker bij het opklinken van vogelzang of het wapperende geluid van vleugelslagen. Bij het zien van een vogel in een boom gingen er stuiptrekkingen door zijn kaken en begon hij dwangmatig te ratelbekken. Tot hij het niet meer kon harden, van mijn schoot sprong en door het gras ging sluipen, op weg naar zijn prooi. Toen hij na een vergeefse sluipjacht weer terugkeerde kreeg de waterschaal die ik eerder midden in de tuin voor hem had neergezet zijn bijzondere aandacht. Met zijn poot bracht hij de schaal in beweging waardoor het water erin begon te deinen. Hij ging drinken en liet het nat tegen zijn neus klotsen, als een poema die, moegejaagd, uit een woelige rivier drinkt. Daarna kwam hij luid mauwend weer mijn kant op, sprong op schoot en sliep vrijwel meteen. Een grotere vriend had ik niet.

Het was Pablo die enkele dagen later voor nog een nieuwe ontdekking zorgde, wat de geheimzinnigheid van dit verzamelhandschrift alleen maar groter maakte. Na twee dagen rust was ik met de transcriptie verder gegaan. Het werk verliep redelijk vlot; dit informele schrift was me inmiddels behoorlijk vertrouwd geworden. Ook 's avonds bleef ik eraan werken.

Het liep op een vrijdag tegen middernacht toen een lichte duizeling me parten speelde. Ik wilde niet stoppen, zozeer was ik op stoom geraakt, maar besloot wel om even te gaan liggen op de sofa die nog steeds in een hoek van de studeerkamer stond. Ik nam me voor na een uurtje rust de arbeid te hervatten. Het verzamelhandschrift bleef dichtgeklapt op mijn bureau liggen. Sluimerend in het schemerlicht gleed ik op den duur weg in een diepe slaap.

Ergens in die tijd moet Pablo vanuit de tuin via de keuken zijn binnengekomen en wist hij de blijkbaar niet goed gesloten deur van de studeerkamer te openen. De openspringende deur maakte me niet wakker. Wat het beest hierna heeft uitgevreten laat zich ongeveer als volgt reconstrueren: hij sprong op mijn bureau, waar het kloeke handschrift lag. Het was een buitenkansje voor hem, al eerder had hij geprobeerd bij het boekwerk te komen, wat ik hem niet toestond. De kat maakte nu spelenderwijs met zijn nagels over de lederen voorkant enkele krassen die bij latere inspectie niet al te diep bleken te zijn. Daarna moet hij met zijn kop het hele voorplat, de linkerboekvleugel, omhoog hebben geduwd, en wel zo ver dat het naar de andere kant viel en het boekwerk ineens openlag, daar waar het bifolium van dek- en schutblad zich bevond. Het schutblad liet hij ongemoeid, maar het dekblad leerde zijn klauwen met nagels kennen. Had Pablo met zijn verfijnde reukvermogen de dierlijke oorsprong van deze eeuwenoude vellen bespeurd? Al die tijd lag ik onbekommerd te slapen, en de schade zou waarschijnlijk veel groter zijn geweest als het beest niet verwoed tekeer was gegaan waardoor het gebonden boekwerk van het bureau af viel en met een klap op de bureaustoel terechtkwam. Op dat moment schoot ik wakker, zag wat er aan de hand was en kwam vloekend overeind. Pablo stoof van het bureau af en vluchtte de studeerkamer uit.

Toen ik het boek oppakte en zag dat de leren band aan de buitenkant nagenoeg ongeschonden was, kalmeerde ik enigszins. Maar daarna ontdekte ik dat het dekblad aan de binnenkant van het voorplat flink was beschadigd. Het was de kat gelukt dit vel met zijn fiere nagels open te klauwen. Rechts onder het midden van het vel liep een gekartelde scheur van tien of elf centimeter lang. Her en der waren nog enkele andere scheuren, beduidend kleiner. Met ontsteltenis bestudeerde ik de gevolgen van mijn eigen nalatigheid. Ik maakte meer licht op het bureau en pakte de loep om zicht op de details te krijgen. Zoals ik reeds vermoed had, zat er perkament onder het dekblad. Voorzichtig voelde ik met mijn wijsvinger. Het vel was zacht en glad.

Met een briefopener tilde ik het dekblad zo ver mogelijk omhoog en gewapend met een loep en een zaklamp probeerde ik zo veel mogelijk van het blad te bekijken. Mijn hart ging sneller kloppen, want in tegenstelling tot wat ik verwacht had te vinden – afgedankte stukken perkament met Latijnse teksten – lag hier een tekst. Het merkwaardige was dat de tekst op het bovenste vel niet in eenzelfde, informele cursieve stijl als het overige handschrift was geschreven. De verborgen tekst, zag ik al snel, was in een helder boekschrift geschreven. Nog iets vreemds: de tekst scheen uit afkortingen te bestaan.

Eerder had het geleken of de houten platten voor en achter nogal dik waren, en nu ontdekte ik door het voorplat aan de binnenkant nauwkeurig te betasten dat degene die dit boek had vervaardigd vooral deze schijn had willen wekken. Het voorplat zelf moest van een dunne plaat hout zijn gemaakt, maar onder en boven en aan beide zijkanten waren latjes aangebracht, nauwkeurig langs de vier randen van het plat. Ik schatte de breedte van de aangebrachte latjes op bijna twee centimeter en in hoogte ruim een halve centimeter. Zo was er binnen de rechthoek van de latjes een bewaarruimte ontstaan en daar waren de iets kleinere folia in gelegd, waarna het voorplat aan de binnenkant met het dekblad was toegedekt en bekleed. In het verzamelhandschrift was dus nog een ander geheim manuscript verborgen, in elk geval aan de voorkant en hoogstwaarschijnlijk ook in het achterplat dat op dezelfde manier aanvoelde: hard langs de randen, iets zachter midden-in onder het ongerepte dekblad.

Gezien mijn staat van opwinding was het ondenkbaar dat ik de vondst in de bewaarruimte onder het dekblad voorlopig zou laten waar deze was opgeborgen. Kon ik die kleinere folia bemachtigen zonder de boekband verder te beschadigen? Het bifolium in het midden van dekblad en schutblad door-snijden voerde te ver. Zou ik anders de verborgen folia via de scheur in het dekblad in handen kunnen krijgen? In gedachten probeerde ik me voor te stellen hoe ik, met drooggewreven vingers, na enig tasten grip kreeg op het bovenliggende vel. Omdat er onder het dekblad vanwege de scheur iets meer ruimte was ontstaan, wilde ik proberen het bovenste vel voorzichtig in de lengte dubbel te vouwen. Daarna zou ik de onderkant ervan langzaam naar boven schuiven, zodat het voor de gescheurde opening kwam te liggen. Zou het kleine folium dat ik op die manier wist te bemachtigen alleen maar gekreukt zijn en verder niet gescheurd? En hoe zouden de geschreven letters ervan afkomen? Het zweet droop in mijn hals. Nee, zo moest ik het niet doen.

Ik staarde naar de linkerzijde van het dekblad waarvan een dun randje op het omgevouwen leer was geplakt en de resterende rand op het latje. Na bijna acht eeuwen kon het niet anders of de lijm was gortdroog en her en der verkorreld. Een nadere inspectie met een loep liet zien dat de linkerrand van het dekblad op sommige kleine plekjes reeds los was gekomen en dat met enig beleid de hele rand kon worden losgesneden. Al meteen wist ik hoe ik dat zou kunnen doen. Ik bracht hechtpleister aan rond het bovenste deel van mijn linkerduim en -wijsvinger. Voorzichtig haalde ik het blad van een nieuw scheermesje uit de papieren verpakking. Met dit dunne, vlijmscherpe mesje zou ik het dekblad zonder beschadiging los kunnen snijden. Dat ik aanvankelijk bleef weifelen kwam door het besef dat ik op het punt stond een grensoverschrijdende ingreep te verrichten. Onder codicologen was het alleen gepermitteerd een verborgen tekst uit een codex te bevrijden, wanneer een serieuze restauratie van het oude boek daartoe gelegenheid bood. Niettemin ging ik aan het werk. Een gelukje was dat de buitenste rand van het dekblad heel makkelijk losliet van het leer. Het duurde niet eens lang voordat ik het blad ook van het latje had losgesneden. Om iets meer ruimte te krijgen maakte ik het blad op de onder- en bovenlat ook ongeveer een centimeter los. Zo ontstond een opening naar de bergplaats van de kleine folia.

Met een pincet trok ik ze er een voor een voorzichtig uit. Voor me lagen zes folia van fijn perkament. Snel schoof ik mijn stoel aan en boog me over de tekst. Dit handschrift bestond uit een in principe goed leesbaar boekschrift. Het leek me om dezelfde schrijfhand te gaan. Maar het geschrevene op de kleine folia bestond zes vel lang uit afkortingen die soms uit één enkele letter, uit acroniemen of andere tekens bestonden. Lang tuurde ik naar de regels op de zes kleine vellen. Het werd me droef te moede, temeer daar ik het idee had dat de afgekorte steekwoorden niet uit één taal stamden, maar uit twee of drie: het Latijn, het Frans en misschien het Diets. Dit leek echt te veel van het goede. In een zogenaamd kortschrift in boekschrift had iemand – Willem? – zijn gedachten aan de folia toevertrouwd.

Ik had een curieuze tekst gevonden en als deze een samenhangend verhaal moest voorstellen dan beschikte ik slechts over een embryonale geheimversie ervan. Waarom moest de tekst worden gecodeerd en verborgen? In die ogenblikken was ik trouwens te afgepeigerd om verder te gaan. De folia legde ik tussen zware boeken om ze te pletten en de ontstane kreukels uit te strijken. Ik sloot de stapel op in een wandkast. Het verzamelhandschrift legde ik in de kluis.

Daarop begaf ik me naar de tuin en riep met gedempte stem de naam van Pablo. Al snel kwam het dier aanlopen. Ik tilde hem op en koesterde hem. 'In al je ondeugd heb je toch iets groots verricht,' sprak ik hem liefkozend toe. Grommend at hij het bakje met voer leeg dat ik hem in de keuken voorzette. Blijkbaar had hij me toen alles weer vergeven.

Liggend in bed kon ik de slaap nog steeds niet vatten. Ik moest eraan denken hoe de conservator of vakgenoten zouden reageren als ik het verzamelhandschrift eenmaal zou overdragen aan de Koninklijke Bibliotheek in Brussel. Wat zouden ze ervan vinden als ik de toedracht van de beschadigingen en de onverwachtse vondst van het geheimschrift onthulde? Ze mochten natuurlijk in hun handen knijpen met deze aanwinst die ze in de schoot kregen geworpen. Het dekblad zou zich trouwens gemakkelijk laten restaureren.

7

Ik had gewoon verder moeten gaan met de transcriptie van de resterende teksten en het geheime kortschrift voorlopig laten rusten. Maar dat lukte me niet zomaar; ik werd als het ware naar de kleine folia gedreven. En hoezeer ik ook wist dat de ontraadseling ervan zonder een computerprogramma uiterst onwaarschijnlijk was, bleef ik maar met die zes vellen bezig. Een kortschrift is een individueel document dat iemand vanuit zijn persoonlijke ideeën en omstandigheden creëert. Het kan helpen wanneer je een en ander over de schrijver weet, of de context waarin het is ontstaan. Maar ik wist niks. Een specialistisch lexicon of paleografisch handboek konden me feitelijk niet verder helpen. De rudimentaire tekst bestond uit een lange stoet van afgekapte woorden, waaronder zogeheten eenletterwoorden die gecombineerd waren met een punt of ander leesteken of soms met een cijfer. Ik zag karakters die geen letters waren maar grafische figuren met een blijkbaar zinnebeeldige betekenis. Er waren samentrekkingen. Toen zag ik ineens dunne, schuin opstaande streepjes die de reeksen met tekens telkens onderbraken. Was dit dan een verbaal extract van een of ander dichtwerk? Eigenlijk wist ik het zeker. Het ging hier om verzen of lange strofen van elk twaalf regels. Telkens was het twaalfde schuine streepje in tweevoud aangebracht. Aldus telde ik in totaal negentien zogenaamde *douzains*.

Waarom was dit dichtwerk tot een kortschrift verheimelijkt? Was de inhoud ervan te controversieel geweest in de middeleeuwse wereld? Moest daarom de inhoud ervan in code worden bewaard?

Dat waren interessante veronderstellingen, maar dichter bij de concrete inhoud brachten ze me niet. Ik bevond me in een semiotisch labyrint. Telkens opnieuw volgde ik hetzelfde slingerpad door een woud vol tekens en aanwijzingen waarvan ik de meeste niet doorgrondde. Wel gebeurde het nu en dan dat ik meende een afkorting of samentrekking te kunnen ontraadselen, al waren er meestal ook alternatieve duidingen mogelijk. Aanvankelijk dacht ik, na dagenlang broeden, dat dit virtuele dichtwerk over het leven van een persoon ging. Een paar dagen later leek dit idee ineens niet veel meer dan een bevlieging. Al puzzelend kwam het gevoel over me dat al die gepriegelde afkortingen over een onafzienbare catastrofe gingen. Dit gevoel viel niet meer te loochenen, al kon ik het slechts beargumenteren met de afkorting cd (ook 1 x *dc*) die ik voor *crepusculum deorum* hield ofwel: godendeemstering.

Er waren aanwijzingen dat sommige passages over andere geschriften handelden, al was me niet duidelijk welke. Een serie afkortingen leek te verwijzen naar bepaalde ideeën die met het geloof samenhingen. Soms leek het of ik door oneindig herlezen en mogelijk duiden van de tekens iets van de geheimen in het kortschrift had ontsloten, maar het was niet voldoende om de echte contouren van het verhaal voor me te zien. En hoezeer ik me ook bleef vastbijten in deze elementaire bron, meer en meer zag het ernaar uit dat nieuwe ontdekkingen achterwege bleven. Ik liep helemaal vast.

Ik wandelde soms door de bossen rond ons stadje om de stress kwijt te raken. Al bijna een week lag het verzamelhandschrift in de kluis. Een idiote situatie. Ik moest gewoon verdergaan met de transcriptie van de resterende teksten uit die codex. Al het andere was immers bijzaak. Vanaf toen verdween het kortschrift in een grote envelop ook in de kluis en nam ik het echte werk weer ter hand. Vervelend genoeg bleef er iets knagen. Aan het einde van een werkdag ging ik nu en dan toch weer verder met de duiding van het kortschrift. Ik kende het onderhand bijna uit mijn hoofd, zonder te weten wat de strekking ervan was.

Op een nacht gebeurde het dat het document vol raadsels en geheimen in een droom aan me verscheen. Het was alsof alle geestelijke energie die ik eerder had aangewend om het te doorgronden zich samenbalde in een gedroomd bewustzijn. Verkerend in een toestand van bovenmenselijke helderheid kreeg ik het kortschrift onder ogen, en nu las ik het en drong een verhaal binnen. In een ravijn van eeuwen her doemde in onwerkelijk licht een wereld op waarin een man rondzwierf in een tijd van verwoesting en massasterfte. Door mystieke deelname werd ik één met zijn voelen en denken, zijn angsten en lijden. De wereld waarin hij was opgegroeid werd de mijne. Die wereld werd voelbaar tot in zijn warmte of kilte. En ik werd de wierookdampen van liturgische vervoering gewaar, maar ook de dampen van woekerende natuur of pestilente steden, van vergoten bloed en sterfte, van dierlijkheid en stront, strovuren van hartstocht en liefde, klanken van hymnen en ravengekras, schitteringen van aardse lustoorden en verstikkende nevels van een ondermaans dodenrijk. Het beeld van een hemelse catastrofe drong zich het sterkst op, een vernietiging als in de voortijd, toen de aarde in as werd gelegd en het leven erna wederom ontlook.

Toen werd ik wakker, bezweet en uitgeput, meer dan verwonderd, en bovenal innig gelukkig alsof een engel, of misschien de muzen Kalliope en Melpomene, me hadden aangeraakt.

Weer bij zinnen maande ik mezelf naar het hier-en-nu van de werkelijkheid terug te keren. Ik telde mijn zegeningen: dankzij de oude Baillet was me een nauwelijks voorstelbare schat toegevallen. In de kracht van mijn leven als wetenschapper kon ik me laven aan oorspronkelijke en voor de wereld nog onbekende teksten van bijna achthonderd jaar geleden. Welke collega's van me konden deze rijkdom evenaren? Wie beschikte over zulk kostbaar materiaal waarmee hij vakgenoten kon overtroeven? Waarom dan toch steeds teruggekeerd naar die vermaledijde tekst in kortschrift, dat semiotische knekelveld? Omdat ik zo'n slechte verliezer was? Na een vergeefse ontraadseling had mijn getergde geest, steeds gericht op analyse en doorgronding, uiteindelijk de vlucht genomen naar de verbeelding. Begrijpelijk maar curieus, en als ervaring overweldigend. Maar het was mijn stiel niet, laat staan mijn ambitie om hersenschimmen tot een verhaal, een epos te smeden. Ik moest me gewoon schikken in mijn nederlaag met het kortschrift en weer terugkeren naar mijn eigenlijke wetenschappelijke opdrachten die velerlei waren en veel monniksijver vroegen.

En zo deed ik het ook. Enkele weken leek ik geheel terug in het voorgenomen spoor van historisch-letterkundig onderzoek te zijn. Maar het was alsof er twee zielen in mijn borst woonden. Die andere manier van denken en voelen en schouwen bleef opspelen. En gedempte stemmen klonken gedurig in mijn hoofd. Ik had door het lezen van middeleeuwse teksten weleens eerder meegemaakt deelgenoot te worden van een eeuwenoud verleden. Een vorm van schouwen waarbij de geest voor korte duur uit zijn eigen tijdruimte ontsnapt. Al deze revelaties hadden een fabelachtige kracht. Wat was mij nu eigenlijk overkomen? Een reeks historische sensaties hadden mijn geest doen oplichten. Ging het te ver om te zeggen dat deze waren versmolten tot een aangloeiend visioen, de intense weergave van een groter verhaal? Er was mij iets zeer speciaals overkomen, en ik kon me er moeilijk van losmaken.

Inmiddels was het september en het bleef aardig zomeren. Om mijn aanhoudende innerlijke onrust te bezweren schreef ik mezelf een week vakantie voor. Ik bleef gewoon thuis, maar borg het verzamelhandschrift op in de kluis. Daarna begon ik, als vrijetijdsbesteding, een kort verhaal, dat in de vroege dertiende eeuw aanvangt.

Ik nam me voor er beslist niet langer dan een week aan te werken.

Deel 1

Jeugd

Hoofdstuk 1

Verba volant, scripta manent – Woorden vervliegen, het geschrevene blijft

1

In een mottige wolmantel, zijn hoofd bedekt met een kaproen van grove stof, zat de abt Adalbertus puffend van ongemak op zijn ezelin. Een jeugdige broeder voerde het rijdier met losse hand aan de halster mee. De pij die de jongen droeg was dun van stof en asgrauw van kleur. Op hun weg over het brakke land naar de stad posteerde de ezelin zich herhaaldelijk dwars op het pad en leek niet genegen haar zware last nog verder te dragen. Maar elke keer wist de jongen het dier door klopjes en strelingen in haar hals of met gemoedelijke aansporingen toch weer in beweging te krijgen.

Inmiddels hadden ze Brugge bereikt. Eerst liepen ze langs de Augustijnenrei en verderop in het centrum langs een van de waterlopen waaraan statige huizen stonden. De jongen keek onder het lopen aandachtig om zich heen, de stedelijke omgeving scheen hem te bekoren. Het wolkendek brak uiteen en plots baadden straat en waterloop in tinten van oker en violet.

'O, zie dat licht toch eens,' riep de jongen uit.

'Jubel toch niet zo, Beda,' sprak de abt berispend, 'alle licht hier op aarde is immers niet meer dan de schaduw van God.'

Het was de 25ste maart AD 1203, de dag waarop gevierd werd dat de Hemelse Vader de sterfelijke vrouw Maria in het Licht verhief en haar in staat van genadige ontvangenis bracht. Die vroege avond zouden de Bruggelingen vanwege deze heilige verwekking een mis bijwonen in de Sint-Donaaskerk. En daarna zouden ze thuis, hoewel het midden in de vastentijd was, een feestelijk maal aanrichten met hun dierbaren. Dit was de reden waarom er zo veel dienstertjes op straat waren, op weg naar de markt of daar juist van terugkerend met manden vol etenswaar. De jonge broeder keek in het voorbijgaan naar de dienstertjes, zijn ogen straalden.

De abt bespeurde het en sprak van onder zijn kaproen: 'Beda, wend af die blik, bezondig je niet.'

'Hoezo vader?' vroeg de jongen.

'Heilige vader,' corrigeerde de abt. 'Elke man van de geest dient de dierlijke zwakheden in hemzelf te overwinnen. Daar kun je niet jong genoeg mee beginnen. Onze moederkerk heeft trouwe dienaren gehad die ons daarin tot voorbeeld zijn. De vroegchristelijke denker Origenes besloot, om zijn ascese van het vlees gestand te doen, zich te ontmannen.'

Eventjes leek de jongen nog bleker te worden dan hij al was. 'Het zijn maar onschuldige meisjes,' zei hij toen.

'Het zijn demonen, *succubi*,' sprak de abt vanaf zijn ezelin. 'Creaturen van een godmormelse soort.'

Demonen? dacht de jongen. Was de jeugdige Maria die de Zoon baarde en zoogde dan ook een demon? Maar hij sprak deze gedachte niet uit.

'Hoe oud ben je onderhand, Beda?' ging de abt verder. 'Minstens al een jaar of elf, twaalf. Je bent al bijna een volwassen man, en nog steeds heb je de tweede gelofte niet afgelegd. Wordt het nu niet eens tijd?'

'Ik heb laatst nog gedroomd dat familie van me onderweg is om me op te eisen,' zei de jongen. 'Wie weet voor welke gewichtige taak ik, vanwege mijn afkomst, uiteindelijk bestemd ben.'

'Misschien moeten we de werkelijkheid maar eens onder ogen zien,' zei de abt. 'We wachten al zeven jaar.'

De jongen wist hierop niet meteen te antwoorden. Tot zijn geluk bleef de ezelin staan, zodat hij deze weer moest aansporen. Hij sprak haar toe in het Diets, want het dier hield zich doof voor het Kerklatijn. 'Toe nou, Juno. Het is niet ver meer, straks krijg je haver en water.' Met een doek veegde de jongen de schuimvlokken rond de lippen van de ezelin voorzichtig weg en aaide haar in de hals. Toen fluisterde hij haar enkele zinnen toe alsof hij haar een geheim toevertrouwde. Het hielp, Juno stapte weer voort.

'Een tonsuur zal je goed staan,' hernam de abt. 'Maar dan moeten ook al je krullen rondom kort worden afgesneden.'

De jongen leek niet te luisteren, al huiverde hij licht. Zijn aandacht ging naar een zevental zwanen dat in de waterloop gelijk met hen opzwom.

'Besef je wel, Beda,' drong de abt aan, 'dat jij alles te danken hebt aan ons op martelaarsgrond gebouwde klooster? We hebben je destijds niet beschouwd als een vondeling maar als een bijzondere, tijdelijke gast. Je bent niet door je ouders, samen met een passend erfdeel, aan het klooster overgedragen. Je bent geen oblaat. Nee, jij werd op een dag, hulpeloos en uitgeput, in ons midden aangebracht. Jaren hebben we gewacht tot jouw hooggeboren familie, uit welk ver land dan ook, je weer zou komen opeisen. Dat is niet gebeurd, ondanks onze gebeden in duizendvoud. Intussen mocht barmhartigheid jou steeds ten deel vallen. We hebben je gevoed en grootgebracht. We hebben je onderricht gegeven en je de weg naar de Waarheid gewezen. Besef je dit alles wel, Beda?'

De jongen knikte, eerder stroef dan gedwee.

De abt hernam: 'Inmiddels zijn de tijden verslechterd. Voorheen liepen onze broeders in zwarte habijten, en tegenwoordig zijn die sleets en grauw geworden. Toen ik jong was gebruikten we grote, platte broden als borden voor onze maaltijd die we daarna, druipend van vet en saus, als aalmoezen aan armen en leprozen schonken. Tegenwoordig zijn er dagen dat wij zelfs verstoken zijn van droog brood. De omstandigheden zijn er niet meer naar om vrijblijvend maar wat aan te rommelen. Sinds wij als kloosterlingen ernstig worden beproefd mag onze heilige gemeenschap ook van jou een onherroepelijk gebaar verwachten.'

Nu was de jongen op zijn hoede. Na even te hebben nagedacht antwoordde hij: 'Ik heb magister Arnulf geholpen om de Bijbelboeken en psalteria te kopiëren. We hebben vele honderden vellen beschreven, en daarbij ook nog vele stukken uit de grafelijke kanselarij. Magister Arnulf zegt dat ik een vaardig kopiist ben geworden en dat ik zelfstandig in het scriptorium kan werken, mocht hij onverhoeds sterven.'

'Het kopiëren van heilige boeken is een nobele arbeid die tot verspreiding en verdieping van Gods Woord leidt,' oordeelde de abt instemmend. 'Schrijven is natuurlijk ook een vorm van boetedoening. Wie veel schrijft, dat wil zeggen wie veel gebedenboeken of Bijbelteksten kopieert, kan daarmee zijn verblijf in het Vagevuur bekorten.'

De jongen lachte flauwtjes.

Abt Adalbertus reageerde: 'Beschouw het schrijfwerk maar niet als een verdienste van jezelf. Het is eenvoudig je plicht dat jij als kostganger zonder erfdeel harder dan een ander zult ijveren voor het welzijn van onze gemeenschap.'

'Omdat er onlangs zoveel van onze schapen zijn verdronken,' reageerde Beda bijna enthousiast, 'is er voorlopig perkament genoeg. Ik zal dus hard kunnen werken voor het klooster.'

Toen de abt aan de ramp met het vee van zijn abdij werd herinnerd, bekruiste hij zich uitvoerig. Daarbij raakte hij uit zijn evenwicht en hij was van de ezelin afgegleden als de jongen hem niet met een stevige handgreep had behoed.

'Dank je, Beda,' sprak de abt, zich verwonderend over de lichaamskracht van de jongen. Maar daarop hernam hij zich en sprak streng: 'Niemand zal kunnen beweren dat jij van het luie beest hebt gegeten. Maar al die ijver van je is toch iets anders dan de laatste stap zetten om de rest van je leven in het Aangezicht des Heeren te mogen wandelen. Je kunt niet je hele leven noviet blijven.'

'Ik ben nog niet volwassen genoeg om zo'n definitieve gelofte te kunnen afleggen,' bracht de jongen ertegen in.

'Mmm, dat weet ik zo net nog niet.'

De abt was op weg naar de gravin, Maria van Champagne, die hij als zijn nicht beschouwde, hoewel ze feitelijk een achternicht van hem was. Hij had haar eerder een bewogen brief geschreven over de kommervolle omstandigheden waarin zijn abdij verkeerde en aangekondigd dat hij haar op deze dag zou bezoeken. Het was hem ter ore gekomen dat ze tijdelijk in Brugge verbleef om zaken af te handelen voor haar man Boudewijn, graaf van Vlaanderen, die een jaar eerder op kruistocht was gegaan. De abt en Beda waren vanochtend vroeg in regenachtig weer over modderige paden door duinen, over brakwaterland en geestgronden op weg gegaan om tegen het middaguur in de stad te kunnen arriveren. De abt hoopte niet alleen een extra schenking van zijn nicht los te praten, maar ook aan de middagdis te worden genodigd. De grafelijke familie deed niet aan vasten, de leden waren daarvan vrijgesteld 'om redenen van gezondheid', en hun dis was daarom altijd feestelijk. Daarbij was Adalbertus niet vergeten hoe hij enkele jaren geleden in de burcht had mogen aanzitten. De jaarmarkt was net geweest en de keukens van welgestelde families in de stad puilden uit van uitheemse producten en kruiden die door Venetiaanse kooplui waren aangevoerd. Het vlees op de grafelijke tafel was onder meer gekruid met kleine stukjes van een eetbare wortelstok. Het kruid – zoet, fris en heet – bracht een hemelse tinteling op de tong teweeg. De gravin vertelde hem over de zogeheten gemberwortel, afkomstig uit verre oosterse contreien. Het gerecht had hem zo verkwikt dat hij er steeds naar terugverlangde. Er was iets zeer bijzonders met dit kruid. Het deed hem denken aan het woord van Paulus in een brief aan de Romeinen: 'Is de wortel heilig, dan ook de takken.' Niet lang na die gezegende maaltijd had de abt in een nachtelijk visioen ineens begrepen wat hem was overkomen: hij had de wortel geproefd van een struik die ooit in het Paradijs groeide! Maar na de ongehoorzaamheid van Eva waren zij en Adam door de toornige God uit dit zalige oord verdreven. De erfzonde van de oervrouw had heel de mensheid bevlekt en onrein gemaakt. Was het misschien een teken van hogerhand geweest dat hij dit heilige kruid nu had mogen proeven? En wat wilde de Heere God hem hiermee dan influisteren? Dat het Heilige Land en de landen eromheen thans zo schandelijk door Saracenen werden overheerst en het de plicht van alle Europese christenen was deze te bevrijden? Er waren in de achterliggende eeuw meerdere kruistochten georganiseerd, maar nog steeds heerste de luciferische godsdienst van de muzelman onbekommerd in het Nabije Oosten. En nu was er weer een kruisleger op weg naar het Heilige Land met graaf Boudewijn als aanvoerder. Had hij zijn openbaring eerder toch met de graaf moeten delen? Dat had hij na lang weifelen niet aangedurfd. Soms stak de vervoering in hem weer de kop op en overwoog hij zijn lucide gedachten op te schrijven en naar de bisschop te sturen.

Een straathond deed een koppel eenden in paniek opfladderen en de abt schoot wakker uit zijn mijmering. Even keek hij verdwaasd om zich heen. De gedachte aan de dis van de grafelijke familie, vol pasteien en wildbraad, deed hem hartgrondig kreunen. Het speeksel klotste bijna in de holtes van zijn onderkaak.

Niet veel later bereikten ze de vesting midden in de stad waar de gravin met haar naaste gevolg verblijf hield. Beda hielp de lijvige abt voorzichtig van de ezelin af. Adalbertus was door de urenlange tocht zo verstramd dat hij nog amper kon lopen. Terwijl hij steun zocht bij de jongen, sprak hij: ‘Zorg dat de ezelin wat haver krijgt en begeef je daarna naar de kapel van Sint-Christoffel. Bid daar uitvoerig voor het welslagen van mijn onderneming. De toekomst van ons klooster hangt ervan af.’

'Ik heb enkele duiten nodig,' zei de jonge Beda, 'want niemand hier geeft zomaar haver weg, zoals u weet, laat staan een stuk brood.' Zijn gezicht was wit weggetrokken van vermoeidheid en kou, al had hij tijdens de lange voettocht geen kik gegeven.

De abt diepte een enkele duit op uit de zak van zijn habijt onder de mantel en overhandigde die aan de jongen. 'Koop hier maar wat haver van. En wat jezelf betreft: bedenk dat de uitwerking van een gebed groter is wanneer de smekeling honger lijdt. Ascese is altijd een vreugde, het voert uiteindelijk tot mystieke extase. Als je eenmaal zo ver bent zal je ook in volle overtuiging je gelofte van eeuwige trouw kunnen doen.'

De jongen leek in eigen gedachten verzonken.

Vermanend ging de abt verder: 'Ik laat je even alleen in deze stad vol verlokkingen. Wandel niet naar het vlees, maar uitsluitend naar de geest. Ga meteen naar de kapel van Sint-Christoffel.'

'Wanneer moet ik hier weer terug zijn, vader?'

'Heilige vader,' corrigeerde de abt. Hij dacht even na. Als hij zijn nicht met stille wenken kon duidelijk maken hoe verzwakt hij was mocht hij misschien blijven logeren. Dan kon hij 's avonds ook aanzitten. De jongen kon wel in een van de stallen slapen.

'Zorg dat je terug bent als de schemering invalt.'

'Zo laat?'

De abt reageerde niet en liep moeizaam naar de toegangspoort van de vesting.

Beda keek hem na met een frons op zijn jonge gelaat en sprak met de stem van een aftandse monnik: 'Moge de Heere op de Jongste Dag uw knoken zorgvuldig tellen, opdat u zonder gebreken en gestroffel herrijze.' Hij pakte de ezelin bij de halster, aaide haar nek en zei: 'Kom Juno, we gaan haver voor je kopen. Maar je mag niet raar doen als ik er ook een handje van neem. Misschien is er wel ergens op straat een vuur aangestoken waar we ons bij kunnen warmen. En daarna gaan we kijken hoe het met mater Matthea gaat. Die vind jij ook lief hè? Ja, dat had ik wel gedacht. Kom maar mee, dan.'

2

In het vroege voorjaar AD 1196 deden kustvissers een bijzondere vangst in de branding van de Noordzee. Het gebeurde ergens halverwege de middag en de storm die in de ochtend plots was opgestoken was nog niet geluwd. Een kleine menigte van haveloze lieden trotseerde de gure noordwestenwind en dromde bijeen op de smalle strook strand aan de voet van de duinen, net buiten bereik van het schuimend zeewater. Het waren niet alleen visserlui. Keuters en dorpers, onder wie een aantal vrouwen, en ook enkele kloosterbroeders waren te hoop gelopen. Met toegeknepen ogen zochten ze de donkere zee af. Een schip was in nood, ongeveer een halve mijl uit de kust. Degenen met de beste ogen zeiden dat het ging om een kogge van behoorlijke omvang. De zeilen ervan waren aan flarden gewaaid en het schip maakte slagzij. Het moest al veel water hebben gemaakt en blijkbaar waren de opvarenden niet in staat afdoende te hozen.

De menigte bij de woelige vloedlijn bracht kreten van afschuw en ontzetting voort toen een reusachtige golf het schip verhief en daarna deed omrollen. Direct verdween het in de golven. Vanaf het strand dacht men drenkelingen te zien, spartelend in de grove branding. Boven de wind uit klonk geschreeuw om hulp. Niet veel later kwam een andere geest over het strandvolk. Iedereen snapte dat niemand op dat vervloekte schip enige kans maakte in het koude water. Maar het lag voor de hand dat de lading aan boord kostbaar was. Daarom bleef het volk de geselingen van storm en regenvlagen verduren, wachtend tot de lading zou aanspoelen.

Enige tijd later, toen men geen enkele schipbreukeling meer

hoorde of zag, gebeurde er iets wat velen op het strand in verbijstering bracht. Iemand meende een kind tussen de schuimkoppen te zien; anderen zagen het nu ook. Niemand begreep wat zich in de branding afspeelde en de vrouwen begonnen allemaal tegelijk te huilen. Het kind dreef niet in het woeste water, maar zat ineengedoken op iets wat met de golfslag mee voortbewoog. Enkele kustvissers waren zo kordaat dat ze de zee in liepen om het kind naar de kant te halen. Baert, tot zijn borst in het woelige water, was de eerste die wadend en struikelend de jeugdige schipbreukeling wist te bereiken. Hij zag toen ook wat er aan de hand was: een enorme bruinvis had het kind, dat de rugvin met zijn handjes krampachtig beethield, naar de kust gebracht! Intussen kwam Geurt ook nabij en die zocht naar zijn mes, want behalve dat kind redden wilde hij zich zo'n immens zeevarken niet laten ontglippen. Maar Baert schreeuwde: 'Doe dat niet, ellendeling. Snap je dan niet dat dit nobele waterdier door God zelf is gestuurd?' Een opdonder van Baert deed Geurt van zijn voornemen afzien. Daarna pakten ze het kind voorzichtig van de grote glimmende rug. De bruinvis keerde om en met stoere duikelingen zwom deze, tegen de aanstormende golven in, naar open zee terug.

Ze brachten het kind naar het strand. Het scheen nog te leven, al oogde het wezenloos en helemaal vernikkeld. De vrouwen namen het over. Truda, de meest pronte, nam het kind in haar armen en droeg het, omgeven door de andere vrouwen, onder haar mantel naar de meest nabije hut in de duinen. Ze ontkleedden het kind, een jongen, en wreven het voorzichtig droog. Daarop maakte Truda haar kleren los en zonder aarzeling drukte ze het ijskoude lijfje tegen haar buik en boezem. Ook bedekte ze het kind met een deken van wol, de enige die in de hut aanwezig was. Elf vrouwen, bijeendrommend in de kleine ruimte, begonnen samen een rozenkrans te bidden en riepen de heilige Donaat aan. Ongeveer om het kwartier nam een andere vrouw het kind over om het tegen zich te verwarmen. Toen de duisternis al lang was ingevallen, was het jochie eindelijk een beetje doorgewarmd. Sliep het heel diep of was het nog steeds bewusteloos? Zijn ademhaling was in elk geval regelmatig en het leek niet buitengewoon koortsig.

De mannen waren na het vertrek van de vrouwen aan zee gebleven en haalden een memorabele buit uit de golven. Vier van de elf dode drenkelingen op het strand waren, te oordelen naar hun fraaie kleding, gouden ringen en andere sieraden, van adellijke komaf. Het leek niet te gaan om Friezen of Denen, maar om lui uit onbekende oorden. Ze werden, ook de twee aangespoelde vrouwen, van alles wat ze droegen ontdaan en lagen naakt in het zand. Het strandvolk wist een handvol kisten te bergen en eveneens een paar vaten. Men sjouwde alles vliegensvlug de duinen in en verborg het onder laag struikgewas.

Niet veel later klonken waarschuwingskreten: de baljuw van Damme en zijn trawanten kwamen in galop over het smalle strand aandraven. De magistraat had de rechten op de strandvonderij van de graaf gekocht en kwam zijn buit opeisen. De jutters maakten zich ijlings uit de voeten.

Truda, die alle vier haar kinderen jong had verloren, wilde de kleine drenkeling adopteren.

Haar man vond dat geen goed idee. 'Ik ben niet dol op vreemd volk onder mijn dak,' bracht hij naar voren, 'maar dit ligt helemaal moeilijk. Heb je de kleertjes van het joch gezien? Hij is uit een hooggeboren familie afkomstig. Wat moet hij bij ons, armetierig volk?'

Truda was niet zomaar van haar plan af te brengen. Ze zag voor zich hoe hij door al haar zorg en liefde een fiere jongen werd. Maar de volgende dag meldde zich de monnik Hubertus van de abdij Sint-Odulfus bij de hut. De kloosterbroeders die op het strand waren geweest hadden het merkwaardige verhaal van de kleine drenkeling aan hun abt verteld. Die liet nu het kind opeisen, omdat het wel zeker was dat de Goddelijke Voorzienigheid voor diens redding had gezorgd. Nog dezelfde dag werd het met een ossenwagen naar de abdij gereden. Het kind lag toen nog steeds half in zwijm, gewikkeld in een wollen mantel.

De abt Adalbertus hoopte vurig dat de komst van deze kleine drenkeling het klooster in de nabije toekomst aanzienlijke voordelen zou bieden. Nog geen week later stelde hij de bisschop gedetailleerd in kennis van de scheepsramp en beschreef hoe het kind behouden was gebleven. Het was de abt erom te doen voor dit wonder een bisschoppelijke of zelfs pauselijke erkenning te verwerven, neergeschreven in een fraaie oorkonde die met pontificale zegels was behangen. Een zodanig geheiligd wapenfeit kon zijn in verval geraakte abdij een groter luister en aantrekkingskracht bezorgen.

De bisschop reageerde in zijn epistel vooral terughoudend: 'De getuigen die het verhaal van deze wonderlijke gebeurtenis in de wereld hebben geholpen, bestaan uit krabbenvissers en strandrovers. Niemand van enige statuur of ontwikkeling kan hun verhaal onderschrijven. Dat geldt jammer genoeg ook voor beide broeders uit het klooster die getuige waren van de schipbreuk. Het zijn immers, zoals u zelf schreef, eenvoudige, horige broeders met wereldlijke en praktische in plaats van spirituele taken. Wanneer wij alle koortsige wanen van het lage volk tot wonder verheffen, zal het einde zoek zijn.' Men kon deze zaak natuurlijk nader laten onderzoeken, vervolgde de bisschop, maar daarvoor moest de hulp van speciale kerkelijke gezanten worden ingeroepen, en dat was een kostbare aangelegenheid. De kans op toeschietelijkheid en erkenning door hogere klerikale autoriteiten was overigens bijzonder klein, en wel omdat de abdij niet in het bezit van de moederkerk was, maar nog altijd door de graaf als een leengoed werd beschouwd.

Toch was de bisschop zo verstandig om de hunkerende abt niet alle hoop te ontnemen. 'U schreef dat de kleren van het kind op een edele afkomst wijzen, al valt nog niet te zeggen uit welk land het afkomstig is. Stelt u de gravin in kennis van het verhaal en laat deze haar leenheer, de koning van Frankrijk, verwittigen. Doet u hetzelfde met het stedelijk bestuur in Brugge dat zo veel buitenlandse contacten heeft. Langs deze beide wegen kan het nieuws over de scheepsramp en de jeugdige overlevende over heel Europa worden verspreid. Zo kan het *Deo volente* gebeuren dat op een dag een adellijke of zelfs koninklijke familie zich bij uw abdij aandient. Wanneer zij hun beweende telg in goede gezondheid terugvinden, zal een grote beloning niet uitblijven.'

Er restte de abt weinig anders dan met deze knagende hoop de toekomst af te wachten.

3

Het duurde bijna een half jaar voordat een speciale oppas een eerste woord aan de kleine schipbreukeling wist te ontlokken. Het jochie was al vrij snel na zijn komst in het klooster helemaal hersteld van alle beproevingen in de koude golven. Het at en dronk, zat tussen de andere wezen en oblaten, en speelde ook mee. Maar het sprak niet, geen woord, was nogal eens in zichzelf gekeerd, en toen dit bleef voortduren riep de abt, op aanraden van enkele monniken, de hulp in van mater Matthea uit Brugge. Matthea was een hooggeboren vrouw die, nadat rampspoed over haar familie was gekomen, als zuster van liefde in het gasthuis Sint-Jan boete deed door nooit aflatende zorg en bijstand te verlenen. Het was een vrouw die in weerwil van haar vroomheid en decentie nog steeds bevallig oogde en die een warmte om zich heen verspreidde waar jong en oud gevoelig voor was. Ze kwam speciaal naar de abdij van Sint-Odulfus, betrok er een afgelegen logeerverblijf en moeide zich weken achtereen met het kereltje dat stommetje speelde.

'Ik zie het al,' merkte ze na enkele dagen op, 'een huilbui van jewelste zit vast in zijn lijfje en drukt op zijn kleine ziel.'

Ze speelde met hem, wiegde hem, zong hem in slaap met

een keur aan liedjes. 's Nachts hield ze hem bij zich en zag hoe hij woelde en streed tegen zijn angstdromen. Meer en meer wist ze zijn vertrouwen te winnen, totdat hij zich eens aan het einde van de dag overgaf aan haar. Een hele nacht lang stortte het jochie dikke tranen.

Haar volgende stap bestond eruit hem de nodige woorden uit de streektaal bij te brengen. In enkele weken tijds leerde ze hem een behoorlijke woordenschat, al was het nog steeds niet duidelijk welke taal hij van huis uit sprak.

Toen ze afscheid van hem moest nemen, iets wat haar zelf ook in tranen deed uitbarsten, beloofde ze hem af en toe te zullen opzoeken.

De abt was zeer tevreden over de bemoeienissen en zielszorg van deze zuster vol liefde. Normaal zou hij zulke drukte niet aanhalen, maar het vooruitzicht van een riante beloning deed hem het welzijn van het jochie nastreven. Al die tijd had het nog geen naam gekregen, omdat men verwachtte dat het die zelf weleens zou uitspreken. Maar dat gebeurde niet. Daarom gaf de abt hem op een dag de naam Beda, want hij was uit het westen overzee gekomen en de blik in zijn blauwe ogen was glashelder.

Beda was de jongste in een kloosterklasje van twaalf jongens die monniken soms gekscherend als de twaalf aposteltjes aanduidden. Het elementaire onderwijs in het Latijn werd voornamelijk verzorgd door de monnik Basilius, een goedmoedige en meestal geduldige man. Een keur aan psalmen vormde de teksten voor beginners. Basilius droeg een strofe voor en de kinderen zeiden het hem regel voor regel na, totdat ze de hele psalm hadden gememoriseerd. Daarna deden ze leesoefeningen met de strofen van dezelfde psalm. Hiervoor maakten ze gebruik van een met krijt beschreven grote lei. Voor hun schrijfoefeningen gebruikten de kinderen wastafeltjes, waarbij een oudere een jongere vooruithielp.

Beda, die aanvankelijk geen woord Latijn kende en niet

vertrouwd leek met het evangelie, luisterde met de ogen wijd open en deed steeds zoals hem werd opgedragen. Lezen en schrijven bleken hem goed af te gaan en het duurde dan ook niet lang eer hij zijn achterstand op anderen had ingehaald. Wanneer de eerste basis was gelegd onderwees Basilius beginselen van grammatica, logica en retorica, op de wijze zoals het hem zelf vroeger ook was geleerd. Behalve Latijn leerde Basilius de kinderen ook Frans, de voornaamste taal van het grafelijk bestuur. Buiten de lessen om spraken de kinderen Diets met elkaar.

Naast intellectuele vakken kregen de kinderen de heilsgeschiedenis van de moederkerk ingeprent. Basilius vertelde over de woestijnvaders, de allereerste monniken die zich uit de bewoonde wereld hadden teruggetrokken. Afgezonderd in de wildernis, zich uitputtend in ascese en gebeden, probeerden ze dichter bij God te komen. De verhalen over de vele heiligen die de kalender bevolkten boden de belofte van hemelse troost. Alle voortreffelijke gelovigen streefden naar hetzelfde: afstand doen van de wereld en tot het uiterste gaan om hun geest los te maken van het zondige vlees. Op die wijze diende iedere kloosterling te leven.

'Het klooster,' hield Basilius de kinderen voor, 'is als een burcht waar de godsvrucht wordt gecultiveerd, zozeer dat God er wel wil wonen. Maar buiten de kloostermuren woekert het heidendom, zoals in de wouden de wolvenroedel regeert.'

In de warme maanden nam Basilius zijn leerlingen mee naar buiten om hen te laten werken in de kloostertuin. Hij gaf hun onderricht over de geneeskrachtige kruiden die in deze *herbularius* werden gekweekt. Ook werkten de jongens op knieën in de moestuin en koolhof die net als de boomgaard buiten de ommuring lagen. Ze haalden hout uit nabijgelegen bossen, hielpen met het verweiden van de schapen op het brakke land, zetten strikken om hazen en konijnen te vangen of togen met kleine sleepnetten naar het Noordzeestrand om er krabben, garnalen of scharren te vangen.

Op deze wijze werden ze voorbereid op een leven dat contemplatie en handenarbeid met elkaar verbond, volgens de regel die Benedictus van Nursia op schrift had gesteld.

*

De benedictijnse abdij Sint-Odulfus werd gesticht in tijden dat het Vlaamse land nog maar amper bekomen was van de gesel der Vikingen. In die dagen van wederopbouw gaven de Vlaamse graven opdracht aan hun volk grote stukken land op de zee te heroveren. Het leeuwendeel van dit ingepolderde land bleef brak door periodieke overstroming. Daardoor was het niet geschikt voor akkerbouw. Maar schapen konden er in grote aantallen worden geweid. De prille abdij van Sint-Odulfus kreeg zulke geestgronden en schaapskudden voor haar onderhoud toegewezen. De abt werd leenman van de graaf en moest hem jaarlijks op zijn knieën hulde bewijzen.

Nadat de lakennijverheid in Brugge krachtig ontlook en de prijs van wol omhooggging, nam de welvaart van de abdij zienderogen toe. Men zag het aan de gebouwen die een voor een van hout in steen veranderden. In die dagen verrees ook de abdijkerk met twee altaren, een rechthoekig koor geflankeerd door stoelen van welriekend hout en op manshoogte een fraai versierd baldakijn. In de gebedsruimte bevonden zich voorts een reliekschrijn met zilverwerk beslagen, een levensgroot kruis in bladgoud en een portret van de Moeder en haar Zoon. De door houtwormen vermolmde santenfamilie uit de begindagen werd vervangen door imposante stenen beelden van martelaren uit de eerste eeuwen van de jaartelling. Een leger horige landlieden was enkele seizoenen achtereen bezig een muur rond het kloosterdomein op te richten. Het volk verrichtte het corvee niet eens tegen zijn zin, in de wetenschap dat na elke werkdag een vaatje moezelwijn uit de kelder werd getakeld en aan de werkers uitgeschonken.

De bibliotheek van de abdij dateerde uit diezelfde dagen van voorspoed. De collectie bevatte meer dan honderd handschriften, boeken waarvan het leeuwendeel bestond uit teksten die elders waren overgeschreven.

Op enige afstand van het ommuurde domein was een villerij ingericht. Enkele horige kloosterbroeders ontdeden de kreupele of dode schapen van hun vacht en huid. Ze wasten de wol, zodat die gesponnen kon worden. De huiden loogden ze in kalk, spanden deze op houten ramen en krabden de haren en onregelmatigheden er zo veel mogelijk vanaf. Daarna lieten ze de huiden drogen, schraapten ze andermaal zorgvuldig af en behandelden de beide zijden ervan met krijt en puimsteen, om ze glad te maken. Aldus veranderden ze de huiden in perkament dat, eenmaal geprepareerd, tot vellen werd versneden. Op dit schrijfmateriaal werden nieuwe handschriften in het scriptorium van het klooster vervaardigd: gebeden- of Bijbelboeken, heiligenlevens, sermoenen van kerkvaders of lijviger werken van hun hand, maar ook kopieën van poëtische of historische werken waarvan de auteurs uit de Romeinse Oudheid dateerden. In betere tijden schreven de kopiisten van Sint-Odulfus nog met inkt van ijzergallus dat in grote potten uit Brugge werd aangevoerd. Toen de tijden minder werden gingen de monniken zelf een zwarte inkt van eenvoudig recept maken. Ze gebruikten roet dat werd gemengd met water waarin gom of een andere kleefstof was opgelost. Een bruine inkt maakten ze met walnoot, een rode met schildluis, en een groene met azijn en koper.

4

In de voorbije decennia was, in verscheidene landstreken, onder geestelijken het verlangen sterker geworden om de observantie, de naleving van de kloosterregel, strikter in acht te nemen. Hierdoor hadden nogal wat kloosters in de Lage Landen de teugels strakker aangehaald met het doel zich innerlijk te zuiveren. Sommige gemeenschappen, zoals die van de nieuwerwetse cluniacenzers en cisterciënzers, gingen daarin zo ver dat vlees, vis of eieren er niet of nauwelijks meer op tafel kwamen. Per etmaal werd er slechts een enkele maaltijd geserveerd, meestal bonenbrij met grutten, waar een werkdag van tien uur en een halve nacht vol koorgebeden tegenover stonden. Het brevieren in de weinige doorwaakte uren die resteerden gold er als een deugd, terwijl monniken die zelf gedichten schreven of gestalten tekenden zich volgens die nieuwe regels aan ernstige vergrijpen schuldig maakten.

Het kloosterleven op Sint-Odulfus had zich daarentegen altijd door een zekere mildheid gekenmerkt. De abt Adalbertus wilde daar liever niets aan veranderen. Binnen de muren heerste de Regula Benedicti, maar er was ruimte om creatief met de vele voorschriften om te gaan. En niet voor iedereen golden dezelfde regels. Er was een meerderheid van monniken ontstaan die slechts deelnam aan een deel van de getijden, de gebeden op verschillende uren van de dag. Ze besteedden het leeuwendeel van hun tijd aan arbeid ten behoeve van het klooster en zijn zelfvoorziening. Ze werkten zij aan zij met lekenbroeders – geadopteerde armen en horigen zonder land – die officieel in deze orde niet voorkwamen. Een kleinere groep monniken nam de getijden, de koorzangen en dodenofficie geheel voor zijn rekening. In hun verfijnde liturgie en ijle gezang trachtten deze vergeestelijkte monniken de barrière tussen aarde en hemel te slechten. Deze zogenaamde *spirituelen* zag men bijna nooit werken. In de uren tussen hun liturgische verplichtingen liepen ze kalmpjes te brevieren op de kruispaden in de grote boomgaard. Bij slecht weer zochten ze met hun gebedenboek hun cellen op om er te mediteren of anders wel te doezelen.

Er was in de kloostergemeenschap een monnik die zich met beide groepen nauwelijks inliet en erg op zichzelf was. Hij had een groter tonsuur dan de andere monniken, waarbij de haarrand rond zijn wijd geschoren kruin nog slechts een vingertopje breed was. Diens geloofsijver, boetedoening en niet-aflatende pogingen tot versterving hadden hem een zekere vermaardheid in de regio bezorgd. Zijn naam was Elmus. Hij was een bastaard van een kasteelheer op leeftijd die hem ruim dertig jaar geleden als oblaat met erfdeel aan de abdij had afgestaan.

'Elmus is een levende offerande aan God,' kon de abt met geveinsde eerbied zeggen. 'Zijn zelfkwellingen en onthoudingen worden nergens geëvenaard.' De vermaardheid van deze godzoeker kwam ook de reputatie van het klooster ten goede. Wanneer de bisschop Sint-Odulfus visiteerde of dat liet doen door enkele gezanten, gebruikte de abt de devote Elmus altijd als zijn boegbeeld. Het moest de aandacht afleiden van de heersende gemoedelijkheid in zijn gelederen. Elmus, hoewel van nature weerspannig, toonde zich telkens zeer dienstvaardig en overtuigend in die rol, waarschijnlijk uit erkentelijkheid jegens de abt van wie hij in bijna alles zijn eigen gang mocht gaan.

De naar het lijden dorstende Elmus trok zich dikwijls terug uit het kloosterleven om in strikte clausuur te vegeteren. In de aanloop hiervan zat hij dagenlang geknield tegenover het beeld van Sint-Bavo in een nis van de kapel. Al die tijd hield hij zijn bovenlijf kaarsrecht en het hoofd muisstil. Zijn paulinische tonsuur was bedekt met de forse hoed van een gedroogde vliegenzwam, van waaruit loslatende, geestverruimende spoorelementen zich met zijn zweterige hoofdhuid vermengden. Na enkele dagen in deze houding en met deze hoofdbedekking te hebben doorgebracht zwalkte hij slingerend naar zijn kluis. Hij sloot zich op in de meest barre cel waar koude en vocht vrij spel hadden. Een tonnetje water en een bos gedroogde planten dienden hem tot leeftocht. Zoals altijd was hij getooid in een boetekleed van ruw geitenhaar waar ijzeren nagels in waren gedreven. Alsof dat niet volstond geselde hij zichzelf regelmatig met taxustwijgen. 's Nachts legde hij zijn boetekleed af en lag in zijn naaktheid op een bed dat met distels was bestrooid. Hij had zich toegelegd op volstrekte zwijgzaamheid, maar in de kleine uren hoorden de andere monniken hem soms geluiden voortbrengen die aan hondengejank deden denken.

Elmus' absentie duurde doorgaans vier tot zes weken en naarmate hij langer wegbleef steeg de spanning in het klooster, al sprak niemand over hem. Plots verscheen hij in het aanschijn van de levenden: groot en knokig, een koortsige blik in de ogen, geenszins gelouterd. In het eerste jaar van zijn ascese had hij, in een visioen, eens de mystieke melk van de Moedermaagd mogen drinken toen haar lekkende borsten boven hem hingen en hij de honingzoete druppels op zijn uitgestoken tong wist op te vangen. De jaren daarna sprak hij echter vol ontzetting van monsters en demonen die hem hadden belaagd. Hij zwaaide met zijn armen om zijn woorden kracht bij te zetten. Zijn handen en bevuilde voeten vertoonden diepe, pussende wonden alsof hij dagenlang aan het kruis had gehangen.

De abt werd altijd direct verwittigd wanneer de asceet zijn barre cel de rug had toegekeerd. Met zachte drang voerde de abt hem weg, samen met twee monniken die hem moesten verzorgen. Ze maakten een groot warm bad voor hem klaar, want in plaats van een geur van heiligheid droeg Elmus een walm van de mestvaalt met zich mee. Hij werd gereinigd en met etherische oliën ingewreven. Men zette bloedzuigers aan zijn wonden om ze te ontsmetten, en hij liet het rustig toe. Zonder dat zijn beproefde ingewand problemen veroorzaakte tafelde Elmus vervolgens met de abt. Ze verorberden enkele gesmoorde scharren of zelfs kapoenen en dronken een stevige kruik wijn. Intussen getuigde de asceet van zijn gewaarwordingen en duivelse visioenen. De abt luisterde met toenemende korzeligheid wanneer het hem duidelijk werd dat de godzoeker ook deze keer geen hoopgevende boodschap uit de hemel kon overbrieven.

In de dagen hierna kwam Elmus weer langzaam tot zichzelf. Hij liep rond in een frisgewassen habijt zonder stekels aan de binnenkant. Wanneer anderen hem aanspraken negeerde hij hen. Maar soms schoot hij een van de monniken of een klein gezelschap wel aan, en dan sprak hij op een indringende toon, terwijl zijn toehoorders starogend naar hem luisterden. Een enkele keer overviel hij de schoolklas van Basilius. Hij stond daar met zijn schonkige reuzenlijf dat het hele jeugdige gezelschap leek te overschaduwen. Het haar rond zijn tonsuur was stekelig, zijn ogen puilden enigszins uit.

'Waarde broeder,' sprak hij tot Basilius, 'zou ik mij misschien een uurtje mogen verstaan met deze novieten? Dan kunt u intussen deelnemen aan het koorgebed. Hoor maar, ze zijn net begonnen.'

Het verzoek klonk als een bevel en de aangesprokene trok zich in verwarring terug. De jongens keken elkaar schuw aan. Enkelen maakten moeizame slikbewegingen en wachtten onrustig ademend af.

Elmus liep voor de rijen langs en keek iedere jongen in het klasje doordringend aan. Hij schraapte langdurig zijn keel en begon: 'Komen jullie weleens bij het kapelletje van de eeuwig zingende liefdeszusters? Het is een martyrium, er liggen lichamelijke resten van een aantal zusters in begraven. De onderaardse ruimte in de kapel kun je betreden en als je een kaars meeneemt kun je het heilige gebeente van deze vrouwen zien en bevoelen en kun je er bij bidden, zoals ik zelf graag doe. Je moet weten dat op die plek enkele eeuwen terug een klein vrouwenklooster stond dat op een kwade dag door de Vikingen werd overvallen. Toen de overval plaatsvond dreven ze alle nonnen in het kerkgebouw bijeen, vergrendelden het en staken de boel in brand. Nu denken jullie natuurlijk dat deze zusters tijdens de brand hun doodsnood uitschreeuwden. O nee hoor, want terwijl de vlammen het dak verteerden oversteeg hun heilig gezang het geraas van het vuur. Alle zusters waren blij dat ze voor het geloof mochten sterven, net als andere martelaren die hun voorgingen.'

Elmus onderbrak zijn verhaal en zei met donkere stem: 'Waarom vouwen jullie je handen niet voor zulke heilige vrouwen, zulke martelaressen?'

Met neergeslagen blik deden de jongens aldus.

'Jullie begaan een zware zonde,' zei Elmus, 'als je de heiligheid van anderen ontziet.' Hij haalde een roede van jonge twijgen van onder zijn habijt vandaan, hield deze omhoog en sprak: 'Tallozen leren het ware slechts kennen nadat ze keer op keer zijn gekwispeld. Weet iemand wat dat is: kwispelen?'

Beda had een vermoeden, maar hij zweeg, net als de andere jongens.

'Kwispelen betekent tuchtigen met een zweep, of anders wel met een roede, zoals deze. Die tuchtiging is niet alleen een straf voor de zonde maar ook een loutering en dikwijls middel tot openbaring en besef. En daarom geldt voor de getuchtigde: *hij kusse de roede*, ook omdat hij gedurende die kwispeling een nietig voorproefje krijgt van het lijden dat een christelijke martelaar moet ondergaan.'

Zonder te bewegen luisterden de jongens; ze leken amper nog te ademen.

'En de martelaar is een speciaal iemand,' vervolgde de knokige monnik bijna monter, 'hij is een navolger van Christus die immers voor ons een helse dood stierf. Vroege christenen waren overtuigd van de noodzaak om zelf ook als martelaar te sterven. "Ach Heere, ontzie ons toch niet!" klonk het dikwijls in die gezegende maar vervlogen dagen. Door de doop wordt een mens gezuiverd, worden zijn zonden afgewassen. Maar deze volstaat niet, want het zijn de misstappen die het levenspad van een mens richting geven. En daarom wordt een mens in de bloeddoop pas echt gereinigd. Degene die in zijn eigen bloed wordt gedoopt laat zien dat hij de zichtbare wereld niet omarmt, maar het hogere hemelse rijk des te meer. Weten jullie dat de ziel van een tot het uiterste gefolterde martelaar levendiger is dan ooit? Zo ging het in de eeuwen toen christenen massaal werden vervolgd. Onze tijd kent andere martelaren. In een kruistocht krijgen mannen, ridders en geestelijken, de kans om voor het geloof te sterven. Alleen hierom al moet er steeds een nieuw leger worden gevormd dat naar het Heilige Land optrekt. Wees bereid als het zo ver is.'

Alsof het nog niet genoeg was verloor Elmus zich ook nog eens in verhalen over gevilde, geradbraakte, geroosterde of met pijlen doorschoten bloedgetuigen. De jongens zaten er zwetend naar te luisteren.

De tweede keer dat Elmus het kloosterklasje overviel en Basilius had weggejaagd, begon hij over de schepping. 'Jullie denken misschien dat God deze wereld schiep omwille van de mensen. Ja toch?' Zijn uitpuilende ogen trachtten de schuwe blikken van de jongens te vangen – alleen Beda keek hem recht aan. 'De waarheid is echter dat Gods schepping van de mens voortkwam uit een ongelukkig toeval. De mens is de onvolmaakte plaatsvervanger van de engelen die tegen God in opstand kwamen en die Hij uit de hemel wierp naar de afgronden der aarde. Adam en Eva waren Gods tweede keuze die daarna door de erfzonde hun hemelse Vader ook nog eens afvallig werden. Daarom strafte Hij de mensen en bracht hen in een staat van misère en wormstekigheid.'

Na deze woorden haalde Elmus een ineengepropte zweetdoek uit de zak van zijn habijt en legde deze op zijn gespreide hand. Er was iets in de doek wat zachtjes bewoog, en de jongens merkten het op. Behoedzaam ontvouwde Elmus de zweetdoek. Hij haalde er een diertje uit tevoorschijn dat hij daarop direct vastklemde door zijn hand tot vuist te maken.

Een van de jongens zag het uit de vuist stekende kopje en zei: 'Een muis.'

'Nee,' zei een ander, bijna fluisterend, 'een jonge rat.'

'Weten jullie,' vroeg Elmus, 'wat het verschil is tussen een mens en een dier?'

Geen van de jongens durfde iets te zeggen.

'Een mens heeft een ziel en die is onsterfelijk,' zei Elmus. 'Maar een dier, zoals deze jonge rat, heeft geen ziel.' Hij ontspande de vuist waarin het diertje gevangenzat enigszins. Het probeerde uit de benarde holte te kruipen, wat niet gelukte. 'Een dier is begiftigd met adem die het doet leven en bewegen. Maar na zijn dood zal het vergaan tot niets... Tot niets!' Na een korte stilte hernam Elmus: 'Alle mensen moeten sterven, net als de dieren, maar de ziel van de mens sterft niet en zal door een vuurgloed moeten gaan om zich te reinigen. Op de Jongste Dag wordt de ziel wederom met het lichaam herenigd, wanneer God de doden tot nieuw leven wekt. Voorwaar, alle doden die hun zonden in het Vagevuur hebben uitgeboet zullen weder opstaan.' Elmus' prangende blik ging langs de rijen. 'Maar er zijn ook goddeloze mensen, onder wie kinderen, en die zullen niet uit hun graf opstaan als de ure daar is.' Hij stak zijn vuist verder naar voren en kneep deze toe. Even krijste de jonge rat schril en verwondde Elmus' hand door een vertwijfelde beet. Toen verstarde het kopje, het bekje bleef wijd openstaan. Onder aan de toegeknepen vuist droop een straaltje bloed en drek. 'Deze rat zal zonder een zuchtje pijn tot niets vergaan,' sprak de monnik met een galm, 'maar de goddeloze, zondige mens zal tot in Eeuwigheid worden gefolterd in het vuur.'

Elmus kwam niet vaak tijdens de lessen van Basilius binnenvallen. Er zat weleens een vol jaar tussen voordat hij de vrede van het klaslokaal opnieuw verstoorde. Toch was er in de tussentijd onder de leerlingen dikwijls een dreiging voelbaar, vooral wanneer de godzoeker een periode van strikte clausuur en ascese had voltooid en weer onder de levenden verscheen. De jongens fluisterden erover in de slaapzaal. Oudere kinderen gaven lucht aan hun angst door de kleintjes de stuipen op het lijf te jagen: in het halfduister speelden ze na hoe broeder Elmus in een donkere nis stond te loeren en plots zijn klauwen uitstak naar enkele kinderen die nietsvermoedend voorbijliepen. Een enkeling kon zijn loopje precies nadoen. Die liep dan tussen de bedden door en nam er een te grazen als die zich niet bang genoeg toonde.

Er waren ook daden van Elmus waar de kinderen met geen woord over spraken.

De gevreesde monnik doemde soms op wanneer de jeugd zich buiten de kloosterpoort bevond. Een keer was een groepje jongens in de moestuin bezig. In plaats van het werk te verrichten dat hun was opgedragen renden ze elkaar uitgelaten achterna, tikten elkaar aan of waren aan het ravotten. *Hij* stond daar ineens half verscholen tussen de struiken die rond de tuin groeiden. Een grauwe kaproen verdonkerde zijn gelaat. Die hem zagen schrokken zich wild en kozen na enkele momenten van besluiteloosheid het hazenpad, richting de abdij. Alleen de jonge Beda vluchtte niet en ging weer aan het werk. Nadat de jongen, met opgetrokken pij en kruipend op knieën, een lange regel juist opgeschoten zaaigoed met zijn vingers behoedzaam van onkruid had ontdaan en daarna een nieuwe regel wilde aanvangen zag hij dat de monnik daar nog steeds stond en hem aanstaarde.

'Oudere broeder,' riep Beda hem toe, 'wil je misschien ook komen werken?' Als ze naast elkaar op knieën zouden zitten kon hij misschien eindelijk de vraag stellen die hem al lange tijd prangde: hoe kon God de door zijn hand gevallen engelen in de afgronden op aarde doen belanden als deze, net als de mensen, nog niet was geschapen?

Elmus bleef roerloos staan. Beda ging daarop verder met zijn werk en hoopte dat de andere jongens zouden terugkeren. Even later klonken er stappen achter hem en toen hij vluchtig omkeek zag hij de enorme blote voeten van Elmus op hem toe lopen. Beda wachtte af en keek aarzelend op naar de schonkige verschijning die hem indringend monsterde en zich vervolgens de woorden 'Ach prinsje, zo ver van huis' liet ontvallen. Daarna liep hij verder en verliet de moestuin. Beda keek hem na en moest denken aan de brute roofridder die regelmatig na het avondmaal in verhalen van de monniken figureerde.

5

De abt Adalbertus had zich veel inspanningen getroost om het bericht over de hooggeboren jonge schipbreukeling links en rechts in Europa te laten verspreiden. Maar hoewel er inmiddels jaren waren verstreken was er nooit een gezant of een delegatie bij de kloosterpoort verschenen om de jongen op te eisen. En brieven waarin nadere vragen over hem werden gesteld bleven uit. Het feit dat de jonge Beda zelf geen enkele informatie over zijn afkomst kon verschaffen stond opheldering van het mysterie ook al in de weg. Verschillende verhoren die de abt hem had afgenomen – daarbij steeds verspringend van Latijn naar Frans naar Diets of andersom – veranderden hier niets aan. Het leek alsof alle vroege herinneringen van de jongen waren gewist of vergrendeld.

Intussen ging het helemaal niet slecht met Beda. Hij was levenslustig en opvallend leergierig. Het was een gewone vrolijke knaap; aan hem viel niet te zien dat een groot ongeluk zijn jonge leven bijna had verwoest. Weliswaar zegde hij zijn gebeden foutloos op, maar oudere monniken moesten hem telkens tot bidden en zingen aansporen.

‘Hoor toch,’ riep Glinus hem eens toe, ‘hoe zorgvuldig de psalmen, woord voor woord, hier ter kerke worden gezongen en gemoduleerd! – een bewijs hoe zoet de woorden van God op onze lippen smaken. Woorden zoeter dan de allerfijnste honing. En jij denkt deze nectar des Heeren te moeten versmaden?’

Toen de jongen na deze en andere vermaningen nog steeds te weinig ontzag toonde voor alles wat heilig was en telkens aansporing behoefde, pakte Glinus een twijg en ranselde hem geducht. Dat gebeurde daarna nog verschillende keren, waarbij de twijg voor een zweep werd ingewisseld.

Tijdens de vieringen bleef Beda een afwezige indruk maken. Kerkelijke rituelen volvoerde hij op een werktuiglijke manier. Anders dan iedereen bekruiste de jongen zich nooit om demonen in zijn nabijheid te verjagen. De beelden van de Moeder, de Zoon of die van heiligen en martelaren vergat hij eerbiedig te groeten. Het kwam blijkbaar niet in hem op eens voor hen te knielen. Daarentegen kon hij, tot vermaak van andere jongens in de slaapzaal, de galm of ijle zang van sommige spirituele monniken voortreffelijk nadoen, zoals hij ook hun gelaatsuitdrukkingen – van godvruchtige vervoering tot totaal geveinsde vroomheid – met veel inleving imiteerde.

Beda probeerde weleens serieus te bidden, 's nachts bijvoorbeeld wanneer beklemmende dromen hem wakker deden schrikken. Zonder het te willen fluisterde hij niet zozeer tegen God, maar tegen de schemergestalten van zijn onbekende voorzaten. Andere keren wanneer hij wel bewust naar de Vader of diens Zoon zocht ontstond er steeds een leegte in zijn gedachten, alsof op voorhand was beslist dat hij niet gehoord zou worden. Dit gaf hem in zijn vroege jaren kortstondig het idee dat het geslacht waaruit hij was voortgekomen misschien wel was vervloekt, zoals de oudere monnik Timotheüs hem eens had ingefluisterd. Maar ook dit Bijbelse denkbeeld van ongenade wist niet te beklijven in zijn montere, jeugdige geest.

Door ijverig te zijn met praktische zaken wist de jonge Beda zijn deelname in de dagelijkse gebedsdiensten of de priesterlijke consecratie tot een minimum te beperken. Hij verrichtte liever werk in de *herbularius*, in de moestuin of boomgaard bij regenachtig weer dan dat hij urenlang in de behaaglijke warmte van de abdijkerk de missen en getijden, het hele liturgische schouwspel, moest bijwonen. Al vroeg begreep de jongen hoe hij enige ruimte voor zichzelf kon creëren in de kloosterlijke omgeving waar strikt gesproken geen enkele persoonlijke vrijheid bestond. Een zweem van vrijheid, daar ging het hem om. Zoiets voor zichzelf verwerven werd een bijna heilig doel, waarop hij steeds gespitst bleef. Dat hij zijn hele leven in dit klooster zou moeten slijten kon hij zich niet voorstellen.

Toch begon Beda zich veel meer in Sint-Odulfus thuis te voelen toen hij rond zijn negende levensjaar als leerling-kopiist in het scriptorium werd aangesteld. De schoolklas van Basilius bezocht hij niet langer; in plaats daarvan werd magister Arnulf zijn leermeester, die hem behalve in de technieken van het boekschrift ook in de zeven vrije kunsten zou inwijden. Arnulf toonde zich verguld met zijn nieuwe leerling, reden voor Beda met nog meer toewijding te werken.

6

Op een nacht schrok Beda wakker uit een droom die hem naar een andere wereld had gebracht. Een wereld die hem even vreemd als vertrouwd toescheen. Zijn jongenslijf was verhit, zijn hart bonkte en zijn wangen waren nat van tranen. De droombeelden hadden hem diep geraakt, al wist hij niet precies waarom. Landschappen, welvend en rotsachtig, hadden zich voor hem uitgestrekt. Er was een meer, aan de oever begroeid met weelderige bomen, en verderop lag een nederzetting waarboven een burcht uittorende. Bekende stemmen klonken in een taal die hij weliswaar verstond maar niet kon spreken.

Hij voelde zich te opgewonden om in bed te blijven. Voorzichtig sloop hij de slaapzaal uit en liep, zonder de martelaren te groeten, door de hal naar buiten. Iedereen sliep, het zou nog uren duren voordat men de metten, het nachtelijke gebed, aanving. Het was een warme zomernacht met helder fonkelende sterren.

Beda sloop in het zilverblauwe schijnsel naar een plaats bij de muur achter de abdijkerk. Er was daar, door een aanbouw aan het oog onttrokken, een kleine poort die men van binnenuit kon ontgrendelen. Bij toeval had hij deze vluchtweg ooit ontdekt, net als enkele andere monniken die er soms in de kleine uren, wanneer de hoofdpoort was vergrendeld, gebruik van maakten. Zonder geluid te maken ontsloot hij de poort en wrong zich door het struikgewas aan de andere kant van de muur een weg naar buiten. Niet veel later dwaalde hij over het uitgestrekte schapenland en kon alleen maar huilen om datgene waarvan hij slechts in zijn geest een glimp had teruggezien. Nadat hij was gekalmeerd begon hij te fantaseren over de weidsheid van de wereld. De gedachte dat hij later naar verschillende windstreken zou kunnen reizen, dat hij misschien daardoor zomaar zijn geboortestreek zou kunnen aandoen, vervulde hem met onbestemde blijdschap.

Op een bult van rul zand, eerder door de wind bijeengestoven, streek hij neer. Op zijn rug lag hij naar de sterren te staren. Wat had mater Matthea hem eerder ook alweer verteld? De sterren zijn oplichtende zielen die het Vagevuur mochten verlaten en nu op weg zijn naar het Koninkrijk in de verre hoogte. Hij tuurde naar de nachthemel en het liefste zou hij haar woorden zonder bedenkingen willen geloven, al werd dat bemoeilijkt door wat magister Arnulf hem onlangs over de sterrenhemel had uitgelegd. Mater Matthea. Als hij aan haar dacht moest hij glimlachen en was het alsof hij werd omgeven door een moederlijke warmte. Hij vroeg zich af of het slecht van hem was dat deze vrouw meer voor hem betekende dan Maria, de hemelse moeder van de zeven smarten, de heilige maagd en mystieke roos van de dageraad die hij slechts kende uit verhalen of van het beeld met de stralenkrans. Er was niemand, ook magister Arnulf niet, met wie hij in het klooster over al zijn twijfels ooit zou kunnen spreken en zelf kwam hij er niet uit. Toen sloot hij zijn ogen en trachtte opnieuw te vinden in zijn geest wat hij eerder al dromend van nabij had gezien. Hij deed het vergeefs. De zomerse zwoelte van het halfduister maakte het makkelijker om zich met zijn onmacht te verzoenen. Verwonderd over de gevoelskracht van dromen en het vele licht in de nachthemel sliep hij in.

Eerst was er een vredige slaap over hem en toen plots droomde hij dat een gestalte zijn hoofd en schouders optilde, een grote doek over zijn gezicht deed en deze hard aantrok. Tegelijk hield een reusachtige arm hem in een beklemmende greep vast. Hij verzette zich uit alle macht tegen zijn belager. Toen hij schreeuwde kneep die ander met een grote klauw zijn keel dicht zodat hij bijna stikte en pas toen realiseerde hij zich dat hij niet droomde maar klaarwakker was. Hij wist een arm vrij te worstelen en greep naar de doek voor zijn gezicht. Die ander wilde dat beletten met diezelfde klauw en toen twee vingers met wilde nagels zijn lippen schampten beet hij er zo hard mogelijk in, totdat hij bloed op zijn tong proefde. Een gesmoorde kreet onderbrak de woeste ademhaling van de ander, waarop hij besloot, de twee vingers met de nagels nog steeds tussen zijn tanden, door te bijten. Toen raakte een vuistslag de zijkant van zijn hoofd en direct erna volgde nog een dreun. Even was het alsof hij zweefde tussen alle geluiden die in zijn oren opklonken. Eerst schril piepend, daarna sissend en toen niets meer.

In het eerste licht van de dag ontwaakte Beda uit zijn bewusteloosheid. De pijn leek overal, maar op sommige plekken was het heviger. Het schrijnde en kleefde tussen zijn benen. Hij ging met zijn hand onder zijn pij naar zijn bilnaad in de verwachting dat zijn vingers met bloed in aanraking zouden komen. Behalve bloed was het vooral een vreemd soort snot dat hem in zijn kruis aankleefde. Met een bonkend hoofd stond hij voorzichtig op en ging moeizaam op weg naar het pad in de duinen dat naar het zeestrand voerde. Hij wilde zich in het zilte water onderdompelen; misschien zou hij zich beter voelen als zijn lichaam was gereinigd.

Toen hij terugkeerde in de abdij hadden de kloosterlingen reeds twee gebedsstonden achter de rug en waren ze bijeen in de eetzaal om brood en reuzel te eten. Beda ontweek het gezelschap en ging direct naar het scriptorium. Bijna een jaar geleden was hij er in de leer gekomen en onderhand produceerde hij zelf teksten van een behoorlijke kwaliteit.

Magister Arnulf verscheen een half uur later in het schrijfvertrek. Hij reageerde verbaasd dat zijn leerling reeds aan het werk was. Toen zag hij dat de jongen gehavend was in zijn gezicht, zijn hals en bij zijn linkeroor. Hij liep op hem toe en vroeg: 'Wat is er in hemelsnaam met jou gebeurd?'

De jonge Beda ontweek de vorsende blik van de ander en antwoordde bedeesd: 'Ik ben uit een boom gevallen, magister.'

Arnulf wilde er meer van weten, geloofde hem eigenlijk niet, maar de jongen zei alleen: 'Ik moet nu echt aan het werk. Gisteren was ook al geen goede dag.'

7

Magister Arnulf was een man die, ooit ingetreden als boeteling, vrede had gevonden tussen de geschriften. Boven de deur van het zijvertrek waarin het boekenbezit op planken werd bewaard had hij de woorden *verba volant, scripta manent* geschilderd. Zijn leerling Beda had onlangs zijn tiende gekopieerde boek aan deze bibliotheek toegevoegd. De wastafeltjes of krijtbordjes hadden plaatsgemaakt voor heuse perkamentvellen. Het boekschrift waarin Beda zich had bekwaamd was formeler, dat wil zeggen netter, en het moest met een zekere nadruk worden genoteerd. Het naar cursief neigende loopschrift dat hij eerder in het klasje van Basilius had geleerd moest hij loslaten. In het boekschrift moest elke letter van een woord op zichzelf staan. Verticale elementen en brekingen bepaalden het postuur van de letter. Het schrift kwam tot stand met brede penstreken en zeer fijne haarlijnen. Op de schrijflijn rustten geen rondingen meer maar nog slechts de spitse punten van de gebroken letters. Het gebruik van uitvergrote letters verspreid in de tekst – de initialen – was allerminst kwistig, maar wanneer er wel een werd geschreven was dit steeds een proeve van versierkunst.

Veel geschriften die ze kopieerden waren doorgaans vormeloos in hun structuur of compositie. Arnulf leerde Beda hoe hij zijn kopie een hechter opbouw en indeling kon geven door de tekst te verdelen in kapittels. Deze kapittels kenden soms zelf ook weer een indeling in paragrafen.

Elk kapittel begon met een grote initiaal; een zelfstandig tekstgedeelte in een kapittel kreeg een kleinere. Voor de initialen maakten ze uitsparingen aan het begin van een regel. Eerst werd de gewone tekst geschreven. Daarna de initialen, een voor een, dikwijls met verschillende inktkleuren of met subtiel penwerk in of rond de uitvergrote letter.

Beda moest eraan wennen om urenlang aan een schrijftafel met schuin houten blad te staan. Staande schrijven, vertelde Arnulf, was gezonder dan zulk inspannend werk zittend verrichten, zoals in andere kloosters doorgaans gebeurde. Juist door de concentratie verkrampte het in zithouding gebogen lichaam en werd de doorstroming van het bloed afgeknepen. Wie stond te schrijven had daar geen last van. Achter zijn rug werd de magister bespot, vooral door monniken die ondanks de schraalheid der tijden vadsig bleven.

Iets hoger dan de schrijftafel van Beda lag, opengevouwen op een houten standaard, het handschrift dat hij moest kopiëren. Met zijn linkerhand drukte hij het vel vast op de tafel met het pennenmes, zodat hij met zijn rechterhand kon schrijven. Het ging erom dat zijn schrijfhand het vel nooit raakte, omdat het oppervlak dan vettig werd en het geschrevene er niet meer op zou beklijven. Verschrijvingen moest hij wegkrabben met het pennenmes en daarna de juiste letters opnieuw aanbrengen. De pennen waarmee hij schreef had hij zelf uit ganzenveren leren snijden. Er lag altijd een bos gesneden pennen klaar; en tijdens het werk sneed hij de pen die hij gebruikte nog weleens bij.

Soms, als de voorraad veren begon te slinken, gingen meester en gezel met eenvoudige handboog en pijlen naar een poel in het brakke land om enkele ganzen te schieten. Er dreven daar ook zwanen rond, maar die mocht hij beslist niet schieten van Arnulf. Ze wandelden door het open veld, zich lavend aan zo veel buitenlucht. Hun gesprekken verstomden, de sluipjacht om de ganzen te naderen was begonnen. De handelingen van aanleggen, richten en schieten benamen de jongen steeds de adem. Hoe wankelmoedig hij ook was, dikwijls trof zijn pijl doel, en dan moest hij zijn aangeschoten prooi, ontredderd fladderend aan de oever, de nek omdraaien. Arnulf, die van kindsbeen af had gejaagd, bleef de kalmte zelf en schoot een lijvige gans toen die zich in zijn vlucht juist los van de aarde had gewiekt. Hij gaf heldere instructies om het lijden van de vogels zo kort mogelijk te laten zijn; zo wist hij de beroering die zijn leerling parten speelde met enkele demonstraties te bezweren.

De jachtbuit was nog warm toen ze de terugtocht naar het klooster ondernamen.

'Het is prettig om soms je zinnen te verzetten,' sprak Arnulf. 'Dan kunnen we ons hierna weer aan het fijne werk wijden.'

De jonge Beda verwonderde zich erover dat de magister korte tijd een totaal ander mens had geleken.

Dat Beda zich in het scriptorium bijzonder thuis voelde liet zich van zijn gezicht aflezen. Het was waarschijnlijk daarom dat sommige spirituele monniken zich bij de abt erover beklaagden dat deze noviet zich dagelijks aan de zonde van de lach schuldig maakte. De ene keer was het een spotlach, de andere keer een zinnelijke lach of eentje die louter uit aards plezier voortkwam.

De abt Adalbertus deelde de mening dat de lach in zijn aard vijandig was aan de kloosterlijke vroomheid. De Heilige Schrift verhaalde immers hoe Jezus in zijn leven op aarde door allerlei beproevingen aan verschillende emoties ten prooi viel, maar de lach was hem vreemd. Daar hield hij zich verre van. De lach die de jonge Beda soms voortbracht ondermijnde de plechtige nederigheid van het monnikenleven. De jongen koesterde levensvreugd buiten het geloof om. En daarom moest hij hiervoor worden gestraft met slaag en vasten. Magister Arnulf kwam met veel gesnuif in het geweer voor zijn pupil. Hij hield de abt voor dat Beda een wereldling was die door een tragedie in het klooster was beland. De jongen was een harde werker die al heel wat geestelijke teksten had gekopieerd. En ja, wellicht zou blijken dat zijn uiteindelijke missie buiten de kloostermuren lag. Maar het kwam er nu op aan hem niet te demoraliseren. Daarom bood Arnulf aan de jongen zelf te zullen temperen in zijn uitgelatenheid. De abt, blij dat hij niet hoefde op te treden, ging hier uiteindelijk mee akkoord.

Aan wie het horen wilde vertelde Arnulf met welke overgave Beda had meegewerkt aan nieuwe kopieën van afzonderlijke Bijbelboeken. Voordat de jongen met kopiëren begon, las hij altijd eerst aandachtig een heel kapittel en ving dan pas het werk aan. De jongen had zelfs het plan opgeworpen om de kapittels van opschriften te voorzien om de tekst toegankelijker te maken. Dat mocht natuurlijk niet, maar de intentie was nobel.

Arnulf had ook gezien hoe Beda met de restanten van door hem zelf gesneden perkamentvellen een klein gebedenboek voor mater Matthea had vervaardigd. Avondenlang had de jongen in het kaarslicht met een fijne pen zitten schrijven. Het boekje bestond uit een nogal vrijmoedige bloemlezing die sterk afweek van de pauselijke voorschriften voor zo'n *breviarium*. Spirituele monniken zouden er hun neus voor ophalen, maar Arnulf zag de vervaardiging van dit werkje als een daad van liefde.

De eerste twijfels over de gezindheid van zijn leerling kreeg Arnulf toen hij hem opdracht gaf een vijftal heiligenlevens te kopiëren. De jongen toonde weinig ontzag voor de verhalen waarin kruisridders van de jonge kerk hun vuur- of bloeddoop ondergingen. Hij stond met opgetrokken neus en een bedenkelijke frons te schrijven, uitdrukkingen van stil misprijzen. Beschouwde hij hun heroïek om het geloof dan als een nutteloos offer? Wanneer Beda bij de strofen over de loutering en zoetgeurende zaligmaking van deze martelaren kwam, overviel hem telkens een onbedwingbaar gegeeuw en toonde hij zich allerminst gesticht. Overigens kopieerde Beda alle vijf hagiografieën in een boekschrift dat welhaast voortreffelijk was.

In diezelfde tijd ging er een bijzondere mare door de landen van Brabant en Vlaanderen. De geschiedenis was even opmerkelijk als waar, verzekerden degenen die ervan getuigden. Arnulf kreeg het verhaal ook te horen, werd erdoor geraakt en vertelde het opgetogen aan Beda, in ronde, klinkende zinnen.

Een non met de naam Beatrijs uit een klooster in het hart van Brabant geeft, na langdurig in der minne te zijn belaagd door een vriend uit haar jeugd, toe aan de lokroep van de wereld. Op een nacht legt zij haar pij af en begeeft zich heimelijk naar de ridder die haar in het woud opwacht. Samen trekken ze de wereld in, beminnen elkaar onbekommerd en leven boven hun stand. Wanneer hun kleine fortuin erdoorheen is gejaagd vertrekt de ridder spoorslags en laat haar achter met twee peuters. Om de kinderen en haarzelf voor de hongerdood te behoeden wordt zij gedwongen haar honingzoete borsten en fluwelen schoot tegen enkele penningen voor de lust van mannen aan te bieden. Jaren achtereen zwerft de gevallen Beatrijs rond in de zonde van de hoererij, totdat zij en haar kinderen op een dag dankzij een goede weduwe onderdak krijgen. Vanaf dat moment wordt Beatrijs herhaaldelijk in haar dromen bezocht door een engel die haar influistert terug te keren naar haar klooster dat zich in de omgeving bevindt. Ze wil het niet, ze heeft immers haar eer verloren. De engel onthult dat gedurende al die jaren haar plaats is ingenomen door de Lieve Vrouwe en zij dus nooit is gemist, en dat het nu tijd is om haar schuld te belijden. Zo komt het dat zij schoorvoetend op een nacht terugkeert naar dat klooster en haar pij aantreft op dezelfde plek waar ze hem ooit heeft achtergelaten. Sindsdien is zij weer een boetvaardige non en is ze dankbaar voor het wonder dat haar herintreding heeft mogelijk gemaakt.

Beda had aandachtig geluisterd. Arnulf verwachtte een reactie. De jongen keek nadenkend langs zijn meester heen en zweeg.

'Vind je het geen aangrijpend verhaal?' wilde Arnulf weten. 'Is het geen wonder van barmhartigheid?'

'Jawel,' zei Beda.

'Wat is er dan?'

'Alle problemen zijn opgelost,' zei Beda. 'Maar wel ten koste van twee kinderen.'

'Voor hen wordt goed gezorgd, is mij verteld,' haastte Arnulf zich te zeggen.

'Ze zijn hun moeder kwijt.'

'Jij vindt eigenlijk dat dit genadewerk van de Voorzienigheid een weeffout bevat.'

'Mooi gezegd, magister.'

8

In het scriptorium maakten Arnulf en Beda nu en dan een uitstapje naar het zijvertrek, waar het boekenbezit werd bewaard. Na eerst verschillende werken van christelijke auteurs of naamloze geschriften over het geloof aan Beda te hebben getoond en er uitvoerig over te hebben verteld, begon Arnulf op een late middag eens over de antieke redenaars, geschiedschrijvers en dichters die de Romeinse wereld had voortgebracht. Arnulf behoorde tot het grote leger van monniken dat zonder uitvluchten liefhebber was van deze oude schrijvers. Hun talent, esprit of stilistisch vernuft konden immers niet anders dan bewondering wekken. Hij was nog maar net met zijn lofrede over dit speciale boekenbezit van Sint-Odulfus begonnen toen de jonge Beda hem voorzichtig onderbrak.

'Onze abt sprak laatst in zijn sermoen ook over de schrijvers uit de Romeinse wereld. U zat naast me, magister, maar u was al in slaap gevallen voordat hij goed en wel was begonnen.'

'Sliep ik?'

'Doet u wel vaker als de abt de mis verzorgt.'

'Vreemd,' zei Arnulf.

'De abt was die keer lang niet mals over de werken van de oude Latijnse schrijvers,' ging Beda verder. 'Hij had het over de buit die op de heidenen was behaald.'

'*Spolia paganorum*, tssss.' Arnulf schudde het hoofd. 'Zei de abt dat echt zo?'

'Jazeker. De abt zei dat heidense literatuur, zoals die van de Romeinen, *naturaliter* zondig is, omdat zij de ondermaanse wereld onbeschaamd en zonder reserves bezingt.'

Arnulf hief zijn grote schrijfhand, alsof hij wilde zeggen: nu is er genoeg gelasterd. 'Luister goed, mijn jongen, zonder de geestkracht van de antieke cultuur had de christenheid zich niet in die mate kunnen ontwikkelen, zoals nu is gebeurd...'

'Maar hoe zit dat dan?' wilde Beda weten.

'Stel je voor hoe, eeuwen geleden, het christendom zich langzaam over Europa begon te verspreiden. Er was een Bijbel in Latijnse vertaling, de *Vulgata* van Hiëronymus, er was een handvol geschriften voorhanden van vroege christelijke auteurs als Ambrosius, Augustinus en Gregorius. Om het intellectuele gewicht in de groeiende gelederen van de geestelijkheid te verzwaren, om zich verder te ontwikkelen, bleek het noodzakelijk en zelfs onvermijdelijk de geschriften van antieke auteurs als Cicero, Horatius, Vergilius, Ovidius, Plinius, Livius, Seneca, Tacitus, Plutarchus, Marcus Aurelius en zo veel anderen te lezen en bestuderen. De werken van deze heidense schrijvers waren inspirerende voorbeelden. Natuurlijk, in mindere mate waar het de ideeënwereld ervan betrof, maar des te meer waar het ging om stijl, compositie, welsprekendheid, dialectiek, retorische behendigheid en verbeeldingskracht. Of anders wel vanwege de taal van de geestelijke hartstocht die ertoe dient een argument of visie te laten triomferen. Dankzij hun inwijding in dit heidense erfgoed op schrift waren *en zijn* christelijke schrijvers bij machte op overtuigende, overredende wijze het geloof te verkondigen, of wanneer nodig te verdedigen.' Arnulf moest even op adem komen, Beda dacht diep na over diens woorden.

'De klassieke erfenis,' hernam Arnulf, 'is als mest op de akkers der christenheid en zorgt voor een ruimere oogst. Alle vuigheden en dwalingen van onze Latijnse voorgangers daargelaten, het hoort bij de ondoorgrondelijkheid van Gods plan met deze wereld dat ook wij het Woord verkondigen naar voorbeelden van ongelovige geletterden.'

'En zulke werken van antieke auteurs,' wilde Beda weten, 'zijn hier ook in ons bezit?'

'Slechts gedeeltelijk,' antwoordde Arnulf. 'In de voorbije jaren heb ik wel een en ander kunnen kopiëren en aan het kloosterbezit toegevoegd, maar onze collectie als zodanig is beperkt. Nu jij ook zo goed bent ingewerkt als kopiist kunnen we misschien op zoek naar andere werken.'

'Of de abt daar ook blij mee zal zijn?' wierp de jonge Beda op. 'Terwijl u nog sliep besloot hij zijn sermoen met de woorden dat de christenheid inmiddels op eigen benen kan staan en dat men daarom die hele Romeinse, heidense erfenis op schrift wel aan de vlammen prijs kan geven.'

'Dat zijn vreselijke woorden,' sprak Arnulf, bij wie het zweet plots in de hals parelde. 'En ze gaan in tegen de heersende denkbeelden van de hogere geestelijkheid in onze moederkerk. Daar regeert de opvatting dat de voorchristelijke, Romeinse schrijvers hoe dan ook telgen zijn van een imposante beschaving. Hun literaire werken dient men te beschouwen als scheppingen van de Natuur en daardoor, in laatste instantie, van God afkomstig.'

'Dus ik heb er goed aan gedaan,' zei Beda, 'u tijdens dat sermoen vol dwalingen en gif lekker door te laten slapen.'

'Jij weet heel goed dat je zo niet spreken mag over onze heilige abt,' maande Arnulf zijn leerling. 'Maar deze keer doe ik alsof ik het niet heb gehoord. De kortzichtige denkbeelden van onze abt zijn terug te voeren tot het feit dat hij zichzelf nooit in de erfenis van de Romeinse letteren heeft verdiept. Nu en dan verduistert deze lacune zijn verstand.'

'Ik onderbrak u eerder, magister,' zei Beda, 'maar zou u nu verder willen vertellen over de antieke auteurs?'

Arnulf knikte en sprak: 'Allereerst moet je dit weten: zoals wij, christelijke geesten, ooit als dwergen op de schouders van de Latijnse schrijvers zijn geklommen, zo ontleende de Romeinse beschaving haar voorbeelden aan de oude Grieken en herschiep deze op een wijze die strookte met haar eigen geaardheid. Het is natuurlijk jammer dat het werk van die oude Grieken ons nagenoeg onbekend is. Enfin, er is genoeg om je te vertellen. Luister...'

De eerste kennismaking van Beda met het antieke erfgoed op schrift had tot gevolg dat tedere snaren in hem werden beroerd. Een begoochelende ervaring, want eerder wist hij niet dat het instrument van zijn ziel daarmee was bespannen. Sprekend over de voorchristelijke cultuur zei Arnulf: 'Van de Romeinen wordt vaak gezegd dat ze in hun geloof gelijkstonden aan een primitief volk dat nog geen besef had van de genade die God aan de wereld zou schenken. Toch is dat te cru gesteld. Luister goed, Beda, ik heb hier, ter inwijding, een dichtwerk dat jou wellicht de ogen zal openen voor de nauwelijks zichtbare hand van de goddelijke Voorzienigheid.'

Het was een zaterdag. Eerst hadden Arnulf en Beda deelgenomen aan de lauden, het vroege ochtendgebed. Maar na het ontbijt haastten ze zich, onder het mom van achterstallig werk, terug naar het scriptorium. Arnulf vergrendelde het vertrek en samen lazen ze van de Romeinse dichter Vergilius de *Ecloga Quarta*, de vierde herderszang, daterend uit de eeuw voordat Christus werd geboren.

In dit gedicht wordt de komst van een kind aangekondigd, en heel de wereld zal hierna veranderen: '*O kuise Lucinda, godin, begunstig jij de geboorte / van een kind dat de IJzertijd sluit, de gouden eeuwen doet rijzen / voor dit onmetelijk rijk. (...) Bleef er nog ergens een spoor van eerdere wandaden over, / dat wordt nu gedelgd en de aarde van eeuwig vrezen genezen.*'

Als dit uitverkoren wezentje nog klein is, zal de aarde aanzienlijk in vruchtbaarheid toenemen, en als vanzelf zal ook zijn wieg zich met vriendelijke bloemranken tooien. '*Godengelijk, het zal helden en goden / zien in hun omgang en zelf in hun midden vertoeven.*'

Voortaan zal het vee de leeuwen niet meer duchten; onschadelijk worden de slangen en het gifkruid. Zodra het kind tot jongeling uitgroeit '*wordt de akker geleidelijk geel van deinend koren / doornstruiken dragen een oogst van trossen purperen druiven / en de harde eikenbast zal honing zweten, als droppels van dauw*'.

Wanneer de jongeling tot volwassen man is geworden zal het laatste onrecht van de vervolmaakte aarde zijn verdwenen en wordt als vanzelf in alles voorzien. Landbouwers zullen de ossenspannen van hun juk bevrijden.

'*Haastig die eeuwdraad gesponnen! zo roepen de schikgodinnen / eenstemmig akkoord met de wil van het lot.*' De dichter spreekt de hoop uit dat hij oud genoeg mag worden om deze tijd van geluk te mogen bezingen op een wijze die Orpheus evenaart, al was het maar voor slechts één dag...

Heel die dag lazen ze de vergiliaanse herderszangen, maar steeds keerden ze tot die vierde terug.

'Vergilius mag je beschouwen als een profeet,' sprak Arnulf. 'Met dit gedicht over het kind heeft hij immers, zich uitdrukkend in de beelden van zijn eigen wereld, niet minder dan de geboorte van Jezus Christus voorspeld.'

Beda kon alleen maar knikken, hoewel zijn vervoering veel meer poëtisch dan religieus was. Gedurende die zaterdag voelde hij zich merkwaardig licht vanwege de andere werkelijkheid die door deze poëzie was opgeroepen. Toen hij later die avond eindelijk in slaap was gevallen bleef een ijle zang in zijn droom klinken.

De bekering van Beda pakte anders uit dan Arnulf had gehoopt. De jongen kon nog lang niet alles begrijpen van deze poëzie, maar sommige strofen en hun evocatieve kracht, hun edele intensiteit, hadden hem dermate geraakt dat hij er steeds aan denken moest en ernaar terugverlangde. Behalve dat schenen sommige dichtregels voor hem persoonlijk van onuitsprekelijk belang te zijn, zoals de strofe: '*Lief kind, begin met je glimlach je moeder te kennen / negen maanden lang verdroeg zij menige kwelling / Glimlach toch, kind, naar je moeder; wie dat ooit verzuimde / hem nodigt geen god aan zijn dis, geen godin tot haar bruidsbed.*' Dikwijls las hij die regels en dan kwam een stille vervoering over hem.

9

Op een dag, laat in de middag, werd er op de deur van het scriptorium geklopt. Het was de abt Adalbertus die, natgeregend en met een modderig habijt, wankelend binnenkwam, een groet bracht door een kruisteken in de lucht te maken, en daarna zuchtend op het bankje in de hoek ging zitten. Na een wenk van Arnulf schonk Beda een beker helder water in voor de abt, die na enkele slokken op klagende toon begon te praten.

'In Vlaanderen en Brabant hebben de kloosters de teugels aangetrokken en hierdoor is de levenswijze van hun monniken versoberd. Godsvrucht vergt taaie offers, aldus jubelen deze zeloten. Maar wij van Sint-Odulfus hoeven de armoede niet meer als ideaal te prediken: we zijn erdoor achterhaald, en nu zitten we er middenin. Als we niets doen eindigen we tussen de luizen.' In deze sombere trant sprekend kreeg hij Beda in het oog en bitter dacht de abt aan de vorstelijke beloning die hij ooit had gedacht te zullen opstrijken.

'Door al die aanscherpingen en onthoudingen dreigt het leven hier al te zwaar te worden,' zei Adalbertus, vooral tegen zichzelf. Hij streek met de hand over zijn buik, die de voorbije tijd allerminst was geslonken. 'Ik ben zojuist teruggekeerd uit Brugge, waar ik graaf Boudewijn heb gesproken. Hij staat op het punt te vertrekken met het kruisleger. Ik heb hem verteld over onze aanhoudende nood. Een engel moet me hebben bijgestaan want mijn bede om steun heeft zijn hart mogen vermurwen. Onze barmhartige leenheer heeft me met een beurs vol zilveren schellingen heengezonden. Voorlopig is onze ergste nood gelenigd, al blijft zuinigheid geboden.' De abt leegde zijn beker en vervolgde: 'De graaf wenste een tegenprestatie voor zijn geldelijke steun aan ons. Hij is een ambitieus regeerder, zoals bekend, en zijn kanselarij is meer dan druk bezet. Vanouds waren zowel het Latijn als Frans de beide voertalen van de grafelijke kanselarij. Maar de wereld verandert en snel ook. Het Diets, dat lijzige boerentaaltje door welks klanken een verfijnde geest koliek kan oplopen, is onstuitbaar in opmars; het is zelfs bezig het Frans in de bestuurlijke stukken te verdringen, omdat de Vlaamse stadsbestuurders dit verlangen, ja zelfs eisen.

O tempora o mores! Nog even en het is alsof onze tuinen nog slechts door distelbloemen worden overwoekerd.'

'En wat hebben wij daarmee te maken?' vroeg Arnulf met zekere achterdocht.

'Kort en goed,' zei de abt, 'gaat het hierom: een Franstalig corpus van voorname oorkonden, privilegiën, beschikkingen en keuren uit vroeger dagen moet alsnog in het Diets worden vertaald en uitgeschreven. Dat moet gebeuren met inkt van ijzergallus op speciaal daarvoor bestemde lijvige perkamentvellen. Een deel van bedoelde stukken en genoemde materialen kunnen we volgende week bij de kanselarij afhalen.' Bij die laatste zin keek hij naar Beda en vroeg: 'Jij kunt heel goed met die vermaledijde ezelin overweg, toch?'

Beda knikte en zei: 'Die lieve Juno, ja.'

'Zal er dan nog tijd overschieten voor ons eigenlijke werk?' vroeg Arnulf.

'Dit corvee is slechts tijdelijk, langer dan een jaar zullen jullie niet hoeven af te dwalen,' zei de abt. 'Wees ervan verzekerd dat 's Heren zegen op deze profane arbeid rust, omdat het onze abdij voor teloorgang zal behoeden.' Daarop sloot de abt zijn ogen, bekruiste zich en mompelde enkele gebedsregels voor zich uit. Hij zou in een kleine sluimering zijn weggeleden als de jonge Beda toen niet opmerkte: 'Ik weet nog een goede manier om het klooster van nieuwe inkomsten te voorzien. Het dodenofficie wordt hier meestal voor de overledenen in het algemeen gebeden of gecelebreerd. Maar we zouden dit ook voor het zielenheil van gestorvenen uit bepaalde welgestelde families in Brugge kunnen doen. En die betalen ons daar een vergoeding voor.'

De abt opende zijn ogen: 'Ja natuurlijk.' En daarna mompelde hij: 'De spirituelen brevieren het liefst met gestrekte leden en geloken ogen. Maar dan kunnen ze nu ook eens aan het werk voor het klooster.' Hij knikte en zei: 'Dat ik daar zelf niet aan heb gedacht...'

Arnulf hield zijn lippen strak opeen om te voorkomen

dat ze zich tot een brede lach zouden plooien. In zijn ogen was Beda wel heel sluw door zijn persoonlijke wraak op deze monniken met de overlevingsstrijd van Sint-Odulfus te combineren.

Beda toog, de ezelin Juno aan zijn hand meevoerend, twee keer per maand naar Brugge, om uit de grafelijke kanselarij een bundel archiefstukken, onbeschreven vellen en inkt op te halen. Na ongeveer een maand bracht hij de originele stukken en hun vertalingen in het Diets terug naar de stad. Meestal was de duisternis al ingevallen wanneer hij en de ezelin, beladen met nieuwe, nog niet vertaalde archivalia en materialen, bij het klooster terugkeerden.

Beda, die het Frans aanvankelijk op een redelijk niveau meester was, kreeg door dit werk, en door Arnulfs geduldige hulp, algauw een grondige kennis van deze taal. Allengs zou hij ook gaan begrijpen hoe het grafelijk bestuur ineenstak en werkzaam was. Het vertaal- en schrijfwerk vlotte hierdoor ook sneller, ze raakten voor op het schema, en dit schiep gelegenheid zich op bepaalde dagen te verstrooien. Zo leerde Beda 'in de ontvreemde tijd' een aantal Jaarboeken van Tacitus kennen en een handvol fragmenten van Ovidius. Arnulf zelf herlas sermoenen van Gregorius en enkele traktaten van Boëthius.

Meer en meer werd het scriptorium een opzichzelfstaand domein. Het was voor passanten niet meer zomaar toegankelijk. Arnulf en Beda moesten de ruimte regelmatig met de open haard warmer stoken om de juiste vloeibaarheid voor de inkt te krijgen of de perkamentvellen een betere droogheid te geven. Beiden vonden het prettig dat ze, onder het mom van veel officieel vertaalwerk, nog minder aan de getijden konden deelnemen. Arnulf was ook geen groot liefhebber van het liturgisch drama en zingen ging hem vanwege zijn aamborstige aanleg niet goed af. Liever las hij een Bijbelboek waarbij hij op elke passage langdurig kauwde. Theologische beschouwingen wakkerden 'de hartstocht van het profeteren' in hem aan. Arnulf brak zich bijvoorbeeld, na lezing van Anselmus' boek *Cur Deus homo?* het hoofd over de vraag wat de ware hoedanigheid van Jezus Christus was geweest. Was hij, als telg van zijn hemelse vader die een aardse vrouw had overschaduwd, als God op aarde gekomen en vervolgens vermenselijkt om onze door schuld bemazelde soort te kunnen naderen en verlossen? Of was hij van geboorte een edel mens geweest, op een dag geadopteerd door God, stilaan in genade verheven en tot het verrichten van wonderen uitverkoren? Door zijn marteldood aan het kruis had deze Zoon de mensheid een zoenoffer gebracht en hiermee was zijn apotheose uiteindelijk voltooid. Of? Arnulf mocht als geen ander graag roeren in zodanige troebele materie.

Beda luisterde toegeeflijk naar de uiteenzettingen van zijn leermeester en deed zijn best zich ervoor te interesseren. Maar het vraagstuk boeide hem in het geheel niet en een weerwoord kwam niet van zijn lippen. Dit verbaasde Arnulf en andermaal trachtte hij zijn leerling commentaar te ontlokken, maar het was vergeefs. Later begreep hij ineens wat hem en de jongen deed verschillen. Zowel de openbaringen als de geheimen van het geloof deden Arnulfs geest sprankelen. En wel omdat hij naar God verlangde. Beda's hart echter stond open voor de mensen, voor dieren en planten, voor verhalen, kortom voor alles wat ondermaans en vergankelijk was. Om de Waarheid in Eeuwigheid scheen hij zich niet te bekommeren. Dit inzicht bedroefde de oudere boeteling en monnik, al sprak hij er met geen woord over. Later dacht hij, gesterkt door het woord van Tertullianus: *anima humana naturaliter christiana*. Was er maar een engel, dacht Arnulf, die de jongen slechts even zou aanraken, dan kwam alles goed. Hij bad in stilte dat het zo ver mocht komen.

Toen de godzoeker Elmus hoorde van de nieuwe werkzaamheden in het scriptorium reageerde hij met veel misbaar. Hij was juist na bijna een tweemaandelijkse periode van strenge ascese uit zijn kluis opgestaan en probeerde weer aan te sterken. Toen hij Arnulf en diens gezel eens in de kloostertuin tegenkwam sprak hij de magister erover aan, op een toon waaruit verwijt opklonk.

'Een klooster behoort niets anders te zijn dan een oord voor gebed en gewijde versterving,' begon Elmus, tersluiks een blik op Beda werpend. 'Maar wanneer monniken hier voor de grafelijke kanselarij gaan werken verwordt Sint-Odulfus tot een huis van tollenaars, om niet te zeggen: een smederij waar men zich inspant om het zwaard der wereld te scherpen en het te laten blinken.'

De knokige monnik had zijn linkerhand in de zak van zijn habijt gestoken.

'Het is de heersende armoede in onze gemeenschap,' verdedigde Arnulf zich kalm, 'die ons geen andere keuze laat. Geen bisschop die ons te hulp komt. We staan er alleen voor.'

'Zou alle tegenspoed dan geen teken van de hemel zijn dat we hier verkeerd leven, dat we ons werkelijk moeten bekeren om weer in genade te kunnen worden aangenomen?'

'Dat kan ik niet beoordelen,' zei Arnulf. 'Maar wat ik wel weet is dat we hier nogal wat kostgangers hebben die zelf geen slag werk verrichten, hoewel dit in strijd is met de praktische regels die Benedictus heeft voorgeschreven.'

'In plaats van onze diensten aan de wereld te schenken,' betoogde Elmus hiertegen, 'zouden we de armoede tot leidraad kunnen nemen in ons bestaan. Laten de anderen mij volgen in het vasten.'

'Dat lange vasten van jou is helaas geen brood sparen,' zei Arnulf. 'Buiten de periodes van onthouding vreet je als een struikrover die wekenlang in het woud verdwaald is geweest.'

'Wat zeg je nu?'

'Dit zijn de woorden van onze keukenmeester.'

Elmus werd afgeleid door Beda, die hem met een vorsende blik opnam.

‘Zeg broeder Elmus,’ vroeg de jongen, ‘wat is er toch met je hand gebeurd die je net in je habijt stak?’

‘O, een slecht genezend stigma,’ antwoordde Elmus.

‘Het leek me eerder een oude bijtwond,’ zei Beda.

Elmus reageerde hier niet op en verwijderde zich.

‘En niet door een dier toegebracht,’ riep Beda hem na.

‘Waar heb jij het nu over?’ vroeg Arnulf.

‘Dat zogenaamde stigma van hem, op zijn hand.’

‘Ik begrijp je niet, jongen.’

Beda zweeg. Hij dacht: waarom voel ik me nu zo ellendig? Ik weet toch al veel langer dat hij het is geweest die mij... Naarmate de dwanggedachten hierover meer opspeelden raakte hij verder opgesloten in zichzelf. Hij werd duizelig van alle woede in hem die ineens weer vrij spel kreeg.

’s Nachts lag hij er voor de zoveelste keer wakker van. Vrijwel dagelijks werden novieten en monniken tot kuisheid gemaand. Alle broeders moesten volgens de *Regula* gekleed en gegord slapen, met de handen ineengevouwen opdat ze niet in de verleiding zouden komen zich te beroeren op de plaatsen waar de duivel de lust pleegt aan te hitsen. De praktijk was echter anders. De woorden van een anonieme, laatantieke redenaar kwamen Beda in herinnering: ‘Alle kloosters zijn bordelen, waarin jongens en meisjes in nachtelijke ontucht de ouderen leren behagen.’ Deze criticus, die op de brandstapel eindigde, had het gelijk aan zijn kant gehad: Sint-Odulfus verborg ook een bordeel in haar midden. Het was schering en inslag dat een oudere monnik ’s avonds laat een jonge knaap in zijn cel nodigde, hem met gekonfijte vruchten lokte, hem daarna met wijn bedwelmde en ten slotte onteerde. De meeste jongens trof dit lot en velen schikten zich er laconiek in. Twee van hen – Bonifatius en Dominicus, beter bekend als Boni en Domi – hoereerden zich met verrassende daadkracht om hun klantenkring tot vrijgevigheid te bewegen. Niemand hoefde zich over zulke toestanden te verwonderen. Maar heel anders werd het als je de geruchten, en niet veel later getuigenissen, de schokkende verhalen, hoorde over wat Elmus met de andere kinderen uitspookte. Zelfs Boni en Domi waren beducht voor hem. Zijn eigen ervaringen met de godzoekende reus had Beda willen vergeten, maar dat lukte niet. Als hij nu eens voor de jongens, de apostelties, zou opkomen en hen wreken?

10

De schapen van het klooster hadden zich in de laatste jaren zodanig vermenigvuldigd dat de kudde weer bijna even groot was als in de tijd voordat de veepest uitbrak. De wolprijs bewoog zich in een opgaande lijn, het klooster Sint-Odulfus wist die zomer eindelijk weer eens flinke bedragen te besommen. En toen was daar, drie maanden later, die najaarsstorm, zo verwoestend dat alle toekomstverwachtingen de bodem in werden geslagen. Bij nader inzien had men deze overstroming kunnen voorkomen. Al eerder had zich na een stevige vloed in het duingebied een zilte waterboezem gevormd, die slechts door een smalle zandrug van de achterliggende geestgronden was gescheiden. Verderop hadden zich in het kustgebied twee zeearmen gevormd die, toen nog niet gevaarlijk, elk ongeveer een halve mijl landinwaarts meanderden.

De abt had alle waarschuwingen genegeerd dat het beter was deze zilte waterboezem en zeearmen door een zanddijk of met de hand opgeworpen duinen van de zee te scheiden. Zo wist een hevige vloed via de zeearmen en de dóórbrekende waterboezem het land achter de duinen te overweldigen. Enkele honderden schapen verdronken, eenzelfde aantal bezweek door onderkoeling. Een handvol gehuchten, bewoond door horigen van het klooster, raakte ontvolkt. De bewoners pakten 's nachts hun doorweekte have en goed bijeen en vertrokken stilletjes in groepjes richting Brugge. Daar, in een wijk van gammele houten kotten, net buiten de stadsmuur gebouwd, was het leven eveneens bruut en gevaarlijk, maar overvloedig werk in de textiel kon er in elk geval voor zorgen dat hun honger werd gestild.

In de weken na de ramp liepen vrijwel alle monniken, de spirituelen incluis, met een scherp mes gewapend over de drassige of zelfs nog blank staande geestgronden. Van de dode schapen was soms de wol maar vooral de huid waardevol; men kon er tenminste nog perkament van maken. Het villen van een kadaver in ontbinding was een werkje waar je onpasselijk van werd. Iedereen verrichtte het kokhalzend.

Ruim vier maanden na de ramp was het potverteren bijna gedaan. De abt Adalbertus kon zijn bedereis naar Brugge niet langer uitstellen. AD 1203, op de 25ste maart – de dag waarop werd gevierd dat God de sterfelijke vrouw Maria in staat van genade bracht – begaf hij zich op de ezelin Juno, aan de halster geleid door de jonge Beda, naar de Vlaamse gravin Maria, leenvrouw van Sint-Odulfus sinds haar echtgenoot Boudewijn op kruistocht ging, om het gravenhuis andermaal financiële steun te vragen.

De abt had zich danig voorbereid, en toen hij eenmaal in het aangezicht van zijn 'nicht en gebiedster' knielde, sprak hij: 'Laat uw linkerhand niet weten, al het goede dat uw rechterhand zal doen.'

De gravin had te veel aan haar hoofd om al die kloosterperikelen te willen aanhoren. Zij trof voorbereidingen haar man na te reizen naar het Heilige Land. Om ervan af te zijn schonk zij haar leenman andermaal een volle beurs. Naderhand bleek deze geen schellingen maar penningen te bevatten, geslagen uit een dubieus soort zilver.

Zo beschouwd was de bedereis van de abt geen groot succes. Een uitnodiging aan de grafelijke dis was ook al uitgebleven. Diezelfde dag nog, tegen het vallen van de avond, hielp Beda de abt op de ezelin en aanvaardden ze de terugreis. Adalbertus wist niet dat de jongen die middag een persoon had leren kennen wiens ambities het klooster behoorlijke inkomsten zouden kunnen verschaffen. Beda begreep in welke zwartgallige stemming de abt verkeerde en repte daarom met geen woord over het plan dat reeds een vaste vorm had gekregen in zijn jeugdige geest. Eerst wilde hij het met magister Arnulf doornemen.

Het idee was afkomstig van mater Matthea, en Beda had meteen begrepen welk profijt hijzelf en ook het klooster ervan konden hebben, mochten ze het kunnen verwezenlijken. De jongen was die middag, terwijl de abt in de grafelijke vesting verbleef, uitgehongerd naar het stadshospitaal gegaan waar mater Matthea haar werken van liefde verrichtte. Ze had tijd voor Beda vrijgemaakt want hun band leek op die van moeder en zoon sinds ze hem met duizend koesteringen, kort na de schipbreuk, uit het warnet van kinderlijke angsten had bevrijd. Ze gaf hem een stevige homp brood en was ontroerd toen hij die met zijn ezelin deelde. De jongen vertelde over de rampspoed en het bezoek van de abt aan de gravin. Hij vertelde hoe ze eerder in het scriptorium voor de grafelijke kanselarij hadden gewerkt.

'Dus jullie scriptorium werkt om den brode ook voor andere opdrachtgevers?' informeerde Matthea verwonderd. 'Nou, dan weet ik misschien iemand die jullie veel werk kan verschaffen.' Ze begon over haar gefortuneerde zwager, een patriciër in de stad, die boeken verzamelde voor zijn eigen bibliotheek. Daarnaast was hij een levendige handel begonnen in boekwerken die gewild waren onder edelen en poorters.

's Avonds laat, na thuiskomst, vertelde Beda aan Arnulf in welke sombere stemming de abt verkeerde sinds hij was afgescheept met een beurs vol ondeugdelijke penningen. Hierna begon de jongen over de aspiraties van een gefortuneerd heerschap in Brugge en de mogelijkheid het klooster daarvan te laten profiteren. Enkele dagen later brachten meester en leerling, met de zegen van de abt, een zakelijk bezoek aan Brugge, aan de gefortuneerde zwager van mater Matthea.

Deze man, Leonard Verbaeye, had een aantal zeldzame aanwinsten kunnen kopen uit de fameuze bibliotheek van Cysoing, nabij Rijsel. Reeds in de negende eeuw had Everhard van Friuli aldaar een indrukwekkend boekenbezit vergaard en zijn nazaten hadden het verder uitgebreid. Inmiddels werd deze bibliotheek ontmanteld en de gebonden handschriften uitgevent. De patriciër Verbaeye bewoonde een groot pand waarvan nogal wat kamers uitpuilden van boeken.

Verbaeye en magister Arnulf kwamen tot een akkoord dat laatstgenoemde en Beda veel schrijfwerk voor de komende jaren zou verschaffen. Het zou Beda doen kennismaken met zeer uiteenlopende, de verbeelding prikkelende geschriften. Vele boekwerken, gebonden in gecraqueleerd kalfsleer, dateerden nog uit eeuwen waarin de Romeinse keizers heersten of waren gekopieerd in de Karolingische tijd, en ze ademden een puur ondermaanse geest. Er waren bovendien Latijnse vertalingen van Griekse epen en tragedies die voor beide kopiisten een totaal onbekende wereld ontsloten. Een ander deel was van recenter datum en bestond uit gebedenboeken, psalmbundels, theologische traktaten, heiligenlevens en Bijbelboeken. De verluchting die in laatstgenoemde boekwerken zo gewild was in die tijd werd in een speciaal atelier in Brugge op uitgespaarde pagina's aangebracht. De verluchters die het klooster zelf in het jonge verleden had voortgebracht, waren alle drie op rij jong gestorven. Daarna dorst niemand meer in hun voetsporen te treden, en sindsdien werd dit fijnzinnige werk gedelegeerd aan vaklieden in de stad.

11

Magister Arnulf en Beda werkten gedurende seizoenen zij aan zij. Omdat ze met hun arbeid belangrijke inkomsten voor het klooster schiepen konden ze zich een redelijke vrijheid verwerven. De vele onbekende, uit de Romeinse wereld afkomstige boeken die ze kopieerden waren aanleiding tot gesprekken die tot middernacht konden doorgaan. Beda was onderhand een man geworden, zijn leeftijd werd geschat op vijftien of zestien jaren. Er was een nieuwe energie in hem ontloken. Bij vlagen was er een wilde gisting in zijn gedachten en verlangde hij hevig naar de omgang met een meisje. Van de liefde wist hij niets. Beda kende slechts een handvol gedichten van de jonge Romein Catullus die in smartelijke verzen vorm geeft aan zijn onuitputtelijke hartstocht voor Lesbia. Uit andere antieke gedichten in naamloze handschriften had hij begrepen dat vrouwen even bekoorlijk als wispelturig konden zijn. Om nog maar te zwijgen van het feit hoe ondoorgrondelijk hun gedragingen vaak waren. Zijn nieuwsgierigheid was er slechts meer door geprikkeld. Wanneer hij in Brugge zaken voor het klooster moest afhandelen zag hij meisjes langs de straten gaan. In nachtelijke fantasieën leerde hij ze beter kennen en hij nam zich voor ze een volgende keer daadwerkelijk aan te spreken. Het was hem nu nog meer een gruwel om tijdens de missen te moeten horen hoe sommige heilige vrouwen als bovenmaanse wezens werden bezongen, terwijl de abt en de meeste monniken er in het dagelijks leven blijk van gaven gewone vrouwen te verachten. Hun werd een duivelse natuur toegedicht; alleen met slaag en dwang zouden ze misschien op het juiste pad blijven.

De geest van Beda was tot een zekere volwassenheid gekomen. Wat hij van de wereld dacht te kennen ontleende hij aan allerlei geschriften. Zijn denkbeelden hadden een vastere vorm gekregen en hij durfde nu ook meer te oordelen. De nooit aflatende gebedenstonden van het klooster, voor zover hij ze niet ontvluchten kon, ervoer hij meer dan ooit als lege, werktuiglijke vermorsingen van tijd. De liturgische zang was hem te ijl, te onwerelds en vooral te onmannelijk. Hij had een fiere verschijning die deed vermoeden dat hij uit een ridderlijk geslacht stamde. Zijn jeugdige lijf was danig gespierd. Nu en dan verliet hij het scriptorium om te gaan houthakken in het bos verderop of andere zware klussen mee te helpen verrichten. De bleekheid van veel schrijvende beroepsgenoten was hem vreemd.

Sinds enige tijd smeedde hij serieuze plannen voor een toekomst buiten het klooster. De snel verslechterende gezondheid van magister Arnulf deed hem zijn vertrek uitstellen. Zijn leermeester werkte nog dagelijks in het scriptorium, maar de laatste maanden was hij voortdurend koortsig en hoestte af en toe bloed op. Binnen een half jaar was hij van een blozende man veranderd in een graatmager oudje dat nog slechts op fluistertoon kon spreken. Behalve Beda had hij nog twee andere jonge kopiisten opgeleid om de toekomst van de kloosterbibliotheek zeker te stellen, en ook om de voorname opdrachtgever uit Brugge tijdig te kunnen voorzien.

Nog steeds had Beda de aflegging van zijn tweede, eeuwige gelofte kunnen opschorten. Dat de abt hem nog niet echt voor het blok had gezet kwam wellicht door de verdiensten die hij als overjarige noviet voor de abdij bijeen schreef. Arnulf wist de zaak elke keer te sussen door de abt het verhaal van Beda's vorstelijke afkomst voor te houden. Stel dat het voortbestaan van zijn voorname afstammingslijn van zijn zaad afhankelijk zou blijken?

Arnulf stierf op 15 augustus, de dag waarop men viert dat Maria met lichaam en ziel in de hemel werd opgenomen. De laatste drie dagen van zijn leven had Arnulf niet meer op zijn benen kunnen staan. Vanwege de warmte in zijn cel droeg Beda hem voorzichtig naar buiten en legde hem op een strozak in de zoele wind, zodat hij het minder benauwd had. Beda bleef steeds bij de stervende en las hem passages voor uit werken die hem het liefst waren. Eten wilde Arnulf niet meer, maar wel liet hij zich de lippen met koel water betten. Eens pakte hij de hand van Beda die naast hem knielde en sprak met plots hervonden levenskracht: 'Ach jongen, ik heb natuurlijk wel gezien dat de vreugden van het Woord je nog steeds onverschillig laten. Ik zie aan je dat de hogere geest die hier soms tussen de kloostermuren ademt aan je voorbijgaat. Je twijfelt over de almachtige waarheid die in de Schrift is geopenbaard, en de zoetheid van de engelensfeer mag je hart niet verblijden. Wel bekoren jou de verzen die de wereld bezingen. Het viel me ooit op hoe jij, een kind nog, eens op een herfstdag verwonderd staarde naar de kleuren in het zwerk. En hoe je tijdens onze wandelingen door de boomgaard met kunstig gefluit de vogels tot uitbundig gezang wist te verleiden. Meerdere keren zag ik je verontwaardiging nadat de abt in een sermoen de wereld weer eens had gelaakt. En dan zei je: "Waarom zo afgeven op de schepping? Alsof dat het werk van een duivel is geweest." Het lijkt alsof de wereld jou meer dan genoeg is.'

Beda glimlachte en fluisterde de oude toe: 'Ach, ik weet het eigenlijk allemaal nog niet, beminde magister.'

Arnulf rochelde moeizaam en het duurde enige tijd voordat hij weer verder kon. 'Toch ben ik ervan overtuigd dat degenen bij wie een sterke weerstand tegen het geloof bestaat... die uit een aangeboren dwaling zich verzetten tegen de wetten van de Vader en de liefde van de Zoon... en die zich moeilijk overgeven aan datgeen waar hun ziel eigenlijk voortdurend naar hunkert, uiteindelijk door de werking van de genade tot de fierste verdedigers van de Kerk kunnen uitgroeien.' Weer hield hij even in om op adem te komen. En toen fluisterde hij ineens: 'Maar eerst moet jij de wereld in, door het slijk gaan, vuile handen maken, hartstochten najagen, de hoogste vreugden uitleven en de diepste smarten doorstaan. En op een dag van onuitsprekelijke wanhoop zal je worden geroepen. Maar voor nu: maak dat je hier wegkomt.'

De woorden hadden Arnulf zo veel kracht gekost dat hij het bewustzijn verloor. Beda voelde zich er verlegen onder dat hij zo was doorzien. En tegelijk voelde hij zich volledig erkend naar zijn natuur. De heilwens en aansporing die de stervende over hem had uitgesproken waren als een vaderlijke toestemming voor alles wat de jongeman zelf over zijn toekomst reeds had uitgedacht.

Arnulf stierf in de vroege avond. Die nacht hielden de monniken een uitgebreide dodenofficie die zowel tijdens vespers, metten als lauden voortging. Met de baard in zijn keel zong Beda braaf mee toen er uitgebreid werd gepsalmodieerd. Hij deed de lezing van enkele stukken uit het Bijbelboek Jesaja, en werd niet eens loom door de talloze liturgische rituelen die erop volgden. Hij blaakte van energie en mijmerde er intussen over wat hij in verschillende windstreken zou kunnen tegenkomen. Had het nog zin zijn familie te zoeken? Er was geen enkel spoor dat naar zijn oorsprong verwees. Zelfs zijn uiterlijk vormde onder de monniken aanleiding tot wijd uiteenlopende speculaties. Volgens sommigen was hij een Ier, gezien de koperkleurige gloed in zijn haar. Anderen zagen om diezelfde reden een Bask in hem, temeer daar hij lange vingers had en brede voeten, eigenschappen die encyclopedisten aan dit bergvolk toedichtten. Nog weer anderen herkenden in hem een Maltees, een bastaard in wie zich het bloed van Vikingen en Moren had vermengd. En men wees dan met zekere spot op zijn Noordse gestalte tegenover de zuidelijke teint van zijn huid en de bruine plukken in zijn donkerblonde hoofdhaar. Daar was hij niets wijzer van geworden. Misschien was het al met al beter de vraag naar zijn afkomst weg te vagen uit zijn geest.

Een morsige zomerhitte maakte de begrafenis reeds aan het einde van de volgende middag noodzakelijk. Beda was nog klaarwakker toen hij, na nog een lijzige dodenmis, met drie andere monniken de kist mocht oppakken om deze vanuit de abdijkerk naar het gewijde kerkhofje te dragen.

'Drink maar, jonge broeder, benard van rouw,' sprak de abt na de uitvaart toen hij Beda voor een persoonlijk onderhoud in zijn vertrek had ontboden.

Beda dronk enkele slokken van een bitterzoete drank, een machtig smakende rode wijn voor bijzondere gelegenheden, zoals de abt vriendelijk toelichtte. Na nog enkele slokken voelde hij dat er iets helemaal mis was met hem. De kamer om hem heen leek te vervagen, de stem van de abt begon te vervormen. De gedachte dat ze hem hadden vergiftigd drong zich langzaam aan hem op, maar zijn geest werd dermate stroperig dat het niet meer in hem opkwam hierover nog paniek te voelen. Hij zwenkte heen en weer toen hij probeerde op te staan. Tegelijk grepen twee grote knuisten hem vast en hij dacht de stem van Elmus te herkennen. Langzaam gleed hij weg naar een donkere diepte totdat tikken op zijn wangen hem weer deden ontwaken. De abt zat nog steeds tegenover hem, aan de andere kant van de tafel, en het was alsof diens pupillen groen waren. De abt verhief zijn stem tot een zware galm en gebood hem een aantal regels na te zeggen. En hoewel Beda aanvankelijk zweeg wist de ander hem toch behoedzaam steeds enkele woorden te ontlokken. Hoelang dit voortduurde wist hij niet, nu en dan gleed hij weg in een onwereldse slaap vol trage beelden, soms lieflijk dan weer angstaanjagend, en soms schoot hij na tikken op de wang weer even wakker en sprak de abt opnieuw tot hem.

Beda ontwaakte in hetzelfde vertrek. Een bittere smaak weerhield hem ervan zijn speeksel in te slikken. Hij lag op een houten bank waarop men enkele schaapsvachten had gedrapeerd. Er klonken fluisterende stemmen en kort daarna verscheen de abt.

'Mijn geliefde broeder Beda, voel je je weer enigszins normaal en krachtig?'

'Wat is er gebeurd?' vroeg Beda die nog steeds duizelig was en zijn hoofd niet kon optillen.

'Een wonder deed zich voor, de werking van de Heilige Geest heeft degenen die er toevallig getuige van mochten zijn gefrappeerd. En verheerlijkt.'

Beda fronste het voorhoofd.

'Toen ik gisteravond met je in gesprek was raakte je ineens aan verbijstering ten prooi,' ging de abt verder. 'En nog weer even later begon je zowaar in tongen te spreken. Vervolgens raakte je bezwijmd en omdat we toen nog onzeker waren over wat er gaande was, vreesden we het ergste. We zijn toen – Elmus, Goderius en ik – in gebed gegaan om raad te vragen en voor je ziel ontferming te smeken. Kort daarop werd je weer iets meer wakker en toen begreep ik, door een suggestie van Elmus die dit vaker heeft meegemaakt, dat enkele demonen bezit van je hadden genomen om te voorkomen dat je spontaan je tweede gelofte zou afleggen. We hebben dit duivelswerk met forse bezweringen en hemelse bijstand teniet kunnen doen. En daarna was je zo ver dat je je tweede gelofte hebt afgelegd. Je bent nu eindelijk een volwaardig lid van onze heilige gemeenschap. Volgende week, wanneer het laatste dodenofficie voor de betreurde Arnulf is geweest, zullen we met een grootse mis je entree vieren. Je kunt nu zeker zijn van eeuwig geluk; je reis naar de hemel is immers al begonnen.' De abt bekruiste zich uitvoerig en vervolgde: 'Elmus brengt je nu naar je cel, daar kun je de rest van de dag opknappen, want men is niet zomaar bekomen van een duiveluitdrijving die door de indalende Heilige Geest zijn beslag kreeg. Dank de Heere dat hij je heeft willen redden. En voor nu: slaap zoet, dat eèn engelenschaar je zachtjes moge wiegen. Binnenkort praten we verder. En wat je taak hier op aarde betreft: je bent thans het hoofd van ons scriptorium en de bibliotheek.'

En daarna verwijderde de abt zich.

Beda had de woorden van de abt nauwelijks kunnen verstaan; niettemin begreep hij de ernst van de gebeurtenissen ten volle. Voorzichtig betastte hij zijn hoofd, omdat de huid zo anders voelde. Met een scheermes had iemand een Paulustonsuur boven op zijn hoofd gemaakt, zo een van een belachelijke omvang. De resterende krullen van het omgroeiende haar waren zeer kort afgesneden. Hij betastte zijn hoofd andermaal en het voelde alsof hij zwaar was verminkt. In machteloze woede lag hij op de bank en probeerde na te denken. Hij kende de geneeskrachtige planten uit de *herbularius* goed genoeg om te weten dat iemand een stevige dosis wit melksap van de heulbol door de wijn had gemengd, en daar ook nog een vleug belladonna bij had gedaan. Door deze kwade opzet was hij bedwelmd geraakt, niet door die van enkele duivels.

Een zware stap kwam zijn kant op. Elmus boog zich over hem heen, stak beide knuisten onder zijn oksels, tilde Beda op met brute kracht en vouwde zijn weerloze lijf over diens schonkige schouder heen. Door die onverhoedse beweging en omdat het bloed naar zijn neerhangende hoofd stroomde, werd Beda opnieuw onwel en verloor hij het bewustzijn om pas weer te ontwaken toen de grote monnik hem als een kind in bed legde. Onthutst staarde hij naar die ene harige hand die over zijn lichaam streek. Hij zag op de wijs- en middelvinger van die hand de slordige littekens, afkomstig van de beet die hij in een worsteling op leven en dood ooit aan deze monnik had toegebracht.

12

Dat hem op bedrieglijke wijze een tweede, eeuwige gelofte was ontwrongen zou Beda niet tegenhouden. Hij vertrok naar de grote wereld, niet als een dief in de nacht, maar na voltrekking van een opmerkelijke daad die hem, zonder hiervan weet te hebben, volstrekt uit de hand zou glippen, met gevolgen die nauwelijks te overzien zouden zijn. Er stonden in Sint-Odulfus nog enkele rekeningen open, en in elk geval moest hij er nog één vereffenen.

Dinsdagavond laat begaf Elmus zich naar de kloosterlijke boomgaard. Met zijn nachtogen spiedend liep hij naar de kastanjeboom, waar hij was gevraagd te verschijnen. Eerder die avond had hij in zijn cel op tafel een klein vel gevonden met daarop de tekst: 'Help me, heilige monnik. Ik verkeer in lichamelijke hunkering en geestelijke nood en verlang behalve naar ontferming vooral naar kastijding. Dinsdagavond, als het tegen middernacht loopt, wacht ik op u onder de kastanje in de boomgaard, waar u mij met Gods hulp een geduchte straf zal mogen toedienen.'

De ontbodene verkeerde reeds in grote opgewondenheid toen hij de plaats van samenkomst naderde. Een diep gesnuif ontsnapte hem telkens, terwijl hij vorsend om zich heen keek en de contouren van die ander in de duisternis zocht. Een dof geluid klonk plots links van hem op, alsof er een kei in het gras werd geworpen. Zijn ogen spiedden naar de plek van het gerucht en op hetzelfde moment deed een enorme klap op zijn hoofd hem het bewustzijn verliezen. Toen Elmus weer bijkwam stond hij recht op zijn voeten, maar tegelijkertijd hing hij met beide handen schuin in de hoogte aan twee hoorntouwen, die stevig rond zijn polsen waren gesnoerd en geknoopt waren aan stevige takken boven hem. Zijn mond was gevuld met een prop linnen en daaromheen was een doek gebonden. Zijn neus ademde vrij. Geen woord zou hij kunnen spreken, hij kon slechts een beperkt geloei voortbrengen. De onderkant van zijn pij was hoog opgeslagen en van achteren naar voren over zijn hoofd getrokken. Zijn onderlijf was hierdoor geheel naakt. Toen hij besefte in welke toestand hij zich bevond maakte een aangloeiende lichamelijke opwinding zich van hem meester. De angst die zich ermee vermengde gaf aan de prikkelende gewaarwording nog een extra emotionele kleur. Lang kon hij hierover niet nadenken: met een knallend geluid diende iemand hem een zware striem schuin over billen en rug toe. Er volgde een tweede zweepslag, zwaarder dan de eerste, en nog een van hetzelfde kaliber. De adem werd hem bijna benomen, het duizelde hem en hij zag in het duister voor zich figuren en vormen bewegen die door een gloeiend waas werden omgeven. Opnieuw klonk de onverbiddelijke paardenzweep, en nog eens, krachtiger! Wanneer hij daartoe in staat was geweest zou Elmus, die reeds op het randje van een verlossend visioen verkeerde, om meer willen schreeuwen: 39 zweepslagen, of nog liever het dubbele daarvan. Hij smachtte naar een overmaat aan pijnprikkels. Maar tot zijn ontzetting moest hij verduren dat nieuwe zweepslagen uitbleven. En hierom weende hij zeer.

Beda had de wraakoefening tot in de puntjes voorbereid. Hij verwachtte zelfs dat de brute genoegdoening helend op zijn eigen beschadigde ziel zou inwerken. Eerder die dinsdag, in alle vroegte, was hij naar Brugge gelopen en had mater Matthea in het Sint-Jans Gasthuis opgezocht. Ongelovig aaide ze hem over zijn tonsuur en was ontdaan toen hij haar zijn verhaal deed.

'Zeg moeder, zou je dat randje haar er ook af willen scheren?'

'Natuurlijk, jongen.' Ze liep naar een van de kasten met instrumenten en viste er een uitklapbaar scheermes uit. Ze wreef zijn hoofd in met een beetje lijnzaadolie en schoor hem helemaal kaal.

Hij was er blij om.

'Wanneer vertrek je? Vandaag al?'

Hij knikte. 'Kun je me misschien aan wat poorterskleding helpen, ter vervanging van mijn habijt?'

Matthea knikte en nam hem mee door een gewelfde gang waarin een geur hing van pus, zwadder en overvolle zeikpotten. Voorbij de ziekenzalen was een middelgroot vertrek. Daarbinnen hing een propere lucht. In open wandkasten van hout lag een grote verzameling gewassen kleding van reizigers die in het Sint-Jans Gasthuis waren gebleven. Alle kledingstukken van patiënten bij wie men pest of andere besmettelijke aandoeningen vermoedde waren verbrand. Er schoot niettemin nog heel veel over. Matthea zocht een mooi overhemd, een wambuis, enkele broeken en een fraaie jas voor hem uit.

'Het hoeft allemaal niet het beste goed te zijn,' zei hij, 'voorlopig kom ik niet aan het hof.'

'Je blijft toch een edelman,' zei ze, 'al is je stamboom nu even zoek.' Ze verzocht hem nog even te wachten. Even later keerde ze terug en reikte hem een volle beurs aan.

'Die kan ik niet aannemen,' zei hij en gaf hem terug.

'Neem dit geld,' sprak ze streng, 'dan heb je even lucht. Er zijn al bedelmonniken genoeg langs de weg.' Ze stopte hem de beurs andermaal toe, en nu nam hij hem wel aan.

'Waarom heb je je pij nu weer aangedaan?' wilde ze weten.

'Ik moet nog één keer terug naar Sint-Odulfus.' Zijn poorterskleren nam hij in een bundel mee.

Bij het afscheid vroeg ze: 'Waar ga je eigenlijk heen, jongen?'

'Ver weg, moeder.' Meer wist hij nog niet. Even stonden ze woordeloos tegenover elkaar en toen omhelsden ze elkaar innig.

'Ga naar Parijs,' fluisterde ze hem toe. 'Daar was ik ook in mijn jeugd.'

Na zijn terugkeer in het klooster later die dag vermeed hij elk contact met anderen. Op een onbewaakt moment liet hij een boodschap achter in de cel van Elmus. Alle andere voorbereidingen had hij eerder getroffen. En nu hoefde hij alleen maar af te wachten tot het middernachtelijk uur naderde. Maar toen Beda daar later stond met de oude paardenzweep in zijn hand, terwijl zijn vroegere overweldiger als een willoos slachtoffer aan de touwen hing en diens achterlijf door vijf slagen reeds bebloed was, kwam hij met een schok tot zichzelf. Hij had ineens begrepen waarom de gebenedijde Elmus zich zo in vasten, lijden en versterven kon verliezen. Het kon niet anders of deze beproevingen waren in de eerste plaats een zelfopgelegde bestraffing voor de excessen waartoe zijn roofdierlijke natuur hem periodiek dreef. Een vlaag van medelijden met deze perverse titaan in habijt maakte hem week en droef. Hij zag er daarom van af de brute schending van kloosterkinderen nog verder te vergelden.

Nu niet te rechtvaardig wezen, hield hij zichzelf voor in die bewogen ogenblikken, laat hem hier vannacht maar staan, ze vinden hem morgenochtend wel. En dan vinden ze ook het bifolium. Omdat het die nacht zeker droog zou blijven spreidde hij het grote perkamentvel uit in het gras. Er stond op geschreven in lijvige initialen:

PUERORUM VIOLATOR ELMUS EST.

Even stond hij daar besluiteloos, starend naar het in de donkerte wit oplichtende achterlijf van zijn slachtoffer. Vreemd genoeg leek dat lijf te hunkeren naar nog meer slaag, zoals het gekreun van Elmus eerder uit wellust leek voort te komen dan uit lijden.

Zonder verder iets te zeggen pakte Beda zijn bundel met kleren en begaf zich voor de laatste maal naar de wei van Juno. Hij kon de ezelin helaas niet meenemen; men zou hem anders najagen als een veedief. Tijdens de voorbije dagen was hij herhaaldelijk in de wei geweest. Hij had het dier geaaid, uitvoerig met haar in het Diets gekeuveld, haar gevoerd met wortels en knollen die hij uit de tuin had gehaald. Ook deze allerlaatste keer had hij enkele verse knollen meegenomen. Juno kwam strompelend overeind toen hij naderde. Hij liet haar uit zijn hand eten en daarna omhelsde hij het dier, dat hevig rilde.

Toen Beda niet veel later in de duisternis zijn voettocht richting Brabant begon en Sint-Odulfus achter zich liet, klonk vanuit de nabije verte droef gebalk op in de nacht.

Tussenspel (1)

Ja, in deze versie over de jeugdjaren van mijn held kan ik me redelijk vinden. Maar hoelang ben ik met dit uitgedijde hoofdstuk wel niet bezig geweest? Toen ik eraan begon liepen mijn gedachten over van bravoure. Ik ging een weekje creatief schrijven, als vakantieverpozing, en rekende erop in die gereserveerde tijd ten minste twintig pagina's te zullen produceren. Het werden er slechts vier, en daarvan heb ik er een paar weken later ook weer anderhalf geschrapt.

Hoe heb ik ooit kunnen denken dat 'scheppend' schrijven mij makkelijk zou afgaan? Aanvankelijk had ik een aardig idee voor een kort verhaal waarvan ik de ruwe versie misschien in een week zou kunnen schrijven. En toen die week voorbij was, dacht ik: pas nu begin ik warm te worden, nu kom ik voorzichtig in de buurt van mijn verhaalwereld, ik plak er nog een weekje aan vast. Na die tweede week tintelde ik van nieuwe ideeën – het was onmogelijk deze tekst zomaar weg te leggen. Voordat ik er erg in had zat ik al een maand te schrijven.

Langzaam begon ik te beseffen dat ik eigenlijk aan een roman bezig was.

Maar waarom zou ik zonder enige ervaring in dit genre, uit het niets als het ware, een roman willen schrijven?

Omdat ik het gevoel kreeg dat ik door dat eerdere nachtelijke visioen, door die ervaring van mystieke deelname aan het verleden, al op voorhand dacht te begrijpen waarover ik zou schrijven, welk verhaal ik wilde vertellen. In een kort essay over de geboorte van een roman vertelt Louis Couperus hoe in een sensitieve gloed een schrijver van zijn idee vervuld raakt, hoe een held of heldin zich aandient, spoedig gevolgd door een tegenspeler en andere figuren; hoe landschappen opdoemen en eeuwenoude steden verrijzen; hoe een periode komt aandrijven uit het verleden en op intense wijze gestalte krijgt in zijn verbeelding. En als vanzelf begint zich een hele compositie uit te lijnen.

Al doende begon het tot me door te dringen dat ik me te vroeg rijk had gerekend. Het was zeker een visioen geweest dat mij eerder deelachtig werd. Mensen, gebeurtenissen en catastrofen uit een wereld die acht eeuwen jonger was, waren me zintuiglijk nabij geweest. Daar viel niets op af te dingen. Al decennia lang had ik de prille pennenvruchten van dat tijdvak bestudeerd. Die bezigheid had me bij vlagen in vreemde vervoeringen gebracht. Maar die bewuste nacht was het verder gegaan. Ik werd in een andere wereld geworpen, en de aanraking ermee dreef me ertoe daarover een verhaal te schrijven. Maar wat dit verhaal inhield, wat het thema ervan was, door welk subliem idee het werd gedragen, en door welk conflict het werd voortgedreven; hoe dit verhaal zich, als in een klassieke tragedie, naar de allesverklarende cruciale scène toe bewoog, dat was mij niet geopenbaard in dat overrompelende droomgezicht van toen.

Ik noteerde een hele vloed invallen die zich in mijn geest verdrong, maar niet op de wijze van het kortschrift. Nee, ik werkte elke ingeving zo veel mogelijk uit. Nu waren ze warm, nu vond ik er woorden voor. Zo ontstond een hele bloemlezing van scènes, korte dialogen, taferelen, overdenkingen en beweegredenen, ideeën en aforismen zonder dat deze veel samenhang leek te bezitten. Ergens dacht ik het alomvattende verband wel te bespeuren, maar kon het nog niet onder woorden krijgen. Ik moest reflecteren, analyseren en structureren. Ik moest, in de woorden van Nietzsche, van een dionysische of spontane en intuïtieve aanpak overgaan naar een meer apollinische of verstandelijke benadering om een passende vorm te vinden. Ik moest nadenken over de thematiek en hoe deze in het handelingsverloop kon worden uitgebeeld. Ik had al heel wat letterkundige beschouwingen en verhandelingen op mijn naam staan, en daarbij had ik ook steeds geprobeerd deze zo op te bouwen dat de tekst vaart en esprit kreeg. Maar een plot, een intrige of verwikkeling, met een conflict tussen personages dat zich in meerdere, goed vervlochten verhaallijnen beweegt van crisis naar climax naar catastrofe, nee zoiets had ik nog nooit geconstrueerd.

Terwijl ik mijn geest afbeulde om mijn verhaalidee vorm te geven, werd ik soms afgeleid door gedachtestemmen die me zeiden dat ik bedenkelijk aan het afdrijven was. Die stemmen sommeerden mij terug te keren naar het dertiende-eeuwse verzamelhandschrift en daarmee aan de slag te gaan, opdat ik dankzij publicaties over nieuw ontdekte teksten uit de vroegste jaren van onze literatuur een roemvolle terugkeer in mijn vakgebied zou kunnen afdwingen. Die stemmen hadden gelijk, maar kregen het niet zomaar. Liever probeerde ik de literaire mystificaties Madoc en zijn biograaf Willem tot doorleefde personages te herscheppen; liever wilde ik hun raadselachtige levens gestalte geven en dacht ik erover na door welke omineuze denkbeelden dat verdwenen boek Madoc ooit bezield moest zijn.

Wie een roman probeert te schrijven ziet ineens tal van vragen, problemen en complicaties tegelijk op zich afkomen. Men moet een samenhangende wereld scheppen vanuit een aanzienlijke chaos. Dat is een worsteling, een heel gevecht zelfs. Wilskracht en vastberadenheid, allebei imperiale eigenschappen, heeft een romancier nodig om halverwege niet ten onder te gaan.

Om terug te keren naar mezelf: wat heb ik bij dit eerste deel een tijd vermorst, meer dan me lief is. Ik begon eraan in de vroege herfst van 2015 en nu zitten we midden in de nawinter van 2016! Vol twijfel maar toch doorbijtend zijn we nu zover dat mijn jonge held zijn vorming tot geletterd man heeft voltooid. En voor die tijd is dat al heel wat. Evengoed waren het jaren van beproevingen voor hem: je zult maar kleingelovig van nature zijn en dan in een klooster vol hypocrieten moeten opgroeien...

Nu loopt hij, jongeman van omstreeks zeventien jaren, door de zomernacht. Hij is het klooster ontvlucht, hij gaat de grote wereld tegemoet. Waar gaat hij naartoe? Hij heeft niet echt een plan, maar hij is vol goede moed. Hij zal erover moeten nadenken wat hij eigenlijk wil, wat hem drijft. Moet ik hem hier loslaten nu hij zijn vrijheid heeft gevonden? Het wordt inderdaad weleens tijd dat ik me aan dringende historisch-letterkundige werkzaamheden ga wijden. Het verhaal van Izegrim de wolfsmonnik ligt, na een aarzelende start, te wachten op definitieve transcriptie, op nadere ontsluiting en toelichting, op bezorging aan een letterlievend publiek. Het is niet zomaar een tekst, het is een dertiende-eeuws dierenepos in het Diets. Maar vreemd genoeg staat mijn hoofd er nog niet naar verder te gaan met deze unieke tekst. Het vooruitzicht dit edele, vertrouwde en baanbrekende werk weer te moeten oppakken, vermoeit me op voorhand.

Na een lange dag door druipende bossen te hebben gedwaald, durf ik mezelf te bekennen dat ik eerst verder wil werken aan mijn middeleeuwse roman, aan een verhaal dat nog vol geheimen en lacunes is en voorlopig nog slechts langs intuïtieve en aftastende weg vorm zal krijgen. En toch ben ik, net als mijn jonge, onervaren held in de grote wereld, vol goede moed.

Deel 2

Lichaam

Hoofdstuk 2

In de Flamoezerije

1

Het was nooit zijn bedoeling geweest zich in deze contreien te vestigen, maar toch bivakkeerde hij er inmiddels al bijna driekwart jaar. Het leek een opzichzelfstaand dorp, maar in een vroegere periode was het een stedelijke buurt geweest, een uitloper van het uitdijende Brussel. Toen echter eind twaalfde eeuw de landsheren van Brabant een omwalling rond de centrale woonkernen lieten bouwen, viel deze buurt erbuiten en werd daardoor bruusk van de stad afgescheiden.

Koekelbeke luidde de zondagse naam van deze kleine, onbeschutte nederzetting die sinds een halve eeuw langzaam groeide op de oeverlanden langs een zijriviertje van de Zenne. Een handvol huizen, van ouder datum, was van steen, maar het merendeel van de bebouwing bestond uit huisjes, opgetrokken uit hout en leem met riet op de daken, de meeste met kleine erven aan de voor- of achterzijde. Tussen deze kotten slingerden zich zandpaden waarover behalve bewoners het kleine vee scharrelde. Het hele jaar door hing er een rokerig waas in en rond de buurt. In de wintermaanden veranderde dat dikwijls in een verstikkende walm wanneer de bewoners turf, oude mest en kreupelhout verbrandden om de kou te verdrijven. In de warmere maanden was het vooral de beek – drek, kleine kadavers en afval uit de stad met zich meevoerend – die een geur van verrotting verspreidde.

Halverwege de septembermaand was Madoc komen aanlopen. Door de landen zwierven talloze adellijke lieden die titel of vaderlijk erfgoed door een kwinkslag van het noodlot waren kwijtgeraakt, en hij met zijn edel voorkomen, zijn ridderlijke gestalte en smoezelige maar voorname kleding leek een van die berooiden. Zijn hoofd was bedekt met kleine stoppels, en degene die hem vroeg waarom hij zijn hoofdhaar had afgeschoren kreeg te horen dat dit was vanwege een gelofte die hij had afgelegd, en verder trad hij niet in bijzonderheden. Hij had eerder geprobeerd onderdak te zoeken in het Brusselse binnen de omwalling, maar voor een vreemdeling voor wie geen voorname stedeling borg stond was de stad van de avond tot de vroege ochtend verboden terrein. Tenzij hij een plaats wist te vinden in een van de overvolle gasthuizen voor passanten en zieken. Een verblijf in zo'n instelling zou hem onderwerpen aan regels die aan het klooster deden denken, en daar bedankte hij voor.

Die eerste tijd in Koekelbeke sliep de aangewaaide Madoc op de zolder boven de peeskamertjes van herberg 't Zwaluwnest in het hart van de buurt. Dikwijls bezocht hij overdag de stad binnen de muren of hij wandelde door het vrije veld of het houtvestersbos waar de steenpoelen liggen. Naar verluidt was hij niet onbemiddeld, want naar werk leek hij niet op zoek. Hij maakte een afwezige indruk wanneer hij over de zandpaden tussen de kotten dwaalde. Op vragen van bewoners wat zijn bestemming eigenlijk was antwoordde hij: 'Parijs.' Veel toelichting gaf hij niet, ook niet op de vraag waarom hij niet verder reisde.

Op zondag toog het buurtvolk in een lange stoet naar de stad om de mis bij te wonen in de Sint-Niklaas of de Sint-Michiel, waar het wonderdoende gebeente van Sint-Goedele rustte. Madoc maakte geen aanstalten mee te gaan en was blijkbaar tevreden met de plaatselijke kapel die gewoonlijk als de zondaressenkerk werd aangeduid. Er stond daar een houten beeld van de gekruisigde Christus dat hij dikwijls aandachtig bekeek. De beeldhouwer moest van povere komaf zijn, een man die zich met elementair of zelfs gebrekkig gereedschap had moeten behelpen. De Christus die onder deze omstandigheden was gewrocht had eronder te lijden. Het beeld scheen op het eerste gezicht onvolmaakt, maar toch bekoorde het de gelovigen, merendeels vrouwen, alsof ze ten prooi vielen aan verfijnd gezichtsbedrog of zoete bedwelming door toedoen van hogerhand.

Toen Madoc op een doordeweekse dag eens de kapel betrad, viel zijn oog op een vrouw die geknield zat te bidden bij het beeld van de gekruisigde. Roerloos zat hij op een bankje en keek naar haar. Toen ze weer vertrok, stond hij ook op, wierp enkele penningen in de kruik met aalmoezen voor hongerige kinderen, liep haar achterna en knoopte op het zanderige pleintje voor het kerkje een praatje aan met haar.

De jonge vrouw met lang en blond krulhaar dat slechts voor een klein deel door een doek werd omwonden, had haar bovenlijf met dunne stof bedekt zodat in het volle daglicht de vorm van haar borsten goed zichtbaar was. Daardoor begreep hij dat ze een zoete lel was. Hij vroeg haar verschillende dingen over Koekelbeke, alsof het een oord was dat ertoe deed, en zij gaf hem op alles antwoord met een glimlach waarin enkele tanden ontbraken. Ze sprak met een opvallend ronde Brabantse tongval, veel zachter en vriendelijker van klank dan het Diets in Brugge en omgeving. Toen ze uiteengingingen deed ze geen poging hem te verlokken en ook hij drong zich niet verder aan haar op. Wel omvatte ze zijn uitgestoken hand met haar beide handen en groette hem met een lichte blos, als een herderinnetje wier onschuld die van haar schapen evenaart.

Haar stem bleef die avond en nacht door zijn gedachten spoken; ze vertelde hem allerlei verhalen in klanken die als strelingen aanvoelden, waardoor hij in zijn dromen rozig van opwinding werd. Vlak voor de dageraad, na het wegsterven van de kreten in de peeskamertjes onder hem, en nog voordat de hanen op de erven hun rauwe halleluja uitkraaiden, lag hij wakker onder zijn paardendeken en luisterde naar het wild gehamer van zijn hart. Hij kende de driften van zijn jeugdig mannenlichaam en had zich er nooit bijzonder schuldig of beschaamd onder gevoeld, ondanks vele kloosterlijke vermaningen. In de voorbije nacht hadden diezelfde driften een uitgesproken smaak gekregen en bovendien waren ze ineens oppermachtig geworden. Overdag liep hij ongemakkelijk en geagiteerd door Koekelbeke met haar beeltenis in zijn ziel gebrand. Hij wist haar naam niet, kende de plek niet van het kot dat ze bewoonde. Wat is er in godsnaam met mij gebeurd? vroeg hij zich vertwijfeld af toen hij een tweede dag vergeefs naar haar had uitgekeken. Waren dit de uitputtende symptomen van de liefdesziekte?

Het was hem bekend waar de vrije natuur hier zoal toe diende. Aan de bebouwing grensde een glooiend veld waar her en der struiken en bomen waren opgeschoten. Op warme, droge dagen tippelden vrouwen uit Koekelbeke in dit groen om zich de huur van een kamertje in een logement te besparen. En klanten waren er doorgaans genoeg. Dit stuk land heette van de hertog te zijn, maar in feite was het in algemeen gebruik. Kinderen lieten er intussen geiten, schapen of kleine ezels grazen, onschatbaar bezit van het verder haveloze volk. De verspreide bosjes op dit veld waren de plekken voor de betaalde liefde. De eigenlijke naam van dit woeste land was de wulpenweide, al sprak de volksmond liever van de wulpse weide.

Het idee dat zijn inwijding in de liefde dankzij een handvol muntgeld zou worden voltrokken bekoorde Madoc niet erg en toch ging hij toen het begon te schemeren richting de weide in de flauwe hoop haar bij toeval te zullen tegenkomen. Misschien kon hij haar meekrijgen naar 't Zwaluwnest om haar te fêteren. Daarna zou hij wel weer zien. Een tijd lang dwaalde hij in de marges van dat wilde weidegebied, een enkele keer toegelachen en aangesproken door andere vrouwen. Ten slotte streek hij neer tegen een boomstam en viel in slaap.

Toen hij wakker schrok was het al bijna donker. Angstkreten van een vrouw doorkliefden de avondlucht. Hij sprong overeind en rende, bijna struikelend over oneffenheden op zijn pad, en haastte zich naar de plek vanwaar het geschreeuw klonk. Daar aangekomen zag hij een kluwen van lijven en nog beter ziend onderscheidde hij twee mannen die bezig waren een vrouw te overweldigen. Hij greep een van de mannen beet, draaide hem met een ruk om en schopte hem hard in de buik, waarna hij de ander bij de haren vastgreep en naar zich toe sleurde om hem een vuistslag in het gezicht te geven. Hij had nog nooit werkelijk gevochten, maar in zijn verhitte gedachten dikwijls, en in die geest handelde hij nu. Beide mannen, aanvankelijk verbouwereerd en aangeslagen, herstelden zich snel en nu volgde een vuist- en voetgevecht van twee tegen een, waarbij hij tot zijn eigen verwondering voorlopig standhield. *Zij was het, zonder twijfel.* Hij wist haar intussen naar zich toe te trekken en riep: 'Wegwezen jij!' en inderdaad vluchtte ze weg. Door deze handeling afgeleid moest hij nu zelf rake klappen verduren die hem ineen deden krimpen, en niet veel later sloeg hij tegen de grond en werd er op hem ingetrapt. Het lukte hem niet om weer overeind te komen en het trappen en slaan van de anderen te weerstaan. En daarna wist hij niets meer.

2

Als meisje droomde Veerle eens over een ridder die in vol ornaat aan haar verscheen. Hij was gezeten op een ros dat hoog en fier op de benen stond en met een vrolijke huppel op haar toe liep. Ademloos zag zij toe hoe de ridder vlak voor haar afsteeg. Hij legde zijn lans en zwaard behoedzaam in het gras.

Hij deed zijn gevederde helm af en schudde zijn lange lokken. Hij bevrijdde zich van zijn kuras en stond daar met alleen nog een gepantserd onderhemd van oneindig veel kleine ringen rond zijn gespierde tors. En toen knielde hij voor haar voeten.

Dit tafereel wist zij zich herhaaldelijk voor de geest te toveren wanneer zij op de hoeve van haar vader de koeien molk of het jonge vee verzorgde. Ze was toen ongeveer veertien, ineens de oudste nadat een jaar eerder haar zuster Alise aan winterse koortsen was bezweken. Sindsdien kreeg Veerle van alle kanten ingefluisterd dat zij nu bestemd was voor de vrijer met wie haar zus had gelopen. Deze Dirc was onder dorpsmeisjes vermaard aangezien hij zo potig was dat hij een tweejarige stier tegen de grond kon drukken. Veerle kende hem als een man met bonkige manieren en een klein verstand. Ze ging hem liever uit de weg. Toen ook haar vader over Dirc begon, en over de landerijen die zijn familie bezat, verschoot ze van kleur, maar onthield zich van een weerwoord. Elke avond riep ze een handvol heiligen aan om haar te helpen een leven met die lomperik te ontlopen. Als ze zich tureluurs had gebeden koesterde ze zich verder in mijmeringen over de ridder die haar tijdig zou schaken.

Haar gebeden werden in zoverre verhoord dat op een voorjaarsdag een krijgsman te paard, geen ridder maar een huursoldaat met zwaard en hellebaard, haar zou wegvoeren uit haar geboortestreek. Zijn naam was Jannik en hij kruiste in de vroege morgen haar pad op de heide waar ze een koppel schapen hoedde. Halverwege de middag had hij haar reeds onder de blote hemel tot vrouw gemaakt. Hij had haar overrompeld en welbeschouwd was het niet met haar volledige toestemming gebeurd.

Toch liet ze zich door hem op het paard tillen toen hij haar een dag later tegemoetreed en vroeg met hem mee te gaan naar Brussel, waar hij geboren en getogen was. Hij huurde er een huisje op een achtererf. Vooreerst ontbrak het hem niet aan geld want hij had als *brabanzoon* in de troepen van een Duitse vorst gediend, en zijn deelname aan een reeks plundertochten in oorden van de vijand hadden hem geen windeieren gelegd.

Ook toen ze een kind van hem kreeg bleven ze, tegen haar zin, ongetrouwd. Veerle kreeg plots veel minder huishoudgeld van hem, zodat ze haar kleine Leo moest uitbesteden om in de weverij een karig dagloon te kunnen verdienen. Jannik diende nu bij een hertogelijk garnizoen, maar had na de dagelijkse exercities verder weinig omhanden en klitte met ander krijgsvolk in achterafkroegen, waar ze om fikse bedragen dobbelden. Bij een dronkenmansruzie in een kavete stak een opvliegende kerel Jannik een dolk door het hart.

Haar aanstaande was nog maar amper begraven toen ook de kleine Leo in de wieg smoorde. Veerle was radeloos van droefheid en angst toen de pater uit de buurtkerk het jochie een christelijke begrafenis wilde onthouden. En wel omdat zijn ouders willens en wetens in zonde, buiten het sacrament van het huwelijk, hadden geleefd. Ze had haar dode kind in een linnen doek op haar borst gebonden en zo liep ze verdwaasd door de stad. Uiteindelijk ging ze door de openstaande deur van de Sint-Niklaaskerk naar binnen en knielde snikkend bij het beeld van de Moeder en haar uitverkoren kind. Een pastoor, rijzig van gestalte, merkte haar op in die jammerstaat en vroeg welk onheil haar had getroffen. Toen ze uitbracht dat ze wilde biechten, bracht hij haar niet naar de biechtstoel in een zijbeuk halverwege het kerkschip, maar naar een kaarsverlicht kamertje achter in de kerk. Daar knielde ze neer, haar kleine Leo nog steeds aan de borst klemmend. De pastoor trok de doek rond haar haren zachtjes naar achteren en legde zijn hand op haar hoofd. Met zijn lange vingers leek hij haar schedel geheel te omvatten.

'Spreek nu, en weet dat God meeluistert,' zei hij.

En zij vertelde hem alles, natbetraand en met gebroken stem, het lijkje in linnen nu en dan wanhopig koesterend.

Toen zij werkelijk alles had opgebiecht, sprak de pastoor: 'Ik verleen u absolutie, en wees niet bevreesd want in Christus' ogen is ook uw hoerenkind onschuldig. Hij zal een allerliefst engeltje worden en in die gedaante voortleven, tot in der Eeuwigheid. Sta nu maar op. Ik zal terstond een klein graf laten delven, op het kerkhof hierachter in een zonnig hoekje, en daarna begraven we het kind en zal ik een drietal gebeden voor hem lezen. Ga daar maar even zitten,' hij wees naar een zitbank, 'neem het kind uit de doek, wieg het voor de laatste keer, beveel het aan bij de Heilige Moeder, en wacht tot ik u kom halen.'

Binnen het uur was alles gedaan en rustte de kleine Leo in gewijde aarde.

'Kom,' sprak toen de pastoor tot Veerle, 'dan zal ik ook voor u nog een gebed uitspreken en vertellen wat er verder nog voor het heil van uw zoontje zal geschieden.' Hij nam haar mee terug naar het kaarsverlichte kamertje waar de biecht haar eerder was ontvloeid. Nu stond hij tegenover haar en sprak een gebed uit van boete en verzoening. Hij beloofde haar dat de naam van de kleine Leo telkens zou worden genoemd in de engelenmis die elke week op donderdag in de vroege middag werd opgevoerd. De nonnen zouden ook voor haar kleintje in hun gebeden voorspraak doen bij de martelaren en bij de Zoon, die immers ieders smarten draagt.

Zij was zo opgelucht en verlicht, ja bijna vol vreugde hoe alles dankzij deze priester een goede keer had genomen, dat zij schreiend voor hem boog en telkens dankwoorden stamelde. Hij pakte haar voorzichtig bij de schouders, drukte haar tegen zich aan en sprak met bronzen stem: 'De Heere ontferme zich over u en de uwen. Zijn liefde voor de stervelingen is onuitsprekelijk.' Zo stond zij daar tegen hem aan, uitgeput en gelouterd, en zij werd gewaar dat deze man een woordeloze liefde uitstraalde en hij zowel geestelijk als lichamelijk in de kracht van zijn leven was. Bijna fluisterend sprak hij: 'Er staat geschreven: waar ge het leed van anderen in het verborgene kunt stillen, ontzie u zelve daarin niet.' Zonder haar los te laten vergrendelde hij de deur van het kamertje en voerde haar naar de zitbank waar hij haar deed liggen. En toen begreep zij wat het leed was van haar weldoener en zij zorgde ervoor dat hij haar vrijelijk kon bezitten. Hij nam haar met teder geweld en ingehouden vervoering. Zij was er simpelweg trots op ook iets voor deze man te kunnen betekenen. En zij voorvoelde dat haar leven hierna nooit meer hetzelfde zou zijn.

3

Ergens achter in zijn gedachten hoorde hij een stem die hij kende. Die stem noemde een naam die hem op een of andere manier vertrouwd was. Al die tijd had hij pijn gehad, zelfs in diepe slaap, want elke ademtocht vlijmde in zijn romp. Maar nu deze klanken in zacht en rond Brabants hem hadden gewekt leek het of er een balsem op zijn verwondingen werd aangebracht. Hij herinnerde zich ineens dat hij al eerder even wakker was geweest toen ze hem helder water in de mond druppelde, na eerst zijn droge lippen te hebben bevochtigd. Zonder zijn ogen te openen wist hij weer dat hij in een schemerachtige ruimte lag, een bescheiden vertrek met ruwhouten wanden en enkele kleine vensters waarachter de nacht donkerde. Het moest flink hebben geregend; er hing een geur van klamheid en schimmel die binnen alles had aangetast. Door zijn oogharen zag hij haar op knieën zitten bij de strozak waarop hij lag.

'Madoc, zo is toch je naam?' drong ze voorzichtig aan. 'Tenminste, dat is wat iemand mij zei.'

Het schoot hem weer te binnen dat het de naam was die hij onlangs had aangenomen. Die naam was in zijn geest opgeweld, enkele uren na zijn vertrek uit het klooster Sint-Odulfus, toen hij door de nacht de grote wereld tegemoetliep. Waar die naam vandaan kwam wist hij niet; nooit eerder was deze in zijn gedachten geweest. Maar nu was ie er wel en het voelde alsof zijn even nieuwe als ware persoon samenviel met deze naam. Hij besefte dat deze naam wellicht erg opvallend was; het bracht hem er niet toe in plaats daarvan een gewone naam zoals Marc of Willem te voeren.

En nu lag hij hier halfdood, niet in het logement maar blijkbaar in de eenvoudige behuizing van dezelfde vrouw die hij had gezocht. Hij staarde haar aan, probeerde te glimlachen.

'Madoc ja,' gaf hij toe. 'Ik weet nu ook weer wat er is gebeurd. Dank dat ik hier... dat je dit allemaal...'

'Je hebt als een leeuw voor me gevochten,' zei ze.

Dat leek hem overdreven, maar hij liet het zo. Ze schoof iets dichter naar hem toe, pakte zijn hand en legde hem in haar schoot, terwijl ze er kleine kneepjes in gaf. Ietwat verlegen zei ze: 'Je kunt hier zo lang blijven als je wilt.'

'Heel genereus van je...'

'Andries van 't Zwaluwnest is op de hoogte.'

'Nu zie ik pas dat ze jou ook hebben toegetakeld.'

'Valt mee,' zei ze.

'Hoe heet jij eigenlijk?'

Toen ze haar naam zei sloot ze haar ogen bedeesd. Hij glimlachte erom.

'Maar nu eerst iets anders,' hernam ze en keek er zorgelijk bij. 'Iets wat moet gebeuren.' Haar hand reikte naar een kom die op de grond stond.

Madoc had geluk gehad. Zijn belagers waren er niet aan toegekomen hem lek te steken, want Veerle was met enkele kerels uit de buurt, die op haar geschreeuw waren toegesneld, tijdig terug op de plek des onheils. Zij deelden op hun beurt klappen uit aan de aanvallers, waarna die er als hazen vandoor gingen. Het tumult op de wulpse weide trok meer buurtvolk. Algauw vonden ze de gemolesteerde Madoc in het gras, opgerold als een egel. Na chaotisch overleg werd hij afgevoerd, liggend op een ladder waar iemand mee was komen aanzetten. De stoet die over het veld naar Koekelbeke terugkeerde, bijgelicht door enkele fakkels, deed denken aan een nachtelijke processie.

Zijn beurs was gestolen, maar deze bevatte slechts een handvol schellingen. Het leeuwendeel van zijn zilvergeld lag veilig achter de zware deur van een ijzeren kast in 't Zwaluwnest opgeborgen. Hij had zijn geld in bewaring gegeven, een dag of drie na zijn aankomst in Koekelbeke, toen hij ervan overtuigd raakte dat de herbergier een oprechte kerel was.

Doordat hij Veerle uit handen van twee aterlingen had gered werd hij gekoesterd in deze nederzetting waar zoveel lotgenoten van haar leefden. Er kwam nogal wat buurtvolk langs in het huis van Veerle om hem de hand te drukken en een praatje aan te knopen. Hij kreeg bij zulke bezoekjes van alles toegestopt: wijn en bier in kruiken, allerlei fruit, eieren en kaas, stukken pastei, zelfs gebraad van vogels en hoenders. Toen hij een week later weer buitenkwam en zich aan de arm van Veerle schoorvoetend door de buurt bewoog, werd hij bejegend alsof hij er al jaren woonde.

Aanvankelijk was hij Veerles krakkemikkige logé, maar na de eerste tekenen van zijn herstel werd dat anders. Al bij hun eerste ontmoeting op het plein voor de kapel van Maria de Zondares hadden de lijsters in een boom hen toegezongen. Ze had gedacht dat hij een welgeborene was die door een duistere toedracht uit het zadel was geworpen en nu als ridder te voet over de wereld zwierf. Deze man wilde ze wel beter leren kennen, maar niet als klant want dat deed haar tekort. Toen hij haar een paar dagen later onversaagd ontzette en daarna in haar kot gewond op een strozak lag, stroomde ze over van liefde. Ze verpleegde hem met ongekende toewijding. Ze vreesde voor zijn leven en bood in haar gebeden aan niet hem maar haar te laten sterven. Uit diepe erkentelijkheid jegens hem, maar ook om weer met haar kind te worden herenigd. Toen het ernaar uitzag dat de man niet aan zijn verwondingen zou overlijden, bleef ze toch bezorgd om zijn toestand, want hij had al langer dan een etmaal niet geplast. Zijn kleren en de strozak waren droog gebleven en dat was even vreemd als verontrustend. Niet kunnen plassen was haar zieke moeder ooit fataal geworden, een gebeurtenis waar ze nog steeds om kon huilen. Daarom had ze de man voorzichtig wakker gemaakt. Die eerste keer was zonder succes; hij was al spoedig weer weggegleden. Maar een paar uur later wist ze hem wakker te houden. Hij gaf toe een volle blaas te hebben. 'Als van een paard,' pufte hij. En hij moest zo verschrikkelijk nodig dat zijn hele onderlijf was verkrampt.

Het was rond middernacht en er brandde nog slechts een enkel stompje kaars. Hij lag op zijn zij en was niet bij machte zijn lid uit zijn broek te bevrijden. Daarom deed zij het, in het halfduister, en hoe ze het precies voor elkaar kreeg wist hij achteraf niet meer, maar ze slaagde er met liefdevolle strelingen in hem de verkramping te ontnemen en hem steeds kleine hoeveelheden te laten plassen, zonder lekken, in een kom die ze tussentijds vijf keer moest legen op het achtererf. In de twee dagen erna verloste ze hem stilletjes op dezelfde manier en ook waste ze zijn bezwete, pijnlijke lichaam met de grootste omzichtigheid. Hij gaf zich makkelijk aan haar over, alsof hij al jaren aan haar zijde leefde, ook toen hij dagen later, moeizaam zittend op een kleine ton, zich van twee prehistorische eieren bevrijdde.

Maar toen hij begon te herstellen en ze aan de zweetgeur rond zijn lijf proefde waar hij op uit was, kreeg ze toch de zenuwen. Ze zag hoe hij leed onder een ontketende drift die hij zichzelf eigenlijk niet toestond. Hij kreeg tal van stille wenken van haar dat het goed was, dat ze hem wilde, maar hij merkte dat niet op, verdwaald als hij was in broeierige hersenschimmen en vlagen van ontmoediging. Zo verkeerden ze een paar dagen in een patstelling.

Op een avond, even voor het slapengaan, legde Veerle haar

strozak naast de zijne. 'Niks doen, blijf liggen op je rug,' zei ze. Eerst blies ze de kaars uit en ontdeed zich daarna van haar jurk. Ze voelde zijn priemende blik het duister trotseren. Hij zei: 'Het is te koud om je onderjurk uit te doen.' Ze ontkleedde zich niet verder en kroop behoedzaam bij hem onder de deken. Zonder zijn pijnlijke romp aan te raken kroop ze op hem, haar knieën aan weerszijden van zijn heupen plaatsend. Ze bracht zijn wakkere lid in stelling en liet het zachtjes ten hemel varen in haar buik. In die ogenblikken bedacht Madoc dat er waarschijnlijk slechts één reden was geweest die hem het klooster had doen ontvluchten, al het andere was maar bijzaak. Hier verder over denken werd hem niet gegund; Veerle boog zich over hem en benam hem alle adem met een kus, voor hem de eerste.

4

Dat najaar probeerde Madoc voorzichtig te wortelen in Koekelbeke. Hij raakte bevriend met een aantal mannen uit de buurt, een ander slag volk dan hijzelf. Niet een van hen kon lezen of schrijven en ze werkten met hun blote handen of dreven een of andere nering. In de avond en nacht waren ze beschermlieden van hoertjes die in de herfst en winter de wulpse weide meden en hun klanten ontvingen in herberg of kavete. De klanten waren afkomstig uit omliggende contreien en het merendeel daarvan kwam uit het Brusselse. Enkele decennia eerder was de hoererij er in de stad binnen de omwalling verboden, op straffe van geduchte geseling. De courtisanes van edelen, patriciërs en leden van de hogere clerus werden ongemoeid gelaten. Maar gewone hoeren joeg men een voor een de ommuurde stad uit, en Koekelbeke werd hun voornaamste toevluchtsoord. Sindsdien werd het voor het Brusselse manvolk een gewoonte nu en dan uit te wijken naar de Flamoezerije buiten de stadspoort.

Er was zo veel aanloop in Koekelbeke, zowel overdag als 's avonds, dat vrouwen er meer verdienden dan ze eerder in de stad hadden gedaan. Ook 's nachts was er drukte, want het volk dat in de vroege avond kwam aanlopen kon voor het ochtendgloren niet terug naar de vergrendelde stad. Aan de rand van de buurt werden biertenten en vreetstallen neergezet, voor de nering maar ook om nachtelijke samenrottingen op straat te voorkomen. Niettemin waren er binnen of buiten herhaaldelijk opstootjes. Dienaren en klabakken van het officiële gezag in Brussel waagden zich 's avonds of bij nacht nooit buiten de omwalling, zodat een buurtwacht van beschermlieden en andere weerbaren dikwijls met harde hand de orde moest herstellen.

De mannen van Koekelbeke moesten ook weerbaar zijn omdat deze buurt buiten de stadsmuren altijd ten prooi kon vallen aan een groep aanvallers van buitenaf. Eens betrof het een losgeslagen legeronderdeel dat geen soldij had ontvangen, een andere keer een groep huurlingen waarin de verveling tot kwade gisting leidde. De bewoners moesten steeds beducht zijn op vagebonderend geboefte dat in het holst van de nacht zijn slag hoopte te slaan. Bij zulk alarm klepelde de kleine klok van de zondaressenkerk en haastten mannen zich erheen met knuppels, zwaarden en lange bijlen om in een slagorde de nederzetting te verdedigen.

Onder zulke weerbare mannen had Madoc vrienden gekregen. Zij leerden hem hoe hij zich moest verdedigen en met welke manoeuvres en kunstgrepen hij belagers kon uitschakelen, zodat een akkefietje als op de wulpse weide hem niet meer zou overkomen. Hij was inmiddels hersteld van zijn kwetsuren, en nu kwamen er weer nieuwe bij want behalve in het vuistgevecht werd hij geoefend in de strijd met de knuppel, de dagge en het zwaard, en het ging er nooit zachtzinnig aan toe.

'Misschien moet je er nu maar eens mee ophouden,' zei Veerle met een lieve stem toen hij lag te kreunen op een strozak na weer eens *ter lering* te zijn afgerost door een knoest die zich zijn vriend noemde.

Van stoppen wilde hij niet weten. 'Nog een paar maanden,' sprak hij met moeite, 'en dan ligt Guy of Joost of anders Rieuwerd net als ik nu op een strozak bij te komen nadat wij hebben geoefend, terwijl ik dan alleen maar een beetje beurs ben.'

Hij bekwaamde zich niet in de vechtkunst om de taaie pooier te kunnen spelen, zoals nogal wat buurtgenoten vermoedden. Veerle was juist op zijn aandringen uit het wereldje van de betaalde liefde gestapt. Hij leerde vechten om zijn sluimerende angsten voor de wereld te overwinnen. Maanden achtereen was hij bezig met de vechtkunst, vooral ook in zijn hoofd. Hij haalde zelfs zijn schrijfgerei erbij om precies te noteren met welke vileine greep in het kruizement je een tegenstander om zijn moeder kon laten brullen, hoe je iemand over je schouder kon smijten, welke wurgklem het meest effect sorteerde, of welke soort trap je moest uitdelen als iemand tegenover je plots een mes trok. Regelmatig werd hij, door twee leermeesters ondersteund, naar het kot van Veerle teruggebracht, waarna hij een moeilijke nacht tegemoetging. Maar niet veel later meldde hij zich toch weer bij het vechtclubje. En daardoor dwong hij respect af van de leden en deden ze hun best hem zo goed mogelijk in te wijden in deze brute overlevingskunst.

Madoc trok weliswaar nog nergens inkomsten van, maar hij had genoeg zilvergeld achter de hand om het samen een aardige tijd te kunnen uitzingen. Dat najaar was hij druk in de weer om haar ruwhouten kot beter bestand te maken tegen regen, stormwind en kou. Hij kocht enkele stoelen, een houten bank en een tafel voor haar. Het ledikant voor hun twétjes timmerde hij zelf. Het werd een stevig bed, bestand tegen de bevingen van de aardse liefde, en van zodanige afmetingen dat zij altijd dicht bij elkaar lagen.

Soms lag Madoc 's nachts wakker als een gure novemberwind hun kot deed kreunen. Terwijl zij dicht tegen hem aan sliep trachtte hij te doorgronden wat hem was overkomen. Lijf en geest van hem verkeerden in een toestand van lichtheid die misschien niet steeds voortduurde, maar die makkelijk weer bezit van hem kon nemen. Hij blaakte van hartstocht en energie. Drift en lust hadden het dier in hem ontketend, maar door de liefde was een edeler mens in hem opgestaan. Vaak zat hij te mijmeren over de vraag wie hij was en wat hem dreef. Hij kreeg meer gevoel voor bepaalde sferen van het geloof dan gedurende zijn kloosterjaren het geval was geweest. Hij wist al op jonge leeftijd dat zijn geloof klein was, wat hij met zijn Bijbelkennis, als kopiist opgedaan, voor zijn kloosterlijke omgeving had kunnen maskeren. En nu, zoals magister Arnulf eerder had voorspeld, was de twijfel aan hem gaan knagen. In deze povere nederzetting begon hij voorzichtig naar God te zoeken of naar tekenen die op een hogere bezieling duidden. Hij wist niet wat hem overkwam en het stond hem niet helder voor de geest wat hij zocht of wilde ervaren of doorgronden. Met Veerle kon hij over zijn verwarring niet praten. Haar persoon was zozeer gedrenkt in de wijwateren van de devotie dat ze daar geen zinnig, beschouwend woord over kon zeggen. Toch waren het haar ontboezemingen aan hem, haar stemmingen van rouw om haar gestorven kind en naasten die zij had liefgehad, haar vastberaden geloof in hun postume voortbestaan, haar vreugde om het onzichtbare, dat hij door haar oprechte toewijding en geloof zichzelf voor het eerst prangende vragen stelde over hemel en aarde, omdat alle vanzelfsprekendheden van weleer onderhand vragen opriepen.

Op de donderdagen, als Veerle het graf van haar kleine Leo bezocht en de engelenmis bijwoonde, streek Madoc soms neer in een schemerachtige hoek van de zondaressenkerk om er rustig te kunnen nadenken. De kapel met zijn rieten dak en een vermolmd torentje was gewijd aan Maria Magdalena. Hij kende haar uit de tijd dat hij Bijbelboeken uit het Nieuwe Testament kopieerde. Ze was de vrouw uit Magdala die op een dag de rondtrekkende Jezus bedeesd naderde en zich aan zijn voeten wierp. Hij had haar van een hardnekkige bezetenheid verlost door zeven duivels bij haar uit te drijven. Daarna bleef ze bij hem en volgde hem op zijn tocht naar Jeruzalem.

Voor de jonge kopiist in het scriptorium van Sint-Odulfus was ze niet zomaar een vrouw geweest. Wanneer zij in een passage figureerde, of alleen maar werd genoemd, voelde hij een gloed in zijn lijf. Zo groen als hij was las hij tussen de regels dat deze Maria de geliefde van Jezus werd, want de Zoon was niet alleen god maar ook mens, een man met een verlangen te worden gekoesterd. Toen Jezus werd gekruisigd bleef Maria dicht bij hem en gedurende die zwarte dag besproeide ze zijn voeten met haar tranen, waardoor alle zonden haar vergeven werden. Zij waakte nadien bij zijn graf, dat uitgehouwen was in een rots en verzegeld met een grote steen. En zij was het die zag dat het graf leeg was toen een beving de steen had doen omwentelen. Niet veel later verscheen voor haar in een hemels licht de gestalte van Jezus, en zo was zij, een gewezen zondares, de eerste getuige van de Wederopstanding.

Madoc had dit altijd een goed verhaal gevonden. Wanneer hij nu in de kapel zat na te denken over zijn eigen confuus geworden denkbeelden zag hij soms hoe vrouwen uit de buurt kwamen bidden bij het onvolmaakte beeld van de gekruisigde Jezus, en hoe zij, in navolging van hun heilige, de houten voeten van de verlosser met hun tranen bevochtigden in de hoop daarmee hun zonden uit te wissen.

Ook was Madoc er getuige van hoe deze vrouwen biechtten in een hoek van de kapel waar in een houten schot een vage beeltenis van het gelaat van hun heilige vrouw door een wonder in hars ooit was uitgezweet. In die hoek van de kapel waren ze openhartiger dan in het biechthok van welke andere kerk dan ook. De vrouwen zochten de voorspraak van hun heilige en hoopten haar ervan te overtuigen dat niet wellust hen tot de zonde dreef, maar noden en honger. Niet die van henzelf, maar die van hun vaderloze kinderen.

Het was door het zien van deze taferelen in de kapel dat zijn eigen gemoed verweekte als na het lezen van een tragisch dichtwerk, en hij zowel droefheid als stil geluk ervoer. Hij dacht erover na hoe deze vrouwen een Bijbelverhaal aanpasten en plooiden, zodat het een diepere waarheid en zin aan hun eigen bestaan verleende. Hij dacht te begrijpen wat deze vrouwen bezielde, welk hartstochtelijk geloof hun kracht inboezemde. Maar wat hem zelf nu eigenlijk bezielde wist hij niet.

5

Het liep tegen april toen hij meende te bespeuren dat Veerle zwanger was. In de veronderstelling dat zij er in zulke omstandigheden belang aan hechtte, vroeg hij haar ten huwelijk. Veerle verschoot van kleur door zijn aanzoek, omhelsde hem en zei toen: ‘Zeer vereerd, maar daar moet ik over nadenken. En dat moet jij ook doen.’ Diezelfde avond in bed was ze lief voor hem als nooit tevoren en hierdoor begreep hij nog minder van haar. Is er dan een of ander serieus beletsel? vroeg hij zich af. Hij had geen flauw vermoeden wat er tussen hen in kon staan.

Maar Veerle wist het wel. Ze voorvoelde dat hij binnen afzienbare tijd, wanneer de maanden warmer werden, verder zou willen reizen, zoals hij aanvankelijk van plan was geweest. Werk dat hem paste kon hij moeilijk vinden in Brussel en dat maakte hem ongedurig. Daarom zou hij naar het zuiden willen.

In de voorbije maanden had Madoc, in frisgewassen kleding, herhaaldelijk geprobeerd als geletterd man zijn diensten aan te bieden bij adellijke families, hertogelijke instanties of stedelijke bestuurders. Hij kon werken als klerk in de kanselarij, als kopiist, bibliothecaris of secretaris. Hij had de hele stad afgestruind, de heuvels rondom beklommen waar in kleine kastelen en versterkte residenties voorname families leefden, maar overal had hij zijn neus gestoten. Er was tijdelijk weinig werk in zijn branche voorhanden, omdat dat najaar een zwerm vaganten in de stad was neergestreken. Het waren voornamelijk jongeren uit verschillende landen – van huis uit behoorlijk opgeleid en soms zelfs voorzien van al dan niet vervalste adelbrieven – die in groepen door Europa zwierven, en tijdens hun voettochten vermaarde kloosterbibliotheken, academies met bekende leermeesters of zelfs universiteiten in het zuiden aandeden om er te studeren. Onderweg kwamen ze op velerlei manieren aan de kost. De frivole of zelfs lichtzinnige vaganten trachtten met liederen en snarenspel, dichterlijke voordrachten of theateropvoeringen geld op te halen. Zij waren als vanzelf in Koekelbeke beland. Het serieuzere deel van deze wandelende *literati* liet zich daar niet zien en verbleef in de stad onder protectie van een adellijke of patricische familie. Deze jongeren boden tijdelijk hun diensten aan in juist de beroepen die Madoc ook kon uitoefenen. Maar zij hadden steeds een streepje voor vanwege de aanbevelingsbrieven die hun gastheren voor hen schreven.

In de maanden van de voorbije winter was de stemming van Madoc, hoezeer hij zich er ook tegen verzette, van lieverlee omgeslagen. Na zijn vlucht uit het klooster had hij aanvankelijk alles wat hij tegenkwam als nieuw en bijzonder en waardevol *willen* ervaren, maar deze jeugdige ontvankelijkheid begon hem al vrij snel weer te ontvallen. Hij zag op tegen de aanstaande warme maanden als de zon het vele vuil in en rond zijn haveloze buurt zou doen schimmelen en rotten, om nog maar te zwijgen van al het ongedierte dat zich in zo'n omgeving nestelde. Onderhand had hij ook een hekel gekregen aan de roedels van hoerenlopers die vrijwel elke dag de buurt onveilig maakten, 's nachts tumult veroorzaakten en hun pis en stront op de meest onwaarschijnlijke plekken achterlieten. Er hing vaak een bronstige spanning op de verzamelplekken, de onrust laaide zomaar op, en wanneer de gevechten eenmaal uitbraken was de lucht vol van barbaarse strijdkreten of het erbarmelijk geschreeuw van degenen die werden afgerost. Wanneer zulke overlast hem te veel nachten achtereen tergde en ontregelde, voegde Madoc zich soms bij de rijen van de buurtwacht en deed fanatiek mee om alle onruststokers met de knuppel een lesje te leren en beurs te slaan.

Deze verruwing van zijn persoon attendeerde hem erop welk gemis er eigenlijk het meest aan hem vrat: hij verlangde zielsveel naar de letteren, naar de stilte van de leeskamer, en in zijn hunkerende toestand maakte hij niet eens onderscheid tussen profane of sacrale geschriften. Nu hij geen toegang had tot welke bibliotheek dan ook voelde hij hoe zijn geest dorstte naar een gedachtevlucht of sprankeling van de verbeelding. Tijdens zijn kloosterjaren was het plezierig geweest om soms de school of het scriptorium enkele dagen te ontvluchten en dan met zijn handen in de tuin, op het land of in het bos te werken. Maar louter handwerk, zonder zich tussentijds te kunnen verliezen in de wereld van het geschreven woord, gaf hem het gevoel dat zijn geest afstompte.

Sommige nachten waarin hij wel kon slapen werd hij bezocht door dromen van labyrintische gebouwen waar duizenden boekwerken in lagen opgeborgen. Zelfs de muren waren, voor zover zijn blik reikte, met beschreven perkamentvellen behangen. Hij dwaalde erdoorheen om iets te vinden dat subliem heette te zijn, een geestrijk vertoog of edel dichtwerk, en uiteindelijk zat hij te lezen, zichzelf vergetend en los van de wereld. Altijd na door zulke dromen te zijn bezocht leed hij aan melancholie, was hij zonder lust of kracht en werd hij zwijgzaam.

Dat Veerle zijn aanzoek afwimpelde was niet eens een grote slag voor hem. Eigenlijk had hij nauwelijks een beeld van hun gezamenlijke toekomst. Hij mijmerde nogal eens over zijn vertrek uit Koekelbeke en in die gedachten was ze niet vanzelfsprekend aan zijn zijde. Als ze zwanger was van hem kon hij haar niet achterlaten. Maar zou hij dat anders wel kunnen? Ze was zijn eerste liefde en hij was vol ontzag voor haar amoureuze talenten. Hij kon niet zonder sidderingen aan hun wilde nachten terugdenken. Welbeschouwd was hij een slaaf van de lijfelijke verrukkingen die zij hem schonk, een slaaf van haar zachte gemoed en kwetsbare ziel, van haar aardse en hemelse hartstochten. Zou hij van haar willen afzien? Bezwaard om zijn ingebeelde ontrouw rakelde hij de kwestie van een huwelijk weer eens op. Hij begreep toch niet goed waarom ze als man en vrouw samen konden leven en zij, met al haar toewijding, dit dan niet voor God wilde bezegelen.

'Als ik je vrouw ben,' zei ze, 'dan moet ik je volgen als je vertrekt. En ik wil hier niet weg. Je weet waarom.'

'Je kunt toch op elke plek ter wereld voor je kind bidden?'

'Natuurlijk wel.' Ze zweeg geruime tijd. Toen zei ze, onwillig: 'Maar de pastoor van de Niklaaskerk bidt nu ook elke week voor Leo, en hij laat zijn naam voorlezen tijdens de wekelijkse engelenmis. De hulp van een priester is altijd beter als het gaat om het heil van een ziel. Die voorspraak wil ik niet kwijtraken, want...' Ze rilde bij de gedachte aan al haar angstdromen waarin jonge duivels op haar gestorven kind aasden en hem in hun gelederen trachtten in te lijven.

'Betaal je die pastoor voor zijn hulp?' wilde Madoc weten.

'Nee, dat hoeft niet.'

'Maar waarom doet hij het dan? Als hij iedere nabestaande zo zou helpen dan was hij dag en nacht in de weer.'

'Hij heeft mij uit de bitterste nood geholpen, toen... En hij is mij nog steeds genegen en tot steun.'

Madoc vroeg niet verder en zag haar doordringend aan.

Na enige tijd zei ze: 'Eerder heeft Julius... heeft de pastoor gevraagd of ik zijn huishoudster zou willen zijn. Die hij had was overleden. Daar heb ik voor bedankt, ik kende jou toen sinds kort. Onlangs vroeg hij het opnieuw.' Ze sloeg haar ogen neer.

'Je hebt het me nooit verteld, dat van die Julius.'

'Het leek me niet van belang.'

In de weken erna waren ze niet meer op dit onderwerp teruggekomen. Enkele keren lag het hem voor op de tong, maar hij zweeg toch liever. De argwaan had zich in zijn gemoed genesteld en knaagde door. Die Julius wilde haar als huishoudster, wat feitelijk betekende: als concubine. Een officieuze echtgenote die in de loop der jaren een sleep kinderen voor hem op de wereld zou zetten. Maar nu hem dit niet gelukt was had het er alle schijn van dat deze pastoor Veerle al geruime tijd als een zoete lel gebruikte en zich er met liturgische betaalmiddelen van afmaakte. Toch schrok Madoc ervoor terug om zijn vermoedens tegen Veerle uit te spreken. Zijn bewijs bestond uit niet meer dan een redenering en een gealarmeerd instinct. Er was niemand op de wereld met wie hij kon praten over zijn ingebeelde aantijgingen en de twijfels eromheen, over zijn ingeslikte woede of anders wel het zelfverwijt dat hij dit van haar durfde te denken. Zijn vrienden uit Koekelbeke zouden niet begrijpen waarom hij in zijn beschetenheid niets ondernam. Bij dergelijke verdenkingen zouden zij hun wijf eens flink afdrogen, de waarheid eruit slaan. En ook zouden ze zo'n vunzige pastoor de tanden breken, zodat hij zijn mooie praatjes alleen nog slissend kon verkondigen.

Op zoek naar meer zekerheid toog Madoc naar de Niklaaskerk in de stad. Spiedend dwaalde hij onder de gotische gewelven van het middenschip. In dit bedehuis liepen drie priesters rond die, als ze geen mis verzorgden of voorgingen in de getijden, zich met de problemen van hun gelovigen bezighielden, in het biechthok of gewoon op een bankje achteraf. Alle drie hielden uit gewoonte hun hand steeds op zodat mensen die consult of troost hadden gekregen daar penningen in konden leggen. Een van de drie was een oude, bijna aftandse pastoor, zachtmoedig en zich met een scheef loopje voortbewegend. In de tweede pastoor herkende Madoc het type van de verwijfde zwartrok met theatrale manieren en aanstellerig stemgeluid. De derde pastoor die er rondliep was even robuust van gestalte als een krijgsheld, en onder zijn volle, aaneengroeide wenkbrauwen wierpen zijn ogen een strenge, heerszuchtige blik om zich heen. Madoc observeerde hem nauwkeurig en dacht eraan hoe het kerkelijk celibaat de menselijke natuur al eeuwen grof geweld aandeed en tot verwrongen gedragingen aanspoorde. Het leek hem niet bestaanbaar dat deze man zich in den vleze onthield.

De pastoor die al herhaaldelijk had bespeurd dat Madoc speciaal naar hem keek, kwam naar hem toe en vroeg: 'Is er iets waarmee ik u van dienst kan zijn?' Hij hield een lege hand op.

Madoc antwoordde voor de vuist weg: 'Is uw naam misschien Paulinus en heeft u eerder een korte tijd als pater op de kloosterschool te Brugge gediend?'

'Mijn naam is Julius en ik ben van Zoutleeuw afkomstig,' antwoordde de pastoor.

'Neemt u mij niet kwalijk, vader,' zei Madoc. 'Een misverstand. De gelijkenis is treffend.' Hij graaide een losse koperen penning uit zijn zak, legde die in de hand van de geestelijke en verliet de kerk.

Nu dacht hij het zeker te weten en toch kwam hij er niet toe Veerle indringend te bevragen. Kort erop kreeg zij een miskraam. Het was vreemd te ervaren hoezeer hij, hevig ontsteld door het vele bloed dat zij verloor, voor haar gezondheid vreesde en ergens ook opgelucht was dat dit hun overkwam. De weg om te gaan lag nu open voor hem, al wilde hij pas vertrekken nadat zij weer op krachten was. Wekenlang was hij lief en zorgzaam voor haar, zoals zij dat ooit voor hem was geweest.

Tegelijk met het voorjaar bloeide hun liefde weer op met een hevigheid als in de nazomer van het vorige jaar. Madoc besloot het in deze contreien nog een zomer te zullen aanzien. Wie weet was het in Brussel toch mogelijk werk als *literatus* te vinden, met een passende behuizing binnen de muren. Er waren nog steeds huizen van adellijke families en officies die hij niet had aangedaan.

6

Toen hij eens op een zoektocht naar werk vergeefs twee adressen op het Koningsplein had bezocht en daarna terugliep in de richting van de Grote Markt hoorde hij in de verte enkele klaroenstoten opklinken die de aandacht van volk en passanten moesten trekken. Madoc voegde zich bij de menigte die zich verzamelde rond een welgeborene te paard, gewapend maar niet geharnast, en gestoken in een wollen gewaad dat door zijn grauwheid met de wereld afrekende. Deze man, die geflankeerd werd door een groepje soldaten, maakte zich vanuit de hoogte bekend als een ridder en heraut uit het aartsbisschoppelijk garnizoen. Op gezag van zijn heilige en doorluchtige gebieder verkondigde hij in stad en verre omstreken een recente geschiedenis die gruwelijk van inhoud was maar gelukkig een louterende ontknoping kende. Tevens verzocht hij aan alle oprechte gelovigen hun medewerking tot opsporing van de hoofdpersoon hiervan die hij aanduidde als 'een gevleesde duivel'. Met een schallende stem begon de man te vertellen: 'Verleden zomer, in de nacht van 23 augustus, in het klooster van Sint-Odulfus, gelegen nabij de Vlaamse stad Brugge, werd door een nog maar pas gewijde monnik een ijselijke misdaad jegens een andere monnik begaan. De gewetenloze dader met de naam Beda lokte zijn slachtoffer bij nacht onder voorwendsel naar de boomgaard buiten het klooster. Daar overweldigde hij hem en bond hem met lange hoorntouwen vast aan de brede takken van een kastanjeboom. Het slachtoffer, luisterend naar de naam Elmus, kon alleen nog staan, met de gebonden handen in de hoogte gestoken, wiebelend op zijn tenen. En in die weerloze toestand is de dader de ander tot bloedens toe met de zweep te lijf gegaan. Urenlang moet deze duivelse Beda de monnik Elmus op de naakte huid hebben gegeseld, want het achterlijf van laatstgenoemde was van knieholte tot schouder één bloederige zooi geworden. De duivelse Beda heeft zijn slachtoffer Elmus *met de zweep gevild*.'

De heraut van de aartsbisschop hield even in om het geschetste tafereel op de toehoorders te laten inwerken. Daarna vervolgde hij: 'Nog steeds was het niet genoeg voor deze harteloze beul. Om zijn slachtoffer nog meer te onteren heeft de vermaledijde Beda ook nog eens een volgroeide knol tot aan het loof bij Elmus in de aars gestoken.'

De algehele ontsteltenis sloeg na deze passage bij enkele toehoorders om in een nerveuze lach. Misschien omdat de reactie zo beschamend was werkte deze opklinkende zenuwlach ineens bijzonder aanstekelijk op de menigte. Het duurde niet lang eer bijna iedereen ten prooi viel aan onbedaarlijk geschater, waardoor de lucht boven het marktplein begon te sidderen. Wie niet lachte was Madoc; elk woord van de heraut was als een zweepslag op hem neergedaald. Niettemin bleef hij ijzig kalm, lijkbleek weliswaar, wachten tot de rust weerkeerde in de gelederen.

De heraut had moeite het geschrokken paard waarop hij zat in bedwang te houden. Verder leek hij geenszins verrast door de reactie van zijn publiek, alsof hij soortgelijke taferelen al eerder had meegemaakt. Zonder met de ogen te knipperen wachtte hij tot de laatste onbedaarlijkheden waren geluwd. Daarop hernam hij: 'Elmus, de gefolterde monnik, werd die volgende morgen door andere monniken gevonden.

Het was een wonder dat hij de geest nog niet had gegeven. De dader was toen al uren op de vlucht. Op een draagbaar vervoerde men de arme Elmus naar zijn cel, waar men hem de nodige verzorging trachtte te geven. Nu moet men van deze Elmus weten dat hij in de omgeving reeds zekere vermaardheid genoot vanwege zijn heilige levenswandel. Door strenge ascese had hij de wereld leren verachten. Ja, hij was langs de weg van overgave en uitputting dichter bij God gekomen. Elmus' laatste levensdagen waren een onvoorwaardelijke getuigenis van die uitverkorenheid. Gelijk een vervolgde gelovige uit de begindagen van het christendom had Elmus door alle folteringen zijn louterende bloeddoop gekregen. En hij gedroeg zich nu ook als een begenadigd martelaar. Ondanks hevige pijnen die zijn rauwe en al spoedig pussende wonden veroorzaakten, kwam er geen klacht van zijn lippen. Daarentegen verheugde hij zich, als een echte godzoeker, op de terugkeer naar het vaderhuis in de hemel. Ook toen hij begon te ijlen door hoogoplopende koortsen bad hij niet voor zichzelf, maar voor het heil van het klooster, voor de monnikenbroeders en natuurlijk voor de kinderen, oblaten en wezen, van wie hij altijd zo veel had gehouden. En in die godvruchtige sfeer is hij bezweken. En terwijl zijn stoffelijk omhulsel al direct op welriekende wijze tot ontbinding ging, hebben de engelen zich over zijn zoetgeurende ziel ontfermd en deze naar zaliger oorden gebracht.'

Vrijwel alle omstanders bekruisten zich meerdere keren. De heraut rechtte zijn rug en sprak: 'Het graf van Elmus, deze martelaar des geloofs, werd al meteen een bedevaartoord voor christenen die zijn voorspraak wensten bij de heiligen. Wekelijks werpen honderden vertwijfelden er zich ter aarde. Deze geschiedenis kwam ook de pas in het ambt verheven bisschop Walbertus al spoedig ter ore. Hij liet een verslag van de gebeurtenissen opmaken, met getuigenverklaringen van de abt en andere monniken, en stuurde het naar de aartsbisschop met de bede alles in het werk te stellen om de gemartelde Elmus zo spoedig mogelijk zalig, *beatus*, te verklaren. Toen er werd getalmd met deze procedure is het geschied dat binnen enkele weken in het voorbije najaar tot tweemaal toe de bliksem insloeg in het graf van Elmus. Hiervan bestaan verklaringen van ooggetuigen. Inmiddels is het zo ver en werd de monnik Elmus, die zo geleden heeft voor zijn geloof, van hogerhand zalig verklaard. Zijne Heiligheid de paus heeft toegezegd dat ook zijn heiligverklaring in de nabije toekomst zal worden overwogen, al schrijven de procedures voor dat dan eerst een nieuw onderzoek moet worden verricht.

Laten we bidden dat de kerkvader en zijn aardse apostelen volledig recht zullen doen aan Elmus, martelaar van de Lage Landen. En laten wij bidden dat de in monnikspij gehulde demon, luisterend naar de naam Beda, gevangen zal worden en zijn gerechte straf zal ondergaan. Hij is in de pauselijk ban gedaan; iedereen mag hem doden. En wie hem aanbrengt bij de kerkelijke autoriteiten, levend of dood, zal een beloning van tien pond zilver ontvangen. Zegt het voort!'

Verdwaasd, ineens op zijn hoede, en tegen zijn gewoonte in met zijn kaproen strak en diep over zijn hoofd getrokken, liep Madoc naar de stadspoort, op weg naar Koekelbeke. Hij was al buiten de omwalling toen hij langzaam tot zichzelf kwam en weer kon nadenken over wat er die nacht na zijn vlucht uit het klooster moest zijn gebeurd. Het kon toch niet anders of een andere jonge monnik, zwervend door de zomernacht, had Elmus toevallig in zijn ongemakkelijke positie aangetroffen. Het was wel zeker dat deze jonge monnik eerder als kind ook door Elmus was onteerd, wellicht verschillende keren. Het lag voor de hand dat deze jongeling een aantal lotgenoten van hem in het klooster had verwittigd, waarna ze samen waren teruggekeerd naar de boomgaard. Daar hadden ze beurtelings met de zweep wraak genomen op hun fors geschapen verkrachter. Ze hadden hun strafoefening voltooid door de dader meedogenloos met een knol te penetreren en hem met een pluimstaart van loof uit zijn aars stekend te laten hangen aan de kastanje.

Indertijd had Madoc zelf op het punt gestaan een vergelijkbare wraak te voltrekken, maar een opwelling van zwakte of menselijkheid had hem er op het laatste moment van weerhouden. En nu werd hem door een onvoorziene verwikkeling alsnog een halsmisdaad aangerekend. Zich vrijpleiten kon hij niet; hij had alle schijn tegen en niemand zou iets ten gunste van hem willen getuigen zonder zichzelf in diskrediet te brengen. Hier blijven kon hij ook niet. In de stad had hij meerdere figuren opgemerkt die hij voordien in Brugge had zien rondlopen. Mogelijk hadden ze hem ook herkend. Als de kerkelijke inquisitie hem te pakken kreeg zouden ze hem de botten breken, villen en roosteren, ze zouden hem een marteldood bezorgen waar die van Elmus of zijn illustere voorgangers uit vroeger eeuwen maar flauwtjes bij zou afsteken. Hij hoefde niet langer te twijfelen over de toekomst; het was duidelijk wat hem te doen stond.

Op het achtererf van hun kot trof hij Veerle, die behaaglijk in de zon was gaan zitten. Op gloeiend houtvuur pruttelde een pan erwten met een restant kippenvlees.

'Iets gevonden?' vroeg ze.

'Ik was op twee adressen, maar ze hadden niemand nodig,' sprak hij zo kalm mogelijk.

'Je ziet er aangeslagen uit,' ging ze verder. 'Trek het je allemaal toch niet zo aan. Er zijn desnoods andere manieren om aan de kost te komen.'

Hij hoorde wel haar strelend stemgeluid, maar niet wat ze zei.

'Misschien moet je eens in de wijdere omgeving van de stad gaan zoeken,' zei ze. 'Er zijn verderop nogal wat landgoederen en rijke families. En als je werk hebt kunnen we misschien daarheen verhuizen. Dan zit ik evengoed nog dicht genoeg bij de stad.'

'Morgen is het donderdag toch?' vroeg hij.

'Ja, morgen ga ik naar het grafje toe. Ik ben onderhand weer sterk genoeg om erheen te lopen.'

Hij dacht: kon ik haar maar ergens deelgenoot van maken.

Het verwonderde haar die avond en nacht dat hij haar nabij was als nooit tevoren, hoewel hij naliet haar te nemen. Toen ze eenmaal door zijn kussen en strelingen zo rozig en opgewonden was geworden nam ze hem, ze kon niet anders. Ze had, op hem liggend en zijn gezicht met kussen overdekkend, tranen geproefd en gedacht dat die van haarzelf waren. Heel de nacht had hij haar omhelsd, en telkens wanneer ze even ontwaakte was hij ook wakker. Met haar nachtogen kon ze de zijne zien.

Heel langzaam waren ze wakker geworden en met veel wederzijdse aanrakingen opgestaan. Het was alsof ze elkaar nog maar een week kenden.

Een uur later was zij zo ver. Ze droeg zoals op alle donderdagen haar mooiste kleren. Omdat de wind zo kil uit het noorden woei droeg ze deze keer een brede wollen sjaal als hoofddoek. Hij liep een stukje mee tot aan de rand van de nederzetting. En toen omhelsde hij haar heel stevig, maar ook teder. Toen ze afscheid hadden genomen keek ze nog tweemaal om. Hij stond daar nog, met zijn langer wordende krullen in de kille voorjaarswind. Ze was nerveus omdat ze zo blij was door wat ze onlangs samen hadden teruggevonden. Dat gevoel was zo sterk dat ze niets van onheil bespeurde.

Hoofdstuk 3

Onder edelen

I

Dat voorjaar werden zijn gedachten wekenlang beheerst door een achtervolgingswaan. Na zijn overhaaste vertrek uit Koekelbeke was het doel van zijn voettocht Parijs gebleven. Ervoor beducht dat hij zou worden achterhaald door de jagers van de kerkelijke justitie nam hij niet de normale en snelste route waarover hij eerder van reizigers had gehoord. In plaats daarvan boog hij af in zuidoostelijke richting. Een kleine week lang liep hij – zijn zwaard en leren buideltas op de rug gebonden – door een glooiend landschap met onlangs bewerkte akkers en uitgestrekte velden waar roodbonte runderen of tanige schapen graasden. Er waren onderweg gehuchten waar hij kon pleisteren. Meestal na het vallen van de avond klopte hij aan bij een hoeve waar hij, als hij niet werd weggejaagd of door honden belaagd, voor enkele koperen penningen meeat en in het hooi mocht slapen. Als men hem vroeg waar hij naartoe ging zei hij: Arlon. Hij vertelde dat dit een kleine plaats was waar familie van zijn moeder een heerlijkheid bezat en waar hij opzichter van de bossen werd. Dat hij te voet moest reizen kwam door een overval; ze hadden zijn paard geroofd.

Het landschap werd gaandeweg weerbarstiger. De aarde versteende, hellingen werden steiler, bossen moeilijker doordringbaar. Hij die zijn jonge jaren in het Vlaamse laagland had gesleten raakte onder de indruk van dit gebergte, van de rotswanden, de vlietende rivieren in de valleien, enkele macabere burchten op afgevlakte toppen. Bovenal drukte de verlatenheid van deze contreien op zijn ziel. Men had hem ervoor gewaarschuwd dat er uitvaagsel rondzwierf in de berglanden om de justitie in bewoonde oorden te ontlopen. Het was beter ieder gezelschap te mijden; zelfs passerende ridders leefden er van de roof.

Eenmaal in het hart van de berglanden werd hij ziek. De voorgaande winter, toen de halve bevolking van Koekelbeke op strozakken lag te hoesten en zweten, was hij gezond gebleven, en nu het in de middaguren aangenaam warm werd overvielen hem koortsen en raakten zijn maag en darmen ernstig verkrampt, terwijl hij niets anders had genuttigd dan een klein rantsoen roggebrood en kristalhelder rivierwater. Hij kon niet meer verder en verschanste zich in een grot na er eerst een slangennest met zijn zwaard te hebben uitgeroeid. Dagenlang lag hij te rillen van koorts en ingebeelde kou. 's Nachts overvielen hem dromen over Veerle en over zijn geboortegrond. Nooit eerder waande hij zich zo dicht bij huis als in dit bergland. Soms klonken in de verte stemmen in het duister of huilde ergens een wolf. De vierde ochtend van zijn oponthoud, toen de zon voor korte tijd in de grot scheen, werd hij allengs weer helder. Hij dwong zichzelf op te staan, eerst voor korte tijd, daarna voor langer duur.

Twee dagen later liep hij door de zoom van een dicht woud. Er lichtte achter de bomen een open plek op vanwaar schor geschreeuw van grote zwermen raven opklonk. Hij liep voor de wind uit, maar dit kon niet verhoeden dat een walm van ontbinding hem tegemoet dreef. Wat hem voor ogen kwam deed hem verstarren. De open plek in het woud was nog niet lang geleden een slagveld geweest. De verslagenen lagen in het gras dat bruin en zwart oogde van bloed en opengereten ingewand. Alle doden, meer dan honderd man, waren beroofd van hun wapens, hun kurassen en zelfs hun kleren. Hun naakte, aangevreten lichamen waren overal verminkt met slagen van zwaarden en bijlen, en in die staat waren ze achtergelaten als prooi voor raven, gieren en ratten.

Hij kwam tot zichzelf en deed enkele stappen terug. Honderden aasvogels vlogen van schrik op en streken neer in de bomen aan de overzijde. In ontsteltenis gissend naar het waarom van dit bloedbad en de eerloze bejegening van de overwonnenen, verwijderde hij zich van de onheilsplek en ging zijwaarts het woud in.

Toen zag hij in de schemering tussen de stammen plotseling de gestalte van een fier paard zonder ruiter, een witte schimmel. Voorzichtig liep hij toe op het dier, dat niet bang leek voor zijn nadering. Op ongeveer vijf passen van het paard gekomen bleef hij staan, klakte zachtjes met de tong, en stak een arm uit. Het paard keek naar hem en stapte op hem af, alsof hij een bekende was. Het was een merrie en ze droeg een halster. Het dier stond voor hem, hij aaide het liefdevol in de hals, fluisterde het toe en nam een riem van de halster in de hand. 'Van welke edele ridder mag jij het rijdier zijn?' vroeg hij. 'Maar als je van een ridder bent dan zouden je flanken en voorzijde toch met een leren dek zijn beschermd? Of behoor je soms een dame toe?' Terwijl hij met een sonore stem tegen het paard sprak bewoog het dier soms even op de hoeven en snoof rillend, maar verder bleef het de kalmte zelf. Hij liet de halster los om de merrie van alle kanten te kunnen bekijken. Zo ontdekte hij dat ze een zadel aan een riem en stijgbeugels met zich meesleepte. Een leren dek was nergens te bekennen. Het dier was niet gewond, geen schrammetje te zien. Achter op de flank was een brandmerk aangebracht: een zwaard en bijl schuin gekruist met in het bovenste vlak een kleine *s*. Hij legde het zadel terug op het paard en maakte de riemen vast.

De merrie aan de halster meevoerend liep hij verder, op zoek naar een pad dat hij eerder had opgemerkt en dat hij na geruime tijd terugvond. Aan weerszijden ervan stond weelderig gras en alvorens samen verder te gaan liet hij haar grazen.

Ze was hongerig. Toch onderbrak ze het grazen nu en dan en keek op naar hem die rustig wachtte.

'Eet nog maar even,' zei hij. 'We gaan samen verder, ik breng je naar huis.'

Toen hij de merrie te kennen gaf op weg te willen gaan en hij haar dacht te bestijgen, gebeurde er iets merkwaardigs: ze boog door haar voorste benen en knielde, zodat Madoc zonder moeite in het zadel kon klimmen.

Voordat ze vertrokken zocht hij de omgeving af, want hij bedacht ineens dat de ruiter, of zelfs een amazone, misschien gewond was geraakt en ergens in onmacht tussen de bomen lag. Hoewel hij nog nooit op een paard had gereden, voelde het niet onwennig om in het zadel te zitten. Het was alsof het dier hem aangaf hoe hij moest meebewegen met de cadans van haar loop. Ze doorkruisten het nabije gebied urenlang zonder iemand te vinden. Daarop besloot hij verder te trekken en in de eerstvolgende nederzetting te vragen van welke familie het wapen was dat in het brandmerk stond afgebeeld. Voordat hij landvolk tegenkwam dat met beslistheid het brandmerk van het paard toeschreef aan hun heer – graaf Hincmar van Mourille – was hij enkele dagen van omzwervingen verder. Ze wezen hem ook de richting, welke rivier hij moest volgen en tot waar, en zeiden dat het minstens drie dagreizen was naar diens kasteel, genaamd La Couronne. In een kalme draf voerde het paard hem door het dikwijls weerbarstige landschap. In de drie nachten dat ze onderdak bij een hoeve of in een dorpje vonden liet hij het paard geen moment alleen. Dat hij haar Madame noemde scheen de merrie wel aangenaam te vinden.

De vierde dag, terwijl de zon al in het zuidwesten stond en er schaduwen over de beboste bergflanken vielen, zag hij in de hoogte een burcht met een donjon tussen fiere torens. Hij stuurde zijn paard over een karrenpad in die richting. Toen hij het grafelijk kasteel op bijna een kwartier was genaderd verviel hij in nieuwe verbijstering, omdat langs de weg aan weerszijden aan de bomen lichamen waren opgehangen. Het ging om welgeteld elf lijken, mannen, en allen van hun kleren ontdaan. Ze waren doodgeslagen en doorspietst voordat ze waren opgehesen. Daarna hadden aasvogels hen verder toegetakeld.

Vreemd, dacht Madoc, dorpelingen spraken zonder tekenen van angst over hun heer, maar zo te zien is hij geen lieverdje. De walm van bederf en ontbinding was niet te harden, en toch besloot Madoc verder te gaan. Want wie zou hem een haar krenken? Hij kwam alleen een op drift geraakte merrie terugbrengen. Het dier zette iets aan alsof het de stal rook en al spoedig lieten ze het bos achter zich.

Voor hen troonde het kasteel trots boven de wereld uit, alsof het bouwsel zelf deel uitmaakte van het massief waarop het ooit was verrezen. De forsheid van de torens in de hoeken, bollend uit de muren, en alle bovenaan met een trans voor boogschutters, viel nu zeer in het oog. In het luchtruim erboven zweefden sierlijk enkele haviken.

Aan de voet van deze grafelijke burcht lag tegen de hellingen een stadje met kronkelige straten waarlangs houten of lemen huizen en schuren waren opgetrokken. Tussen die eenvoudige bebouwing stonden een stuk of vijf uit steen opgetrokken panden, alle gefortificeerd en omgeven door ijzeren traliewerken. In het stadje stonden twee robuuste kerken met geharnaste deuren. Vlak voor de bebouwing, langs de zandweg, stond een verweerd houten bord met daarop de naam Roc-le-Comte. Madoc haalde de teugels aan om te verhinderen dat Madame ging draven. Hij zat niet al te vast meer in het zadel, uitgeput en hongerig als hij was. Na de laatste klim reed hij tussen enkele boerenwagens stapvoets door de poort het binnenhof van het kasteel op. Hij zag ertegen op van de merrie te moeten scheiden.

2

Uit de hoogte daverde een stem: 'Maar dat is Blanche. O god ze leeft, ze is springlevend!' Over de weergang langs de gekanteelde borstwering kwam graaf Hincmar van Mourille aanlopen, en zonder in te houden denderde hij de stenen trappen af naar het binnenhof. Twee schildknapen konden hem maar moeilijk bijhouden, en in hun poging dat wel te doen struikelde er een, viel tegen de andere aan die zich nog juist aan de ijzeren leuning kon vastgrijpen en daarmee voorkwam dat beiden naar beneden zouden rollen. Het bijna-ongeluk achter hem ontging de edelman ten enenmale. Hij haastte zich naar het paard dat door een soldaat aan de teugel werd gehouden. Met ogen vol ongeloof bekeek hij het dier, knikte hevig bij het zien van het brandmerk, duwde de soldaat weg en viel Blanche om de hals, zoals men een dood gewaand familielid in de armen sluit. Zo stond hij daar enige tijd, alles om zich heen vergetend, prevelend en schokschouderend tegen het paard aan dat kalmer bleef dan ooit. De man maakte zich los van het dier, richtte zich tot het groepje soldaten nabij en vroeg: 'Wie heeft Blanche naar ons teruggebracht?'

Een officier van de wacht wees naar Madoc die eerder na een kort handgemeen door andere wachten in bedwang werd gehouden.

'Waarom behandelen jullie deze man als een paardendief? Hij heeft ons geliefde dier toch uit eigen beweging naar hier gebracht? Hij moet dagen onderweg zijn geweest. Laat hem los, *nom de Dieux*, en verdwijn uit mijn ogen. Opgesodemieterd, allemaal!'

De wachten en soldaten maakten zich uit de voeten. Ook degenen die het tafereel van enige afstand gadesloegen durfden niet te blijven staan.

'Nu zie ik het pas,' richtte de graaf zich tot Madoc, 'ze hebben u een paar muilperen verkocht. Uw oogkas zwelt en uw wenkbrauw bloedt.'

'Ze waren nogal kort aangebonden,' zei Madoc. 'Om de vrede te bewaren heb ik me maar ingehouden.'

'Ik vraag pardon voor de lompheid van mijn manschappen. Velen van hen zijn nog steeds helemaal van slag en daardoor opvliegend. Onlangs hebben wij een hels gevecht moeten leveren. We hebben gewonnen, maar ten koste van aanzienlijke verliezen.'

Madoc knikte, en dacht aan wat hij onderweg had gezien.

'Waar heeft u dit dier in hemelsnaam gevonden?' ging de graaf verder.

'Nabij een veld vol lijken, midden in het woud.'

'Daar was het, daar hebben wij een bende huurlingen weten te verdelgen. Na de slag hebben mijn mannen dagenlang vergeefs naar Blanche gezocht. Zelfs de bevolking uit omliggende dorpen is eropuit gestuurd.'

'Het paard verscheen vlak bij dat slagveld ineens tussen de bomen,' vertelde Madoc. 'Alsof het me stond op te wachten.'

'Ik hoor niet bij het soort mensen,' sprak Hincmar, 'dat bij de minste aanleiding over wonderen kweelt, maar dit is toch reuze frappant.'

'Tot mijn verbazing kon ik Blanche gewoon naderen zonder dat ze schrok of wegliep. Ik hoefde haar niet te vangen, ze kwam op me toe. Alsof ze wist dat ik haar naar huis zou brengen.'

'Wonderlijk,' vond ook de graaf.

'Er was nog iets bijzonders,' ging Madoc verder. 'Toen ik wilde opstijgen, boog het paard door zijn voorpoten en knielde.' Om zijn woorden te illustreren liep hij naar Blanche toe, nazeggend wat hij eerder zei en opnieuw knielde de merrie door beide voorbenen om Madoc weer te laten opstijgen. Die deed aldus en daarna sprong hij weer van het paard af, dat zich erna weer verhief.

'Niemand hier heeft haar dat geleerd,' reageerde Hincmar nog beduusder.

Madoc zei: 'Blanche is niet zomaar een paard, het is een buitengewoon edel dier.'

De graaf richtte zich tot beide schildknapen: 'Breng Blanche naar de stal en voer haar een dubbele portie haver. Ververs het water in de drinkbak. Schud ook verse stro op zodat ze kan liggen.' De jongens voerden het paard weg en Hincmar en Madoc staarden het na.

'Het is een zondagspaard,' sprak de graaf, 'geen briesend strijdros, allerminst geschikt voor het vuile werk. Sigebert wilde daar echter niet van weten. En daarom dacht ik dat het dier ergens in het bos de dood had gevonden, na eerst gewond te zijn weggevlucht van het slagveld. Als het kadaver was gevonden had ik man en paard misschien wel samen in gewijde grond willen begraven. Dan had ik ze een praalgraf gegeven, hier beneden in het bos.' De graaf kneep zijn ogen toe, tranen stroomden ineens over zijn wangen.

Madoc, die nu pas opmerkte dat de kasteelheer rouwkleding droeg, deed een stap naar voren en zei: 'Een geliefde strijdmakker van u is in het gevecht gebleven.'

'Ja, een strijdmakker, zo mag u Sigebert noemen. Hij was ook mijn oudste zoon.' Andermaal trachtte Hicmar zich te vermannen. 'En nu u hier ineens met Blanche bent verschenen is het alsof een tip van de rouwfloers wordt gelicht.' De graaf dacht na en prevelde: 'Ik mag de tekenen niet langer negeren; en als dit geen teken is...' Daarop keek hij Madoc doordringend aan.

Hincmar was een man halverwege de veertig, met een onverzettelijk postuur en een getaande kop onder grijzende leeuwenmanen, met handen die zonder veel inspanning konden wurgen. De rouwmoedigheid die hem neerdrukte kon niet verhullen dat hij als een onstuimig en hartstochtelijk man oogde.

'Zo te zien was uw tocht niet zonder beproevingen,' hernam hij vriendelijk. 'Vertel me eens wie u bent en vanwaar u komt. U spreekt het Frans met de tongval van de noorderling.'

'Ik ben inderdaad uit het noorden gekomen,' reageerde Madoc, 'maar daar ligt niet het land van mijn familie.'

'Ik durf te wedden dat u, ondanks uw stoffige uitdossing en roestende zwaard, uit een voornaam geslacht stamt. Het klinkt misschien vreemd als ik zeg dat ik u herken.'

'U herkent mij?' liet de verbaasde Madoc zich ontvallen.

'Jazeker, en wel uit een droomgezicht dat enige nachten geleden aan me verscheen. U moet weten dat ik als jongeling eens van een dravend paard viel en onzalig tegen de stenen bodem smakte. Het leek gedaan met me, maar ik kwam erbovenop. Sindsdien licht mijn geest soms op door vlagen van helderziendheid. Ik zag u zojuist en wist meteen: dit is dezelfde edelman uit dat rijk dat onder de voet werd gelopen.'

Madoc sprak dit niet tegen, maar tegelijk hield hij zich op de vlakte: 'Ik dank u voor deze woorden die van een bijzondere geestelijke gave getuigen. Maar tegelijk vraag ik u ook verschoning om te mogen zwijgen over mijn afkomst, en over mijn familie die in mijn kindertijd zozeer door het noodlot werd getroffen. Ieder woord daaraan gewijd zou mijn ziel bezwaren en een krenking zijn van mijn eer, zodat ik liever met tien ridders tegelijk het zwaard kruis dan te moeten spreken.'

Hincmar was onder de indruk van deze repliek en vroeg zich af of de vreemdeling niet zelfs van soeverein bloed zou kunnen zijn. 'Ik heb alle begrip voor uw situatie,' suste hij, 'we laten het rusten. Maar graag zou ik vernemen hoe u heet. Zei u Madoc? *Madóc*. Een fraaie naam, verre van hier afkomstig. Kom nu met me mee, u bent mijn gast en het zal u aan niets ontbreken.' Hij nam Madoc bij de arm en voerde hem de stenen trappen op. Ze bereikten de weergang en betraden de toren, waar de graaf zijn persoonlijke vertrekken had. Madoc betrad een grote ronde kamer, waarvan een drietal ramen zicht boden over welvende bossen en her en der omhoogstekende rotsformaties. Een grote wand was behangen met allerlei wapentuig: zwaarden, strijdbijlen, zelfs een geknakte lans. Er hingen kurassen en delen van allerlei verschillende harnassen, helmen met verbleekte vederbos, vaandels die wat betreft stilering uit zeer diverse oorden moesten stammen. Madoc staarde ernaar en besefte ineens dat het trofeeën van Hincmar waren die eerder aan verslagen vijanden hadden toebehoord.

Alsof na het terugbrengen van Sigeberts paard de schim van de zoon zelf ook weer in het zicht van de vader was verschenen, zo erkentelijk toonde Hincmar zich die avond jegens Madoc. De graaf liet een bad voor zijn gast klaarmaken en gaf opdracht schone, fraaie kleding aan hem te verstrekken. Die avond soupeerden ze getweeën in de grafelijke toren. Sinds de begrafenis van zijn zoon vermeed Hincmar de maaltijd in de ridderzaal, waar zijn familie, ridders en ministerialen, edelknapen, jonkvrouwen en gezelschapsdames aanzaten. Hij kon die gezamenlijkheid thans niet opbrengen, maar het gezelschap van deze jonge edelman deed hem juist opleven.

Ruim twee weken geleden had Hincmar met een leger van ridders, serianten te paard en boogschutters slag geleverd met een losgeslagen bende huurlingen die een spoor van dood en vernieling door het graafschap had getrokken. Na een heimelijke achtervolging hadden ze de huurlingen naar een open plek in het woud weten te lokken. Daar waren ze een makkelijke prooi voor de boogschutters die al direct een flink aantal slachtoffers onder de vijand maakten. Dit voordeel van de aanvallers werd beslissend voor de uitkomst van het treffen. Maar voordat het zo ver was hadden ze de bitterste gevechten met deze geharde krijgslieden moeten leveren, ten koste van tientallen doden in de eigen gelederen.

'Er bestaat geen groter beproeving,' sprak de graaf, 'dan tegen zulk volk, dat zonder eer of geweten is, te moeten vechten. Om hen te kunnen bedwingen moet je jezelf verlagen tot de sluwe en wrede methoden die ze er zelf op nahouden.'

Niemand van deze huurlingen hoefde op genade te rekenen. Hincmars mannen waren na de overwinning dan ook druk bezig om gewonden en gevangenen te kelen toen een stuk of tien streng bewaakte roofridders riepen dat er voor elk van hen een losprijs kon worden betaald. De graaf zei hierop: 'Ik geloof niet dat er families zijn die voor zulke schurken hun beurs willen trekken. Vergeet het.'

Maar de roofridders riepen nu dat ze zelf geld achter de hand hadden en dat ze dit binnen vijf dagen konden laten bezorgen. Ze hadden weliswaar veel buit bij zich gehad in hun kamp, maar blijkbaar was elders ook een deel ondergebracht. De graaf antwoordde dat hij hen op erewoord een vrije aftocht uit zijn burcht zou bieden wanneer binnen vijf dagen een som van tienduizend zilvermarken werd aangebracht. Te onderhandelen viel er niet, de roofridders moesten wel instemmen. Anderen die geen losprijs konden bieden maakte men tot de laatste man af, met zwaaiende bijlen en klievende zwaarden.

Hincmar vertelde: 'Toen dit slagerswerk achter de rug was, wilde mijn manvolk zich natuurlijk vergrijpen aan de vrouwen die de huurlingen bij zich hadden.'

'O god,' riep Madoc uit, 'dat waren natuurlijk voornamelijk ontvoerde dorpsmeisjes.'

'Dat is scherp opgemerkt van u,' zei Hincmar. 'Het duurde wel even voordat ik de tucht onder mijn krijgsvolk had hersteld.' Na enige weifeling vervolgde hij: 'Ik heb zilveren penningen onder die meisjes verdeeld. Maar misschien had ik wel iets scheutiger mogen zijn.'

Ze lieten de omgebrachte huurlingen achter op het veld, een prooi voor aaseters en ongedierte. Met de buitgemaakte karren voerden ze hun eigen doden en gewonden af. Sigebert was gewond in zijn lies, toen leek het nog allemaal mee te vallen. Op een speciale kar werden de roofridders geboeid afgevoerd om in het kasteel gevangen te worden gezet. Inderdaad leverden 'derden' de geëiste som in zilvermarken bijtijds af. De roofridders werden uit de kerkers gehaald en mochten vertrekken.

'Ik had afgezien van mijn eerdere voornemen,' vertelde Hincmar, 'om deze gevangenen eerst de ogen uit te steken en ze dan pas los te laten. Want anders zou ik te veel in de geest van dit gajes hebben gehandeld. Enfin, het was evengoed voor hen bepaald geen pretje de burcht te moeten verlaten, blootvoets, met schamele kleding, zonder wapens. Het volk uit het stadje hier beneden en de omgeving was verwittigd en wachtte hen op, beneden in het bos.'

Madoc vroeg de graaf naar zijn oudste zoon. Hincmar vertelde graag over hem. Bij zijn tweede echtgenote, Adelina – niet de moeder van de jongen – vond hij maar weinig troost en begrip voor zijn ellende, wat hem nog meer neerdrukte. Nu kon hij tegenover een vreemdeling die hem zo vertrouwd voorkwam de beweende zoon door zijn verhalen doen herleven. Sigebert was vijf jaren voor zijn dood tot ridder geslagen, door niemand minder dan de Franse koning Filips Augustus. Want sinds zijn zestiende diende hij in een speciaal koninklijk regiment dat herhaaldelijk tegen de Engelse troepen in Normandië had gevochten. Vorig jaar was Sigebert teruggekeerd naar La Couronne om in overleg met zijn vader een vrouw te zoeken en zich te bekwamen in het besturen van de grafelijke erflanden.

'Eerder vertelde u dat Sigebert uw oudste zoon was,' zei Madoc. 'U heeft meer zonen?'

'Ik had er vier, allen van Berthe, mijn eerste vouw. Nu leeft er nog maar één: Walmar.'

'Dan kan hij in Sigeberts plaats treden.'

De graaf haalde diep adem: 'Walmar dient in hetzelfde regiment als eerder zijn oudere broer. Als ridder is hij zeer geeerd, want hij vecht als een razende Roelant. Maar eenmaal ontdaan van zijn kuras is hij niet anders: ook dan kan een blinde drift over hem komen en raakt zijn verstand verduisterd. "Jij slaat hem nog eens dood," kon Berthe vroeger zeggen, als ik hem – een knaap nog, maar toen al een dolleman – tot rede wilde brengen. Hij mist iedere bedachtzaamheid waar zijn broer zich juist door onderscheidde.'

Vreemd, dacht Madoc, die Sigebert toog anders met een

zachtaardige merrie ten oorlog, terwijl zijn strijdros in de stal achterbleef. Ook niet fraai.

'Voorlopig zie ik ervan af Walmar naar huis te halen,' zei graaf Hincmar. 'Ik houd het nog jaren vol. En dan maar weer eens zien.' Even verzonk hij in gedachten en riep toen uit: 'Hoe kan het toch dat zo'n onbeduidende wond in zijn lies juist hem fataal moest worden?'

In hun gesprekken sprongen ze over van het Frans naar het Diets en omgekeerd. De moeder van de graaf bleek een Vlaamse edelvrouw te zijn geweest die haar kinderen tweetalig had opgevoed.

Het was vanwege Hincmars moederlijke afstammingslijn dat Madoc in een korte toelichting over zijn onderwijs en wedervaren al zijn Vlaamse sporen uitwiste. Hij vertelde als klein kind in een kanunnikenschool nabij Utrecht te zijn onderwezen. Daarna had hij in de Brabantse steden Leuven en Brussel bij scriptoria en kanselarijen gewerkt, uit een drang om te leren, en natuurlijk om den brode. Hij verdraaide zijn levensgeschiedenis, maar wat hij vertelde over zijn educatie en zijn bekwaamheden was naar waarheid.

Na een verkwikkende maaltijd vroeg de graaf aan Madoc of hij bekend was met het schaakspel. Madoc knikte instemmend en dacht ineens met genegenheid terug aan magister Arnulf. Vol vuur kon zijn leermeester betogen dat dit edele spel de orde in het ondermaanse weerspiegelde. In de wereld hadden rangen en standen ieder hun speciale plichten en rechten en dit correspondeerde met de bewegingsmogelijkheden van de schaakstukken. Daarom had dit edele spel volgens Arnulf een diepere, allegorische betekenis.

'Ik neem aan dat u dan wel een partij met mij wilt spelen,' sprak Hincmar.

'Heel graag.'

Hincmar gaf een dommelende schildknaap in een hoekje opdracht het spel uit een kast te pakken. De jongen bracht hun een schaakbord waarop een houten doos stond, met fraai leer bekleed. Hieruit viste de graaf de stukken die Madoc vol verwondering bekeek. De schaakstukken waren niet van hout gemaakt, en ook niet van ivoor, maar waarvan dan wel wist hij niet. De graaf vertelde hem dat hij in zijn jeugd vier fraaie bloedhonden voor de jacht bezat, waar hij zeer verknocht aan was. Toen er na jaren één kwam te overlijden begroef hij het dier eigenhandig op een veldje aan de rand van het bos. Later deed hij met de andere drie hetzelfde. Een jaar of tien geleden reed hij te paard langs datzelfde grafveldje toen om hem heen ineens vertrouwd geblaf opklonk, alsof hij door de jachthonden uit zijn jeugd werd omringd. Hij raadpleegde Lisoise, een boerenvrouw met veel kennis van duistere aangelegenheden. Ze was een beschermelinge van hem. Als het priestervolk het voor het zeggen had gehad was ze lang geleden al naar de brandstapel gesleept.

'Graaf de botten van je honden op,' ried ze Hincmar aan, 'en geef ze een nieuw leven.'

Ineens zag hij voor zich hoe. Een ambachtsman uit een stadje verderop wrochtte uit de knoken twee legertjes schaakstukken.

'Elke gast begint hier met wit,' sprak Hincmar grootmoedig.

Madoc meende na een zet of vijftien dat hij gewonnen stond. Toch ging hij niet voluit in de aanval. Hij herinnerde zich Arnulfs verhalen over diens jeugd in een kasteel waar veel werd geschaakt. Hoogoplopende emoties tussen spelers leidden ertoe dat hun partijen dikwijls niet door een gewiekste manoeuvre, maar door het vuistrecht werden beslist. Het was daarom beter zijn gastheer niet op de eerste avond reeds te ontluisteren. Dat kon altijd later nog weleens. Madoc hoefde zijn winstkansen niet eens opzettelijk te verspelen, want doordat hij de stukken nog niet goed kende zag hij een ietwat klein uitgevallen loper voor een pion aan, een misgreep die hem in het nauw bracht. Met de grootste moeite wist hij er daarna nog een remise uit te slepen.

Zij dronken een kelk wijn en daarna volgde een tweede partij waarbij de graaf met wit speelde. Toen de partij in het middenspel geraakte, en andermaal op remise afging, gebeurde er iets wat Madoc, en ook diens stelling, uit zijn evenwicht bracht. Het torenvertrek van de graaf was verlicht door vier flambouwen die rond de speeltafel stonden opgesteld, zodat het bord in elk geval goed verlicht was. Maar dat gold niet voor het hele vertrek. Madoc, die zijn nek even strekte, meende in een schemerachtige hoek een reusachtig zwart dier op te merken. Het leek een katachtige, maar dan wel ter grootte van een lioen, waarvan hij eerder illustraties had gezien in enkele encyclopedische verhandelingen. Het dier sloop nabij, Madoc verstrakte.

'Niet schrikken,' sprak Hincmar met gedempte stem, 'dat is Salim, een *léopard*, een liebaard uit een ver land, genaamd Arabia Felix. Hij is in gevangenschap geboren en als welp hardhandig getemd. Ze hebben zijn scherpste tanden uitgetrokken, net als zijn nagels, en ook hebben ze hem zijn kloten afgesneden. Wat van hem overbleef is een aardig, karaktervol en dikwijls aanhalig beest, natuurlijk nog steeds een roofdier dat trouwens niet zonder verdiensten is: als ik last van zweren heb likt Salim ze verwoed schoon, waarna de huid spoedig is genezen. Salim is een grote vriend van me. U mag naar hem glimlachen maar het is beter uw tanden voorlopig niet te ontbloten.'

De graaf aaide de zwarte liebaard over zijn kop en flank toen die naast zijn stoel verscheen. Madoc vermeed oogcontact met het dier, dat vervolgens onder de speeltafel kroop en nota bene zijn voeten en benen begon te besnuffelen. Ademloos wachtte hij af. Hij had beide benen strak tegen elkaar geklemd om zijn kruis zo veel mogelijk te beschermen, mocht de liebaard alsnog aanvallen. Na zekere tijd legde Salim zich neer, strekte de voorpoten zodat die van onder de tafel zichtbaar werden, en ging met een rumoerige ademhaling slapen.

'Salim krijgt elke ochtend en avond een emmertje vlees,' vertelde Hincmar. 'Daardoor is hij poeslief, meestal tenminste.'

Madoc knikte voorzichtig. De aanval werd ingezet, niet door de liebaard maar door Hincmar, die wel bespeurde dat de tegenpartij er niet helemaal meer bij was met het hoofd.

'Wonderlijk, zo vredig Salim aan uw voeten ligt,' zei Hincmar terwijl hij zijn kunstig gestileerde hondenknoken liet oprukken. 'U bent welkom hier, vindt ook Salim. Niet al mijn gasten kunnen op zo'n vriendelijke bejegening terugzien. O nee, daar zou ik u verhalen over kunnen vertellen.'

3

Vanaf het moment dat de graaf Madoc tot zijn secretaris benoemde hield hij ermee op hem te vousvoyeren. Hincmar nam hem mee op een tocht door het graafschap zodat ze met eigen ogen konden vaststellen hoeveel rampspoed de huurlingenbende eerder had aangericht. Een onderdeel soldaten escorteerde hen, onderweg voegden zich door Hincmar ontboden vazallen bij hen. Deze mannen bewezen de graaf jaarlijks leenhulde en Madoc was er getuige van hoezeer hun leenheer de wind eronder had. Onderweg vertelde Hincmar hoe hij zijn landen bestuurde en liet besturen. Zijn getrouwen waren zodanig over het gewest verspreid dat ze bij onheil elkaar en hun heer steeds bijtijds konden waarschuwen. Een onzichtbaar netwerk van spionnen moest ervoor zorgen dat de graaf samenzweringen tijdig onschadelijk kon maken.

Nu bezochten ze dorpen die half in as waren gelegd of waarvan de bodem met bloed doordrenkt was door een uitbarsting van duister geweld. Overal werd het landvolk bijeengeroepen, waarna de graaf vanaf een wagen of andere verhoging zo'n kleine menigte toesprak. Hincmar bracht zijn mensen de boodschap dat hij met zijn ridders en soldaten onlangs had afgerekend met de moordenaarsbende. Om de grafelijke vrede te herstellen hadden ze grote, bloedige offers moeten brengen. Telkens wanneer hij vertelde hoe zijn eigen zoon Sigebert in de strijd was gebleven boette zijn stem aan kracht in. Langzaam drong het dan tot de toehoorders door dat hun heer zijn rouwkleding niet alleen droeg uit medeleven met hun nood en tragiek, maar dat hij persoonlijk ook een geducht verlies had geleden. Dorpsvrouwen begonnen te snikken en knielden neer uit respect voor de overledene, de mannen volgden en bogen het hoofd. Geweeklaag klonk op, men bekruiste zich. Als het zo ver was gekomen nam de paap uit de grafelijke delegatie het over. Hij ging voor in een korte mis onder de blote hemel. Op alle plaatsen die ze aandeden eindigde de viering met het gebed dat Jezus zijn volgelingen ooit zelf leerde: *Pater noster, qui es in caelis, sanctificetur nomen tuum, adveniat regnum tuum...* Velen die geknield waren hadden zich zo diep voorovergebogen dat er aarde aan hun wangen kleefde.

Hierna was het de graaf die ieder aanspoorde weer op te staan, die woorden sprak ter bemoediging van gedupeerden en nabestaanden. Hij beloofde een tijdelijke vermindering van tienden en corvees. Hij stelde de grafelijke bossen in de regio tijdelijk open zodat men zich kon voorzien van hout voor de wederopbouw. Hij zegde geldelijke steun toe om vernielde of in as gelegde kerken te herbouwen. Na zijn toespraak begaf hij zich onder de mensen en sprak met hen, luisterde naar hun specifieke noden en verschafte raad terwijl hij onder het spreken met zijn armen gebaarde of zijn wijsvinger vermanend hief.

Alles wat ter plekke werd bepaald noteerde Madoc zorgvuldig op grote vellen perkament. Hincmar voerde overleg met zijn leenmannen over de vraag hoe ze de zaken in hun gebieden moesten aanpakken. Wanneer de meningen te zeer uiteenliepen beëindigde de graaf de beraadslagingen en verschafte instructies die zijn vazallen als bevelen dienden te verstaan. Ook die noteerde Madoc.

Nadat men alle getroffen plaatsen had bezocht, veranderde de tournee drastisch van karakter. De graaf stuurde boodschappers vooruit om zijn komst, en die van zijn escorte, naar een of ander kasteel, bewoond door familie of een vazal, aan te kondigen. Overal was de ontvangst even hartelijk, al twijfelde Madoc soms aan de oprechtheid hiervan. De graaf die voor zijn vazallen en dienstvolk altijd vrijgevig moest zijn leek nu geen ander oogmerk te hebben dan het er buitenshuis eens flink van te nemen, op kosten van een gunsteling die eerder zo rijk bedeeld was door hemzelf. Men organiseerde jachtpartijen voor de graaf en richtte feestmalen aan. Men ronselde muzikanten en zangers en zogenaamde jongleurs uit de omgeving om de avonden een groter luister te geven. De ellende die de graaf en zijn staf eerder hadden aanschouwd leek op slag vergeten en kwam niet meer ter sprake. De rouwperiode om Sigebert was weliswaar niet voorbij, maar in de woorden van de graaf 'verbannen naar de harten'. Na een verblijf van een dag of vijf vertrok de grafelijke delegatie naar een volgende burcht om daar alles nog eens dunnetjes over te doen. Een maand lang ging dit af en aan, en pas toen keerde het gezelschap terug naar La Couronne.

De notities die Madoc tijdens de inspectie van geteisterde oorden had gemaakt besloegen onderhand een lijvig boekwerk. Toen de ambitieuze secretaris bij thuiskomst in het kasteel zijn dossier wilde opbergen bij andere courante bestuurlijke stukken, verwees Hincmar hem naar een groot vertrek in de grafelijke toren, een etage lager gelegen. Daar trof Madoc tot zijn verbazing op brede kastplanken, geschraagd door ruwhouten staanders, een enorme warboel aan van bundels en boeken met oorkonden en resolutieën over het bestuur. Algauw ontdekte hij dat allerlei stukken en bundels uit heden en verleden door elkaar lagen. Er waren boekwerken met landelijke en stedelijke privilegiën, resolutieën over lopende of bijzondere aangelegenheden, veelal voorzien van verbalen met toelichting; er waren bepalingen over heffing van tienden en vordering van corvees in natura, protocollen omtrent leenhulde, en toewijzingen van land, bossen, eendenkooien of viswaters. Het archiefgedeelte over grafelijke rechtspraak en de vonnissen ervan was verre van geordend. Criminele justitie en leenrechtelijke kwesties lagen dooreen in dezelfde schappen. Ten slotte lagen in een aparte kast de pachtboeken, tribuutregisters en jaarlijkse rekenoverzichten en verder een reeks klappers met moeilijk te doorgronden becijferingen.

'Ik ben het spoor in deze stal vol kalfsvellen en schapenhuiden al een tijdje bijster,' verklaarde de graaf lichtelijk beschaamd. 'En degenen die er wel de weg in wisten zijn een voor een doodgegaan sinds vier jaar geleden eerst de liezenpest rondging en daarna ook nog eens nietsontziende schurftkoortsen herhaaldelijk toesloegen. Iedere functionaris die ik met moeite wist aan te werven lag na enkele maanden te zieltogen. Het werk in mijn kanselarij scheen dermate vervloekt dat velen daarna bedankten voor de eer. Dus als jij deze stal kunt uitmesten en orde weet te scheppen in de zooi, reken dan op mijn erkentelijkheid.'

Madoc hoefde niet lang na te denken over dit verzoek. Door dit enorme karwei op zich te nemen wist hij zich te ontdoen van het vooruitzicht dat zijn betrekking als secretaris gaandeweg tot sinecure zou verworden en hij zou afglijden naar de positie van tafelschuimer aan de grafelijke dis, een type leegloper dat hij tijdens de tournee door het gewest in verschillende kastelen had zien vegeteren.

Spoorslags toog hij aan het werk. In het nabijgelegen stadje Vitrange wierf hij drie jonge, op de kanunnikenschool onderwezen knapen, die hem gingen assisteren in het grafelijke archief. Met zijn vieren begonnen ze aan een grondige inventarisatie en haalden alle kasten leeg. Ze zetten de inhoud ervan op stapels na een verfijnde selectie naar onderwerp, branche of domein, datering of herkomst. Madocs poging om Hincmar zelf te betrekken in de definitieve keuze voor een bepaalde ordening in archief en kanselarij strandde al vroeg. De graaf wimpelde hem af en zei alle vertrouwen te hebben in het oordeel van zijn secretaris. Madoc had ervaring met stukken uit het archief van de Vlaamse graaf. Magister Arnulf had hem uitvoerig over de kunst van het besturen verteld. Uit zijn herinneringen eraan putte hij nu moed. Toch moest hij lang nadenken bij het ontwerpen van een inventaris met meerdere ingangen die voorts werd ondersteund door een reeks registers van zaken en personen. Later zouden daar nog verschillende catalogi en inventarissen bijkomen.

Soms kwam de graaf weleens voor een praatje binnenlopen in het torenvertrek vol stapels met bundels en boekwerken. Een keer had hij Salim zonder aanlijning bij zich. De zwarte liebaard raakte bij het opsnuiven van zo veel geprepareerde dierenhuid in staat van hevige opwinding. Grommend dook hij op zijn prooien en hield al snel een lijvig boekwerk met kalfslederen kaft in zijn bek. In de commotie die daarop volgde was het de graaf die het roofdier uit Arabia Felix bij zijn nekvel greep en hem het boek met enig geweld uit de bek wist te rukken, waarna hij Salim moeiteloos optilde, in zijn robuuste armen knelde en hem als een stoute jongen het vertrek uit droeg.

Hincmar was geen liefhebber van bestuurszaken op schrift, en in die dagen stond zijn hoofd er nog minder naar dan anders. Na de tournee had hij de malaise van de rouw door veel oefeningen in het zwaardvechten en niet-aflatende lichamelijke inspanningen proberen te verdrijven en dat was tot zijn opluchting goeddeels gelukt. Nu keek hij uit naar evenementen waarbij hij zich werkelijk kon verstrooien. Al geruime tijd waren er berichten over nieuwe wrijvingen tussen het Franse hof enerzijds en de Engelse koning en Duitse keizer anderzijds. Hincmar zou zich het liefst met zijn grafelijke legioen bij de legers van de Franse koning, zijn leenheer, voegen om weer eens stevig ten oorlog te tijgen. Mocht het tegenzitten en zouden de drie vorsten de vrede toch tekenen dan wilde hij met een aantal toegedane ridders een serie toernooien bezoeken om, zowel in groepsgevechten als individuele krachtmetingen, triomfen, eer en losgelden te oogsten.

De graaf was ervan overtuigd dat een gezond man slechts een beperkt gedeelte van de dag tussen geschriften mocht doorbrengen om niet krom te groeien of wereldvreemd te worden. Aan het einde van elke middag liet hij daarom Madoc ontbieden om hem in een select groepje mee te laten doen aan krachttrainingen en gevechten. Hij oefende graag met Raoul, een even geharde strijder als een man die in het gezelschapsleven hoffelijk en behulpzaam was en zich er zelf niet van bewust was dat hij bijna met iedere vrouw liep te flirten. Lastiger was het te moeten vechten met Immanuel, een ridder behept met een dwalend rechteroog. Als gevolg daarvan had hij een afwijkend zicht, waardoor hij tijdens een zwaardgevecht dikwijls slagen uitdeelde op onverwachte plekken.

Tijdens het oefenen met zwaardvechten droegen ze een helm en kuras voor het bovenlichaam, maar omdat er desondanks in het vuur van een oefengevecht toch verwondingen of kneuzingen konden worden toegebracht, waren hun zwaarden gestoken in een langwerpig, leren foedraal dat het wapen minder gevaarlijk maakte. Op andere dagen draafden ze op paarden door de omgeving om de rijdieren en zichzelf fit te houden. Madoc reed op Blanche. Dat hij haar Madame Blanche noemde liet de merrie niet onberoerd. Ze werd er vuriger van.

4

Na zijn tournee door het graafschap was Hincmar teruggekeerd naar de familietafel waar men eens per dag, in de vroege avond, in een groot gezelschap aanzat. De graaf troonde aan het hoofd van de tafel, al regeerde in dit domein onverkort de gravin. Hincmars tweede echtgenote Adelina was een dochter uit een eminent mediterraan geslacht met landgoederen en kastelen nabij Montpellier. Ze had een meer verfijnde beschaving naar het noorden meegebracht. Deze kasteelvrouwe was na haar overkomst de vazallen en ridders van haar man manieren gaan bijbrengen: in de conversatie, in het gezelschap van vrouwen. Ze kon een jonge edelman apart nemen en voorhouden dat het een smerige gewoonte was om je druipneus aan het tafelkleed af te vegen. Ze schrok er niet voor terug een jonge ridder dieprood te doen kleuren door hem toe te fluisteren dat de jonkvrouwen hun adem inhielden wanneer hij hen nabij kwam; niet omdat ze hem zo imponerend vonden, maar omdat zijn verschijning omneveld werd door dampen van een latrine. Daarna gaf ze zo'n jongeling uitvoerige aanwijzingen om zichzelf en zijn tenue proper te houden en waarschuwde hem dat ze bij zijn eerstvolgende schending van de reinheidregels niet meer op fluistertoon zou spreken.

Wanneer ze Hincmar over zo'n incident inlichtte reageerde hij geamuseerd. 'Van elk strontjong afkomstig van een kasteeltje in de wildernis,' zei hij eens, 'weet jij een welriekende jonker te maken. Zolang je ze niet te verwijfd maakt om het zwaard te hanteren vind ik het prima.'

Niet alleen lomperiken uit afgelegen oorden, maar ook vazallen uit de voornaamste domeinen van Mourille kon Adelina terloops de oren wassen. Zo liet ze zich eens tegen de burggraaf Osemund ontvallen: 'Toen ik hier kwam wonen werd me verteld dat in deze contreien de beer al een eeuw is uitgestorven. Nou, mooi niet. Er zwerft er hier een dicht in de buurt rond, en mijn neus gaat te gast.' Adelina was te bekoorlijk om wrok te zaaien met haar missie onder edellieden tot properheid en fraaier stilering van het leven, al droeg deze burggraaf haar schrobbering nog lang met zich mee. De meeste mannen namen haar wenken voor lief en probeerden zich ernaar te gedragen, vooral omdat ze hoopten aldus meer waardering bij jongere en rijpere edelvrouwen te zullen oogsten.

Adelina wist ook de edelvrouwen van Mourille te inspireren. Haar onafhankelijkheid van geest, haar mediterrane couture en mondaine pose kwamen hun eerst als bijna aanstootgevend voor, maar allengs kregen ze er waardering voor. Velen begonnen te beseffen hoe treurig en zonder luister hun leven tot dan eigenlijk was geweest. Ineens begrepen ze waarom Adelina had gezegd dat ze eigenlijk niet veel meer waren dan slavinnen met blauw bloed, levende have louter bestemd tot veredelde voortplanting. Was dit het leven dat ze begeerden? Sommige vrouwen uit de lokale adel probeerden de gravin in haar ideeën en manieren na te volgen. Ze gaven blijk van een eigen wil, verhieven soms hun stem tegen hun geharnaste mannen. Nieuwsoortige echtelijke schermutselingen waren het gevolg. Jonkvrouwen beklaagden zich bij hun vaders: een kleine minderheid edelvrouwen kreeg goede scholing, maar waarom werd het hun en zo veel zusters uit hun stand dan onthouden? Zij waren toch geen boerinnen? Een goede ontwikkeling zou hun ziel kunnen adelen en daarmee werd hun statuur verhoogd. De vaders vroegen zich af wie hun deze dwaasheden nu weer had ingefluisterd. Niettemin begonnen ze erover na te denken. Voorzichtig werd een nieuw pad geëffend en steeds meer jonge edelvrouwen zouden het betreden.

Adelina's beschavingsmissie was begonnen nadat zij in het tweede jaar van haar huwelijk een magistrale kok uit haar geboortestreek naar Mourille wist te lokken. In zijn spoor was ook een hovenier gevolgd die aan de rand van Roc-le-Comte, in kunstig vervaardigde huisjes van glas, ongeacht de seizoenen, allerlei kruiden en bijzondere gewassen kweekte. Dit tweetal wist de kasteelkeuken dermate te verbeteren en verfijnen dat de avondmalen van La Couronne in het hele graafschap vermaardheid genoten. Vanaf toen was Adelina's ster rijzende en had ze haar missie zonder weerstand kunnen verbreden.

In haar jeugd was Adelina een felbegeerde partij geweest en niet alleen vanwege haar komaf. Haar pronte figuur suggereerde dat ze was voorbestemd de oermoeder van een illuster geslacht te worden. Haar boezem onder het zijden gewaad deed vermoeden dat ze een voldragen drieling zelfstandig zou kunnen zogen, zonder hulp van een min. De weduwnaar Hincmar, die haar aan het hof in Parijs leerde kennen, was niet alleen daarom voor haar gevallen. Adelina had een betere partij dan Hincmar in haar web kunnen weven, maar ze liet het bewust na. Hincmar was van plan haar te schaken, maar op de valreep kon hij de onderneming afblazen. Haar vader schonk haar zonder morren aan de ruwharige noorderling toen hij begreep dat de liefde wederzijds was. Van de kinderen die Hincmars eerste vrouw Berthe had gebaard waren toen nog twee zoons in leven. Hincmar droomde van een nieuw leger nakomelingen, hij liep over van hartstocht voor haar. Maar gedurende tien jaar huwelijk zou Adelina, in plaats van een sleep kinderen, de ene miskraam na de andere krijgen. Kostbare missen die prelaten in de basiliek van Reims ten behoeve van haar vruchtbaarheid celebreerden brachten daarin geen verandering. Een reis langs heilige, geneeskrachtige bronnen evenmin. Adelina was de vijfentwintig onderhand gepasseerd. In alle vergeefsheid was ze tot volle rijpheid gekomen. Beproevingen rond een bestendige zwangerschap hadden haar trouwens niet getekend; eigenlijk was ze mooier dan ooit. De teleurstellingen stelden de verbintenis met haar echtgenoot op de proef, zonder dat hun liefde teloorging.

Zoals zoveel mannen was ook Madoc diep onder de indruk van de kasteelvrouwe met wie hij eerder in een kort onderhoud had kennisgemaakt. Toen hij een vaste gast werd aan de grafelijke tafel moest hij zijn best doen niet steeds naar haar te kijken. De hoofddoeken die ze droeg waren zo bescheiden dat haar krullende lokken zo goed als vrij spel hadden. In haar jurken volgde ze een mode die zijn ademhaling in de war bracht: ze liet haar hals, schouders en de bovenste rondingen van haar boezem onbedekt! De naderende winter die de kasteelmuren een extra koude uitwaseming gaf, deed haar vooralsnog niet van luchtige creaties afzien. In plaats daarvan liet ze de twee haarden in de eetzaal hoger opstoken, zodat andere tafelgasten in dichtere kleding als otters zaten te zweten. Zelfs in de laatste donkere maand van het jaar leek het te zomeren wanneer Adelina de eetzaal betrad.

Madoc zocht afleiding door aan het tafelgesprek deel te nemen, maar ook daarin kon hij niet om haar heen. Zij was het die de conversatie in goede banen leidde, die deze een andere richting deed inslaan als iemand minder gelukkige opvattingen ventileerde. Bedeesde tafelgenoten inviteerde ze met prikkelende vragen om ook van zich te laten horen en nieuwkomers werden aan de tand gevoeld.

Madoc moest zich die eerste keer aan deze tafel op haar aandringen introduceren. Hij stak daarop een verhullend relaas af dat Adelina's argwaan opwekte en haar tot doorvragen aanspoorde. Tot zijn geluk greep Hincmar in en wist haar vragen met betrekking tot Madocs familie tijdig te pareren en ontzenuwen.

'Over zijn komaf en het wel en wee van zijn familie heb ik met deze jongeman onder vier ogen uitvoerig gesproken,' sprak de graaf voor de vuist weg terwijl hij bezwerende handgebaren maakte, 'en ik kan u allen verzekeren dat dit verhaal van beproefde adeldom kan wedijveren met de meest tragische verwikkelingen in onze heldenliederen. Alleen is het niet bestemd voor ieders oren. Genoeg, afgehandeld!' Hij wilde deze mededeling bekrachtigen door met zijn vuist op het tafelblad te dreunen, maar bedacht zich op het laatste moment toen hij het fijne serviesgoed opmerkte.

Na die woorden van Hincmar werd het even stil in het gezelschap aan tafel. De ernst waarmee de graaf had gesproken bracht zelfs zijn echtgenote tot bedaren en daarmee leek de zaak voorlopig van tafel.

Maar enkele maanden later zorgde de kwestie rond Madocs komaf voor een nieuw en gevoelig incident aan de grafelijke tafel. Een lange dag had Hincmar met zijn voornaamste getrouwen over leenroerige kwesties vergaderd. In de loop der jaren waren de heldere afspraken tussen leenheer en leenmannen vervaagd, vooral omdat de graaf zijn administratie niet op orde had. Zijn getrouwen hadden daarvan stilletjes profijt kunnen trekken. Maar tijdens deze vergadering ging het er heel anders aan toe: tot verbijstering van de leenmannen had graaf Hincmar alle documenten met contracten en beloftes bij de hand – ze waren stuk voor stuk uit de vergetelheid opgediept – en hij bleek de inhoud ervan woord voor woord te kennen. Twijfelde hij over zekere bepalingen dan werd hij gesouffleerd door een jeugdige man, ene Madoc, die niet van zijn zijde week. Hincmar had hem voorgesteld als zijn nieuwe kanselier en rentmeester, tevens secretaris en archivaris. Deze Madoc leek er slechts op uit te zijn hun de duimschroeven aan te draaien. Beduusd staarden ze naar de rekening die ieder kreeg gepresenteerd.

Weigeren aan te zitten bij het grafelijk avondmaal was een daad van rebellie en daarom waren de vazallen toch maar aangeschoven. Het gevogelte dat met zoveel speciale kruiden was bereid kon ook de stemming niet verbeteren. De voornaamste onder de leenmannen, burggraaf Osemund, wilde na een zoveelste roemer wijn zijn gram halen op de nieuwe functionaris en vertrouweling van de graaf. Hij begon erover, zich richtend tot Hincmar (waar Madoc bij zat), hoezeer het hem verbaasde dat een vreemdeling wiens komaf duister was – zoiets had hij vernomen – zo'n kardinale positie naast de graaf mocht bekleden, terwijl er in Mourille en omstreken genoeg jonge edellieden waren die deze dienst ook tot tevredenheid zouden kunnen verrichten. En nog voordat Hincmar hierop kon antwoorden, richtte hij zich tot Madoc zelf en eiste van hem dat hij openheid over zijn afstamming zou geven.

Madoc die net een botje afkloof (dat mocht van Adelina; bij gevogelte en zoetwatervis mocht men kluiven) veegde zijn lippen schoon met een servet en sprak: 'Edele heer, ik ben niet van zins het fatum van mijn familie...'

'... Hooggeboren familie...' kwam Hincmar ertussen –

'... aan wie dan ook te openbaren.'

'Wanneer iemand over zijn persoon en komaf schimmig doet,' wierp Osemund op, 'dan kunnen we niet uitsluiten met een omhooggekropen boerenkinkel van doen te hebben.'

'Ik wens te zwijgen over het tragische geheim van mijn afkomst,' stipuleerde Madoc andermaal. 'En helemaal tegenover een man die een kwade dronk heeft, omdat hij vandaag werd geconfronteerd met opzettelijk niet betaalde rekeningen uit het verleden die hij nu alsnog moet aanzuiveren.'

Adelina, overvallen door deze tafeltwist, wilde krachtig ingrijpen, maar een resoluut handgebaar en felle blik van haar echtgenoot deden haar ervan afzien. Ze zweeg, onwillig en gebaarde aan de wit wegtrekkende jonkvrouwen verderop dat het akkefietje spoedig zou zijn gesust.

'Jij spreekt met bravoure zolang je beschermheer nabij is,' beet Osemund terug. 'Maar als je aan mijn eigen tafel had gezeten was je al dood geweest.'

'Osemund, hoogste tijd om in te binden,' sprak Hincmar.

'Het gaat mij erom,' vervolgde Osemund onverstoorbaar, 'dat wie zijn afkomst – en wie weet: ware persoon – niet wenst uit te duiden blijkbaar iets te verbergen heeft, zoals zij die door een ban werden getroffen en buiten de wet staan. Justitie aast op ze en iedere christen mag ze doodslaan en vaak ook nog een beloning opstrijken.'

'Waar baseer jij al deze kwaadaardige veronderstellingen eigenlijk op?' riep de rood aanlopende Hincmar hem toe.

'Nog niet lang geleden,' begon Osemund met een malicieus lachje, 'was ik voor familiezaken in het noorden van

Vlaanderen. Daar werd mij een verhaal verteld dat mijn ziel geweld aandeed.' Hij bekruiste zich uitvoerig. 'Een ontaarde monnik van *zijn* jaren' – hij priemde zijn vinger in Madocs richting – 'en naar verluidt ook van uitheemse, edele komaf, had op een nacht een vrome, godzalige broeder doodgeranseld, en wel zodanig dat laatstgenoemde *met de zweep was gevild*. Bovendien was het slachtoffer ook nog eens verkracht volgens een handelswijze van sodomieten die ik hier niet uit de doeken durf te doen... En daarna was hij gevlucht en loopt bij mijn weten nog steeds vrij rond. En wie kan mij nu verzekeren dat mijn leenheer die duivelse aterling niet in dienst heeft genomen, onwetend met wie hij te maken heeft?'

Er hing een dodelijke stilte rond de tafel. Madoc had de schrik om deze woorden snel van zich afgezet en tintelde, gloeide ineens van moordlust. Hij stond op en zei: 'Zwaveldamp en graflucht dreven over deze kostelijke tafel toen je sprak, Osemund. Onderhand heb je wel genoeg uit je vileine bek gestonken. Je moet nu je zwaard laten spreken, dan zal ik je van repliek dienen.'

'Mannetje toch,' schertste Osemund, 'je bent niet eens tot ridder geslagen. Met jou *mag* ik het zwaard niet kruisen, dat zou me alleen maar bezoedelen.'

'Dan moet het maar met de vuist,' zei Madoc en tegelijk liep hij om het hoofd van de tafel heen, achter Adelina en Hincmar langs, met het doel aan de overzijde Osemund bij zijn kladden te grijpen en hem tegen de grond te beuken. De brede Bertrand, naast zijn vader gezeten, sprong op en wierp zich op de naderende Madoc. Madoc ontweek zijn uitschietende vuist, beantwoordde deze met een zijwaartse dreun, gevolgd door een verwoestende elleboogstoot die de getroffene vol op de neus raakte en hem deed bloeden en duizelen. Daarop greep Madoc hem stevig bij de kraag, hield zijn eigen armen intussen gestrekt, en draaide zich met zijn rug naar Osemund, die op zijn stoel was gebleven. Ineens liet Madoc zich achterover op de vloer vallen en sleurde Bertram daarbij in een vloeiende beweging met zich mee. Voordat de versufte Bertram op zijn belager kon vallen werd hij door de uitstrekkende benen van Madoc omhooggewerkt, waardoor zijn lichaam door de lucht heen vloog en als een levensgroot projectiel op Osemund terechtkwam. Door het plotselinge overgewicht braken de poten van Osemunds stoel en beide mannen rolden nu half verstrengeld op de stenen vloer. Madoc sprong overeind, nog even woest en van zins na de zoon de vader af te tuigen, maar ineens voelde hij een grote hand op zijn schouder. 'Tot hier, genoeg,' besliste de graaf. En tegen de andere vazallen die overeind waren gesprongen: 'Laat niemand het wagen nog een klap uit te delen.'

Bertram, met bebloede kop, was half in zwijm door de smak en stoten; Osemund, onder de bloedspetters van de ander en op knieën gezeten, vloekte op fluistertoon. Zijn arm hing er vreemd bij.

'Je hebt dit allemaal aan jezelf te wijten, Osemund. Jou spreek ik morgen, eerst je roes maar eens uitslapen.' Hij richtte zich tot de andere leenmannen: 'Neem ze mee, deze maaltijd is ten einde.'

De leenmannen zochten hun logeervertrekken op; Osemund werd ondersteund. Toen iemand zijn arm aanraakte brulde hij het uit. De jonkvrouwen waren de andere kant op gevlucht en gingen met een omweg naar hun eigen vertrekken.

Madoc richtte zich tot Adelina: 'Het spijt me, edele vrouw, dat dit moest gebeuren.'

'Soms wordt een man gedwongen zijn eer te verdedigen. Jij kunt zonder wapens ook vechten. Dat siert je.' Ze schonk hem een glimlach en keek hem aan alsof ze voor het eerst zag wie hij werkelijk was.

Hincmar kwam naar hem toe en zei: 'Je hebt een vijand nu, en dan ook nog eens een die bijzonder haatdragend is. Ga zitten, we moeten het er even over hebben.'

Met name onder de jonkvrouwen die Adelina omringden zou het geheim van Madocs afkomst een bron worden van speculatie en verdichting. Er werden over deze nieuwe vertrouweling van de graaf met gedempte stemmen talloze verhalen verteld. Het was een geliefd spel te opperen uit welke uithoek van Europa hij afkomstig was. Dat zijn familie door het noodlot was getroffen maakte hem natuurlijk ongeschikt als serieuze huwelijkspartij, hoewel hij misschien als rechterhand van de graaf ooit een *beneficium* zou krijgen. Er was onder de jonkvrouwen niemand die enige twijfel koesterde aan de noblesse van deze nieuweling. Hij had het postuur van een edelman, vonden ze, en paarde oprechtheid aan een ingeschapen hoffelijkheid. En dan was er nog die schranderheid die deed vermoeden dat de beste leermeesters aan zijn ontwikkeling hadden bijgedragen. De edelvrouwen observeerden hem aandachtig vanuit een torenkamer wanneer hij in de late middag op het veld buiten het kasteel zich met de graaf en enkele ridders fanatiek oefende in het zwaardvechten. Ze vonden het stoer dat hij in zijn secretarie een speciale lessenaar had waar hij een groot deel van de dag staande aan werkte. De geheimen van zijn leven hadden in de vrouwelijke gemoederen eenzelfde effect als verborgen verlangens. Maar de beschuldiging van Osemund dat hij een Vlaamse monnik zou hebben doodgeranseld leek ieder zo perfide en uit de lucht gegrepen dat er met geen woord nog over werd gesproken. Op veilige afstand werd veel gemijmerd en gefluisterd over de vraag waarom deze Madoc voordien uit een rooskleuriger leven was verbannen. Had het fatum zijn familie gegeseld of had hij het onheil juist over zichzelf afgeroepen? Mocht dat laatste het geval zijn dan waren er duistere kanten aan zijn persoon die blijkbaar niet zomaar voor het voetlicht mochten treden. De verdichting rond zijn leven en wezen werd groter omdat er in die maanden niet heel veel andere kwesties speelden. Madoc zelf hoorde er nooit iets over.

Hoewel het geen bewuste afleidingsmanoeuvre was, zou het als zodanig wel uitwerken. Tijdens de inventarisatie van bestuurlijke stukken en archivalia had Madoc ook bundels en boekwerken aangetroffen uit een huiselijke bibliotheek die Hincmars moeder vroeger had samengesteld. Het ging om een handvol heldenliederen, een aantal Keltische romans en dichtwerken, kronieken en historische uiteenzettingen en getijdenboeken. Madoc vertelde Hincmar over deze collectie. Hij sprak over de verwaarloosde staat van de handschriften en zijn voornemen tot herstel van deze bibliotheek. De graaf luisterde met een half oor en zei: ‘Doe maar, en misschien kun je ons af en toe na het eten iets voorlezen in het vertrek naast de eetzaal. Dan zuipt dat riddervolk misschien ook wat minder.’

Zo kwam het dat hij tijdens de lange winteravonden voorlas. Hij begon met de *Aspremont*, een heldenlied over de jeugdige Karel de Grote die de Saracenen in Italië bevecht. Zijn voorlezing van *Les quatre fils Aymon*, over vetes en bloedwraak tussen Karel en vazallen van hem, en waarin het trouwhartige ros Bayard zo’n wrede verdrinkingsdood vindt, bracht iedereen in tranen. Madoc stapte daarna over op enkele romans geïnspireerd op verhalen rond Koning Arthur. Hij las voor met een donkere stem, donkerder dan waarmee hij gewoonlijk sprak. Zijn toon was levendig en gevarieerd. Met zeker gemak moduleerde hij zijn stem om scherts, dreiging, droefheid, verlangen of gelatenheid uit te drukken. Op de voorste rijen zaten de vrouwen en daarachter met meer ruimte voor hun gestrekte benen enkele rijen met mannen die een heldenlied meer waardeerden dan gevoelige episodes in zo’n Keltische roman, en die door vrije slemp aan de eettafel en de nabijheid van de oplaaiende haard rozig en slaperig werden. Deze mannen werden echter weer gretiger in hun aandacht toen Madoc op een avond fragmenten voorlas uit een dierenepos over de vermetele Renart, een vos vol sluwe streken, een roofridder in een roodbruine pelsjas die de andere dieren een loer draaide, en telkens juist op tijd wist te ontsnappen dankzij uitgekookte listen, wanneer de bloedhonden van de Leeuwenkoning hem achternazaten.

'Prachtig!' riep de ridder Benoit eens tijdens de voordracht. 'Doe die passage alsjeblieft nog eens voor ons.'

Andere mannen ondersteunden dit verzoek, en Madoc droeg het fragment opnieuw voor, wat tot heimelijk gelach vooraan en gebulder in de achterste rijen leidde. De vrouwen moesten aanvankelijk nogal wennen aan deze vuige held. Maar toen Adelina eenmaal de bijtende humor van dit genre omarmde, volgden de jonkvrouwen spoedig. Het handschrift dat Madoc voorlas bevatte niet meer dan een klein deel van het epos. Er waren slechts vijf episoden of kapittels, al met al ruim duizend versregels. Die riepen grote goesting op bij de toehoorders, vooral na herhaalde voorlezing. Meer tekst van dit dierenepos kwam echter niet tevoorschijn, ook niet nadat alle uithoeken van het kasteelarchief waren doorzocht. Vooralsnog zat het edele gezelschap na een voortreffelijk voorgerecht vergeefs te watertanden.

5

Het was een gure middag in de nawinter. Slagregens deden de graaf besluiten maar eens een dagje over te slaan op het oefenveld. In plaats daarvan vroeg Hincmar aan Madoc of hij wilde komen schaken in zijn torenvertrek. Een dienstertje deed haar best in de haard een groot vuur te stoken. Madoc was er inmiddels wel aan gewend te schaken met stukken die uit hondenknoken waren vervaardigd. Fatale manoeuvres, voortkomend uit verwarring omtrent de aard van een stuk, bleven achterwege en verwoestten zijn stelling niet langer. Hij was daarom als tegenstander geduchter geworden. Herhaaldelijk nam hij het initiatief tot een aanval en het kwam die middag zo ver dat eerst een paard van Hincmar sneuvelde en daarna zijn dame ernstig gevaar liep. Ze zou slechts kunnen ontsnappen als Hincmar een ander stuk offerde. Die wrange waarheid leek echter tot de graaf nog niet helemaal te willen doordringen. Zijn blik graasde gehaast over de velden op het bord, hij mompelde in zichzelf en ademde nu en dan hoorbaar in en uit.

Madoc wachtte rustig af en intussen zocht zijn hand onder tafel naar Salim, de zwarte liebaard, die er zijn reusachtige kattenlijf had uitgestald en met aandoenlijk gesnurk lag te dromen. In de achterliggende maanden had hij het getemde roofdier voor zich weten te winnen door hem dagelijks extraatjes vlees of bonken te voeren, of door zijn vacht met de roskam te reinigen en hem van ongedierte te ontdoen.

Het was nooit gewoonte geweest dat Salim het kasteel verliet, maar Madoc was ermee begonnen. Hij hield hem aan een lange, stevige roop die hij voor de zekerheid driemaal rond zijn arm had gewikkeld en waarvan het andere uiteinde was bevestigd aan een riem rond Salims hals. Dat Madoc een zweep meedroeg maakte weinig indruk op de liebaard. Niet meer dan een vermoeden dat zich ergens in het groen een konijn, fazant of eekhoorn ophield maakte dat Salim de wildste capriolen uithaalde. Het dier werd uitzinnig, vergat de roop en sleurde zijn begeleider met zich mee. Herhaaldelijk kwam Madoc bont en blauw terug van zo'n uitstapje, wat hem er niet van weerhield om zich na een paar dagen opnieuw met Salim buiten het kasteel te wagen.

Hincmar snoof nog eens diep en leunde naar achteren, overigens zonder een zet gedaan te hebben. Hij keek Madoc aan en sprak, alsof hij de hele schaakpartij was vergeten: 'Die voorlezingen van je hebben zowel de jonkvrouwen als het manvolk niet onberoerd gelaten, al liep de waardering naar kunne nogal uiteen. Die Keltische romans uit mijn moeders bibliotheek bevatten passages waarin de ridders zo onverschrokken met lans en zwaard tegen hun vijand tekeer kunnen gaan dat het ons, toen we deze strofen aanhoorden, akelig jaloers maakte. Wat heerlijk zou het zijn als je zo zou kunnen vechten. Maar verderop in diezelfde romans veranderde de geest van het verhaal en moesten wij fragmenten aanhoren die ons met de ogen deden rollen. Ineens stak daar die zogenaamde hoofse liefde de kop op en werd het verhaal klef. De onverschrokken ridders verloren zich in een welhaast slaafse verering van hun edelvrouw, soms een nerveuze maagd of anders, helemaal erg, iemands echtgenote in haar nadagen.' Hincmar onderbrak zichzelf en staarde naar het bord. Hij deed een zet waarmee hij zijn dame uit onmiddellijk gevaar redde door een loper te laten instaan. Zonder na te denken sloeg Madoc die.

'U had liever gehad,' vroeg Madoc, 'dat ik na de *Aspremont* nog een heldenlied had voorgelezen?'

'O nee, verre van dat,' zei Hincmar, 'dat kan altijd nog. Ik wilde eigenlijk iets duidelijk maken. Over liefde, over vrouwen. Wat mijzelf betreft: je begrijpt natuurlijk dat het huwelijk met mijn eerste vrouw Berthe door mijn vader was gearrangeerd. Met liefde had het weinig te maken. Het ging om land en titels, om heerlijkheden, juridische ambachten en erfelijke privileges. Toen ik als jongeman over zo'n zakelijk huwelijk mijn bedenkingen dorst uit te spreken raakte mijn ouweheer buiten zinnen. Hij ranselde me met dezelfde karwats als waarmee hij weerspannige landlieden gewoonlijk aftuigde. Nog steeds voel ik soms de knopen in de striemen. Zo kwam ik aan Berthe.' Maar na haar dood veranderde zijn leven. Hincmar werd graaf van Mourille toen zijn oudere broer Alberic door ziekte jong overleed. Kort daarna leerde hij Adelina kennen.

'Zoals ik het me herinner was er een zomerse warmte in haar nabijheid,' zei Hincmar. 'Haar verleidelijkheid en fijne geest, ik wist niet wat me overkwam. Toen ze de eerste keer iets liefs tegen me zei liepen de tranen over mijn wangen. Ik wist meteen: zonder haar wordt het nooit en nergens leefbaar in het ondermaanse.'

Madoc luisterde en zijn gemoed smolt bij de herinnering aan Veerle. Toen vroeg hij: ‘Hoe komt het toch dat de geestelijkheid bij voorkeur over het kwaad van de vrouw spreekt?’

‘Zwijg liever over de geestelijkheid,’ zei Hincmar. ‘Een gewone pastoor die voor zijn mensen zorgt, die kan ik nog wel lijden. En dat hij in zijn tochtige onderkomen zijn voeten warmt bij zijn huishoudster is natuurlijk prima. Maar waarom dat purperen volk hogerop in de kerk zo op vrouwen afgeeft? Nou, omdat het celibaat hun karakter bederft.’

‘De naleving van dit gebod is toch niet strikt?’ zei Madoc.

‘Nee, en toch is zo’n heilig gebod tot onthouding niet zonder uitwerking. Elke prelaat is een knapenschenner of meisjeslokker. Iemand die het liefst in het halfduister ranzige lusten uitleeft.’ Hincmar zweeg enige tijd en daarop deed hij een zet die zijn dame nadere protectie moest bieden. ‘Maar nu weer verder over de liefde,’ hernam hij. ‘Een verliefd man verliest zichzelf aan een vrouw en wordt daardoor als een ezel. Tegelijk: wanneer de liefde het bloed in zijn aderen doet mousseren kan de ridder alles aan dankzij die ene vrouw die hem een godin toeschijnt en hem boven zichzelf uit doet groeien. Zonder liefde kan het eigenlijk niet, maar bedenk wel dat liefde een vuur is dat slechts kortstondig hoog oplaait en daarna in het beste geval aangenaam blijft nagloeien. Van een heel andere geest is de liefde in die Arthurromans die jij ons voorlas. De jonkvrouwen wist je ermee op te vrijen; ze zaten in verhitte staat te luisteren. Maar de mannen om me heen gromden, net als ik, in hun binnenste.’

‘Het is maar een verhaal,’ reageerde Madoc, ‘waarin met gevoelens wordt gespeeld.’

‘Je begrijpt toch zeker wel dat het een man niet smaakt wanneer in zulke verhalen zijn onderdanigheid wordt gecultiveerd; daar krijgt hij jeuk van op onbetamelijke plekken. En als ik voor mezelf mag spreken: balsturigheid komt over mij als ik hoor hoe strofe na strofe zo’n riddertje zichzelf verkwanselt aan een vrouw die zich in reactie op al zijn hoofse gekweel steeds nukkiger en wispelturiger gaat gedragen. Ja, ook ik ben een slaaf van mijn hartstochten, maar dat betekent nog niet dat ik de macht over mezelf aan een ander weggeef, hoe lieftallig, mals of verdorven ze ook mag zijn. Een meesteres of koningin, of zelfs een ondermaanse godin boven je stellen, en je onderwerping aan haar telkens met veel gemoedsaandoening belijden: dat is gruwelijk. Het hoeft natuurlijk ook niet te gaan als in sommige heldenliederen waarin een dolle echtgenoot met een stuk hout zijn dominantie veiligstelt, al is dit veel meer uit het leven gegrepen. Enfin, zo deden de voorvaderen het en ieder oprecht man weet tegenwoordig dat zo'n handelswijze beschamend is. Ook al leert de kerk ons intussen iets anders. Laat ik uit eigen ervaring spreken: een onderworpen vrouw maakt de redeloze heerser in een man wakker die er botweg naar streeft haar nog meer te bezitten, vernederen en uit te wonen. Maar daarna verflauwt zijn aandacht voor haar, wordt hij eenzamer dan ooit en smacht naar de liefde van een vrouw die hem trotseert, die hem naar de kroon denkt te kunnen steken, zodat in verdediging hiertegen de ware man in hem kan opstaan.' Hincmar viel even stil door de opwellende gedachte dat de heersersnatuur van zijn vrouw niet onderdeed voor de zijne en dat dit, vooral in hun eerste huwelijksjaren, tot uitputtende krachtmetingen had geleid. Niettemin zei hij: 'Dat waardeer ik in Adelina: ze heeft de ware man in mij doen opstaan.'

'Zo lovend als u over uw vrouw spreekt,' zei Madoc, 'heb ik een man nooit horen doen.' En hij dacht: terwijl ze hem geen kinderen heeft kunnen geven.

Hierna werd het stil en verlegde de aandacht zich naar het schaakbord. De graaf koesterde nog illusies omtrent zijn dame. Madoc wist wat hem te doen stond.

6

Inmiddels was Madoc zo vertrouwd in zijn kanselarij dat hij bijna blindelings de weg wist in dit zelfgeschapen labyrint van perkament. De graaf had aanvankelijk gemeend dat zijn secretaris vooral bezig was geweest de troep op te ruimen en enigszins te ordenen, om zich verdienstelijk te maken voor zijn gastheer. Maar bij de afwikkeling van bestuurlijke geschillen met leenmannen zoals Osemund werd het Hincmar ineens duidelijk welke slagkracht er school in zo'n administratief apparaat waarmee je dankzij vernuftige inventarissen elk relevant document op aanvraag kreeg aangereikt, of waarmee oorkonden of charters uit de vergetelheid werden opgediept die vervolgens als doorslaggevende bewijsstukken een hoogoplopende twist konden beslechten. Juist die bewijslast kon een verongelijkte vazal doen inbinden.

Ook gravin Adelina toonde zich nieuwgierig naar de nieuwe vertrouweling van haar echtgenoot. Zij wilde het fijne weten van alle verhalen over de nieuwe bestuurlijke daadkracht, de hervormingen en plannen voor de toekomst. Herhaaldelijk ontbood ze Madoc in haar vertrekken om haar op de hoogte te houden. Hij lichtte haar in, eerst bedeesd maar al snel vrijmoediger. Een keer zei hij: 'Mag ik u iets voorleggen wat ik nog met niemand heb besproken?' Ze knikte, gevleid en verwonderd, en hij begon erover dat hem was opgevallen tijdens de tournee door het graafschap hoezeer handel en lokaal marktwezen zich hadden ontwikkeld, en hoe de rol van geld vrijwel overal belangrijk was geworden. Was de tijd rijp om alle pachten in geld te laten betalen in plaats van in natura zoals het gewoonterecht al eeuwen voorschreef? Zo'n omslag in het pachtstelsel was niet zonder risico's en moest natuurlijk met allerlei waarborgen voor de bevolking worden ingevoerd. Maar stel dat het zou lukken, kon dan de horigheid in Mourille misschien ook geleidelijk worden afgeschaft? Als het eenmaal zo ver was en de bevolking in vrijheid werkte, zou dan de algemene welvaart niet toenemen? Het vooruitzicht van zoiets groots als de boeren te bevrijden van taaie kluisters kon hem in vervoering brengen.

Onbewogen keek Adelina hem aan en haar woorden klonken streng: 'Je plannen zijn onrijp, nog nergens doordacht. Vertel de graaf voorlopig niets hierover. Het idee van boerenvrijheid ten koste van de macht die zijn leenmannen nu uitoefenen, zal hem bevallen. In zijn enthousiasme zal hij tot een roekeloze invoering besluiten. Dat kan zeer ontwrichtend uitpakken. Denk alles eerst eens tien keer door en betrek de graaf er niet te vroeg in.'

Madoc was zeer onder de indruk van dit commentaar door Adelina. Ze was slim en verstandig, en lieve hemel, wat was ze mooi.

Hincmar liet in de nawinter zijn tevredenheid over de nieuwe kanselarij blijken door Madoc een beurs vol zilvermarken te schenken. Bovendien gaf hij opdracht hem een andere, geriefelijker kamer toe te wijzen. Eerder sliep Madoc in een logeerverblijf in de burcht waar aangewaaide ridders of leenmannen van mindere statuur de nacht konden doorbrengen. Nu verhuisde hij naar het domein waar de vertrekken van de grafelijke familie, voorname gasten, jonkvrouwen en getrouwen waren ondergebracht. Zijn kamer in de mannelijke vleugel werd door een donkere gang gescheiden van het domein dat voor de vrouwen was bestemd.

De eerste avond in zijn nieuwe kamer was hij onder de indruk van alles wat hem werd geboden. Behalve een breed ledikant stonden er drie stoelen, een schrijftafel en een eikenhouten kast. Er was zelfs een haard: in koude maanden kon hij zelf stoken. Een leren omslag op de schrijftafel trok zijn aandacht. Toen hij het opende zag hij dat het een verfijnd vel perkament bevatte. Het vel was beschreven in een geoefend en verzorgd handschrift. Voorzichtig pakte hij een toorts uit de houder en lichtte bij:

Zomerwind voert wolken
rood zand met zich mee.
Het is alsof de hemel met regens
van bloed de rotspartijen kleurt.
Zulk zand, zeggen priesters, stuift
aan uit 't bevlekte Heilige Land.

Als de winter de wereld verlamt en
ijsbloemen onze dromen uittekenen
dan vertelt 't landvolk graag dat
ooit een engel verstrikt raakte
tussen takken van een dode eik.
Ach, haar vleugels in de vrieswind.

Sneeuw ontnam het zicht op haar.
Later kwamen dooi en lente.
Niet langer was zij daar.
Zuiderwind streek over het land
en plots ontlook fris eikenblad
tot ritselend lover, zilvergroen.

Ik vraag je niet te knielen voor
dit wonder en geheim van God,
maar waarom vertel je niet
uit welke windstreek
jij komt, Madoc, en
wie jij eigenlijk bent?

Hij las het gedicht, eerst argeloos, algauw met sneller stromend bloed. Daarna las hij het nog enkele keren. Hij dacht zeker te weten, al begreep hij niet op grond waarvan, dat deze strofen van een vrouw afkomstig waren. Waarom had zij dit gedicht – van haarzelf? – in een leren omslag op zijn schrijftafel neergelegd? Om hem te prikkelen? Was ze slechts nieuwsgierig of voelde ze iets voor hem? Dat laatste streelde zijn ijdelheid en sluimerende verlangens. Was het de bedoeling dat hij nu een handvol regels op een klein vel terugschreef en deze in de omslag legde?

Hij kon zijn eerste nacht in deze kamer niet in slaap komen. Alsof ze zomaar aan zijn sponde zou kunnen verschijnen. Woelend in zijn nieuwe donsbed dacht hij terug aan het voorbije jaar waarvan hij zeven maanden in dit kasteel had doorgebracht. Het kon hem nog steeds verwonderen dat de graaf hem als het ware zonder enig voorbehoud in zijn adeldom had hersteld en hem verantwoordelijkheden toevertrouwde die hem misschien niet in titel maar *de facto* tot een hoge rang verhieven. Onder protectie van Hincmar was hij veilig, en er was gelegenheid om zijn ambities, of eigenlijk oprispingen van ideeën, na te jagen. Hij zou tevreden moeten zijn, bijna gelukkig, maar het gemis van een vrouw vrat nietsontziend aan hem.

Madoc was opgegroeid in een omgeving waar de vrouw als soort ronduit werd veracht. De voornaamste aanklacht tegen haar luidde: aanstichtster van de zondeval, schuldig aan het verjagen van de man uit het paradijs. Als jonge kloosterling had hij dit al een vreemd verhaal gevonden en een paar jaar later, toen hij uit Sint-Odulfus was ontsnapt, leek een dergelijke aanklacht hem slechts een voorwendsel om niet aan haar bekoorlijkheid te worden onderworpen. Zo zag hij dat, kort nadat hij door Veerle werd ingewijd. Deze vrouw, meende hij, en waarschijnlijk vele soortgenoten van haar, waren in staat de genietingen van het paradijs hier op aarde te laten terugkeren.

Tijdens zijn eerste winter in het kasteel bleef Veerle een gevoelige herinnering voor hem. Het besef dat ze niet meer in zijn leven paste deed zijn verlangen naar haar niet stillen. Maar ze was niet langer de enige die in zijn gedachten troonde. Die ander was een vrouw van de wereld, hooggeboren en niet vrij van een zucht tot heersen. Als het moest zou ze in staat zijn over een graafschap of zelfs een koninkrijk te regeren – dat kon hij lezen in haar oogopslag. Maar nu een echtgenoot haar in de schaduw stelde, school haar vernuft daarin dat ze vanuit het verborgene, op indirecte wijze, haar invloed op de loop der dingen wist te laten gelden. Vanwege die echtgenoot, die ook nog eens zijn weldoener was, lukte het Madoc niet vrijelijk over Adelina te fantaseren. Het voerde te ver haar te willen bezitten in zijn dagdromen; hij ging daarin niet verder dan elk plekje van haar lichaam te kussen. Niet wild of begerig, eerder aandachtig en intens. Hij schatte rond de 1650 kussen nodig te hebben om dit werk helemaal te voltooien, maar toen hij er langer over had nagedacht was dit aantal opgelopen tot 1875.

Voor Hincmar was het duidelijk dat de celibataire toestand van zijn rechterhand en naaste man ondraaglijk moest zijn. Hincmar spoorde Madoc daarom op allerlei manieren aan om zich in de wilde vrijerij te storten. Niet met jonkvrouwen – die moesten zich tot hun huwelijk bewaren – maar met meisjes van het land, waarvan een aanzienlijk deel met kopergeld of een enkele zilverling kon worden gepaaid, vooral in jaren van misoogst.

Eens in zijn torenvertrek toen de graaf met Madoc over belangrijke zaken sprak, onderbrak hij zichzelf en knikte in de richting van een jong dienstertje dat even verderop bezig was de tafel te doen glimmen. Met gulzige blik staarde Hincmar naar het achterlijf van het meisje dat zich ver over het blad had gebogen en sprak met een zoemende, dromerige stem: 'Ik denk, mijn beste Madoc, dat ze een hele fijne *meut* heeft. Wat zeg ik: een pruimentaart! Ze kan hem hebben. Denk jij niet?'

Madoc bestierf het bijna omdat hij vermoedde dat het meisje de graaf woord voor woord had verstaan, maar toen ze niets liet merken en gewoon doorwreef met haar poetslap keek ook hij naar haar, naar haar vormen, als door de ogen van de kasteelheer, en hapte ineens naar adem.

Het kwam door dergelijke opmerkingen van de graaf dat hij, Madoc, zich bewust werd van zijn dierlijke, of zelfs roofdierlijke gevoelens. Zonder het te willen keek hij anders naar zijn omgeving, en nu keek hij ook naar Lucia: schoon, zoetlippig en vol esprit. Madoc deed tijdelijk afstand van zijn herinneringen en dagdromen en raakte in de ban van Lucia. Hij meende zelfs dat zij het was die het gedicht op het fijne vel in zijn kamer had achtergelaten. Dit vermoeden sprak hij niet uit tegen haar. Een antwoord in strofen, een tegendicht, was wel het minste waarmee hij kon reageren, maar dat viel nog helemaal niet mee. Zijn eigen versregels waren de ene keer te saai, de andere keer overdreven of ronduit ronkend. Hoe in hemelsnaam de taal vinden die uit zijn eigen hart voortkwam en daardoor natuurlijk en vertrouwd klonk? Eerst lag hij wakker van de onbekende dichteres en inmiddels van de problemen rond het tegendicht. Maar wanneer hij met Lucia omging drukte dat de stemming allerminst. Ze lachten veel samen en soms werd het gesprek vertrouwelijk en vol ernst.

Gravin Adelina nam Madoc een keer apart. Ze sprak haar waardering uit voor zijn sprankelende conversatie, waarmee hij de jonkvrouwen door de lange winter hielp. En ze kon heel goed aanvoelen waarom hij een zwak had voor de bekoorlijke Lucia. Maar het was haar taak hem wakker te schudden. Er waren beren langs de weg. Hij was immers een edelman die na een catastrofe in de familie zijn best deed zich weer omhoog te werken? Dat was een streven dat een lange adem vergde; veel om uit te stallen had hij nog niet. Adelina pakte Madoc bij de arm en zei zacht: ‘De lieve Lucia is het enige nog levende kind van een burggraaf: Octave de Lusard. En als er iemand vanwege zijn onmatigheid is kaalgevreten, dan hij wel. Ze mag alleen trouwen met een man die haar familie van die enorme schulden kan verlossen. Maak je over haar liever geen illusies, en breng haar niet in verzoeking.’ Adelina wierp hem een blik toe vol deernis en liet hem alleen.

Daarmee was het hele spel met haar vergeefs geworden.

Ook wanneer Madoc wel gefortuneerd was geweest zou hij ervoor hebben bedankt op te moeten draaien voor alle uitspattingen die zijn schoonvader zich eerder had gepermitteerd. Waarom ging die oude hond niet weer eens op kruistocht? Misschien viel er bij de Saracenen nog iets te roven, maar bij hem moest hij niet zijn.

Hij bleef even voorkomend als voorheen jegens de zoetlippige Lucia, maar zij voelde iets van zijn reserves. Ze was extra vrolijk en vol spitse humor, alle steekjes onder water waren voor hem bedoeld. Een volgende keer was zij luchtiger gekleed alsof ze wilde zeggen: dan kun je me eens echt aanraken. Zo kwam het dat hij de beet op haar arm ontdekte.

'Het is toch niet Salim geweest die dit gedaan heeft?'

'O nee, het is gebeurd toen ik nog thuis woonde, een kettinghond brak los...'

Onbewust betastte hij het grote litteken met zijn vingers. De gloedvolle blik waarmee ze hem aanstaarde deed hem opschrikken.

'Heel mijn lichaam wacht jouw handen,' zei ze plots.

'Je weet dat het onmogelijk is. Dat is niet onze schuld.' Hij stond op en vluchtte naar zijn kamer.

Daar vond hij geen rust. Hij kwelde zichzelf met het idee dat op een dag een of andere vazal met fortuin haar zou opeisen. De aderlating die de kandidaat zich moest getroosten om deze zoetlippige maagd te mogen trouwen zou een voorname reden zijn haar ruw te bezitten. Zo'n gedachte was alleen te harden wanneer hij zichzelf in die positie voorstelde en haar even ruw tot de zijne maakte. 'Heel mijn lichaam wacht jouw handen.' Doordat zij zich die woorden had laten ontvallen bewoog zijn gevoelsleven zich daarna maandenlang tussen ziekmakende begeerte en humeuren van schrijnende onvervuldheid. Intussen deed het voorjaar de wereld bloeien, en ook hij werd er speciaal door aangeraakt. Dikwijls liep hij rond met zere, naar het leek gezwollen ballen. Hij moest wel vluchten in de zelfbevlekking, om de waanzin voor te blijven.

7

Madoc kreeg het druk met hervormingen die de aard van het grafelijk bestuur van Mourille meer in overeenstemming moesten brengen met hedendaagse omstandigheden, want oude instellingen en gebruiken waren broos geworden en bezig te verkruimelen. Zeven dorpen in het graafschap hadden zich de laatste decennia ontwikkeld tot kleine steden door de aanloop van horige families die hun eigen landheren waren ontvlucht. De aanlopers kwamen zowel van binnen als buiten het graafschap, en Hincmar had ze welbewust ongemoeid gelaten. Velen onder hen hadden zich tot ambachtslui en neringdoenden ontplooid. Een andere groep bestond uit kooplieden die zakendeden in Vlaamse en Brabantse steden, en sinds kort zelfs in Parijs en omstreken. Hierdoor waren de nederzettingen in Mourille als nooit tevoren opgebloeid en uitgebreid. In welstand konden de hoogste burgers inmiddels wedijveren met de grotere vazallen.

Deze kleinsteedse nederzettingen werden nog steeds op ouderwets feodale wijze bestuurd. Meer en meer leidde dit tot chronische wrijving tussen de leenman in het gebied en de zelfbewuste stedelijke burgerij die deze onderhorigheid als een ondraaglijk juk was gaan beschouwen.

Toen Madoc kennis kreeg van deze spanningen die nu en dan behoorlijk konden oplopen, stelde hij de graaf voor aan dit nieuwe stedelijke elan tegemoet te komen. De energieke kanselier had allerlei akten over de verhouding tussen de Vlaamse graaf en zijn steden nog vers in het geheugen, en hierdoor geïnspireerd ontwierp hij een handvest dat de stedelingen een aantal belangrijke privileges zou verlenen. Een stad als zodanig werd gevormd door een genootschap van poorters die hun commune trouw zwoeren en die naar draagkracht stedelijke belastingen betaalden. Een poorter kon nooit een horige zijn, een afhankelijke van een edelman, want 'stadslucht maakt vrij'. De stad kreeg zelfbestuur, dat wil zeggen dat de poorters het recht kregen uit eigen kring bestuursraden en colleges te verkiezen, en daarnaast een eigen rechtbank die ook, zonder grafelijke bekrachtiging, de hoogste straf mocht uitspreken en voltrekken, al bestond er in bijzondere gevallen een mogelijkheid bij het grafelijk gerecht in beroep te gaan. Een stad verwierf eveneens het recht een eigen omwalling met poorten op te richten. Daartegenover stond de verplichting een leger van boogschutters, piekeniers en zwaardvechters in stand te houden voor de verdediging van de stad en haar omgeving. Met het doel ambachten, nijverheid en handel te stimuleren mocht een stad een jaarmarkt organiseren.

Om dit handvest met al die voorrechten te bemachtigen, en zich daarmee van de feodale knoet en strijkstok te ontdoen, moesten de poorters van een stad eenmalig diep in de beurs tasten. Intussen bleef de graaf hun landsheer en derhalve waren de steden net als vroeger in een aantal opzichten schatplichtig aan hem, maar voor het overige waren ze zelfbesturend.

Madoc rekende aan Hincmar de som gelds voor die het beginsel van stedelijke vrijheid kon opleveren. Veel meer was niet nodig om de graaf te overtuigen. De voornaamste families in de verschillende stadjes werden aangeschreven over deze vooruitzichten. Die zomer raakte Hincmar reeds met verschillende delegaties in onderhandeling, en niet lang daarna mocht hij een aantal handvesten uitreiken en zijn schatkist spekken. De graaf nam de trammelant met gedupeerde leenmannen op de koop toe en trachtte hun wrok te temperen met afgepaste vergoedingen. Ingefluisterd door Madoc kondigde hij aan dat het hele leenroerige stelsel, de tollen en tienden erbij inbegrepen, in de nabije toekomst tot ieders voordeel op de schop zou gaan.

Terwijl de graaf en Madoc die zomer reeds uitvoerig over andere hervormingen in het graafschap beraadslaagden, viel plots een schaduw over al hun eerzuchtige plannen. Op een hete dag begin augustus deed een koerier op een zwarte hengst het kasteel aan. Een tocht van vele honderden mijlen gaf de boodschapper het aanschijn alsof hij verschillende zandstormen had getrotseerd. Midden op het binnenhof liet hij zich kreunend van zijn rijdier glijden en stond daar op onvaste benen. Hij had een leren tas op de rug met daarin een brief die hij per se zelf aan de graaf wilde overhandigen. De verwittigde Hincmar nam de tas met inhoud in ontvangst, gaf opdracht een bad en maaltijd voor de koerier te verzorgen, en begaf zich naar zijn torenvertrek. Madoc, die hem niet veel later daar aantrof, zag hem scheef in zijn leunstoel zitten, bleek en met rollende ogen. Voor hem lag de brief op de vloer.

'Heer, wat is er aan de hand?'

'Die ik had zijn allemaal dood nu. En wat me daarna nog toekwam wordt me onthouden. En zo heeft de hemel onze toekomst verbrijzeld. Maar waarom toch?' Hincmar sprak met hortende ademhaling. Daarop zoog hij zijn longen langzaam vol, kwam overeind en barstte los in een onbedaarlijke scheldpartij, waarbij vooral het onderlijf van de Heilige Moeder het moest ontgelden.

'Lees die brief maar,' zei Hincmar, nahijgend van alle gedane vervloekingen, 'dan weet je alles.'

Madoc las.

Hincmars enig overgebleven zoon Walmar was bij een duel met een andere ridder gedood. Walmar had een onbeduidend incident tot een erezaak opgeblazen en de betrokken ridder – Galon de Rouvray – tot een tweegevecht met het zwaard uitgedaagd. Natuurlijk gebeurde dit vaker in het koninklijk regiment waarin beiden dienden. Meestal stopte het gevecht wanneer een van de twee gewond raakte of tegen de grond werd geslagen. In het duel dat Walmar had uitgelokt ging het er echter veel bruter aan toe, 'alsof demonen de strijders aanhitsten'. Geen van twee wilde van overgave of genade weten. Het gevecht eindigde pas toen Walmar een bloederige wond in de zij opliep en niet meer verder kon. Enige uren later stierf hij. Zijn lichaam was naar Chalon gebracht, een stadje gelegen in het graafschap van zijn moeders familie, waar het regiment in de buurt verbleef. Daar was hij bijgezet in het familiegraf nabij de kathedraal Saint-Vincent.

De brief was geschreven door Hugo baron de Germolles, een broer van Berthe, Walmars moeder.

Madoc betuigde de graaf zijn medeleven en kuste hem op de wangen.

'Die jongen is altijd al als een dolle hond geweest,' vertelde Hincmar. 'Zelfs toen hij nog kind was. Met harde hand probeerde ik hem soms tot rede te brengen. Dan moest je uitkijken dat je hem niet lam en kreupel sloeg, want hij gaf geen krimp als hij straf kreeg.' Andere verhalen die Hincmar over Walmar vertelde deden Madoc mijmeren over de vraag hoe het er in deze contreien zou toegaan als hij zijn vader daadwerkelijk was opgevolgd.

'We zullen zijn dood bekend moeten maken,' zuchtte Hincmar.

'Ik zal een overlijdensbericht opstellen,' zei Madoc, 'en mijn klerken zullen het zo snel mogelijk vermenigvuldigen. Vanaf morgen kunnen we deze brieven laten rondbrengen naar uw getrouwen, naar de bisschop en de steden.'

'Doe dat maar, jongen. En geef opdracht aan de pastoors van beide kerken beneden dat ze morgenochtend, direct na de vroegmis, een uur lang hun klokken luiden. Langer hoeft niet, je zou er anders gek van worden. En dit een week lang, elke dag een uur klokgelui. Dan is het goed.'

Madoc vroeg: 'Het lijkt me toch dat er binnenkort een dodenmis voor Walmar moet worden gecelebreerd.'

'Ach,' reageerde Hincmar, 'in de kathedraal, waar Walmar rust tussen de familieleden van zijn moeder, wordt wekelijks een speciale dodenmis gevierd voor de zielen van mijn gewezen schoonfamilie. Ik denk dat ze flink hebben uitgepakt toen ze mijn gevallen zoon hebben begraven. Op sluiers van de allerbeste wierook, na een eredienst met de getijden van dag en nacht en met alle denkbare boetepsalmen erbij, zal de ziel van mijn uitgeraasde jongen naar de hemel zijn gevaren, gloeiende godverdegodverdommenis nog aan toe. Dus wat zouden we hier nog moeten uitrichten?'

'U kunt een dodenmis voor uw jongen beter niet achterwege laten,' merkte Madoc op, 'dat zal men in heel het graafschap verfoeilijk, ja zelfs goddeloos vinden. Daar verliest u de aanhankelijkheid van het volk door.'

'Ik ben te obstinaat en verblind om dat te zien, maar je hebt natuurlijk gelijk. Een requiem, een zielenmis zonder lijk, dat moet dan maar. Over een week, hier beneden, niet in de kerk van Saint-Guillaume, maar in de Mariakerk. O ja, ik wil alleen dat bepaalde getrouwen voor het requiem worden genood. Ik geef je daar een lijstje van. Zorg dat ze morgen worden verwittigd, alle anderen pas over vijf dagen een bericht, dan komen ze tenminste niet. Ook die nieuwe bisschop, die Sidonius, wil ik hier niet zien, die kruisjassende roverhoofdman, telg uit een eerloos geslacht. Er zijn roofridders die ik hoger acht dan hem. Zorg dat hij er in elk geval niet bij kan zijn. En alle parvenu's uit de steden mogen ook thuisblijven. Alleen mijn echte getrouwen; en na de zielenmis zal ik ze stuk voor stuk onder tafel drinken. Laat me nu maar alleen. O nee, zorg dat mijn vrouw hiernaartoe komt, ik wil mijn vrouw zien.' En terwijl de graaf die woorden uitsprak werden zijn wangen weer nat van tranen.

Hincmar trok zich dagenlang terug in zijn torenvertrek. Hij verscheen 's avonds niet aan het avondmaal. Hij kwam zelfs niet buiten om op de borstwering een luchtje te scheppen. Madoc handelde alle benodigde zaken af en liet de graaf voorlopig met rust. Maar vijf dagen later was Hincmar degene die hem in de vroege avond door een schildknaap liet ontbieden.

'Ah, daar ben je,' sprak Hincmar met raspende stem. 'Ik

hoop dat je wilt schaken met me en wijn drinken, veel wijn. De voorbije dagen heb ik alleen mijn vrouw gezien. En natuurlijk Salim. Meerdere keren legde dit edele dier zich neer op mijn ijskoude voeten en sliep onbekommerd in. En na verloop van tijd gloeiden mijn voeten, rilde ik niet langer. Wat een vriend is Salim toch. Fijn dat jij hem af en toe buiten hebt laten lopen, dan voelt dat beest zich beter. Ga zitten en vertel me wat er gepasseerd is.'

Madoc bracht verslag uit, veel opzienbarends viel er niet te melden. Alles voor de zielenmis was geregeld. Een klooster uit de nabijheid vaardigde twee koren voor de liturgische zang af. Hun abt zou voorgaan in de mis en verzorgde een sermoen.

'Ik zie vooral uit naar het drinkgelag met mijn getrouwen,' zei Hincmar. 'Mijn zwarte ziel taalt niet naar een mis waarin we worden gemaand vreesachtig en deemoedig te zijn, krimpend onder alle slagen die ons in het ondermaanse worden toegebracht. Mijn geloof is altijd vol twijfel geweest en nu wankelt het. Als de zegen werkelijk uit de hemel afkomstig is dan moeten we gelijk vaststellen dat het vooral de schurken zijn die ruim worden bedeeld. In werkelijkheid krijgt de wereld gestalte door menselijke strevingen, niet door goddelijke interventies. Die zijn er eenvoudig niet, en wie er wel van getuigt, is een huichelaar. Enfin, dit is geen boodschap waarmee je hier op tournee moet gaan, maar tegen jou kan ik het zeggen.'

'Natuurlijk blijft dit onder ons,' zei Madoc.

'Al was het alleen maar,' schamperde Hincmar, 'omdat jij er niet wezenlijk anders over denkt.'

'Wist ik maar wat ik hierover zoal moet denken.' In geloofszaken hield Madoc zich tegenover wie dan ook altijd op de vlakte.

Hincmar haalde diep adem, keek om zich heen om er zeker van te zijn dat zich nergens in een nis een dommelende schildknaap ophield en sprak: 'Strikt vertrouwelijk, luister!

Een nazaat, daar gaat het nu om. Ik ben een gezonde kerel die al vier zonen verwekte, en het lieve restje buiten dit slot. Mijn echtgenote is een krachtige, gezonde vrouw. Waarom ze zo veel miskramen heeft gehad? Geen idee. Ze kan in elk geval bevrucht worden en als het weer zo ver is, komt het erop aan dat ze haar zwangerschap helemaal voldraagt.'

Madoc luisterde zwijgend.

Hincmar vervolgde, ineens plechtig fluisterend: 'Ik heb hem gezien, de jongen, in een droomgezicht. Onze jongen.'

'Dan is er hoop,' zei Madoc, ter bemoediging.

'Jij zult een van zijn leermeesters zijn,' profeteerde Hincmar verder.

'Natuurlijk.'

'En je zult hem, mocht ik voortijdig sneuvelen, leiden en behoeden, zolang hij niet volwassen is. En vergeet dan niet hem ervan te doordringen dat zijn waardigheid is gegrondvest op de kracht van zijn zwaard.'

'Dat is plechtig beloofd.'

Hincmar schonk twee roemers wijn in. Ze klonken. 'Ik wil je vragen iets voor mij te doen. Iets bijzonders.'

'U zegt het maar.'

'Eerst dacht ik: ik stuur hem naar Constantinopel. Veel karavaanroutes uit het Verre Oosten vinden daar hun eindbestemming. Want ik denk dat het uit het Oosten moet komen... Maar misschien is het voldoende om er in Parijs naar te zoeken. Want in die stad komen ook veel werelden samen.'

'Waar bent u naar op zoek?'

'Strikt vertrouwelijk, hoor je.' Hincmar weifelde even. 'Ik heb een elixer nodig, een afrodisiacum uit het Verre Oosten. Niet omdat ik onmachtig ben, verre van dat, maar omdat ik extra kracht nodig heb om te zaaien dat het een aard heeft.' Hincmar had een venerisch offensief in het echtelijk bed in gedachten dat in zijn beleving ongeveer gelijkstond aan de triomfale tocht langs toernooivelden en jonkvrouwverblijven die hij als jonge ridder ooit had afgelegd. Hij was nu nog te melancholisch, zo kort na de aanzegging van Walmars dood, maar zodra hij zich beter voelde – en zijn voornemens zouden hem daarbij helpen – wilde hij dit offensief ontketenen.

Madoc vroeg: 'Kan de oude Lisoise niets voor u brouwen?'

'Jazeker, natuurlijk kan ze dat,' zei Hincmar. 'Als ik me bij haar vervoeg zal ze me een of twee weken later een kruik bezorgen met een drank die mijn edele vlees zal doen tintelen. Ik zal niet anders willen dan mijn dame beslapen, en wie weet nog wat tussendoortjes erbij.'

'Klinkt niet slecht. Wat weerhoudt u dan?'

Hincmar begon te fluisteren: 'Lisoise is een klappei. Zij kan niets voor zich houden. Binnen enkele weken zou in half Mourille het praatje de ronde doen dat ik mijn toevlucht heb gezocht tot een lustopwekkende drank, dat ik blijkbaar mijn lans niet meer in stelling krijg, gezien de kinderloosheid van mijn huidige echtgenote. Zulke laster zou zich over het hele graafschap verspreiden en mijn gezag ten zeerste ondermijnen. Wat Lisoise betreft: haar babbelziekte is ongeneeslijk, daar is geen raad voor. Zelfs als je haar met roodgloeiende tangen zou bedreigen praat ze haar mond voorbij. Vandaar dat ik je naar Parijs stuur voor deze strikt vertrouwelijke missie.'

'Zal ik dan de dag na het requiem vertrekken? Of op stel en sprong.'

'Vertrek zondag aanstaande, dan heb je nog een dag of vijf om lopende zaken af te handelen. Ik zal je enkele brieven, gericht aan de koning, meegeven. Die kun je niet zelf aan het hof bezorgen, want iemand zonder erkende, adellijke titel en stamboom komt daar niet binnen. Daarom bezorg je ze bij graaf Tristan de Valery, een oude kameraad van me en een achterneef van Filips Augustus, mijn leenheer. Maar we geven De Valery nog meer mee: adelbrieven door mij ondertekend en van mijn zegels voorzien die jouw persoon betreffen. Die gaan we morgen even maken samen, dan kun je een volgende keer rechtstreeks naar het hof.'

'Gaat dat zo gemakkelijk?' wilde Madoc weten.

'Jazeker,' zei Hincmar zonder nadere uitleg. Hij vervolgde: 'Daarna ga je in de koopmanswijk – ik schrijf dat allemaal voor je uit, zodat je een beetje je weg kunt vinden – op zoek naar een betrouwbare figuur die jou in contact kan brengen met oosterse handelaren met authentieke afrodisiaca in hun assortiment. Neem de tijd ervoor, velen zullen je willen bedotten, het komt erop aan dat je de goede elixers verwerft. O ja, al die tijd laat je je kleine escorte in hun herberg achter. Ze mogen niets weten, niets. Ik hoop jullie twee of drie weken na vertrek weer terug te zien.'

De gedachte dat hij spoedig naar Parijs zou gaan bracht Madoc in stille vervoering.

Hincmar schonk de roemers bij en zei: 'Ik zie dat je er dolgraag naartoe gaat. Daarom waarschuw ik je bij dezen: op je tocht erheen zal je wellicht herderinnetjes tegenkomen die jouw bijzondere aandacht weten te vangen. Dat is prima. Er zijn rustieke oorden op je weg waar je een meisje lijkt te kunnen vermurwen louter door voor haar een lied te maken, een *pastourelle*, en haar toe te zingen. Maar het is natuurlijk ook de bedoeling dat je haar bij die gelegenheid enige munten overhandigt, en ik raad je aan niet al te kniertig te zijn. Ze nemen hem evengoed wel in de mond als je niet scheutig bent, maar in plaats van te sabbelen beginnen ze aan je vlees te knagen. Op het moment zelf is dat wel lekker, als je echter weer te paard gaat wordt het onaangenaam. Wees dus royaal en je zult je met zo'n fris wicht van het land heerlijk vermeien in het groen.' Hincmar hief een vinger vermanend op. 'Maar eenmaal in die grote stad lonken daar de wijnhuizen, de bordelen en speciale kavetes voor buitenissige ontucht. Daar moet je oppassen. Bekleed, als het zo ver komt, het willige geslacht met een stuk frisgewassen schapendarm dat overal te koop is in een stad vol hoeren. Doe het niet zonder die bescherming, want anders keer je naar dit kasteel terug als een ridder met een bloedende, pussende lans. Dan ben je verworden tot een droef personage uit zo'n Arthurroman die je ons zo graag voorleest.'

Hincmar mocht zijn jonge vertrouweling graag aanmoedigen het pad van Eros op te gaan. Madoc, die na zijn vlucht uit Koekelbeke het liefdesleven van een woestijnvader had gekregen, werd altijd onrustig en zweterig van zulke aansporingen.

'Parijs,' fluisterde Hincmar voor zich uit, 'hij komt eraan en vraagt belet.'

Hoofdstuk 4

Adders in de brandewijn

I

Madoc voelde zich gebroken nadat hij zijn missie in Parijs had voltooid en na ruim drie weken weer terug was in het grafelijk kasteel La Couronne. Het was heerlijk om daar weer tussen schone lakens van het zachtste linnen te mogen liggen, zonder het gezelschap van bijtende luizen te hoeven verduren. Parijs was een indrukwekkende stad, maar ook was het een levensgrote tempel, gewijd aan allerlei soorten ongedierte. Zelfs in luxueuzere logementen deelden de gasten hun vertrekken met ratten, de ene nog brutaler dan de andere. Madoc gaf, toen ze eenmaal onderdak hadden gevonden, de mannen van zijn kleine escorte de order om alle ratten in hun omgeving te doden, en binnen de kortste keren hadden ze er meer dan dertig gespietst. Uit een mand, half gevuld met grauwe en bloederige lijfjes, staken vettige staarten omhoog, als sprieten van een moerasplant.

'Ik schenk ze aan bedelaars op straat,' zei een bediende die zich over de jachtbuit ontfermde. 'Ze roosteren het vlees, daar zijn ze gek op.'

Het bed moest worden gedeeld met wantsen of vlooien. Na een eerste nacht vol beproevingen stelde Madoc aan de logementhouder voor hun beddengoed en matrassen enkele uren in de rook te hangen.

'Dat heeft geen zin, jonge heer,' reageerde de logementhouder, 'tenzij we de gasten ook in de rook hangen.' Een brede lach ontsnapte aan zijn lippen. Hij leek te willen zeggen: wees een kerel, dan went het wel.

Toen Madoc na een negendaags verblijf in de stad alles had verricht wat hem was opgedragen, en had bemachtigd wat hij zelf begeerde, aanvaardden ze de tocht terug naar het graafschap Mourille. Onderweg werd duidelijk dat het ongedierte met hen meereisde. Ondanks de koude baadden ze herhaaldelijk in meertjes en vijvers, in de hoop het kleine gebroed te verzuipen. Ze streken neer in een dorp waar een pronte wasvrouw al hun kleding uitkookte en hun reisbuidels uitspoelde. Met een boender en een tobbe zwavelig water schrobde ze het zestal een voor een tot ze allemaal zo roze als een big waren. Zo kwam het dat ze bij thuiskomst in het kasteel alleen nog jeuk hadden aan oude beten en dat ze er verder opvallend schoon uitzagen.

In zijn frisse bed en geriefelijke kamer verdween de herinnering aan de ongemakken van Parijs naar de achtergrond en in plaats daarvan dacht Madoc terug aan al het bijzondere dat hij er tijdens zijn korte verblijf had meegemaakt.

Anders dan in de entourage van Hincmar was hij in Parijs een man zonder aanzien geweest. Dat bleek toen hij graaf Tristan de Valery bezocht om hem de bescheiden van Hincmar te overhandigen, samen met diens verzoek deze aan de juiste persoon in de koninklijke kanselarij aan te bieden. Toen Madoc zich liet aandienen in diens protserige residentie liet deze protegé van de koning enkele uren verstrijken, en pas toen liet hij de gezant uit Mourille roepen. Al die tijd had men Madoc in een kaal zijvertrekje laten wachten. Er stond niet eens een krukje waarop hij even kon gaan zitten. Madoc vermoedde dat men hem voor een ministeriaal aanzag, een dienstman die dankzij zijn heer zeker ambt mocht vervullen, hierdoor tot enige welstand was gekomen, maar van geboorte een onvrije was en bleef, en nu als zodanig werd bejegend. Het griefde hem, een troebel adellijk bewustzijn ontwaakte erdoor in zijn gemoed, totdat hij ineens besefte een paar jaar geleden nog tussen pooiers en ander janhagel in Koekelbeke te hebben geleefd. In die gelederen had hij zich toen redelijk thuis gevoeld. Verwonderd stond hij over zijn eigen gevoelens van eer, eigenwaarde en status te mijmeren. Uiteindelijk verscheen een kamenier om hem bij de graaf te brengen; eenmaal aangediend mocht hij ook blijven staan.

Na deze missie te hebben volbracht ging Madoc Parijs verkennen. In niet al te opzichtige kleding dwaalde hij dagenlang te voet door de stad. Men had hem verteld dat beroepsgroepen en neringen in afzonderlijke buurten bijeen woonden. De geldwisselaars en goudsmeden vond je bij de Grand Pont, slagerijen bij Grand Châtelet, pandjeshuizen bij de Rue Saint-Martin en apothekers in de Cité. Madoc voelde zich in zijn element in het Quartier Latin waar studenten, dichters, kopiisten, verluchters, handelaren in perkament en vooral uitbaters van taveernen leefden en werkten. In deze buurt vond hij in een boekhandel acht losse banden die samen een bijna complete *Roman de Renart* vormden. Zonder af te dingen schafte hij die voor de grafelijke bibliotheek aan. Ook liet hij een kostbare hoeveelheid fraai perkament naar zijn logement brengen. Hij had veel meer boekwerken willen kopen, maar zolang zijn voornaamste opdracht nog zonder resultaat bleef, leek het beter niet langer in deze buurt rond te struinen.

Vergeefs bezocht hij alle apothekers in hun eigen wijk. Op prudente wijze beschreef hij wat hij zocht voor zijn heer, maar veel begrip viel hem niet ten deel. Een heerschap met een doctorstitel, opzichtig vermeld in de etalage, gaf hem te verstaan dat Parijse apothekers slechts serieuze elixers bereidden en geen toverdrankjes voor mannen op leeftijd die hun lot van seniele onmacht niet wensten te aanvaarden.

Op de rechteroever van de Seine, werd hem verteld, zetelden de kooplui, kleine en grote handelaars. Er waren magazijnen waar men koopwaar in het groot kon afnemen. Er was een markt langs een brede straat, uitlopend op een groot plein. Veel groter nog was de overdekte markt, waar ook vreemdelingen uit omliggende landen – Spanjaarden, Genuanen, Grieken en zelfs Levantijnen – kramen hadden ingericht. Zo had een Spaanse koopman een grote verzameling genezende elixers uit zijn geboortestreek meegenomen. Madoc luisterde aandachtig naar wat deze kraamhouder in behoorlijk Frans vertelde over zijn medicamenten voor de meest uiteenlopende kwalen. Toen een weldoorvoede vrouw vroeg wat hij voor de verzorging van een oude wond aanried, haalde de Spanjool uit een bergplaats onder het plankier een kom met lijvige bloedzuigers tevoorschijn. Dit was een superieure soort, verzekerde hij, in eigen vijver gekweekt. Ze reinigden niet alleen wonden, maar temperden ook gewrichtspijnen en deden koortsen luwen. De grootste exemplaren waren zelfs in staat aambeien als eieren zo groot leeg te slurpen.

Of hij ook een drankje had dat de vruchtbaarheid bevorderde? Madoc sprak zijn vraag met gedempte stem uit. Over een afrodisiacum durfde hij met al die mensen om zich heen niet zomaar te beginnen.

'Onvruchtbaarheid hoort bij de smarten die uit vroegere zonden zijn ontsproten. Die laten zich slechts met Gods hulp stillen.' De man had ineens iets priesterlijks over zich gekregen. 'Zorg dat die vrouw van u bij haar eerstvolgende biecht de priester wel het achterste van haar tong laat zien.'

Vilein gelach steeg op rondom hem.

Madoc ging langs alle stalletjes van deze markt. Daarna dwaalde hij urenlang door de Hallen, waar in grote kramen een duizelingwekkend assortiment werd uitgestald. Hij kwam in een kleine menigte terecht die zich had gevormd voor de kraam van een Byzantijnse koopman. De man sprak in zijn eigen landstaal telkens enkele zinnen die zijn zoon vervolgens in het Frans vertaalde. De koopman vertelde het publiek dat de fijne brokken steen die op het plankier lagen uitgestald afkomstig waren van de eerste Tafelen der Wet, beschreven door de Vinger Gods. Mozes had deze Tafelen echter verbrijzeld toen hij merkte dat de schare van Israël het gouden kalf aanbad en alzo overspel in haar geloof bedreef. Deze brokjes steen, waarin inderdaad Hebreeuwse letters waren gegraveerd, werden als relikwieën van het allerheiligste verkocht.

'Hoe zit het eigenlijk met de resten van het gouden kalf?' vroeg een boertig type dat flink wat steenresten had ingeslagen.

'Misschien ligt er morgen iets van tussen,' liet Madoc zich ontvallen, 'als ze nieuw puin hebben aangevoerd.'

Werkelijk alles werd hier aan de man gebracht, maar nergens vond hij een kruik of fles met een zinnenprikkelend aftreksel, getrokken uit planten die ingewijden in verborgen *herbularia* kweekten. Hij trotseerde een vlaag van ontmoediging en begaf zich naar een andere vleugel van de Hallen.

Madoc wilde de Seine oversteken via de Petit Pont toen een stem hem uit zijn gedachten deed opschrikken. Een jonge man, leunend tegen de reling van de brug, riep hem toe: 'Heer die jong van jaren is, laat mij tegen een aantrekkelijk tarief een gedicht voor je geliefde of minnares schrijven. Mijn strofen zullen haar doen smelten, en ze zal geheel de jouwe zijn.' Hij leek drie tellen na te denken en reciteerde daarop:

Ik klom eens in een fris bloeiende linde
en zong een lied voor mijn beminde.
Ik wil heus wel, zei ze, een nestje bouwen
maar in het gras, het zal je niet berouwen.

'Als je meer ondeugd in de regels wilt, dan kan dat natuurlijk ook!'

Wat belaagt mijn innerlijke vrede?
Natuurlijk is dat uw roze snede.

O, wat is het alweer lang geleden
dat deze ridder u heeft bereden.

'Klinkt bijzonder aantrekkelijk,' zei Madoc en hij zocht naar enkele zilveren penningen in zijn jaszak. 'Jammer genoeg heb ik momenteel andere zorgen.'

'Ach,' zei de dichter. 'Ben je aan de dool. Aan die toestand heb ik natuurlijk ook regels gewijd. Luister.'

Laat eigenwaan maar stinken,
laat ons een glaasje daarop drinken,
laat ons geloven een genie te zijn
door lellen zoetelijk gezegend
maar ten slotte lam op straat gegooid,
bescheten en berooid, zeiknat geregend.

'Ik heb er anders nog wel een over de vergankelijkheid van onze bloei. Luister en huiver.'

In het jaar waarin ik onwaarschijnlijk piekte
kreeg ik godverju ineens vallende ziekte.
Als een gewonde vogel was ik, die riekte
en die vergeefs almaar zijn vleugels wiekte.

Niet langer was mijn leven groots en edel;
daar lag ik dan met een gekneusde schedel.
Denk maar niet dat ik om aandacht bedel
met schorre klanken als van een valse vedel.

Madoc glimlachte en boog plechtig naar de dichter. Hij zocht meer penningen om te geven en daarna door te lopen, maar bedacht zich en vroeg terwijl hij de ander het geld toestak: 'Is het waar dat bijna alles wat deze wereld te bieden heeft in deze stad te koop wordt aangeboden?'

'Jazeker,' reageerde de jongeman, naar het scheen plots in

vervoering. 'De koopwaar wordt vanuit de verste uithoeken aangevoerd. Zo bestaan er in de Oriënt karavaanwegen die meer dan duizend dagreizen lang zijn en die koopwaar aanvoeren uit een keizerrijk dat nog verder weg ligt dan de steppen vanwaar ooit de Hunnen op hun paarden kwamen om de *Romanitas* in onze landen onder de voet te lopen. Het waren deze ruiters die de zon deden verduisteren door overal brand te stichten.'

Even duizelde het Madoc. Toen besefte hij hoe de ander met zijn antwoord een pijnlijke lacune in zijn eigen historische kennis blootlegde. Hij vroeg: 'Zei je nu dat het om meer dan duizend dagreizen gaat?'

'Jazeker. Langs diezelfde routes,' ging de jonge man verder, 'worden talloze kostbare producten uit de Verre Oost aangevoerd op de rug van kamelen. Deze draagdieren staan hoger op de benen dan de fierste paarden en van karakter zijn ze onverzettelijker dan bergezels. Het verhaal gaat dat kamelen dagenlang zonder water kunnen, ook wanneer ze een zinderende vlakte doorkruisen.'

'Tot waar brengen ze hun vrachten?' wilde Madoc weten. 'Naar Constantinopel?'

'Nogal wat routes eindigen in steden langs de Zwarte Zee. En daar ligt ook Constantinopel. Maar bijna tien jaar geleden plunderde een groot leger van kruisvaarders deze stad, die vandaag nog steeds schijnt te zuchten onder deze tuchtiging. Want nu zijn het kooplui uit Venetië, Genua en Pisa, en niet de Byzantijnen, die de verre handelswaar uit dit gebied in onze streken aanbrengen. Dat is niet het hele verhaal: langs de mediterrane kusten van het Heilige Land en Noord-Afrika is er levendige handel met Saracenen.'

'Met Saracenen?' vroeg Madoc.

'Handel met hen gaat altijd door, ook in tijden van oorlog tussen kruisvaarders en de legers van de muzelman.'

'En ook zulke koopwaar,' informeerde Madoc, 'wordt uiteindelijk in deze stad aangebracht?'

'Precies zoals je zegt. En jij hebt iets bijzonders nodig, leid ik uit je vragen af. Je zoekt iets waarvan je vermoedt dat het van ver komt, wie weet wel duizend dagreizen van hier.'

'Dat klopt wel ongeveer. Mag ik je voor de maaltijd uitnodigen? Dan vertel ik je er meer over.'

'Graag, al dagen heb ik niets fatsoenlijks gegeten.'

Ze liepen de houten brug af, naar het Quartier Latin, en onderwijl stelden ze zich aan elkaar voor.

'Ik ben Johannes,' zei de jonge dichter. 'Ik kom oorspronkelijk uit Aken maar ben opgegroeid in 's Hertogenbosch, Bois-le-Duc. Misschien ken je die stad wel, heb je ooit het moerasgebied eromheen getrotseerd om er te komen, want aan je tong hoor ik dat je geen fransoos bent maar een noorderling.'

'Aha.'

'Al doet je naam vermoeden dat je niet uit het noorden maar van elders komt.'

'Tsss.'

'Ik weet trouwens een goede taveerne. Volg me.'

Terwijl ze aan een tafeltje wachtten op het eten en intussen voorzichtig wijn dronken, vertelde Johannes iets over zijn achtergrond. Bijna een kwart eeuw geleden werd hij geboren uit de verbintenis van zijn moeder, een jonge weduwe, en een abt. Zijn vader liet zich nooit zien, maar zorgde er wel voor dat hij als zesjarige jongen op een abdijschool terechtkwam. Daar blonk hij uit in vrijwel alle vakken en het scheen vanzelfsprekend te zijn dat hij later een seculier ambt in de geestelijkheid zou bekleden. Maar als veertienjarige raakte hij in ongenade nadat door zijn toedoen een splinter afkomstig uit het kruishout zoekraakte.

'Ik mocht als favoriete *discipulus*,' vertelde Johannes, 'de met zilver beslagen schrijn openen, zodat ik een blik op het reliek kon werpen, een beloning voor mijn ijver op school en voor het nachtelijk dienstbetoon aan bronstige leermeesters.

In de schrijn was een kleine metalen houder met een wit kussentje en daarop lag inderdaad een roodbruine splinter uitgestald. Starogend naar dit allerheiligste houtje kreeg ik plots een helse niesbui, en daarna was de splinter uit de schrijn verdwenen.'

Madoc kon zijn lach niet bedwingen.

Johannes vertelde hoe er dagenlang werd gezocht in de nis waar de schrijn was neergezet, zonder dat het reliek werd teruggevonden. Hij werd geranseld en in een niet al te solide kluis gevangengezet.

'Toen ik vernam dat men een fameuze duivelbezweerder uit Tongeren was gaan halen, om mij te purgeren, heb ik 's nachts de deur van de kluis geforceerd en ben de stad uit gevlucht.' Op weg naar het zuiden sloot hij zich aan bij een groep vaganten en belandde na omzwervingen in Parijs.

Een dienstertje bracht kapoenen en groentepastei naar hun tafel. Johannes begon te eten zonder nog een enkel woord te zeggen.

Terwijl zijn tafelgenoot elke flard vlees, iedere hap met deeg en ui en erwten, elke homp brood gedrenkt in wijn of boterjus, neuriënd naar binnen werkte en de omgeving om zich heen leek te zijn vergeten, moest Madoc eraan denken dat het weinig had gescheeld of ze waren lotgenoten geweest die hun armoede, belezenheid door kopiistenwerk, dichterlijke strofen en straatmadelieven zouden hebben gedeeld.

Toen Johannes het laatste botje had afgekloven hervatte hij de conversatie. Hij vertelde over zijn leven als student. Zoals hij at bleek hij ook te studeren: zijn geest afgesloten voor zijn omgeving en volledig gericht op wat verslonden en verteerd moest worden. Hij woonde in een klein vertrek dat hij al jaren met een ander deelde. Er stonden nogal wat schulden van hem uit en daardoor werd hij er steeds van weerhouden voltijds te studeren en zijn graad te halen.

Madoc maakte uit de verhalen van Johannes op dat hij deze stad goed kende, haar vele geheimen, het leven achter de coulissen. En toen hij hem uitlegde dat zijn heer, een graaf, om nieuwe nazaten te winnen binnenkort een energieke campagne in het echtelijk bed wilde aanvangen, en daarvoor tot steun een afrodisiacum zocht, knikte Johannes bedaard en sprak: 'O, dat kan ik regelen. Het is niet een gelegenheid waar je zomaar binnenloopt. Eerst moet ik wat mensen spreken, en daarna neem ik je daar mee naartoe en kun je je aankopen doen. Wat het voorwerk betreft: zou je me alvast iets vooruit kunnen betalen?'

2

Twee dagen later, aan het einde van de middag voeren ze met een platboomde roeiboot stroomopwaarts de Seine op. Madoc had twee man van zijn escorte meegenomen. Ze gingen kalm het water over, de roeiers Aldo en Thierry in het midden en Johannes op de voorplecht. Madoc, achterin gezeten, nam belangstellend de omgeving op. Aan beide kanten van de rivier stonden her en der burchten, waartussen buurten van houten of lemen huisjes waren gebouwd. Allengs raakten ze met hun roeiboot verwijderd van het stadshart. In een ver verleden moest de stad slechts op het eiland hebben gelegen, in de omhelzing van de tweearmige rivier.

'Kijk daar,' wees Johannes hem, 'achter de buurten ligt de stadsmuur, die op koninklijk bevel is gebouwd. Aan de andere oever is het werk nog niet klaar. Straks worden daar in de verte honderden toortsen ontstoken: steensjouwers en metselaars zijn dag en nacht bezig om de muur zo spoedig mogelijk af te krijgen.'

'O ja, dreigt er oorlog?'

'Er is nooit vrede met de Engelsen, er zijn alleen maar gevechtspauzes van korte of langere duur. En weet je waar ze ook bang voor zijn? Dat legers van opstandige boeren op een dag dit grote nest komen leeghalen.'

Met de invallende duisternis viel ook de wind weg. Inmiddels hadden ze de jongste buurten van de stad achter zich gelaten. Madoc hield een stevige beurs onder zijn jas verborgen. Hij droeg zowel een dagge als een zwaard bij zich. Ze voeren een landelijk gebied in met veel geboomte en struikgewas. Madoc spiedde om zich heen. Johannes leek onbekommerd en praatte veel terwijl de roeiers de boot over het water lieten glijden.

Bij een steiger aan de oever lagen twee ranke scheepjes aangemeerd. Enkele opvarenden hadden in het gras een vuur gemaakt. Johannes stond op en maakte de roeiers duidelijk hoe ze het beste konden aanleggen. Hij wees naar een smal pad tussen de bomen. 'Het is nog een stukje lopen, dan zijn we er.'

Aldo en Thierry bleven bij de boot. Madoc wees hen op de tas met een kruik wijn, brood en gedroogd vlees. Nadat Johannes en Madoc een klein kwartier hadden gelopen doemden in de duisternis de contouren op van een klein kasteel. Een weerschijn van licht tussen de torens liet zien dat op de binnenplaats vuren brandden. De valbrug was niet opgehaald, maar de hoofdpoort was vergrendeld met een groot hekwerk van ijzervlechtsel dat van bovenaf was neergelaten.

'O, ben jij het.' De wacht had een klein raam in de geharnaste zijpoort geopend, nadat Johannes hierop had gebonsd.

'Je bent hier kind aan huis,' stelde Madoc vast.

'Dat kun je wel zeggen, ja.'

Langzaam ging de zware deur open.

Ze zaten samen aan een tafel in de hoek van een klein vertrek, dat werd verlicht door enkele flambouwen en het soms oplaaiende vuur in de haard. Johannes vertelde over de baron van dit kasteel die zijn leventje van louter nietsdoen had opgegeven, nadat zijn geliefde vrouw in het kraambed was gestorven. Als weduwnaar troostte hij zich met enkele bijzitten en had hij ontdekt welke vreugde arbeid en studie kunnen bieden. Sindsdien was hij overdag druk in de weer met zijn wijngaarden of verdiepte hij zich in esoterische geschriften. Door de wijnbouw te combineren met procedés uit de Arabische alchemie wist hij elixers te produceren die – na toevoeging van uitheemse zaden, wortels, bladeren, dierlijke poeders, oliën of sappen – al spoedig fameus waren door hun medicinale werkzaamheid.

Direct na hun aankomst had Johannes de hofmeester laten roepen. Deze verscheen terstond en nadat hij had vernomen wat de reden van hun komst was, boog hij even naar Madoc en ging hij het tweetal voor in een korte rondleiding. Hoewel de avond reeds halverwege was liep er nog allerlei volk over het kleine binnenhof. Dat waren kooplieden, vertelde de hofmeester, en hij leidde hen een gang in naar een grote kelder waar de beste wijnen in eiken vaten lagen te rijpen. Hij schonk hun enkele glazen in om te proeven.

'De iets mindere wijnsoorten,' vertelde Johannes, 'worden niet bewaard. Die worden gestookt.'

'Gestookt?'

'Dat zal je zo zien.'

De hofmeester pakte een fakkel uit een houder en ging hun voor in een andere duistere gang. Aan het einde daarvan was nog een kelderruimte. Schuifelend gingen ze de stenen trap af. In de gewelfde ruimte stonden twee ronde ketels van wel zeven voet in de hoogte naast elkaar. Madoc probeerde te begrijpen wat hij voor zich zag: onder beide uit koper geslagen ketels kon in een ijzeren tobbe een vuur van houtblokken worden gestookt; op de ketels was een bovenstuk aangebracht dat deed denken aan een helm en vanuit het middelpunt ervan voerde een metalen leiding neerwaarts naar een open reservoir dat ernaast stond opgesteld. In dat reservoir was de leiding niet langer recht maar boog in rondgangen verder naar beneden, om uit te monden in een tuit van enige lengte. De koperen assemblage was blijkbaar al enige tijd buiten werking.

'Deze installatie noemen de Arabieren *al ambiq*,' vertelde Johannes. 'Je kunt er wijn in verhitten. Daardoor vormen zich etherische dampen. De ketel is geheel gesloten, dus kunnen die dampen niet zomaar weg. Ze worden afgevoerd door de metalen leiding. Als de ketel wordt gebruikt, vult men het open reservoir met water, om de leiding te koelen. Door afkoeling worden de dampen in de leiding weer vloeibaar. Op deze wijze kun je uit wijn een *sublimatum* extraheren oftewel de essentie aan de wijnvloeistof onttrekken. Dit nu heet stoken of beter nog: destilleren.'

Johannes vertelde Madoc dat de baron destilleerde volgens de aanwijzingen van de Italiaanse alchemist Salernus, die op zijn beurt de zuiveringskunst weer van zijn Arabische assistent Abdela had geleerd. Johannes had drie jaar geleden Salernus' geschrift uit het Latijn voor de baron in het Frans vertaald.

Madoc luisterde slechts met een half oor naar Johannes' verdere uiteenzettingen over de stokerij, omdat hij nadacht over de vraag wat in hemelsnaam de essentie van wijn kon zijn.

Na de rondleiding waren ze neergestreken in een klein vertrek, in afwachting van de baron, die door andere klanten werd opgehouden. De hofmeester liet op verzoek van Johannes een schaal druiven brengen, een plank met hompen brood en gedroogde worstjes, water, wijn en een kleine glazen karaf met inhoud. Johannes schonk uit de kleine karaf twee glazen halfvol. De vloeistof was kristalhelder, als het water van een bergbeek.

Johannes deed het voor: hij hief zijn halfvolle glas en nam daarvan niet meer dan een voorzichtig slokje. Madoc deed hetzelfde en toen de heldere drank zijn tong raakte, opende hij van schrik zijn mond en ademde een keer snel uit en in.

'Deze drank heet *aqua ardens*, vuurwater,' vertelde Johannes, 'of nog preciezer: *vinum ardens*, brandewijn. Het is alsof een fluweelzacht vuur over je tong gaat.'

'Het is niet drinkbaar,' oordeelde Madoc, hoewel hij nu een bijna etherische nasmaak in zijn hele mond proefde, bepaald niet onplezierig.

'In deze samenstelling is het niet drinkbaar. Maar je kunt de sterkte heel makkelijk verminderen.' Johannes lengde hun brandewijn aan met een even grote hoeveelheid gewoon water. Nu waren de glazen bijna vol. Ze dronken voorzichtig. Madoc voelde een warme gloed in borst en maag; in zijn hoofd werd het een beetje loom.

'Neem nog een slok,' zei Johannes. 'Wat proef je eigenlijk?'

'Iets heel krachtigs. De smaak is niet zozeer fruitig, eerder als van een onbekende bloem. De geur is wel enigszins fruitig.'

Johannes schonk een glas wijn in en pakte een klein trosje van de schaal.

'Wat je proeft is de essentie van deze wijn, die zelf weer is voortgekomen uit het sap van druiven...'

Ze namen van de druiven, van de wijn, van de brandewijn en trachtten de onderlinge verbondenheid al proevend te doorgronden.

'Dat proces van stoken of destillatie is me nog niet helemaal helder,' zei Madoc.

'Goed,' zei Johannes, 'dan begin ik bij het begin. Misschien is het je bekend dat volgens de Romeinen in de wijn een geest huist. Voor een volk dat zelf wijn verbouwde en het natuurlijke gistingsproces met eigen ogen kon aanschouwen was dat eigenlijk een nogal gemakzuchtige veronderstelling.' Hij pakte andermaal een trosje druiven uit de schaal. 'Als je een rijpe druif eet, hier... dan proef je zowel zoete als zure smaken. Een druif heeft blijkbaar een ideale samenstelling voor de wijn, want een vat most van deze vrucht begint spontaan te gisten en dit neemt allengs in hevigheid toe. Wanneer na enkele maanden de gisting is uitgewerkt, is de most een klare wijn geworden. Drink daarvan twee glazen en je wordt licht in het hoofd.' Hier hield hij even stil en at enkele druiven. 'De geest die de Romeinen in hun wijn vermoedden, de *spiritus vinum*, is geen zelfstandige onstoffelijke kracht noch een of ander gelijksoortig wezen.' Hij vervolgde, ineens op fluistertoon: 'Die wijngeest komt voort uit de bestanddelen van de druif. In andere woorden: de geest wordt uit de wisselwerking van de bestanddelen geboren.'

Madoc luisterde aandachtig en bij die laatste woorden begon het ineens te suizen in zijn hoofd. Hij voelde zich vreemd en licht, alsof hij op het punt stond door een groots idee te worden overweldigd.

Johannes zag dat zijn tafelgenoot was verbleekt en stilletjes als een koortslijder zat te huiveren. 'Wat is er met je, mijn beste Madoc?' vroeg hij. 'Kun je niet tegen de brandewijn? Begint die je op te breken?'

'Zeker niet,' zei Madoc, 'ik vind het een bijzondere drank. Maar misschien moet ik iets eten.' Hij reikte naar het brood, at haastig een stuk en nam daarna nog enkele slokken brandewijn, om verder verwijderd te raken van zijn lucide gedachten en bevliegingen die hem schrik aanjoegen. 'Ga door,' zei hij, 'vertel nog wat meer over wijn en brandewijn.'

Johannes begon te vertellen: 'Het waren de Arabieren die eeuwen geleden – in de tijd van Mohammed, naar het schijnt – als eerste een primitief destilleertoestel ontwikkelden. *Al ambiq*, de naam viel al eerder. Ze gebruikten het toestel heel vaardig voor de bereiding van parfums uit rozenwater, mirre, jasmijn, kruidnagel en kaneel. Maar ook de wijn was bekend bij de Arabieren en zo kwam het dat men op een dag dadelwijn is gaan destilleren.' Johannes wachtte even om het belang van zijn pointe te benadrukken: 'Ergens in de woestijn is de eerste brandewijn op aarde gekomen. Eerst was het een medicijn en daarna al snel een genotmiddel. Maar toen de islam de Arabische wereld veroverde werd de brandewijn verboden. Het was een drank waarin demonen zouden huizen.'

'Is deze sterkedrank hier in den lande soms ook verboden?'

wilde Madoc weten. 'Is dat de reden dat we na het invallen van de duisternis een kasteel bezoeken dat na onze entree weer werd vergrendeld?'

'Zo ongeveer ja, om geen onnodig risico te lopen. Onder de adel is de *vinum ardens*, de brandewijn, een modieuze drank aan het worden. Er zijn prelaten die goudstukken neertellen om een glas van wat zij noemen "het water des levens", *aqua vitae*, te mogen nippen. Er zijn echter ook geestelijke leiders die deze drank hebben gedemoniseerd en ertegen tekeergaan in sermoen en geschrift. De koning en zijn adviseurs verkeren nog in twijfel. Ze neigen ertoe de drank voor medicinale doeleinden toe te staan, maar als genotmiddel streng te verbieden. De praktijk is minder dubbelzinnig: iedereen die ertoe doet in Parijs en omstreken, geestelijk of seculier, heeft zich reeds tegoed gedaan aan de brandewijn.'

'Natuurlijk als een panacee,' zei Madoc, 'dat in flinke scheuten ingenomen moet worden.'

'Veel kwalen moeten nu eenmaal worden bestreden,' zei Johannes.

'En het afrodisiacum dat men hier verkoopt,' wierp Madoc op, 'heeft dat als basis de brandewijn?'

'Andermaal raak.' Johannes veerde op en zei: 'Ah, daar zal je de baron hebben.'

De baron en kasteelheer had, sinds hij als alchemist en ondernemer was herboren, zijn gevoel voor rang en decorum achter zich gelaten. Hij verscheen in landelijk tenue met modder aan zijn laarzen. Blijkbaar had hij eerder op de dag zijn wijngaarden bezocht om te zien of de slagregens geen al te grote schade onder de nog niet geplukte druiven hadden aangericht. Hij klopte Johannes amicaal op de schouder, gaf Madoc een ferme hand en zette zich aan tafel.

'Van de hofmeester heb ik begrepen,' begon hij tegen Madoc, 'dat u een afrodisiacum zoekt voor uw gebieder.'

'De graaf namens wie ik hier ben is niet mijn gebieder,' zei

Madoc. 'Beschouwt u mij als zijn rechterhand en vertrouweling, de persoon die hem in alle lastige zaken bijstaat.'

'U bent geen dienstman,' stelde de baron vast, 'maar een telg van het donkere bloed die zich graag verdienstelijk maakt. Begrepen, en met pardon. Om uw vriend de graaf zo goed mogelijk van dienst te zijn dien ik u nog enkele vragen over hem te stellen.'

Op grond van de korte, heldere antwoorden die Madoc verstrekte zei de baron: 'Als het gaat om het winnen van nageslacht adviseer ik, behalve een middel tot aansporing van de mannelijke drift, ook een speciale vruchtbaarheidsdrank. Heeft u ooit gehoord van de liefdesappelen?'

'U bedoelt die welriekende appelen uit het Hooglied?' vroeg Madoc.

'U bent op de hoogte, die zijn het. Welnu, ik leerde ze kennen door een rabbi die mij nu en dan helpt bepaalde oude geschriften over geheime kennis te duiden. Er is her en der in de Bijbel, onderwees hij mij, sprake van de *doedaiem* ofwel de appelen die de mandragora of alruin voortbrengt. Deze vruchten zijn weldadig voor de ontvankelijkheid van de vrouwenschoot. Kort en goed: we kweken ze al jaren in speciale tuinen; we persen ze omzichtig, en aan dit welriekende sap voegen we zoetstof, zuur en gist toe om er een sprankelende wijn van te maken.'

Madoc knikte zwijgend.

'En wat het middel voor de graaf zelf betreft: ik heb een drank voor hem, gebaseerd op *vinum ardens*. U moet weten...'

'Over het destilleren heb ik hem reeds een en ander verteld,' kwam Johannes ertussen.

'Heel goed, dan kom ik gelijk tot de eigenlijke zaak,' zei de baron. 'In een vaatje brandewijn dat wij afzonderen voor bereiding van het afrodisiacum stoppen wij allereerst enkele zwarte mannetjesadders. Die gaan kortstondig hevig tekeer in deze vloeistof, en als ze dan sterven spuwen ze hun gif en aanvurende sappen uit. De slangen worden hierna weer uit het vaatje gevist. Hun gifstof is in de speciale verdunning allerminst schadelijk en geeft de gebruiker juist vitale kracht. Ook voegen we aan deze drank verschillende kruiden toe die, in gezamenlijkheid, de bloedsomloop verbeteren en het hart versterken. Maar de tot poeder gestampte blaarkevers vormen het belangrijkste ingrediënt. Dit afrodiserende poeder is afkomstig uit het Verre Oosten, zo ver van hier gelegen dat een tocht over land van omstreeks drie jaar moet worden ondernomen voordat de Byzantijnse kust is bereikt. De vermalen fameuze blaarkevers uit het Oosten sorteren groter effect dan hun soortgenoten uit Europa, bekend als Spaanse vlieg. Zo luidt kort en goed de samenstelling van ons afrodisiacum.'

Madoc knikte de baron andermaal zwijgend toe.

De baron schonk zich een glas wijn in en leegde het in enkele slokken. Hij hernam: 'Dit medicijn mag slechts in een kleine dosering worden ingenomen. Overdosering veroorzaakt gevaarlijke klachten. Of anders wel een fallus die dagenlang standhoudt. Dat lijkt heel fraai, maar reken erop dat het pijnlijk is en schadelijk bovendien. Als u tot aankoop overgaat, zal ik daarom een brief met strak geformuleerde voorschriften bijvoegen.'

'Hoelang na inname,' wilde Madoc weten, 'begint het middel te werken?'

'Binnen het uur,' antwoordde de baron.

'Dan zou ik graag een dosis willen innemen, als proef,' zei Madoc. En zich richtend tot Johannes: 'Doe je mee?'

'Natuurlijk.'

'Dat kan direct geregeld worden,' zei de baron met een glimlach. 'Maar bedenk wel dat hier binnen de muren geen vrouwvolk vertoeft dat u ter wille kan zijn, mocht de drift u te zeer prangen. Het is hier geen bordeel.'

'De stad is nabij,' zei Johannes.

De baron riep de hofmeester bij zich. Even later verscheen die weer met een blaadje waarop drie glazen stonden. Elk glas bevatte een scheut drank die helgeel van kleur was.

'Ah, u doet met ons mee,' zei Madoc. 'U heeft natuurlijk nog een rendez-vous later deze nacht, terwijl u al vanaf vanochtend vroeg druk in de weer bent en de vermoeidheid bezit van u dreigt te nemen.'

'Het is u blijkbaar gegeven in de ziel van anderen te kijken,' zei de baron minzaam. Hij hief zijn glas en dronk het in drie slokken leeg, waarna een grote zucht hem ontsnapte. Madoc en Johannes volgden zijn voorbeeld, en ook zij hijgden na inname. De baron stond op en zei: 'Ik ga die brief met aanwijzingen en waarschuwingen alvast opstellen. Daarna handel ik andere zaken af en meld mij na ongeveer twee uur hier weer aan tafel. Dan heeft u vast een indruk. Overigens kunt u er gerust een wijntje naast drinken.' En hij verdween.

Johannes kreeg al spoedig last van opvliegers en zware kloten. Hij voelde zich aangenaam gespannen, als een roofdier dat in hinderlaag ligt en zich zeker weet van een naderende prooi. Madoc voelde aanhoudend tintelingen in zijn kruis en een zeurderige, prikkelende gloed in zijn opspelende geslacht. Deze lijfelijke gewaarwordingen haalden een herinnering aan Veerle terug: het was een ijskoude winternacht, ze lagen heel dicht bij elkaar in de sponde die hijzelf had getimmerd. Om even te plassen glipte zij met een paardendeken om haar schouders naar buiten, naar het achterplaatsje van hun kot. Toen zij terugkwam had ze enkele happen sneeuw genomen, en eenmaal weer in bed nam ze zijn half parate lid onverhoeds in haar koude mond. Om ditzelfde nu nogmaals met haar te beleven, daar had hij een heel koninkrijk voor over.

De baron keerde terug en Madoc vroeg hem: 'Vertelt u ons maar eens wat de kosten zijn van een volle kruik.'

'U bent overtuigd, de drank heeft zich aan u bewezen,' zei de baron opgetogen. Het bedrag in *denier tournois* dat hij vroeg voor een amfoor met de inhoud van drie gewone flessen deed Johannes even met de ogen rollen, maar Madoc gaf zonder blikken of blozen te kennen twee amforen te willen. Bovendien bestelde hij vijf flessen wijn, van de liefdesappel gebrouwen, en een handzaam vaatje pure brandewijn.

Bij hun vertrek in de nanacht liep de baron met hen op tot aan de zijpoort. Johannes verkeerde in een uitstekende stemming: de baron had hem, na een wenk van Madoc, een aardige commissie toegeschoven, omdat hij zo'n goede klant had aangebracht. Hij had, ondanks een doorwaakte nacht, welomlijnde plannen voor de nieuwe dag. Drie dienstlieden van de baron liepen mee naar de roeiboot. Zij droegen de in wollen doeken gezwachtelde koopwaar.

'O ja,' zei de baron bij het afscheid, 'ik herhaal met nadruk: de appelwijn is alleen voor de gravin bestemd, zoals het afrodisiacum slechts voor de graaf bedoeld is. Laat het niet gebeuren dat de gravin drinkt van het elixer dat de mannelijke drift aanspoort. Voordat je er erg in hebt loopt, tochtig en vol wellust, de berin los... Heren, het ga u goed.'

Tussen de lakens in zijn geriefelijke kamer in het kasteel dacht Madoc eraan terug hoe ze die ochtend bij zonsopgang Parijs binnenvoeren. Bij het afscheid aan de kade had hij Johannes rijkelijk beloond. Dan kon die misschien eindelijk zijn graad eens halen.

'Ik kom hier terug,' zei Madoc, 'dan hoop ik je weer te zien.' En hij omhelsde de jonge man wiens lotgenoot hij had kunnen zijn.

Tegen de middag waren de paarden gezadeld en hadden ze de stad verlaten. De reis naar het graafschap besloeg vijf dagen.

'Nou, hoe waren de vrouwen van Parijs?' was het eerste wat Hincmar hem had gevraagd. 'Heb je je eindelijk eens tegoed gedaan?'

Zulke directe vragen maakten Madoc verlegen. Hij knikte

maar wat en zocht een uitvlucht om van onderwerp te kunnen veranderen. De graaf toonde zich alleszins content met de aangebrachte medicinale dranken.

'En hiermee kunt u ook de liefde van de gravin doen oplaaien,' zei Madoc en hij overhandigde de graaf drie kleine, als edelstenen fonkelende flesjes met daarin kostbare, oosterse parfums.

De graaf staarde naar de kleinodiën in zijn reuzenhand. 'De dagen zijn weer kort, de nachten lang,' prevelde hij. 'Nog even, en de stormwind striemt het land en doet de bomen buigen. Waar is het met zulke weersomstandigheden beter dan in het echtelijk bed? Ik ben er klaar voor.'

Madoc bracht een heildronk uit op het nieuwe nageslacht van de graaf. De mannen haakten hun armen in elkaar en brachten het glas naar hun lippen.

Hoofdstuk 5

Roofridder in soutane

I

Een vleug van melancholie nestelde zich in het bloed van Madoc bij de gedachte dat de winter eraan kwam. Vooral in nachtelijke uren raakte hij nogal eens somber gestemd door het besef dat zijn ellendige staat van onthouding zich maar bleef voortslepen. Opnieuw nam hij zich voor deze of gene malse keukenmeid tot ongeregelde bijslaap te bestemmen. Het voornemen gonsde dagenlang door zijn hoofd, maar daarna ebde de drang weer weg.

Madoc stortte zich op het bestuurlijke werk, op de gezondmaking van de grafelijke financiën. De inning én delging van uitstaande schulden kregen ineens prioriteit. Nogal wat achterstallige leenmannen werden opgeschrikt door de aanmaningen die ijlkoeriers overhandigden. Het vooruitzicht van 'opgeschoonde boeken' stemde Hincmar vrolijk. Als hij er zo goed uitsprong als Madoc beweerde, kon hij *hem* binnenkort weer eens flink uit de broek laten hangen. Niet de graaf maar zijn secretaris, feitelijk zijn *kanselier*, beet zich vast in de plannen het feodale pachtstelsel ingrijpend te hervormen. Madoc overdacht wat er moest gebeuren, welke onderzoekingen in de grafelijke domeinen en leengoederen, in de dorpsarealen, in de valleien en half beboste heuvellanden vereist waren. De cruciale vraag was steeds hoe allerlei vanouds in natura opgebrachte pachten op verantwoorde en redelijke wijze in geldbetalingen konden worden omgezet. Gezien het groeiende belang van geld lag het voor de hand dat feodale pachtheren het stelsel vroeg of laat *eigenmachtig* zouden aanpassen aan deze ontwikkeling. Meestal leidde dit tot afpersing van het landvolk. Een grafelijk initiatief zou een stabiel eenvormig stelsel in het leven kunnen roepen, waardoor uitwassen werden voorkomen.

Het werd Madoc weldra duidelijk hoeveel werk hem wachtte als hij deze zaak serieus aanpakte. Zo'n onderzoek begon met niet minder dan een volkstelling in het hele graafschap. Tegelijk was het nodig alle boerenhaardsteden met hun akkers en weiden centraal te registreren, zoals ook gegevens over woeste gronden, moerassen en oerbossen moesten worden verzameld. Hij las elk in het kasteelarchief aanwezige document dat betrekking had op pachten, hoofdgelden, tollen, accijnzen of imposten en trachtte het patroon in deze heffingen, voor zover dat bestond, in kaart te brengen. De voorbereidingen van dit werk namen hem geheel in beslag. 's Nachts droomde hij van inventarisaties, van pachtboeken, van bedragen en jaarcijfers in eindeloze kolommen. En soms droomde hij vol weemoed van de liefde.

Bij het invallen van de winter deed in het kasteel het gerucht de ronde dat Madoc uit Parijs de hele *Roman de Renart* had meegenomen. De beroering aan de grafelijke eettafel was dermate groot dat een nieuwe serie voordrachten onvermijdelijk werd. Toen hij na een serie bijeenkomsten het hele dierenepos had voorgelezen, smeekten zijn toehoorders hem om gewoon weer van voren af aan te beginnen. De vermaledijde vos was razend populair onder de ridders en jonkvrouwen. Men aanbad zijn kwade trouw, de terloopse ontsporingen in zijn gedrag en zijn talent tot intrigeren. Zijn voordrachten gaven Madoc enige roem, alsof hij uit eigen werk voorlas. Hij ontdekte dat de graaf nu en dan overdag een eerder door hem voorgelezen passage met zijn vrouw nogmaals doornam, en dat beiden dan zaten te schateren om de listen en brutaliteit van de euvele ridder in roodbruine pels. Het kwam die winter zelfs tot een derde voorlezing van het lijvige dierenverhaal. Ook de jonkvrouwen vonden dit dierenepos een verademing in vergelijking met al die zoetgeurende heiligenlevens die monniken van kloosters uit de omgeving hun vaak trachtten te slijten.

Eerder, nog voor de winter inviel, diep in een donkere nacht eind november, droomde Madoc eens dat door zijn lichtzinnigheid een duivelin hem wist te verleiden tot een vrijage. Eenmaal met hem in bed beland had ze hem zonder aarzeling besprongen. Zij was het die hem bereed en feitelijk bezat, in plaats van andersom, en terwijl deze stand van zaken langzaam tot hem doordrong week zijn eerdere, bitterzoete vrees voor haar, want toen hij onderzoekend met beide handen haar rug streelde voelde hij nergens reusachtige vleermuisvleugels, en ook bleek overal haar huid glad en wonderlijk zacht; nergens was deze geschubd noch geurde de adem die zij in zijn hals blies zwavelig, nee eerder fruitig en met veel mint. De geuren van enkele haarlokken die van onder haar hoofddoek waren ontsnapt en zijn gezicht kriebelden deden hem verlangen naar paradijselijke oorden achter de horizon. Hierna werd hij wakker in volslagen duisternis en besefte dat er in zijn bed werkelijk een vrouw was en dat ze toen hij nog sliep op zijn naakte lichaam was gekropen. De snijkant van een groot mes drukte scherp tegen zijn hals en een stem fluisterde in zijn oor: 'Geen enkel woord hierover: nu niet, en straks niet, en later evenmin. Erewoord?' Hij zei niets en zij herhaalde op een scherpe fluistertoon: 'Erewoord?' Hij knikte, voor zover dat mes het toeliet. Daarop haalde zijn belaagster het mes weg van zijn hals en leek het onder de peluw te stoppen. Nu was hij deelgenoot van een duister verbond, geheiligd door zijn erewoord. Hij begon haar rug te strelen, eerst aarzelend maar al spoedig met meer overtuiging en lust, en nu duwde hij haar zachte, zijden onderjurk stilletjes omhoog, want hij verlangde hevig terug naar de toestand waarin hij in zijn droom reeds had verkeerd. En zo streelde hij haar verder, overal, terwijl hij onder haar lag met zijn fiere en gulzige geslacht dat ongedurig wachtte op het ogenblik waarop het in haar schoot ten hemel mocht varen, wat niet lang daarna gebeurde. Hij was er direct al van doordrongen hoe kostbaar deze ogenblikken waren en dit maakte dat hij zich vermande en inhield en zich voornam niet eerder te zaaien dan wanneer de voor voldoende was bewerkt. Hij trok haar, die boven op hem was, naar zich toe om haar te kussen op de lippen – en zij liet zich kussen, hem smakend als in zijn droom, en zijn handen vonden haar borsten onder de dunne zijde en even later waren zijn lippen rondom haar linkertepel die al hard was en daarna rond haar rechtertepel; heel voorzichtig bereed zij hem en toch scheen het haar nauwelijks mogelijk om geen schreeuw uit te stoten, viel het haar zwaar zich te onthouden van elke zinnelijke weeklacht, waarop hij haar te hulp kwam door haar andermaal te kussen, haar lippen met zijn mond te omhelzen als het ware, en op die wijze met haar te versmelten. Aan die amoureuze symbiose maakte hij na zekere duur een einde door haar beide billen zacht maar beslist beet te grijpen en haar zo van zich af te tillen om haar aan zijn zijde in bed te vlijen. In de donkerte zag hij bijna niets van haar, behalve toen hij het dek opensloeg en een flauw, blank schijnsel van haar ontblote benen en onderbuik bespeurde, reden om zich verder naar die plek te buigen, haar rond de navel te kussen, ditzelfde te doen in haar liezen, en ten slotte, onverhoeds en met tedere kracht de natte, gezwollen lippen van haar zoetzilte adelheid met de zijne te beroeren, een daad die het haar bijna deed uitschreeuwen als zij haar gezicht niet met beddengoed had bedekt, zichzelf daarbij bijna smorend. En daarna nam hij het helemaal over en besteeg haar, deed haar zijn krachtige en oprechte wil, wreed maar meedogend, en zich ervoor hoedend dat hij haar niet in de hals of wang beet, geen blauwe plekken veroorzaakte, terwijl hij haar intussen toch helemaal onderwierp aan zijn lang beproefde mannelijkheid en daarmee gestaag doorging tot ook zij zo ver was om met ingehouden samentrekkingen en snikken zijn zaad verzadigd te ontvangen.

Daarna was ze niet lang gebleven. Ze glipte weg in de duisternis, kneep even in zijn hand, streek langs zijn wang, leek een kledingstuk – een mantel? – van de vloer te graaien, voordat ze zwijgend zijn kamer verliet. Hij had gedacht een glimp van haar te zullen zien na het openen van zijn kamerdeur, maar de toortsen in de doorloop waren, net als de brede nachtkaars in zijn eigen kamer, eerder allemaal gedoofd. Hij zag alleen iets van een bewegend silhouet in de deuropening, maar misschien was wat hij zag slechts een invulling die uit zijn eigen geest voortkwam.

Verdwaasd lag hij tussen de linnen lakens van zijn bed dat geurde als een wei vol bloemen. Intussen keerde elk ogenblik van de vrijage in zijn herinnering terug, en nadat hij elke streling, elke kus of versmelting opnieuw had beleefd, gleed hij weg in een genadige slaap. De volgende ochtend ontwaakte hij moeizaam en zijn geest leek verward als na een drinkgelag. Aanvankelijk meende hij dat een levensechte, intense droom hem had bezocht. Twijfel deed hem overeind komen. Hij tilde zijn peluw op en staarde naar een groot mes. Voorzichtig nam hij het in de hand, bestudeerde het vlijmscherp ogende snijvlak en dacht: wat zou er zijn gebeurd als ik weigerachtig was geweest, bijvoorbeeld omdat een jonkvrouw uit een ander kasteel mijn woord van trouw had gekregen? Door zijn hals te bevoelen ontdekte hij een streepje geronnen bloed dat een kleine snede toedekte. De Arthurromans, mijmerde hij verder, waren vol van standvastige ridders die zich de strot zouden hebben laten afsnijden in naam van hun enige ware geliefde. Zelf was hij in zulke aangelegenheden gelukkig iets minder onverzettelijk. Hij stond op om zijn plakkerige kruis te gaan wassen, een werkje dat hij neuriënd verrichtte.

2

Ergens in de nawinter deed een koerier het grafelijk kasteel aan. Hij bracht een meer persoonlijke dan officiële brief van bisschop Sidonius aan. In dit schrijven kondigde Zijne Heiligheid aan dat hij binnenkort op dienstreis naar de aartsbisschop in Reims zou gaan. Onderweg wilde hij de hooggeboren Hincmar in La Couronne graag een bezoek brengen, want hij had uit vertrouwde bron vernomen dat de graaf dolende en verlaten was sinds zijn zoon Walmar hem was ontnomen. En daarom wilde hij hem tot deemoed jegens de Heere bewegen en hem terugvoeren naar de troost van het geloof.

Eigenlijk verkeerde Hincmar de laatste tijd weer in een opperbeste stemming. In de voorbije winter had hij – steeds na een kelkje van het pittige goedje – vaker dan ooit het echtelijk bed opgezocht. Adelina was hem nog nooit zo nabij geweest.

Op een avond, toen hij zich net naast haar had neergevlijd, zei ze: 'Ik durf je nu wel te vertellen dat ik zwanger ben.' Het woordje 'weer' meed zij zeer bewust.

'Maar dat is prachtig!' riep hij uit. 'Hoelang al denk je?'

'Ongeveer drie maanden.'

'Zo lang al?'

Na die ontboezeming trok hij haar naar zich toe en hield haar beduusd in zijn armen. Hij dacht aan al die misgeboorten. Hoe ver was ze heen toen die zich voordeden?

Adelina drukte haar wang tegen zijn hart. 'Zo lang als nu ben ik nog nooit zwanger geweest. En ik voel me geweldig. Och, als God dit zou willen...'

Ze besloten het nieuws nog aan niemand te vertellen. Haar beide kameniers vermoedden het, wisten het waarschijnlijk, maar hun lippen bleven verzegeld. Het was vroeg genoeg om komend voorjaar het bericht van haar genadige staat de wereld in te sturen.

'Het is nogal een omweg voor Sidonius als hij in Reims moet zijn,' zei Hincmar tegen Madoc, met wie hij het aanstaande bezoek besprak. 'Helemaal nu de wegen zo slecht begaanbaar zijn. Is dat niet vreemd? Wat moet die kerel hier ineens?'

'Sidonius lijkt ergens op uit te zijn,' zei Madoc. 'Ik zal alle stukken ter zake bij elkaar zoeken. We nemen het hele dossier door, dat onderhandelt makkelijker, mocht dat ineens nodig zijn. Er staat trouwens nog een dikke lening open, waarvan het bisdom nog geen duit heeft afgelost.'

Nog steeds kon Hincmar zowel verbaasd als verrukt zijn over het gegeven dat zijn kanselarij – zijn archief en administratie – geordend en overzichtelijk was. 'Die lening, ja verdomd, die was me even ontschoten. Ik zal op terugbetaling aandringen. Dat zal hem leren hier zomaar langs te komen.'

De grenzen van het bisdom Mourille vielen samen met die van het gelijknamige graafschap. In dit gebied was de verhouding tussen geestelijke macht en wereldlijke macht nooit erg hartelijk geweest. Hincmar, die prat ging op de rust en orde in zijn gebied, sprak nooit van 'godsvrede', maar steeds van 'grafelijke vrede'. Naar zijn idee was de beheersing van geweld in zijn gebied voornamelijk bewerkstelligd door zijn eigen inspanningen en dankzij bloedige offers die zijn manschappen hadden gebracht. Een bisschoppelijk decreet dat vechtende partijen met excommunicatie dreigde, zoals dit in tijden van opstand en oorlog werd uitgevaardigd, beschouwde Hincmar als vrijblijvende symboolpolitiek, waarmee de clerus vooral goede sier wilde maken.

Er waren in Mourille enkele gevoelige hangijzers tussen het wereldlijke en geestelijke gezag. Zo bezat Hincmar vanouds twaalf kerken, verspreid over allerlei dorpen en een enkel stadje. Hij stelde pastoors aan in deze parochies en regelde ieders traktement, terwijl zij hem jaarlijks op knieën leenhulde brachten en hem hun beste kapoenen schonken. Dat een wereldlijk machthebber het laatste woord had in de lokale domeinen van de moederkerk was in deze tijd een bron van ergernis en conflict geworden. Sinds enige tijd spoorde de pauselijke curie in Rome het bisdom aan alle middelen te beproeven om deze kerken en parochies in te lijven. En als het even kon 'om niet'.

Ondanks periodieke crises in de organisatie van de Europese moederkerk was haar geestelijke macht overal sterker dan ooit geworden. Sprekend over de staat van de christenheid in deze contreien kon een kroniekschrijver rond het jaar 1000 nog opmerken dat 'liederlijk heidendom zich in een soutane heeft gestoken'. Maar de tijden waren veranderd. In de voorbije tweehonderd jaar had het geloof in Mourille dankzij de inspanningen van beter opgeleid priestervolk dieper wortel geschoten in de samenleving.

Toen ruim een jaar geleden de benoeming van een nieuwe bisschop aan de orde was zat het Hincmar dwars dat hij, krachtens het concordaat tussen de Heilige Stoel in Rome en de Franse koning, hierop geen enkele invloed kon uitoefenen. Zelfs achter de schermen kon hij, nota bene de graaf en gebieder van Mourille, niets voor elkaar krijgen. En zo kon het gebeuren dat de nieuwe bisschop Sidonius nota bene een telg bleek te zijn uit een geslacht waarmee Hincmars voorzaten ooit een taaie vete hadden uitgevochten. Beide *lineages* hadden de wapens weliswaar neergelegd, maar tot een werkelijke verzoening was het nooit gekomen.

De twee belangrijkste gezagsdragers in Mourille hadden elkaar nog maar enkele keren ontmoet. Toen Sidonius tot bisschop werd gewijd was Hincmar op jacht met een groep getrouwen; de kennismaking vond pas een maand later plaats. Bij die gelegenheid toog Hincmar met een ridderleger van meer dan tweehonderd man, allen in volle wapenuitrusting, naar het bisschopsstadje, dat na alle ceremonieel, processies en festiviteiten net weer tot rust was gekomen. Evenzoveel schildknapen te paard vergezelden de ridders. Voor de inwoners van het stadje leek het alsof er een bezettingsmacht neerstreek. De wereldlijke heerser wilde er blijkbaar geen twijfel over laten bestaan wie de baas was in deze contreien.

Sidonius hield het hoofd koel. Geëscorteerd door zijn zwaarlijvige vicaris, die niet liep maar zich wiebelend voortbewoog, andere prelaten in vol ornaat, en een legertje kanunniken en priesters, en geflankeerd door een twintigtal geestelijke ridders, ontving hij de graaf. Nadat de heren eerst enkele adelaarsblikken hadden uitgewisseld volgde de voorgeschreven broederlijke omhelzing en vredeskus, waarna ze uit hetzelfde glas de wijn van eendracht dronken. Hierna werden Hincmar en zijn ridders naar de kathedraal geleid waar een mis werd opgedragen. In lijzige trant reciteerden monniken delen uit de getijden. Buiten hinnikten de paarden, omdat hun haverzakken nogal zuinig waren gevuld. De geur van mest hing trouwens tussen de kerkbanken, omdat nogal wat ridders, slechtziend door hun helmen, met hun schoeisel van dik leer door verse paardenvijgen waren gebanjerd. Een koor van jonge knapen kweelde in een zodanige ijlheid van stemmen een melodie dat het leek alsof ze de ridders in de banken vanuit een bovenmaanse wereld toezongen. Dit liturgische drama werd enkele keren onderbroken door sermoenen, waarvan de bisschop het laatste zelf met plechtige galm ten gehore bracht. Zo sprak Sidonius: 'In vroeger tijden, toen de mensen minder verdorven waren, gebeurden er nog dikwijls wonderen. Daarmee maakte God zich kenbaar aan de mensen en zo trachtte hij hen te bemoedigen. Vandaag de dag gebeurt dat niet zomaar meer, en dat komt omdat veel mensen zich juist van God hebben afgekeerd. Dat er hongerjaren ontstaan omdat oogsten teloorgaan door natuurgeweld, door oorlogen of grote branden is een door God opgelegde beproeving. Daarmee wil hij de mensen slechts aansporen zich te bekeren.' Sidonius nam een slok wijn, liet zijn blik over het ridderleger in de banken gaan, en vervolgde zelfverzekerd: 'Het is nooit te laat om u te bekeren en onderwerpen. En bedenk dat degene die de zegen geeft boven de gezegende staat.

De macht van de *spiritualia* reikt verder dan die van de *temporalia*.'

Hincmar voelde hoe na deze woorden zijn bloed begon te zwalpen. Hij stond op uit zijn geriefelijke zetel en liep naar buiten. Zijn getrouwen waren in tweestrijd of ze hem moesten volgen of blijven zitten. Inmiddels was er zo veel wierook in de kathedraal opgebrand dat ridders in hun kurassen door ademnood een flauwte nabij raakten. De een na de ander viel werkelijk in zwijm en men moest hen naar buiten dragen of slepen. Sidonius haastte zich zijn sermoen af te ronden, voordat niemand meer luisterde.

Daarbuiten, op het plein, was tijdens de langgerekte mis een groot aantal tafels en banken neergezet om het grafelijk leger te spijzigen. Ridders en schildknapen die door de benauwdheid binnen in groten getale de kathedraal ontvluchtten, vielen aan op wildbraad, pasteien en bonensoep. Binnen een uur was alles schoon op. Van de wijnen en kloosterbieren bleef ook geen scheutje over. Het liep inmiddels tegen de avond en er dreigde regen. De manschappen verspreidden zich over alle herbergen en logementen van het stadje om er eerst het kakhuis of welke latrine dan ook op te zoeken, en daarna de toog. Hincmar en vier prominente vazallen verbleven die avond en nacht in het kleine bisschoppelijke paleis. Voordien had de graaf zijn manschappen stilletjes duidelijk gemaakt dat ze die avond 'vrije slemp' hadden, voor rekening van de bisschop dus, aangezien het Hincmar niet smaakte ergens als gast te worden ontvangen en dan zelf voor de wijn en het bier van zijn gevolg te moeten opdraaien.

De rekeningen van al deze nachtelijke verteringen, waaraan ook het venerisch dienstbetoon van dansmeisjes was toegevoegd, deed de onderlinge verhouding van de wereldlijke gebieder en zijn geestelijke evenknie lang geen goed. Tijdens twee ontmoetingen die erna nog plaatsvonden – in kleiner verband – werd het geschil ook niet uit de wereld geholpen. Hincmar gaf andermaal te kennen de nasleep rond de kosten van hun 'kennismaking' als afgehandeld te beschouwen. De keer daarop toonde hij geen enthousiasme voor nog een nieuwe kruistocht, waarvan Sidonius in een droomgezicht een voorschouw had mogen waarnemen. De graaf, nog steeds gekweld door zijn eigen verzwegen ervaringen als kruisvaarder, wilde er zelfs geen klein bedrag voor toezeggen.

Door alles wat eerder was voorgevallen was het des te verwonderlijker dat de bisschop zijn bezoek aan het grafelijk kasteel La Couronne die nawinter had laten aankondigen.

3

Achter in de eetzaal van de graaf waren twee diensters bezig soep uit dampende pannen in diepe borden over te scheppen. In deze hoek viel zijdelings enig licht van een flambouw en van twee kaarsen die er op tafel stonden. Telkens wanneer de meisjes zich achter deze tafel bevonden, zorgden de dansende kaarsvlammen ervoor dat zich een levendig schaduwspel op de witte muur achter hen aftekende. Enkele gasten aan de eettafel merkten dit schouwspel op en men wees naar de betreffende hoek; anderen die er met hun rug naartoe zaten draaiden zich nieuwsgierig om. Het tafereel was de aangezeten bisschop Sidonius ook niet ontgaan. Hij bette zijn volle, glimmende lippen, schraapte zijn keel om zich te verzekeren van ieders aandacht en sprak met lichte galm: 'De schaduw is een natuurverschijnsel dat God heeft ingesteld om de mensen eraan te herinneren dat ze sterfelijk zijn. Bij elke stap die een mens zet, elke beweging die hij maakt, volgt zijn schaduw hem. In een bepaalde lichtval, zoals we daar zien, is de schaduw donker en scherp afgetekend. Dit tafereel wil ons ervan doordringen dat het aardse leven eindig is, dat de dood ons in dit ondermaanse steeds op de hielen zit, en dat het erop aankomt je tijdig voor God te verdeemoedigen en met Hem in het reine te komen.'

Na deze woorden van de bisschop bleef het stil in de eetzaal; er werd zelfs niet gefluisterd. De blik van Sidonius ging langs alle plaatsen aan de langgerekte tafel, bleef rusten op het uiteinde links van hem: de hoek bestemd voor de jonkvrouwen die allemaal het lachen verleerd leken en gelijktijdig het hoofd bogen, op hun lip beten en een kruis sloegen. Sommigen onder hen leken door rillingen bevangen. Hierna dwaalde de blik van de bisschop verder langs de ridders die met minder schroom reageerden, hield even halt bij de lege stoel van Madoc, ging weer verder en bleef rusten op gravin Adelina (die haar hoofd en bovenlijf de laatste dagen met meer kleding en satijnen doek dan anders had bedekt), om te eindigen bij Hincmar, die nergens op lette en in diepe gedachten was verzonken.

De donderdag liep ten einde. Het was alweer de vierde avond waarop de bisschop in Hincmars kasteel de maaltijd gebruikte, en de stemming aan tafel was bedrukt. Op maandagmiddag was Zijne Heiligheid gearriveerd met in zijn gevolg de aartspriester en een drietal persoonlijke bedienden. Een legertje van tien geestelijke ridders en twintig soldaten te paard escorteerde dit vijftal.

Nog geen twee uur na hun aankomst zaten Hincmar en Sidonius reeds in vergadering. Na eerst een aantal uiteenlopende zaken te hebben doorgesproken die anders schriftelijk zouden zijn afgehandeld, begon de bisschop onverwachts over de kwestie van de kerkenoverdracht. Er was in de woorden van Sidonius sprake van een misstand die de Voorzienigheid reeds te lang tartte. Hincmar betuigde zijn respect voor de moederkerk in wijdlopige formuleringen, maar gaf intussen geen duimbreed toe: een overdracht 'om niet' was ondenkbaar. Zonder met zijn ogen te knipperen zei Hincmar dat hij het bisdom tot een behoorlijke betaling in staat achtte. En die betaling had hij hard nodig, want hij stond voor grote militaire uitgaven. De Franse koning, zijn leenheer, zou immers binnen afzienbare tijd met een enorm leger te velde trekken tegen Otto, de Duitse keizer die eerder werd geëxcommuniceerd door Zijne Godvruchtigheid, paus Innocentius. Om de eenheid en vrede in de moederkerk én die op het continent te garanderen moest de vermaledijde Otto IV worden verslagen, zoals ook de bisschop heel goed wist. Vandaar dat de graaf niet scheutig kon zijn; hij had als trouwe leenman van de Franse koning elke zilverling nodig om zijn mannen te bewapenen en onderhouden. Het beraad eindigde in mineur.

Die maandagavond zat de bisschop aan bij het avondmaal van de grafelijke familie. Hincmar deed als gastheer zijn best nog iets van de avond te maken en Adelina onthaalde Sidonius op haar meest exquise gerechten en wijnen. Ze deden dit in de wetenschap dat Sidonius de volgende ochtend weer door zou reizen met zijn gevolg en escorte, zoals hij hun tussen neus en lippen had laten weten.

Maar de volgende ochtend bracht de aartspriester het bericht dat Sidonius vanwege een plotselinge ongesteldheid niet kon vertrekken en graag nog enkele dagen van de grafelijke gastvrijheid gebruik zou willen maken. Hincmar en Adelina hielden zich groot, Madoc had er een slecht gevoel bij. Sidonius bleek niet bedlegerig te zijn. De dinsdagochtend bracht hij door in verschillende adellijke vertrekken van het kasteel. Anders dan de vorige avond verkeerde hij in een welhaast warmbloedige stemming. Hij moest even op krachten komen, vertelde hij op voorkomende wijze. Intussen zei hij wel in staat te zijn tot het verlenen van genereuze diensten om de zielen te verlichten. Daarom bood hij de gravin, haar adellijke kamervrouwen en het gezelschap jonkvrouwen aan om hun in de kapel van het kasteel beurtelings de biecht af te nemen. Het was een overrompelend voorstel. Iedereen begreep dat wanneer een man van een zodanige doorluchtige heiligheid de absolutie zou schenken de gelovige in kwestie veel meer op loutering mocht hopen dan wanneer een dorpspastoor hetzelfde sacrament toediende. Er werd onder de edelvrouwen een volgorde bepaald. Adelina, ineens vol twijfel, liet de anderen voor zich gaan, ondanks protest hiertegen van de biechtvader.

Dinsdagmiddag begon Sidonius zijn sacramentele zuiveringen. De kapel van het kasteel bezat geen biechtstoel en daarom liet hij alle ramen blinderen en nam hij in een verduisterde hoek de biecht af. De biechtvader was op een bank gezeten, de biechteling werd verzocht naast hem plaats te nemen of in zijn aangezicht op knieën te gaan. De hele woensdag en donderdag ging het afwerken van deze sacramentele riten voort. Iedere edelvrouw kreeg minstens een half uur toegewezen, sommigen zelfs een vol uur of nog langer.

Enkele ridders die na het avondmaal Sidonius vroegen of zij hun zonden ook mochten belijden kregen te horen dat dit voorlopig niet mogelijk was. De bisschop vertelde hun ook waarom: 'De vrouwen hebben in dezen absoluut voorrang; zij zijn immers draagsters van het kwaad.' Toen een van de ridders hem hierop verbluft aanstaarde, voegde Sidonius er nog aan toe: 'De lust en begeerte die een vrouw kan oproepen, doet hele volksstammen ten oorlog tijgen.'

Tussentijds wandelde de doorluchtige biechtvader over het binnenhof om zich even te verkwikken in het zonnetje. Na het avondmaal sprak hij enkele keren met de graaf, zonder hem tot de biecht te inviteren. Alle zakelijke of parochiale perikelen leken de bisschop niet meer dwars te zitten. Sidonius bracht het gesprek op het recente verlies van Hincmars zonen Sigebert en Walmar, twee fiere ridders die de kuddes van de Goede Herder met hun leven hadden verdedigd. Hij begreep hoe verpletterend zo'n verlies was met het oog op de toekomst. Hij begreep hoe een van nazaten beroofde vader door opstandige gevoelens van het geloof kon afdwalen. Hij sprak zalvend over penitentie door goede werken, over terugkeren en verwijlen in de gemoedsvrede van de genadige God; en ook hoe men door de juiste vrijgevigheid een smartelijk gestorvene in zaligheid kan vooruithelpen. En hij sprak: 'Elke dag kan een man zelf de genade over zich afroepen en zich aldus een nieuwe toekomst verwerven, zolang hij maar oprecht en zonder trots voor de Heer wil buigen en in diezelfde geest een grootmoedig en beslissend gebaar durft te maken.'

Donderdag, laat in de middag, hadden alle edelvrouwen gebiecht, uitgezonderd hun hooggeboren meesteres. Sidonius schreed statig in zijn purperen, met robijnen bestikte soutane, zijn gouden *crux pectoralis* met zich meedragend, vanuit de kapel over het binnenhof naar het vertrek van de gravin. In plaats van uitgeput te zijn leek hij juist aan spirituele kracht te hebben gewonnen. Hij boog voor de gravin en sprak met sonore fluisterstem: 'Volgt u mij naar de kapel, en daar zullen wij samen in vertrouwen spreken, Vrouwe Adelina, over het hoe en waarom van uw diepste verdriet, over een nooit nog gelenigd verlangen, en hoe u kunt worden verlost.'

Sidonius bood de gravin zijn arm, en zij ging met hem mee en zo voerde hij haar mee naar de kapel, nagestaard door wel honderd ogen. Adelina oogde bleek en ietwat rillerig en onder het lopen spraken zij geen woord, doordrongen als zij beiden waren van het belang dat de aanstaande sacramentele rite in zich droeg. Ruim twee uur later, toen de vogels de verdwijnende dag nog eens luid bezongen, bracht Sidonius de gravin terug naar haar vertrekken. Onderweg fluisterde hij haar bemoedigend toe, terwijl zij als een slaapwandelaar naast hem liep, gevangen in haar eigen gedachten.

Die avond was de sfeer aan de grafelijke tafel mat en vreugdeloos. Al spoedig na het passeren van de verschillende gangen vluchtten de ridders onder allerlei voorwendsels naar hun eigen vertrekken, om daar te drinken en dobbelen. Wat er de voorbije week met die vrouwen was gebeurd? In hun ogen leek het wel of ze een te grote aderlating hadden ondergaan en hiervan in stilte moesten aansterken.

Reeds halverwege de avond, toen de bisschop zich terugtrok, gingen ook alle anderen maar van tafel. Adelina zocht haar man Hincmar op in zijn slaapvertrek. Zittend op het bed, elkaars handen vasthoudend, sprak zij op gedempte toon over haar zorgen, droefenis, haar angsten en hoop. Ja, ze was nog steeds zwanger van zijn kind, zijn zoon en opvolger, jazeker, als de Voorzienigheid dit wilde. Ze voelde zich gezond en toch was er steeds een vertwijfeling die aan haar gemoed vrat. Haar tranen vloeiden onophoudelijk. Ze pakte zijn grote hand en legde die tegen haar licht zwellende buik. Ze boog zich naar hem toe en fluisterde: 'Zolang wij zijn getrouwd ben ik je nooit tot last geweest. Steeds heb ik mijn eigen zaken met eigen middelen en daadkracht geregeld. Maar nu moet ik een beroep op je doen. Ik wil je vragen niet langer koppig te zijn, maar de hemel gunstig te stemmen door een offer te brengen om daarmee de toekomst van ons nageslacht veilig te stellen. Meer zal ik je niet vragen.' Lange tijd zat Hincmar roerloos naast haar. Pas toen zij klaaglijker dan ooit begon te huilen trok hij haar naar zich toe en koesterde haar met alle tederheid die in zijn ziel was. Hoezeer hij nadacht, hoe hij wikte en woog, dacht zij te horen in zijn zwoegende ademhaling. Toen fluisterde hij woorden die haar verlossing beloofden en die ook zijn eigen benardheid leken te doen verminderen. Hij maakte zich los van haar en stond op. Ze kusten elkaar zachtjes op de lippen, zoals engelen doen, en daarop begaf hij zich naar het logeervertrek waar de bisschop was ondergebracht. Sidonius was nog op en zat in avondgewaad aan de schrijftafel. Het licht van de flambouw schiep een gulden gloed rond de solideo op zijn hoofd. Hij scheen in het geheel niet verrast door het middernachtelijk bezoek van zijn gastheer.

De volgende ochtend vertrok de bisschop met zijn gevolg en escorte naar Reims, nadat hij eerst een hele ommegang over de borstwering had gemaakt en alle vier de torens en ook de donjon had gezegend, waarna hij nog een gebed tot behoud van de gehele burcht had uitgesproken. Ten slotte richtte hij zich nog speciaal tot de graaf met een hoogstpersoonlijke zegening. Sidonius sprak: 'Mogen de engelen u fijntjes bevochtigen met lenteregens van goudglanzende hemelse stralen.'

Later die dag werd Madoc bij de graaf ontboden. In zijn torenvertrek vertelde Hincmar aan zijn rechterhand en vertrouweling dat hij had toegestemd in de overdracht van zijn twaalf parochies naar het bisdom. Om niet.

Madoc had deze mededeling onbewogen aangehoord. 'U wilt dat ik voor die overdracht een akte opstel?'

'Nee, dat hoeft niet. Dat gebeurt op de episcopale kanselarij. We hoeven alleen maar te ondertekenen en de zaak met onze zegels bekrachtigen.'

Madoc knikte en zei: 'Dan is die kwestie uit de wereld.'

'Eerlijk gezegd had ik verwacht dat je me deze vrijgevigheid zou verwijten,' zei Hincmar. 'Maar nee, ik hoor niets.'

'Al die tijd was het een zakelijke aangelegenheid,' zei Madoc, 'maar een paar dagen terug werd alles ineens anders. Het leek beter me er niet meer mee te bemoeien.'

'Ik kon niet anders, begrijp je dat?'

Madoc knikte, hij had het zien aankomen toen Sidonius zijn verblijf in het kasteel ging rekken.

'Denk je dat ik er goed aan heb gedaan?' vroeg Hincmar. Af en toe bekroop hem een gegronde twijfel, dan parelde het zweet in zijn hals.

'Wat wilde u ermee bereiken?'

'Adelina is eindelijk zwanger. Het lijkt door te zetten. Ze is bang dat die slepende kwestie...'

'Zwanger! Dat is groot nieuws.' Madoc wilde zeggen dat het afrodisiacum blijkbaar zijn geld waard was, maar slikte die woorden bijtijds in.

'Het is al ruim drie maanden, maar vertel het alsjeblieft nog niet verder.'

Madoc scheen opeens in diepe gedachten.

'Waar zit je met je hoofd, jongen?' wilde de graaf weten.

Madoc rechtte zijn rug. 'Ik dacht aan nieuwe inkomsten voor het graafschap, ter compensatie.'

'Als er iets is wat ik nu kan gebruiken,' zei Hincmar, 'dan zijn het wel nieuwe inkomsten.'

Op goed geluk zei Madoc: 'Laten we moerassen gaan droogleggen.'

'Moerassen droogleggen? Hoe dan?'

'We gaan afwateringskanalen graven. Om de arbeid gedaan te krijgen laten we herendiensten verrichten.'

'Jij dacht dat je in deze tijden zomaar een nieuw en zwaar corvee aan de bevolking kunt opleggen?'

'Wel als we er ruiterlijk voor betalen.'

'En wie schiet dat dan even voor?' wilde Hincmar weten.

'Zulke betalingen kunnen we ons veroorloven dankzij de investeringen die stedelijke burgers in de drooglegingen zullen doen. Er is geld zat onder de burgers. Ze zullen over de brug komen, zo'n landaanwinning is profijtelijk.'

'Voor wie?'

'De stedelijke investeerders krijgen het nieuwe land onder bepaalde voorwaarden in bezit. Ze zullen het verpachten aan boeren. Wanneer deze nieuwe landerijen oogsten gaan dragen – dat zal niet lang duren – zijn de tienden voor het grafelijk bestuur. Ziedaar: nieuwe inkomsten.'

'Kan dat echt?'

'Dat lukt wel,' zei Madoc die ook zichzelf had verrast met deze ingeving. Hij zou het plan zo spoedig mogelijk uitwerken op schrift; dat gaf tenminste ook de nodige afleiding.

Hincmar staarde voor zich uit en likte zich de lippen.

Peinzend bevoelde Madoc zijn gloeiende oorschelpen.

4

Sidonius was al ver verwijderd van La Couronne toen sommige jonkvrouwen op fluistertoon met elkaar durfden te spreken over de biecht die zij hadden afgelegd. Het samenzijn met de bisschop in de verduisterde kapel was als een beklemmende droom geweest, grensoverschrijdend en ontluisterend. Het volstond niet dat de jeugdige edelvrouwen hun bedeesde hart voor deze geestelijke vader openden en oprecht hun gedachten vol pekelzonden aan hem toevertrouwden, zoals ze bij de pastoor beneden in het stadje plachten te doen. Zijne Heiligheid was ineens tot hen gaan spreken met een stem, zo gedragen, dat die niet van deze wereld scheen, en verklaarde in aanloop tot de biecht en boetedoening van de zondares een godvruchtige intimiteit te zullen scheppen. In zo'n gewijde sfeer was het namelijk mogelijk ook de uithoeken van de ziel te verkennen. Dit zou de uitdrijving van zonden immers ten goede komen. Daarna legde hij aan zijn biechtelinge vragen voor die peilden hoe diep haar ongeloof stak. Hij informeerde strengelijk naar de soorten van wellust die haar konden bevangen. Hij wilde weten tot welk verdorven spel met het eigen lichaam of met dat van een andere zuster in het kwaad deze wellust kon leiden. Hij vroeg zelfs of er sprake was van geheime bijslaap met een man. Het duister in de kapel, als in een biechtstoel, kon niet verhinderen dat de ondervraagde jonkvrouw de blik van de ondervrager voelde prangen.

De meeste vrouwen waren nog van een zodanige jonkheid en gebrek aan ervaring dat de aard van de ondervraging hun de gewaarwording gaf zonder scrupules te zijn gevisiteerd in hun geheime delen, in hun nog maar nauwelijks ontloken vrouwelijkheid. Het was alsof zij, nog ongerept maar wel reeds in staat het wonder van nieuw leven door te geven, langs imaginaire weg werden gedefloreerd, diepgaand omgewoeld en kwistig bevlekt door deze heilige biechtvader die verklaarde zonder mededogen op zoek te zijn naar de diepst verborgen zonden, omdat juist in die geheime diepte telkens nieuwe zonden zich vormden, waarna deze vervolgens in het leven werden bedreven.

Voor sommige meisjes waren de vragen over hun lust- of liefdesleven zo indringend dat ze door een flauwte overmand raakten en na zekere tijd in de koesterende armen van de biechtvader weer ontwaakten. Drie jonkvrouwen zouden een nog verregaander verhaal hebben kunnen vertellen, maar een gloeiende schaamte deed hen hier liever over zwijgen.

Ook gravin Adelina ontkwam niet aan een grondig onderzoek naar haar compulsies van drift en dartelheid, haar zondige wulpsheden en perverse genietingen. Toen Sidonius de verbouwereerdheid van de gravin in het verduisterde vertrek kon opsnuiven, legde hij uit dat hij haar slechts examineerde volgens kerkelijke richtlijnen zoals die waren vastgelegd in het XIXe boek over heidendom en ontucht van het *Decretum Burchardi*, onder vrome dienstlieden van God ook bekend als het *Collectarium Canonum*.

Adelina onderging de canonieke examinatie, de geseling tot boetvaardigheid, zonder te buigen. Ze scheen in al haar antwoorden oprecht, vertoonde geen afweer of vluchtgedrag in aangelegenheden van de ziel en legde een stilistische gave aan de dag om vragen naar haar geslachtelijke geheimenissen te beantwoorden met zinnebeelden die zwanger gingen van zedigheid.

Feitelijk had ze de voorbije dagen niet anders gedaan dan biechten, niet bij een sterveling als deze Sidonius, maar bij de heilige Moeder zelf. In een litanie vol tranen had ze de Maagd van Allerreinste Deugd eraan herinnerd hoe zij, Adelina, eerder verschillende religieuze wegen had bewandeld om een kind te mogen krijgen. Ze had de meest illustere missen in de kathedraal van Reims laten celebreren om haar vruchtbaarheid af te smeken. Ze was barrevoets in geheiligde kuuroorden geweest en had zich laten onderdompelen in ijskoude bronnen waarvan op de oevers de hemelse beeltenissen van de heiligen waren verschenen. En toen dat allemaal niet hielp had zij haar echtgenoot, met wie ze uit liefde was getrouwd, nog vuriger bemind dan ze voorheen deed, gedurende meerdere seizoenen, telkens opnieuw. Herhaaldelijk was zij zwanger geraakt, maar steeds was haar aanbeden vrucht na enkele maanden alweer afgedreven. Dan was het alsof de bloedingen van haar hart en ziel met die van haar buik ineenvloeiden. Recentelijk had zij op aandringen van haar man, in aanloop naar de bijslaap, herhaaldelijk een glas gedronken van een heilige appelwijn die naar het recept van een profeet zou zijn gebrouwen, omwille van haar vruchtbaarheid. En inderdaad was zij, met hemelse bijstand, opnieuw in een staat van genadige ontvangenis geraakt.

De voorbije dagen had Adelina haar bange vermoedens gedeeld met de Mystieke Roos van de lieflijk bedauwde dageraad, namelijk dat zij door haar echtgenoot Hincmar, in weerwil van hun liefde, zou worden verstoten als het haar niet lukte haar prille vrucht negen volle maanden te dragen en een zoon ter wereld te brengen. Weliswaar stond in de Bijbel geschreven dat een huwelijk in de hemel wordt gesloten en dat dit op aarde nooit mag worden ontbonden. Maar zij wist ook dat als zij inderdaad werd verstoten om de grafelijke dynastie te redden deze daad door de Kerk, onder welk leugenachtig voorwendsel dan ook, uiteindelijk zou worden goedgekeurd. Zij kenden daarvan voorbeelden uit haar eigen mediterrane familie. En louter om haar echtelijke positie te behouden had zij eerder bedreven, en zou zij opnieuw bedrijven, hetgeen waarvoor ze thans in tranen vergeving vroeg en penitentie wilde doen. Adelina had in de voorbije dagen enkele bijzondere gewaarwordingen gekregen die haar deden vermoeden dat vergiffenis haar wachtte. En zij toonde zich innig dankbaar jegens de Moeder dat zij, na ruim drie maanden, nog steeds in verwachting mocht zijn. Om te verhoeden dat de vrucht misschien alsnog voor straf zou kunnen afdrijven, had ze er bij haar man herhaaldelijk op aangedrongen de twaalf parochies aan de Kerk te schenken, als gebaar van verzoening en deemoed.

Haar gemoed was sereen geweest toen zij aan de arm van de bisschop de verduisterde kapel betrad. Zij had volledige opening van zaken gegeven aan de Moeder en Troosteres van Alle Smarten, en daarom meende Adelina tijdens de aardse biecht dat ze bepaalde zaken voor zichzelf mocht houden. Zo kwam het dat zij de Sidonische inquisitie vrijwel ongeschonden zou doorstaan.

5

De onbekende vrouw die eerder in de vroege winter Madoc veelvuldig in het nachtelijk uur had bezocht, was bij haar verschijning steeds omgeven geweest door een totale duisternis. Ze kroop bij hem in bed en spoorde hem aan, zonder trouwens een kik te geven, haar uitputtend te beminnen en bevlekken. De zinnelijke, anonieme vrijages op de tast stilden zijn lang beproefde verlangens. Overdag was hij energieker en opgeruimder dan ooit en slaaptekort leek hem niet te deren. De nachten waarin ze wegbleef lag hij te mijmeren over alle denkbare risico's die deze geheime nachtvrijerij mogelijk inhield. Als hij eindelijk insliep sloop het onheil door zijn dromen en weer wakker geschrokken lag hij naar het hameren van zijn eigen hart te luisteren. Vage vermoedens benauwden hem soms, maar tegelijk liet hij zich niet weerhouden. Hij bleef het spel meespelen. De eerder van zijn deur verwijderde grendel – door wie? – liet hij niet terugplaatsen.

Dikwijls fantaseerde Madoc erover hoe deze anonieme geliefde in stilte te ontmaskeren. Voor hem stond het vast dat het steeds dezelfde was die hem bezocht. Lucia was het in elk geval niet. Meermalen had hij de linkerarm van zijn nachtelijke vrijster nauwkeurig betast op zoek naar het litteken van de hondenbeet, maar hij had het niet gevonden. Onder degenen die wel in aanmerking kwamen rekende hij zes edelvrouwen. In zijn geest ontstond een mysteriespel waarin hij met alle mogelijke gegadigden de liefde bedreef, onder het voorwendsel er door hardnekkige inleving achter te komen wie hem telkens verleidde. Zelfs degenen die hij in de gewone omgang minder sympathiek of aantrekkelijk vond betrok hij in zijn broeierige fantasieën. Een mengeling van dierlijke drift en afkeer deed zijn bloed tot zijn verwondering ook stuwen.

En toen ineens viel zijn oog op Isolde, de eerste kamenier van de gravin. Deze Isolde was fraai gebouwd – zoiets zag je door al haar bedekkende kleding heen: een rijke boezem, ranke taille boven ronde en volle heupen. Tegelijk oogde ze fier en sterk als droeg ze de onverzettelijkheid van haar voorzaten met zich mee. Ze kwam uit een adellijk nest, een gevallen familie die nog slechts een illuster blazoen en verleden bezat. Nog steeds had zij de trots die bij haar afkomst hoorde en daarom had ze een handvol aanbidders uit lagere kringen zonder aarzeling afgewezen. Bij Madoc groeide het idee dat deze Isolde dit zelfverkozen celibaat niet kon volhouden en derhalve 's nachts de gewoonte had gekregen om op strooptocht te gaan. Was zij het die zich verstoutte in zijden nachtkleding van haar meesteres zijn bed in te sluipen? Een mengeling van nieuwsgierigheid en onbestemde verliefdheid deed hem haar aandacht zoeken in avonduren van verstrooiing. Ze stelde zeker prijs op zijn conversatie en zijn plotselinge attenties. Tegelijk liet ze blijken dat hij in haar ogen op gelijke voet stond met een kale landjonker. En iemand met die status zou zij niet toestaan haar uit legendes opgetrokken luchtkasteel te veroveren. Madocs verdriet hierom was uiterst verwaarloosbaar, maar het uitsluiten van Isolde en het besef hoe onwaarschijnlijk het was dat bepaalde andere edelvrouwen hem zouden hebben verleid, maakte de zaak nog delicater. Hierna hoedde Madoc zich voor verdere naspeuringen of al te diepe bespiegelingen. Liever beleefde hij het nachtelijk gedonderjaag als een buitengewoon natuurverschijnsel dat hem was geopenbaard, een zinnelijk mirakel waarvan hij de geheimen in lichaam en ziel had ervaren. Hij wilde beslist niet nadenken over de morele implicaties van alle verwikkelingen om angstaanjagende inzichten op voorhand te kunnen uitbannen.

Na zeven weken van bedwelmende vrijages in het duister van die winter was zijn heimelijke minnares ineens weggebleven. Aanvankelijk maakte hij zich drukker om de beknotting van zijn hartstochten dan om de redenen die tot het wegblijven hadden geleid. De ontwenning viel hem dermate zwaar dat hij niet in staat was tot indringende beschouwingen. Daarna werd hij door ziekte geveld, alsof de gloed van zijn gefnuikte eros zich nog slechts door uitputtende koortsaanvallen liet uitzweten.

Niemand minder dan Lucia wierp zich op als zuster van liefde en genade. Ze verpleegde hem, waste hem, verschoonde zijn bed en zorgde ervoor dat hij niet uitdroogde. Om er helemaal verzekerd van te zijn dat hij spoedig zou genezen, las ze hem dagelijks urenlang met een zachte, melodieuze stem uit haar gebedenboek voor, terwijl hij als een os lag te slapen.

Toen zijn koortsen afnamen en hij weer op krachten kwam keerde de plezierpraat terug tijdens hun samenzijn. Ze zat bij hem op het randje van zijn bed en veel scheelde het niet of ze had zich naast hem neergevlijd. Maar Madoc was vastbesloten ervoor te zorgen dat hun onschuld bewaard bleef. Het waren niet alleen de perikelen van haar door schulden geteisterde vader die hem tot voorzichtigheid maanden. Zijn recente, nachtelijke ervaringen hadden een andere man in hem doen opstaan en die zocht een krachtiger vrouw dan deze frêle maagd met zoete lippen. Hij was Lucia dankbaar voor al haar toewijding en heel zijn ziel ging in die dagen naar haar uit. Lucia te willen bezitten kwam niet meer in hem op. In dat opzicht leek hij een hoofse zot.

6

Aanvankelijk stond het voorjaar in het teken van het aanbeden kind dat de gravin onder het hart droeg, onderhand al vijf volle maanden. Adelina was mooier dan ooit en ze werd nagenoeg niet door ongemakken geplaagd. Toch had Hincmar een arts uit Reims ontboden om zijn echtgenote bij te staan. Het geleerde heerschap verveelde zich stierlijk in La Couronne. Hij kon er alleen zijn medische handboeken nog eens doorwerken, want de grafelijke bibliotheek bekoorde hem niet. Op een dag beet Salim de arts ongenadig in zijn kont. De man kon deze rauwe bijtwond onmogelijk zelf behandelen, reden waarom hij uitweek naar een collega in een stadje, drie uur gaans van het kasteel. Van deze arts werd nooit meer iets vernomen, tot opluchting van Adelina, die uit erkentelijkheid Salim een gevild lam liet voeren. De gravin had helemaal geen dokter nodig; de twee vroedvrouwen van wie in de wijde omgeving iedereen hoog opgaf, waren haar genoeg. Die twee zouden haar bijstaan als het kind zich aandiende. In de aanloop naar deze grote gebeurtenis kwamen ze samen elke week een middag langs. Ze hadden voor de gravin kruidenthee bij zich die de maag van een teveel aan zuur verloste. Ze demonstreerden met welke lichaamsoefeningen ze haar lage rugpijnen kon verminderen. Ook vertelden ze dat het voor een zwangere vrouw niet goed was voedsel dat van dieren kwam rauw te eten. Rauwmelkse kaas en bepaalde soorten worst rieden ze ook af. Hoe ze dit allemaal wisten? Ze beschikten over eeuwenoude kennis die steeds van de rijp en alwetend geworden generatie op jongere lichtingen mondeling werd overgeleverd. Adelina kreeg er ontzag voor hoe dicht beide vrouwen bij het leven stonden. Ze waren nuchter en wijs en in gemoedelijke gesprekken deelden ze hun ervaringen met hun meesteres. Hierdoor voelde de gravin zich zo gerust en ontspannen dat ze bijna zou vergeten elke dag een hele krans gebeden te fluisteren of nu en dan een mis te laten celebreren om het behoud van haar vrucht af te smeken.

Adelina mocht weliswaar in verlate bloei verkeren, in het gezelschap van jonkvrouwen dat haar omringde heersten sinds geruime tijd malaise en bedruktheid. Toen de gravin probeerde te achterhalen wat de oorzaak hiervan kon zijn, stuitte zij op een muur van zwijgen en ontkenning. Een onheilsgevoel dat maar niet wilde wijken deed haar tot nader onderzoek besluiten. Ze ondervroeg de jonkvrouwen een voor een en zo kwam ze op het spoor van een zaak waarin de eer van een maagd was geschonden, met aanwijsbaar gevolg. Van het slachtoffer zelf werd ze niet veel wijzer. De jonkvrouw in kwestie werd na de ontdekking van haar ongenade door zodanige schaamte en smart overweldigd dat ze niet in staat was een zinnig woord uit te brengen. Het feit dat het om Lucia ging, de dochter van burggraaf Octave, maakte dat Adelina een serieuze verdachte op het oog had. Het leek haar raadzaam eerst haar man te verwittigen. Hincmar hoorde de tijding onwillig aan en liet daarna Madoc ontbieden.

'Wat weet jij hiervan?' vroeg de gravin na een korte uiteenzetting.

Madoc, op het verkeerde been gezet door een slecht geweten, was te overdonderd om te antwoorden.

Hincmar smaalde: 'Ben jij 's nachts met uitgerekend deze joffer aan het spoken geweest? Begrijp je niet in welke strop iemand als jij, zonder middelen, zijn hoofd steekt? Had je niet gewoon een...'

'Nee, ik was het niet,' zei Madoc, herademend. 'Ik heb Lucia blijken van vriendschap en genegenheid gegeven, maar steeds in alle onschuld. Meer valt er niet te zeggen.'

'En dat durf jij te zweren?' wilde Adelina weten.

'Natuurlijk, edele vrouw.'

Hincmar was blij met deze woorden van zijn protegé en hij hechtte er direct geloof aan. Bij Adelina lag het iets anders; ze nam Madoc op met een argwanende blik. Hij zag haar recht in de ogen en een stem in zijn gedachten fluisterde: was jij het dan die mijn nachten zo wist te betoveren? Madoc, aan wie door velen een hoffelijke verlegenheid werd toegedicht, bleef onversaagd in de ogen van de gravin kijken totdat ze die wel moest neerslaan, terwijl haar wangen langzaam kleurden.

Hiermee was de kwestie nog lang niet uit de wereld. Zolang er geen dader was achterhaald voelde het voor Madoc alsof hij verdachte bleef. En daarbij brak zijn hart bijna van medelijden met Lucia, dat lieve kind. Hij wilde haar troosten, helpen, alsnog aan de man brengen. En anders wilde hij haar wreken. Zij kwam haar kleine kamer niet meer uit, ze sprak met niemand meer, weigerde te eten en nam alleen nog water. Op een avond, nadat hij hiervoor permissie van Adelina had gekregen, stond hij voor de deur van Lucia en maakte zijn komst bekend. Pas na lang aandringen haalde ze de sluitbalk weg. Daar stond ze in het kaarslicht met verwarde lange haren, een bleek gezicht, verlepte lippen en ogen waarin de wanhoop gloeide. Hij liep zachtjes op haar toe en drukte haar tegen zijn hart in een tedere omhelzing. Dat gebaar van liefdevolle ontferming deed een nieuwe tranenvloed in haar opwellen. Anderhalf uur later huilde ze nog steeds, bijna geluidloos. Kleine stuipen deden haar breekbare lijfje schokken. Ze was uitgeput, kroop tegen hem aan alsof ze jonggehuwden waren, en sliep enige tijd. Hij wachtte rustig tot ze weer ontwaakte. Haar aan het spreken krijgen was niet makkelijk, elk woord ging met grote emoties gepaard.

In de loop van de avond kalmeerde ze en dronk een paar glazen water. Toen schonk hij wijn voor hen in, want hij hoopte dat ze hierdoor iets loslippiger zou worden. Haar stemming werd minder bedrukt tijdens het tweede glas, maar toen hij het derde glas voor hen had ingeschonken keek ze hem venijnig aan en zei: 'Wil jij me dan ook bezitten? Die ander had trouwens aan een enkel glas genoeg om me te bedwelmen.'

'Vertel me wie die ander is.' Hij pakte haar hand. 'Dan zorg ik ervoor dat jou recht wordt gedaan.'

Maar het was weer helemaal mis met haar. Ze liet zich op haar bed vallen, rolde zich op als een angstig dier, half stikkend in een huilbui. Hij was opgelucht toen ze eindelijk door slaap overmand stil bleef liggen. Toen hij haar toedekte en voorzichtig een peluw onder haar hoofd deed, werd ze even wakker en zei: 'Was jij het maar geweest.'

Hij sloop door halfduistere gangen naar zijn eigen kamer. Ze is dus gedrogeerd, dacht hij, een enkel glas was voldoende om haar zijn wil te kunnen doen... Een donker vermoeden kreeg gestalte in zijn geest.

De volgende dag ging de graaf met klein escorte op inspectie in de omgeving. Madoc werkte die dag in de kanselarij aan de jaarrekening. Halverwege de middag klonk er gekrijs van vrouwen over het binnenhof. Madoc verscheen op de weergang, waar nieuw gekrijs hem tegemoetkwam. Het leek afkomstig te zijn uit het adellijk vrouwenverblijf. Hij haastte zich erheen, net als op het binnenhof enkele andere mannen deden: een ridder, een seriant, enkele soldaten van de wacht. In zijn losse kleding was hij sneller dan degenen die in wapentenue waren gestoken of met kuras getooid. Instinctief was hij naar de kamer van Lucia gerend en in de gang ernaartoe dromden inderdaad verschrikte jonkvrouwen bijeen, angstvallig afstand houdend tot haar kamerdeur, en gebeden prevelend, ieder voor zich. Hij wilde hun vragen wat er aan de hand was maar toen merkte hij op de stenen vloer een donker spoor op, als een klein stroompje. Hij pakte een toorts uit de houder aan de muur, lichtte bij, en kon niet anders vaststellen dan dat het om een bloedspoor ging. Het kwam uit Lucia's kamer en was langs een ontbrekend stukje van de dorpel haar kamer uit gevloeid naar de gang waar het na ongeveer vier voet was gestopt. Het bloed scheen al goeddeels geronnen. Wonderlijk was dat het bloedspoor op driekwart van de lengte zich zowel een halve voet naar links als naar rechts had gesplitst. De jonkvrouwen die door het licht van de toorts ineens zagen dat zich een kruisteken van bloed op de stenen vloer had gevormd gilden en krijsten opnieuw en deinsden terug.

'Ga hier weg, alsjeblieft!' brulde Madoc om de schrille

klanken te overstemmen. Hij maakte wegwuivende bewegingen naar de jonkvrouwen. 'Ga ergens bidden met elkaar!'

Ook de mannen waren teruggeweken, terwijl werkelijk iedereen in de gang zich nu snotterend, naar adem happend of doodsbleek stond te bekruisen. Maar niet een van hen vertrok.

Madoc liep aarzelend naar de deur van Lucia's kamer en hoedde zich ervoor door het kruis van bloed te kneteren. Even leek het dat hij zou aankloppen, maar hij bedwong zich en duwde de klink naar beneden. Zij had de sluitbalk er niet op gedaan. Met zijn vrije hand duwde hij de deur langzaam de duisternis van de kamer in, deed enkele stappen voorwaarts en verlichtte de ruimte door zijn hand met de toorts voor zich uit te steken.

Ze zat op de rand van haar ledikant, verstard en wezenloos, en met een bleekheid als van ivoor op haar ineens getaande gelaat.

'O lieverd van me,' fluisterde hij bijna zonder adem, 'wat is er in hemelsnaam gebeurd?' Even dacht hij dat ze nog leefde, gezien die zithouding van haar.

Ze was gekleed in een nachtpon van allerzachtst Levantijns linnen. De stof kleurde roodbruin door het bloed dat uit twee snijwonden in haar hals moest zijn gegulpt. Beide armen rustten op haar benen, de handen lagen open op haar knieën. Ze had haar polsen doorgesneden met een dolk die besmeurd voor haar voeten lag. Het bloed was langs haar benen naar de vloer gedropen. Eerst was een kleine rieten mat ermee gedrenkt, daarna had een duimbreed stroompje zich richting de deur bewogen en was naar de vloer van de gang gevloeid.

Later durfde niemand te opperen dat men de stenen vloer beter helemaal schoon kon boenen, zodat iedereen de droeve gebeurtenis zo snel mogelijk zou kunnen vergeten. Het bloedspoor in kruisvorm bleef onaangeraakt. De jonkvrouwen zetten er lichtjes bij die dag en nacht brandden. En iemand had er een klein beeld van de Madonna neergezet. Jong en oud, hoog en laag, bezochten de heilige plek om er te bidden voor Lucia en vooral voor zichzelf. De meeste bewoners in het kasteel geloofden dat dit kruis een teken was waarmee God wilde beduiden dat Hij Lucia al haar zonden had vergeven. Ze kreeg dan ook, zonder enige consternatie, op het kerkhof in de schaduw van het ouderlijk kasteel een begrafenis in gewijde aarde. Haar vader, de burggraaf, zorgde voor een luisterrijke uitvaart van zijn dochter. Hij kreeg het zelfs voor elkaar dat enkele prelaten bij de plechtigheid aanwezig waren.

Madoc was een man die zich nooit in het openbaar over goddelijke tekens zou uitlaten. Zijn geloof was te klein om er veel waarde aan te hechten. Toch was hij nu in gedachten minder afhoudend dan gewoonlijk. Alleen kende hij een andere betekenis aan het teken toe: deze hield een zware verdenking in en hij wachtte zich deze hardop uit te spreken. Ook tegen de in alle staten verkerende Hincmar onthield hij zich van elke suggestie.

Lang zou het niet duren voordat er beweging in de zaak kwam. De wanhoopsdaad van Lucia slechtte de muren van schaamte in de vleugel waar de jonkvrouwen verbleven. Verontwaardiging voerde de boventoon en maakte de tongen los. Het was Jeanne, nicht en hartsvriendin van Lucia, die het voortouw nam en de gravin vroeg of ze een vertrouwelijke samenkomst van de veertien jonkvrouwen wilde bijwonen.

Adelina antwoordde: ‘Kom allemaal halverwege de middag naar mijn ontvangstkamer. Daar zal niemand ons storen.’

Die middag vertelde Jeanne wat er tijdens de biecht, afgenomen door de bisschop, werkelijk was voorgevallen. Adelina luisterde op een bankje met enkele kussens in haar rug. Lucia’s ongeluk had ook de gravin sterk aangegrepen, maar het viel haar niet aan te zien. Haar zwangerschap deed haar te zeer bloeien.

Jeanne stond daar recht en fier, haar tranen leken ver weg.

Ze probeerde geen krimp te geven, al liepen de rillingen haar nu en dan over het lijf. Midden in haar verhaal kon zij ineens niet verder. Adelina stond op, liep naar haar toe, pakte haar hand vast en bleef met haar bollende buik naast haar staan. 'Lieve vriendin,' sprak de gravin, 'graag willen we het hele verhaal horen. Doe maar rustig aan, neem de tijd om te kalmeren. Moge ons begrip je kracht geven.'

Jeanne vond de moed terug om te vertellen hoe zij in het duister gezeten tegenover haar doorluchtige biechtvader, een glas wijn van hem kreeg aangereikt met de aansporing: 'Drink nu het bloed van Christus tot de laatste slok.' En inderdaad had zij de bitterzoete drank gedronken en kort daarna had ze lange tijd van niets meer geweten. Zij was wakker geworden in de armen van de bisschop, met een hoofd vol doffe gedachten. Hij had haar gesust en gezegd dat de examinatie van een zondige mens, en dan nog vrouw ook, de betrokkene kon uitputten, gezien alle slechtheid die moest worden uitgedreven. 's Avonds had zij bemerkt dat er sporen van bloed in haar onderkleding waren, hoewel het niet de tijd was van haar maandstonde. En toen zei Jeanne: 'En Lucia heeft tijdens de biecht precies hetzelfde meegemaakt, dat heeft ze me hoogstpersoonlijk onder tranen toevertrouwd. Ze is zelfs even wakker geweest toen ze met een omhooggewerkte jurk wijdbeens onder de bisschop lag. Nu zegt iedereen dat het kruis van bloed een teken van vergeving door de Hemelse Vader is, en niets liever dan dit wil ik geloven. Maar evenzo denk ik dat dit kruis van bloed de persoon aanwijst die verantwoordelijk is voor Lucia's ontering en noodlot.' Jeanne stak twee vingers omhoog: 'En om te onderstrepen dat ik de waarheid spreek zweer ik hier op de zaligheid van mijn ouders en ook op die van mijn allerliefste, beweende zuster en haar gebeente, want God zelf is getuige geweest van al dit kwaad dat in Zijn naam werd bedreven.'

De gravin omhelsde Jeanne en kuste haar op beide bleke wangen. Ze voerde het dappere meisje naar de bank en beduidde haar plaats te nemen naast haar. Al die tijd hield Adelina de hand van Jeanne vast. Het was helemaal stil in de ontvangstkamer, oorverdovend stil. Een jonkvrouw richtte fluisterend een gebed tot de hemelse Moeder en de anderen fluisterden het mee.

Nog voor het avondmaal bezocht Adelina het grafelijk torenvertrek en deed aan Hincmar en Madoc verslag van de middag met de jonkvrouwen. Ze besloot: 'Wanneer die Sidonius ooit op een mestkar naar het Vagevuur wordt gereden, zullen de engelen wakker schrikken en met blaasbalgen de vlammen aanjagen.'

'Ooit?' riep Hincmar uit. 'Hij gaat binnenkort rechtstreeks het hellevuur in en daar zullen ze hem poffen en braden, smoren en roosteren; dat zwijn zal draaien aan het spit. En een levensgrote appel tot achter in zijn strot gedreven zal zijn gekrijs temperen.' De woede van de graaf was des te heviger omdat de spijt over de weggegeven parochies met zijn huidige verontwaardiging begon te wedijveren.

Zo te horen gaat hij eraan, dacht Madoc.

'Ja, hij gaat eraan,' beaamde Hincmar, zijn gedachten lezend.

De gravin knikte goedkeurend.

'En ik zal jou hierbuiten houden,' zei Hincmar tegen Madoc.

De jonkvrouwen die bij de grafelijke familie in La Couronne leefden waren allen dochters van leenmannen, vazallen van Hincmar, of van andere voorname families in het graafschap. De vijf voornaamste vaders werden uitgenodigd voor een vertrouwelijk beraad op het kasteel. Daar kregen ze te horen wat hun dochters tijdens de biechtstonden van de bisschop hadden moeten doorstaan. Drie van de vijftien waren gedrogeerd en gedefloreerd. Anderen waren tijdens dit sacrament op oneerbare wijze betast of zelfs beetgegrepen, onder het voorwendsel daarmee de zonde te helpen uitdrijven. De overigen waren op dermate indringende wijze ondervraagd over intieme aangelegenheden dat de maagden alsnog in snikken uitbarstten als ze aan die ogenblikken terugdachten.

Dat deze brute onteringen van hun nageslacht moesten worden gewroken hoefde niet eens in stemming te worden gebracht. Lastiger was de vraag hoe dit moest gebeuren. Een overrompeling van het bisschopsstadje door een leger van ridders en soldaten zou militair gesproken niet veel moeilijkheden geven. Het probleem was echter dat Hincmars leenheer, de Franse koning Filips Augustus, een grote vriend was van de moederkerk en fel gekant zou zijn tegen deze eigenrichting. Een aanklacht ingediend bij de aartsbisschop 'wegens ontucht in de soutane bedreven' zou vanzelfsprekend in de doofpot belanden. Hierna werd er gesproken over de mogelijkheden van sluipmoord. Inmiddels waren er al de nodige kruiken geleegd en de samenkomst van de heer en zijn vazallen veranderde in een drinkgelag vol bitterheden.

Madoc maakte geen deel uit van dit complot, wel deed hij Hincmar ideeën aan de hand toen deze verslag uitbracht van zijn besprekingen en hem vragen voorlegde.

'Een moordaanslag op een hoge geestelijke geeft grote onrust die de grenzen van het graafschap makkelijk overschrijden,' zei Madoc. 'Daarom moet je zo'n aanslag in het verborgene plegen zodat niemand argwaan krijgt.' Hij deed een arglistig plan uit de doeken. De graaf zou aan zijn speciale protegee Lisoise moeten vragen of zij een welriekende balsem zou willen bereiden die behalve zinnenprikkelend ook dodelijk giftig was. In een streek redelijk ver verwijderd van het bisschopsstadje zou men een doorgewinterde prostituee moeten werven die zich met alle kunsten van Eros aan de wellustige Sidonius zou geven en met hem een nauwelijks voorstelbare ontuchtige band zou smeden. Wanneer zijn vertrouwen in haar sterk genoeg was zou deze dame haar meester tot ongekend genot drijven door hem een sensuele massage te geven met de balsem van Lisoise. Ze moest hem zodanig inwrijven met het giftige smeersel dat hij nooit meer van zijn sponde af zou komen. Zijzelf bleef ongedeerd dankzij de met runderdarm vervaardigde handschoenen die ze bij die gelegenheid droeg, zogenaamd om de massage een extra prikkeling te geven. Binnen enkele dagen zou Sidonius sterven, terwijl de vrouw in kwestie heimelijk uit het stadje werd weggeleid door mannen van Hincmar. Haar wachtte een grote geldelijke beloning.

Hincmar had er niet van terug, een beter voorstel was er niet, en dat vonden ook zijn vazallen. Madoc had ook ideeën over de wijze waarop de spionnen en geheime medewerkers van Hincmar, die in het bisschopsstadje de zaak steeds in de gaten hielden, de stemming vóór en na de dood van Sidonius ter plaatse konden beïnvloeden.

'Dat je slim was wist ik wel,' zei Hincmar. 'Maar zo sluw...'

Het was Madoc niet duidelijk of hij een compliment kreeg van zijn weldoener of dat de laatste juist zijn bezorgdheid over zijn aard ventileerde.

Madoc kreeg niet veel meer te horen over het complot. Wat de verbolgen edellieden nu werkelijk in de zin hadden wist hij niet. Dat ze erop uit waren Sidonius om te brengen deed hem bij nader inzien meer dan hem lief was. Hij voelde zich op voorhand medeplichtig, al werd hij dan niet in de uitvoering betrokken.

In feite beraamden Hincmar en zijn trawanten de aanslag precies op een wijze zoals Madoc die aan Hincmar uiteen had gezet. De graaf bezocht Lisoise in haar geheimzinnige stulp in het bos en gaf haar opdracht tot bereiding van de dodelijke balsem.

'Voor wie is het bedoeld?' wilde de kruidenfeeks weten.

'Voor een bronstige telg uit een geslacht van roofridders.'

'Jakkes, dan zal het wel een hele hoge zijn.'

'Absolute geheimhouding is geboden, anders kan ik niet

voor je instaan en zullen ze je op een stapel takkenbossen laten knetteren.'

'Ik heb alles hiervoor in huis,' zei Lisoise, 'behalve gal van wilde zwijnen. Laat je mannen me drie volwassen beren brengen. Alleen beren. Dan snij ik hun galblazen eruit, de rest kunnen ze naar het kasteel meenemen.'

'Neem zelf ook wat vlees,' bood Hincmar aan.

'O nee,' zei Lisoise, 'vlees van zwijnen vreet ik niet, het lijkt te veel op dat van mensen.'

Een jonge vrouw, verdacht van moord op haar aanstaande, in een onderaardse gevangenis wachtend op haar berechting, werd door twee vazallen gerekruteerd. Mocht zij dit karwei weten op te knappen dan ontliep ze niet alleen de galg maar kreeg ze ook een vrijgeleide tot buiten de grenzen van het graafschap. Haar wachtte bovendien een beloning in zilveren dukaten zodat ze zonder hoererij te hoeven bedrijven een nieuw bestaan kon beginnen.

Die zomer werd er stemming gemaakt in het bisschopsstadje. Enkele jaren eerder had de vermissing van drie jonge meisjes kort na elkaar grote onrust veroorzaakt in deze omgeving. Nu deden er via fluistercampagnes verhalen de ronde dat deze vermissingen te maken hadden met de geheime genoegens van de toen in het ambt verheven bisschop en enkele van zijn vertrouwelingen.

Half augustus riepen kanunniken de stadsbevolking op langdurig te bidden voor het herstel van hun bisschop, die plotseling ernstig ziek was geworden. Er werden een aantal speciale missen hiervoor opgedragen, maar die werden slechts matig bezocht.

Drie dagen later begonnen de klokken van de kathedraal halverwege de ochtend te beieren. De mare ging door de stad dat de bisschop bij het aanbreken van de dag was gestorven. Al snel kwam hier een ander verhaal overheen dat vanaf verschillende locaties door het stadje werd verspreid: de bisschop was niet sereen gestorven na toediening van het heilig oliesel en andere sacramenten; nee, de bisschop was onder helse pijnen gecrepeerd. En dat hij geen gewone sterveling was bleek daaruit dat hij niet zijn laatste adem had uitgeblazen, maar dat zijn levensgeest met veel rumoer en rottenis door zijn aars het lichaam had verlaten. Vooral dit laatste feit was een onweerlegbaar bewijs dat Sidonius geen mens maar een demon was geweest. Alle ramen van de sterfkamer in het paleis waren tegen elkaar opengezet, en evengoed stonk het er als in het voorportaal van de hel.

De bevolking trok massaal naar het grote plein en liep te hoop voor het bisschoppelijk paleis. Velen dachten inderdaad een zwavelige strontgeur op te snuiven, aanwaaiend uit het sterfhuis vol corrupte weelde. De stemming werd almaar grimmiger. Eerst begonnen lieden met fruit en afval te gooien, niet veel later gingen grote stenen door de lucht en sneuvelden de eerste paleisramen. De geestelijke ridders die de lijfwacht van Sidonius waren geweest verschansten zich achter ijlings gesloten hekken van gietijzer.

Kort hierop verscheen het grafelijk leger voor de stad. Zowel de belaagde clerus en hun lijfwacht als de bevolking zelf schenen blij met de komst ervan. Vijf ruiters met de grafelijke banieren gingen bij deze 'Fiere Incomste' vooraf aan een leger van ruim honderd ridders en hun schildknapen, aangevoerd door de graaf. Hincmars zondagse kuras schitterde in het zonlicht, net als zijn zilverblonde haren, want voor een helm was het veel te warm. Het leger nam het grote plein in bezit waaraan de kathedraal en het bisschoppelijk paleis lagen. Men zorgde ervoor dat de menigte niet meer in de buurt van deze gebouwen kon komen. Dit alles gebeurde met overreding, en zonder geweld.

De kwabbige vicaris-generaal die in de plaats van de gestorven bisschop was getreden kwam vanaf het paleisbordes aan wiebelen. Hij gelastte de gietijzeren hekken te openen.

Tegen Hincmar, die op zijn paard zat te wachten, sprak hij: 'U bent door God gezonden. Als u een etmaal later was gekomen zou de opgejuinde, heidense menigte ons hebben bestormd. En dan had men niemand van ons gespaard.'

Hincmar stapte van zijn paard en gelastte de vicaris-generaal zijn lijfwacht van geestelijke ridders tot nader order naar de kathedraal te sturen. Zonder tegenwerping gaf de prelaat uitvoering aan dit bevel, waarop Hincmar en een gevolg van twintig ridders het paleis betraden.

Hincmar onderhield zich daarop onder vier ogen met de vicaris-generaal. Hij sprak over de beschuldigingen die onder de bevolking in de stad de ronde deden en die tot gevaarlijke gistingen hadden geleid.

Zacht knikkend had de vicaris-generaal hem aangehoord. En daarna liet hij zich tot stomme verbazing van Hincmar ontvallen: 'Als u met die beschuldigingen de roof van drie meisjes bedoelt dan kan ik u mededelen dat, tot verdriet van de bisschop, een van hen vorig jaar door koortsen is gestorven. De andere twee verkeren in goede welstand.'

De prelaat ging hem voor naar een achterkamer in het paleis waar twee als Levantijnse courtisanes uitgedoste meisjes van ongeveer tien jaar hem bevallig groetten.

Nadat Hincmar bijna alle in het paleis aanwezige geestelijken en bedienden naar een ontvangstzaal had laten brengen, waar ze werden bewaakt, liet hij de hele residentie nauwgezet doorzoeken. Een seculiere geestelijke die dit gebouw als zijn broekzak kende, hield hij aan zijn zijde. Eerst liet hij zich naar de sterfkamer brengen, want hij wilde het lijk van Sidonius met eigen ogen zien. Zijne Heiligheid lag in een zijden gewaad op zijn grote bed, zijn armen gevouwen terwijl zijn dode ontuchtige handen, met de binnenkanten tegen elkaar aan gelegd, op zijn borst rustten. Men had er voorlopig nog van afgezien hem te wassen, aangezien hij – door de balsem van Lisoise – een zoetgeurende dode was geworden, als werd hij door hemelse seringen omgeven.

De seculiere geestelijke wees Hincmar in deze kamer een lade in een eikenhouten kast. Daarin was een houten kistje met belangrijke sleutels opgeborgen. Amper een half uur later waren de ijzeren kastdeuren in de onderaardse trezorie alle geopend en konden twee stevige kisten met gouden penningen en een kist met zilverlingen naar boven worden gedragen.

Later die middag had Hincmar een onderhoud met vijf vertegenwoordigers van de belangrijkste families in het stadje. Tijdens dat overleg kwam hij te weten dat het bisschoppelijk bestuur de laatste jaren een aantal ongeoorloofde belastingen aan de bevolking van stad en ommeland had opgelegd.

'Ik zal mijn kanselier en rechterhand opdragen,' sprak Hincmar, 'een nieuw handvest voor uw stad te ontwerpen, waarin niet alleen uw onaantastbare privileges staan vermeld, maar waarin ook worden genoemd welke heffingen mogen worden geheven en welke te allen tijde onrechtmatig zijn.'

En toen vertelde hij hun over de vondst van de twee ontvoerde meisjes die hij had aangetroffen, Marlise en Celine, en ook over het meisje, Elsa, dat in gevangenschap was overleden. Met open mond luisterde het vijftal naar hun graaf.

'Kunt u er zorg voor dragen dat beide meisjes nog vandaag met hun familie worden herenigd?' luidde de vraag van Hincmar. 'En wat betreft de familie van de kleine Elsa: de plaats van haar graf is bekend.'

Die avond werden de geestelijken en de ontwapende geestelijke ridders naar de bovenverdieping van het paleis overgebracht. De algehele klacht van de clerus dat ze van hun middag- en avondmaal verstoken waren geweest en eindelijk wilden eten en wijn drinken, werd niet-ontvankelijk verklaard. Op de bovenverdieping lag nog steeds Sidonius boven eerd. Het zoetelijk geuren van hem was gedaan; door de morsige hitte voltrok zijn lichamelijke ontbinding zich razendsnel. Zijn gelaat was bedekt met reeuw, het vlees droop reeds van zijn botten en verspreidde een zwadderige stank. Vijf nonnen die hun bisschop eerder die dag met liturgische zang hadden willen vereren, waren in de doodswalm beurtelings van hun graat gegaan.

Zwaarbewapende schildknapen en serianten die spoedig tot ridder zouden worden geslagen, moesten er, desnoods met geweld, voor zorgen dat het geestelijke volk die nacht boven bleef. Op de andere drie verdiepingen streek het ridderleger van Hincmar neer. De bedienden van het paleis zorgden die avond dat alle ridders weldadig gespijzigd en gedrenkt werden. De grote wijnkelder bleek wijnen van opperste kwaliteit te bevatten. Na anderhalf etmaal was eindelijk alles op en maakte het grafelijk leger, na een korte nachtrust en een collectief, broederlijk ontlastingsritueel in de paleistuin, zich op voor het vertrek.

Op de valreep lukte het de vicaris-generaal nog enkele zinnen met Hincmar te wisselen.

'U kunt ons hier toch niet zomaar achterlaten? Onze geestelijke ridders hebben zelfs hun wapens niet teruggekregen!' jammerde de prelaat.

'Het beste is dat u dit stadje met z'n allen verlaat, en wel zo snel mogelijk,' antwoordde Hincmar. 'Het gaat als een lopend vuurtje door de stad dat u allemaal medeplichtig bent aan de meisjesroof waarvoor uw geestelijke gebieder opdracht gaf. Als ik eraan denk hoe de hemel over hem zal oordelen dan ruik ik een brandlucht. Maar wat uw zaken in het ondermaanse betreft: ik zou, als ik u was, de wreedheid van een volksgericht niet onderschatten.'

'Maar kunt u dan niets voor mij doen? In deze benardheid,' probeerde de vicaris nogmaals.

'Ja, ik zal bidden voor het paard dat uw persoon zal moeten dragen.'

Onderweg naar huis werd het ridderleger ontbonden. Hincmar toonde zich gul jegens de vazallen en hun ridders. 'Het gaat mij heel goed af,' lachte Hincmar, 'te trakteren uit de schatkist van een roofridder.'

Kaarsrecht op het paard gezeten, het resterende ridderleger aanvoerend, kwam hij naar Roc-le-Comte en het kasteel gereden. Madoc zag hen vanuit zijn torenvertrek naderen en liet terstond de al die tijd vergrendelde burcht openen. Met veel geraas werd het grote ijzeren hek omhoog gedraaid. Toen Hincmar het binnenhof op reed kwam Madoc direct naar hem toe.

'Dag heer, er is groot nieuws.'

'Wat je zegt,' zei Hincmar. 'We hebben alsnog een goede regeling getroffen voor de betaling van de twaalf parochies.'

'Uw zoon is eergisteren geboren!'

'Wat? Nu al?' Hincmar probeerde zo snel van zijn paard te komen dat hij bijna onderuitging. Madoc ving hem op. De graaf gaf enkele bevelen om het geld naar zijn torenvertrek te brengen. Daar moest het onmiddellijk worden geteld. Hierna haastten hij en Madoc zich naar het vertrek van de gravin. Onderweg ontdeed Hincmar zich van allerlei onderdelen van zijn harnas, die hij achteloos op de grond gooide, waarna zijn twee schildknapen ze meteen opraapten. Bij het vertrek van de gravin aangekomen liep hij nog slechts in broek en leren hemd. Hij rook alsof er een kat over hem heen gepist had.

Bij de deur hield Madoc de graaf even tegen. 'Een prachtige jongen, vertelden de kraamvrouwen me. Ga gauw naar binnen, we spreken elkaar later.'

Hincmar was al in tranen nog voor hij zijn nieuwe nazaat had gezien.

Hoofdstuk 6

Veldslag, ridderslag

Vore Madock laghen struke
Hande ende voete ende andre lede
Daer laghen oec die perde
Ghevelt metten pieke ende swerde
Dat hi wel na oec daer mede
Was bedect al daer hi stoet
Ende hi stont toten cnoesele int bloet

I

Al langer dan een week was het druk in het stadje aan de voet van het imposante grafelijk kasteel. Net buiten de bebouwing van Roc-le-Comte, op de meent voor het kleinvee van de landlozen, was een tentenkamp verrezen. Marketentsters met zwaarbepakte ezels arriveerden als eersten en streken neer in het bivak. Voerlui op karren, met schonkige ossen bespannen, brachten grotere voorraden aan voor de ophanden zijnde militaire expeditie. Boogschutters en piekeniers uit verschillende districten van het graafschap, begeleid door serianten te paard, kwamen in groepen aanlopen. Er arriveerden trotse ridders op strijdrossen met wapenknechten in hun spoor.

Het was hartje zomer, AD 1214. Midden in de week werd het morsig warm. Een nachtelijk onweer met stortbuien zette het hele terrein blank. Daarover werd niet gemord, wel over de afwezigheid van hoeren. Dit feit had familievaders in het naastgelegen stadje doen besluiten hun dochters binnen te houden. Toen een groep lichtekooien zich plots toch aandiende, ging groot gejuich op in het legerkamp.

De dag was begonnen met zonnig, fris weer en een speels windje uit het zuidwesten. Nu en dan liet de graaf zich zien in het kamp om met bronzen stemgeluid nieuwe bevelen uit te vaardigen en te beraadslagen met de lagere hoofden. Hij werd steevast vergezeld door Madoc, zijn kanselier, die alle besluiten, afspraken en betalingen in een lijvig boekwerk noteerde.

De dag voor het vertrek was het grafelijk leger zo goed als compleet. In de late middag begon een groots feest. Men had voor de gelegenheid flink gejaagd in de omliggende bossen. En er waren runderen en schapen geslacht. Vanuit het kampement dreven geuren van wildbraad en stuks vee aan het spit richting het stadje. De bewoners van Roc-le-Comte kwijlden van goesting maar de meesten dorsten zich toch niet te mengen tussen dat strijdvolk verderop. Alleen een groep oudere jongens waagde zich in het bivak om ook een homp vlees te bemachtigen, of een kroes rode landwijn die uit levensgrote vaten werd getapt.

Voordat het grafelijk leger de volgende dag vertrok om zich bij de troepen van de Franse koning te voegen werden er op die zomerse ochtend in Roc-le-Comte twee speciale missen opgedragen. Een voor het voetvolk, de schildknapen en serianten in de kerk met de geharnaste deuren, gewijd aan Saint-Guillaume, waarin de plaatselijke pastoor voorging. De mis voor de ridders en hogere edelen vond plaats in de andere gefortificeerde kerk, die van de Heilige Moeder. Abt Silvester uit het nabijgelegen klooster der Benedictijnen voerde deze op. Een handvol monniken stond hem bij. Ze lieten de wierook in de houders smeulen en verspreidden de nevelen ervan door de hele kerk. Een monnik droeg een kleine schrijn met een heilig reliek tussen de rijen door: het eeuwenoude reliek betrof de met een gloeiende tang afgerukte tepel van de martelares Odulpha, *mater dolorosa* van Mourille, hoedster van gewonden en verminkten, en voorspreekster van zondaren in recidive. De kerkgangers kregen gelegenheid de schrijn voorzichtig aan te raken. Sommigen stonden op om deze te kussen.

In zijn sermoen benadrukte de abt nog eens dat de aanstaande militaire expeditie een 'sacraal' doel had. Het legioen der Fransen, onder aanvoering van hun geliefde koning Filips Augustus, zou ten strijde trekken tegen de godsloochenaar en kerkvijand Otto van Brunswijk, die valselijk de titel Keizer van het Heilige Roomse Rijk voerde en na talloze misdrijven tegen de Kerkelijke Staat door de paus in de ban was gedaan. De snoodaard was inmiddels met grote legerscharen plunderend op weg naar het Franse koninkrijk en had zich voor deze goddeloze onderneming geallieerd met graaf Ferrand van Vlaanderen, een ondankbare en afvallige leenman, en met de Engelse koning Jan, wiens troepen nu al maanden het zuidwesten van Frankrijk teisterden.

Abt Silvester sprak in zijn sermoen over niet minder dan een godsgericht, waarvan de edele ridders in deze kerk de uitvoerders mochten zijn. Paus Innocentius had dan ook in een herderlijk epistel bekendgemaakt dat degenen die in deze heilige missie zouden sneuvelen postuum beloond werden. Ja, zelfs de grootste zondaars konden erop rekenen, mochten zij voor dit gewijde doel de dood vinden, dat hun tijd van uitboeting in het Vagevuur aanmerkelijk werd verkort.

Als voorproefje van wat deze uitverkoren strijders zoal in het bovenmaanse aan heerlijks ten deel zou vallen had de abt, behalve het reliek van de tepel, een zangkoor van novieten meegenomen. Vanaf een vervaarlijk krakende zoldervloer, ruim boven het sanctuarium en hoofdaltaar aangebracht en rustend op pilaren, deed dit knapenkoor zijn ijle liturgische zang neerdalen over de edele schare. Vele kerkgangers prevelden onderwijl gebeden, hetzij voor hun eigen behoud of anders wel voor dat van de krakkemikkige zoldering vol novieten.

Tussen al deze mannelijke kerkgangers bevond zich slechts een enkele vrouw, en dat was gravin Adelina. Zij zat naast haar man Hincmar en droeg een voor haar doen nogal overvloedig en donker gewaad. Haar lange lokken waren zedig bedekt, zoals haar gewoonte was wanneer ze een mis bijwoonde. Zij had hun zoontje Alberic (vernoemd naar Hincmars vader), en onderhand bijna elf maanden oud, uit handen van de buiten wachtende oppas genomen met de woorden: 'Ik neem hem even mee, dan ziet hij zijn vader ook eens', en hem de kerk in gedragen. Het kleine mannetje in zijn tenue van pure zijde zat aanvankelijk rustig bij zijn moeder op schoot, maar gaandeweg hervond het zijn beweeglijkheid. Het wist bijna op eigen kracht op zijn vaders schoot te kruipen. Hincmar hielp het kind een handje en koesterde het liefdevol in zijn grote handen. Al die tijd gaf het kind nauwelijks een kik en liet zich de ouderlijke liefdesbetuigingen welgevallen. Maar toen ontdekte Alberic naast zijn vader in de kerkbank Madoc, voor zijn prille gevoel eveneens familie, en ook bij hem wilde de kleine graag even zitten. Eenmaal bij Madoc op schoot viel hij als een blok in slaap, om pas bij het uitgaan van de kerk weer te ontwaken. Meteen zette Albericje het op een brullen, omdat hij hevig naar de borst van de min verlangde.

De blazers lieten de hoornen schallen. Banieren werden geheven en bolden zich in de wind. Langzaam zetten de voorste linies zich in beweging en na enige tijd bewoog de hele colonne zich voorwaarts, van de ruiters vooraan tot het voetvolk in het midden en de karrevoerders met voorraden en 'lichte' vrouwen in de laadbak daar weer achter, terwijl marketentsters met hun bepakte ezels de stoet besloten. Jong en oud uit het stadje was uitgelopen om de strijders langs de heerbaan uit te zwaaien. Het aantal incidenten in de voorbije week was beperkt gebleven, de opluchting was groot.

Vertrekpunt van het leger was het onderhand omgewoelde bivakterrein geweest. Over een oude Romeinse weg die buiten de stedelijke buurten om ging trok het grafelijk leger richting een glooiend en rijk bebost gebied waar het ergens westwaarts zou afbuigen en richting Doornik zou gaan.

Kort daarvoor hadden zich roerige afscheidstaferelen voorgedaan tussen krijgsvolk en hun verwanten. Hoog en laag stortten daarbij veel tranen. Voor de achterblijvers was dit het moeilijkste moment en velen vroegen zich in stilte af: wie zal terugkeren en wie blijft achter in de strijd? Ze zochten dan ook massaal een van beide godshuizen op toen de lange schare in het bosgebied was verdwenen en direct daarop de beierende klokken in het stadje een speciale mis en bidstonde aankondigden.

2

Na het vertrek van Hincmar trad Adelina in de bevoegdheden van haar echtgenoot; haar woord zou wet zijn. In werkelijkheid was het Madoc die de waarnemer en uitvoerder werd, al hield hij de gravin natuurlijk op de hoogte en zou hij, indien nodig, met haar overleggen.

In het kasteel waren niet meer dan vijftig weerbare mannen achtergebleven. De inrijpoort met zijn enorme bepantserde deuren bleef dag en nacht vergrendeld, zoals ook het grote ijzeren hekwerk neergelaten bleef. Leveranciers deponeerden hun waren voor de poort en maakten rechtsomkeert. Zo nodig werd eens per dag het zware hekwerk omhooggetakeld en liet men de kolossale hardhouten poortdeur aan kettingen neer. Dit gebeurde pas nadat de wachters hoog in de toren de omgeving nauwkeurig hadden geobserveerd en te kennen gaven dat alles veilig oogde. Bij het neerlaten van de poortdeur waren zelfs dan alle weerbare mannen paraat om eventuele verrassingsaanvallen te trotseren.

Hincmar had deze strenge maatregelen bevolen. Een voorgevoel dat Vlaamse of Duitse legeronderdelen uit de koers zouden raken en oostwaarts richting Mourille kwamen plunderen speelde hem al een tijdje parten. In vergrendelde staat leek het nauwelijks denkbaar dat vijandelijke troepen de burcht konden innemen. Toch was Hincmar er niet helemaal gerust op. Enkele dagen voor zijn vertrek had hij Madoc in vertrouwen genomen en hem een onderaardse vluchtgang laten zien waarmee hij, in tijden van nood, de gravin en Alberic kon laten ontsnappen. Ze waren samen naar de kapel aan het binnenhof gegaan, waar achter een verborgen deur een trap naar een onderaardse ruimte voerde. Met ieder een flambouw in de hand hadden ze een kelder betreden, waarin het ijzig koud was.

'Hier rust mijn verleden naast de toekomst van weleer,' sprak Hincmar gelaten.

Ze bevonden zich in de catacombe van de grafelijke familie. In het schemerlicht lieten zich zes eenvoudige sarcofagen onderscheiden. Hincmar wees ze beurtelings aan: de twee van zijn ouders, die van zijn eerste vrouw Berthe en de drie van hun zoons: de eerstgeborene Alberic die als vijftienjarige was gestorven, Honoré die slechts vier jaar werd, en die van de diep betreurde Sigebert, als laatste bijgezet.

'Het liefste had ik Sigebert laten balsemen,' vertelde Hincmar, die zijn ogen alweer voelde branden, 'maar dat ging jammer genoeg niet. Ik zou doktoren van ver moeten laten komen, en daar zou te veel tijd overheen gaan. Toen hebben we het anders opgelost.'

Het eerste jaar na zijn dood had Hincmar herhaaldelijk zijn toevlucht in deze kelder gezocht. Dan haalde hij de dekplaat van de stenen kist, en staarde naar zijn gevelde zoon. Hij raakte in gesprek met hem, sprak hem toe met luide stem. Of hij schreeuwde in de onderaardse kilte de longen uit zijn lijf, om een woede te bezweren die groter was dan hijzelf.

'Ik heb je vaak over Sigebert verteld,' hernam de graaf. 'Wil je hem ook zien?'

'Ja, dat is goed.'

Hincmar reikte hem de flambouw aan en liep naar de sarcofaag. Met bovenmenselijke kracht verwijderde hij de dikke stenen dekplaat, terwijl Madoc met een frons toekeek.

'Kom naderbij, jongen,' zei Hincmar, hijgend van inspanning. 'Wees niet bang, geen doodswalm die je tegemoet zweeft.'

Madoc deed enkele stappen naar voren, waardoor er ook meer licht over de kist viel. Boven het lijk was een stenen plaat aangebracht en met dikke hars aan alle zijden dichtgelijmd. In deze stenen tussenplaat was aan de hoofdzijde een groot venster van dik glas gemaakt. Hincmar hield de flambouw nabij, poetste het glas met zijn mouw, waardoor het gezicht beter zichtbaar werd. Er lagen lange, gekrulde lokken aan weerszijden van Sigeberts gelaat, dat in langzame ontbinding verkeerde. Halfvergane oogleden gaven zicht op dor, ingezakt vlies van de pupillen; door uitdroging wijkende lippen ontblootten de tanden in de mond. Het maakte de uitdrukking grimmig, alsof de dode steeds aan zijn laatste gevecht moest terugdenken.

'Velen hebben me verzekerd,' zei Hincmar, 'dat mijn jongen de onsterfelijkheid is binnengetreden. Hoe graag zou ik dat geloven. Onsterfelijkheid, bestaat zoiets?'

'Tja,' zei Madoc.

'Zeiden ze het slechts om me te troosten of geloofden ze het zelf?'

'De mensen voelden in elk geval hoe groot dit verlies voor u is,' zei Madoc.

Hincmar wendde zijn ogen niet van het gezicht onder het glas, Madoc had al enkele stappen terug gedaan.

'Het is me vaak door het hoofd gegaan,' zei Hincmar, 'en nu zeg ik het je: als ik me herinner hoe Sigebert was en zich gedroeg dan dringt zich de gedachte op dat jullie broers hadden kunnen zijn.'

Was dit een voorschouw van zijn eigen aanstaande dood? vroeg Madoc zich af. Had hij zojuist een hem gelijkend doodsgelaat gezien?

Hincmar leek zich weer te vermannen. Hij wilde geen hulp bij het terugplaatsen van de zware dekplaat. Toen dat was gebeurd, zei hij: 'We zijn hier niet alleen voor de doden gekomen. Kom, we gaan verder.'

Hincmar leidde Madoc naar een verre hoek van de grafkelder. Ergens in het verborgene tussen ruw gesteente, op kniehoogte, bleek een knop van geslepen steen te zijn.

'Duw daar eens tegen. Met veel kracht.'

Madoc deed het. Even later duwde Hincmar een paneel open. Het was een zware houten deur, gecamoufleerd door gesteente dat ertegenaan was gelijmd of gemetseld. Een donkere gang, ogend als een akelig nauwe schacht, lag voor hen, het lichtschijnsel liet zien dat deze langzaam daalde.

'Hier heb je een doek,' zei Hincmar. 'Bind die voor je mond en neus. Het is nogal stoffig onderweg.'

Madoc deed het en zag ineens, als in een huiveringwekkend visioen, hoe een leger van lijfeigenen, gewapend met pikhouwelen, zich door de steenmassa van de berg een gang naar beneden had moeten delven. Hoeveel van zulke dwangarbeiders waren er in dit werk gebleven?

'Daar rechts, de nis in de rotswand,' zei Hincmar, 'daar staan twee volle leren tassen. Neem die mee als jullie moeten vluchten.'

Madoc begreep dat het ging om reserves van goud en zilver die eerder uit Hincmars torenkamer verdwenen waren.

Ze daalden langzaam af, Hincmar ging voorop, zijn grote gestalte ineengekrompen, om zijn hoofd niet te stoten. Het was een ongemakkelijke tocht door een krappe, grotachtige doorgang. Ergens in het midden was een stuk waar ze rechtop konden staan. De wanden voelden aan als van stenen en zand. Ze kwamen even op adem, waarna ze verder gingen. De donkere gang mondde ten slotte uit in een kelderruimte.

'Waar zijn we nu?' vroeg Madoc, zich het stof van zijn kleren slaand.

'Onder de kerk van de Heilige Moeder. Jullie kunnen hier

een tijdje doorbrengen, mocht de vijand behalve het kasteel ook het stadje bezet houden. Via de pastoor kun je paarden regelen en vertrekken als de kust veilig is.'

'Duidelijk,' zei Madoc. 'Zo ver zal het niet komen.'

'Dat weet je maar nooit. Kom, we gaan langs dezelfde weg terug. Ik zal je de werking van het mechaniek demonstreren waarmee je vanuit de onderaardse gang kunt terugkeren naar de grafkamer.'

Hoestend gingen beide mannen de donkere vluchtgang weer in.

3

Adelina was een toegewijde moeder. Voor een edelvrouw bracht ze nogal veel tijd door met haar kind. Maandenlang had zij haar zoon zelf gezoogd en pas daarna was er een min bij geroepen. In haar nabije omgeving weten sommigen dit opmerkelijke gedrag aan de vele beproevingen die de gravin had moeten doorstaan voordat God haar eindelijk een kind liet baren. Anderen zeiden dat Adelina's buitengewone aandacht voor haar kind een reactie was op de plannen van haar echtgenoot. Kort na de geboorte van Alberic had Hincmar haar immers gezegd: 'Acht jaar is hij voor jou, en daarna haal ik hem onder je vleugels vandaan. Dan zoek ik een omgeving voor hem waar hij een man kan worden – een die zal kunnen heersen.' Ze begreep dat het niet anders kon, maar het vooruitzicht ontstelde haar. Vandaar dat ze zich zo veel mogelijk met haar kleine bemoeide, om maar niets te missen van alle wonderen die in zijn jonge leventje gestalte kregen. Achter haar rug werd vol verbazing gefluisterd dat de min en oppas slechts een bijrol speelden.

De komst van de jongen had voor Madoc destijds alles veranderd. Elke keer als hij Adelina zag met het kind, zittend op haar schoot of gekoesterd aan haar borst, moest hij zijn ontroering bedwingen. Het was begonnen op de dag dat Alberic werd geboren. In alle kalmte hadden beide vroedvrouwen zich over de edele vrouw ontfermd. Madoc – waarnemend kasteelheer omdat Hincmar in die dagen met zijn leger naar de bisschopsstad was getrokken – werd ingelicht en kon alleen maar afwachten. Hij deed denken aan een man die voor het eerst vader wordt en plots begrijpt dat de komst van nieuw leven met doodsgevaar gepaard gaat. In zijn ongedurigheid leek het hem algauw dat de bevalling veel te lang aansleepte. Vanuit zijn werkvertrek zag hij nu en dan jonkvrouwen op het binnenhof die buiten even verpoosden. Uiteindelijk hield hij het niet meer en snelde over de borstwering en daarna de ijzeren trap af om te vragen of er nieuws was.

'Alles lijkt wel te zijn,' vertelde Aemilia, 'we moeten geduld hebben.'

'Eerst waren de weeën heftig,' vulde Elfride aan, 'en toen kalmeerde haar toestand weer. Maar sinds kort zijn de weeën terug.'

'We bidden allemaal voor haar,' zei Aemilia, die verwonderd was dat Madoc zo ontdaan scheen.

Beiden keerden terug naar het vrouwenverblijf.

De zomeravond kroop voort zonder dat er enig nieuws kwam. Madoc zocht troost bij Salim, maar het dier was uit zijn humeur omdat de burcht al dagenlang vergrendeld was en hij niet in het bos werd uitgelaten. Rond middernacht klonk op het binnenhof ineens vrolijk rumoer. Alle jonkvrouwen kwamen naar buiten en hieven samen een lied aan over een pasgeborene die later als onversaagde ridder de wereld zou dienen. Het lied klonk wondermooi tussen de kasteelmuren. Van alle kanten stroomden wachters, knechten en diensters toe. Ook Madoc kwam met de kort aangelijnde liebaard naar beneden. Nogmaals hieven de jonkvrouwen het lied aan, en allen die luisterden waren in tranen.

Hij hoefde het kind maar één keer te zien om te beseffen wat hij zich eerder niet had durven voorstellen. De vraag wat haar had bezield hem te verleiden, hoefde hij zich niet te stellen. Was hij, Madoc, aangewaaid in La Couronne, echt degene die heimelijk de toekomst van de grafelijke dynastie had veiliggesteld?

Bij ontdekking zou de liaison hem de kop kunnen kosten. Enkele keren verscheen Hincmar in de dromen van Madoc: wisselend oprecht of doortrapt, het ene moment naïef, het andere helderziend en vol achterdocht, steeds even gevoelig als meedogenloos, geletterd maar hoe dan ook primitief van inborst. Een man die recht kon doen aan de grote bijl in het familiewapen. Wat als hij door zijn beschermheer werd ontmaskerd?

Die reële vrees kon toch niet verhoeden dat Madoc over Adelina's tweede kind voor de grafelijke dynastie begon te fantaseren. Hij stelde zich voor hoe ze in het nachtelijk duister opnieuw zijn sponde wist te vinden. Zijn onrust nam toe toen de kleine Alberic een maand of drie oud was. Madoc wachtte op haar in half doorwaakte nachten; elk gerucht in de duisternis deed zijn hart overslaan. Het voelde alsof zijn lot van haar afhing. Aanhoudend slaaptekort maakte hem die winter tot een dolende geest. Ten slotte doorzag hij zijn eigen koppigheid en zette het idee van haar wederkomst van zich af. Om zich af te reageren vergreep hij zich aan een willige keukenmeid. Die bracht hem heel nuchter vijf koperen penningen per halve nacht in rekening, graag meteen te voldoen. Beduusd betaalde hij haar en maakte gelijk een nieuwe afspraak. Daarna was hij voldaan en sliep sinds tijden weer eens een gat in de dag. En terwijl hij zich in de tijd hierna behielp met deze betaalde en in veel opzichten dierlijke liefde verdween de begeerte naar Adelina langzaam uit zijn bloed, al bleef ze speciaal voor hem. In het firmament van zijn geest was ze als een ster die vanuit een nabije verte naar hem straalde.

Het legioen van Hincmar was inmiddels al bijna twee weken van huis. Niemand onder de kasteelbewoners die wist of het al slag had geleverd. In de wijde omgeving van La Couronne scheen alles rustig. Onheilstijdingen uit andere delen van het graafschap bleven ook uit. Die vrijdag, laat in de middag, kreeg Madoc een meermalen gevouwen vel, dichtgebonden met een lint, waarop de gravin enkele regels aan hem had geschreven. Met zijn duimen voelde hij dat het een aportijf was, een stukje perkament afkomstig van een zeer jong kalf, mogelijk geaborteerd, waarvan het vel fluweelzacht is. Ze verzocht hem halverwege de avond naar haar vertrekken te komen om verslag te doen van lopende zaken. Het bevreemdde hem, dit had ze ook tijdens het avondmaal kunnen vragen. Mochten andere tafelgenoten van deze ontmoeting misschien niet weten? Nogmaals staarde hij naar haar handschrift en herkende het ineens. Het gedicht over de engel die in een winter ooit verstrikt raakte in de takken van een dode eik was met dezelfde hand geschreven.

Rond negen uur verscheen Madoc in de vrouwenvleugel. Hij liep door de gang waar zich op de stenen vloer nog steeds het inktbruin geworden kruis van bloed aftekende in het licht van enkele grote, dag en nacht brandende kaarsen. De kinderoppas bracht hem naar de ontvangstkamer van de gravin.

Adelina zat bij de haard die ze ook op zomeravonden liet ontsteken omdat het gesteente van de burcht zelfs in deze maanden kilheid uitwasemde. Albericje zat met slaapwangen op haar schoot. Het kleintje wees met zijn vinger naar de bezoeker en zei: '... Adoc.'

De vertedering om het wezentje schiep direct een losse sfeer tussen hen. Albericje gaf met uitgestoken armpjes te kennen dat hij wilde worden opgetild door de grote man.

'Wil je misschien zijn peetvader worden?' vroeg Adelina terwijl ze hem het kind overdroeg.

'Natuurlijk,' zei Madoc. Hij hief het kind in zijn beide handen boven zich en liet het voorzichtig in de rondte zweven. Dit ontlokte kreetjes aan het kleine mannetje. Zo speelde Madoc met de langverbeide gravenzoon en hij koesterde hem, terwijl de gravin toekeek.

Adelina liep naar de oppas die in de kamer ernaast bezig was. ‘Neem hem nu maar mee, dan zie ik jullie morgenochtend weer. Niet te vroeg, hoor.’

De oppas droeg het kind weg en probeerde met zachte woordjes te voorkomen dat het in huilen zou uitbarsten. Adelina liep mee tot aan de deur en kuste haar jochie ten afscheid. Daarna vergrendelde ze het verblijf met een sluitbalk en keerde terug naar de ontvangstkamer waar Madoc was blijven staan. Ze wees hem een leunstoel bij de zacht brandende haard en ging tegenover hem zitten.

‘Hij groeit snel,’ zei Madoc. ‘Je kunt nu al zien dat hij een sterk postuur zal krijgen.’

‘Het is een nogal gevoelige jongen,’ zei Adelina. ‘Nanette vertelde eerder dat hij ’s nachts zo onrustig was. Hij leek steeds te willen drinken. Ze bracht hem dan maar bij de min. Daar bleek dat het hem eigenlijk vooral om de borst zelf gaat. Hij wordt er kalm van als hij even aan haar tepel mag zuigen en daarna zijn wang tegen de welving mag leggen. De min heeft hem daarom maar mee naar bed genomen. Daar slaapt hij als een roos. En af en toe wordt hij even wakker en hapt dan naar haar tepel.’

Madoc kreeg het warm van dit verhaal en hij dacht aan de eindeloze koesteringen van mater Matthea uit Brugge, die hem ooit van zijn doodsangsten verloste.

‘Hincmars oude tante spreekt er schande van,’ ging Adelina verder. ‘Ze zei: “Zo kweek je een wellusteling.” Maar ik wierp tegen dat echte mannen per definitie wellustelingen zijn, ongeacht of je ze in hun eerste levensjaren koestert of tuchtigt. Daar had die ijzeren maagd van bijna tachtig niet van terug.’ Adelina zag hem aan, vrijmoedig en speels. ‘En jij? Heb jij daar wel van terug?’

‘Het zou een ondankbaar werk zijn die bewering te weerleggen,' zei Madoc, niet op zijn gemak nu de gravin zo ongedwongen met hem omging. Hij zag weer voor zich hoe in de dagen van haar zwangerschap geen vlekje haar wang kleurde wanneer ze elkaar toevallig troffen. Dan vermande hij zich en gedroeg zich even koelbloedig als zij deed. En nu was er een zwoelheid over haar gekomen die zijn hartslag ontregelde. Hij dacht aan haar te zien wat hij in een jong verleden in de blinde duisternis van zijn kamer had ervaren: een wondere warmte.

Buiten was het nog volop dag, maar het licht werd door het gekleurde glas in de ronde vensters getemperd. In samenspel met de bewegende weerschijn van het haardvuur en de spiegelingen van het gouddraad in de wandkleden was een feeerieke schemering in het vertrek ontstaan.

De gravin bezag hem aandachtig en zei: 'Helemaal gewassen, en in je mooiste goed gestoken?'

Madoc proefde de speelse, ietwat spottende toon waarmee ze iets maskeerde.

'Dan zal je het wel warm hebben,' ging ze verder, 'zo dicht bij het vuur. Ik tenminste wel.' Ze nam de zijden doek af die haar schouders bedekte. Nu droeg ze nog slechts een zomers gewaad.

Hij staarde naar haar blote schouders, blanke armen, haar welvende boezem die uit het linnen van haar jurk oprees. Hij rook de Parijse oliën die haar huid deden glanzen. Eerder had ze zich in het donkerst van de nachten aan hem gegeven. Zonder remmingen had hij haar mogen beminnen en bezitten. En toen ineens niet meer, een onthouding waaronder hij hevig had geleden. Denkend aan dat fluweelzachte briefje en haar zinnelijke nabijheid voelde hij zich verward.

Zij bemerkte dat zijn ademhaling veranderde, alsof hij ergens van was geschrokken. Haar blik zocht die van hem.

Omdat zij niet begon over de zaken waarvoor ze hem had ontboden, zei hij, om zich een houding te geven: 'Ze zijn morgen twee volle weken weg, maar er is nog geen enkel bericht aangebracht.'

'Het zou me niet verbazen,' reageerde Adelina, 'als ze ons hier in La Couronne gewoon helemaal zijn vergeten. Voordat die Duitse antichrist met zijn troepen arriveert, als hij tenminste komt, is er genoeg gelegenheid voor de onzen om zich te verstrooien. Toen ik een zacht sjaaltje met een lief briefje tussen de bijeengepakte benodigdheden van mijn man wilde stoppen, zag ik dat hij ook een kruik met afrodisiacum had laten inpakken. Die heb jij voor hem uit Parijs meegenomen – nog veel dank daarvoor. Hij zal dat goedje vast niet hebben meegenomen om de vijand beter te lijf te kunnen gaan.'

Madoc vond dit een pijnlijk onderwerp en koos ervoor te zwijgen.

'Wees gerust, ik heb geleerd me niet te beklagen maar zelf het heft in handen te nemen.'

Die woorden deden hem ineens glimlachen.

'Waarom nu die glimlach?'

'Die liet zich niet bedwingen...'

'Maar waarom dan niet?'

'Ik heb eerder plechtig moeten beloven daarover niet te spreken.'

'Het zwijgen siert je, Madoc, je gelofte indachtig.'

Hij staarde in het vuur. Toen zei hij onverhoeds: 'Jou beminnen is voor mij behalve een daad van liefde er ook een van verraad.'

'Maar ik ben veel vaker verraden. En als ik het zo aanduid, word ik ook nog eens gekapitteld om deze woordkeus. Ten minste, dat heb ik begrepen uit het traktaat over de liefde van Andreas Capellanus. Ergens schrijft hij: "Wie zijn echtgenote met vurigheid bemint is een overspelige." Zou het hierom zijn dat volgens hem getrouwde mannen zonder bezwaar de echtelijke woning mogen verlaten om zich in de wildernis daarbuiten uit te leven in de jacht op snollen en sloeries? Thuis moet manlief zich voortplanten, maar puur zingenot tussen de echtelieden is ronduit zondig. De vrouw kan immers door lustduivels bezeten raken. Nog een reden voor de echtgenoot om zijn vertier buitenshuis te zoeken. Het is blijkbaar een mannelijk privilege om in deze wereld alles te mogen uitvreten wat immoreel en obsceen is.'

'Toe maar,' zei Madoc. 'En hebben vrouwen volgens Capellanus ook nog bijzondere voorrechten?'

'Zover ben ik niet gekomen,' zei Adelina. 'Toen was ik al afgehaakt. Maar goed, ziedaar het type echtgenoot dat jou scrupules inboezemt.'

Madoc dacht na over haar woorden. Toen stond hij op en deed enkele stappen in haar richting. Hij stak zijn armen naar haar toe. Ze legde haar handen in de zijne. Zonder aarzeling trok hij haar overeind en omhelsde haar stevig. Het verwonderde hem hoe week haar lichaam aanvoelde.

Het was al in de nanacht toen hij afscheid nam en haar vertrekken op sluipvoeten verliet. Hij liep over het binnenhof naar de trap die hem naar de borstwering voerde. Terwijl een zoele nachtwind door zijn haren streek, leunde hij tegen een kanteel. De huid van heel zijn lichaam tintelde en hij wist zich omgeven door haar geur. Ergens roerde zich een gevoel van bedruktheid tussen alle vreugde. Even verkeerde hij in de veronderstelling dat de nachtelijke stilte door een rumoer werd verstoord. Hij luisterde aandachtig maar hoorde slechts het suizen van zijn opgezweepte bloed. En juist toen hij weer naar zijn eigen gedachten terugkeerde, spleten vanaf de voorwering meerdere klaroenstoten de hemel, ten teken van groot alarm.

4

Vanwege de aanhoudende hitte verslechterde de stemming onder het voetvolk van Hincmars legermacht. Op de uren van de dag wanneer de zon moordend heet werd klonk openlijk gemor. Alle wapens en bepakking waren zo veel mogelijk op karren geladen zodat het makkelijker werd om afstanden te voet af te leggen. Toen het grafelijk leger de bossen achter zich liet en de open velden van zuidelijk Vlaanderen voor hen lagen liet Hincmar een stevig bivak op het vlakke terrein inrichten en gaf zijn piekeniers en boogschutters twee etmalen rust. Er was een grote poel met helder water nabij het kamp. Er waren hazen in het groen en eenden in de waterlopen. 'Het lijkt wel,' zei Hincmar tegen zijn staf, 'of we in Cocanje zijn neergestreken.' Mocht er nu nog steeds worden geklaagd door dit kerelsvolk, dan zou hij de zweep er eigenhandig overheen halen.

Een koerier bracht een boodschap van de Franse koning. Of de graaf en zijn manschappen, voordat ze elkaar in Doornik zouden treffen, de Vlaamse dorpen onderweg flink wilden tuchtigen? Misschien dat de afvallige leenman Ferrand dan zou beseffen dat hij zich in het verkeerde kamp bevond.

Daarom trok Hincmar met zijn ridders een dag plunderend en brandstichtend door de streek. Er werd ook gemoord, al gebeurde het mondjesmaat. Zo nu en dan een beetje bloedvergieten onder vermeende vijanden – alsof men op vossenjacht was – bracht groot enthousiasme onder de lichtbewapende ruiterij teweeg. Zelf was Hincmar er niet dol op, het deed hem zeer en haalde pijnlijke herinneringen naar boven aan de Kruistocht van de jaren 1202–1204. Hij was toen in een klein legioen terechtgekomen in Venetië. Van daaruit gingen de troepen per vloot naar Constantinopel, waar dynastieke geschillen voor onrust zorgden. Verscheidene legers kruisvaarders dromden voor de poorten van de stad en toen men eenmaal aanviel hadden de belegeraars de stad in korte tijd veroverd. De ongekende schoonheid van de stad wakkerde de driften aan uit plezier te moorden, achter massa's vrouwen aan te jagen en als sluitstuk de overvloed van antieke en Byzantijnse kostbaarheden te plunderen. Hincmar en zijn getrouwen maakten deel uit van de plunderaars; de rooftocht verschafte hem middelen om zijn grafelijke bewind te versterken. Na de profijtelijke overweldiging was het kruisleger, zonder het Heilige Land ooit te hebben aangedaan, weer huiswaarts gegaan.

De laatste tijd vroeg diezelfde Hincmar zich herhaaldelijk af waarom de herinneringen hieraan hem zo kwelden. Was hij sinds de dood van Sigebert misschien weekhartig geworden? Hij zou denken van wel. Terugziend op zijn leven gloorden er talloze mooie herinneringen aan toernooien in Vlaanderen en Frankrijk. Er waren drie veldslagen die eervol en lonend voor hem waren geweest. Maar die luisterrijke evenementen werden overschaduwd door gedachten vol wroeging over gebeurtenissen die niet hadden mogen plaatsvinden.

Ook de Fransen hadden huisgehouden in de Vlaamse contreien en verbleven sinds enkele dagen in Doornik, of zoals zij zeiden: Tournai. Zaterdag de 26ste juli, vroeg in de middag, arriveerden Hincmar en zijn manschappen. Ze waren over de oude Romeinse heerbaan noordelijk van Mortagne gekomen. Verkenners bespeurden dat zich in en rond dat stadje een grote legermacht ophield, en Hincmar was ervan uitgegaan dat deze ook Frans was. Maar toen hij, direct na zijn aankomst in Doornik, hierover met twee militaire stafleden van de koning sprak, verbleekten ze. Alle eigen troepen waren hier immers gelegerd. Het leger verderop in Mortagne moest dus wel van Otto en Ferrand zijn. De vijandelijke troepen bevonden zich op minder dan een uur afstand!

Met spoed liet Hincmar zich bij de koning brengen, ervoor zorgend dat hij deze belangrijke boodschap aan Filips Augustus overbracht, en niet de stafleden. Zijn woorden veroorzaakten groot rumoer in het paleis, dat de bisschop aan zijn vorst had afgestaan. De hoornblazers reden verschillende kanten op en veroorzaakten een kakofonie in het uitspansel boven de stad. Haastig werden alle onderdelen in staat van paraatheid gebracht. De koning liet onmiddellijk krijgsraad houden met zijn voornaamste aanvoerders, en ook Hincmar werd gehoord.

De volgende ochtend vertrok het Franse leger zonder een zweem van chaos uit Doornik en omgeving en ging in de richting van Bouvines. Voor en achter reden de ridders en in het midden ging het voetvolk, terwijl veel wapens op wagens werden vervoerd. Filips Augustus had besloten dieper het Vlaamse land in te trekken en daar een open en vlak gebied te kiezen om de vijand af te wachten. In een dergelijke omgeving kon zijn ridderleger zich beter ontplooien, en dat leek hem beslissend in een veldslag.

Niet alle ridders trokken weg. Drie eenheden gepantserde ruiters begaven zich naar de heerbaan die tussen Mortagne en Doornik lag. Hun opdracht luidde de opmars van het vijandelijke leger te vertragen.

In Mortagne werden Otto en zijn legerstaf door verkenners geïnformeerd over het vroege vertrek van de Fransen uit Doornik. Men vatte deze Franse manoeuvre op als een haastige aftocht die op een vlucht leek. Na kort beraad besloten ze de achtervolging in te zetten. Maar het ridderleger van Otto koos een andere weg dan de heerbaan waar de Franse ridders hen opwachtten. Het nam een kortere route richting Bouvines, onder Doornik langs. Het plan was de Fransen te achterhalen en grote verliezen onder hun vluchtende eenheden aan te richten. Daarna zou de weg naar Parijs voor Otto en zijn legers openliggen.

In werkelijkheid waren de Fransen niet op de vlucht en een aanval op de eenheden van hun achterhoede was moeilijk uitvoerbaar. De weg die beide legers volgden liep door een stuk woud en men moest de colonnes smal houden. Toen de ridders van Otto en Ferrand de Franse eenheden achterhaalden was er simpelweg geen ruimte om zich voor een charge tot een bredere linie te ontplooien. Franse boogschutters hielden de vijand op afstand.

De troepen van de Franse koning naderden Bouvines. Ridders en ruiterij, uit het woud gekomen, groepeerden zich op de vlakte nabij de abdij van Cysoing. De ridderscharen van Otto en Ferrand leken hun achtervolging te hebben gestaakt.

Filips Augustus, de Franse koning, was van mening dat het onmiddellijke gevaar was geweken. Hij verliet de troepen en reed in een klein gezelschap naar Bouvines om er in het plaatselijke kerkje te gaan bidden. Vier bevelhebbers van zijn legereenheden reden hem na, maar dorsten de kerk waarin de koning geknield lag niet te betreden. Na zekere tijd kwam de koning naar buiten, rijzig van gestalte maar bleek in het gelaat, en niet zeer daadkrachtig gestemd. In de tuin naast de kerk hield men krijgsraad. De koning meende dat Otto en Ferrand die zondag van verdere confrontaties zouden afzien, en zijn bevelhebbers spraken hem niet tegen. Men beraadslaagde over de vraag of ze vandaag nog richting Rijsel moesten gaan, op zoek naar een beter terrein om de vijand af te wachten.

Een vijfde edelman, aanvoerder van een ridderschare en een legertje dorpelingen, was zo vermetel zich bij dit beraad te melden. Hoewel hij bepaald geen rijksgrote mocht heten, reageerde de koning verheugd op de komst van deze ongenode gast.

'Ach, daar is mijn trouwe vriend weer, de graaf van Mourille,' sprak Filips August joviaal. 'Gisteren heeft u ons hevig laten schrikken. U wilt toch niet zeggen dat u vandaag andermaal met schokkend nieuws komt?'

'Helaas, geliefde vorst,' sprak Hincmar, nog nahijgend van een dolle rit. 'De Duitsers en Vlaamse moffen' – gelach klonk op in de tuin – 'zijn andermaal in beweging gekomen en zoeken onze nabijheid.'

'Willen ze dan op de dag des Heeren slag leveren? Dat lijkt me sterk.'

'Otto wordt niet voor niets een antichrist genoemd,' zei Hincmar met een uitdrukking vol weerzin op het gezicht. 'Dat onze paus hem heeft uitgebannen heeft goede redenen. Dit heerschap maalt niet om de geheiligde zondagsrust.'

Een zesde edelman meldde zich in de tuin. Het was Guerin, de hoogste bevelhebber. Hij bracht dezelfde boodschap als Hincmar: de vijand was doende zich op de vlakte tegenover de Franse legermacht te groeperen.

'Het zal wel even duren voordat ze in volle sterkte tegenover de onzen staan,' zei Hincmar listig. 'Laten we daarom snel het initiatief nemen. We vallen hen zo spoedig mogelijk aan met vliegende charges.'

Guerin vond het een goed idee, de anderen dorsten er niet tegen in te gaan.

Filips Augustus zweeg geruime tijd. Toen sprak hij: 'Goed, dan vechten we vandaag. Hopelijk wordt de zuiverheid van onze bedoelingen niet verkeerd verstaan.'

'Daar hoeft u zich geen zorgen over te maken,' zei Guerin, die als geestelijk ridder gezag had in zulke aangelegenheden.

De koning bekruiste zich uitvoerig, waarna de anderen hetzelfde deden. In gestrekte draf jakkerde men terug naar de eigen troepen. De aanvoerders van de legereenheden kregen bevelen. Algauw hieven de blazers hun trompetten om de bevelen in schetterklanken aan de manschappen mee te delen. De Franse ridderschare ontplooide zich in twee brede linies. Daarachter stond de lichtbewapende ruiterij. Tegenover hen groepeerde de vijand zich op soortgelijke wijze, maar ze waren minder sterk in aantal, omdat nog niet al hun eenheden over de smalle weg door het woud waren gearriveerd.

Hincmar bevond zich met zijn vazallen, allen gepantserd, in de rechtervleugel. Door zijn vizier probeerde hij het hele veld vol troepen te begluren. Het beviel hem zeer dat zich in de vijandelijke linkervleugel geen voetvolk ophield. Piekeniers en boogschutters, ook het contingent dat hij zelf had laten ronselen, bevonden zich op bevel van Guerin voornamelijk in het centrum, waar ook de ridderscharen van beide vorsten in linies stonden opgesteld. Bij de vijand bestond het voetvolk vooral uit Vlaamse en Brabantse huurlingen die veel meer gevechtservaring hadden dan dat samenraapsel uit Franse dorpen en gehuchten.

Uit de linkervleugel van de vijand staken in elk geval geen rijen lange pieken die de aanstormende paarden van Hincmar en zijn getrouwen konden doden. Angst in de aanloop naar de slag was Hincmar niet onbekend, maar die zondagmiddag had hij nergens last van. Even dacht hij aan zijn zoon, voelde zich week worden, en zette het beeld resoluut van zich af.

De voorste linie Franse ridders aan de rechterzijde stond dicht en strak aaneengeschaard. Verderop in het centrum was reeds het koningsvaandel met de leliën geheven ten teken dat de aanval nabij was. Het Franse voetvolk had een eigen vaandel, de *oriflamme*, dat eveneens was geheven.

De trompetters in het centrum bliezen het sein voor de Franse aanval.

Zoals afgesproken bleven de ridders van de rechtervleugel staan en kwamen de lichtbewapende ruiters uit de derde linie achterlangs met lange pieken op de ridderschare aan de overzijde afstormen, met de bedoeling hun strijdrossen te doden en verwarring in de gelederen te zaaien. Na die onverhoedse uitval, die enkele dode paarden en onrust tot gevolg had, weken deze ruiters snel uit naar de flank. Onmiddellijk daarop schreeuwde Hincmar van achter het ijzer van zijn helm: 'Nu vooruit!' De paarden stapten naar voren en liepen enkele passen kalm voort. 'Ja, gereedmaken!' klonk het en gelijk velden de ridders de lansen die dicht opeen een horizontale rij vormden.

'*Entre lor lances ne puet corre le vent*,' noteerde nadien een chroniqueur met dichterlijke overdrijving.

'De sporen, *poignez*!' schalde de stem van Hincmar en hierna begon de stormloop. Terwijl ze naar de vijand toe draafden voelde Hincmar zich als door zijn eenheid gedragen. De vijand kwam nu ook op hen toe, maar minder gezwind. Hincmar drukte het schild steviger tegen zich aan en zette zich schrap. Toen de linies op elkaar botsten klonk een langgerekt gekraak, alsof een eeuwenoude boom door de inslaande bliksem werd geveld.

Na elk treffen van de linies ontstond een chaotisch gedrang van mensen en rijdieren. Kortstondig werd er zwaar gevochten met zwaarden en bijlen, waarna de ridders hun paarden terug naar de afgesproken plaats joegen om zich wederom te groeperen tot diezelfde compacte, onverzettelijke formatie voor een nieuwe stormloop. Strijdrossen sloegen bij een gewelddadige collisie tegen de grond en hun berijders in het ijzer rolden door zand en modder. Eigen manschappen ontzetten hun neergeworpen ridders die aan belagers ten prooi dreigden te vallen. Anderen die waren afgeworpen gaven zich direct over. Haastig werden ze ontwapend en afgevoerd. Een gevangen ridder was een kostbare gijzelaar. Anders liep het met strijders uit het voetvolk. Wanneer zij het onderspit dolven sloeg de vijand hen als het even kon dood.

Hincmar en zijn ridders wisten de linkervleugel van Otto en Ferrand ernstig toe te takelen en achteruit te drijven. Ze vingen een aantal waardevolle prooien en lieten hen met touwen knevelen. Daarop liet Hincmar zijn linies instormen op de flank van het centrum waar Otto zelf streed, al werd deze voortdurend omgeven door een haag van getrouwen. In het centrum groepeerden zich ook de huurlingen te voet, met hun pieken en vlijmscherpe bijlen, hun dunne lansen met scherpe pinnen en haken om delen van het ridderharnas los te trekken en daarna snel toe te steken. In die eerste flankaanval op de vijand kreeg Hincmar een enorme dreun van een bijl op zijn helm, die indeukte bij de gleuf voor het zicht, waarna hij niets meer zag. Zijn geliefde strijdros werd doorboord en hijzelf klapte tegen de grond. Door heldenmoed van enkele getrouwe ridders werd voorkomen dat een roedel huurlingen hem als een rund zou slachten. Terug in zijn kamp bracht een wapenknecht hem een nieuw ros. De jongen wees hem op het vele bloed dat zijn hoofd en haar kleurde. Hincmar had de gedeukte helm van zijn hoofd laten trekken en dat ging niet zonder geweld. Hij zette een lichtere helm op waardoor hij meer zicht had. Met smakkende lippen proefde hij zijn eigen bloed, dat langs zijn neus naar beneden droop. Een klaterende vreugde doorstroomde hem en hij raakte door pure doodsverachting bezield. Opnieuw leidde hij de stormloop naar de vijandelijke flank van het centrum. Daar ontstond een panische verwarring in de eenheden, de paarden kneterden er over de lijken. In vurige razernij sloeg Hincmar een huurling die hem met een reusachtige strijdbijl aanviel het hoofd af; kort daarna deed hij hetzelfde met een gepiekte ruiter die draalde en zijn dekking prijsgaf. Onderwijl liep hij zelf nieuwe wonden op die hem deden bloeden, maar ook niet meer dan dat. Hij bleef vechten als een dolleman zodat zijn uitgeputte vazallen en dienstlieden weer opleefden en groot leed aanrichtten in de vijandelijke linies. Iedereen aan Franse kant voelde hoe de ridders van Otto en zijn huurlingen van lieverlee de moed verloren. Toen kwam het moment waarop de eerste strijders van de vijand omkeerden en het slagveld ontvluchtten. Spoedig volgden meer strijders totdat ook de eenheid rond Otto zich in een vliegende galop verwijderde. Geronseld voetvolk ging er ordeloos vandoor, nagejaagd door serianten te paard die hun laatste bloeddorst lesten. Huurlingen behielden hun formaties bij de aftocht en lieten zich niet verschalken.

Een Franse ridder reed op zijn kreupel geworden ros over het slagveld en zwaaide het buitgemaakte Duitse keizersvaandel met de draak en adelaar erop woest heen en weer.

Op het einde van de middag lagen vele honderden doden, meest voetvolk, verspreid over het slagveld. Zwaargewonde strijders werden op karren geladen en naar Doornik gereden. De bevolking uit omliggende dorpen kreeg bevel zich over de gewonden van de vijand, louter voetvolk, te ontfermen. Filips Augustus beval de boeren uit de nabije omgeving massagraven te delven. Priesters zouden deze dodenakkers wijden. Gevangen ridders zaten geboeid in kooiwagens; voor hun vrijlating zou men een flink losgeld bij hun families bedingen. De kostbaarste gevangene was Ferrand, de Portugese edelman die zich in het Vlaamse Huis had ingetrouwd. Als graaf had hij tegen zijn leenheer het zwaard durven heffen, en daar zou het Huis nu een enorme som voor moeten betalen. Voetvolk dat de strijd kon navertellen struinde het slagveld af op zoek naar wapens en kostbaarheden. Ze ontdeden dode rossen van hun zadels en bitten, van hun leidsels, stijgbeugels, rompkleden en beschermende delen. Gesneuvelde ridders van de vijand werden zorgvuldig uit hun harnas, pantserhemd en onderkleding geholpen. Om een ring te bemachtigen keek men niet op een vinger. Straks moesten ze hun buit brengen naar de heer die hun eerder had laten opdraven voor deze expeditie.

Tussen al deze lijkenpikkers op het omgewoelde veld zat een enkele ridder zonder helm geknield bij zijn gevelde ros dat gewond was geraakt en onderhand begon te zieltogen. Degenen die hem zagen dachten dat de edelman vanwege een gebed het hoofd dicht naar de grond neeg. Maar Hincmar was niet in gebed. Diep voorovergebogen, dicht bij het paardenhoofd in het gras, prevelde hij dankwoorden tegen het krijgsdier dat zo veel moed had getoond. Het was alsof hij zich wilde verontschuldigen voor deze afloop. Hij kuste het paard, ergens op de neus, en daarna kuste hij het nog een keer. Toen nam hij een dolk en sneed met een enkele beweging het dier de hals door. Zwaar gulpte het bloed. Hierna stond hij moeizaam op en staarde met vochtig oog naar zijn dode ros.

5

Twaalf dagen na de slag bij Bouvines keerde Hincmar met zijn leger terug in Roc-le-Comte. Een uur voordat ze arriveerden waren ze op de borstwering van het kasteel al opgemerkt. Niet veel later begonnen de klokken van beide kerken in het stadje te luiden. Het landvolk staakte het oogstwerk op de korenvelden en kwam aanlopen om de intocht bij te wonen. Het viel moeilijk te zeggen wat het uiterste van de graaf had gevergd: de militaire expeditie of de festiviteiten na de overwinning. Hincmar had zijn reputatie van furieuze vechtjas in elk geval wederom bevestigd. De koning had zich lovend over hem uitgelaten en hem zelfs vereerd met de schenking van een dolk waarvan het gevest met edelstenen was ingelegd. Hincmar was na de slag dagenlang herenigd geweest met oude vrienden uit zijn toernooitijd. Er was een lichtheid over hem gekomen, alsof hij terug was in zijn jeugd toen de maagden – *après tournois* – van hand tot hand gingen. Was er iets mooiers dan een jonge edelvrouw beslapen? Eventueel gedonderjaag met haar familie kon hem toen en ook nu niet weerhouden.

Maar nu zijn arendsnest in de verte zichtbaar werd, drukte de vermoeidheid zwaarder dan ooit op hem en maakte hij zich zorgen. Zijn vazallen wachtte een beloning, net als zijn eigen ridders. Vlak voor het vertrek had Madoc hem aangeraden telkens na gevechten een dodenlijst bij te werken, maar dat was er natuurlijk niet van gekomen. Hincmar schatte dat bijna honderd mannen uit zijn gelederen waren gesneuveld. Louter voetvolk. Dat was vooral de schuld van Guerin geweest, die Hincmars mannen zo nodig in het centrum van de linies had laten vechten. Tegen een zootje huurlingen nog wel! Filips Augustus had zich ook beklaagd over het feit dat manschappen uit de dorpen ten onder gingen tegen de broodvechters uit de sloppen. Een volgende keer wilde hij daarom ook huurlingen inzetten, te financieren door het opleggen van een eenmalige hoofdbelasting in alle heerlijkheden. Zij aan zij te moeten vechten met dit eerloze beestenvolk deed Hincmar op voorhand walgen. De oorlog diende van de ridders te blijven; desnoods mocht je daar wat voetvolk bij inzetten. De aanvoerder diende als een vader te zijn voor die kleine lieden. Bijna veertig gewonden had de graaf in een klooster achtergelaten en hij had behoorlijk voor hun verzorging betaald. Onder hen was de stemming trouwens direct verbeterd toen ze vernamen dat het klooster een klein reliek van Gosselina van Plomion bezat. Zij was een volksheilige, zonder pauselijk certificaat, en razend populair onder het voetvolk vanwege de vele historische verhalen waarin zij de oorlogsgewonden in het lazaret wist te redden door dagen en nachten achtereen de maden uit hun zwerende wonden te likken. Haar speeksel kwam uit de hemel, want de wonden raakten hun vurigheid kwijt, werden roze en sloten zich spoedig, waarna een snel herstel van de nieuwe huid plaatsgreep. Het reliek was meteen door de ziekenzaal gedragen en zelfs de zwaarste gewonden kregen weer vertrouwen. Hincmar meende dat er van hen nog wel een aantal zou terugkeren.

Toen de colonnes eindelijk stilhielden en zich groepeerden op de gemene weide naast het stadje hield Hincmar beraad met zijn vijf voornaamste vazallen, die al die tijd aan zijn zijde waren geweest. Hij zei dat allen eerst naar hun eigen burchten moesten terugkeren om rust te nemen en te zien of hun zaken nog op orde waren. Over precies een maand werden ze verwacht in La Couronne, ieder met klein escorte, en tijdens dat samenzijn zou hij hen belonen voor al hun inspanningen, ijver en betoonde moed. En alsof hij die laatste woorden niet had uitgesproken maakte hij impulsief een groots gebaar en verdeelde de vijf gevangen ridders, allen uit Vlaamse families die een behoorlijk losgeld konden betalen, onder zijn getrouwen. Onderweg had hij tekenen van ongenoegen bij hen bespeurd en zo hoopte hij dit in één klap uit de wereld te helpen. Intussen bevreemdde het hem dat Madoc niet was verschenen om hem te verwelkomen. Dan had die nog allerlei zaken voor hem kunnen afwikkelen. Ook was het vreemd dat zijn vrouw zich niet liet zien bij deze intocht, die hem hierdoor weinig triomfantelijk toescheen.

Er klonk geweeklaag van families die bespeurden dat hun man of zoon zich niet onder de teruggekeerde manschappen bevond. Hincmar gaf enkele serianten opdracht zich te verstaan met allen die verwanten zeiden te missen. Hij liet het resterend voetvolk bij zich roepen en beval hun in de eigen en omliggende dorpen aanzeggingen te doen van alle doden die ze kenden. Zo waren er nog wel meer zaken die afhandeling behoefden. Hincmar delegeerde ze links en rechts en begaf zich daarna spoorslags naar zijn kasteel.

Toen de graaf met zeker rumoer de vertrekken van zijn vrouw binnenstapte, kwam ze hem kalm tegemoet.

'Wie leeft keert terug,' sprak Adelina luchtig. 'Daar ben je dus, gezond en wel, met een kleurtje. Je...'

'Waar was je?' onderbrak hij haar. 'Waarom kwam je ons niet...'

'Ik was bezig,' zei Adelina, 'bezig verbanden te verschonen. Madoc is zwaargewond geraakt...'

'Gewond? Hoezo dat?'

'Terwijl jullie weg waren heeft hier vlakbij een kleine maar felle oorlog gewoed.' En in het kort deed ze verslag van de strafexpeditie die Madoc met de helft van de in het kasteel aanwezige weerbare mannen had ondernomen tegen, wat ze noemde, *une bande des cottereaux*, huurlingen van Otto op strooptocht door het graafschap. Voordat ze die aanvielen hadden Madoc en zijn mannen versterking gevraagd in Vitrange, het stadje met zijn gespierde militie. Ze hadden daar vijftig man meegekregen, en zo waren ze erop afgegaan, de eerstvolgende nacht, om tegen de ochtend het kamp aan te vallen.

Hincmar stond met open mond te luisteren. Hij had zijn eigen verhaal willen afsteken, en nu kwam dit ertussen. 'En?'

'Al het gebroed is uitgeroeid. Het waren er bijna honderd. Maar van de onzen zijn er elf gevallen, en nog meer zijn gewond geraakt. En Vitrange telt liefst zeventien doden. Het schijnt er verschrikkelijk toe te zijn gegaan.'

Hincmar zag, terwijl Adelina vertelde en nu en dan een rilling bedwong, zijn vrouw in een waarachtig mooi kleurend licht en werd overmand door spijt van al die vreemde bedden waarin hij had gelegen. Ze leek warempel nog mooier dan in de dagen waarop hij haar aan het hof van Filips had leren kennen. Geen woord had hij van haar verhaal gemist, en onderwijl verlangde hij als een dolle naar haar omhelzing. Hij zou nu zijn wang willen vlijen tegen haar linkerborst, en wel zo dat hij haar hartslag zachtjes in zijn hoofd zou voelen. Maar zelfs een enkele kus onthield ze hem. Als hij een stap naar voren deed, deed zij er een naar achteren.

'Misschien moet ik maar even bij Madoc langs,' mompelde hij.

'Laat hem maar slapen voorlopig,' zei Adelina. 'Ik zal eerst maar eens een bad voor je laten klaarmaken.'

'Fijn.'

'Dat je zelf niet van je graat gaat met zo'n lucht om je heen.'

Het speet Hincmar dat zijn eigen oorlogswonden al geheeld waren; anders had hij haar daarmee misschien nog kunnen vermurwen. 'Er is veel slaap die ik moet inhalen,' zei hij. 'Ik zou wel twee etmalen willen doorslapen. Het liefste dicht tegen jou aan.'

'Dat zal wel, na al die omzwervingen van je.' Haar stem klonk koel. 'Die speciale kruik van je zal ook onderhand weleens leeg zijn. Ga jij maar uitslapen, in je eigen bed.'

Zijn wroeging maakte dat hij haar woorden onweersproken liet. Hij zag het voor zich: straks lag hij in zijn eigen bed, in zijn ellendige eentje, terwijl hij 's nachts meerdere keren met kou rond zijn hart wakker zou schrikken. Om eerlijk te zijn had hij dit striemend onthaal voorvoeld. Hij was in zijn eigen burcht nog steeds de baas, maar in deze omstandigheden torende haar echtelijke deugdzaamheid boven de macht uit. Wat kon hij anders dan haar straf accepteren?

'Ons Albericje zal het wel goed maken, neem ik aan.'

Ze knikte en verwijderde zich.

6

De meeste gesprekken tijdens de avondmaaltijden van de grafelijke familie en hun aanhang gingen in die dagen van augustus over de veldtocht tegen Otto en de zijnen, die zo smadelijk verslagen waren. Die eraan hadden deelgenomen praatten over de veldslag alsof ze dit onontwarbare samenspel in zijn geheel konden overzien. De drang om van de eigen krijgservaring te getuigen was hevig, telkens in net iets andere bewoordingen. Zonder het zich bewust te zijn was iedereen bezig de eigen daden uit te vergroten, sommigen tot voorbij de grens van het geloofwaardige. Als het zo ver kwam begon de toch al verveelde gravin opzichtig met haar ogen te draaien. Dan ontnuchterde de sfeer aan tafel, stokte de aandacht en kon de snoever maar beter inbinden. Een andere ridder, of Hincmar zelf, nam dan het woord over, eerst behoedzaam getuigend van de voorvallen tijdens de slag, maar van lieverlee de feiten toch weer opblazend.

Madoc was de enige die zweeg over zijn eerste gevecht op leven en dood en hij leek ook nauwelijks te luisteren naar wat anderen zo nodig moesten vertellen. Een week of anderhalf had hij in bed gelegen, bedekt met wonden waarin ontstekingen waren gaan woekeren. Koortsen putten hem uit en deden hem zozeer ijlen dat ze hem voor korte duur naar een staat van mystieke helderheid voerden. In die toestand openbaarde zich aan hem het idee dat zijn wonden slechts konden worden gezuiverd met *vinum ardens*, hoogwaardige brandewijn, de pure stook die nog niet was aangelengd met water, zoals hij die in een vaatje voor de graaf uit Parijs had meegenomen. Toen Adelina dit uit zijn koortsig geprevel meende te moeten opmaken, doorzocht ze de vertrekken van haar echtgenoot en kwam al spoedig met een kruik brandewijn aanzetten. Marie-Ange, een kloeke jonkvrouw die de laatste dagen had laten zien hoezeer ze tegen bloed kon, doordrenkte een schone linnen doek met dit elixer en toen zij daarmee de wonden van Madoc reinigde en deed uitbijten raakte hij, schorre keelklanken uitstotend, voor uren bewusteloos. De schrik hierom was voorbarig. Drie dagen later was het vuur uit Madocs wonden verdwenen en scheen hij zo goed als koortsvrij. Andere weerbare mannen in het kasteel die ook gewond waren geraakt tijdens de strafexpeditie kregen hierna dezelfde behandeling.

Toen Hincmar na terugkeer van zijn veldtocht vernam wat er met zijn kostbare brandewijn was gebeurd reageerde hij gelaten. ‘Er zit niets anders op voor Madoc,’ sprak hij, ‘dan een nieuwe voorraad in Parijs te gaan halen. Ach, kon ik maar met hem mee.’

Madoc was, na zijn vuurdoop met de wapens, in meerdere opzichten veranderd. Op zijn rechterwang prijkte een opvallend litteken, een hoekige snede die onderhand purper van kleur werd. Oogde hij vroeger vooral onbekommerd, sinds kort scheen hij nerveus en prikkelbaar. In gezelschap was hij dikwijls in zichzelf gekeerd. Vergeleken met wat zijn ziel te verduren kreeg waren zijn lichamelijke kwetsuren onbeduidend. Met name de nachten stelden hem voor ondraaglijke beproevingen. Tijdens de slaap kwamen de gevechtstaferelen in zijn geest opnieuw tot leven. Terwijl hij met zijn schild bijlslagen ternauwernood wist te pareren, hakte hij met een lang zwaard in op mannen die ineens gezichten kregen. Voordien had hij nooit kunnen bedenken dat hij een slachtpartij zou initiëren, dat hij handen en voeten zou afslaan, een tegenstander zou doorboren met zijn zwaard dat hij, toen het diens romp binnendrong, daarbij nog eens een draai gaf. ’s Nachts was hij een weerloze prooi van alle herinneringen die hij overdag verre van zich moest houden om niet door ademnood bezwijmd te raken. En steeds was er die strontgeur van de oorlog in zijn neus, zo sterk dat hij soms vreesde er zelf mee omgeven te zijn.

In de omgang met anderen kon hij zich makkelijker vermannen. Overvloedige werkzaamheden op schrift gaven hem afleiding, wisten hem zelfs in beslag te nemen. Na zekere tijd voelde hij zich zelfs sterk genoeg om weer met de aangelijnde Salim door het bos te dwalen en hem te laten jagen in het kreupelhout. Eenmaal terug in het kasteel voerde hij het roofdier een extra portie mals vlees. De liebaard was daarna zozeer tevreden en aanhalig dat Madoc het aandurfde tegen zijn flank te gaan liggen. Zo gleed hij voor enkele uren af in een droomloze slaap, alsof Salim alle demonen op afstand hield. De verlossing was even weldadig als kortstondig.

Op een nacht toen Adelina, omgeven door duisternis, zijn sponde opzocht, zoals ze twee winters geleden herhaaldelijk had gedaan, schoot hij door haar nabijheid uit verstikkende dromen wakker. Zijn hart hamerde in zijn borstkas door een oerangst, even sterk als toen hij als klein kind met zijn familie schipbreuk leed. Hij was niet in staat het hoge bezoek met vreugdeblijken tussen zijn lakens te ontvangen. Hij schaamde zich diep voor de verscheurdheid in zijn gemoed die ook nog eens tot gevolg had dat hij in deze toestand geen man kon zijn voor haar, een besef dat hem met nog meer vertwijfeling opzadelde. Maar Adelina was niet gekomen om der minne of zich door hem ruw te laten bezitten. Ze bezocht hem uit beduchtheid voor zijn lot. Ze had opgemerkt dat een onuitsprekelijk leed hem vanbinnen uitvrat en deed wankelen, en dat hij eenzaam was in de nasleep van alle verschrikkingen die hij had doorstaan. Ze was gekomen om hem te troosten, te koesteren, te kussen, met warmte en ontferming, als een zuster van liefde, opdat er eindelijk rust over hem zoude komen. In haar omhelzing gaf hij zich ten slotte gewonnen en doorweekte haar zijden nachthemd met een vloed van tranen.

7

Precies een maand nadat Hincmar met zijn leger was teruggekeerd van de glorieuze veldtocht ontving hij zijn vijf voornaamste vazallen, die hem hadden bijgestaan. Zoals opgedragen voerde ieder vijf ridders en eenzelfde aantal wapenknechten mee in zijn escorte. Hincmar overlegde met Madoc welke aanvullende beloningen hun nog toekwamen.

'Ze hebben alle vijf een ridder als gijzelaar,' zei Madoc. 'Hun vrijlating zal een behoorlijk bedrag opbrengen. Weest u dus niet te scheutig. Bovendien zijn er in de nasleep van de veldslag extra kosten voor u bijgekomen. Zo is er de tegemoetkoming aan de families van de zeventien gesneuvelde miliciens uit Vitrange. En die vanwege onze eigen doden.'

'Ik word aan alle kanten door kostgangers belaagd en kaalgevreten,' somberde Hincmar, die ineens nogal krap bleek te zitten. Hij had hem, vooral na de veldtocht, nogal flink uit de broek laten hangen.

De graaf en Madoc schoven langdurig met zilveren marken, deniers en andere betaalmiddelen. Door de onderlinge wisselkoers van de verschillende muntsoorten telkens wederkerig op te krikken dacht Hincmar dat de bedragen die hij voornemens was uit te keren hierdoor ook in waarde waren gestegen. Deze lepe handelswijze deed Madoc eindelijk weer eens glimlachen. Zo stelden ze vijf porties samen waarmee iedere vazal zijn eigen getrouwen kon belonen.

Op de avond zelf ontbrak Madoc aan de feestelijke dis. Hij had de graaf laten weten dat hij veel achterstallige werkzaamheden moest inhalen. De meeste ridders in dit gezelschap kon hij wel lijden, maar de drie baronnen en de twee burggraven bepaald niet. Het eerdere geweldsincident met Osemund kwam daar nog eens bij. De leenmannen van Hincmar waren ook niet verzot op Madoc sinds hij door verbeteringen in de grafelijke administratie hun vrijheid van handelen had beteugeld. De invoering van stedelijke bestuursorganen in het graafschap was ten koste van hun macht gegaan. En dan waren ze nog niet eens op de hoogte van de plannen die Madoc voor de nabije toekomst aan het uitbroeden was.

Halverwege de avond verscheen een schildknaap in de

kanselarij. Hij deelde Madoc mee dat de graaf hem wenste te spreken. Of hij direct naar de eetzaal wilde komen. Madoc ging erheen in de verwachting dat er onenigheid over de financiële afhandeling bestond en hij klaarheid moest verschaffen. Maar toen hij in de eetzaal arriveerde was de stemming er opperbest. Niemand die op hem lette. Hincmar wees hem een stoel vlak bij Adelina. Zij schonk hem een ingehouden glimlach. Toen hij eenmaal zat en men hem wijn had ingeschonken stond de graaf op en verzocht met enkele handgebaren om stilte. De stemmen luwden. Madoc keek argwanend naar Hincmar, de grote ijzervreter, en had ineens een ongemakkelijk gevoel bij wat er komen ging.

'Edele heren,' begon Hincmar, 'graag uw aandacht voor het volgende. Nadat wij, bijna zes weken geleden, aan de zijde van onze geliefde koning zo'n eclatante overwinning behaalden op de troepen van de gebanvloekte Otto en zijn broeder in het kwaad Ferrand, waren we dagenlang aan het feesten om dit wapenfeit en onze ridderlijke broederschap te vieren. Wat we toen niet wisten was dat er een levensgevaarlijke bende huurlingen van de verslagen Otto in plaats van naar het noorden af te druipen oostwaarts ging en ons eigen graafschap binnenviel.'

Dit gezelschap is nog geheel vervuld van de eigen krijgsdaden, dacht Madoc. Daar moet hij over praten, niet over op drift geraakte huurlingen.

'Anders dan ridders of gewoon voetvolk,' ging Hincmar verder, 'vechten deze lieden niet voor de vrede of uit overtuiging. Ze verrichten krijgsdienst voor de meest biedende vorst, en ook die moet ervoor waken dat deze roofdieren in kuras hem niet zelf naar de strot vliegen als de buit tegenvalt. Dit krijgsvolk komt voort uit een ondersoort, opgegroeid in stinkende hutten aan de rand van steden. Men vindt ze in de Lage Landen en in Duitse contreien. Anderen komen uit Wales of uit Baskenland. Ze zijn te grof en weerspannig om een fatsoenlijk ambacht te leren. De oorlog is hun beroep of bedrijf geworden. Zo'n gezelschap selecteert zichzelf: zwakke broeders worden al snel doodgemept, de meest geduchte vechtersbazen en moordenaars blijven over.'

Ophouden nu, dacht Madoc, beledig de aanwezigen niet door te zwijgen over hun heldenmoed. Hij zag de afwachtende en fronsende blikken van veel gasten.

'Zo'n troep van gewapend uitvaagsel,' ging Hincmar rustig verder, 'heeft onlangs weer eens dorpen van ons uitgemoord en zich in de ondenkbaarste misdaden tegen de bevolking verlustigd.'

Het begon Madoc nu te dagen waarom hij was ontboden.

'Veel weerbare mannen die deze bandieten konden weerstaan waren vanwege onze veldtocht niet voorhanden,' sprak Hincmar, nu op een gedragen toon, 'en toch is het gelukt een succesvolle strafexpeditie tegen de roofmoordenaars te organiseren. Dat is vooral de verdienste van deze man.' Hij wees naar Madoc die onbeweeglijk bleef zitten. Hincmar begon te vertellen hoe er op leven en dood was gestreden. 'Dankzij de moed van de onzen hebben die duivelskinderen, niet één uitgezonderd, ondergaan wat ze eerder anderen aandeden.'

Hincmar bleef maar doorpraten over het bloedige evenement waaraan Madoc liever geen moment wenste te worden herinnerd, omdat hij vreesde dat een vloed van monsterlijke beelden hem zou overweldigen. Hij boog het hoofd, voelde zich ijskoud worden en kokhalsde. Zijn maag was leeg, zijn hoofd vol suizingen.

Adelina boog zich over hem en fluisterde: 'De graaf vraagt je naar hem toe te komen.'

Verdwaasd stond hij op en liep naar de plaats in de eetzaal waar Hincmar op hem wachtte. De laatste sprak toen hij tegenover hem stond: 'Madoc, als je mij in werkelijk alles trouw bent, kniel dan hier neer.'

Madoc weifelde een moment en knielde neer.

Hincmar gebaarde een wapenknecht naderbij te komen. De edelknaap droeg een riem met een schede waarin een zwaard was gestoken. Hincmar trok het wapen, fel glanzend met een gevest waarop fonkelend gesteente was aangebracht, uit de schede en sprak: 'Zweer jij, heer Madoc, dat je je kracht en vernuft voortdurend en louter ten gunste van geestelijken, van verdrukten en armen, van vrouwen en kinderen in nood, zult gebruiken?'

'Ja, dat zweer ik,' zei Madoc. Hij dacht: laat dit gauw voorbij zijn.

Hincmar legde het blad van het zwaard op Madocs rechterschouder, daarna op de linkerschouder. 'Dan sla ik je nu tot ridder, met alle rechten en verplichtingen die daaraan verbonden zijn. Sta op.'

Hincmar deed het zwaard terug in de schede en deed Madoc de riem om, zodat het zwaard aan zijn zijde hing. Ten slotte kuste hij hem op beide wangen.

Er hing een aarzelende stilte in de eetzaal. Aan tafel verhief zich de ridder Lothar die aan de zijde van Madoc had gevochten. Ook hij was gewond geraakt en nog steeds liep hij, in zijn eigen woorden, 'als een ezel die ze halfdood hebben geranseld'. Lothar nam de wijnbeker ter hand en sprak kort over de krijgsdaden van de geridderde. 'Loof de engelen die jou hebben behoed, Madoc, want ondanks je moed hadden die *Brabanzonen* je meermalen dood kunnen slaan. Op die engelen en op het lange, roemrijke leven van deze ridder.' Hij hief zijn beker en dronk.

Andere ridders vielen hem joelend bij. De vijf vazallen roerden zich niet.

Madoc ging terug naar zijn plek en dronk enkele bekers wijn achter elkaar. Er gingen zeer verschillende gevoelens door hem heen en ze leken niets met elkaar te maken te hebben. Zijn ogen kruisten die van Adelina die hem twee nachten geleden heimelijk had bezocht. De initiatie van zojuist had hij niet kunnen ontlopen, maar of er ook werkelijk een ridder in hem school? De status zelf had bepaalde voordelen, want de man die bedreven was in het hanteren van de wapenen wist zich omringd door vrouwen. Dat was winst. Maar eigenlijk zag hij zichzelf als kanselier, als *cancellarius*, als een bestuurder die thuis is in de wetten, resoluties, de oorkonden van het land. Kortom, een man die de landsheer in lastige zaken adviseert, of beter nog: souffleert.

Ridders klampten hem aan om hem te feliciteren en het glas te heffen. De wijn deed het gevoel van ongemak langzaam wegebben. Hij had die ridderslag van Hincmar gekregen, bedacht hij ineens, zodat zijn adeldom officieel werd. De herinnering aan het feit dat hij eerder zijn eigen adelbrief voor de koninklijke kanselarij in Parijs had gekalligrafeerd – behangen met grafelijke zegels, en voorzien van een geheel verzonnen stamboom – deed hem glimlachen.

Het gedruis van stemmen in de eetzaal stierf weg. Het was niet Hincmar die deze stilte met enkele handgebaren had afgedwongen. De burggraaf Osemund was opgestaan en keek nu om zich heen om zich van ieders aandacht te verzekeren.

'Heer Hincmar,' begon Osemund, 'ik vraag pardon voor deze vrijmoedigheid. Er is een kwestie die me al langer op het hart drukt. En nu, door een verrassende gebeurtenis op deze avond, heeft zich plots een mogelijkheid tot genoegdoening aangediend.'

Madoc keek met weerzin naar de edelman die zijn berenlijf onder het spreken nog breder wist te maken.

'De man die zich Madoc laat noemen,' ging Osemund verder, 'heeft mij tijdens een eerdere bijeenkomst alhier in woord en daad beledigd. Ik kon die laagheden toen niet afstraffen omdat hij, boertige dienstman die hij feitelijk is, niet tot de ridderstand behoorde en hij niet waardig was om mee te duelleren. Nu hij zich echter wel ridder mag noemen is de tijd daar om mijn grief te vereffenen.'

'Ik herinner me de avond nog donders goed,' zei Hincmar, 'waarop je, beneveld door enkele kruiken wijn, op de meest vileine wijze ruzie zocht met Madoc, mijn vertrouweling. Het lijkt me dat de genoegdoening aan hem is, niet aan jou, Osemund.'

'Uw voorstelling van zaken grieft me,' zei Osemund. 'Ik wil mijn voornemen gestand doen.'

'Een tweegevecht? Is dat wat je wilt?' vroeg Hincmar. 'Bedenk wel dat hij je de vorige keer ook in een handomdraai samen met je zoon op de vloer kreeg...'

'Een tweegevecht met de wapenen,' hield Osemund aan.

'Dat kun je krijgen,' zei Madoc, die ook was opgestaan.

'Niet zomaar een tweegevecht,' ging Osemund verder. 'Een gevecht op leven en dood. Wat mij betreft deze week nog.'

'Toen we uit Vlaanderen terugkeerden,' reageerde Hincmar, 'heb je me verteld dat je nauwelijks een schram had opgelopen in het gevecht. Maar de man die je uitdaagt is herstellende van serieuze verwondingen. Daarom bepaal ik, die jouw heer en gebieder is, dat dit tweegevecht niet voor half december zal plaatsvinden. Hier op de meent. De wapens zullen zijn: lans en zwaard. Is dat duidelijk?'

'Mijn heer doet me tekort door me de bijl te ontzeggen,' zei Osemund. 'Niettemin ben ik vastbesloten mijn tegenstander te vermorzelen. Want wanneer iemand smadelijk over mij heeft gesproken, zal de kling van het zwaard dit rechtzetten.' Hij priemde zijn vinger naar Madoc.

'Vergeet jij vooral niet te biechten voordat we gaan vechten,' reageerde Madoc, 'en vraag de priester of hij die schurftige kalebas van je alvast met het heilig oliesel wil insmeren.'

Hoofdstuk 7

Duel & Dood

1

De grafelijke vrede die al jaren voortduurde zorgde ervoor dat vrijwel heel Mourille een toenemende bedrijvigheid liet zien. Overal waren bossen gekapt; in valleien en op hellingen werd nu graan verbouwd. Op oeverlanden van rivieren en beken graasde het vee in bonte kuddes.

De nieuwste landaanwinning betrof de drooglegging van moerasgebieden. De bereidheid van gefortuneerde poorters uit verschillende steden om hierin te investeren bleek groter dan verwacht. Tenminste, zolang de samenwerkende financiers het werk helemaal zelf konden organiseren, zonder bevoogding van feodale heren. Op aandringen van Madoc, die de voorbesprekingen namens de graaf voerde, liet men deskundige inpolderaars uit Vlaanderen en Holland overkomen. Er werden plannen gesmeed die na uitvoerig overleg met de graaf hun beslag kregen. In grafelijke oorkonden stonden alle afspraken gedetailleerd vermeld. De investeerders in de landaanwinning wilden alle werkzaamheden in vrije loonarbeid laten verrichten. De graaf ging daarmee akkoord, tevreden dat hij geen zware herendienst aan de bevolking hoefde op te leggen.

De problemen die Madoc tijdens een rondreis signaleerde deden zich merendeels voor op eeuwenoude landbouwgronden. Bevolkingsdruk had het noodzakelijk gemaakt de akkerlanden intensiever te bewerken. Dat was redelijk gelukt maar toch profiteerde de bevolking allerminst van hogere opbrengsten. Madoc ontdekte al snel dat dit vooral te wijten was aan veranderingen in de pachtheffing. De leenmannen hadden die recentelijk op eigen houtje ingevoerd. Het gewoonterecht bestond eruit dat elke tiende korenschoof, maar op vruchtbare grond meestal twee van tien, aan de landheer werd afgestaan. Deze pacht in natura begon overal in onbruik te raken. De landheer wilde liever dat zijn boeren de pacht in geld betaalden, en met die eis stuurde hij zijn rentmeester naar de dorpen. Deze geldpacht bleek een bron van malversatie. Op de meest doortrapte wijze werd het landvolk bij de omrekening bedrogen. De boeren wisten zich bestolen waar ze bij stonden, al konden ze vaak pas achteraf doorzien hoe dat was gebeurd. Uit gesprekken met dorpsoudsten en landlieden maakte Madoc op dat dit misbruik wijdverbreid was. Allengs werd de stemming op het land grimmig. Onlangs nog hadden te hoop gelopen boeren op twee plaatsen enkele rentmeesters gemolesteerd. Madoc dacht daarom na over een nieuw pachtstelsel dat landlieden tegen afpersing en woeker beschermde en dat aan horigheid onder het landvolk voorgoed een eind zou maken. Voor dat laatste was een overgangstermijn nodig, maar langer dan vijf jaar hoefde die niet te duren.

Deze bevindingen van Madoc dateerden reeds uit de voorzomer van het bewogen jaar 1214. Toen Madoc na terugkeer van zijn rondreis aan de graaf verslag deed van de ontevredenheid onder de bevolking en de kans op onlusten benadrukte, kreeg hij maar weinig bijval. Hincmar had het razend druk met de opbouw en samenstelling van zijn grafelijk legioen sinds de Franse koning een veldtocht tegen keizer Otto had aangekondigd.

'Het lijkt me dat je overdrijft,' gaf Hincmar hem te verstaan, 'als je stelt dat de boeren spoedig te hoop zullen lopen tegen hun heren. *Jacques Bonhomme* is liever lui dan moe, en hij laat zich zomaar bestelen. Want als zijn pastoor zegt: "Geef mij vijf stevige kippen, dan zal ik ervoor zorgen dat je hele familie een jaar minder in het Vagevuur hoeft door te brengen." Wat doet hij dan? Uit erkentelijkheid schenkt hij zijn paap er zeven en raakt zelf daardoor een deel van het jaar van eieren verstoken. Er moet heel wat gebeuren voordat hij opstandig wordt en de schuimvlokken aan zijn baard kleven. Die rentmeesters waar je over sprak eisten inderdaad namens hun heer een pacht in geld. Maar er komt nog iets bij, is mij verteld: ze hebben aan jonge dorpsmeiden gezeten. Dan wordt het toch een ander akkefietje. Enfin, de landsheer zal niet gedogen dat Jacques en zijn bloedjes worden gekoeioneerd en uitgemergeld. Alleen moeten ze nog wel even geduld hebben, want ons wacht eerst een grote ridderkrijg. Ik moet een legermacht samenstellen. En daarvoor ben ik in belangrijke mate afhankelijk van mijn leenmannen, mijn vazallen, even trouw als bloedhonden tijdens de jacht. Je zult begrijpen dat dit niet de tijd is om ze met vermaningen of dreigementen toe te spreken. Ridderlijkheid en trouw aan de koning komen eerst; daarna zullen we zien in welke mate honger en rancune heersen in dorpen en gehuchten.'

Heel die zomer was het leven in de ban van de veldtocht, van de gewonnen slag in Bouvines en het bloedige gevecht met de huurlingen, waaraan Madoc zelf deelnam. Hierna kwam hij maar moeilijk aan het werk, gewond en aangeslagen als hij was. Pas in de vroege herfst voelde hij zich weer bij machte verder te werken, en toen was daar ineens Osemund geweest, die hem uitdaagde de wapens te kruisen.

Hincmar spoorde Madoc aan de perikelen op de landbouwgronden even te laten rusten en zich uitermate serieus op dit tweegevecht voor te bereiden.

'Dat ik Osemund heb verboden met een grote strijdbijl te vechten – een wapen waarmee hij jou in stukken gehakt zou hebben – wil nog niet zeggen dat je deze tweekamp hebt gewonnen. Ik schat dat zijn zwaard anderhalve voet langer is dan het jouwe. Jij hebt daarom ook een langer zwaard nodig; en daarmee vechten moet je leren. Osemund is ook nog eens een goede lansvechter, terwijl jij daarin geen enkele ervaring hebt. Wij gaan dus oefenen, elke dag oefenen, urenlang, want we hebben maar een paar maanden. Laat je dit op zijn beloop dan zijn jouw dagen geteld. Maar als jij straks je kleren niet meer past omdat je spieren zodanig in omvang zijn toegenomen, dan zijn we goed bezig.' Hincmar zweeg een moment en zei toen: 'Het zou me trouwens wel goed uitkomen als je mij van die onwelriekende lomperik kunt verlossen.'

Er was eenvoudig geen tijd voor Madoc om zich een nieuw harnas te laten maken in een nabijgelegen stadje. Hij bezat reeds een dik leren hemd met bescherming voor zijn schouders, maagstreek en kruis, en een kuras voor borst en rug dat zwaardslagen kon pareren. Maar van de delen die zijn armen en benen bedekten vond Hincmar het materiaal te licht, en daarom gevaarlijk. Uit harnassen die Hincmar in de loop der jaren van zijn verslagen tegenstanders in een grote hoeveelheid had verzameld, en die de muren in meerdere torenvertrekken sierden, stelden ze een nieuw compleet harnas samen dat overal voldoende bepantsering bezat. Een edelsmid voorzag de compilatie van sluitwerk, beweeglijke verbindingen, scharnieren, oog- en haakwerk, opdat de wapenrusting tijdens het gevecht niet uiteen zou vallen.

Hincmar demonstreerde Madoc hoe hij, tijdens een charge, de lans van zwaar hardhout op een haak aan de flank van het harnas moest neerleggen en vasthouden. En zo stormde hij telkens opnieuw met gevelde lans naar een schild dat stevig was bevestigd aan een forse paal midden op het veld, met de bedoeling het met zo veel kracht te raken dat het losbrak en viel. Later, toen hij vaster in het zadel zat en het zware steekwapen zelfverzekerd kon hanteren en richten, oefende hij het stormlopen op een grote, beweeglijke pop die aan een dik touw hing.

Hincmar leek alle problemen in zijn graafschap op slag vergeten. Hij was hele dagen aanwezig op het oefenveld, even buiten Roc-le-Comte. Bij het ensceneren van een echt lansgevecht wilde de graaf van lichtere lansen niet weten. De punt van de lans moest daarbij vervaarlijk worden verzwaard met ijzer, want het was wel zeker dat Osemund met zulk wapentuig het veld zou betreden. Het geweld waarmee Hincmar het gepantserde schild van zijn leerling vervolgens elke keer trof was angstaanjagend. Madoc wist in het zadel te blijven, maar kon zelf weinig uitrichten. De twijfel bekroop hem of hij zich half december in het steekspel staande kon houden. Mocht hij in het tweegevecht al vroeg uit het zadel worden gelicht dan zag het vervolg er somber voor hem uit.

Het zwaardvechten ging Madoc veel beter af. Al jaren oefende hij deze kunst in een klein gezelschap ridders, waarvan enkelen nu ook voor hem klaarstonden. Deze keer kreeg hij vooral onridderlijke manoeuvres en kunstgrepen aangeleerd. Die zou hij hard nodig hebben in een gevecht op leven en dood. Onder zulke omstandigheden raakten erecodes snel vergeten.

Lothar prees de kracht die Madoc in de slagen van zijn zwaard kon leggen, zelfs nu hij met een langer wapen streed. Het was Madoc zelf ook opgevallen hoe door de aanhoudende training zijn linkerarm onevenredig sterker werd. Het fijne werk, zoals schrijven, deed hij met rechts, dat kon ook niet anders, maar al het andere, elke handeling die kracht vergde, verrichtte hij vanouds met links. Het bracht hem op een idee waarmee hij, als het werkte, het gevecht naar zijn hand zou kunnen zetten. Hij legde zijn plan voor aan Hincmar die grote ogen opzette.

'Dat is sluw,' zei de graaf. 'Het is zeker geen gewoonte om het gevecht in te gaan zoals jij voorstelt, maar het is voor zover ik weet ook niet verboden. En het kan ook want jullie stormlopen op een open veld, zonder afscheiding in de lengte. O jee, dat zal hem akelig verrassen. Daarop oefenen dan maar.'

Madoc deed aldus en wist dat het goed was. Om zijn spieren verder te ontwikkelen trainde hij met zware stukken ijzer en hardhouten balken. Zijn uithoudingsvermogen vergrootte hij door tijdens de boswandelingen met de lang aangelijnde Salim zo veel mogelijk hard te lopen. De liebaard wilde niets liever.

2

Silvester, de abt van het nabijgelegen Benedictijnenklooster Saint-Martin, verscheen op een avond onaangekondigd in La Couronne. Hincmar kon niet anders dan hem ontvangen in zijn torenvertrek. Achter zijn rug maakte Hincmar deze abt graag belachelijk door hem te imiteren. Want als Silvester sprak, snoof hij graag in alle voorzichtigheid zijn eigen woorden op en keek dan alsof hij een zoetgeurende boodschap van hogerhand doorvertelde. Aangezien hij deze keer vanwege het naderende tweegevecht was gekomen, liet Hincmar ook Madoc ontbieden. Ongemakkelijk zaten ze nu gedrieën bijeen. De abt leek zijn ogen eerst maar moeilijk van het litteken op Madocs wang te kunnen afhouden. Na enig plechtig zwijgen vouwde hij zijn handen, alsof hij voor wilde gaan in het gebed. Op ernstige toon sprak hij: 'Het zal u bekend zijn, edele heren, dat onze moederkerk afkerig is van het toernooi. Een ridder die erin sterft verspeelt zijn recht op een kerkelijke begrafenis.'

'Och,' liet Hincmar zich zachtjes ontvallen.

Met enige galm vervolgde Silvester: 'Het tweegevecht om een geschil of erezaak te beslissen is helemaal streng verboden. Het is immers een aanleiding tot manslag en bloedvergieten. Sommigen doen het voorkomen alsof in de uitkomst van zo'n wrede praktijk een godsgericht wordt geopenbaard, maar groter leugen is nauwelijks denkbaar. Degenen die dit beweren beroepen zich slechts op een heidens, barbaars gebruik dat ver achter ons ligt. Ik zeg u, edele heren, dat degenen die de moederkerk een goed hart toedragen hun onderlinge geschillen uitpraten en zoeken naar verzoening. Maar wanneer men tweegevechten aangaat zaait men rancune en nieuwe geschillen voor de toekomst.'

'Osemund is de uitdager,' zei Hincmar. 'Hij is onverzoenlijk en toont evenveel moordlust als een getreiterde bloedhond in een kooi. Heeft u ook met hem gesproken?'

'Nog niet,' zei de abt Silvester

'Vertelt u mij eens, vader, wat kan ik anders doen dan mij verdedigen?' zei Madoc.

'Heilige vader,' corrigeerde de abt. 'Voor een ridder als u is de verovering van Jeruzalem en de bescherming van het Heilige Graf van Christus de voornaamste missie. Als u daar uw vechtlust eens voor zou willen aanwenden? Iedere kruisridder die in zo'n heilige veldtocht sneuvelt zal, gezuiverd van elke zonde, rechtstreeks ten hemel varen. U zou bij wijze van spreken vanavond nog kunnen vertrekken, het leger achterna dat vorig jaar naar het Heilige Land is getogen.'

'U moet maar eens gaan praten met die dolgedraaide leenman van me,' stelde Hincmar voor. 'Misschien krijgt u hem de kant van Jeruzalem op.'

'Ik weet niet of zo'n bezoek een goed idee is,' zei Madoc. 'Als u hem per se de les wilt lezen, zorg dan dat u omgeven bent door een lijfwacht van geestelijke ridders.'

De abt zette grote ogen op en bekruiste zich. 'Is het dan zo driest gesteld met de heer Osemund?'

'Zijn gemoed loopt over van drift en haat en dit maakt hem uiterst onberekenbaar. Stuurt u hem liever een epistel vol vermaningen in plaats van de confrontatie te zoeken.' Madoc probeerde de abt angst aan te jagen, zodat deze niet naar Osemunds kasteel zou durven gaan. Tijdens zo'n bezoek zou Osemund immers zijn eerdere verdachtmakingen aan het adres van Madoc over de moord op de Vlaamse monnik Elmus kunnen herhalen. Als Silvester hem ook maar half geloofde, zou de abt de Inquisitie kunnen vragen de zaak nader te onderzoeken. Dan waren de rapen echt gaar.

'Wat uzelf betreft,' richtte de abt zich tot Madoc, 'nauwelijks twee weken scheiden u van dit onzalige evenement. Heeft u al eens gebiecht of een speciale mis laten lezen om u van de voorspraak door een heilige te verzekeren?'

'Is het niet erg schijnheilig,' reageerde Madoc, 'om op voorhand voorspraak en vergeving af te smeken voor een zondig tweegevecht dat men hoe dan ook zal moeten aangaan? Ik zit klem, ziet u. Dit duel wens ik zelf niet. Maar ik kan me er niet aan onttrekken tenzij ik mijn eer te grabbel gooi en me uit de voeten maak.'

'Zo te horen valt het u zwaar nederigheid te tonen tegenover een ander mens.' Silvester staarde andermaal naar het litteken op de wang van Madoc, een signatuur van geweld dat zijn veronderstelling leek te bevestigen.

'Zich nederig opstellen in dit conflict met Osemund,' kwam Hincmar ertussen, 'doet denken aan die fabel over het lieve lam dat de wolf wilde kussen... En het moet me van het hart dat u met die vereiste nederigheid wel heel makkelijk over de riddereer heen stapt. Voor een ridder is zijn eer even belangrijk als het kuras dat hij draagt tijdens een stormloop. Die eer maakt hem, net als de gelofte die hij ten behoeve van de zwakken om zich heen heeft afgelegd, onversaagd en volhardend, ridderlijk dus, en deze onverzettelijkheid is een zegen voor gewone mensen, en anders wel voor geestelijken. Een paar maanden geleden werd onder leiding van deze heer Madoc, een uur gaans van hier, een op drift geraakte bende van moordzuchtige huurlingen in de pan gehakt. Ook in onze gelederen vloeide veel bloed, zelf raakte hij zwaargewond. Denkt u er eens aan wat er gebeurt als men zo'n roedel zijn gang laat gaan, omdat niemand ze durft te weerstaan. Mogelijk hadden deze heidenen uw klooster dan ook met een bezoek vereerd.'

'Het spreekt,' reageerde de abt, 'dat alle goede daden, zoals u hier beschrijft, door onze Hemelse Vader worden aanschouwd en gewogen. Niettemin raad ik de heer Madoc aan zich over dit duel snel met God te verstaan en Hem raad te vragen. Wees niet koppig hierin, en besef dat uw moraal op drijfzand zal rusten wanneer u de regels die het geloof dicteert veronachtzaamt.'

Hincmar had genoeg van dit gesprek. Met enkele treffende gebaren gaf hij zijn schildknaap opdracht een dienstertje op te sporen, zodat ze wijn kon brengen.

De komst en vermaningen van abt Silvester bleken niet geheel door belangeloze bekeringsdrang te zijn ingegeven. Zijn pose een man van vergeestelijking en ethische zuiverheid te zijn hield hij niet vol. Even sloot hij zijn ogen en inhaleerde voorzichtig snuivend. Toen richtte hij zich tot Madoc met de woorden: 'Mocht u dit tweegevecht verliezen – en wat ik erover gehoord heb is de kans groot – dan kan ik voor het heil van uw ziel regelen dat de monniken van mijn abdij elke week een mis met honderd brandende kaarsen voor u opdragen.' En Silvester vertelde wat het zou kosten indien men deze dodenmis gedurende een jaar wekelijks liet opdragen, en welke kortingen mogelijk waren wanneer Madoc zo'n heilig en zuiverend officie voor langer duur zou inkopen.

'Het blijft toch maar mooie handel,' mijmerde Hincmar hardop en snoof erbij alsof hij een zoete geur in zijn neus kreeg.

Een meisje dat een blad met drie roemers wijn voor zich hield kwam over de weergang naderbij. Toen ze binnentrad bekeek de graaf haar met zo veel genoegen dat ze ervan bloosde.

Overdag viel aan Madoc weinig te zien. Hij luisterde nauwgezet naar wat Hincmar en andere ridders hem voorhielden. Kalm deed hij alle noodzakelijke vechtoefeningen en listige kunstgrepen die ze hem aanleerden. Zijn harnas, dat er nogal bont uitzag, scheen hem als gegoten te zitten en fnuikte zijn beweeglijkheid slechts in beperkte mate. Daar stond tegenover dat de betrekkelijke lichtheid van het metalen materiaal wellicht niet bestand zou zijn tegen al te zware, ongehinderde slagen van een zwaard. Het leren afweren van zulke slagen met een robuust schild of met het eigen zwaard nam een voorname plaats in tijdens de oefenpartijen.

'S Avonds lag hij uitgeteld al vroeg op bed. Inslapen was evengoed moeilijk. Het aanhoudende zwaardvechten deed de herinnering aan de slag met de huurlingen, de Brabanzonen, in volle hevigheid herleven. Taferelen die eerder leken weggestopt in spelonken van zijn geest traden ineens op de voorgrond. Hij leed eronder alsof het bloedbad pas gisteren had plaatsgevonden.

Regelmatig kreeg hij 's nachts bezoek van haar die zoals altijd was gehuld in volslagen duisternis. Zijn hoofd stond niet naar wilde hartstocht, eerder naar tedere liefde. Wanneer hij tegen haar aan lag, voelde hij dat ze bevreesd was voor de afloop van dit gevecht. De gedachte alles te kunnen verliezen prangde hem niet. Ooit, binnen de muren van de abdij Sint-Odulfus, had hij van de grote wereld gedroomd, en vervolgens had hij deze betreden. Onderhand had hij liefgehad en een zoon op de wereld gezet. Hij had geholpen met het bestuur van een landstreek, hij had kwaad gebroed verdelgd. Er was meer, veel meer, waarnaar hij op zoek wilde. Maar als het binnenkort stopte was het misschien ook wel genoeg geweest. Zij leek het te bespeuren wanneer zijn gedachten lijdzaam werden en zijn overlevingsdrang verflauwde. Nog steviger omhelsde ze hem en liet haar tranen over zijn gespierde tors stromen. Hierdoor raakte hij toch weer aangespoord nietsontziend te zullen vechten.

3

De meent waar het tweegevecht werd gehouden was herschapen tot een feestterrein. Een paar dagen eerder hadden de keuters en paupers uit Roc-le-Comte hun kleinvee haastig in veiligheid gebracht. Een ploegje soldaten uit het kasteel had met palen en dikke touwen een toernooiveld afgespannen van honderdvijftig ferme stappen in de lengte en honderd in de breedte.

Een paar uur voordat het gevecht begon begaf zich een stroom belangstellenden uit het kasteel en Roc-le-Comte naar het terrein. Ook van elders kwam veel volk aanzetten. Links en rechts van het toernooiveld waren vuren ontstoken om lamsbout of parelhoenders te braden en deze in parten met een homp brood te verkopen. Verderop verkocht men wijn en scharrebier.

Halverwege de middag zou het tweegevecht aanvangen. Bewakers met zwepen moesten ervoor zorgen dat de omstanders het strijdperk niet zouden betreden. Een koud oostelijk briesje woei over het veld, maar het vroor niet. Door de sluierbewolking scheen een mager zonnetje. Ruimschoots op tijd verscheen de burggraaf Osemund op een imposant strijdros. Heel het lichaam van de burggraaf was zwaar bepantserd. Zijn helm, zonder veders of versieringen, was eveneens van zwaar ijzer. In het front ervan waren twee smalle gleuven voor het zicht gemaakt en daaronder kleine gaatjes om lucht te krijgen. Twee schildknapen droegen het vaandel van zijn familie en de wapens: twee lansen, de een langer dan de ander en beide punten met ijzer bekleed, en twee lange, zware zwaarden. In zijn gevolg bevonden zich zijn twee volwassen zonen: Bertram, die de bijnaam 'Zondertand' droeg sinds Madoc hem met een elleboogstoot in het gezicht geraakt had, en Theodore, beiden zo groot en breed als hun vader. Ook was een kleine schare van zijn ridders meegekomen.

Even voor de komst van Osemund was graaf Hincmar op het terrein gearriveerd met een klein gevolg ridders, schildknapen, serianten en bazuinblazers. Zijn vrouw Adelina was niet aan zijn zijde. Hincmar bereed de witte schimmel Blanche die ondanks de drukte en reuring rond het toernooiveld de kalmte zelf bleef. Hincmar heette Osemund welkom en sprak even met hem. Een seriant van de graaf vroeg aan Osemund of hij nog iets wenste in de aanloop naar het duel. Osemund schudde zijn gehelmde hoofd, daarna verstond hij zich met zijn beide zonen.

Niet veel later verscheen Madoc op een strijdros dat uit een van de grafelijke stallen afkomstig was. Met zijn gecompileerde harnas leek hij in het gedempte licht van die middag werkelijk een bonte ridder. In het kamp van de burggraaf riep zijn verschijning hoongelach op.

Hincmar merkte op dat Madoc het borstgedeelte van zijn kuras met een stuk van een zijden gewaad had bedekt. Ineens begreep hij dat de edele stof afkomstig was van een van Adelina's nachtjurken. In stilte prees hij zijn echtgenote die met deze schenking steun gaf aan de beproefde jongeman. Zij wist natuurlijk dat Madoc zijn nachten alleen doorbracht, zich te hoog achtte voor betaalde liefde, te kieskeurig was voor de wilde vrijerij en zich te onbemiddeld vond om een edelvrouw te trouwen. En nu had Adelina aan Madoc door deze gift, een hoofs liefdesgebaar, doen weten dat hij in haar naam mocht vechten. Hincmar was ontroerd door deze edele geste van zijn echtgenote. Het was dat Adelina zo deugdzaam was, want anders zou hij, die vaker bij andere vrouwen dan in het echtelijke bed sliep, ruiterlijk willen toestaan dat Madoc, zijn beschermeling en rechterhand, zich weleens met haar mocht troosten. Hierover doordenkend kreeg de graaf het echter warm en benauwd en zette daarom het hele idee weer snel van zich af. Hij liep op de geharnaste Madoc toe, verwelkomde hem en vroeg of alles in orde was. Madoc antwoordde van wel. Toen zei Hincmar met gedempte stem: 'Heeft Lothar je harnas geïnspecteerd en zijn alle borgverbindingen tussen helm en borst- of schouderdelen vastgezet?' Madoc knikte. Hincmar zei ten slotte: 'Wat het gevecht betreft: als het zo ver is, denk aan wat ik je heb gezegd.'

Even later gaf Hincmar aan twee bazuinblazers opdracht

het gevecht aan te kondigen. In robuuste harmonie klonk het signaal dat de strijders zich gereed moesten houden. Toen de laatste lage, dreigende klanken wegstierven werd het na rauw gejuich van de omstanders stil achter de touwen. Hincmar, staande op de verhoging die halverwege aan de lengtezijde van het veld was opgericht, wenkte beide ridders. Stapvoets kwamen ze, zonder wederzijdse groet, op hun strijdros naar de graaf toe, ervoor zorgend dat ze een behoorlijke afstand tot elkaar hielden.

'Ik moet u beiden vragen, edele heren, of dit gevecht kan worden voorkomen door een schikking, een spijtbetuiging of welk ander menselijk gebaar dan ook?'

Beide kampvechters zwegen eerst. Toen zei Madoc: 'Het woord is aan de uitdager.'

'Heer Osemund?' vroeg Hincmar uitnodigend.

'Deze zaak,' gaf Osemund te verstaan, 'kan slechts met de wapenen worden geschikt.'

Hincmar gaf een korte instructie aan beide ridders. Ook memoreerde hij enkele voorname gevechtsregels. Daarna gingen beide ridders in korte draf uiteen, ieder op weg naar een uiteinde van het veld. Beiden werden op enige afstand gevolgd door twee schildknapen te voet die de wapens meedroegen.

'Reik mij die lange lans aan,' zei Madoc, 'en het zwaard dat in de donkere schede zit. Mocht het zwaard tijdens het duel kapotgaan, gooi dan dat andere naar me toe, maar blijf op afstand.' Niet veel later zei hij tot de knapen: 'Zwaai maar even met jullie armen, dan weet de graaf dat ik zover ben.'

Beide knapen staarden hem aan omdat hij zijn gevelde lans niet zoals alle ridders aan de rechterflank droeg, maar aan de linker.

'Je ziet het goed,' zei Madoc tegen hen. 'Zwaaien maar.'

Ook aan de overzijde van het veld zwaaiden beide schildknapen naar de graaf. Die gaf daarop een wenk naar de bazuinblazers. Twee korte klaroenstoten volgden.

Osemund aarzelde geen tel en vuurde zijn ros aan. Madoc had hem rechts voor zich in het vizier en zag hoe zijn tegenstander kwam aanstormen. Madoc ging ervan uit dat wanneer hij eerst in een rechte baan zou blijven de ander niet meteen zou bemerken dat hij zijn lans links droeg. Ook hij vuurde zijn ros aan en het geraakte al snel in een felle, bijna gestrekte draf.

Zo stormden beide ridders op elkaar af, als in een gewoon toernooi. Al direct waren in het publiek verwonderde kreten geslaakt omdat men de links gedragen lans had opgemerkt. Die kreten van achter de touwen gingen over in uitroepen van verbijstering omdat de bonte ridder tijdens zijn stormloop zijn ros opeens scherp zwenkend aanzienlijk naar rechts stuurde – een manoeuvre waarmee het rijdier blijkbaar vertrouwd was – waardoor Madoc zijn tegenstander plots links in het vizier had en op hem afstormde.

Alles hierna gebeurde binnen enkele tellen. Osemund was te perplex om doelmatig te kunnen reageren op het feit dat hij onverhoeds vanaf links werd belaagd met een gevelde lans en dat zijn eigen rechts gedragen lans in lengte tekortschoot om de ander alsnog te treffen, mocht hij in staat zijn geweest zijn lans schuin over het paard heen te richten. De halfslachtige poging die hij in een reflex deed, had tot gevolg dat zijn links gedragen schild niet krachtig tegen zijn pantser was geklemd waardoor het, toen de lans van Madoc er met kracht tegenaan stootte, van zijn plaats raakte en de vijandelijke lans in tweede instantie het pantser van Osemund trof. De lansstoot mocht geen voltreffer heten maar omdat Osemund zich op een zijde moest verdedigen waar zijn evenwicht wankeler was, had deze wel een vergelijkbaar effect. Osemund helde door de klap naar rechts, zijn schuin naar links gerichte lans kwam onzalig hard op de bles van het ros terecht, waardoor het dier van schrik een bokkige sprong maakte, die tot gevolg had dat Osemund nog verder rechts uit het lood kwam te hangen. Door het gewicht van zijn zware pantser kon hij zijn houding niet zomaar corrigeren. Hij tuimelde daardoor van zijn dravende ros en rolde met kletterend geluid door het stugge gras.

Madoc maakte met zijn ros een korte draai en keerde weer. Twee schildknapen waren het veld in gelopen om hun heer overeind te helpen maar Madoc reed op ze toe en joeg ze weg met de woorden: 'Osemund komt op eigen kracht overeind. Het zal niet de eerste keer zijn dat hij in het stof bijt, hij zal het wel gewend zijn. Pas als hij staat gaat dit gevecht verder.' Daarna reed Madoc zijn ros naar de kant, en steeg met zeker gemak af. Hij haalde zijn zwaard uit de schede en liep naar de plek waar Osemund verwoede pogingen deed overeind te komen. Hoongelach van achter de touwen begeleidde de moeizame wederopstanding van de gevallene.

Osemund stond weer op zijn beide met staal beklede voeten, als een voorhistorische reus met een zwaard waarmee in legenden mastodonten worden gekliefd. De omstanders verstilden van deze aanblik en wachtten op de voortgang van de krachtmeting. Madoc vermoedde dat zijn tegenstander minder aangeslagen en versuft was dan hij had verwacht. Het besef dat de uitkomst van dit gevecht even ongewis als onomkeerbaar was deed hem ineens huiveren. Een ijzig gevoel in bloed en ingewand leek hem zijn kracht te ontnemen, maar hij wist zich te vermannen.

Onbeweeglijk stonden beide mannen tegenover elkaar. Madoc verbrak dit kille zwijgen met de woorden: 'Wat denk je, Osemund, kun je na die smadelijke snoekduik nu eindelijk weer verder?'

'Het volk rond dit veld, jochie, zal spoedig naar hun oren grijpen, omdat ze jouw erbarmelijk gegil om je moeder niet meer kunnen aanhoren.'

'Fijn toch, dat je een helm draagt. Zo blijft de aanblik van je hatelijke smoelwerk en schurftige kalebas ons mooi besp...'

Madoc kon zijn zin niet afmaken, want ineens was Osemund als een duivel op hem toegesprongen. Hij sloeg met dat lijvige zwaard op hem in en wist het metaal van Madocs kuras rechts op schouderhoogte met kracht in te deuken. Ternauwernood lukte het Madoc de overige slagen met zijn schild af te weren. En voordat hij zelf in staat was krachtige slagen uit te delen moest hij zich tegen meer, op hem indalend ijzergeweld beschermen. Gewoon de aanval kiezen en proberen Osemund terug te drijven – waarheen? – had weinig zin. De ander was te zeer gepantserd om, zoals hemzelf net was overkomen, indirect gewond te raken onder een slagenregen. Madoc begreep dat het beter was de ander steeds uit de tent te lokken, hem af te matten, door hem in die zware wapenrusting te laten razen, lopen en slaan, en onderwijl zelf te profiteren van een grotere beweeglijkheid, waardoor zich nu en dan kansen voordeden om listig uit te halen, zoals met die twee slagen die hij de rechterknieholte van Osemund toebracht, een plek in het pantser waar zich twee niet al te sterke draaibare verbindingsstukken bevonden. Osemund leek hierna minder stabiel te staan. Belangrijker misschien was dat hij zichtbaar vermoeid raakte na een verwoede charge waarmee hij de beslissing had willen forceren. Hij geloofde daar zozeer in dat hij eerst zijn schild wegwierp en er derhalve definitief afstand van deed. Daarna ging hij tekeer als een razende Roelant, met het zwaard in beide handen geklemd, en probeerde Madoc aldus tegen de grond te werken, om hem, als het zo ver kwam, met hakkende zwaardslagen op zijn dunnere harnas helemaal verrot te slaan.

Madoc wist deze furieuze aanval deels te ontwijken en voor het overige te pareren, hoewel zijn lijf door indirect contact met dit geweld op vele plekken pijnlijk gekneusd raakte. Maar hij hield stand en zijn beweeglijkheid verminderde niet, terwijl Osemund achter asem raakte. Nu begon Madoc hem verder af te matten met kleine, felle charges die de ander met een schild makkelijker had kunnen weerstaan, maar waarvan de slagen nu groter effect sorteerden. En omdat slagenwisselingen uitbleven, werden de uithalen van Madoc brutaler. Osemund wankelde voor het eerst serieus toen zijn helm ter hoogte van zijn linkeroor met een volle slag van Madocs zwaard werd getroffen. Madoc bespeurde dat door deze zware klap de helm van Osemund deels van het bovenste rompdeel was losgeraakt en nu licht zijwaarts gekanteld op zijn hoofd stond. Het zicht van Osemund moest hierdoor worden bemoeilijkt, schatte Madoc in, en hij continueerde zijn aanval. Al inslaand op de ander, die alleen met het zwaard kon afweren en alleen nu en dan hard terugsloeg, wist Madoc in een zeldzaam moment van voorvaderlijke inspiratie een speciale, opwaartse slag te maken die de onderkant van Osemunds helm trof, waarna die eerst een stuk ter grootte van een duim omhoogschoot en zich, na een tweede slag tegen de helm, om het hoofd van Osemund klemde, zonder vanzelf weer naar beneden te zakken. De getroffene, niet meer bij machte door de ooggleuven te kijken, kon slechts door vuistslagen met zijn vrije hand op de helm proberen deze weer naar beneden te krijgen. Madoc zag hoe Osemund aanstalten hiertoe maakte en ook zag hij de vrijgekomen hals van de ander ter hoogte van de adamsappel. En toen flitsten hem de woorden door het hoofd die Hincmar hem een paar dagen geleden had ingeprent: 'Jij leeft nog dankzij mij, Madoc, want na dat incident in de eetzaal heb ik tegen Osemund gezegd: "Waag het niet mijn vertrouweling door sluipmoord te laten opruimen, want dan zal ik jouw kasteel steen voor steen laten afbreken, en mijn liebaard krijgt jouw ingewand als tussendoortje." Dat gaf ik hem te verstaan. En daarom moet jij hem in dit tweegevecht, als de mogelijkheid zich voordoet, zonder aarzeling doden. Want als je hem dan alsnog spaart, zal hij na die tweede vernedering niet meer slapen totdat hij je, op de meest geniepige manier, heeft laten ombrengen. Mijn dreigementen zullen hem dan niet meer tegenhouden, daarvoor zal hij te getergd zijn.'

Madoc stootte nu zijn zwaardpunt richting de onbeschermde hals, de adamsappel van Osemund, en hij kliefde deze horizontaal en meende al doende licht gekraak te horen, ondanks het aanzwellende gejuich achter de touwen. De weinige weerstand die de strot van de ander bood verwonderde hem: in een vloeiende beweging passeerde de zwaardpunt de hals en nek, en daarna haalde hij het wapen terug, trok het er behoedzaam uit. Voor hem stond Osemund, licht zwenkend, en over zijn borstkuras gulpte bloed. Even leek de getroffene in evenwicht, toen liet hij zijn zwaard vallen en stortte met een luide klap achterover terwijl de gapende hals van Osemund als een gespleten granaatappel tussen borst en helm prijkte.

De omstanders trotseerden de bewakers met hun zwepen en stormden in grote drommen het strijdperk in, met maar één doel: de gevloerde burggraaf bekijken die zielbrakend zijn laatste stuipen voortbracht. Iedereen wilde die obsceen ogende, gespleten hals van nabij aanschouwen, er desnoods onpasselijk van worden om het daarna, net als Madoc, nooit meer te vergeten. Om dit te mogen zien bevochten ze elkaar om een plekje in de voorste rijen.

Direct na het gevecht kwamen Hincmar en enkele ridders toegesneld en had de graaf met een mengeling van bevelen en vloeken de aftocht tussen het uitzinnige volk voor Madoc vrijgemaakt. Die kwam weer tot zichzelf toen hij, van zijn helm ontdaan, op de onderste trede van de verhoging langs de kant neerzat.

Hincmar boog zich over hem en fluisterde: ‘Nog een paar van zulke tweegevechten en je roem reikt tot op de velden van Elysium.’

Nu Madoc zich niet langer hoefde te vermannen voelde hij hoezeer zijn hele lijf met wonden overdekt moest zijn, hoe beurs en geschampt hij was. Nadat een schildknaap op zijn verzoek het rechterschouderdeel van zijn harnas had verwijderd, werd duidelijk dat hij ernstig bloedde. Hij vroeg de schildknaap het stuk zijde van zijn borststuk af te halen en de wond op zijn schouder ermee te bedekken.

Op het veld probeerden de bewakers met hun zwepen de menigte bij het lijk van Osemund weg te slaan. Ook Bertram, Theodore en hun ridders wierpen zich woedend op de meute. Krijsend weken de omstanders naar achteren, sommigen met bebloede koppen, maar ze bleven in een wijdere kring staan, zich verlustigend aan het tafereel, rauw lachend om de aanblik van de gevallene.

Madoc, gezeten en overeind gehouden door zijn kuras, voelde zich stilaan meer verkillen en verstijven. Het leek of Hincmar tot hem fluisterde: 'Als ik die Bertram en Theodore vandaag nog laat ombrengen dan zijn deze twee doornen ook uit het vlees getrokken. Kan ik op je goedkeuring rekenen? Het vrijgekomen beneficium wacht jou.' Had de graaf dit werkelijk gezegd of lispelde een hersenschim tot hem? Een alarmerend gesuis vulde Madocs hoofd. Daarna zwakte de schrille toon af en klonk verder weg, steeds verder weg.

4

Zijn herinneringen aan het tweegevecht en de slachtpartij onder de huurlingen waren in de voorbije drie jaar langzaam verbleekt. Dat Madoc weer kon werken – ondanks de pijnlijke schouder van zijn schrijfarm – en zijn evenwicht hervond, kwam misschien vooral doordat de situatie in het graafschap redelijk stabiel bleef. Er deden zich in die drie jaren weinig incidenten voor die ertoe noopten met het zwaard de grafelijke vrede te herstellen. Enkele keren had hij zelf de leiding in expedities tegen groepjes roofridders of ander rondzwervend canaille, waarvan slechts enkelingen naar de meest onherbergzame oorden in de grensstreken van Mourille wisten te ontsnappen. Hij kreeg tijd om zijn plannen voor een nieuw landelijk stelsel verder uit te werken.

Dat de leenmannen er op eigen initiatief toe waren overgegaan om de pacht in geld te innen, in plaats van in natura, werkte dikwijls ontwrichtend uit in de lokale samenleving. Madoc had graaf Hincmar er ten slotte van kunnen overtuigen dat algemene en duidelijke wetten noodzakelijk waren. Sindsdien had hij volop gewerkt aan het ontwerpen van een nieuw pachtstelsel voor de verschillende landstreken in Mourille.

Er moest in het hele graafschap een verbod komen op de eerder ontstane praktijk waarbij een leenman de pachtinning verkocht aan de hoogste bieder, die daarna zijn eigen winst over de rug van de bevolking veiligstelde. Een ander probleem vormden de fluctuaties in de graanprijzen. Het was niet doenlijk deze schommelingen jaarlijks in de pacht te verrekenen. Daarom was het noodzakelijk dat de graaf deze prijs, per schoof of schepel gerekend, telkens voor drie jaar zou vaststellen. Gezien de opwaartse beweging die de graanprijs de achterliggende decennia had laten zien leek een gefixeerde pachtsom in het voordeel van de boeren te zullen uitpakken. Dit nadeel voor de leenman werd in zekere mate gecompenseerd door de corveegelden die de landlieden na de afschaffing van de horigheid jaarlijks zouden moeten opbrengen. Het nieuwe stelsel gaf elke landbouwer, zo hij dat wilde, de vrijheid om naar elders te vertrekken. Maar wilde hij blijven dan bezat hij, mits hij zijn pacht in geld afdroeg, een uitgesproken recht op zijn grond.

De hervormingen waren erop gericht de ontstane willekeur en malversaties te beteugelen, al voorzag zowel Madoc als Hincmar dat de praktijk op het land van de leenman weerbarstig zou blijven en er in het verborgene nieuwe vormen van misbruik konden ontstaan. Het nieuwe stelsel ging uit van draaglijke tributen en het schiep daarover ook duidelijkheid voor zowel de landheer als de boeren. Mocht de bevolking deze hervormingen omarmen dan zouden de nieuwe regels spoedig worden beschouwd als een gerespecteerd gewoonterecht, waaraan niet te tornen viel. En als het eenmaal zo ver was gekomen dan liet *Jacques Bonhomme* zich ook niet meer zo makkelijk bestelen.

Hincmar toonde zich een onverbiddelijk landsheer toen hij op een speciaal belegde conferentie aan alle twaalf leenmannen de beginselen van het nieuwe pachtstelsel uitlegde en toelichtte. De stilte die heerste toen de graaf, na beëindiging van het gezamenlijk avondmaal, het woord had genomen werd gaandeweg beklemmend: de verrassing van zijn toehorende getrouwen was al spoedig in verbijstering omgeslagen.

Over de inhoud van de bijzondere conferentie in het grafelijk kasteel was vooraf niets concreets medegedeeld, maar de tekst van de in fraai boekschrift geschreven uitnodigingen was dermate streng geweest dat verzuim met welke uitvlucht dan ook al direct naar afvalligheid zou rieken. En zo waren zij allen verschenen, de leenmannen, de trouw geachte vazallen, met sobere escorte, zoals was voorgeschreven. Toen zij in de loop van de middag met korte tussenpozen in La Couronne arriveerden, viel het hun op dat het kasteel bemand was met ongewoon veel krijgsvolk, soldaten en serianten, zonder dat zij begrepen waarom. De graaf ontving ieder met gestaalde hartelijkheid en liet hen, zonder informeel onderhoud zoals anders de gewoonte was, naar hun logeerverblijven brengen, waar ze enkele uren met karige verversingen moesten wachten tot ze in de eetzaal werden ontboden. Na binnenkomst daar keken ze vreemd op, want in plaats van dienaren stond er tegen de muren, aan weerszijden van de lange tafel, een rij ridders en serianten. De ridders droegen een licht kuras, allen waren met zwaard en lange dolk bewapend. De serianten droegen een pantserhemd dat net onder de middel met een riem werd afgeklemd. Ook zij waren voorzien van zwaard en dolk.

Hincmar verwelkomde zijn getrouwen en sprak: ‘Nu we eens voltallig bij elkaar zijn leek een erewacht me gepast. Ga zitten, heren, het maal wordt weldra opgediend. En... o ja: de gravin en jonkvrouwen schuiven vanavond niet bij ons aan, dus kunnen we eindelijk weer eens met onze handen eten.’

Aan tafel werden de argwanende gasten onthaald met grote hoeveelheden wildbraad en in boter zwemmend rundvlees. Er was groente uit het zout, maar mondjesmaat, aangezien het welbekend was dat de aanwezigen zulke gerechten slechts aten op aandringen van hun echtgenotes, voor het merendeel machochels uit gefortuneerde geslachten met wie ze van hun vader hadden moeten trouwen. Er waren broden van het fijnste bloem gebakken, op smaak gebracht met mediterrane kruiden, en daarnaast rustieke stoeten van haver-, rogge- en tarwedeeg voor hongerlappen en hardlijvigen. De toespijs bestond uit een romige taartpunt en schalen met gekonfijte vruchten. De wijn leek aangelengd en deed afbreuk aan de spijzen, maar niemand die dit hardop durfde te zeggen.

Sowieso bekwam de maaltijd de aanwezigen niet goed toen ze de portee van het verhaal dat graaf Hincmar na het afruimen afstak, tot zich lieten doordringen. Misschien dat de meeste toehoorders de regels van een nieuw in te voeren pachtstelsel nog niet meteen op waarde konden inschatten, maar wat ze donders goed begrepen was dat er opnieuw aan hun uitvoerende macht en handelingsvrijheid als landheer werd getornd. Het hele idee achter de hervormingen leek hun ronduit krankzinnig. Want viel zo'n boerenmeute in de hand te houden als je de herendiensten afschafte in ruil voor een paar muntjes per persoon, jaarlijks af te dragen? Wanneer het landvolk niet langer *corvéable à merci* was, hoe kreeg je dat gebroed dan aan de gang buiten hun eigen dwergbedrijfjes? Zonder het bevel aan de opzichters: 'Trap ze allemaal aan het werk!', en zonder links en rechts een dracht zweep- of stokslagen uit te delen kreeg je het immers niet voor elkaar een beneficium te beheren en laten renderen. Alsof de leenman een paar jaar geleden al niet genoeg was gepakt door de handvesten met privileges die de uitdijende stadjes hadden gekregen: de plaatselijke jurisdictie was hem toen botweg ontnomen ten faveure van de stedelijke commune. En daar maakte nu een zootje arrogante poorters de dienst uit, nadat ze dankzij de concessies en douceurs van de graaf diens eigen vazallen op het land in rijkdom en weelde overtroefden. En als de geldpacht in dat nieuwe stelsel centraal kwam te staan, waarom dan de graanprijs van bovenaf gedecreteerd en de lucratieve handel in de pachtinning verbieden? Waarom werd hun dat niet gegund? De graaf krenkte hun adellijke trots door hen als dienstmannen te willen africhten.

Dergelijke gedachten bezwaarden de gemoederen van vrijwel alle toehoorders nog voordat Hincmar zijn opvallend zorgvuldig gebrachte toespraak had voltooid. En men begreep terstond dat de graaf dit allemaal niet zelf had uitgedacht, maar die vermaledijde kerel aan zijn zijde met dat litteken op zijn smoelwerk, die niet alleen zijn perkamentvellen met verfoeilijke ideeën placht te bekladden, maar ook nog eens in staat bleek een Goliath als Osemund te kelen! Dat idee van die zogenaamde erewacht zou ook wel uit zijn koker komen. Daar twijfelde niemand aan.

De graaf besloot zijn verhaal met de mededeling dat over een klein half jaar, in de maand september dus, elke leenman een oorkondenboek met gedetailleerde bepalingen van het nieuwe pachtstelsel, geboden en verboden, zou krijgen uitgereikt. Op grond hiervan, met uitsluiting van elk ander vermeend recht, kon men vanaf het oogstjaar 1219 de tributen innen. Hincmar maande zijn getrouwen dit boekwerk aandachtig te bestuderen en, op hun beurt, de eigen vazallen met de inhoud ervan bekend te maken. Op de feestelijke dagen in februari wanneer zij de graaf, hun leenheer, een jaarlijkse *hommage* of hulde brachten, zouden de twaalf leenmannen niet alleen de traditionele eed van trouw uitspreken, maar tevens een verklaring ondertekenen waarin zij bevestigden nauwkeurig naar de nieuw voorgeschreven bepalingen te zullen handelen. Eed en ondertekening waren een noodzakelijke voorwaarde om welk beneficium dan ook in de toekomst te mogen beheren.

'Ik heb gezegd,' sprak Hincmar terwijl zijn blik over de muisstille getrouwen scheerde. Hij gaf daarop een teken aan de tafelmeester. Voor de maaltijd had de graaf een weinig smaakvolle wijn laten schenken, opdat niemand van zijn leenmannen aan het slobberen sloeg. Zo zouden allen nog bij hun volle verstand zijn wanneer hij zijn toespraak afstak. Nu was het tijd voor een betere wijn om de stemming op te fleuren. Met voldoening zag Hincmar hoe een lijvig vat naar binnen werd gedragen. Daar zat een rode wijn in die van smaak doorleefd was en toch ook zonnig mocht heten, met een zweem van boomfruit en vanille, maar in de afdronk lekker strontig. De wijn was dan ook uit de geboortestreek van Adelina afkomstig. Nu mochten de vazallen slobberen tot het hun oren uit liep.

Aanvankelijk klonk er slechts geroezemoes aan de grote eettafel, terwijl de roemers snel geleegd en weer gevuld werden.

'Stel je eens voor hoe het was toegegaan,' fluisterde Hincmar tegen Madoc, 'als Osemund hier met zijn grote muil was aangeschoven.'

'En ik heb zomaar het idee,' fluisterde Madoc terug, 'dat zijn zoon, die Bertram, net zo'n grote hufter als zijn vader begint te worden.'

'Kort na zijn vaders dood was Bertram alleen maar onderdanig,' ging Hincmar verder op gedempte toon. 'Ik kreeg er jeuk van. Heel stom dat ik hem heb laten opvolgen. En zie hem daar nu eens zitten met die boze, dikke harses van hem. Het was beter geweest als ik toen dat hele huis meteen had uitgeroeid.'

De leenmannen zaten met kwade dorst te slempen. De onderlinge gesprekken werden rumoeriger. Toen de toonzetting obstinaat werd, greep Hincmar in.

'Als er zaken zijn die jullie dwarszitten,' sprak de graaf, 'dan is dit het moment om ze aan mij voor te leggen.'

'Waarom moeten wij, vazallen, gekneveld worden,' wierp Bertram op, om zich heen spiedend, 'terwijl daarentegen onze landlieden voor enkele grijpstuivers hun vrijheid kunnen kopen?'

'Waarom zouden vazallen niet mogen profiteren van de nieuwe kansen die deze tijd hun biedt?' bracht de met schulden overwoekerde Octave naar voren.

'Jullie hebben deze nieuwe wetgeving over jezelf afgeroepen,' reageerde de graaf stroef. 'Malversaties tegen mijn landvolk kan ik niet gedogen. Hoor je wat ik zeg: mijn landvolk. Jullie mogen over mijn volk regeren. En doe dat dan ook naar behoren, want voor je het weet ontvlamt het oproer. Bij mijn laatste tournee door het graafschap, vorig najaar, heb ik genoeg gehoord over afzetterij door rentmeesters en zogenaamde ontvangers. Dat moet ophouden. De komende oogst blijft alles nog bij het oude, maar ik waarschuw iedereen: gepleegde onrechtmatigheden zullen aan het licht komen. Gedurende de weken na de oogst – wanneer de armen de laatste aren op de kale akker lezen – zal een legertje gezanten over het graafschap uitzwermen om overal de dorpsoudsten over het nieuwe stelsel te informeren. De pastoors zullen in elk dorp het document met de hoofdpunten hiervan kopiëren en in een schrijn in hun kerk bewaren, zodat ze het bij onenigheid altijd kunnen raadplegen. Mochten mijn gezanten ter plaatse misstanden vernemen dan zullen ze mij daarover rapporteren. En zal ik optreden. Wat jullie betreft: wacht het oorkondenboek maar af; je zult zien dat het alle partijen recht doet. Wie in de nabije toekomst volgens de nieuwe regels gaat innen zal ruim genoeg binnenhalen om zijn staat van edelman te kunnen voeren. Wees daarvan verzekerd.'

Aan het hoofd van de tafel, naast de graaf, zat Madoc nog steeds. Hij hield afstand tot Hincmars vazallen, zoals zij hem ook opzichtig negeerden. Hij stelde vast hoe dankzij verhulde intimidatie de conferentie zonder gedoe of weerspannigheid was verlopen. Zelf had hij op meer tegenstand en misbaar aan de tafel gerekend, maar die waren achterwege gebleven.

Hincmar beduidde zijn ridders en serianten van de wacht dat ze naar het achterzaaltje mochten gaan, waar ze konden zitten en een roemer drinken. Het slempen onder de vazallen aan de eettafel begon dusdanige vaart te krijgen dat ze binnen het uur een voor een zouden omvallen. Met een grimas op zijn gezicht stelde de graaf zich voor hoezeer zijn gastenverblijf de volgende dag naar kots en pis zou stinken.

5

'Moet je Salim nu eens zien,' zei Hincmar tegen Madoc aan de andere kant van het schaakbord. 'Ik geloof dat hij kinds begint te worden.' De graaf zat op de bank in zijn torenvertrek. Voor de zekerheid had hij een wolfsvacht op zijn benen gelegd nadat de liebaard op de bank was geklommen en aanstalten maakte bij zijn baas op schoot te kruipen. Toen het dier zich had neergevlijd strekte het zijn ontnagelde voorpoten en begon daarmee te strijken over de vacht en tegelijk sabbelde het op een dot opstaande haren alsof het daartussen een tepel had ontdekt. De graaf, verwonderd en ontroerd hierdoor, liet de liebaard begaan en aaide hem intussen over nek en rug. 'Salim slaapt de laatste tijd met een luidruchtige ademhaling, alsof hij bezocht wordt door aangrijpende dromen. Maar kan een dier dromen? Ik zou denken van wel. Misschien droomt hij van het moederdier, is hij terug bij haar. En speelt hij dit na. Zie hem toch eens.'

Madoc stelde zich voor hoe het dier in vervoering op zoek was naar een tederheid van lang geleden toen zijn moeder hem zoogde, ergens op een zongestoofde vlakte in Arabia Felix. De mannen onderbraken er hun schaakpartij voor en keken zwijgend.

Het was beiden opgevallen hoe Salim het voorbije jaar snel was gaan verouderen. Waarschijnlijk schortte er iets aan zijn gezondheid. Wanneer Madoc met het aangelijnde roofdier door het bos liep, hoefde hij zich nog maar weinig in te spannen om het in bedwang te houden. Salims tred was stram geworden en hij maakte een lusteloze indruk. Hij gaf zich nog maar een enkele keer over aan de jacht in het kreupelhout. Terug in het kasteel at Salim een veel kleiner portie van het vlees dat Madoc in kleine stukken had laten snijden. De felle speelsheid die soms over de liebaard kwam, en die niet helemaal zonder risico was voor mensen in zijn nabijheid, had plaatsgemaakt voor een lijdzame aanhankelijkheid. Als het dier werd geaaid lag het al spoedig vredig te sluimeren. Zong Madoc een liedje voor hem, ter plekke verzonnen en met sonore stem gebracht, dan legde Salim zijn kop tegen hem aan. Totdat hij er weer genoeg van had en met waarschuwend gegrom om stilte verzocht.

Wat Madoc al had voorzien, manifesteerde zich korte tijd later. Op de romp van het dier ontstonden verscheidene onderhuidse zwellingen waarop zich soms een etterhaard vormde. Het openbarsten van zo'n haard deed de zwellingen echter allesbehalve slinken.

'Het kan zo niet langer met Salim,' vertelde Madoc op een dag aan de graaf. 'Hij sleept zich voort en kan nog amper liggen, zo veel pijn doet het hem.'

Salim stond tussen beide mannen in, rillerig, de kop omlaag.

'Ja, ik dacht het ook al. Wat doen we?'

'Ik wou hem maar meenemen naar het bos, net voorbij de middag. En daar...'

'Goed,' zei Hincmar, 'doe dat maar. Dan wil ik hem nu nog een paar uur bij me hebben.'

Later die dag waren Adelina en Alberic er ook om afscheid te nemen. Het jongetje, onderhand al bijna vijf, begreep pas op de valreep dat Salim niet terug zou komen. Hij jammerde: 'Ik wil hele-maal niet dat-ie weggaat. Als ik groot ben wil ik ook met hem lopen.'

Hincmar trok zijn zoon naar zich toe en vertelde hem over het sterven van dieren en mensen. Aan dat lot kon geen schepsel ontkomen. Die woorden werkten averechts, als olie op het vuur.

Madoc troostte Alberic en zei: 'Salim wil graag gaan slapen in het bos, heel lang slapen. Dan voelt hij al die pijn niet meer, want dat grote lieve dier is ziek en oud. Snap je?'

Alberic knikte en staarde met grote ogen naar Salim.

'We gaan naar de poort,' ging Madoc verder, 'en jij mag nu zijn lijn vasthouden. Mama gaat ook mee. En bij de poort neem ik de lijn over en dan zwaaien jullie Salim gedag. Zullen we het zo doen?'

'Ja-a,' zei Alberic. Even later liep hij met een ernstig gezichtje naast de liebaard die moeizaam voortsjokte.

Een schildknaap was meegegaan naar het bos. Hij droeg twee spaden, Madocs zwaard en een wolfsvacht mee. Toen ze op de beoogde open plek in het bos waren gearriveerd, zei Madoc tegen de knaap: 'Zeg David, ga jij maar terug naar het kasteel. Salim en ik brengen zijn laatste uren samen door. Zeg tegen de graaf dat ik pas morgenochtend terug ben.'

Het was een mooie voorzomerse avond. Het dier lag half op de schoot van Madoc, met zijn kop op de wolfsvacht, volslagen uitgeteld, niet eens meer in staat de imaginaire tepel van het moederdier te zoeken. Boven hen twinkelde een hemel vol sterren. De wind beroerde het lover. Twee bosuilen riepen naar elkaar, tortelduiven koerden, en als het even stil was zong nu en dan een nachtegaal. Telkens wanneer de liebaard uit zijn sluimering even wakker werd sprak Madoc hem zachtjes toe. Hij prees het dier dat door het lot in een voor hem totaal vreemde wereld was geworpen. Zijn roofdierlijke natuur was eerst getemd en daarna geplooid naar die van de mensen. Onder dit geweld had Salim zich voortreffelijk aangepast en was, ondanks periodieke instinctieve impulsen, trouw en aanhankelijk geworden. Dat was groots van hem geweest. 'Ga nu maar dromen, jongen, slaap maar rustig in. En als je daarna weer wakker wordt ben je terug op de jachtvelden.'

Toen Madoc die vroege ochtend door de zang van merels

ontwaakte was het lijf van Salim al koud geworden. Opgelucht dat hij de liebaard niet zelf had hoeven doden, groef hij een diepe kuil en trok het dier er voorzichtig in. Nadat het graf was gedicht, verwijlde hij er nog geruime tijd.

Halverwege de ochtend keerde hij terug naar het kasteel. Toen hij over het binnenhof liep riep Hincmar hem vanaf de weergang toe. 'Vandaag wordt er niet gewerkt op de kanselarij. Vandaag geen gezeur over een nieuw pachtstelsel. Over een uur gaan we uit rijden. Lothar, Raoul en Bernard gaan ook mee. Ik laat Blanche voor je zadelen. Zorg dat je er klaar voor bent. We moeten onze zinnen weer eens verzetten. Wat zie je er triest uit, man. Ach, dat lieve, redeloze dier, hij is ook niet uit mijn gedachten. Vertel me straks maar hoe het was, gisteravond.'

6

Op de dag van zijn thuiskomst na de slag bij Bouvines, alweer jaren geleden, had Adelina aan Hincmar haar minachting voor zijn venerische omzwervingen laten blijken, en daarna was ze er nooit meer op teruggekomen. Als een dierbare echtgenote liet zij zich nu en dan door haar man bezitten, maar toch kon Hincmar zich niet van het gevoel bevrijden dat zij hem afwees. Ze ontkende het beslist toen hij haar er een keer 's nachts naar vroeg en wuifde de hele kwestie luchtig van zich af. Hij deed niet eens een poging om in een nachtelijke twist zijn gelijk te halen, wel wetend dat haar heersersnatuur niet onderdeed voor de zijne, en dat zij toch nooit zou toegeven. De kwestie bracht een vervreemding tussen hen teweeg, en Hincmar raakte zijn pure hartstocht voor Adelina kwijt, al deelde hij een enkele keer de sponde nog met haar, als hem dat het beste uitkwam.

Sindsdien zwierf hij over de wulpse weiden van de gelegenheidsliefde waarvoor, met pasmunt of zilverling, altijd moest worden betaald. In zijn jaren als jongeling, toen er voor het eerst sprake van was dat hij zijn zieke broer als graaf zou kunnen opvolgen, fantaseerde Hincmar over een legendarisch verhaal waarin de seigneur, zo hij lust had, alle huwbare maagden van zijn eigen horigen als eerste mocht bezitten, waarna ze mochten huwen met welke pummel dan ook. Dit zogeheten *recht van de eerste nacht* behoorde nergens en nimmer bij de gebruiken des lands. Het was eigenlijk niet veel meer dan een hengstig droombeeld, door tal van knapen in adellijke kring met hartkloppingen opgeroepen en uitgezweet. Ook Hincmar begreep dit al snel, en toch verwerden de beelden hiervan tot een dwanggedachte die in zijn verdere leven telkens de kop kon opsteken. Toen hij zichzelf beklaagde vanwege de miserabele echtelijke situatie met Adelina stond hem geen andere uitweg voor ogen dan zich dan maar zo veel mogelijk te verstrooien met edelvrouwen die jong en berooid waren, met afgerijpte madelieven van het land of anders wel dartele nachtvlinders in de steden. De graaf was regelmatig met klein escorte op tournee om zijn hanige roem te prolongeren.

Dat Hincmar bij sommige ontmoetingen weleens in onmacht verkeerde kon gemakkelijk aan de hoeveelheden wijn worden geweten. En toch vrat zo'n incident aan hem en maakte het hem onzeker. De amforen met afrodisiaca waren al enkele jaren geleden geleegd, en om nieuwe te verkrijgen was een missie naar Parijs noodzakelijk. Madoc gaf in zeer besliste bewoordingen te kennen dat hij daarvoor nu geen tijd had. Hij was in die tijd dag en nacht met het nieuwe landelijk stelsel bezig, opdat ze het volgend jaar aan de vazallen konden presenteren. Als de graaf een drietal ridders met hun pages wilde sturen, zou hij, Madoc, een begeleidende brief opstellen waardoor zij hun weg naar het bewuste kasteel konden vinden en wisten welke bestellingen ze moesten doen. Toen de Parijse expeditie op weg ging en wellicht twee of drie weken zou wegblijven maakte Hincmar met zijn gevolg een tournee door het hele graafschap om zijn zinnen te verzetten. Bij zijn terugkeer naar het kasteel, een kleine maand later, wachtten hem drie stevige amforen met afrodisiaca, gebaseerd op brandewijn, addergif, gemalen geelwortel, een serie kruiden en bloemen waaronder purperrode serapias en satyrkruid, en ten slotte veel verpulverde blaarkever uit de Verre Oost.

Madoc nam de bijgesloten brief vol waarschuwingen en vermaningen regel voor regel met de graaf door, zoals hij een aantal jaren eerder ook had gedaan. Nooit meer dan een enkele kleine hoeveelheid per dag, omdat bij overdosering de edele delen zeker schade zouden lijden. Er was deze keer nog een paragraaf aan toegevoegd met aanwijzingen met welke natuurlijke middelen men, behalve de *virilitas*, ook de zaadproductie aanmerkelijk kon verhogen.

'Pompoenpitten kortstondig gegaard in lijnzaadolie op gewoon vuur?' monkelde Hincmar vol ongeloof. 'Waarom niet gewoon vijf rauwe eieren per dag en een paar vissies?'

'Doe maar allebei,' zei Madoc, die zich als intieme raadgever van de graaf ietwat ongemakkelijk voelde.

Alsof hij met een pasgeboren tweeling links en rechts in zijn armen liep droeg Hincmar beide amforen neuriënd naar zijn slaapvertrek. Achter hem liep zijn schildknaap met de derde amfoor.

*

In de maanden na de conferentie met de vazallen had Madoc twee extra kopiisten uit de stad geworven om het nieuwe oorkondenboek inzake de pachten, rechten en plichten te laten vermenigvuldigen. De boeken zagen er prachtig uit: de teksten waren in verzorgd boekschrift uitgeschreven en elk nieuw hoofdstuk begon met een sierlijk vormgegeven initiaal. Op het schutblad vooraan stond gekalligrafeerd: *Pachtboek van Mourille*, AD 1219. De katernen van het boek waren stevig ingenaaid; het boekblok werd bemanteld door een band met harde platten waarover eerst fluweel en vervolgens hertenleer was gespannen. Hartje zomer waren alle twaalf exemplaren gereedgekomen; voor de graaf was een groter boekwerk vervaardigd waarin ook een reeks verluchtingen was aangebracht.

Op de valreep besloot Madoc het bifolium met de hoofdpunten van het nieuwe stelsel niet door de pastoors in de dorpen te laten kopiëren, maar dit werk in de grafelijke kanselarij te laten verrichten. Bij nader inzien twijfelde hij aan de mate waarin lokale geestelijken geletterd waren. Madoc vreesde dat ze bij het overschrijven van het samenvattende document veel fouten zouden maken. Dit was ook de reden dat hij bij het kopiëren in de kanselarij niet voor een formeel boekschrift of gangbaar cursief koos, maar de tekst liet opstellen in een soort blokletters die aan de Karolingische minuskel deden denken, een schriftsoort die meer toegankelijk was voor niet-geoefende alfabeten.

Zoals graaf Hincmar eerder had aangekondigd reisden begin september gezanten door alle regio's van Mourille om de oorkondeboeken aan de leenmannen te overhandigen. Andere gezantschappen bezochten de dorpen in alle contreien van het graafschap om de dorpsoudsten te informeren over de aard van de hervormingen en om de bifolia door de pastoors te laten bewaren. Nog voor het einde van september was al dit werk verricht. Wat de voortgang betrof was er reden tot tevredenheid.

7

Datzelfde najaar werd duidelijk dat de gezondheid van de graaf hard achteruitging. Zelf probeerde Hincmar zijn kwalen zo veel mogelijk te verdoezelen, maar Madoc hoorde er van Adelina toch het fijne van.

Verontrust zocht hij de graaf op in zijn torenvertrek. Met een van pijn vertrokken gezicht zat Hincmar op de bank, met twee grote kussens in zijn rug en een roemer wijn op het tafeltje voor zich.

'Heer, ik vind het moeilijk om...' begon Madoc, 'maar mij bereikte het bericht, mij toevertrouwd door de gravin zelf... Ik wist niet dat u zich zo ziek voelde. Als u het mij vraagt moet u onmiddellijk stoppen met de drank uit die amforen.'

'Op,' zei Hincmar, 'alles is schoon op.'

'Dat kan toch nooit? Het is amper vijftien maanden terug dat ze u zijn bezorgd.'

'Dit laatste jaar heb ik geleefd, jongen.' In plaats van het te plooien tekende een glimlach Hincmars gelaat. 'Ik wilde niets liever dan nog eenmaal als een jeugdige ridder op campagne. Dat wist je toch wel? Hoe vaak heb je hier het voorbije jaar niet de honneurs waargenomen omdat ik buiten de poort aan de zwerf was. Dat ouder wordende mannenlijf geeft beperkingen en daar kon ik geen vrede mee hebben. Ik sterkte me met dat wonderlijke elixer en heb de gifbeker tot de laatste druppel geleegd, puur om Eros te kunnen vereren. Maar blijkbaar liggen er tussen liefde en dood slechts enkele schreden.'

'Maar alles is toch nog niet verloren!' riep Madoc uit, niet alleen ontsteld door Hincmars woorden, maar evenzeer door de lijdelijke toon waarop ze waren gesproken.

'Kom even naast me zitten,' zei Hincmar. 'Ik wil je iets voorleggen.'

Madoc nam plaats op de bank, Hincmar pakte zijn hand vast.

'Luister goed, jongen,' sprak Hincmar. 'Ik heb geen enkele reden te veronderstellen dat de voorspellende dromen die me in voorbije nachten bezochten ook maar een zweem van bedrog bevatten. Laten we het erover hebben hoe het hier verder moet als ik dood ben.'

Madoc staarde vol ongeloof naar de graaf.

'Voordat het zo ver is,' vervolgde Hincmar, 'moet ik in het reine zien te komen met mijn Adelina. Ik zal mijn schuld aan haar belijden; ja, ik zal voor haar kruipen. En... ik geef haar op voorhand al weg.' Hincmar had in zo'n zelfde lucide droom gezien hoe zij de jonge Madoc hartstochtelijk beminde, maar in plaats van hierover ontsteld te zijn, zag hij dat het goed was. 'Ik wil je vragen haar te trouwen als ze weduwe is. Jullie kunnen het samen goed vinden, ze is dol op je, dat ziet iedereen. Mijn zoon is ook dol op je. Jij kunt, zolang Alberic klein is, in zijn naam dit graafschap regeren. Het zal hem goeddoen wanneer jij zijn vader en leermeester bent. Dankzij jou zal hij een ontwikkeld man worden, maar vergeet intussen niet hem tijdig uit de fluwelen greep van zijn moeder te halen en hem af te harden voor de strijd met de wapenen. Ze zullen buigen voor hem – de vazallen, dat hersenloze gebroed – en dat zal niet zomaar gaan, dat vereist moed en die moet je bij hem aankweken. Als ik op mijn bestuur terugzie is het eerste wat in me opkomt dat ik te weinig heb gemoord. En waarom eigenlijk? Nou, uit wroeging voor wandaden die ik als kruisvaarder tegen onschuldigen heb bedreven. Het deed me op latere leeftijd soms aarzelen in omstandigheden waarin ik het beter definitief had kunnen afhandelen. Maar voor Alberic zullen ze buigen, en hij zal heersen, onverzettelijk maar ook met mildheid en verstand. Als je mij belooft dat je mijn vrouw en zoon zult beschermen, met beiden een hechte familie zult vormen, dan zal de naderende dood mij minder zwaar vallen.'

Er viel een stilte. Toen zei Madoc: 'Natuurlijk beloof ik dat; voor wie zou ik anders willen leven?'

'Dat staat, gelukkig.' Hincmar leek een pijnscheut te verduren. Toen zei hij: 'Indertijd heeft een nachtelijk droomgezicht jouw komst hiernaartoe aangekondigd. Wil je me nu eindelijk eens vertellen wat het geheim van je afkomst is?'

'Het is spijtig, heer, maar voor sommige prangende vragen in dit ondermaanse blijft het antwoord zoek voor iedereen.'

'Dus je weet het zelf ook niet.'

'Nee, ik kan me er niets van herinneren.'

'Jij lijkt me een koningskind.'

'De kleren die ik droeg, een kleuter nog, toen ik levend werd aangetroffen, ergens aan de Friese waddenkust, suggereren zoiets inderdaad.'

'Een koningskind uit een rijk ver van hier,' ging Hincmar verder, 'dat onder de voet werd gelopen.'

Madoc inhaleerde diep en zei: 'In plaats van over de toekomst of het verleden te spreken wil ik het nu liever over het heden hebben. Is het niet wat te vroeg om al een doodvonnis over uzelf af te roepen? Kunnen we niks meer doen?'

'Al een week of vier kan ik nauwelijks pissen. Mijn pens lijkt van hout, maar daarbinnen smeult het met een helse gloed.'

'U bent vergiftigd door die afrodisiaca. Ontgifting en rust voor het lichaam, dat lijken me de beste remedies. Drink dus voorlopig geen wijn meer, neem geen prikkelende spijzen. Drink kleine hoeveelheden van het helderste bronwater. Ik ga morgen direct naar Lisoise. Die zal wel raad weten en de juiste middelen in huis hebben.'

'Die ouwe heks zal misschien nog iets ter verlichting kunnen brouwen. Maar daarna zal de hele omgeving het nieuws vernemen dat ik ziek ben, en ook *wat* ik mankeer. Want je weet: het is een klappei van jewelste.'

'Zilverlingen zullen haar het zwijgen opleggen. Desnoods neem ik haar mee naar hier, dan gijzelen we haar in dit kasteel.'

'Dat is een goed idee, dat moet je doen.'

'We moeten het hoofd niet laten hangen, een sterke kerel is immers niet zomaar voor de raven.'

'Die sterke kerel moet nu alweer naar achteren, voor de zoveelste keer, om een muizenplasje te plegen. Nog even en dan ga ik kantoor houden op mijn tochtige latrine en al mijn hoog bezoek dáár ontvangen.'

Ze stonden op, allebei lachend om zulke scherts. Toen omhelsden ze elkaar en ieder ging zijn weg.

Lisoise liet de graaf gekookte aftreksels van bladselderij, venkel en kraailook drinken, die een weldadige uitwerking op de buik hadden. Ze bakte gesneden uien en prei in reuzel en voegde er gekookte bonen met bittere kruiderij aan toe. Dit voedsel stelde Hincmar in staat indrukwekkende scheten te laten. Hij bracht evenveel rumoer voort als een paard dat een volle dag in een frisse voorjaarsweide heeft staan grazen. Zijn hardlijvigheid verdween helemaal toen hij kort daarrop ook nog eens, in zijn eigen woorden, 'in een boog begon te schijten'.

Uit een onderaardse ruimte die zich naast haar huisje bevond, had Lisoise enkele kruiken met het gekookte sap van veenbessen opgediept en deze naar het kasteel meegenomen. Ook die drank gaf verlichting aan de graaf, die meende dat hij langzaamaan weer iets grotere hoeveelheden kon plassen. Het onderhoud met zijn echtgenote Adelina, waar hij zo tegen op had gezien, schonk hem door haar lankmoedigheid een verlossend gevoel, alsof hij in een warme, geneeskrachtige bron ronddreef. Nu ze hem opnieuw in genade had aangenomen en soms uren op de rand van zijn bed zat, mocht hij zijn moegestreden hoofd weer in haar schoot leggen. Haar strelende hand en bemoedigende woorden maakten dat alle angsten die hem folterden oplosten in een vloeiende stroom van tranen. Hij verkeerde plots in een staat van onverdiend geluk en gleed nu en dan weg in een sluimering die hem van de wereld losmaakte.

Lisoise wist haar patiënt zo ver te krijgen dat hij een bodempje plaste in een roemer van ongekleurd glas. Ze nam het urinemonster mee naar een venster waar zonlicht inviel en staarde met wijd open ogen naar de troebele vloeistof. Daarna maakte ze haar vinger ermee nat en stak die in haar mond. Ze sloot haar ogen om beter te proeven en zo stond ze daar, onbeweeglijk. Ze proefde bloed, pus en ontstekingsvocht met een schimmelige bijsmaak. Met de roemer nog in de hand liet ze zich door een soldaat naar het torenvertrek brengen waar Madoc en zijn klerken aan het werk waren.

'Je moet me even naar huis rijden,' lispelde ze tegen Madoc in een onderonsje. 'Ik heb papavermelk nodig.'

Madoc kende het witte melksap van de heulbol uit zijn jaren in het klooster. Het was een extract dat slaap en pijnstilling bewerkstelligde. Hij fluisterde dan ook: 'Verwacht je dat Hincmar meer pijn gaat krijgen?'

'Dat weet ik wel zeker,' zei ze. 'En koorts. En ook daarvoor moet ik iets speciaals halen.'

Ze zat, omwikkeld met een wollen deken, in amazonezit op het paard, haar flank leunend tegen Madoc, die haar met beide armen vastklemde en intussen de teugel voerde. Ze kwamen aan bij haar stulp midden in het bos en hij liet haar rustig struinen in haar medicinale proeflokaaltje vol potjes en flesjes. Het was hem opgevallen dat de gijzeling in het kasteel haar niet deerde. Niets scheen haar te veel als het ging om de verlichting van Hincmars lijden. Toen Madoc haar weer op zijn paard terugvoerde naar La Couronne en haar hierover bevroeg, reageerde ze even beslist als laconiek: 'Ik kan de graaf maar beter zo lang mogelijk in leven houden. Als hij sterft zullen ze mij ook komen halen.'

'Wie komen jou halen?' wilde Madoc weten.

'Mannen, in opdracht van de hoge Kruisjassers. Maar ze zullen me niet krijgen. Ik heb altijd een flesje bij me met rauwzoete druppels van de waterscheerling en monnikskap.'

'Mocht het zo ver komen dan zullen de gravin en ik je beschermen.'

'Ach,' zei ze, 'beloof liever niks, dan hoef je er ook geen wroeging over te voelen.'

Niet lang hierna kreeg Hincmar telkens terugkerende koortsaanvallen te verduren en was hij een groot deel van de dag bedlegerig. In de gang, vlak bij de toegangsdeur van de grafelijke vertrekken, zaten groepjes jonkvrouwen eindeloos te bidden. 's Avonds voegden zich daar nog dienstertjes bij.

Een keer zei de graaf tegen zijn vrouw: 'Wat is dat toch steeds voor gemekker op de gang?'

'Jouw vrouwelijke beschermelingen,' zei Adelina. 'Ze smeken in gebeden om je behoud.'

'Vraag ze liever binnen om liedjes voor me te zingen. Geen gelovig gejengel maar een paar vrolijke verzen.'

Aldus gebeurde. Toen de graaf om enkele *pastourelles* verzocht moesten de jonkvrouwen met kleur op de wangen toegeven dat ze die ook kenden. Eerst aarzelend maar al spoedig zongen zij uit volle meisjesborst de liederen van de herderinnen in het veld die met hun natuurlijke schoonheid en vernuft passerende ridders weten te verleiden en daar wat zilvergeld aan overhouden.

Met een verzaligde glimlach lag Hincmar te luisteren. Toen de meisjes het lied aanhieven waarin een koning zich met zijn vrouw terugtrekt uit de woelige wereld om samen rust en vrede te zoeken in het herdersleven, raakte de graaf erg aangedaan.

J'ay un roi de Cécille
Vu devenir berger
Et sa femme gentille
De ce mesme mestier,
Portant la pannetière
La houlette et chappeau,
Logeans sur la bruyère
Auprès de leur trouppeau.

Toen het lied uit was riep hij Julie, een van de jonkvrouwen, naar zijn bed en drukte voorzichtig een kus op haar hand. Met vochtig oog keek hij haar aan en sprak: 'Veel dank, iedereen. Kom morgen terug, nu moet ik rusten.'

Lisoise ondernam aanvankelijk niets tegen de koortsen van haar patiënt. Eerst moest de graaf zo veel mogelijk van zijn kwade droes uitzweten. Pas daarna gaf ze hem aftreksel van wilgenbast en druppels van olie uit de zaden van de vrouwelijke hennepplant, waardoor de schroeiende hitte tijdelijk van zijn leden week. Eenmaal afgekoeld kwam Hincmar zijn bed zelfs weer uit en liet Madoc dan steeds ontbieden.

Hincmar had de gewoonte aangenomen om, eenmaal uit bed, met alleen een nachthemd aan zijn blote kont, neer te strijken op een levensgrote keramische pot met een laag water erin, met de bedoeling er af en toe een klein straaltje urine in te lozen of er een keutel in te laten plonzen. Aan zijn oogopslag te zien leek hij nog steeds in een staat van verwildering te verkeren waar hij door nachtelijke koortsen telkens aan ten prooi viel. Maar verder was hij helder en rustig, en luisterde naar wat Madoc te vertellen had.

Madoc bracht hem op een dag een brief van abt Silvester die bij gerucht vernomen had dat de graaf door ziekte aan zijn bed werd gekluisterd. Als dit waar was wilde hij graag langskomen om hem de biecht af te nemen en penitentie te laten doen.

Hincmar voelde daar niets voor. Piekerend over het naderende einde was zijn haat voor de geestelijkheid tot ongekende hoogte aangewakkerd. Hij zag steeds de moddervette prelaat uit het bisschopsstadje voor zich en hoorde zichzelf dan denken: waarom heb ik dat varken niet laten spietsen en boven een vuurgloed leeg laten druipen? Maar als hij in zijn verhitte gedachten het priestervolk van hogere wijding met zijn zwaard uiteendreef vond hij, als het stof was opgetrokken, daarachter niet eens de schim van God de Vader, want ook die had hij jaren geleden afgezworen. Hij kwam in zijn laatste dagen op aarde tussen vlagen van koorts nog tot verrassende inzichten over het mensdom, die hij met Madoc deelde.

'Dat hele scheppingsverhaal uit de Bijbel is maar een oosters sprookje,' zei hij tegen zijn vertrouweling die aan zijn bed zat. 'Het is heel anders gegaan en vandaag de dag zie je daar nog steeds bewijzen van.'

'Vertel maar,' zei Madoc, 'want dat benieuwt me.'

'In de oertijd, ontzaglijk veel eeuwen geleden, moet er een

veel primitievere mensensoort hebben geleefd. De mensen toen waren eigenlijk als dieren en leefden tussen andere soorten.' Hincmar hield even in om wat hij ging zeggen meer gewicht te geven. 'En soms hebben die diermensen zich met andere soorten gekruist. Dat kun je vandaag de dag nog steeds zien bij allerlei types onder de mensen. Neem nou die Osemund: die heeft een beer in zijn vroege afstammingslijn gehad, dat zag je aan zijn gestalte. Jij hebt een beer geveld, Madoc, en dat is knap. Zijn zoon Bertram is eveneens een beer, maar die heeft uit zijn moeders afstammingslijn ook nog eens een hondenkop geërfd. Want als nou toch iemand een hondenkop heeft dan is het zijn moeder wel.'

Madoc luisterde aandachtig.

'Zo zie je bij de Britse adel,' ging Hincmar ernstig verder, 'enorm veel paardenkoppen, bij mannen en vrouwen. Die Oerbritten moeten af en toe achter merries hebben gehangen. Of hun vrouwen zijn door hengsten besprongen.'

Ze zagen de taferelen voor zich en moesten er onwillekeurig om lachen, iets wat Hincmar zeer deed in het onderlijf.

'Maar het is helemaal vreemd hoe mijn leenman Geoffroy aan een smoelwerk komt waarin wij een foeilelijke roofvis herkennen,' zei Hincmar. 'Wat kan er in zijn voorgeslacht zijn voorgevallen?'

Madoc zag nu ook opeens kasteelbewoners voor zich met onmiskenbare dierlijke trekken in hun uiterlijk. Zo was er de gezelschapsdame van de gravin, Regina, die schapenbloed in haar aderen moest hebben. De mond van de bekoorlijke Meralda deed onmiskenbaar aan de snavel van een eend denken. En natuurlijk was er Jeanette, de jonkvrouw, die in gestalte en in haar bewegingen op een grote kat leek.

Hincmar knikte tevreden en zei: 'Wat dacht je van Alain, de seriant, met zijn knaagdierlijke tronie? Of anders Sidonius? Daar stroomde puur zwijnenbloed doorheen.'

'En wat dacht u van...' Madoc kon even niet op de naam komen.

‘Laten we vanaf nu elkaar maar gaan tutoyeren,’ zei Hincmar. ‘Je bent hier immers al de baas.’

Samen wisten ze nog een hele rij kasteelbewoners tot hun kruisingen als oermens met andere diersoorten te herleiden.

Hincmar deed Madoc een voorstel voor de toekomst: ‘Als je hier kasteelheer bent, regent van mijn zoon, en de winter komt eraan, ga dan het leven hier binnen en buiten de muren beschrijven. Maak er dan wel een dierenepos van, in de geest van de *Roman de Renart* die je ons zo vaak hebt voorgedragen, en waar nooit iemand genoeg van kreeg.’

‘Ik weet nu al wie de vos gaat spelen,’ reageerde Madoc die dit idee van Hincmar eigenlijk heel goed vond. ‘Maar eerst wil ik je theorie over de vermenging van dier en mens in de oertijd op schrift stellen, want die snijdt hout. Dit document sturen we naar de paus in Rome. Dan kunnen ze het scheppingsverhaal en de leer bijstellen.’

‘Ben ik straks nog maar een beetje weggerot,’ zei Hincmar, ‘of ze organiseren al een kruistocht tegen dit graafschap.’

Adelina kwam de ziekenkamer binnen. ‘Het gaat zeker goed met je, lieverd?’ vroeg ze.

‘Och ja, een vleugje vóór de dood,’ reageerde Hincmar.

Hincmar ervoer een onzegbare vreugde toen hij met zijn ros aan het stormlopen was. Maar het vreemde was dat hij over lans noch kuras beschikte en moederziel alleen over een welvend veld jakkerde op zoek naar een tegenstander toen ineens een afgrond voor hem gaapte. Het ros stond abrupt stil aan de rand en Hincmar werd vanuit het zadel naar voren gelanceerd, de diepte in. Terwijl hij tuimelde en gek genoeg maar bleef vallen, dwong hij zichzelf zijn ogen open te houden. Hij werd wakker door het eerste devote geprevel van de jonkvrouwen op de gang voor zijn deur. Tussen de satijnen lakens van zijn grote sponde zag hij voor zich hoezeer hij zijn hele leven door een wildernis vol dreiging had gezworven. Momenten van puur geluk en vrede waren hem alleen geschonken door Adelina. Zij was de enige godin in wie hij nu nog geloofde. Ook stelde hij vast dat in dit eindspel werkelijk heldendom eruit bestond eerlijk te zijn over zijn fouten en noodlot. In zijn geval betekende het dat hij de martelende wroeging om zijn wandaden tijdens een onzinnige kruistocht te aanvaarden had.

8

De graaf ging dagen tegemoet waarin hij ook zonder een slok papavermelk langdurig versuft was. Zijn vrouw en Lisoise hadden zijn onderlijf voorzichtig omzwachteld met grote linnen doeken, zodat hij gedurende de slaap zijn urine vrijelijk kon laten lopen, voor zover dit nog gebeurde. Zonder duidelijke oorzaak leefde hij soms voor enige tijd op en leek dan energiek, hoewel hij nooit helemaal koortsvrij oogde. Enkele droomgezichten die 's nachts aan hem waren verschenen verontrustten hem zeer. Hij voorvoelde opstandigheid in het land vanwege het nieuwe pachtstelsel, dat voor het komend oogstjaar zou worden ingevoerd. Madoc kon hem geruststellen; de berichten uit welke landstreek dan ook waren nergens alarmerend. Wel werd duidelijk dat het gerucht over Hincmars ziekte zich gestaag over het hele graafschap leek te verspreiden. Daar kwam nog een veel kwalijker bericht bij en dat had te maken met een vergeefse missie van abt Silvester naar de zieke graaf in La Couronne. De abt was eigener beweging verschenen in het kasteel en hij had om een onderhoud met de zieke verzocht. Dat kon hem niet worden geweigerd. En zo had Silvester zijn opwachting gemaakt aan het bed van Hincmar die hevige pijnen doorstond, hoewel hij die dag reeds meerdere doses papavermelk had gedronken. Met veel inleving en op zalvende toon sprak de abt de zieke toe. Silvester wilde hem bewegen tot biecht en boetedoening, zodat de zieke in een staat van verlossing en reiniging van zonden kwam te verkeren. Dan kon hem de absolutie worden verleend.

'Voorlopig liever niet,' gaf Hincmar moeizaam te kennen.

'U kunt daar niet mee wachten, hooggeboren heer,' probeerde de abt. 'Straks sterft u nog zonder dat de kerkelijke sacramenten u zijn toegediend. Dat zou werkelijk een ramp zijn.'

'Ja, stel je voor,' reageerde Hincmar terwijl een pijnscheut hem de adem bijna benam.

'U kent toch de verhalen van de grote zondaren die biecht en boetedoening ontvluchten, die in een jammerstaat komen te sterven, waarna ze als dolende geest, niet gescheiden van hun traag ontbindende lichaam, steeds radeloos op de vlucht zijn voor geniepige duivels die hen, met voorbijgaan aan het Vagevuur, rechtstreeks naar de hel willen slepen.'

'Zolang ik leef,' sprak Hincmar met donkere stem, 'heeft een zwartrok of paarsrok mij nog nooit een zweem van angst kunnen aanjagen met al die gruwelverhalen over demonen en dwalende doden. Dat is wat jullie doen: mensen zo veel angst aanpraten dat ze er buikloop van krijgen, waarna ze hun vertwijfeling vervolgens met hoge bedragen proberen af te kopen, zoals jullie hun hebben ingefluisterd. Hele smerige handel. Joden zouden er hun neus voor ophalen.'

'Uwe edelheid ijlt van koortsen,' probeerde Silvester. 'Ziekelijke lichaamshitte doet uw ogen helemaal uitpuilen en vertroebelt uw geest.'

'Ik ben zo helder als glas,' zei Hincmar, het hoofd een beetje van zijn peluw verheffend. 'En een en al oprechtheid.'

Silvester herhaalde in luchtiger bewoordingen wat er moest gebeuren om de graaf de absolutie te kunnen verlenen. De abt had nog een extra toegift om de stervende een werkelijk zoetgeurend afscheid te bereiden. Hij riep zijn dienaar die bij de biddende jonkvrouwen op de gang had gewacht en nam de speciaal bestikte monnikspij van hem over. Toen sprak Silvester: 'Het is mij ter ore gekomen dat u aan het begin van deze eeuw ter kruisvaart bent geweest, en daarom heb ik hier een speciale monnikspij om te dragen in uw laatste dagen op aarde, zodat u als een geestelijk ridder naar de bovenmaanse wereld zult afreizen.'

Hincmar staarde naar de monnikspij die Silvester ontvouwde en met beide handen voor hem in de lucht hield. Toen blafte de graaf met hese stem: 'Eruit! Oplazeren! De poort uit, anders laat ik je lubben.'

De abt en zijn dienaar begonnen een snelle aftocht uit het kasteel zonder zich verder te hebben verstaan met Adelina, die vanwege het vele waken 's nachts bij haar man op dat moment in haar eigen vertrekken een paar uur slaap inhaalde.

Toen Madoc later die dag de ziekenkamer betrad lag Hincmar nog steeds te schuimbekken vanwege die brutale Silvester in dat schijthabijt van hem. Zoveel was duidelijk: de patiënt bekommerde zich niet langer om welk decorum dan ook. Lisoise was zeer ongerust over de aanhoudende woede van de graaf. Ze voelde zijn galopperende hartslag, bespeurde de verbetenheid in zijn gelaatstrekken en sprak tot hem: 'Geliefde heer, laat die woede varen, want die is levensgevaarlijk. Er is geen man op aarde die, in zo'n gemoedstoestand, een fatsoenlijk straaltje zal kunnen pissen. Onmogelijk. En daarom zeg ik: laat varen al die furie, denk in plaats daarvan aan degenen die u liefhebt, aan wat u mooi vindt of tot mildheid stemt. Doe wat ik zeg, anders raakt u geen druppel meer kwijt.'

Waarom Hincmar zo woedend was op Silvester vernam Madoc pas in de loop van de avond. En dat stemde hem niet vrolijk. Daar kon een schandaal uit voortkomen dat funest was voor het grafelijk prestige. Nu moest een van de twee pastoors uit Roc-le-Comte het sacrament der stervenden maar voltrekken. Dat kon snel en werktuiglijk, bijvoorbeeld wanneer Hincmar sliep, louter voor de vorm dus, om de schijn van godvruchtigheid op te houden en subversieve achterklap te bedwingen. Het leek Madoc het beste om Gaspard hiervoor te vragen. Dan kreeg die na afloop een beurs overhandigd, voor zijn kerk en kinderrijke huishouden. Henry, de andere pastoor, kon de dodenmis in de kapel verzorgen tegen eenzelfde beloning. Dan waren beiden priesters tevreden en kon schadelijke napraat de kop worden ingedrukt. Madoc zelf zou een stichtelijk verhaal over het afscheid van de graaf bedenken en dit laten verspreiden.

Adelina kon zich in deze handelswijze goed vinden. 'We moeten dat morgenochtend vroeg direct regelen met beide pastoors.'

Lisoise stelde vast dat de zwachtels rond het onderlijf van de graaf nog droog waren.

'Ik zweer je dat ik in een opperbeste stemming ben,' hijgde Hincmar, die geen pijn meer had, maar wel koorts. En tegen Adelina: 'Je blijft toch wel, hè? Kom bij me op bed liggen, dan kunnen we praten. Vertel me van onze zoon. Morgenochtend wil ik hem zien.'

Madoc en Lisoise vertrokken om de echtelieden bij elkaar te laten zijn.

'Ik zal direct iets maken,' zei Lisoise, 'om de vochtafdrijving te stimuleren. Deze toestand mag niet lang meer duren, anders is het gedaan met hem.'

Adelina en Hincmar fluisterden nog zekere tijd. De gravin kreeg het koud en kroop ook onder de dekens. Hincmar hield haar hand vast en kuste deze telkens. Vredig sliepen beiden in. Een zeer verlichtende droom kwam over de zieke. Hincmar zat op zijn gemak op de keramische pot en was bezig deze halfvol te pissen terwijl onder hem in het schuimende vocht de drollen als paaiende vissen rondspartelden.

Halverwege de nacht was hij even wakker. Adelina bette zijn droge lippen met een natte doek.

'Ik ga je spoedig verlaten, lieverd,' zei Hincmar.

'Dat weet ik,' fluisterde Adelina. 'Wees maar niet bang voor God. Die weet echt wel dat je een goede man bent, ondanks al je dwaasheden.'

Ze sliepen weer in. Hincmar droomde nu van een onafzienbare heide. Zijn schaapskudde lag te rusten en herkauwen in het late licht. Adelina en de kleine Alberic ontfermden zich over een pasgeboren lam dat door het moederdier niet kon worden gezoogd. We gaan hier niet meer weg, wist Hincmar.

De volgende dag, rond het middaguur, stierf de graaf in zijn bed tussen juist ververste satijnen lakens. Een invallende zonnestraal wierp een schittering over zijn baard vol zweetdruppels, als was het een met edelstenen getooide tiara. Madoc had vurig gehoopt dat Hincmar het nog een dag langer zou volhouden nu in de vroege ochtend was gebleken dat beide pastoors uit Roc-le-Comte niet beschikbaar waren om het laatste sacrament toe te dienen. Vader Gaspard was de dag ervoor voor drie dagen naar familie vertrokken; vader Henry lag halfdood in bed vanwege een galstenenaanval. De meest nabije priesters bevonden zich in het stadje Vitrange. Spoorslags waren enkele ruiters op weg gegaan om er een te halen.

Niet veel later diezelfde ochtend deden enkele geheime gezanten het kasteel aan. Ze hadden meerdere berichten van grafelijke spionnen bij zich, afkomstig uit verschillende landstreken van het graafschap. Alle berichten handelden over de kwade trouw van verscheidene vazallen. Het was wel zeker dat ze een samenzwering beraamden.

Pastoor Hubertus uit Vitrange kwam met de ruiters in vliegende galop naar het kasteel. Bij hun aankomst was Hincmar reeds overleden; niemand buiten de sterfkamer was hiervan al op de hoogte. Staand aan het bed waarin de dode edelman lag, weigerde Hubertus het verzoek om het te doen voorkomen dat hij de graaf nog juist in diens laatste ogenblikken had bediend. ‘Een onzalige daad,’ oordeelde de priester, ‘om hier in het aangezicht des Heeren een dergelijk bedrog te plegen.’

Lopen er overal sjoemelaars in soutane rond, dacht Madoc, nemen ze er juist een mee die principes heeft. ‘Begrijpt u wat het kan betekenen voor de naam van dit huis als bekend wordt dat graaf Hincmar in zijn eigen bed *zonder* sacrament is overleden?'

'Hoe kan het toch,' reageerde vader Hubertus, 'dat de landsheer hier in zijn laatste dagen geestelijke bijstand kreeg nóch ten volle werd bediend met de genademiddelen? Legt u mij dat maar eens uit. Zijn sommige hardnekkige geruchten over de hooggeboren heer dan niet zonder grond?'

'U durft wel,' reageerde Adelina, die op de rand van het doodsbed zat. 'Zomaar lucht te geven aan redeloze en schofferende speculaties.'

'Vergeeft u mij, hooggeboren vrouw,' sprak vader Hubertus, 'ik meende u te moeten informeren over bepaalde verhalen die de ronde doen.' Daarop rechtte hij zijn rug opnieuw. 'In elk geval is het te laat voor sacrale bediening, zoals bedoeld voor de stervende. En ik zeg u: het is verwijtbaar. Ik kan u dus onmogelijk geven waar u om vraagt. Wel kan ik een litanie bidden voor het heil van de gestorvene.'

'U zou psalm 88 kunnen kiezen,' merkte Madoc losjes op. 'Een weeklacht vanuit het graf.'

Vader Hubertus knikte. 'En een smeekbede zoals *De profundis*, psalm 129. En natuurlijk ook een loftuiting, bijvoorbeeld...'

'Psalm 150,' hielp Madoc de priester. '*Laudate Dominum in sanctis eius*. Dat lijkt me passend.'

'Hoe weet u...'

'Anders dan u wellicht vermoedt bevindt u zich niet in een adelaarsnest vol heidenen,' zei Madoc. 'Ook de graaf was een liefhebber van het Woord. Hij vroeg mij vaak voor te lezen uit het Bijbelboek Spreuken.'

'Ach, het *Liber Proverbiorum*.'

'U moet weten,' sprak Madoc devoot, 'dat de landsheer zich graag liet inspireren door de wijsheden van Israëlitische koningen.'

De priester ontving een riante betaling voor zijn liturgische inspanningen. Hij kreeg het verzoek over de gebeurtenissen in de grafelijke sterfkamer te zwijgen, als betrof het een biechtgeheim. Madoc vermoedde dat deze geestelijke, eenmaal terug in Vitrange, hartstochtelijk zou getuigen over wat hij met eigen ogen had gezien.

Ook abt Silvester liet zich niet onbetuigd. Hij schreef na een overhaaste terugkeer in zijn abdij een kort, vlammend verslag over 'de krenking des Heeren en zijn nobele dienaren', begaan door de stervende graaf. Silvester had een speciale verklaring voor deze blasfemische ontsporing: de graaf zou op demonische wijze bezeten zijn geweest door toedoen van een gifmengster die zich in zijn nabije omgeving ophield. Het was voor de abt onbegrijpelijk dat de kerkelijke justitie deze malicieuze toverkol zo lang ongemoeid had gelaten. Monniken kopieerden dit getuigenis in tienvoud, waarna de afschriften met spoed werden bezorgd bij geestelijke en wereldlijke gebieders in de regio, om ieder naar behoren te informeren.

Later diezelfde dag brachten gezanten nieuwe berichten van spionnen, het ene nog alarmerender dan het andere. Uit deze verschillende tijdingen liet het hele verhaal erachter zich makkelijk raden. Verscheidene vazallen hadden, nadat het nieuws over de stervende graaf hen had bereikt, onmiddellijk hun troepen gemobiliseerd om naar La Couronne te gaan. De leenmannen wilden na het overlijden van de graaf in het kasteel hun opwachting maken, veinzend dat getrouwen, ridders en soldaten hun landsheer in groten getale de laatste eer kwamen bewijzen. Het werkelijke plan was, eenmaal binnen de muren, het kasteel te bezetten. Dit verraad van de leenmannen kwam voort uit een diepe onvrede over het nieuwe pachtstelsel. Ook wilden ze profiteren van de ontstane leemte in de grafelijke macht nu er geen volwassen opvolger van Hincmar beschikbaar was. Een van hen, Bertram Zondertand, zou de plaats van Hincmar innemen. Niet als nieuwbakken overweldiger en tiran, maar *als eerste zijns gelijken*. Want het ging de samenzweerders erom dat ze hun aloude vrijheden en volmachten als vazal zouden terugkrijgen in plaats van te moeten zuchten onder landsheerlijk oppergezag.

Madoc en de gravin riepen de dertien in het kasteel aanwezige ridders bijeen in het torenvertrek van Hincmar. Madoc vroeg de ridders om absolute geheimhouding van wat hier zou worden meegedeeld. Nadat allen dit hadden beloofd sprak hij: ‘Vandaag, rond het middaguur, is onze geliefde landsheer overleden.’

De meeste ridders reageerden totaal verrast op dit onheilsbericht, alsof ze er geen moment rekening mee hadden gehouden dat ziekte ook een sterke man kan slopen. Groot was de verslagenheid. Ieder zat te wenen of te bidden. Allen knielden voor gravin Adelina neer om hun meeleven en onvoorwaardelijke trouw te demonstreren.

Hierna bracht Madoc de ridders op de hoogte van de samenzwering der vazallen. Het laatste nieuws maakte duidelijk dat hun legermacht zich reeds op weg naar La Couronne bevond. Hun plan was de troepen in het woud, op een uur afstand van het kasteel, te laten bivakkeren. Men wachtte op het overlijdensbericht van de graaf.

Adelina zei: ‘Het is duidelijk waar ze op uit zijn. Ze willen de laatste telg van Hincmar uit de weg ruimen. Ze willen mijn zoon doden.’

Madoc dacht: ik weet er nog een die ze willen doden.

Raoul, de ridder, sprak: ‘We zijn in het geheel niet berekend op een beleg. Meer dan de helft van onze soldaten is met oogstverlof om de wijngaarden van hun families leeg te plukken. Die zijn niet eerder dan over twee weken terug. Stel dat we een groot aantal belagers van onze kantelen zullen weten te weren, dan nog zullen ze ons rustig kunnen uithongeren.’

‘De staat van de voorraden is niet geweldig,’ zei Madoc. ‘Maar het grootste probleem is het water. Dat moet van buitenaf aangevoerd worden. Of uit de hemel plenzen.’

'Ik geloof niet,' sprak de gravin, 'dat de verdediging van deze burcht onder deze omstandigheden veel kans van slagen heeft. En voordat er troepen arriveren om ons te ontzetten zijn we dood of gevangen. Ik wil mijn zoon redden, en daarmee het huis van Hincmar. Het liefste vertrek ik vandaag nog met een escorte naar Parijs.'

'Dan zult u niet ver komen, edele vrouw,' meende Guy. 'Er zijn overal verspieders van de vijand in de bossen en wijdere omgeving. Een korte achtervolging door een groep ruiters, kortstondig wapengekletter met de escorte, en ze nemen u en uw zoon gevangen.'

'Ja, die kans is groot,' zei Madoc.

Er viel een stilte in het gezelschap. Men dacht eraan hoe gemakkelijk een rijk, groot of klein, door agitatie van binnenuit ineen kon storten. Hoe het lot een mens alle zekerheden onverhoeds kon ontnemen. Denkend aan de toekomst doemde bij sommigen het schrikbeeld op dat ze hun verdere dagen als dolende ridder zouden moeten slijten.

'Dus eigenlijk kunnen we Alberic niet in veiligheid brengen?' riep Adelina uit.

Roerloos stond Madoc voor het raam en staarde over het welvend landschap van rotsen en woudstroken beneden zich.

'Wanneer we hier als ratten in de val zitten,' riep de ridder Lothar, 'kunnen we de burcht beter maar tot de laatste man verdedigen.'

Alle andere ridders stampten instemmend met de rechtervoet op de grond.

Madoc keerde zich om en zei: 'Het mankeert hier niemand aan vechtlust. Gelukkig maar. Toch zeg ik: bewaar die voor later.' En zich tot Adelina richtend: 'Ik denk te weten, edele vrouw, hoe we hier ongeschonden kunnen ontsnappen om Alberic te redden. Het lijkt op het eerste gezicht geen manoeuvre die in een heldenlied zal worden gememoreerd. Maar dat pakt anders uit wanneer we in de nabije toekomst langs diezelfde weg, in groteren getale, terugkeren om het kasteel dankzij onze vechtlust te heroveren en de koppen van de overweldigers te laten rollen.'

Zowel voor Adelina als de ridders had Madoc in raadselen gesproken. Ongelovig staarden ze hem aan.

'Dit is mijn plan,' zei Madoc. 'Eerst halen we ze binnen de muren, al die samenzweerders en hun aanhang. En dan... Luister.'

9

Twee dagen later, kort na het middaguur, begonnen de kosters en hun helpers de klokken van beide kerken in Roc-le-Comte te luiden. Uren achtereen beierden de klokken op fiere wijze. De bevolking van het stadje had opdracht gekregen zich niet naar het kasteel te begeven. Ze zouden op een later tijdstip afscheid van de graaf mogen nemen in de kerk van Saint-Guillaume. Leenmannen van de graaf met hun troepen werden spoedig verwacht. Zij kregen voorrang bij de plechtigheden rond het afscheid van hun leenheer en gebieder. En inderdaad verscheen aan het einde van die middag een leger van de grafelijke vazallen, aangevoerd door Bertram Zondertand. De manschappen bestonden uit ongeveer honderd ridders met hun schildwachten, evenveel serianten en daarbij nog een fors aantal gewone soldaten, tezamen ongeveer vijfhonderd man, allen te paard. Een kleine delegatie geleid door de ridder Raoul verstond zich met de legeraanvoerder, condoleerde hem met het verlies en nodigde hem en al zijn manschappen in hoffelijke bewoordingen uit het kasteel te betreden. Iedereen zou met drank en spijs worden onthaald in afwachting van het moment dat de voorbereidingen voor de afscheidsplechtigheid waren voltooid. De manschappen konden hun paarden naar de meent aan de rand van het stadje brengen. Er was een speciale kraal voor de rijdieren ingericht. Ze werden er vastgezet en kregen verzorging door een groep soldaten uit het kasteel, die ook 's nachts bij de dieren zouden waken. Aldus gebeurde het en een uur later bevonden alle troepen zich binnen de kasteelmuren. Op het binnenhof stonden de wijnvaten reeds klaar. Men had op veel aanloop gerekend, gezien de vele broden, kazen, hammen en zelfs warme schotels met vlees die ook voor de gewone manschappen op tafels buiten stonden uitgestald. De leenmannen zelf en hun voornaamste ridders kregen het beste onthaal in de grafelijke eetzaal. Spoedig voegden zich de treurende jonkvrouwen bij hen. Zij hadden het droeve nieuws ook pas vernomen en toonden zich verwonderd over de snelle komst van de grafelijke getrouwen. Gravin Adelina en de kanselier Madoc kregen zij nog niet te zien, druk als ze waren de zaal waarin de overledene lag opgebaard voor de plechtigheid te laten inrichten. Van hoog tot laag liet men zich onthalen op de allerbeste wijnen uit de grafelijke kelder en het voortreffelijke voedsel uit de keuken. De leenmannen schrokten tevreden. Ze waren binnen, vormden met hun gevolg van wapenlieden een grote meerderheid. Eigenlijk was het kasteel al van hen. Later op de avond of de volgende ochtend konden ze eenvoudig toeslaan.

Madoc en de ridders met hun helpers hadden hun plan meerdere keren met elkaar doorgenomen. Ze hadden niets aan het toeval overgelaten. Er bestond zelfs een plan van handelen voor het geval de samenzweerders de aangekondigde afscheidsplechtigheid niet zouden afwachten, maar direct het kasteel zouden bezetten. Twee nachten eerder was het lijk van de graaf reeds in het geheim naar de grafkelder gebracht. Een sarcofaag met de stoffelijke restanten van Hincmars vader was geruimd. Diens beenderen werden in een houten kist verzameld. Het lichaam van Hincmar werd, bijgelicht door flambouwen, in de sarcofaag gelegd en deze werd, in aanwezigheid van Adelina, met de stenen bovenplaat gesloten.

Madoc had drie ridders in vertrouwen genomen. Hij had

hun gedemonstreerd op welke manier zij vanuit de grafkamer dankzij het verborgen paneel in de ogenschijnlijke rotswand de onderaardse gang konden bereiken die naar de kelderruimte van de kerk in het stadje beneden leidde. En ook had hij laten zien hoe zij tezijnertijd met hun troepen via diezelfde kelder en opgaande, onderaardse tunnel via de paneelwand weer in de grafkamer terug konden komen, waarna ze vervolgens door de kapel het binnenhof van het kasteel konden betreden om de herovering van het kasteel bij nacht in te zetten.

Toen het bericht kwam dat het leger van de vazallen het kasteel naderde hadden Adelina en Alberic, begeleid door Madoc en enkele ridders, het kasteel langs deze grafkamer en de onderaardse gang reeds verlaten. In de stenen ruimte onder de kerk wachtten zij op een bericht van medestanders dat ze naar buiten konden komen.

Toen het leger van Bertram Zondertand en zijn medesamenzweerders zich reeds een uur in het kasteel bevond en zich hartstochtelijk tegoed deed aan de wijnen en spijzen zorgde een viertal mannen die op de weergang boven de poort verbleven ervoor dat het zware ijzeren poorthek langzaam naar beneden werd getakeld. Toen het zo ver was, verschenen van buiten het kasteel zes mannen buiten bij de poort. Twee hielden elk een ladder van vijftien voet hoog vast en de resterende twee klommen aan weerszijden van de poort naar boven. Die twee mannen waren beiden uitgerust met een stevige hamer en twee hardhouten wiggen die zij met kracht in de smalle ruimte tussen de buitenste stang van het ijzeren hek en stenen sponning van de doorgang sloegen, waardoor het hekwerk klemvast kwam te zitten en niet meer naar boven kon worden gehesen. Direct daarna draaiden de poortwachters boven met beide lieren de kettingen zodat de liggende, hardhouten poortwand werd opgehaald. Toen de houten poort verticaal stond, wierpen ze stevige touwen naar beneden en daarlangs zeilden ze zelf langzaam af, zodat ze even later ook op de grond buiten de poort stonden. Opnieuw kwam het zestal met de ladders in actie. Twee mannen bestegen deze aan weerszijden van de gesloten poort. Ze dreven onder hamerslagen meerdere houten wiggen tussen de houten poort en de opstaande sponning. Van binnen het kasteel kon men daardoor de houten poortdeur via de kettingen niet meer laten zakken. Niemand van het wapenvolk der vazallen had iets van deze bezigheden bespeurd; men was te druk zich te laven en vol te vreten.

De mannen verdwenen, met medeneming van de ladders, met spoed naar de kerk om Madoc en zijn edele gezelschap te verwittigen dat ze naar buiten konden komen. Allen begaven zich nu naar de meent. Bij hun komst begonnen de grafelijke soldaten die de paardenkraal bewaakten met het verzamelen van de rijdieren. Eerder hadden ze de dieren in koppels van vijf aan speciale ropen vastgebonden. Aldus konden deze paarden gemakkelijk worden meegevoerd. Een andere groep grafelijke soldaten had de beste paarden die eerder vanuit het kasteel naar een schuur van de graaf waren gebracht opgehaald en naar de meent gebracht. Gelijk met kostbaarheden die ook eerder waren weggebracht. Niet lang daarna was men zover dat het honderdtal gevluchte ridders en soldaten, het escorte van de gravin en haar zoon Alberic, kon vertrekken. Men voerde de aan ropen gebonden paarden van de bezoekers met zich mee. Hun eerste reisdoel was de paardenmarkt van Reims. Daar zouden alle dieren worden verkocht. Een deel van de opbrengst was bestemd om de soldaten drie maanden soldij uit te betalen. Ze moesten hun eigen weg gaan; in betere tijden mochten ze terugkeren naar La Couronne. Hierna zouden Madoc en de ridders de gravin en haar zoon naar Parijs brengen.

Een groepje strijders uit de gelederen der vazallen dat op de weergang een luchtje schepte omdat ze zich allemaal klem hadden gegeten zag tot ieders ontzetting hoe al hun paarden van de meent werden gevoerd. Een grote groep ruiters nam de rijdieren in een lange stoet met zich mee. Het zevental sloeg alarm en haastte zich naar de grafelijke eetzaal om dit kwade nieuws over te brengen. Maar toen de vazallen, loom en beneveld, zich op de weergang vergewisten van dit zonderlinge bericht was de gemeenschappelijke weide al leeg, was er niets meer te zien in het schemerdonker van degenen die deze roof op hun geweten hadden.

Bertram en zijn edele aanhang begaven zich daarop naar de zaal waar de graaf zou zijn opgebaard. Ze vonden er geen lijk, noch de gravin, haar zoon of Madoc.

Bertram moest zijn opspelend maagzuur telkens inslikken toen hij en zijn trawanten ontdaan naar het binnenhof beenden. Daar schreeuwde hij het bevel dat allen het kasteel moesten doorzoeken. 'Zoek de gravin en haar zoon, zoek die godverdommese Madoc!'

Tussenspel (2)

Kort na zijn entree in de grote wereld begon mijn held te begrijpen dat hij zijn mannetje moest leren staan, om te voorkomen dat allerlei gebroed hem lam en kreupel zou slaan. Omdat hij de neiging vertoonde zelfs in die gribus onder de rook van Brussel wortel te schieten, natuurlijk vanwege een vrouw, creëerde ik een catastrofe in zijn leven die hem dwong te vluchten, maar die hem elke keer opnieuw zal achterhalen.

In het graafschap Mourille bracht hij het dankzij zijn ambitie, sluwe verstand en discipline tot kanselier. Stilaan drong het tot hem door dat zijn prestige in deze feodale entourage niet alleen maar van zijn 'regeerkunst in de schaduw' afhing. Hij moest ook zijn mannelijkheid, lichaamskracht en moed tonen. Hij moest een ridder worden die bereid was op leven en dood te vechten. Zulke beproevingen moest hij doorstaan en hij werd erdoor getekend.

Het grote voordeel dat ridderlijkheid en heldendom eertijds aan een man verschaften, was de gunst van vrouwen. Voor onze held scheen de liefde voor een uitzonderlijke vrouw wel zo'n beetje het hoogste goed op aarde. Maar in het spel van de aardse minne kon hij tot nu toe alleen maar een rol achter de coulissen spelen.

De wederwaardigheden in de feodale wereld van onze held zijn in het verhaal wel enigszins gaan woekeren. Dat heeft verschillende redenen. Ikzelf raakte verknocht aan zijn positie in de entourage van de graaf en aan zijn ijver de samenleving te hervormen. Zijn streven de verbrokkelde macht in het graafschap te centraliseren en de uitoefening ervan aan heldere regels te onderwerpen, boeide me. Door de uitgifte van handvesten met privilegiën gaf hij de jonge steden in het graafschap een eigen status en autonome positie, waardoor deze steunpilaren van de landsheerlijke macht werden. Hij ijverde ervoor de horigheid onder de boerenbevolking helemaal uit te bannen. De plotselinge dood van de graaf leidde er echter toe dat zijn vazallen in opstand kwamen om hun verloren macht te heroveren. Een smadelijke vlucht van onze held en de zijnen onder het mom van 'wij komen terug' maakte aan een voorspoedige periode een einde.

Welbeschouwd staat de held er sindsdien weer alleen voor. Behalve op enig vergaard bezit kan hij alleen nog terugvallen op zijn eigen talenten. Hij zal zichzelf opnieuw moeten uitvinden. Een terugkeer naar de wereld waaruit hij is verdreven wordt nog steeds gekoesterd. Maar het staal van de zwaarden heeft misschien onderhand weleens genoeg gekletterd. Het feodale geweld waarin zijn eigen driestheid werd beproefd, heeft hem innerlijk meer beschadigd dan hem lief is. Hij zoekt naar middelen om zichzelf te helen. Het is al met al hoog tijd voor een ingrijpende zwenking in zijn levensverhaal.

Parijs wordt zijn volgende toevluchtsoord. Daar kan men college lopen, boeken kopen of anders neerstrijken in fameuze bibliotheken. De held zal zijn geest voeden met velerlei geschriften uit de Romeinse Oudheid, waarin het aardse leven wordt bezongen. Het zal ertoe leiden dat hij op den duur zelf zal gaan schrijven. Dit derde deel gaat over de genese van een schrijverschap, en ook over de aard van het schrijverschap binnen de omstandigheden van de dertiende eeuw.

Mijn eerste probleem is hoe ik in deze roman op overtuigende wijze over die omslag van het ridderlijke naar het intellectuele kan schrijven. Bij de beschrijving van een tweegevecht op leven en dood denk ik te weten hoe het moet, maar hoe roep je als auteur eigenlijk spanning op wanneer je schrijft over de held en zijn ontkiemende literaire ideeën? Hoe laat je zijn verhaal in wording bliksemen? Wellicht door op symbolische wijze iets aan te richten, door de inhoud van het geschrevene grensoverschrijdend te laten zijn, en wel in die mate dat het geschrevene alle basale waarheden van de middeleeuwse heersende orde aanvecht of die zelfs in woorden weet te vermorzelen.

Dit derde deel is gewijd aan de geest, aan het intellectuele én mystieke, aan wereldlijke epiek en religieuze lyriek. Maar waar dit laatste deel uiteindelijk over zal gaan wordt nu ook duidelijk: alles voert terug naar de vraag op welke wijze onze geletterde held omstreeks het jaar 1230 in zijn versregels vorm zal geven aan het feit dat hij een totale ongelovige is.

En wat als de moederkerk daarvan lucht krijgt?

Deel 3

Geest

Hoofdstuk 8

Schrikbarende ontdekkingen

I

Ongeveer drie maanden nadat Madoc in Parijs was terechtgekomen ontdekte hij dat Elmus nota bene in deze stad een nieuwe rustplaats had gevonden. Dat ook hier ineens de schaduw van de Vlaamse martelaar over hem heen viel bracht Madoc van zijn stuk, temeer daar deze ontdekking hem in herinnering terugvoerde naar de twaalf aposteltjes van Sint-Odulfus nabij Brugge die de monnik tijdens zijn roofdierlijke omzwervingen toenmaals een voor een waren tegengekomen.

Niet lang daarna kwam Madoc ook nog eens te weten dat de aartsbisschop op het hoofd van Elmus' moordenaar – 'de goddeloze Beda, deze gevleesde duivel' – inmiddels het fabelachtige bedrag van 250 zilvermarken had gezet. Voor korte duur nam het besef dat men op hem jaagde weer bezit van hem. Hij mocht blij zijn met dat geprononceerde litteken op zijn wang en zijn overvloedige hoofd- en gezichtsbeharing, die hem als het ware van een masker voorzagen. Intussen wekte de onstuimige verering van Elmus zijn nieuwsgierigheid, want hij voorvoelde dat overal waar deze knoestige figuur zich deed gelden, levend of dood, rampspoed niet lang op zich liet wachten.

De overkomst van Elmus' geheiligde beendergestel naar Parijs was een gevolg geweest van de straf die de Franse koning

Filips Augustus na de slag bij Bouvines in 1214 aan het opstandige maar wederom onderworpen leengoed Vlaanderen had opgelegd. Het graafschap moest natuurlijk een enorm bedrag aan herstelbetalingen en losgelden voor gevangenen opbrengen. Om de vernedering nog sterker te laten voelen, ontnam de overwinnaar het Vlaamse gravenhuis een deel van zijn kunstschatten en juwelen. Brugge en Gent met hun Engelsgezinde burgerij moesten eveneens bloeden. In geld en heilig goed. Tot ontsteltenis van de Bruggelingen lieten de Fransen het lichaam van de met de zweep gevilde monnik Elmus opgraven. Kort ervoor had paus Innocentius III hem heilig verklaard. De Fransen vervoerden dit aanbeden lijk naar het oude klooster Saint-Léon-sur-la-rive in hartje Parijs. Uit grootmoedigheid, en om te laten blijken dat in de toekomst een verzoening tussen de koning en de trouweloze Vlamingen mogelijk bleef, lieten de Fransen de linkervoet van de heilige in Brugge achter. De cyclopische voet, waarover men fluisterde dat de teennagels ervan doorgroeiden, rustte sindsdien in een speciaal ontworpen schrijn, zo groot als een konijnenhok, die een plaats kreeg in het transept van de Sint-Donaaskerk.

De Fransen zouden van de roof van Elmus' stoffelijk overschot – dit godvruchtig reuzenkarkas dat indertijd net te groot was geweest om rechtstreeks ten hemel te kunnen varen – op den duur hun bekomst krijgen. De eerste jaren in Parijs sluimerde de heilige in een zoetgeurende rust die een langzaam groeiend aantal aanbidders bij zijn graf, een bovengrondse tombe, nauwelijks mocht verstoren.

De komst naar Parijs in die tijd van de eerste franciscanen of zogeheten minderbroeders zou ook de bekendheid van Sint-Elmus ten goede komen. De Franciscanen oogstten veel aandacht met hun prediking van een armoedige levenswijze in dienst van de Heer. De kleine, zelotische harde kern van Sint-Elmus' aanhangers reageerde hierop door het verhaal over de ascetische levenswijze en de bloeddoop van hun eigen heilige een grotere verspreiding in Parijs te geven. Nogal wat stedelingen deden zich er tegoed aan omdat de tijdingen over de heilige Elmus veel sterker gekruid waren dan die over de leermeester Franciscus. Deze had toen de wondtekenen van Jezus nog niet ontvangen en was in de eerste plaats beroemd om zijn preken, waarmee hij een gehoor van allerlei diersoorten wist te boeien.

Onder de straatarme groepen van Parijzenaars en aangewaaid volk dat er net zo aan toe was, kreeg Elmus duizenden volgelingen die via de zweep de genade deelachtig wilden worden. De Parijzenaars gaven hun de naam van *verworpenen*, maar zelf noemden ze zich *armzaligen*. Ze kwamen samen bij de kloosterkapel waar de heilige rustte, en toen de toeloop daar te groot werd en de abt de poorten liet sluiten, verplaatste de menigte zich naar het Place de Grève, waar voordien al veel paupers samenkwamen, wachtend op de ronselaars voor gelegenheidswerk.

Groot was de invloed van een lekenprediker, Lambert, in wiens dromen de heilige Elmus regelmatig verscheen, gehuld in een habijt dat geheel van uitgebloeide distels was vervaardigd. Onder Lambert vormden de aanhangers zich tot een officieuze bedel- en geselorde. Ze gedroegen zich als een commune van gelijken en deelden hun schamele broodkorsten onder elkaar. Ze maakten van hun nood een deugd door met honderden tegelijk op het plein dagen achtereen te vasten om hun zonden uit te boeten. Ze reciteerden weeklagende gebeden in hun eigen kromme taaltje. Anderen dwaalden in een grote stoet met naakte bovenlijven door de stad. Tijdens zulke grimmige processies begonnen ze zich met ijzer gepinde riemen tot bloedens toe op de rug te geselen. Ook dansten ze als wilden totdat ze in katzwijm vielen en halfdood uit de modder op straat moesten worden getrokken.

De stedelijke burgerij en gezeten ambachtslieden toonden zich afkerig en schuw van deze zelotische samenrottingen. In grote groepen klitten de armzaligen op de trappen en bordessen van de voorname kerken. Reguliere kerkgangers, zelfs edelen, moesten zich in allerlei bochten wringen of over dit volkje heen klauteren, om in de kerk te komen.

Tussen de volgelingen van Elmus bevonden zich ook vrouwen uit gevallen families, onteerde joffers en verstoten freules, verliezers uit de laagste rangen van de mestvaaltadel. Preken van deze ontwikkelde vrouwen zweepten de volgelingen verder op. Ze leerden dat de moederkerk ver was afgedwaald van het geloof met al haar pronkzucht en praalziekte, met haar wereldlijke vraatzucht ten koste van de armen. Zo'n kerk stond tussen de mens en God in en maakte dat een oprechte gelovige vergeefs bij de Vader of Zoon naar ontferming dorstte. Zo'n kerk was een hindernis naar zegening en zielenheil.

De Parijse geestelijkheid raakte gealarmeerd door de vijandigheid die in dit verpauperde gezelschap de kop begon op te steken. De aartsbisschop was van oordeel dat de beweging flink naar de mutsaard begon te rieken en pleitte voor de eliminatie van ketterse begijnen en andere demonische voorlieden. Gezagsdragers en stadswachten namen de prekende vrouwen gevangen en voerden hen af. Maar in hun plaats traden vrijwel direct volkspredikers die uit het niets opdoken. Met toestemming van de koning joeg men de samenkomsten van de armzaligen uiteen, hoewel spoedig bleek dat strenge vervolging en grof geweld nodig waren om het probleem daadwerkelijk op te lossen. Alle paupers zonder vast werk joeg men de stad uit en wie terugkeerde sloeg men 'lam en kreupel', wat vaak gelijkstond aan doodranseling.

De stadsbevolking herademde en de droefheid was mondjesmaat toen kort daarop tijdens een helse onweersnacht de houten gebouwen en optrekken van het oude klooster Saint-Léon-sur-la-rive door bliksems werden getroffen en afbrandden. Het klooster zou nooit worden herbouwd; op de vrijgekomen plaats aan de oever verrezen al spoedig villa's voor welgestelde families.

Een klein regiment van geestelijke ridders vervoerde de geblakerde resten van de heilige naar een geheime plaats elders in Frankrijk, waar ze in de aarde kwamen te rusten onder een klein, naamloos grafmonument. Daarmee verdween de bloeddopeling Elmus Sanctissimus uit de grote heilsgeschiedenis van het Avondland. De schrijn met zijn voet erin werd enkele maanden later uit de Sint-Donaaskerk van Brugge ontvreemd en bleef zoek.

Madoc zou de beroering rondom de armzaligen van Elmus gedurende langere tijd op afstand volgen. Hij voelde deernis voor deze groep wanhopigen die men net als rondtrekkende Joden – beschuldigd van rituele kindermoord – of Andalusische kooplui – uitgejouwd voor Saraceense strontvliegen – bij vlagen met bloedig geweld de stad uitdreef.

De verwoestende blikseminslag in de kapel van het klooster waar Elmus in zijn tombe bovengronds werd bewaard gaf Madoc het meest te denken. De verblindende voltreffer vanuit een ijle hoogte deed hem langdurig peinzen over de vraag of er misschien toch meer was tussen hemel en aarde.

2

Kort na zijn aankomst in Parijs was Madoc er serieus over na gaan denken hoe hij in deze stad een bestaan kon opbouwen, mocht een terugkeer naar het graafschap onverhoeds onmogelijk blijken. Zijn adelbrieven, hem eerder verstrekt door Hincmar en ook opgetekend in het koninklijk register, waren te pover om zich in betere kringen te kunnen begeven, mocht hij zoiets nog eens ambiëren. Eerst ging hij op zoek naar Johannes, in de verwachting dat deze man hem de geheimen van de stad kon leren kennen. Hij zocht in alle straten van het Quartier Latin naar de nog jonge man wiens begeestering hem bij de vorige ontmoeting zo monter had toegeschenen. Hij sprak met talloze bewoners in de buurt, met kroegvolk en straatmadelieven, maar niemand scheen hem te kennen.

'Je zei dat het een vagant was,' hield iemand hem voor, 'nou, dan zal hij wel naar een andere stad zijn vertrokken.'

Toen Madoc zijn zoektocht naar Johannes uiteindelijk staakte leek Parijs hem een onherbergzaam oord te zijn. En hij meende zich te herinneren hoezeer hij dit gevoel sinds zijn eerste dag in deze stad had ingeademd.

Ze waren toenmaals, in een kleine stoet ridders en schildknapen, karossen en zwaarbeladen karren, na een dagenlange tocht vanuit Reims eindelijk Parijs binnengereden. Uit een grauwe lucht viel steil de regen. Ze gingen stapvoets over onverharde straten met veel verkeer van wagens en koetsen. Daartussen liepen koppels rundvee, door hoorntouwen aan elkaar gebonden, die door landvolk naar de slachterijen werden gedreven. Krijgslieden te paard intimideerden minder manhaftige ruiters, opdat ze doorgang boden. Modder en paardenvijgen spatten op wanneer de rijtuigen na een opstopping weer in beweging kwamen. Koetsiers vuurden hun paarden aan met klappende zwepen. Een ratelend rumoer weerkaatste tussen de rijen huizen. Door overvloedige regens waren de smalle open riolen langs de straten overgelopen. Overal zocht een bruingele drab zijn weg in de karrensporen.

Verderop, in een rijker deel van de stad, was het niet veel beter geweest. De tocht door een ruimere, geplaveide straat ontlokte onder de ruiters van de stoet uitroepen van afschuw. Tussen de rechter- en linkerrijbaan lag een brede goot overvol van zwadder die een stank verspreidde als een uitpuilend kerkhof na een epidemie.

Madoc, rijdend in het midden van de stoet met de kleine, slaperige Alberic tegen zich aan gedrukt, wierp een blik op Adelina die naast hem op Blanche reed. Toen zij, enkele weken geleden, drie dagen na hun vlucht uit het kasteel, Reims in de verte zag opdoemen, zei ze, haar tranen wegvegend: 'Mijn zoon is tenminste gered.' Sindsdien was er geen enkele klacht meer over haar lippen gekomen.

De ridders bejegenden haar – een jonge, kwetsbare weduwe – op de meest omzichtige en wellevende wijze. Madoc volgde maar in die gedragslijn en dit scheen haar te bevallen: ze begon op een bijna commanderende toon tegen hem te spreken. Tijdens hun verblijf in Reims had hij haar nog enkele keren onder vier ogen gesproken, voornamelijk over praktische zaken en te nemen maatregelen. De sfeer tijdens die ontmoetingen was afstandelijk, verstoken van iedere onderlinge verstandhouding.

Tijdens hun tocht naar Parijs wilde ze niet in de karos bij andere vrouwen, liever besteeg ze Blanche. De amazonezit op een aangepast zadel belette haar niet om dagen achtereen een fikse afstand af te leggen. Ze had zich in een fraaie mantel gehuld en bedekte haar hoofd met een flamboyante hoed die de stormwind kon weerstaan nadat ze deze met een Levantijnse sjaal had vastgebonden. Zo reed ze, ongevoelig voor de wisselvalligheden van het weer en meestentijds in zichzelf gekeerd, mee in de kleine stoet.

Madoc begreep feilloos dat zij erover nadacht hoe zij haar rang en positie in de samenleving kon veiligstellen, mocht het graafschap toch niet worden heroverd. Hijzelf, die eerder had gedacht haar aanstaande te zullen zijn, raakte er tijdens die tocht van doordrongen dat hij in de ontstane situatie was gedegradeerd tot gewone ridder die haar vroeger had mogen beminnen en nu nog slechts de herinnering eraan mocht koesteren.

Na een groot deel van Parijs te hebben doorkruist eindigde de intocht bij het kasteel La Cascade, gelegen aan een snel vlietende rivierarm van de Seine. Alsof het de normaalste zaak van de wereld was liet de baron die hier resideerde een kleine vleugel voor zijn verre nicht de gravin inrichten. Madoc en de anderen gingen elders in de stad op zoek naar huisvesting. Dat bleek niet makkelijk. Een gasthuis met een grote stal bood na een volle week zoeken en bivakkeren uiteindelijk een fatsoenlijk onderdak aan de ridders en hun pages.

Voor zichzelf huurde Madoc een bovenhuis in een buurt die net te goed was voor de levendigheid van werkplaatsen en neringen. Daar besloot hij zich te vermannen en te doen wat hij zich eerder had voorgenomen. In stilte begon hij te werken aan een verslag over de algehele toestand en gebeurtenissen in het graafschap Mourille. In gedecideerd en glashelder proza, verstoken van feodale mystificaties, schetste hij de inrichting van het grafelijk bestuur en de ophanden zijnde invoering van een modern, monetair pachtstelsel. Puttend uit de herinnering, maar daarom niet minder nauwkeurig of gedetailleerd, beschreef hij de handvesten met privileges die de graaf aan de stedelijke communes had geschonken en tot welke expansie en welvaart dit had geleid. Met een zekere afstandelijkheid, alsof hij zelf geen partij in dit conflict was, zette hij de oorzaken en drijfveren achter de samenzwering van de machtigste vazallen in het graafschap uiteen. Madoc besloot met het relaas waarom de wettige gravin de burcht en erflanden van haar onlangs overleden echtgenoot had moeten ontvluchten in plaats van deze te verdedigen. En hij beschreef ten slotte welke stappen er dienden te worden gezet om de legitieme opvolger van graaf Hincmar in zijn recht als leenman van de Franse troon te herstellen.

Dit dossier moest de aanstaande audiëntie bij de koning ondersteunen. Het doel van de audiëntie was Filips Augustus te bewegen duizend man krijgsvolk beschikbaar te stellen. De gravin zou met haar eigen middelen hier nog vijfhonderd man aan toe kunnen voegen. Deze gezamenlijke legermacht zou naar Mourille moeten optrekken om het graafschap van opstandige vazallen te zuiveren.

Men werd echter niet zomaar tot de koning toegelaten. Wie daarvoor enige kans wilde maken moest een brandbrief schrijven en de laaiende kwestie in ten hoogste drie folianten uiteenzetten. Een ambtelijke commissie boog zich over dit schrijven en kwam, weken na indiening, met een aantal aanvullende vragen. Na de beantwoording hiervan volgde een nog langere wachttijd waarin een rekwestrant alleen maar geduld kon oefenen. Alles scheen erop gericht de procedure zo lang mogelijk te rekken.

Toen de koerier Madoc eindelijk een nieuw bericht van de koninklijke kanselarij bracht, was de audiëntie nog even ver weg. Als grafelijk kanselier en zaakgelastigde moest Madoc verschijnen voor een commissie bestaande uit drie grootofficieren van de kroon. Het waren oudere heren, ijzervreters van weleer, gestoken in dure jassen waarop hun vele onderscheidingen prijkten. Urenlang werd Madoc bevraagd en telkens antwoordde hij zonder aarzeling of gehakkel. Voor hem lag het lijvige dossier, een bijna vuistdik verbaal dat met linten was samengebonden. Nadat alle vragen waren gesteld schoof Madoc dit verbaal de grootofficieren toe. Beurtelings namen ze het in handen, keken ernaar met enig ongeloof en lazen op het titelvel:

Graafschap Mourille AD *1221.*

Hoelang zal het duren voordat ze dit verslag alle drie gelezen zullen hebben? vroeg hij zich vertwijfeld af.

De grootofficier die met de zwaarste insignes was behangen dankte hem voor de toelichting en de verstrekte documentatie. Hij raamde dat de gravin van Mourille binnen enkele maanden een uitnodiging voor een audiëntie zou mogen verwachten.

Madoc stond op en boog voor het drietal. Het zag er nu naar uit dat er belangrijke stappen waren gezet om de koning in eigen persoon te kunnen spreken. Hij begaf zich naar La Cascade om Adelina dit nieuws te brengen.

3

Adelina kon hem pas de volgende dag ontvangen en toen hij haar eindelijk te zien kreeg leek zij minder onder de indruk over wat er was bereikt dan hij had verwacht. Ze was mondainer dan ooit gekleed, inmiddels volgens de jongste bevliegingen van matrones uit Parijse paleizen en kastelen. Madoc hield meer van haar mediterrane verschijning, even mondain maar intussen veel sensueler. Hij probeerde al zijn onbehagen voor haar te verbergen. Om te laten zien dat hij haar zaak bleef toegedaan, vertelde hij haar behalve over het onderhoud met de grootofficieren ook over de contacten die inmiddels met de bestuurders van de steden in Mourille waren gelegd.

'Ik neem aan dat de meeste stadsregenten ons grafelijk bestuur alleszins zijn toegedaan,' reageerde Adelina, eerder stekelig dan verheugd. 'Dankzij mijn man zaliger zuchten ze niet langer onder de zweep van lokale tirannen.'

Het lag Madoc voor op de tong dat de handvesten voor stedelijke autonomie volgens zijn eigen ideeën waren opgesteld, maar hij slikte die woorden in.

Er waren bovendien, ging hij verder, heimelijke besprekingen met invloedrijke families in de regio. Ook in deze kringen was men het grafelijk bestuur nog steeds zeer toegedaan. Velen zagen zich niettemin voorlopig gedwongen met de wolven in het woud mee te huilen. Van belang was het nieuws afkomstig van infiltranten die in de gelederen der samenzweerders waren doorgedrongen. Het boterde al snel niet meer onder de vazallen, wat vooral te maken had met de machtshonger van Bertram Zondertand. Bij voortgaande onenigheid zou het feodale monsterbond makkelijk kunnen splijten. Hun verdeeldheid zou de militaire campagne ter herovering een stuk eenvoudiger maken.

Adelina, tegenover hem gezeten, knikte afwezig toen hij zijn verslag had afgerond. Hij was en bleef onaangenaam getroffen door de afstand die zij tot zijn persoon had geschapen.

Om toch iets over haar huidige omstandigheden te weten te komen, vroeg hij: ‘En jij, wat voer jij zoal uit?’ Zijn woorden klonken stroef, alsof hij het niet echt wilde weten.

‘Ik leer de juiste mensen kennen,’ antwoordde Adelina en vertelde hem hoe ze, na inlichtingen bij vertrouwde families te hebben ingewonnen, ontmoetingen arrangeerde met mannen die zich dicht bij de koninklijke familie ophielden. Met hen besprak ze haar rampspoed en die van het overweldigde graafschap. Langs deze weg hoopte zij dat de kwestie-Mourille een groter bekendheid aan het hof zou krijgen, nog voordat zijzelf op audiëntie zou worden uitgenodigd.

Zonder het te willen vormde Madoc zich een beeld van haar ontmoetingen met aristocraten die geen andere zorgen hadden dan nu en dan ‘een frisse bijslaap’ te regelen. Edelvrouwen in moeilijkheden vormden een geliefde prooi. Met beloftes van protectie en ontferming werden ze naar de sponde gelokt.

Adelina vertelde over Edouard, in de moederlijke lijn verwant aan het Huis Anjou, die zij behoorlijk had ingepalmd en die veel voor haar kon doen in de eminente gezelschappen waarvan hij deel uitmaakte. Zo had zij ook Hugo en Arlan leren kennen, voorname telgen uit een hertogelijk geslacht. En zij vertelde geanimeerd over de mannen in kwestie alsof zij intieme vrienden waren.

Madoc voorvoelde dat haar ontboezemingen hem de komende nachten met courtisanefantasieën zouden opzadelen die zijn hart zouden striemen. Zie mij hier nou toch eens zitten, schoot het door hem heen. Vol weerzin dacht hij aan het type man dat zich opwerpt als de hoofse dienaar die in gestileerde onderdanigheid een dame zijn trouw bewijst, in weerwil van al haar nukken en kippenkuren. Hijzelf was geen ridder die het verlangen naar zijn dame cultiveerde en opzweepte tot het ondraaglijk werd. Haar beminnen, elkaar bezitten, daar kon hij iets mee. De rest kon hem eigenlijk gestolen worden. Maar Adelina leek hun intieme geschiedenis geheel te hebben gewist. En toen dacht hij aan de jongen die ze samen op de wereld hadden gezet.

'Alberic, ja,' prevelde hij voor zich uit.

Adelina stokte in haar verhaal over deze of gene hoveling en keek hem verbaasd aan.

Hij vroeg: 'Kan ik aanstaande zondagmiddag met onze zoon uit rijden gaan?'

'Druk je toch eens voorzichtig uit als je over Alberic praat,' siste Adelina. 'Er zijn hier zo veel luistervinken.'

Wanneer Alberic er niet was geweest, had hij zijn zaken afgehandeld, en was hij met spoed uit Parijs vertrokken, om elders opnieuw te beginnen. Hij wilde de jongen niet achterlaten.

Die zondagmiddag reden vader en zoon samen op Blanche de stad uit, met daarnaast Madocs paard Florent, dat zich aan een leidsel liet meevoeren. Bestemming was het bos van Rouvray. Achter lastig begaanbare zones met fiere boompartijen waren enclaves, open velden waar ze ongestoord konden oefenen. Als Madoc een teken gaf, knielde Blanche op haar voorbenen, zodat Alberic het rijdier zelf kon bestijgen. De jongen genoot van het rijden en algauw reed hij harder dan stapvoets over het veld, waardoor hij een paar keer van de merrie afgleed.

Toen ze uren later terugkeerden in het kasteel La Cascade zaten Adelina en Madoc aan weerszijden van het haardvuur. Alberic zat rozig op Madocs schoot te slapen. Zijn moeder liet weten dat Alberic sinds kort een huisleraar had, Armand, die hem leerde lezen en schrijven, die hem liet kennismaken met grammatica, Latijn en rekenkunde, ter voorbereiding op de kathedraalschool.

Madoc toonde zijn instemming hiermee. Alberic, weer wakker, zei dat hij ook wilde leren zwaardvechten. Madoc zegde het hem toe. Alberic juichte; zijn moeder maande hem tot voorzichtigheid.

Kort hierna wilde Madoc vertrekken, maar Alberic vroeg hem bijna smekend te blijven voor het avondmaal. Adelina kon niet anders dan die invitatie bekrachtigen. En zo zaten ze als een heuse familie die avond bijeen. Alberic zat dicht bij Madoc, en de jongen mocht zijn verhalen allemaal afsteken. Na de maaltijd moesten ze natuurlijk nog stoeien. Ten slotte droeg Madoc zijn zoon naar bed, over zijn schouder alsof hij een geschoten hert was, terwijl Alberic hikte van het lachen en genoot van alle ruwe bejegening. Toen hij eindelijk in bed lag, zei Madoc: 'Als je goed je best doet bij Armand dan gaan wij er nu en dan te paard op uit. Reken maar dat het interessante uitstapjes worden.' Hij kuste de jongen en liet hem over aan zijn moeder.

Madoc bedankte Adelina voor de gastvrijheid en nam afscheid met een korte buiging. Niet veel later dwaalde hij in de regen door de Parijse nacht. De straten waren dermate modderig en moeilijk begaanbaar in het halfduister dat hij zijn paard niet dorst te berijden, maar het dier aan de halster meevoerde.

4

Geen koerier van de koning liet zich aankondigen noch werd Adelina, gravin van Mourille, op een andere wijze aan het hof ontboden om in het aangezicht van de majesteit zelf, bijgestaan door haar kanselier en zaakwaarnemer, haar beklag te doen en hulp te vragen tegen de trouweloze vazal Bertram Zondertand en zijn medeplegers. Adelina brak zich er het hoofd over wat er aan de hand kon zijn dat men haar zo lang liet wachten.

Ze raadpleegde haar contacten uit kringen aan het hof. Die vertelden haar dat er in de koninklijke kanselarij enkele missiven waren binnengekomen waarin zware beschuldigingen werden ingebracht tegen het grafelijk bewind van Hincmar.

In een uitvoerig schrijven verklaarde de zittende bisschop van Mourille onomwonden dat zijn voorganger, Sidonius, in opdracht van graaf Hincmar zou zijn vergiftigd. Kort daarna had Hincmar de bisschopsstad bezet en alle episcopale schatten en geldvoorraden laten wegvoeren.

In de kanselarij van de koning had men eveneens een herderlijke missive ontvangen, geschreven door abt Silvester van het klooster der Benedictijnen in Mourille, die vaak had geprobeerd de graaf naar de weg van Christus en de Waarheid terug te voeren. Maar deze inspanningen waren alle tevergeefs geweest, en zo was het gekomen dat graaf Hincmar van Mourille na een ontuchtig en goddeloos leven zonder biecht en absolutie, zonder heilig oliesel en verlossende gebeden, was gestorven als de eerste de beste wildeman die ergens in het kreupelhout crepeert. Men had de gestorvene ten slotte een heidense uitvaart bereid, zonder doden- of zielenmis, en zijn lijk in de grafkelder van zijn familie bijgezet. Wanneer de koning het grafelijk gezag in Mourille op enigerlei wijze wenste te herstellen, luidde de boodschap in beide missiven, was het zaak daartoe een adellijke familie te bestemmen die een groter respect voor Christus, zijn kerk en geestelijke dienaren bezat dan Hincmar en de zijnen ooit hadden kunnen opbrengen.

De beschuldigingen van de geestelijkheid noopten tot een uitgebreid onderzoek door koninklijke gezanten, al kon dit onder de huidige omstandigheden voorlopig geen doorgang vinden. Sinds kort woedde er een hevige feodale oorlog in het graafschap. De vazal en lokale potentaat Bertram poogde zijn medestanders in de samenzwering en rebellie nu met wapengeweld op de knieën te dwingen. Verschillende steden waren door Bertrams legers aangevallen, maar dankzij hun recente omwalling en de inzet van geoefende milities hadden de communes weten stand te houden.

De telkens oplaaiende strijd leidde tot grote verwoestingen in het graafschap. Rondzwervend krijgsvolk plunderde dorpen en legde ze in as. Zelfs de abdij van Benedictijnen werd gebrandschat. Er sijpelden berichten binnen over gebieden die vrijwel geheel ontvolkt raakten. Elders was het dagelijks leven dermate ontwricht geraakt dat er hongersnood dreigde. Van de voorheen bloeiende handelsstroom in deze landstreken viel weinig meer te bespeuren.

Adelina berichtte Madoc dat zij hem dringend wilde spreken. Diezelfde week nog verscheen hij halverwege de middag in haar vertrekken. Hij droeg een fraaie wintermantel waarvan de kraag met marterbont was afgezet. Heel zijn kostbare kostuum was nagelnieuw, en niets daarvan verried nog dat hij een ridder was. Zou het ook zo zijn gesteld met de andere ridders, vroeg Adelina zich af, nu er geen schot zat in hun plannen? Of overwogen zij hun diensten in een ander legioen aan te bieden, om weer eens kameraadschap in de strijd te ervaren en de smaak van ijzer op de tong te proeven?

'Hoe is het met het moreel van onze mannen?' vroeg Adelina.

'Je zou ze eens kunnen uitnodigen,' zei Madoc. 'Dan hoor je het wel.'

'En hoe gaat het jou? Wat doe je zoal?'

'Ik lees,' antwoordde hij en daar liet hij het bij.

Zijn stroefheid kon Adelina moeilijk ontgaan. Toch ontving ze hem met meer attenties dan de keren ervoor. Ze liet wijn brengen en taart met vruchten en siroop. Ze zette uiteen wat informanten aan het hof haar vertelden over de beschuldigingen tegen Hincmar en zijn Huis, geuit door enkele kopstukken uit de geestelijkheid van Mourille.

Hij luisterde zwijgend naar haar woorden, waaruit een nerveuze ondertoon opklonk. Het was onmogelijk, lichtte Adelina toe, schriftelijk bij de kanselarij des konings te reageren op aanklachten die zij bij gerucht uit de tweede hand kenden. De missiven vol aantijgingen zouden ze, zonder audiëntie of een voorbereidende zitting daarvoor, ook niet onder ogen krijgen.

Adelina zweeg enige tijd, en ook Madoc sprak niet. Toen vroeg ze hem: 'Zie jij mogelijkheden om een verweerschrift te schrijven? Dan zou ik het via een van mijn contactpersonen kunnen laten bezorgen bij de drie grootofficieren die jou eerder hebben ondervraagd over de toestand in Mourille. Die waren toch onder de indruk van jouw rapportage?'

Madoc keek haar aan en zei: 'Natuurlijk wil ik dat voor je doen.' Hij stond op, maakte een lichte buiging en vertrok.

Een verweerschrift dat Hincmar vrijpleitte van de aanklachten en dat daarbij ook nog eens een oprechte en waarachtige indruk maakte kon Madoc slechts schrijven door te excelleren in de kunst van het verdraaien en verbuigen, door schaamteloos te fabuleren met een reeks elementen uit de feitelijke geschiedenis om daarmee de graaf, gezuiverd, uit de drek te laten herrijzen. Om het zo ver te brengen oefende hij eerst met een kladschrift van zes lijvige folia dat hij zowel aan de vlees- als haarzijde helemaal volkrabbelde. Uit al deze invallen, ideetjes en suggesties maakte hij een ingetogen portret van Hincmar van Mourille, trouw en manhaftig vazal van de Franse koning, die zich in de slag bij Bouvines had onderscheiden en daarvoor uitvoerige lof van Filips Augustus zelf had ontvangen. Behalve een ridder was hij een gelovige die in apostolische eenvoud had geleefd. Hij placht de dag na het hanengekraai te beginnen in de kapel van het kasteel met uitvoerige gebeden, lezing van de psalmen en studie van Solomons Spreuken. Het liefst biechtte hij bij een van zijn pastoors uit Roc-le-Comte en niet bij geestelijken van hogere rang. Deze man vond het niet nodig om herhaaldelijk een mis voor het behoud van zijn eigen ziel of die van zijn familie in het klooster der Benedictijnen van abt Silvester te laten lezen. Het geld dat hij daarmee uitspaarde besteedde hij aan de onderstand voor gebrekkigen, zieken en armlastige weduwen in zijn dorpen. Vanwege zulke goede werken was hij overal geliefd en gerespecteerd. Met de dood van bisschop Sidonius had hij niets uit te staan. De naar zijn aard wellustige bisschop had zich door een of andere prostituee met een afrodisiacum laten zalven. Zijne Heiligheid was erdoor in een staat van zodanige opwinding geraakt dat zijn hart het na een liefdesbed van meer dan drie dagen had begeven. De verwittigde Hincmar had kort daarna de bisschopsstad bezet om plundering en oproer te voorkomen, nadat poorters hadden ontdekt dat Sidonius jonge meisjes uit de stad als courtisanes hield. Het geld uit de episcopale trezorie dat Hincmar zich bij diezelfde gelegenheid had toegeëigend was niets anders geweest dan een betaling voor de twaalf parochies die de bisschop kort ervoor van hem had overgenomen en nog niet had voldaan.

Bij zijn slopende ziekte en dood had graaf Hincmar vooral steun gezocht bij de twee plaatselijke pastoors van Rocle-Comte. Dat waren twee even eenvoudige als godvruchtige dienstlieden van Christus, en bij hen had de boetvaardige graaf vrede en absolutie gevonden. Silvester en andere hogere geestelijken waren daarvan zeer afkerig geweest. Eerstgenoemde had zich telkens aan de graaf opgedrongen met geen ander oogmerk dan hem, in naam van zijn zielenheil, enorme bedragen te ontfutselen. En niet voor de zaak van het Evangelie. De weelde en wellust waarin deze abt en zijn monniken plachten te leven, de Regula Benedicti dagelijks met moddervoeten tredend, maakte dit klooster tot een schandvlek in het graafschap.

Graaf Hincmar had daarentegen voortdurend in oprechte eenvoud geleefd. Na een overvloedige biecht bij de dorpspastoor stierf hij, omringd en beweend door zijn getrouwen. Ingezetenen van zijn land die ooit in verdrukking raakten hadden nooit vergeefs een beroep gedaan op deze voortreffelijke ridder en regeerder in naam van zijn koning.

Adelina was na lezing van het portret ten zeerste ontroerd. Het leek haar alsof haar echtgenoot in een dichtwerk was vereeuwigd, waarbij zijn nimmer onderkende eigenschappen eindelijk voor het voetlicht waren gebracht. Hoewel dit biografische werkje voornamelijk op verdichting stoelde dompelde het Adelina na lezing onder in herinneringen aan de dagen dat zij nog twee mannen hield en zich door de een of de ander liet beminnen, naargelang het haar uitkwam. Het was dankzij deze opwellende stroom van uiterst gevoelige reminiscenties dat Adelina ook Madoc andermaal met andere ogen ging zien en hij weer meer dan een dienstman voor haar werd.

5

Madoc lag niet meer wakker van Adelina. Zijn huiselijke omstandigheden waren behoorlijk opgefleurd sinds op een dag Sofia, een montere joffer uit het volk, aan zijn deur verscheen met de vraag of ze zijn huishouden mocht bestieren. Hij had haar aangenomen – het was een zootje in zijn bovenwoning geworden – en al spoedig had ze zich onmisbaar gemaakt. Dagenlang werkte ze het hele huis door zonder de minste herrie te maken. Ze fleurde de boel op met bloemen en snuisterijen. De verschillende kamers geurden als een heide in de nazomer nadat ze de houten vloeren met gedroogde, welriekende veldkruiden had bestrooid. Ze zag ervan af om zelf te gaan koken, maar kwam elke dag met een kostelijke maaltijd voor hen aanzetten die in een van de vele herbergen in de nevenliggende buurt was klaargemaakt.

In de eerste weken dat ze bij hem in dienst was, ging Madoc gebukt onder de perikelen met Adelina. Liggend op bed met zijn kleren aan overdacht hij dikwijls zijn staat van ongenade. Hij voelde zich toen nog een gevangene van Adelina. Zijn ziel was aan de hare geketend, maar zij was verder weg dan ooit.

Sofia ging eens, toen somberheid hem weer had geveld, op de rand van zijn bed zitten. Alsof ze zijn gedachten had gelezen zei ze: 'U kunt die dame blijven vereren, maar dat kan toch ook zonder zo te hoeven lijden?'

Maar hoe dan? vroeg hij zich af. Hij schrok ervoor terug troost te zoeken bij een of andere bitterzoete lel in een wijnhuis of taveerne. In de achterafstegen woedde de snikkelkoorts, een kwaal zo hardnekkig dat zelfs verwoede godslasteraars die eraan leden zich uiteindelijk lieten bekeren.

Sofia legde haar kleine hand in de zijne. Madoc voelde hoe de gloed van haar ranke vingers door zijn eeltige huid drong. Daarna beroerde ze met haar andere hand zacht het litteken op zijn wang. Haar hals kleurde en haar ademhaling leek een beetje gejaagd.

'Dus jij dacht dat er onderhand wel genoeg is geleden?' vroeg Madoc.

'Wat u zegt,' zei Sofia.

'Tutoyeer me maar,' zei Madoc.

'Is goed,' zei ze. 'Ik was al bijna zelf zo ver.'

Sofia werd zijn vaste tafelgenote in de avond. Niet langer ging hij daarna de deur nog uit, maar voerde gesprekken met haar. Ze was nogal aards en nuchter maar bovenal slim. Ze bleek zelfs te kunnen lezen. Het schrijven ging haar door gebrek aan oefening minder goed af. Hij had een glimp van haar knieën gezien en de gladheid ervan verried dat ze niet al te devoot was, al zei ze zielsveel van Jezus en zijn moedertje te houden. Er was veel in de christelijke leer, vertrouwde ze hem toe, dat haar duister bleef.

Een keer zei ze onder het eten tegen Madoc: 'De priesters zeggen dat ons gezichtsvermogen en gehoor bijna goddelijk zijn. Maar wie van ons heeft God ooit met eigen ogen gezien? En wie heeft ooit Zijn stem gehoord? En als God almachtig en alwetend is, wat zullen wij dan nog bidden en smeken?' Sofia keek hem na deze woorden aan alsof hij de verlossende antwoorden kende. 'De keer dat ik zulke vragen aan onze pater Louis stelde,' ging ze verder, 'sleurde hij me het buurtkerkje in en legde me over zijn knie. Hij deed mijn jurk en onderjurk omhoog en ik dacht een roffel op mijn billen te krijgen. Dat gebeurde ook, maar daar bleef het niet bij. Nee maar, zeg!'

Madoc had zwijgend naar haar geluisterd. Het was alsof zijn bloed begon te zwalpen. Toch wist hij zijn opspelende zinnen te bedwingen omdat hij zich eenvoudigweg niet wilde laten inspireren door de stiekeme ontucht die tot tweede natuur van de geestelijkheid was geworden.

Sofia keek hem aan. Het bevreemdde haar dat hij zich niet uit zijn tent liet lokken, al liepen rillingen van paringsdrift hem over het lijf. Bleef hij dan in de ban van die dame? In haar herinnering zocht ze naar een passage uit een Bijbelboek waar Madoc haar eerder over had verteld. Plots lichtten haar ogen op en in minder dan tien woorden voerde ze hem naar het hier-en-nu, waaruit niet te ontsnappen viel. 'Een levende teef,' hield ze hem voor, 'is meer dan een dode leeuwin.'

Madoc liet deze onweerlegbare wijsheid enige tijd op zich inwerken. Toen kwam hij overeind en zonder iets te zeggen tilde hij Sofia op en droeg haar in zijn armen naar het slaapvertrek. Hij wierp haar op bed. Elke kreet van haar smoorde hij met overvloedige kussen.

Toen de storm was gaan liggen lag ze behaaglijk tegen zijn borst. Al spoedig viel ze in slaap. Met nachtogen lag Madoc naar haar te kijken. Hij luisterde naar haar ademhaling en dacht na over de roes van aardse liefde.

In een handvol nachten verloste Sofia hem van alle kwaadsappigheid die door frustratie, jaloezie en beknotting zijn bloed had aangetast. Daarna zweefde hij in een weldadige leegte, verwonderd dat al zijn malheur en melancholie zo snel konden vervliegen. De herdersuurtjes met Sofia waren een revanche op de afvalligheid van zijn dame. En toch had deze stedelijke pastorale ook nog eens bestaansrecht van zichzelf. Toen hij eens na een hevige vrijage in de vroege avond op bed weer ontwaakte en turend in de kaarsverlichte kamer Sofia opmerkte, die in haar blote kont druk bezig was de eettafel af te ruimen raakte hij vervuld van blijdschap. Bijna was het geluk.

6

Het lukte Adelina inderdaad om via een van haar invloedrijke connecties Madocs geschreven portret van Hincmar aan de drie grootofficieren toe te spelen. Een paar weken later vernam ze via dezelfde bemiddelaar dat het biografische werkje een overtuigende indruk maakte en de aantijgingen pareerde, wat de zaak van Mourille hoe dan ook ten goede zou komen.

Madoc was niet erg onder de indruk van deze reactie, hij rekende erop dat de wachttijd zou voortduren. Intussen besteedde hij meer tijd aan Alberic, met wie hij enkele keren in de week uit rijden ging. Madoc nam hem mee naar kloostertuinen in de omgeving van Parijs en onderrichtte hem over kruiden en hun medicinale werking. Hij liet hem kennismaken met de bibliotheek van het klooster van Sainte-Geneviève. Daar bekeken ze tijdens opeenvolgende bezoeken de *Etymologiae*, een encyclopedie die Isidorus van Sevilla had samengesteld in twintig betoverend geïllustreerde delen. Nog veel meer bekoorden Alberic trouwens de *Bestiaria*, boekwerken vol dierlijke gedrochten uit landen die niet eens zo ver weg van Parijs lagen.

'Hé, dat monster,' zei Alberic eens, 'dat ken ik.'

'O ja, waarvan dan?' wilde Madoc weten.

'Uit mijn dromen.'

'Dat kan kloppen, jongen. *Bestiaria* zijn droomboeken, al zijn de schrijvers ervan dat vaak vergeten.'

Ergens in diezelfde tijd kreeg de jongen zijn eerste kuras, beschermstukken voor armen en benen en een passende helm. Met een klein, licht zwaard werd hij ingewijd in de kunst van het vechten. Dat gebeurde behoedzaam, hoewel hij toch schrammen en ontvellingen opliep. Zijn moeder viel bijna flauw toen ze deze voor het eerst onder ogen kreeg, maar Alberic was er trots op.

*

Een weerbarstige winter zou de stad tot een nog nauwelijks leefbaar oord herscheppen. Aanhoudende sneeuwjacht maakte de straten onbegaanbaar en verraderlijk. Daarna kwam de vrieskou. In de buurten verschanste het volk zich in huizen die kraakten en uit het lood hingen onder een last van stuifsneeuw en ijspegels. Bewoners met hun jassen aan kropen bij elkaar onder een stapel dekens. Al na enkele dagen raakten velen gekweld door honger en gebrek. Zwervers die naar buurtkerken waren gevlucht lagen al spoedig te bevriezen aan de voeten van de heiligenbeelden.

In de kastelen, residenties of paleizen van Parijs doorstond men het natuurgeweld met meer geriefelijkheid. Sommige grotere kamers in de riante behuizingen werden permanent gestookt zodat de edellieden er gedurende lange dagen konden verblijven. De andere vertrekken, ook die waar het personeel werkzaam was, bleven zonder vuur, om brandhout te sparen.

Voor degenen van hoge geboorte die zich nooit eerder beperkingen zagen opgelegd was dit toch een beproeving. En dat gold zeker voor Adelina. Sinds de dood van Hincmar en haar vlucht uit La Couronne had zij zich sterk en fier gehouden, in de verwachting dat zij binnen een redelijke termijn weer in haar rechten en positie zou zijn hersteld. Het lange wachten op de audiëntie knaagde aan haar en griefde haar in de ziel, maar al die tijd trachtte zij moed te houden. En nu in deze barre winterse omstandigheden, gedurende lange dagen tussen anderen in dezelfde salon, werd het haar te veel. Eerder was ze beschaamd geweest over het feit dat ze in haar omgang met anderen van vergelijkbare rang steeds zo strategisch en berekenend moest handelen. Zij moest gunsten verwerven bij invloedrijke mannen in de hoop dat die haar belangen, waardigheid en positie ten goede zouden komen. Nu zag ze in hoe hopeloos haar zaak er eigenlijk voor stond.

De heimwee naar haar geboortegrond onder de rook van Montpellier, waar de winters kort en mild waren, begon op te spelen. Wanneer haar zoon 's nachts met zijn frêle lijf tegen haar aan lag, werd ze bezocht door mediterrane dromen die haar eindelijk wisten door te warmen. Zij wilde niet toegeven aan haar melancholie, maar zolang het winterweer aanhield ging zij gebukt onder stemmingen. Dat de audiëntie in de komende maanden alsnog zijn beslag zou krijgen leek haar ineens illusoir.

Niet eerder dan begin april zou ze de reis naar het zuiden kunnen maken. Ze wilde haar familie bezoeken om te zien welke mogelijkheden er voor haar resteerden op de patrimoniale domeinen die door haar beide broers werden beheerd. Er was anders altijd wel ergens een weduwnaar met een allodiaal fortuin; over zijn nog jonge kinderen wilde ze zich gerust ontfermen. Adelina voelde zich beter zodra ze over een toekomst in het zuiden begon te mijmeren.

Hoewel Adelina tijdens bezoeken van Madoc zweeg over haar nieuwe toekomstplannen, proefde hij in haar zinnen vol weifeling dat haar vertrouwen in een terugkeer naar Mourille nagenoeg was verdwenen. Daar was hij niet rouwig om. Onderhand had hij zijn zoon beter leren kennen. Het leek hem onwaarschijnlijk dat uit Alberic een man zou groeien die de heerser van Mourille kon worden en als zodanig onwillige vazallen of ander gebroed zou verdelgen. Madoc zag in zijn zoon veel meer een jurist die overdag een vorst zou adviseren en in de avonduren strofen schreef in de geest van de Occitaanse minnelyriek.

Die nawinter gonsde het in de kringen rond de koning van geruchten over een nieuwe militaire campagne tegen Engeland, nadat eerder Filips' zoon Lodewijk twee keer vergeefs met een leger het Kanaal was overgestoken. Nu de weersomstandigheden verbeterden werden ook nieuwe troepen gerekruteerd om een binnenlandse kruistocht tegen de zich verspreidende ketterij van katharen te organiseren. De koning had andere zaken dan Mourille aan zijn hoofd en zo bleef een audiëntie opnieuw uit, tot halfslachtige teleurstelling van Adelina, die met het stijgen van de temperatuur toch weer enige moed had gekregen.

Begin mei van dat jaar vroeg Adelina of Madoc haar 's avonds een bezoek wilde brengen. Hij verscheen in haar woonvertrek, waar zij zich nabij het haardvuur had geïnstalleerd. Ze ontving hem met egards, de toon waarop ze tegen hem sprak was al een tijdje een andere en klonk vriendelijk en zachtmoedig. Urenlang spraken ze met elkaar en ze vertelde hem dat ze in de volgende week met Alberic en een klein gevolg in een karos kon meereizen met een regiment dat naar Toulouse vertrok. Vandaar zou zij met eigen middelen een escorte naar haar geboortegrond nabij Montpellier regelen.

Of hij nog enige tijd in Parijs wilde blijven om haar belangen te behartigen? Het was immers niet onmogelijk dat de audiëntie bij de koning alsnog doorgang zou kunnen vinden.

Hij stemde toe, in de veronderstelling dat de koning niets van zich zou laten horen. Een half jaar wilde hij nog wel blijven, misschien een jaar. Nog steeds oefende hij vijf keer per week in het licht van de vroege ochtend op een binnenplaats met de andere ridders uit La Couronne in het zwaardvechten, en soms in het veld met de lans of met zo'n verdoemde strijdbijl. De ridders bejegenden hem alsof hij, die immers de titaan Osemund had gekeeld, hun onbetwiste aanvoerder was. Halverwege de ochtend vertrok hij naar een van de kloosterlijke bibliotheken en zat daar dan de rest van de dag te lezen in werken uit de oude Romeinse wereld.

Het was die avond heel prettig met elkaar. Net als in vroeger dagen. Hij weifelde of hij al moest vertrekken. Ze las zijn gedachten. Daar stond ze ineens, op kleine afstand van hem, ontwapend en kwetsbaar, wachtend op ontferming.

Het afscheid viel Madoc zwaar. Ook Alberic had het er moeilijk mee.

'Waarom ga je eigenlijk niet met ons mee?' vroeg de jongen de dag voordat ze gingen vertrekken. 'En waarom trouw je niet gewoon met mama? Jullie liggen ook bij elkaar in bed.' Eergisteren waren ze in de vroege morgen betrapt toen Madoc zijn tweede Parijse overnachting met Adelina vierde, niet wetend of het om een afscheid ging of juist een nieuw begin. Alberic verwoordde eigenlijk precies wat Madoc zelf ook weer voor zich begon te zien. Samen in het zuiden opnieuw beginnen was bepaald aantrekkelijker dan met wapengeweld terug te keren naar Mourille in het kille noorden. Met het geld dat ze uit het graafschap hadden meegenomen zouden ze een fraai landgoed kunnen verwerven. Als Madoc dat goed beheerde konden ze in behoorlijke welstand leven.

'Ik denk dat ik me over een tijdje bij jullie voeg,' zei Madoc tegen zijn zoon. 'Maar eerst moet ik de zaken hier in Parijs voor je moeder proberen af te handelen. Daarna kom ik naar het zuiden.'

'Echt?'

Madoc knikte, maar feitelijk had Adelina hem laten blijken dat hij beter weg kon blijven. Ze had hem uit de grafelijke financiën het bedrag waarom hij had verzocht in drievoud geschonken. Met zo'n klein fortuin kon hij zijn eigen weg gaan, zonder nog in de toekomst van haar afhankelijk te zijn. Het deed hem begrijpen dat hij, edelman zonder stamboom, haar in Montpellier niet voor de voeten moest lopen. Zij moest zich daar in alle rust kunnen vestigen en ontdekken welke mogelijkheden die omgeving haar bood. Als ze dat per se wilde, zou hij haar laten begaan. Maar de jongen liet hij niet schieten.

Madoc schrok op uit zijn gedachten toen Alberic zijn hand vastpakte en zei: ‘Ik wou toch zo dat jij mijn vader was.’

7

Vroeger, als jongeling tussen de kloostermuren van Sint-Odulfus, had Madoc ervan gedroomd, geïnspireerd door de lessen van magister Arnulf, later in Parijs aan de universiteit een studie van ‘de vrije kunsten’ te volgen. In zijn fantasieën verrees een academische tempel met de afmetingen van een luchtkasteel en weelderig als een sprookjespaleis. Ja, er was natuurlijk ook een door zuilen begrensd voorhof met daarin een tuin vol beelden van mythische creaturen. Dit fabelachtige bouwwerk troonde zo waarachtig in zijn geest dat het was alsof hij het al eerder had betreden.

Maar tijdens zijn eerste bezoek aan Parijs had de vagant Johannes hem direct uit de droom geholpen. Die vertelde Madoc dat de verschillende faculteiten van de universiteit – theologie, canoniek recht, medicijnen en artes – niet werden gedoceerd in een eigen illuster onderkomen, maar dat ze over de hele stad waren verspreid en ondergebracht bij religieuze instellingen. Johannes had toen de bibliotheek van het klooster Sainte-Geneviève aangeprezen vanwege haar rijke collectie titels, waarvan zo’n voornaam deel uit de Romeinse wereld afkomstig was. Madoc was dit niet vergeten toen hij voor de tweede keer in Parijs belandde. Al snel had hij zijn opwachting bij die bibliotheek gemaakt en was er een vertrouwde bezoeker en donateur van geworden.

Toen hij die nazomer vernam dat binnenkort in het naastliggende gebouw een inleidend college zou worden gegeven over de relatie theologie en filosofie besloot hij dit te gaan volgen. Om zijn eigen denken omtrent het metafysische ietwat aan te scherpen ging hij zich verdiepen in deze materie, of beter gezegd: deze immaterie. Twee rondtrekkende leermeesters, Barthelus en Theodorus, afkomstig uit de befaamde School van Chartres, zouden dit college verzorgen en wat ze gingen doceren leek Madoc veelbelovend. Ze waren hartje zomer in de stad neergestreken en hadden tijdens hun lezingen in de open lucht reeds grote groepen jongelui om zich heen weten te verzamelen. In het groen oreerden ze vrijelijk over boeken als *Fysica* en *Metafysica* van Aristoteles, hoewel de Heilige Stoel 'deze geesteskinderen van een duistere rede' reeds in 1210 had verboden. Dat was helemaal niet nodig geweest, vertelde Barthelus de jeugdige menigte toehoorders. En hij ontvouwde hun de leer van de dubbele waarheid, waarin openbaring en rede zich niet zozeer verzoenen, maar als twee afzonderlijke wegen naar het enige, ware inzicht voeren. Deze ideeën ontleenden de bevlogen sprekers aan ene Averroes, een muzelman nog wel, die het aristotelische denken een hoogsteigen en intellectueel grensverleggende uitleg had gegeven. Over dit nieuwe gedachtegoed zouden de colleges handelen. Het mocht een klein wonder heten dat beide jonge leermeesters de *licentia docendi* van de bisschop hadden gekregen.

Zo ver zou het echter niet komen. Zowel Barthelus als Theodorus werd vlak voor aanvang van het semester geveld door ziekteverschijnselen die aan bloedloop deden denken, en stierven spoedig daarna. Onder de studenten ging het gerucht dat ze waren vergiftigd om te verhoeden dat hun al te vernieuwende ideeën een groter verspreiding zouden vinden. De ontvankelijkheid voor deze theorie werd groter toen bekend werd dat twee geestelijken – Mézières en Vigneules, hoog in de bisschoppelijke hiërarchie ter stede en kruisridders van de traditie – in de plaats van de gevallenen traden en beurtelings voordrachten en beschouwingen kwamen afsteken.

Studenten gingen gekleed in verschoten en vlekkerige pijen waar de vliegen graag op afkwamen. Madoc had getwijfeld of hij het semester nu nog wel wilde volgen, maar uiteindelijk zette hij toch door. In zijn uitdossing als een provinciaal edelman leek hij een dwaalgast te midden van dit volkje. Hij was dan ook geen student, maar *audientis*, een toehoorder, die fors had betaald voor de collegereeks. Bij elke bijeenkomst verscheen hij een half uur voor aanvang om in elk geval een eenvoudige stoel of kruk te kunnen bemachtigen en niet net als de laatkomers op de grond te hoeven neerstrijken. Hij luisterde geconcentreerd terwijl op zijn schoot een wastafeltje lag. Daarop maakte hij met een stilus of griffel, in kortschrift, aantekeningen die hij thuisgekomen meteen uitwerkte op vellen perkament.

Er waren gedurende vier maanden twintig colleges. Beurtelings staken beide hooggeleerde geestelijken hun beschouwingen af voor hun jeugdig gehoor. Mézières was een bevlogen en energiek spreker. Vigneules, met woekerende wenkbrauwen die aan een opvliegende raaf deden denken, sprak met een gebarsten, dreigende stem. Beide geestelijken waren nogal kwistig met waarschuwingen. De buitenwereld vonden ze theologisch gesproken natuurlijk een wildernis. Maar ook binnen de muren van de kerkelijke instellingen waren profane denkers werkzaam, zich filosofen noemend, die de dwaalweg van de rede baanden. Zo was men tegenwoordig helemaal vol van de zogenaamde dialectiek, een filosofische argumentatieleer die via tegenstellingen naar waarheid dacht te moeten zoeken en er zelfs niet voor terugschrok om canonieke begrippen uit de theologie in twijfel te trekken.

'Alleen de theologie,' waarschuwde Vigneules, 'is uitverkoren om de leer te verkondigen die de zielen van het eeuwig vuur kan redden.' Hij hief een knokige hand en vervolgde: 'Alle menselijke kennis verbleekt bij de almacht van God. Rede, logica en dialectiek zijn zonder waarde in het begrijpen van geloofszaken. Geloven is de voorwaarde voor het kennen, zoals ook Augustinus besefte. Wat vanuit de gezuiverde ziel wordt geloofd zal de rede nooit kunnen weerleggen. Want de overgave aan God in het geloof geeft een innerlijke zekerheid die ver boven alle redenering uitstijgt. Iedere poging om Gods onbegrijpelijke liefde met het verstand te doorgronden moet daarom wel uitlopen op ketterij.'

Een afkeurend gemompel steeg op vanuit de gelederen der studenten.

'In welke verduisterde eeuw leven wij eigenlijk?' riep iemand.

Hoongelach vulde het gewelf.

Een voorname giftige bron die de christelijke leer ondermijnde, luidde een waarschuwing in een volgend college van Mézières, waren vertalingen uit het Arabisch in het Latijn van werken die de wijsgeer Aristoteles in een ver Grieks verleden had geschreven en die in het tegenwoordige Parijs veel weerklank vonden. Was de aristotelische benadering van zichzelf al vol vraagtekens, het was zeker dat deze vertalingen vol stonden met gecorrumpeerde boodschappen. Islamitische schriftgeleerden hadden deze er opzettelijk aan toegevoegd, om de westerse geest te vertroebelen met drogredenen en valse leerstellingen. Beter was het om terug te gaan naar de enige echte bronnen van geloof en wijsheid: de Bijbelboeken.

'Wat leren ons de apostelen?' riep Mézières de studenten op een bijna jennende toon toe. 'Toch niet om Plato te raadplegen of ons in de spitsvondigheden van Aristoteles te verdiepen? De apostelen leren ons niet naar kennis te streven die buiten de Waarheid van het geloof om gaat. De openbaring blijft de bron van elke ware kennis en de zoektocht naar die kennis begint bij nederigheid, en in het ondergaan van allerlei verstervingen.'

Dankzij theologische kruisridders van het type Mézières en Vigneules bevond het onderwijs zich, na episodes waarin de filosofie meer ruimte had gekregen, andermaal in een verwurgende houdgreep van moederkerk en paus.

Onder de studenten waartussen Madoc was neergestreken groeide de weerzin tegen de geest van donkerte die uit zulke aartsvaderlijke leerstof sprak. Tijdens het college steeg vanuit de rijen regelmatig afkeurend gesis of gemonkel op dat allengs tot rumoer aanzwol. Ook gebeurde het dat een klein groepje studenten demonstratief begon te geeuwen als de voordracht te ouderwets en afgezaagd werd. Lang duurde het niet of iedereen in de rijen werd door dit geeuwen aangestoken, de hooggeleerde docent eveneens, wat tot lachsalvo's aanleiding gaf. Geregeld stonden er studenten tijdens het college op om direct te reageren op een al te crue stelling die ex cathedra over hen was uitgestort. Mézières liet zich zonder ergernis herhaaldelijk onderbreken en luisterde naar de spreker uit de rijen, waarna hij reageerde in een trant van: 'Na het college mag u uw beweringen nader toelichten; daarna zal ik ze een voor een weerleggen, om niet te zeggen: vermorzelen. En nu gaan we verder.' Vigneules reageerde iets minder coulant op commentaar uit zijn gehoor van studenten. Toch gaf ook hij zo'n opponent ruimte om zich uit te spreken, waarna hij hem uitdaagde na de lezing het pleit verder te beslechten.

Het bleek een universitaire gewoonte te zijn. Madoc hoorde dat de studenten het recht om met docenten te disputeren hadden verworven nadat ze in het jaar 1200 in het Quartier Latin bloedige rellen hadden veroorzaakt uit onvrede over colleges vol leerkost die een stemming opriepen alsof de eindtijd was aangebroken.

Iedereen in de zaal was klaarwakker na zo'n interruptie en met spanning keek men uit naar het einde van het college. Het disputeren achteraf tussen enkele jeugdige opponenten en deze twee doctoren wist ook Madoc te boeien. Het ging altijd om een krachtmeting tussen geloof en rede, tussen de theologie die zich uitverkoren waande tegenover de filosofie die lang een voetveeg was geweest en nu haar volle rechten opeiste. Volgens de studenten kreeg de filosofie driekwart eeuw geleden meer ruimte in de colleges dan nu. Men smachtte naar nieuwe ideeën die vrijelijk besproken konden worden.

Het was vooral door deze herhaalde nazit met dispuut dat Madoc besloot het hele college te blijven volgen. De intellectuele strijd werd aan beide zijden met ongekende felheid en ijver gevoerd. Madoc was vanzelfsprekend op de hand van de studenten en hun pleidooien voor een eigentijdse en onderzoekende filosofie. Maar na een aantal zittingen kreeg hij de indruk dat in dit soort debatten de ijzers van de ploeg telkens scherper werden geslepen, zonder dat men ooit toekwam aan het ploegen zelf. Hoezeer hij de filosofie haar emancipatie ook gunde, toch kreeg deze woordenstrijd iets ondraaglijks voor hem. Tijdens de zittingen werd het discours steeds abstracter en metafysischer. Zoals de docenten of hun opponenten zich al theoretiserend opbliezen deden ze hem denken aan padden in het moeras. Loos en ijl gekwaak, veel meer was het niet. Madoc had gehoopt dat de discussies zich nog eens zouden toespitsen op een serie argumenten die bijvoorbeeld het bestaan van God bewezen of op zijn minst aannemelijk maakten, maar niemand scheen zich hiervoor te interesseren. En zelf was hij niet in staat één enkel godsbewijs te verzinnen. Na de eerste collegereeks hield hij het maar voor gezien.

Hij besloot terug te keren naar het gebouw even verderop, waar de bibliotheek en leeszaal van het klooster zich bevonden.

8

Het hele college had Madoc niet veel wijzer gemaakt omtrent het geloof. Maar er was een citaat van Anselmus genoemd dat hem tot nadenken had gestemd: *het geloof is een persoonlijke en niet overdraagbare ondervinding.*

Ooit in Koekelbeke, onder de rook van Brussel, in het houten kerkje van Maria Magdalena, had Madoc vol verwondering ervaren hoe de vrouwen hun beschermheilige plachten te vereren. Hun devotie was als een warme gloed geweest waaraan ook hij zich kon koesteren. Hij herinnerde zich de passie, een brandende liefde voor een wezen dat zich in een bovenmaanse sfeer ophield, maar dat blijkbaar door of in de ziel kon worden omhelsd. Ook Veerle had van die dagen vol hartstochtelijke vroomheid waarin haar ziel een gloed uitstraalde alsof zij een priesteres was die in staat was hogere energie dicht bij mensen te brengen. Maar wanneer hij haar zocht als zij in zulke stemmingen verkeerde, haar nabij wilde zijn in lichaam en geest, was zij steeds afwerend, alsof zij rein was, en hij in zijn zoekende, weifelende staat niet.

Toen hij later Koekelbeke moest ontvluchten, was er tijdens zijn jarenlange verblijf in het kasteel van Hincmar niets van zijn hogere verlangens overgebleven. Een vurige dadendrang in de wereld zelf was ervoor in de plaats getreden. De grafelijke omgeving was vooral werelds geweest. Maar nu hij ook daaruit had moeten vluchten waren herinneringen van een andere aard in zijn geest gaan opspelen. Wat hij in Koekelbeke ooit had gevoeld, hoopte hij ergens anders opnieuw te mogen beleven.

Madoc bezocht in Parijs verschillende kerken in de hoop door liturgische vervoering een glimp van bovenzinnelijke geheimen te ervaren. Vreemd genoeg leek hij te zijn vergeten hoe hij, gedurende zijn jeugdjaren in Sint-Odulfus, ook al vergeefs naar de mysteriën van het geloof had gezocht. Het uit wierooksluiers opdoemende, bombastische theater waarmee het priestervolk in de Parijse basilieken probeerde een schare van zelfbewuste stedelingen ontzag en deemoed in te boezemen maakte niet veel indruk op hem. En ook kon de ijle onaardse gregoriaanse zang van mannen hem nog steeds weinig bekoren. Maar toen hij verschillende keren in de gelegenheid kwam liturgische zang van nonnen te beluisteren was hij hierdoor aangedaan, en keerde hij geregeld terug naar de kloosterkerken waar deze nonnen baden en zongen. In meerdere kerken trof hij beelden en schilderijen aan die hem als het ware uit het moment verhieven. Was het een werkelijke religieuze bezieling die zulke werken uitwasemden? Of bracht het meesterschap van de beeldhouwer of schilder een kunstzinnige vervoering bij de toeschouwer teweeg?

Hij dacht terug aan zijn dienstreizen door de contreien van Mourille, tijdens welke hij zich met de dorpsbevolking onderhield en er ook soms enkele dagen verbleef. Hij werd dan als gezant van de graaf plechtig voor de mis genodigd. Luisterend naar de sermoenen van de dorpspastoor besefte hij eens te meer dat elke priester een duisterling was die de onnozelheid van het landvolk met enkele Latijnse, magische frasen tot vroomheid balsemde. Niettemin werd Madoc geraakt door de eenvoud waarin het volk het geloof beleed of de hartstochtelijke overgave waarmee het processies hield en een plaatselijke heilige vereerde.

In de dorpswereld had het geloof van de mensen een zekere gloed, maar tegelijk was het plomp en praktisch in zijn uitvoering en doelen. De smartelijke gebeden van dorpelingen bij de beelden van heiligen waren uiteindelijk niet veel anders dan een hogere vorm van schooien: ze baden dat de ezelin nou eens eindelijk drachtig mocht worden; ze hoopten, door een gebedssnoer herhaaldelijk rond te werken, op een meevaller in glimmende penningen zodat de aanstaande bruiloft van de oudste zoon niet al te karig hoefde uit te pakken. Ze smeekten met enig vertoon om een grotere pruimenoogst nu deze vruchten in de stad tegen goede prijzen van de hand gingen. Verlies, nood of de dreiging ervan maakten dat dorpelingen hun toevlucht zochten in gebed en ritueel. Ze waren bedeesd als ze de lokale heilige op fluistertoon om voorspraak voor een gestorven verwant vroegen, en vrijmoedig als het ging om een verlangen van materiële aard.

In Koekelbeke werd de heilige Maria Magdalena meestens om een uitzonderlijke reden benaderd: in de beleving van de vrouwen stond hun deugd, hun eerbaarheid, vanwege hun even bejubelde als zondige beroep op het spel. De vrees voor de teloorgang van hun ziel deed het geloofsvuur in hen oplaaien, om zich te verdeemoedigen en rechtvaardigen, om in een staat van zuiverheid te geraken. Terugdenkend aan die gloedvolle vroomheid vroeg Madoc zich af of Jezus daarom zo graag door dit soort vrouwen omringd was geweest.

Hij keek naar allerlei religieuze uitingen, allerlei verschijnselen waarin mensen zich verloren. Hij kwam niet veel verder, hij bleef de buitenstaander met een nietig geloof. In zijn jeugd was het niet anders geweest.

Door ontrouw aan God, leerde de moederkerk, verwerd iemand tot een immorele, gewetenloze eenling. Dat viel in zijn geval wel mee, stelde hij vast, want hoe kon het anders dat ook hij, schijngelovige, zich vrijwel dagelijks bezwaard voelde over beslissingen en daden uit zijn jaren in Mourille?

De veldslag met de huurlingen keerde in nachtmerries terug. Toen meende hij dat die hele bende moest worden uitgeroeid, en onder zijn leiding was het ook gebeurd. Nu zag hij vaak hun gezichten, hij hoorde hun stemmen en het Brabants dat ze spraken. In de droombeelden waren ze veel meer mens geworden dan daarvoor. Ook Lucia keerde steeds weer. Ze zat leeggebloed op zijn bed en huilde onophoudelijk. Door haar te huwen had hij haar kunnen redden. Ze hadden samen elders kunnen neerstrijken, zodat haar vader met al zijn torenhoge schulden hen niet zou achterhalen. Omdat hij Lucia de hand niet had toegestoken was dit haar enige uitweg geweest. Eerst had hij zich daarover niet per se schuldig gevoeld, later begon het aan hem te knagen.

Dit wist hij zeker: zijn geloof was nietig en toch had hij een geweten, een moraal, een ethisch besef, en die gaven richting aan zijn leven.

9

De vraag hoe het kwam dat zijn geest en ziel niet ontvankelijk waren voor God en openbaring lokte een andere vraag uit: want wie kon omschrijven wat de geest was van een mens of wat men precies met het begrip ziel bedoelde? Vormde ze een twee-eenheid, zoals ze als begrip ook een paar vormden: *animus et anima*. Ging er een tegenstelling of diversiteit in schuil als die tussen verstand en gevoel?

In de bibliotheek had hij verschillende filosofische verhandelingen van meer dan duizend jaar oud gelezen die soms zijdelings op deze nevelige materie ingingen. Heldere antwoorden had hij nog niet gevonden. Zou hij door zelfwaarneming van zijn innerlijk tot nadere inzichten kunnen komen?

Hij vroeg Sofia naar haar familie te gaan en na vijf nachten weer terug te komen.

Verwonderd vroeg ze wat er aan de hand was.

'Ik moet nadenken,' zei hij. 'Ga nou maar.' Hij stopte haar geld toe zodat ze haar bezoek aan thuis een feestelijk tintje kon geven.

Eenmaal alleen streek hij neer op de gerieflijke bank om eerst enkele uren slaap in te halen, want elke nacht met haar was een roerige. Verkwikt ontwaakte hij en begon te mijmeren. Lange tijd zat hij onbeweeglijk voor zich uit te staren. Hij dwaalde door zijn geest en probeerde te benoemen wat hij dacht te zien. Onderweg verdwaalde hij soms en keerde dan op zijn schreden terug. Stilaan kwam hij tot enig inzicht in wat hij trachtte te doorgronden. Niet zonder weifelingen begon hij aan een kladschrift, in een regelval die ruimte gaf voor aantekeningen ernaast.

Het fundament van de geest, stelde Madoc vast, voorbijgaand aan het vegetatieve en animale niveau, was het werkend verstand, de *intellectus agens*. En de geest zetelde in het hoofd. Deze werd gevoed door de ogen, de oren, de neus en huid die indrukken van buitenaf doorgaven. Dat was een elementaire functie van de geest: de omzetting van het concrete, het stoffelijke of de zintuiglijke prikkel dankzij woorden naar het niveau van het begrip. In de hogere niveaus van het geestesleven werd op verschillende manier met deze begrippen gewerkt. Tijdens de colleges en debatten in het klooster op de heuvel had hij aanschouwd hoe het opgezweepte verstand in staat was te induceren of deduceren, te analyseren, te associëren of falsifiëren, te opponeren of combineren, te abstraheren en generaliseren. Veel indruk maakte een student die zich beriep op de logische filosofie en deze hanteerde als een redenerende wetenschap waarin hij, al inducerend, van feit naar abstractie ging, van abstractie naar principe, van principe naar wet, en van wet naar doctrine.

Studenten theologie spraken allen op de wijze van grote denkers, op een niveau alsof ze de stoffelijke wereld reeds waren ontstegen en met gezwollen gedachten in adelaarsvlucht richting het bovenmaanse wiekten. Hij had geboeid geluisterd naar zulke exercities. Toch betwijfelde hij of ze een mens ook maar iets wijzer maakten. En hij dacht: het zijn geleerde reuzen op lemen voeten, want hun premisse – er is een God – blijft onbewezen.

Het oproepen en uitbeelden van een complete wereld – uit de herinnering of door louter verbeeldingskracht – was hoe dan ook het hoogste talent van de geest. Het kon niet anders of dankzij dit talent werd ook de religieuze voorstelling van de gelovige geconstrueerd, om niet te zeggen: zijn hele wereldbeeld.

In alle betekenissen van het begrip geest was deze onstoffelijk. Het was God, zo werd verhaald in Genesis, die Adam de levensadem door de neus inblies. Die levensadem stond voor veel meer: het was als een licht, een hogere energie, een sprank van goddelijke genade waardoor een mens in zijn denken een nietige gelijkenis met zijn Schepper kreeg. En die geest was volgens de kerkelijke leer een onstoffelijke entiteit, een wezenlijkheid, die niet met het lichaam was verenigd, maar er slechts tijdelijk in zetelde. En die tijdens dat verblijf een lichaam wist te begeesteren.

Madoc begreep niet goed waarom, maar dit klonk hem vreemd en onwaarachtig in de oren. In gedachten liep hij andere betekenissen van het begrip geest na, en deze waren even onstoffelijk: de geest die over de wateren zweefde; de geest van een heilige die zich op zekere plaats placht te manifesteren; de geest die zich over devote kerkgangers uitstortte... Allemaal geesten die voortkwamen uit het geloof. En toen moest Madoc ineens denken aan de wijngeest, de *spiritus vinum*, en aan wat Johannes hem jaren geleden had uitgelegd tijdens een nacht in het kasteel waar een excentrieke baron wijn tot rijping liet gisten, en die daarvan ook brandewijnen stookte en afrodisiaca liet bereiden. Johannes had hem verteld over de wijnteelt. Hoe in de druiven de zoete en zure sappen, als vanzelf, samen een gisting ontketenen, waardoor eenvoudige druivensap, de most, in enkele maanden tot een klare wijn wordt. Dronk je van zulke wijn enkele glazen dan werden je gedachten licht en dronk je door dan werden ze loom. Het was de wijngeest die dit bewerkstelligde, al was deze geen zelfstandige onstoffelijke kracht of een bovenzinnelijk wezen dat in de wijn huisde... Nee, de wijngeest kwam voort uit de wisselwerking van bestanddelen in de druif. Hier hield Madoc even stil en toen prevelde hij: 'Deze geest wordt dus uit de werkingen van de stof geboren.' En alsof hij zijn eigen woorden niet geloofde, herhaalde hij deze zin verschillende keren.

Het was dit gegeven dat Madocs gedachten over de menselijke geest ineens tot grote gisting aanzette. Hij zag een aangrijpende analogie en vroeg zich af of het zou kunnen dat de gewaarwordingen van onze eigen geest het gevolg waren van alchemistische processen in onze eigen lichaamssappen. Was de menselijke geest dan ook een voortbrengsel van zulke werkingen in het menselijk lichaam?

Het duizelde Madoc toen hij deze onverhoedse hypothesen over zijn eigen wezen en soort tot zich liet doordringen. Op deze gedachte voortgaand zag hij een nauwelijks denkbare ommekeer in de levensfilosofie voor zich: niet de geest scheen de stof a priori te begeesteren, maar de geest kreeg eerst gestalte door werkzame stoffen in een mensenlichaam en nadat dit had plaatsgevonden volgde de begeestering tot lichamelijk handelen. Verbluft staarde Madoc naar dit geheim van het aardse bestaan dat hij louter toevallig leek te hebben ontraadseld.

'Het betekent dat de geest,' prevelde hij, 'geen entiteit uit het bovenmaanse is maar dat deze een natuurlijke, een aardse oorsprong heeft.' Dit levensbeginsel stond haaks op de premissen van het christelijk geloof, haaks op alle gangbare ideeën omtrent de sferen van het ondermaanse en het bovenmaanse.

Er doemde een complicerende gedachte op in zijn geest. Hoe kon het dat in het lijf van een dier vergelijkbare alchemistische processen van lichaamssappen plaatsvonden zonder dat daardoor zo'n dier aan geestkracht won? Hij dacht hier lang over na, maar vond niet zomaar een sluitend antwoord. Het was een tegenvoorbeeld, maar voor Madoc deed het uiteindelijk toch geen afbreuk aan de these die hij over de menselijke geest had ontwikkeld. Het zou hem later allemaal wel helder worden.

Vervuld van allerlei vergezichten en soms belaagd door gerede twijfel redeneerde hij uiteindelijk niet verder. Het was beter dit ontkiemend ideeëngoed eerst dieper op zijn geest te laten inwerken. Laverend tussen fascinatie en angst viel hij, hondsmoe, met zijn kleren nog aan op bed in slaap.

De volgende ochtend bestudeerde hij al zijn invallen en gedachten over de menselijke geest in het kladschrift. Hij voegde er nog een aantal gedachten aan toe. Een jongeling uit de buurt liet hij een briefje brengen naar de ridders om te zeggen dat hij de komende dagen niet kwam oefenen met het zwaard. Daarna dwaalde hij enkele uren langs de oevers van de Seine. Thuisgekomen joeg hij een muis weg bij broodrestanten in de keukenkast, waarna hij de laatste korsten opat en met water wegspoelde. De twijfel die hem de vorige dag nog deed aarzelen had hij overwonnen. Hij zocht zijn schrijfgerei bijeen, maakte beter licht en ging aan zijn schrijftafel zitten en herschreef zijn kladversie over de aard van de menselijke geest op fraaie perkamentvellen. Toen hij die passages na enkele uren had voltooid tintelde hij van energie en besloot zijn gedachten over de ziel ook gelijk op te schrijven.

De ziel moest volgens Madoc vooral in de sfeer van het gemoed worden gezocht en verhield zich tot de geest zoals het gevoel tot het verstand. Inmiddels dacht hij dat wel zeker te weten. Net als de geest moest de ziel zijn geworteld in het lichaam en ook haar gewaarwordingen ontstonden door de alchemie van lichaamssappen of andere bestanddelen. Zetelde de ziel net als de geest in het hoofd of was de hartstreek haar geëigende plek? Het voelde alsof dat laatste het geval was. Toch moest er een onderlinge, lichamelijke verbondenheid tussen geest en ziel bestaan.

Terwijl in de ontwikkelde geest de rede domineerde, schreef Madoc, regeerden de emoties en de wil het zielenleven. In de ziel roerden zich liefde, begeerte, hartstocht, verlangen, hoop, devotie, extase en overgave, maar ook angst, wanhoop, spijt, wroeging, doodsdrift en wraak- of moordzucht. En daarmee was nog maar een klein deel van het hele palet weergegeven.

Het innerlijk leven van een mens kreeg gestalte door het samenspel van geest en ziel. De verschillende werking van beide kon ook zorgen voor innerlijke tweespalt en verscheurdheid, de tegenstrijdige krachten van verstand en gevoel. Het verstand kon bijvoorbeeld vaststellen dat iets onmogelijk was, op grond van waarneming, ervaring of redelijke afweging. De ziel liet zich door de rede echter dikwijls niet beteugelen, maar begon dan zo veel emotionele tegenkracht in stelling te brengen dat het verstandelijk oordeel er ten slotte onder bezweek. De ziel werd vooral gedreven door een veelsoortig verlangen, en hierachter stak de menselijke wil die er in de eerste plaats naar streeft te bezitten en te heersen. Geen groter dwingeland dan de ziel.

Madoc herinnerde zich de smachtingen van zijn eigen ziel naar Veerle in het jaar nadat hij Koekelbeke moest ontvluchten. In dromen en mijmeringen werd hij telkens naar haar toe gedreven. De ziel creëerde gedachtespinsels, bijna voelbare illusoire voorstellingen, waarin hij met haar werd herenigd. Dat gebeurde met behulp van ingenieuze, veelal sprookjesachtige kunstgrepen, ingegeven door niet-aflatend verlangen naar haar.

Maar de ziel kon nog veel grootser uitpakken: 'De wonderen van het geloof,' noteerde Madoc zonder enige aarzeling, 'komen voort uit de luchtspiegelingen van de ziel.'

Het verhaal van 'de wederopstanding' was een treffend voorbeeld. Een mens werd tussen bloed en drek ter wereld geperst. Als hij geluk had kwam hij tot wasdom, vermenigvuldigde zich, stierf en keerde weer tot stof. Boven alles vreesde een mens de dood en tobde zich af met de vraag hoe zo'n onherroepelijk einde toch viel te vermijden. Ooit in een kleine kring van mensen, in een woestijn hier ver vandaan, preekte een rabbi het idee van wederopstanding uit de dood en een eeuwig leven dat erop volgde. Dit idee sloeg aan onder zijn groeiende schare volgelingen, helemaal toen later werd verteld dat de rabbi zelf in de wederopstanding was voorgegaan. Redelijkerwijs viel dit idee niet te verdedigen, maar de verlangende zielen lieten zich door de rede niet beteugelen. Zij verhevigden hun verlangen naar eeuwig leven dermate dat zij er op den duur geheel van doordrongen en bezield raakten. Aldus werd deze waan hun hoogste werkelijkheid. Ze konden niet anders meer denken, en kwamen door dit opgezweepte verlangen tot geloof en tot een idee van verlossing en eeuwig leven.

De moederkerk van zijn eigen dagen was gegrondvest op deze hoop. Geloof stond er boven rede en de laatste mocht alleen in dienst staan van de eerste. De universitaire strijd tussen theologie en filosofie was er een tussen ziel en geest.

Wanneer de ziel net als de geest deel uitmaakte van het lichaam dan kon zij absoluut niet onsterfelijk zijn. Dan was ze, zoals Plinius de Oude al vaststelde, even tijdelijk als het lichaam zelf en ging ze na de natuurlijke dood van een mens over tot ontbinding en rot. Die ziel was onderdeel van het ondermaanse leven.

Toen Madoc al zijn wijsgerige bevindingen over het innerlijk leven van een mens later die avond nog eens teruglas begreep hij eindelijk ook de voornaamste oorzaak achter zijn ongeloof: de krachten van zijn geest waren sterker dan die van zijn ziel. Het waanidee waarop het christelijke geloof was gefundeerd had hij met de rede doorzien en verworpen.

Aanvankelijk hadden zijn nieuwe inzichten hem in een staat van opwinding gebracht, maar nu zijn bevindingen waren geboekstaafd en dit alles als een naakte, ontnuchterende waarheid voor hem lag, voelde hij geen vreugde meer, eerder een eenzaamheid in een wereld waarin voor de meeste mensen het geloof – soms lauw, soms vurig – een vanzelfsprekendheid was.

Heel de nacht gaapte er een leegte. Hij kreeg hartkloppingen en werd koortsig. Om zich niet helemaal onterfd te voelen dacht hij aan enkele Bijbelboeken, die hij vroeger in het scriptorium had gekopieerd en die hem een zekere voldoening hadden geschonken. Spreuken van Salomo was er zo een.

Maar hieraan denkend viel hem plots de gedachte in dat Jezus alleen onder Joden had geijverd om hen voor zijn leer te winnen. Aan andere volken had hij geen boodschap gehad. Zijn gevolg bestond uit twaalf discipelen, zoveel als er Joodse stammen waren. Ergens in het Bijbelboek Mattheus, herinnerde Madoc zich, kondigt Jezus aan dat wanneer hij, de Mensenzoon, in zijn majesteit op zijn troon zal zetelen ook zijn discipelen na de wedergeboorte zullen plaatsnemen op de twaalf tronen om recht te spreken over de twaalf stammen van Israel. Na dit Laatste Oordeel, voegt Johannes in zijn Openbaring eraan toe, zal het Nieuw Jeruzalem uit de hemel op aarde nederdalen. Het is een door edelgesteente fonkelende stad met twaalf poorten... Klaarblijkelijk is het de bedoeling dat elke stam door zijn eigen poort de Stede Gods zal binnentreden.

De leer van Christus was een puur Joodse aangelegenheid geweest, maar Petrus en Paulus hadden deze ook aan andere volkeren verkondigd en hun valselijk verzekerd dat dit geloof voor alle mensen was bedoeld. In de eeuwen daarna begon het christendom zijn langzame opmars in Europa. De verspreiding van dit geloof in onze streken belichaamde de willekeur waaraan de geschiedenis was onderworpen.

Wat hij over geest en ziel of de geaardheid van het geloof dacht, was allemaal gevaarlijke kennis, die hij nooit met iemand zou kunnen delen. Met dit vertoog had hij zichzelf eigenlijk voor eens en altijd ontmaskerd als een ongelovige. Hij was niet zonder soortgenoten, maar zij die aan hun eenmalige, kortstondige leven hier op aarde hechtten, bedachten zich wel drie keer voordat ze zich in het openbaar hierover zouden uitspreken, het achterste van hun tong zouden laten zien. Wie dat deed, tekende zijn eigen doodvonnis. Toen hij dit overdacht in zijn slapeloosheid was het alsof van buiten een geur van brandende takkenbossen door de kieren langs de ramen naar binnen dreef.

10

Sinds hun gravin zonder hen naar Montpellier was vertrokken ontstond er afvalligheid in de ridderlijke gelederen. Negen ridders, onder wie Lothar, het wachten moe, dienden inmiddels in andere regimenten. Madoc voorzag dat de overblijvers binnenkort ook zouden vertrekken.

Hij was vooral verbaasd toen na een lange winter een koerier van de kanselarij des konings hem een verzegelde boodschap bracht en hij alsnog als zaakgelastigde van de gravin van Mourille bij de koning werd ontboden. Op een maandag diende hij zich in alle vroegte te melden bij de poort van kasteel het Louvre aan de westzijde van de stad, waar zijne majesteit Filips Augustus die dag audiëntie zou verlenen. Zijn gevolg mocht niet groter zijn dan vier man.

Die vroege maandagmorgen verscheen Madoc aan de bewuste kasteelpoort met slechts een page die een middelgrote leren tas voor hem droeg. Nadat hij binnen was en alle formaliteiten waren afgehandeld (waaronder het inleveren van grote en kleine wapens) kreeg hij toegang tot een grotere zaal. Aan het einde ervan stond, op een verhoging, een troon opgesteld, omstraald door invallend daglicht dat dankzij gebrandschilderde taferelen op de ramen ook in het vroege uur reeds een imposant kleurenspel schiep. Behalve een handvol stijf staande paleiswachten bevond zich nog niemand in dit gedeelte. Wel waren er reeds rekwestranten en smekelingen binnen die zich niet in het midden van de zaal maar zich slechts aan de randen ervan mochten ophouden. Langszij stonden eenvoudige banken en houten stoelen opgesteld.

Ook Madoc had, zoals alle andere personen of groepjes, een begeleider, Ivo, die hem reeds voor zijn entree van allerlei instructies had voorzien. Zo kreeg hij te horen welke gebaren van deemoed en onderwerping passend waren om een verzoek te onderstrepen, en welke niet. Zich op de grond werpen gold niet als onbetamelijk, maar de vorst dicht naderen met de bedoeling zijn knieën te omhelzen was uit den boze, ook voor degenen die de graventitel voerden. De begeleider bleef in de zaal aan Madocs zijde om hem op welk moment dan ook in de aanloop naar de audiëntie passende wenken te kunnen influisteren. Deze Ivo was een nog jonge edelman, waarschijnlijk een van de vele jonkers die dankzij hun afkomst een baantje aan het hof hadden gekregen. Ondanks hun titel wachtte hun geen land met opgezetenen, geen heerlijkheid met profijtelijke privileges. Dergelijke kale jonkers bivakkeerden op zolderkamers in een van de vele kasteeltjes of paleisjes van hun verre familie hier ter stede. Elke avond keerden ze uitgehongerd naar die residenties terug om er de tafels af te schuimen en de jonkvrouwen met opgeklopte verhalen te vermaken in de hoop eens vertrouwelijke betrekkingen aan te knopen die enig fortuin konden opleveren.

Madoc kon het aardig vinden met deze Ivo. Hij zorgde ervoor dat ze elkaar al snel tutoyeerden en bij de voornaam noemden. Gewillig liet Madoc zich allerlei voorgeschreven handgebaren, buigingen van kniegewricht of hoofd voordoen, en samen repeteerden ze om hem de juiste vormelijke formules in te prenten. Tijdens het urenlange wachten op de verschijning van de vorst voerden ze luchtige gesprekken. Nu en dan vertelde Ivo hem welk persoon of gezelschap de zaal binnendruppelde en vanwege welke kwestie ze kwamen.

'Dat jij dit allemaal weet,' fluisterde Madoc, 'wil dat zeggen...'

'... dat ze vaker verschijnen, jazeker,' vulde Ivo aan, 'dikwijls meerdere dagen achtereen, omdat de wachttijden uitlopen of een bede niet zonder onderzoek en afweging wordt gehonoreerd.'

Madoc stelde zich voor hoe hij het grootste deel van de week in deze ruimte zou moeten doorbrengen.

Een gezelschap van vijf mannen, voorafgegaan door een nerveuze jonker, kwam de zaal in. Vier van de vijf oogden alsof ze van het slagveld terugkeerden. Ze wierpen wilde blikken om zich heen als dreigde er een hinderlaag. Ze bewogen zich voort als kampvechters en deden met hun stappen de vloer trillen. De vijfde man scheen een priester te zijn, en ook in zijn verschijning was een wildheid.

'Aha, vandaag zijn de Welshmen ook weer onder ons,' fluisterde Ivo tegen Madoc. 'Ze zijn kind aan huis hier. Ze vragen telkens om wapens en geld om hun opstand tegen de Engelsen te financieren. Je moet weten dat ze voortdurend in opstand zijn. Het liefste zien ze dat onze vorst troepen voor hen vrijmaakt.'

'Waar precies komen die Welshmen vandaan?' wilde Madoc weten.

'Ben ik niet helemaal zeker van, heer Madoc,' antwoordde Ivo. 'Als ik het wel heb van een groot eivormig eiland met grillige rotsformaties dat ergens tussen Engeland en Ierland ligt.'

Madoc knikte en observeerde hen aandachtig. Deze mannen gloeiden welhaast van strijdlust en oorlogsbronst om hun vrijheid te verdedigen of deze anders te herwinnen. Vergeleken met hen voelde Madoc zich totaal gedemoraliseerd. Alleen al de gedachte dat hem misschien spoedig manschappen werden toegewezen voor de herovering en pacificatie van het geteisterde graafschap deed zijn hart ineenkrimpen. Mourille was verleden tijd, het was een jarenlange episode van voorspoed geweest waarin hij toevallig verzeild was geraakt. Zonder een man als Hincmar die de grafelijke vrede kon afdwingen, leek elke campagne in die contreien een bizar en bloederig avontuur te worden. Waarom hij, Madoc, hier dan braafjes zat te wachten op de komst van de koning? Eigenlijk had hij geen antwoord op die vraag.

Uren te laat werd koning Filips Augustus ineens met schallende bazuinen aangekondigd. Aan beide zijden ondersteund door een bediende wankelde de vroegoude vorst de zaal door. In zijn kielzog was een klein gezelschap van adviseurs en hofdignitarissen. Aan weerszijden van de zaal maakte het publiek zich klein in een buiging, zonder te morren over de verloren ochtend.

Zodra de vorst op zijn troon zetelde was het, conform de instructies, volkomen stil in de zaal. Men verbeet zich om maar niet te hoesten. Zelfs bij het kleinste rumoer was een enkele hoofdknik van de hoofddignitaris naar de soldaten voldoende om iemand of een gezelschap te verwijderen, indien nodig hardhandig. En dan kon de uitgedreven partij weer helemaal van voren af aan beginnen in de procedure. Intussen verstreek de middag terwijl nog maar een klein deel van de aanwezige rekwestranten of smekelingen was gehoord. De page zat op een krukje te dommelen en Madoc zat eigenlijk te wachten op het moment waarop de eerste onder de dignitarissen de bijeenkomst zou ontbinden en de nog niet gehoorde rekwestranten naar huis zou sturen. Maar toen sprak diezelfde dignitaris plots: ‘Zijne majesteit wenst te spreken met de edele heer Madoc, zaakgelastigde van vrouwe Adelina, gravin van Mourille, kanselier van de grafelijke administratie te Mourille, ridder-buiten-genootschap, benevens heer van Forête-de-Saint-Ambrose, beoosten Roc-le-Comte in genoemd graafschap.’

Oog in oog met de Franse vorst was Madoc alle door Ivo zorgvuldig ingeprente gedragsregels op slag vergeten. Maar omdat hij, wellicht door zijn afkomst, een natuurlijke wellevendheid over zich had, verliep zijn presentatie met een vanzelfsprekend eerbetoon en zonder enige wanklank. Filips Augustus scheen verheugd hem te zien, er kwam een twinkeling in zijn ogen. Er was een verwantschap tussen hen: littekens ontsierden ook het gelaat van de koning die verder niet gekroond was maar het hoofd met een grauwe wollen muts bedekt hield. Een kruk met leren zitting werd aangedragen en Filips gebaarde de langlijvige Madoc te gaan zitten, waarna deze op een gepast lager niveau verkeerde. Daarop knikte Filips een raadsheer toe die tot Madoc sprak: ‘Onze genadige koning was geboeid door de bestuurlijke verhandeling over het graafschap Mourille die van uw hand afkomstig is. De vernieuwingen die u beschrijft maken inzichtelijk hoe een vorst de centrale macht geleidelijk kan versterken ten koste van de heersende feodale versnippering.' De raadsheer illustreerde zijn stelling met voorbeelden, afkomstig uit Madocs eigen verhandeling.

Madoc luisterde, het hoofd licht gebogen, nu en dan knikkend, en soms eventjes met gespeelde verlegenheid opziend naar de koning. Hij verwachtte dat de heikele kwestie van de feodale rebellie in het graafschap, in reactie op alle hervormingen, evenzeer aan de orde zou komen, maar vreemd genoeg gebeurde dit niet.

'Waar het ging om de transitie van pacht in natura naar een geldpacht,' veranderde de raadsheer enigszins van onderwerp, 'was zijne majesteit onder de indruk van het voorbereidende onderzoek naar de lasten die vanouds volgens gewoonterecht werden geheven, om deze dan in geldbedragen om te rekenen en betreffende bedragen voor een groter gebied samen te voegen en te uniformeren. Deze heldere methode en aanpak tot groei en verlevendiging verdienen navolging in wat men noemt "de stramme gebieden van ons koninkrijk", waar de geest van oudere vaderen onveranderlijk regeert.'

De koning sprak met Madoc over de problemen die zich met de heffing van een geldpacht konden voordoen in jaren van misgewas, wanneer er amper graan overbleef voor zaaigoed en eigen voeding. Duidelijk was dat ook in deze moderne pachtvorm, indien de omstandigheden dat vereisten, vermindering of kwijtschelding van de heffing mogelijk moest zijn, en zelfs van bovenaf aan de landheren kon worden opgelegd, ter voorkoming van hongersnood en opstandigheid. Zo ontspon zich tussen Filips en Madoc een levendige conversatie over het beheer van gebieden en domeinen met landelijke stelsels die naar hun aard sterk verschilden. Landstreken waar de veeteelt overheerste leenden zich goed voor een geldpacht per hoeve. Bij de gemengde bedrijfjes in dorpsgemeenschappen met een drieslagstelsel lag het moeilijker en werden de tributen voor het hele dorp dikwijls ook nog eens hoofdelijk omgeslagen. In marginale contreien waar eeuwige rogge en boekweit de opgezetenen een armlastig bestaan schonken was het eigenlijk onchristelijk welke pacht dan ook te vorderen, behalve dan de periodieke deelname van weerbare mannen aan herendienst en heervaart. In het laatste geval zou een gebieder het manvolk wel zelf van eenvoudige wapens moeten voorzien. Madoc deed zijn best om kort en ter zake te antwoorden, en zich niet in details te verliezen, maar juist dit had tot gevolg dat de geïnteresseerde koning telkens nieuwe vragen opwierp.

Koning Filips was, behalve over Madocs werken, blijkbaar ook door zijn ambiance ingelicht over diens wapenfeiten. Filips refereerde aan het bloedbad onder huurlingen, de roedel Branbanzonen die het graafschap had geteisterd. Zelfs het tweegevecht met Osemund was Filips niet onbekend. 'U heeft een van mijn meest geduchte ridders in een tweegevecht gekeeld. Dat is niet niks, ik kijk ervan op. U dient ons koninkrijk, heer Madoc, maar een Fransman bent u niet. Wie bent u wel, en vanwaar komt u?'

Even viel Madoc stil bij deze onverwachte vraag, zoals de zaal waarin ze zich bevonden eveneens muisstil was. Madoc besefte dat hij deze vorst niet met een ontwijkend verhaal kon afschepen, zoals hij bij Hincmar en anderen had gedaan. Maar hij tastte in het duister. In zijn antwoord liet hij zich inspireren door de indringende droom over zijn geboortestreek die hem in zijn jeugd ooit had bezocht. 'Ik ben een vorstentelg uit een klein koninkrijk dat omgeven werd door bergen,' begon hij weifelend. 'Maar in mijn kindertijd werd het rijk onder de voet gelopen. Mijn ouders kwamen om en ik werd nipt in veiligheid gebracht en heimelijk verscheept naar elders. Denemarken was het reisdoel, als ik het wel heb, maar ter hoogte van Frisia deed een storm ons schip kapseizen en alle opvarenden verdwenen in de golven. Door een godswonder ben ik door de branding op het strand geworpen. Friese monniken ontfermden zich over mij. Ik zou u, genadige vorst, graag meer willen vertellen, maar ik was in die tijd een klein jochie en heb nauwelijks herinnering aan wat er is gebeurd.'

'Kunt u wel aangeven, heer Madoc,' wilde Filips weten, 'waar u vandaan komt?'

'Het kleine rijk moet ergens in Engeland hebben gelegen,' – en Madoc dacht: niet aan de oostkant, dat is te dichtbij en bekend – 'ergens aan de westkant, als ik het wel heb, en niet al te ver van zee.'

'Een naam? Weet u de naam nog?'

'Ik kan me die naam niet herinneren. Mijn geheugen lijkt niet verder terug te willen gaan dan mijn jonge jaren in Friesland. Daar kreeg ik mijn scholing in het klooster. Als ongeveer vijftienjarige ging ik te voet naar Brabant, en van daar kwam ik na omzwervingen in Mourille terecht.'

Er was na het uitspreken van Madocs woorden beroering onder de vijf Welshmen, die vooraan zaten, al deed ieder van hen zijn best zich zo koest mogelijk te houden.

Een klein kwartier later stonden Madoc en zijn page op de binnenplaats van kasteel het Louvre bij de donjon te wachten tot hun paarden werden gebracht. Over de kwestie Mourille, geld voor troepenwerving om het hele graafschap te heroveren, was tijdens de audiëntie met geen woord gesproken. Wel had de vroegoude koning met zijn grauwe wollen muts en getekende gelaat hem minzaam en beslist te verstaan gegeven dat hij binnenkort nog eens werd ontboden.

Twee Welshmen kwamen ook naar buiten, zag Madoc. Waren ze eruit gestuurd doordat ze iets te veel drukte maakten?

11

Hoofdpijn. Een zeer zware hoofdpijn. Dat was zijn eerste gewaarwording toen hij in plaats van in zijn geriefelijke bed op een grote strozak wakker werd. Tussen zijn oogharen door staarde hij de duisternis in. Het moest een afgesloten kamer zijn waarin hij zich bevond. Hij luisterde aandachtig of hij iets van geluid kon opvangen. In een nabije verte dacht hij het kriepen en tjilpen van ontwakende vogels te horen. Geleidelijk aan wenden zijn ogen aan het duister. Er was een venster dat van buitenaf was vergrendeld met panelen. Hij bevoelde zijn pijnlijke achterhoofd; iemand had hem enkele zware klappen toegediend, waarschijnlijk met een knuppel. Het wilde niet lukken zich iets te herinneren van een moment dat aan zijn huidige toestand was voorafgegaan. Hij beet op zijn lippen alsof dat zou helpen zijn geheugen te ontsluiten. Een poging zijn hoofd op te richten maakte hem zo onwel dat hij in een bezwijming weggleed. Gestommel in andere vertrekken deed hem opnieuw ontwaken. Een hevige dorst kwelde hem.

Drie mannen verschenen bij zijn slordige slaapplaats. Een van hen droeg een kaars. Hoewel het lichtschijnsel flauw was herkende hij hen: het waren drie van de Welshmen, behorend bij het vijftal dat op dezelfde dag als hij op een audiëntie van de koning had gewacht. Hij probeerde te bedenken waarom dat zootje wildemannen hem gevangenhield.

De man waarvan Madoc eerder had gedacht dat hij wellicht een priester was, richtte het woord tot hem in lijzig Frans: ‘Heer Madoc, onze nederige excuses voor al dit ongemak. Door een misverstand zijn onze mannen onnodig gewelddadig geweest.’

Hoewel Madoc er beroerd aan toe was, zei zijn gevoel hem dat hij zich trots en manhaftig moest opstellen. Hij reageerde dan ook scherp: ‘Onnodig gewelddadig? Zeg maar gerust:

laag en lafhartig. Als ik weet wie mij deze klappen heeft gegeven, dan mag hij erop vertrouwen dat ik hem met mijn eigen handen zal wurgen. En dit zal langzaam gebeuren.'

'Probeert u rustig te blijven, dat is beter in uw toestand,' reageerde de vermeende priester sussend. 'Ik zal u de hele toedracht vertellen. En dan...'

'Laat eerst maar eens een kruik helder water brengen,' gaf Madoc te verstaan.

'Het zal u aan niets ontbreken, heer Madoc,' zei de man.

'Breng het me direct,' zei Madoc. 'En kom dan later op de dag terug. Alleen. Eerst ga ik nog een paar uur slapen.'

De man knikte en sprak toen tegen de anderen in een taal waarvan hij geen woord verstond, maar die hij wel ergens van kende. Het drietal verwijderde zich.

Twee keer was de man, genaamd Cynwrig, een priester inderdaad, bij zijn strozak verschenen en had zich op een krukje neergezet om een lastig verhaal af te steken, om duidelijk te maken tot welke bijzondere missie voor de Welshmen Madoc was geroepen. Na de eerste keer het verhaal te hebben aangehoord duizelde het hem, en de eerder geluwde hoofdpijn keerde in alle hevigheid terug.

De tweede keer dat de priester met hem sprak stelde Madoc tussentijds vragen. Hij kreeg zowaar enig zicht op de situatie in Wales. Dit land, aan de westkant van Engeland gelegen, werd vanouds belaagd door de Engelsen, waar sinds anderhalve eeuw ook nog eens de Normandiërs bijkwamen. Wales was lang geen eenheid, daarentegen bestond het uit een handvol rivaliserende koninkrijken. Ondanks hun gezamenlijke vijanden was de onderlinge strijd tussen de Welshmen chronisch. De conflicten hadden steeds met opvolging of territoria en opgezetenen te maken. Een trieste bijkomstigheid was dat een Welshe partij soms een tijdelijk bondgenootschap met de Engelse koning aanging, waarvoor gevoelige concessies moesten worden gedaan, en die later altijd aanleiding waren tot nieuwe oorlogen, om deze weer ongedaan te maken.

Cynwrig was een voorname priester uit het oostelijk gelegen rijk van Powys. In het jonge verleden raakte het rijk opgedeeld en heerste een handvol pretendenten er als feodale tirannen. De priester verbleef met een aantal lotgenoten uit het zuidelijke deel Powys Cyfeiliog in Parijs met het doel koning Filips Augustus te bewegen geldelijke steun te bieden aan de adellijke partij die Powys weer tot een enkel rijk herenigen wilde, om de Engelse druk aan de oostgrens beter te kunnen weerstaan.

Wat zal ik hier in godsnaam mee te maken hebben? dacht Madoc toen hem dit werd uitgelegd.

Hierna nam het verhaal van Cynwrig een enigszins bizarre wending.

'In Wales,' begon de priester, 'genieten de barden en zieners vanouds groot aanzien. Dat geldt helemaal voor Maelgwn ap Gruffyd, een adellijk man die zowel bard als ziener is. Zijn begaafdheid is onovertroffen. Een paar jaar geleden trok hij door het land met rouwliederen over de onzalige staat van ons gewezen koninkrijk. Hij deed zijn luisteraars voelen hoe deerniswekkend wij van Powys er eigenlijk voor stonden. Die weeklacht ging van dorp tot dorp door heel het land. Kort erop echter zong hij liederen van hoop. In zijn dromen had hij gezien hoe een zoon van het land, zwervend door Europa na als kind door een scheepsramp op een vreemde kust te zijn geworpen, door de Voorzienigheid was uitverkoren op een dag terug te keren om de strijd aan te binden met de tirannen, en aldus het koninkrijk in luister en eer te herstellen. Het zou gaan om een dappere ridder wiens jong gezicht reeds werd getekend door de strijd.' De priester zweeg even en hernam toen: 'Toen ik uw naam tijdens de audiëntie hoorde en daarna het verhaal van uw afkomst, zoals u het de Franse koning vertelde, toen wist ik dat de begaafde bard Maelgwn het goed had gezien in zijn nachtelijke droomgezichten.'

Madoc zette grote ogen op.

'Ja, u bent degene die is uitverkoren en door God toegerust met de vermogens ons koninkrijk in zijn oude glorie te herstellen.'

'Dan weet u meer dan ik,' reageerde Madoc.

'Waar het gaat over uw herkomst zei u nog in het duister te tasten,' zei Cynwrig. 'Welnu, u bent de kleinzoon van twee koningen. De ene is Owain van het rijk Gwynned, dat grenst aan de westkant van Powys. De andere koning is Madog ap Mareddud, van het toen nog ongedeelde Powys. Luister!'

*

Madoc had de nachten geteld en wist dat hij inmiddels een week gevangen werd gehouden. Hij was onderhand al aardig opgeknapt, maar veinsde dat zijn hoofwond hem nog veel ongemak bezorgde. Voorlopig leek elke weerspannigheid hem af te raden. Elke dag sprak hij urenlang met de priester Cynwrig en stelde hem telkens vragen over het land, de bevolking, de zeden, het recht, de kwesties en verwikkelingen. Zijn begrip werd bemoeilijkt door een reeks van schier onuitspreekbare namen van individuen en landstreken. Telkens wanneer hij een bepaalde verwikkeling dacht te begrijpen belandde hij toch weer op een dwaalspoor. Dat gold ook voor het verhaal van zijn eigen afkomst, dat langzamerhand weer in een schemering belandde.

Zoveel was hem duidelijk: er was onophoudelijk trammelant tussen verschillende verwantengroepen maar ook daarbinnen. Een kortstondige toestand van rust kon elk moment ontaarden in een oorlog van allen tegen allen. Was zijn eigen familie daarom scheep gegaan, in een poging het bloedvergieten te ontvluchten? Madoc snapte wel dat er in de Welshe landen een groot verlangen heerste naar een vorst die alle mededingers lam en kreupel sloeg, want men was het onderlinge geweld onderhand weleens moe. Het idee dat men hem tot een zodanige, hersenschimmige opdracht had voorbestemd sloeg hem met verbijstering. Welbeschouwd was hij in een onafzienbare nachtmerrie beland.

Tegenover Cynwrig en enkele anderen (met onuitspreekbare namen) deed hij het voorkomen dat dit militaire avontuur hem interesseerde, mits hem natuurlijk voldoende mannen en middelen ter beschikking stonden. Ze hadden hem verteld dat in nachtelijke bijeenkomsten van eedgenootschappen al duizenden krijgslieden hun trouw hadden beloofd, indien de vorst en ure daar waren. Dat hij daar als verlosser een voet aan land zou zetten deed hem op voorhand de koude rillingen over het lijf lopen.

Hij moest uitbreken. Maar hoe? Hij was zijn zwaard kwijt. Ze hielden hem voortdurend in de verduisterde en zeer bedompte kamer gevangen. Zijn verzoeken om met lijfwachten naar de tuin te mogen werden afgewezen. Er waren steeds twee gewapende wachters bij zijn deur.

'Als u eenmaal het land van Wales onder de voeten heeft,' beloofde Cynwrig, 'dan bent u vrij en zullen we u geleiden én onvoorwaardelijk gehoorzamen.'

Hoeveel tijd had hij nog? Er was sprake van dat er een schip in Le Havre zou aanmeren. Als het zover was dan namen ze hem direct op transport en brachten hem naar Wales. Was hij echt een zoon van dit volk van woestelingen en vechtersbazen? Misschien kwam deze hele intrige voort uit de naam die hij in de nacht na zijn vlucht uit het klooster had verzonnen, omdat hij niet langer Beda wilde en kon heten. Hoe was hij toen eigenlijk aan die nieuwe naam gekomen? En hoe kwam het dat hij er indertijd zo verzekerd van was dat hij uitgerekend die naam zou moeten dragen?

Die late avond vroeg Madoc de wacht hem een kruik wijn en helder water te brengen. Aldus gebeurde.

Een klein half uur later keken beide wachten elkaar vragend aan. Uit de kamer van de gevangen heer Madoc klonken kokhalzende geluiden, vreemd gehoest en amechtig keelrumoer die aan verstikking deden denken. Toen zij de sluitbalk eraf hadden gehaald en de deur openden, zagen zij dat hun gevangene over de vloer kroop, kronkelend van ellende, en zich blijkbaar in doodsnood bevond. 'Haal vader Cynwrig, snel!' commandeerde de oudste tegen de jongste wachter, en die snelde daarop weg. De oudste boog zich over de gevangene die vergiftigd leek te zijn. En op hetzelfde moment, richtte Madoc zich op en haalde met zijn linkervuist snoeihard uit naar het gezicht van de wachter en voordat die zich realiseerde wat hem overkwam, was zijn zwaard hem ontnomen en werd zijn hals ermee doorstoken, waarna hij geheel gestrekt ging en nog slechts kon zielbraken.

Madoc had erop gelet welke kant de tweede wachter op was gegaan om Cynwrig te waarschuwen, en hijzelf koos voor de andere kant, met het zwaard en een dolk, ontfutseld aan zijn slachtoffer. Hij stormde een stenen trap af en begreep toen al dat hij zich op de begane grond bevond. Hij stond in een nauwelijks verlichte gang en zag dat er drie mannen op hem afkwamen. Misschien moest hij hen uitschakelen, maar toch probeerde hij een deur van hout en glas naar buiten te openen en dat lukte. Hij was nu in de tuin, een hond aan de ketting stormde jankend op hem af, maar hij wist hem in één klap half te ontkoppen. Verder rende hij, naar een rij struiken waar hij doorheen kon. Achter hem in het grote huis was groot tumult, ze schreeuwden allemaal naar elkaar. Hij had een voorsprong en bijgelicht door de maan wist hij een modderige straat te bereiken waarlangs kleinere huizen stonden. Hij bleef rennen, wetend dat het gedaan was als hij nu weer in hun handen viel. Dan vervoerden ze hem direct als levende have naar Le Havre, om er zo snel mogelijk scheep te kunnen gaan. Hij verliet de grote straat en koos een wijk vol steegjes. Er brandden oranje of rode lichtjes bij beelden van heiligen, en hij wist dat hij in een hoerenbuurt liep. Als hij geluk had betekende dit dat hij zich nabij de Seine bevond. Daar kon hij zich oriënteren. Zijn achtervolgers waren blijkbaar een andere kant op gegaan, misleid door het aanslaan van allerlei kettinghonden. Daar was de Seine! En daar de kapel van Maria Magdalena, waar hij zo vaak was langsgereden. Een klein kwartier later bonsde hij op de deur van de herberg waar de ridder Raoul al jaren zijn intrek had genomen. De waard dacht hem de deur te kunnen weigeren, maar hij gaf enkele trappen tegen het hout en de man deinsde achteruit.

'Ik moet de ridder spreken. Nu.'

'Gaat u maar naar boven. Excuus dat ik u niet... U kent de weg. Ik geef u een kaars. Zal ik wijn nabrengen?'

Hoofdstuk 9

Orewoet van minnen

Orewoet van minnen,
dats een rike leen.
Die tiersten waren twee,
die doetse wesen een.

Die sinne es hoge geresen
die ontfaen hevet der minnen cracht,
sodat hi in der minnen macht
sine vonnese sal lesen.

I

Zijn laatste dagen in Parijs waren nogal vreemd. De nacht waarin hij ontsnapte verwachtte hij dat de Welshmen zijn huis opnieuw in observatie namen om hem zo mogelijk bij thuiskomst of vertrek te overweldigen en af te voeren, zoals ze – herinnerde hij zich onderhand in flarden – de eerste keer ook hadden gedaan. Hij kende een sluiproute via een onooglijk steegje dat achter zijn huis liep en dat ter hoogte van een paardenstal overging in een door struiken overwoekerd pad. Daar kon hij via een tuinmuur bij een luik met klein raam komen, waar hij met klopsignalen Sofia kon wekken.

Ze lag inderdaad in hun bed in een sluimering vol zorgen over hem die al acht nachten niet was thuisgekomen. Doodsbang sloop ze naar het raam in het luik en zag dat hij het was. Ze ontgrendelde het luik, hij glipte naar binnen, beduidde haar stil te zijn en geen licht te maken. In grote lijnen vertelde hij haar wat er aan de hand was. Fluisterend vroeg hij haar nieuwe kleren voor hem te pakken. Hij gaf haar een hele reeks instructies en beloofde de volgende nacht te zullen terugkeren, langs dezelfde weg. Hij nam wat geld mee van huis, hij pakte een beter zwaard en enkele dolken en vertrok naar een herberg in een andere buurt, waar de ridder Raoul op hem wachtte. Die werd enige dagen zijn lijfwacht, terwijl hij zijn zaken in de stad afhandelde. De laatste dag haalde Madoc met Raoul zijn geld op uit de kluis die hij huurde bij een handelshuis. Raoul paste die nacht op de leren buidels met geld en Madoc ging voor het laatst via de sluiproute achterlangs naar het bovenhuis waar Sofia op hem wachtte. Alles waarom hij had gevraagd, stond ingepakt.

Nu zaten ze in het duister tegenover elkaar. Graag had hij nog een laatste keer met haar willen vrijen, maar hij was er te gespannen voor.

'Wanneer denk je terug te komen?' vroeg ze bedeesd.

'Dat weet ik niet,' zei hij, niet naar waarheid. 'Voorlopig ben ik in deze stad een prooi voor dolle landgenoten van overzee.'

Sofia bleef het een idioot verhaal vinden, al had ze wel bemerkt dat hun huis al dagenlang in de gaten werd gehouden door vijf mannen. De een had een nog woestere kop dan de ander.

Aan het eind van de volgende maand liep de huur af, vertelde Madoc haar. Dan moest ze naar haar familie terug. Het interieur was voor haar. Alle spullen ook. Ze mocht alles houden of verkopen. Hij vroeg in welke buurt hij haar moest zoeken als hij terug was. Ze noemde hem een buurt en plein aan de rechteroever voorbij de westgrens en vertelde dat haar familie boven de smidse van haar vader woonde. Op de gevel hing een schild met de naam: *La petite ange.*

'Op tafel ligt een beurs met wat geld voor de komende tijd,' zei hij, haar nog eens koesterend. Wanneer ze bij daglicht zou zien hoeveel hij haar naliet zou ze begrijpen dat hij niet meer terugkwam.

2

Madoc vertrok naar het zuiden. Tijdens het eerste stuk van zijn tocht vermeed hij aanvankelijk de hoofdwegen, ook toen hij al bijna een week onderweg was, alsof hij nog kon worden achterhaald door een groep zwaarbewapende Welshmen die in hem de beloofde legendarische legeraanvoerder en vorst had herkend.

Weg te zijn uit Parijs voelde lang niet slecht. Van alle verwachtingen die hij van het leven in die stad had gekoesterd was slechts een klein deel bewaarheid. Hij had er flink kunnen lezen in antieke boeken. Dat had hem gesterkt. In andere opzichten was zijn verblijf er verloren tijd geweest. Het leek wel alsof alle ambities die hem in Mourille als vanzelf hadden voortgestuwd binnen de vers gemetselde stadsmuren alleen maar konden kwijnen. Op de valreep had hij nog een succesje bij de Franse koning behaald. Die had hem waarschijnlijk willen vragen – of opdragen – plaats te nemen in een van de koninklijke adviesraden. Zulk werk zou hij interessant hebben gevonden, maar andere raadsleden uit de hoge adel zouden waarschijnlijk óf met zijn ideeën goede sier hebben gemaakt, óf deze juist dankzij hun hogere status eenvoudig van tafel vegen. Hij was er niet echt rouwig om dat deze kans aan hem voorbijging.

In het zuiden zou hij een nieuwe start maken. Eenmaal in de buurt van Montpellier wilde hij Adelina zien te vinden. Het ging hem niet zozeer om haar als wel om Alberic. En wellicht konden haar familie of nieuwe relaties hem enigszins wegwijs maken in de contreien. Madoc was van plan zich ergens onder de rook van Montpellier op het land te vestigen. Hij wilde een eigen landgoed verwerven en het zelf beheren en exploiteren. Zijn land zou grotendeels uit wijngaarden moeten bestaan. Behalve van kelders vol vaten met de beste wijnen droomde hij van grote stookketels die het minder goed smakende deel van de jonge wijnoogst tot *vinum ar-*

dens, zouden veredelen. Enkele glazen brandewijn spoelden de droesem uit je ziel. Iemand kon zich er zelfs mee ontwormen, al moest je het elixer dan wel er vanonder in gieten. Het bleef wonderbaarlijk dat brandewijn bij machte was pussende wonden te reinigen en ontsmetten.

Voor een handleiding in het proces van destilleren zou hij naar Salerno moeten reizen. Daar hadden plaatselijke geleerden zich de Arabische alchemistische kunst niet alleen eigen gemaakt maar deze zelfs verbeterd. Hij zou zo'n reis na de aankoop van zijn landgoed kunnen maken. Telkens wanneer deze voornemens in zijn geest oplichtten voelde hij overal tintelingen. Hij kreeg er zin in, omarmde zijn nieuwe leven nog vóór het was begonnen. Wat hij zich wenste kón ook allemaal worden verwezenlijkt; hij beschikte over een behoorlijk kapitaal. Zijn paard droeg aan weerszijden twee leren tassen waarvan beide bodems met zilver- en goudgeld bedekt waren. In zijn mantel had Sofia gouden en zilveren munten genaaid: *ecu's* en daarnaast *groten* ter waarde van twaalf *deniers tournois*. Alleen reizen was niet zonder risico's. Hij had Raoul gevraagd met hem mee te gaan. De nobele ridder, als enige uit de kring rond Adelina overgebleven, wilde niet weigeren, maar Madoc voelde dat de ander liever bleef waar hij was. Raoul bleek zich aan een Parijse jonkvrouw te hebben verslingerd. Zijn aanstaande schoonouders wilden haar weggeven zonder hem tot grote offers en beproevingen te dwingen. Zo'n gerieflijke toekomst wilde Madoc niet doorkruisen en hij ontsloeg de ander dan ook van elke verplichting hem te vergezellen. Ze zouden elkaar later weerzien, beloofden ze beurtelings, en Madoc ging alleen op reis, want alle schildknapen waren ook verdwenen. Het was hem in de achterliggende reisdagen niet gelukt om drie of vier geschikte mannen te vinden die tijdelijk zijn escorte konden uitmaken. Wat op zijn weg kwam was van te laag allooi geweest, figuren die hij liever niet te dicht in de buurt had.

Hij doorkruiste onafzienbare vlakten met struikgewas waaruit lentevogels zongen en piepten. Hij dwaalde door moerassige oorden waarin geen andere sterveling zich durfde begeven. Hij waadde door beken die bruisten van overtollig smeltwater. Hij bedwong hellingen waarvan de steenachtige paden zo steil en ongemakkelijk waren dat zijn paard zich nauwelijks aan de halster liet meevoeren. Onderweg had hij telkens problemen met zijn oriëntatie, omdat hij zijn reis niet grondig had kunnen voorbereiden. Verstoken van een gids of lijstjes met namen van dorpen en stadjes die in een bepaalde volgorde een traject aangaven, was hij vertrokken. Nu moest hij onderweg herhaaldelijk navragen of hij daadwerkelijk zuidwaarts ging, vooral op dagen waarop de zon achter de wolken bleef. Kooplui wisten de weg donders goed, maar waren in hun haast steeds kortaf in hun aanwijzingen. Hij verloor veel tijd en had op sommige dagen het gevoel dat hij in enorme cirkels rondreed. De weerbarstigheid van het landschap en de sterk wisselende weersomstandigheden vertraagden de voortgang nog meer.

Verderop, midden in een woud, bij het vallen van de avond, trachtte kerelsvolk hem eens vanuit een hinderlaag te beroven. Twee van hen velde hij met zijn zwaard voordat de rest in allerijl vluchtte. Met een mengeling van weerzin en deernis keek hij naar beide vagebonden aan zijn voeten. Een van hen lag nog te creperen en stikte niet veel later in zijn eigen bloed. Drie manslagen binnen één week, het moest niet gekker worden. Pas daarna ontdekte hij zijn eigen verwondingen, door dolken toegebracht. Hij trok verder in de hoop dat onderweg ergens een dorp zou zijn waar hij met schoon regenwater uit een put zijn wonden kon uitspoelen. Maar er was alleen verlatenheid, omgeven door ontelbare bomen en weerbarstig struweel. De volgende middag trof hij een bron aan op een open plek. Hij was toen al koortsig en zijn wonden werden vurig door ontstekingen. Nog anderhalve dag reed hij voort in het daglicht, sterk verzwakt door de hitte in zijn bloed, toen hij eindelijk op een nederzetting van kotten en stulpjes stuitte.

Hoe komt het hier zo volkrijk? dacht hij, op onvaste benen tegen zijn paard leunend. Wat voor een pleisterplaats mocht dit zijn?

Een jongeman merkte de uitgeputte en rillende vreemdeling op en bood hem zijn diensten aan. Timon was zijn naam. Madoc gaf hem enkele zilveren penningen. Hij moest voor hem naar onderdak zoeken en naar haver voor zijn paard. Een paar uur later kwam de jongeman terug met haver en met de mededeling dat er nog plek was voor man en paard in een stal waar ook enkele ossen aan de roop stonden. Elders was geen enkele slaapplaats meer te vinden, de aanloop van pelgrims was te groot. Timon leidde hem voorzichtig naar die stal, zorgde voor het paard, bezorgde hem water in een kruik, schudde in een hoek een strobed voor hem op.

De doordringende stank van zijn eigen oude zweet deed Madoc langzaam uit zijn dagenlange koortsbezwijming ontwaken. Door zijn oogharen staarde hij de schemerverlichte stalruimte in. In het binnenvallend licht gonsden insecten. De ossen waren er niet. En toen dacht hij: mijn paard is ook weg. Zou het ergens op een veldje staan grazen? En zijn tassen dan? Hij nam aan dat zijn paard goed werd verzorgd, dat zijn spullen veilig waren opgeborgen, dankzij die jongeman van wie hij zich herinnerde dat hij Timon heette. Hij voelde zich te zwak om op te staan, hij miste zelfs de kracht de plakkerige mantel waarin hij lag ingesnoerd wat losser te maken. Dorst, hij stierf van de dorst. Naast zijn bed van stro stond een kruik met een bodem water. Hij dronk gulzig, spuugde enkele dode vliegen uit. De avond viel, daarna was het nacht en toen werd het ochtend. Beurtelings wakend en slapend lag hij op zijn strobed, allengs meer bezorgd om de situatie. Waar bleef Timon al die tijd? In de nabije verte klonken rauwe stemmen, als op een markt. Toen ging de staldeur open en bedeesd trad een jong meisje binnen. Ze wilde iets zeggen maar weifelde.

Madoc richtte zich voorzichtig op en probeerde naar haar ouders te vragen, maar zijn mond was droog en voelde aan als van leer.

Het meisje keek hem verschrikt aan, en rende de stal uit. Even later verscheen een boer. De man droeg een vuil hemd, een halflange broek en luchtig schoeisel dat uit boombast was gesneden. Hij boog het hoofd een beetje schuin en zakte ietwat door zijn linkerknie. Toen zei hij, de muts in zijn hand houdend: 'Uwe edele is aan de beterende hand, God zij geprezen.'

'Mijn paard... tassen?' bracht Madoc met de meeste moeite uit. 'Timon?' siste hij.

De boer dacht even na en begreep toen alles. 'Geen zorgen, geen zorgen. Eergisteren vocht u voor uw leven. Daarom is uw broer in alle vroegte te paard vertrokken. Hij droeg uw kuras, en nam het zwaard en ook de beide tassen mee. Voor de zekerheid hield hij al uw spullen bij zich. Hij is medicamenten voor u gaan halen. Bij de abdij van Sainte-Germaine. Dat is een dagreis hiervandaan. Het zal niet lang duren of hij is terug. Ik denk: ergens in de vroege avond.'

Madoc neigde ertoe te zeggen dat deze Timon zijn broer niet was. Hij zweeg, maakte een gebaar naar de man dat hij wilde drinken.

De boer haastte zich een nieuwe volle kruik te halen.

In het werk van een anonieme Romeinse wijsgeer had hij eens gelezen over het vermogen van een mens zichzelf vanaf een ingebeelde afstand waar te nemen. Dat was wat hij nu ook deed. Hij zag een man die te verbijsterd was om te willen geloven dat het leeuwendeel van al zijn bezittingen hem was ontstolen door de eerste de beste snotaap die van zijn onmacht had geprofiteerd. Hij was nog veel te zwak om achter de jonge rover aan te gaan. En daarbij wist hij niet in welke richting hij zou moeten zoeken, als hij weer over een paard kon beschikken. Nog dagenlang zag hij in gedachten 'de knaap met zijn reine hart' weer komen opdagen, gezeten op zijn paard, zijn kuras dragend, met het zwaard, de tassen en enkele kruikjes medicijn. Allengs begon het besef van de werkelijkheid zijn geest te domineren. Alle plannen voor zijn toekomst in het zuiden waren eensklaps illusoir geworden. Onderweg hierheen had hij voor zich gezien hoe zijn zoon Alberic later, groot geworden en studerend in de stad, zich tijdens de warmste maanden met vrienden zou verstrooien op zijn vaders landgoed. Zich vermeiend in de wijn- en boomgaarden zouden ze disputeren en wilde plannen maken voor de toekomst. Meisjes uit de omgeving die van hun komst hadden vernomen zouden in de middagen tussen de fruitbomen flaneren. Mocht het te warm worden dan kon iedereen verkoeling zoeken in een bassin met fonteinen dat hij had laten aanleggen...

Het zou niet meer dan een droombeeld blijven. Weliswaar bezat hij nog een klein kapitaal van gouden ecu's en zilveren munten, ingenaaid in zijn mantel. Daarmee kon hij nog een jaar of twee vooruit, indien hij eenvoudig leefde. Een gevoel van schaamte kwam over hem en wilde niet wijken. Hij had onwaarschijnlijk stom gehandeld door met zo veel geld zonder escorte te reizen. En nu vond hij zichzelf terug in een ossenstal en dat was misschien de plek die hem toekwam. Tegen de boer die over Timon begon zei hij dat deze hoogstwaarschijnlijk bij de familie was gebleven; het paard was bij vlagen kreupel en dan moest het rust hebben. Met niemand zou hij ooit over zijn catastrofe spreken.

In deze ongenadige staat wilde hij Adelina en Alberic niet onder ogen komen. Zou hij welkom zijn als zij een nieuwe man had weten te strikken? Misschien dan juist wel, maar die rol wilde hij niet meer. Onwillekeurig maakte hij zich een voorstelling van haar nieuwe echtgenoot: een non-valeur, arrogant en vol chagrijn, met veel adellijk snot in de neus.

In zijn onmacht begon hij op nieuwe ideeën en initiatieven

te vlassen, maar eigenlijk was hij te zwak om zich in te spannen. De koorts kwam terug, en hij lag gedurende twee etmalen weer op zijn strobed. De scherpe dampen die de ossen en hun mest uitwasemden maakten dat hij sliep met een moeizame en piepende ademhaling. Onheilspellende droomgezichten drongen zich aan hem op. Madoc, waar ben je toch? vroeg plots een stem die hij midden in de nacht dichtbij dacht te horen. Hij was alleen.

Twee dagen later in de vroege ochtend ontwaakte Madoc omdat buiten de stal, dichtbij, een vrouw zat te zingen. Ze zong een lied uit de Occitaanse liefdeslyriek, die ook in Parijs bekend was dankzij een zwerm minnezangers uit het zuiden. De vrouw had een hese, ijle stem als van een engel. Het lied ging over de weeklacht van een jonkvrouw die door haar broer in een toren is opgesloten. Die wil haar uithuwelijken aan een aftandse, kinderloze baron met een enorm landgoed. Maar haar grote liefde gaat uit naar een ridder die met gevelde lans strijd levert tegen oprukkende Moren. Toen de zangeres haar volgende lied begon, over een jongeling op zoek naar een herderin bij wie hij eerder troost vond, rees Madoc moeizaam van zijn strooien sponde en opende de staldeur. Verderop, buiten het erf, onder een bloeiende kastanje, zat de jeugdige vrouw te zingen. Het licht van de ochtendzon gaf haar rode haren een extra gloed. Zij merkte hem niet op en reeg het ene minnelied aan het andere, daarbij frivole ondeugd in strofen niet schuwend:

Wie weten wil waarom ik graag en heet ben
Omdat ik jong en mooi onder mijn kleed ben
Daar ik uit lach en vrolijkheid gesmeed ben
Wil ik een vent die blijdschap niet zal duchten.

Ik ben zo hups, maar slaak vaak droeve zuchten,
Daar ik mijn man niet zien kan en niet luchten

Van liefde voor die man is bij mij geen sprake
Zijn aanblik doet mij van schaamte braken
God weet dat hij me zelfs niet aan moet raken
Als hij niet sterft, dwingt hij mij tot vluchten.

Ik ben zo hups, maar slaak vaak diepe zuchten,
Daar ik mijn man niet zien kan en niet luchten.

Hij stond in de deuropening genoeglijk te luisteren en hield zich onderwijl aan de stijlen vast. Na een klein half uur te hebben gezongen stond zij op en liep weg.

Madoc riep haar na: 'Dat was prachtig en troostrijk. En hoor maar: je zwijgt en nu beginnen de lijsters en merels in navolging van je te kwelen en fluiten. Kom asjeblieft morgenochtend terug om nogmaals te zingen. Daarna zal ik vast en zeker helemaal hersteld zijn.'

Ze was geschrokken van zijn plots opklinkende woorden, maar toen zij zich naar hem omdraaide lachte ze hem toe en zei: 'Ik zal er zijn. Beloofd. Maar om te herstellen kunt u beter tot God bidden.'

Er was iets bijzonders aan haar. Zij was als een herderin gekleed maar haar houding en wijze van lopen deden hem vermoeden dat zij uit een welgeboren familie stamde. Hij wuifde naar haar maar was blij dat ze nu niet naar hem toe kwam. Hij wist heel goed dat hij erger stonk dan een bok tussen een sliert tochtige geiten. Vandaag wilde hij zichzelf en zijn kleren in een bergbeek grondig reinigen, om haar morgen fris tegemoet te kunnen treden.

Zij verscheen die volgende ochtend, zette zich onder dezelfde bloesems neer en zong. Hij verliet de stal en liep, nog steeds onvast, naar haar toe en vlijde zich in het gras. Eerst luisterde hij met geloken ogen, maar al spoedig beslopen zijn blikken haar. Ze droeg haar roodbruine haren in een losse vlecht tussen haar schouders. Anders dan in het noorden bedekten vrouwen hier hun hoofd meestal niet en zij was in die streekgewoonte meegegaan. Madoc had aandachtig luisterend vastgesteld dat haar Frans een Brabants accent had.

Daarom zei hij, onverhoeds in het Diets, toen ze met zingen ophield: 'De tongval van je moedertaal maakt het Frans van je zachter en warmer. Daar word ik rustig van.'

Hij had die taal jaren niet gesproken en daarom klonken zijn woorden een beetje stoffig. Maar zij keek hem verrast aan, haar bleke wangen kleurden. 'Is u ook van Brabant?'

'Nee, ik kom uit noordelijker streken,' antwoordde Madoc. 'Mijn naam is Willem.'

'Ik heet Wijchje,' zei ze met een knikje en een verlegen lach.

3

Een klein jaar geleden was Wijchje in een groep van bedevaartgangers – mannen, vrouwen en kinderen – vanuit Gent richting Parijs-Toulouse vertrokken. Door die reis te maken had ze veel opgegeven. Haar vader was ambachtsheer in het ommeland van Leuven. Hij had toen Wijchje zeventien werd geprobeerd haar uit te huwelijken aan een jonge edelman met een betrekking in het landsheerlijk bestuur. Zij had zich echter heimelijk, in het aangezicht van God, verloofd met Hugo Waeldonck, een jonge patriciër die zijn vaders plannen ook al trotseerde. Beide geliefden zochten in familiekringen naar bemiddelaars om hun ongeoorloofde verbintenis toch te kunnen wettigen. Hugo's gemoed zou niet bestand blijken tegen de spanningen van een dergelijke intrige. Hij schikte zich spoedig weer naar zijn vaders wensen. Maar Wijchjes vader vergiste zich toen hij meende dat zijn dochter nu ook het hoofd boog, zodat de huwelijkskandidaat eindelijk zijn opwachting kon maken. Wijchje vertrok op een nacht naar Antwerpen, vond onderdak bij familie van familie, en stortte daar vervolgens helemaal in. Toen zij weer redelijk tot zichzelf was gekomen had zij besloten een verre bedevaart te maken naar het oord van Sint-Jacobus van Compostela, helemaal in Noordwest-Spanje, om door beproevingen tot groter zelfinzicht te komen en zich voor haar weerspannigheid te verantwoorden tegenover God.

Toen ze met de hele groep pelgrims richting Toulouse in Roc-Amadour bivakkeerde, liep ze door een val een ernstige beenblessure op die het onmogelijk maakte haar bedevaart voort te zetten. Haar herstel nam maanden in beslag en zij had het geluk dat een kring begijnen zich over haar ontfermde. Het was een genootschap van vrouwen die zich van hun familie of zelfs gezin hadden losgemaakt. Ze wilden voor het geloof leven. Maar tot een klooster met al zijn regels en ontzeggingen traden ze niet toe. Ze verkozen in de wereld te blijven. Verwonderd nam Wijchje waar hoe deze vrouwen zichzelf regeerden in onthouding en devotie.

In deze leefgemeenschap vond Wijchje een klankbord voor al haar twijfels en ijdelheden, voor de vraagstukken van het zielenleven en hoe men als een reine christin kan leven. Gedurende de herfst en winter verbleef zij in het begijnenhuis in Roc-Amadour. Om zich nuttig te maken en iets voor haar sobere onderhoud te doen hielp zij mee met het knopen van tapijten waar in de regio vraag naar was of het snijden van kleine Mariabeeldjes uit jong hout. Die werden aan passerende pelgrims verkocht.

Toen het voorjaar werd besloot ze niet naar Sint-Jacobus van Compostela door te reizen. In de gesprekken met de begijnen had ze bevrijdende inzichten opgedaan. Ze had naast het handwerk veel kunnen lezen en contempleren, en zo had ze antwoorden op veel van haar vragen gekregen. Niet langer voelde ze zich schuldig tegenover haar familie. Ze had juist gehandeld door zich niet te laten uithuwelijken. Zij geloofde in de liefde, zowel die van de wereld als die voor God, in de gedaante van de Zoon. Het ging haar vooral om liefde. Daar vorm aan geven in strofen en liederen was haar grootste ambitie.

Ze had hetzelfde onderwijs genoten als haar beide broers en van jongs af aan schreef ze over wat haar bekoorde en bezielde. Aanvankelijk koos ze daar de vorm van de hymne voor. Totdat zij tijdens de heenreis, bij de eerste stop en korte rustperiode van de bedevaartgangers in Parijs, een handschrift verwierf met Occitaanse minneliederen, vertaald in het Frans. Sindsdien probeerde ze haar eigen liederen naar de hartstochtelijke geest en versvormen van dit genre te plooien.

Tijdens haar langdurige verblijf in Roc-Amadour maakte de stilering van de zinnelijke liefde tijdelijk plaats voor de spirituele vervoering van de begijnen. Maar Wijchje vond het nu nog te vroeg al definitief te kiezen voor hun religieuze leefstijl. Eerst wilde ze in de wereld staan en de liefde ervan leren kennen, al dacht ze liever niet terug aan haar eerste kennismaking daarmee, en het drama in haar familie dat eruit voortgekomen was.

4

Wanneer zij, ineens omgeven door stilte, hem in de ogen keek, was het alsof het litteken op zijn wang warm werd. Hij voelde een aandrang haar gezicht tussen zijn handen te nemen en elk plekje ervan teder te kussen. Er was een gloed in haar, lijfelijk en in haar ziel, die hem toestraalde. De man in hem bedwong zich, beducht als hij was dat hij haar te vroeg te nabij zou komen, dat hij iets zou stukmaken van het fijne web dat als vanzelf tussen hen werd geweven.

Sinds de tweede keer dat hij haar zag en hoorde zingen, toen hij zich aan haar voeten in het lentegras had neergevlijd, waren zij steeds bij elkaar gebleven. Ze vroeg hem nog diezelfde dag of hij de ossenstal wilde verruilen voor een grote buitentent waarin pelgrims gezamenlijk sliepen, mannen en vrouwen. En of hij naast haar de nacht wilde doorbrengen? Ja, zei hij, natuurlijk. Hij begreep wat haar zorgen waren nu zij alleen onderweg was naar het noorden. En zo betrad hij die vroege avond een grote tent waarin een garstige mensengeur de lucht dik maakte. Daar lagen zij heel dicht bij elkaar die nacht, in onschuldige genegenheid. Nu en dan werd hij wakker uit zijn sluimering en koesterde zich genoeglijk in de gloed die ze uitstraalde. Het was alsof zij steeds een beetje verhoging had. Hij luisterde naar haar ademhaling, haar hese fluisterstem wanneer een droom haar belaagde, en een keer hield hij haar even vast toen ze in haar slaap schokte.

Nog een week bleven zij in dit dorp, gelegen in een enclave, die door ondoordringbare bossen werd omgeven. Het plaatsje droeg de naam Bea, naar de bron Sainte-Béatrice die even verderop lag. Hier bevond zich een trefpunt van verschillende religieuze stromingen. Er passeerden bedevaartgangers van allerlei pluimage. De rijken reisden te paard, in een rijtuig of zelfs in een draagstoel, de rest ging te voet. Zieken en stervenden lagen soms dagen achtereen langs de weg voordat passerende zusters van genade zich over hen ontfermden.

Willem ontdekte door gesprekken met plaatselijke bewoners dat hier veel aan- en doorloop van 'zuivere christenen' of 'katharen' was, die in de moederkerk als ketters werden aangeduid. Onder de inwoners van het dorp zelf had jaren een conflict gespeeld tussen rooms kerkvolk van het eerste uur en degenen die zich bij de ketters hadden aangesloten. De lokale roomse priester was er op aansporing van de bisschop hard in gegaan door links en rechts families te excommuniceren om te voorkomen dat 'de ketterij zich als lepra zou verspreiden'. De kathaarse dorpelingen reageerden daar weer op door de tienden en andere kerkelijke accijnzen niet aan de parochie te betalen. De tweespalt liep hoog op en ten slotte sloegen ze de pastoor een bebloede kop en joegen hem het dorp uit. Later kwam er een andere priester in zijn plaats, een mild en verzoenend man, en sindsdien werden er weer heilige missen in het kerkje opgedragen, terwijl de ketterse families hun erediensten gewoon thuis hielden, of in het veld, en er ook nogal wat dorpelingen heen en weer tussen de altaren liepen, in twijfel over de vraag waar de zaligheid nu echt werd verkregen. Beide gezindten in de lokale samenleving waren meer naar elkaar toe gegroeid toen de pastoor een weduwe met kathaarse overtuigingen tot zijn concubine maakte en haar al direct wist te bezwangeren.

Willem had geen enkele moeite met de diversiteit van geloof om hem heen. Maar verhalen over binnenlandse kruislegers die vermeende kathaarse dorpen overvielen, waarna deze soldaten van God voor de zekerheid alle bewoners en passanten ombrachten, maakten hem onrustig. In het zuiden waren bloedige campagnes van verovering en zuivering door Franse ridderlegers aan de orde van de dag. Zou Montpellier en omgeving ook tot het strijdtoneel behoren? Waren Adelina en Alberic daar zonder voorkennis van al die religieuze rampspoed terechtgekomen? Dat laatste leek hem sterk, maar zijn hart ging er niet minder om tekeer. Voorlopig zag hij af van een verdere reis naar het zuiden. Willem kocht twee paarden, een zwaard en een leren kuras. Twee dagen later vertrok hij met Wijchje naar het noorden.

Stapvoets reisden ze door de uitbundige voorjaarswereld. Het idee dat zij naar Brabant of Vlaanderen wilde terugkeren baarde Willem grote zorgen. Wijchje wilde naar Gent en dat lag ruim acht uur gaans van Brugge. Het kon niet anders dan dat ze in Brugge nog steeds op zoek waren naar de vermaledijde moordenaar van Elmus, de tot heilige verheven knapenschenner. Na al die jaren was de kans niet groot dat er in Gent en omgeving lieden rondliepen die hem vroeger hadden gekend en nu nog zouden herkennen. Uiterlijk was hij een ander geworden, vooral door dat opzichtige litteken in zijn gezicht en alle wilde beharing eromheen. Mochten ze hem toch herkennen en vangen, dan was hij verloren. Hij zou zich niet kunnen vrijpleiten, hij had de schijn te zeer tegen.

Hij waagde de tocht alleen vanwege Wijchje. Ze koesterde de ridderlijkheid waarmee hij haar beschermde. Als man en vrouw deelden ze de sponde in een herberg of een strobed in een stal. Ze sliep met al haar warmte dicht bij hem, onbekommerd en vertrouwd, in de zekerheid dat hij haar nooit zomaar zou overweldigen. Tijdens rustdagen lazen ze samen in haar boek vol lyrische gedichten; zij was het die strofen ervan in het Diets vertaalde en er dan ook nog een lied van maakte. Ze zong voor hem.

Met zulke liederen voerde ze hem terug naar de taal van zijn jeugd. Ze had een zachte tongval die hem aan zijn eerste geliefde in Koekelbeke deed terugdenken. Hij moest nogal eens naar woorden zoeken als hij zich met Wijchje in het Diets verstond. Ze hielp hem de zoekgeraakte woorden te vinden en deed er terloops nog enkele *tweelingwoorden* bij om die een volgende keer eens te gebruiken. Omgang met de taal leek voor haar vooral een zinnelijk genoegen te zijn. Die benadering werkte aanstekelijk op Willem.

Hij was haar lijfwacht. Als het erop aankwam zou hij zich zonder aarzeling doodvechten voor haar. Nog liever zou hij voor haar willen leven. Zodra ze hem tijdens hun gesprekken diep in de ogen keek, en dat deed ze vaak, tintelde zijn bloed. Hij kon zo naar haar verlangen dat hij er koortsig van werd. En toch zag hij ervan af haar opzichtig te gaan veroveren, ondanks alle genegenheid die ze hem toonde. Hij bleef een gevangene van het denkbeeld dat hij door openlijke avances al dat onbenoembare tussen hen zou beschadigen. Zijn te lijdzame opstelling werd een marteling voor het vlees. In zijn dromen zwalkte hij tussen ingesnoerde drift en zorgeloze uitspattingen. Op sommige ochtenden ontwaakte hij met de overtuiging dat hij niet veel meer was dan een bloem die zichzelf weer eens had bestoven. Eigenlijk wachtte hij gewoon op enkele woorden van haar kant, een beslissend gebaar waarmee ze de weg tot haar vrij zou geven. Dat gebeurde niet en hij leed onder de gedachte dat hij nooit meer werd dan een lijfwacht die haar naar Gent bracht en daarna weer druipstaartend zuidwaarts zou gaan. Kwam het zo ver, dan ging hij linea recta op zoek naar Alberic, ergens nabij Montpellier.

Ze had een religieuze natuur, er waren dagen die zij goeddeels in bovenmaanse sferen doorbracht. Ze verbleven samen enige tijd in Parijs. Hij liep er rond in pelgrimstenue, met een linnen lap om zijn hoofd geknoopt, en was daarom niet beducht dat de Welshmen hem zouden opmerken. Struinend door het forse aanbod van allerlei boeken in de winkeltjes van het Quartier Latin stuitte hij op een handleiding over het destilleren, volgens de beginselen en procedés van doctor Salernus. De Franse tekst was van Johannes, zag Willem. Had de Brabantse vagant zelf de tekst vermenigvuldigd, om ook eens iets te verdienen, of had de lepe kasteelheer dat gedaan? Waar was Johannes trouwens? Toen hij in zijn vorige verblijf nog maar kort in Parijs was, had hij herhaaldelijk in zijn oude buurt naar Johannes lopen zoeken zonder een spoor van hem te vinden. Ze kenden hem nog wel in de taveernes, maar niemand wist waar hij uithing. Was Johannes, net als hij, door een hersenschimmige liefde op reis geraakt? En nu stond Willem daar met zijn Franstalige geschrift over destillaten en sublimaten in zijn handen. Hij kocht het boekwerk, dat zelfs verlucht was met enkele instructieve tekeningen.

Wijchje verbleef herhaaldelijk in de abdijkerk van Saint-Germain-des-Prés om er geknield te bidden. Tussen haar reisspullen had zij een kostbaar psalmboek. Veel liederen daaruit kende ze uit het hoofd. Soms zat ze urenlang fluisterend te psalmodiëren. Zij werd er anders door, nog gevoeliger en dikwijls geëmotioneerd. Op zulke dagen had ze meer verhoging dan anders. De roes van devotie putte haar uit en zij leek in haar stemmingen te verdwalen. Als het zo ver was gekomen ontfermde Willem zich over haar, nam haar in zijn armen en wiegde haar alsof zij een kind was. Zonder erbij na te denken kuste hij de tranen van haar wangen en koekelde met haar terwijl zij tegen hem aan kroop. Eens vielen beiden zo in slaap, verstrengeld op een bankje in hun eenvoudige bivak. Het was al donker toen ze verwonderd wakker werden. Nog steeds lag zij tegen zijn borst aan, in zijn armen, en ineens voelde hij dat haar lippen nabij de zijne waren. Voorzichtig kuste hij haar, zij kuste hem langdurig, met haastige overgave, alsof onverhoeds allerlei verlangens haar belaagden. 'Draag me naar bed,' fluisterde zij. En hij droeg haar in het duister naar hun strobed. En daarin gaf ze zich aan hem.

5

Zij sprak doorgaans niet van liefde maar meestal van *minne* en noemde die de moeder van alle deugden. Nadat zij eenmaal ontketend was geraakt werd ze nietsontziend in haar minne voor hem. Zij kon hem zo nabij zijn, hem doen versmelten met haar wezen, dat hij zichzelf verloor, dat hij losraakte van de wereld en in lichtheid oploste. Het was alsof zij in de minne een mystieke kunst bedreef die hem tot overgave voerde.

Van zulk hevig samenzijn moest hij altijd langer bijkomen, alsof hij uit een diepe bedwelming was ontwaakt. Zij intussen was energieker dan ooit. Haar geest tintelde van bevlogenheid. Ze sneed zelf haar pennen uit lange veren, viste uit haar bagage een klein paneel, een flesje inkt en enkele vellen perkament, legde het dunne paneel op schoot, trok haar benen op en schiep zich aldus een schrijftafel voor de gelegenheid. Zonder aarzeling begon ze te schrijven en elk besef van haar omgeving, van haar beminde Willem (die het maar zo liet) ontviel haar, en ze hield er pas mee op wanneer ze totaal leeg en uitgeput was. Haar scheppende, euforiserende stemmingen kenden een overmaat en ongeremdheid. Toen Willem dit eenmaal had ingezien ving hij haar in zulke nachtelijke uren op. Hij trachtte haar te kalmeren met enkele stevige glazen wijn, hij streelde en masseerde haar, totdat ze ontspande en de vermoeidheid bezit van haar kon nemen. Niet veel later sliep ze in.

Op sommige, dikwijls grauwe dagen kon een omslag in haar gemoed plaatsvinden en dan gedroeg ze zich ineens alsof zij in ongenade was gevallen. Een verlammende droefheid nam bezit van haar. Toen hij dit voor het eerst meemaakte raakte Willem de verbijstering nabij, en niet wetend wat haar zo kwelde, vroeg hij haar voorzichtig wat híj haar had aangedaan. Met verstikte stem sprak zij, na eerst lang gezwegen te hebben: 'Het is mijn eigen ziel die is verwond. Ik voel zo'n pijn en leemte nu de minne me onaangekondigd heeft verlaten. Ik kan het niet meer voelen, en ik ben te zwak om mijn leed te omhelzen, mijn tegenspoed te aanvaarden. Ik voel hoezeer de bloei me is ontnomen en de vrees te verdorren drijft me tot wanhoop.'

Niets gaf haar nog vertroosting; zijn liefde voor haar kon zelfs niets uitrichten, en in plaats van zich te laten koesteren keerde ze in zichzelf en spoelde met een vloed van tranen haar kwijnende ziel uit. Ze nam haar gebedenboek en zat urenlang als een stervende fluisterzacht te brevieren. Onderwijl reikte haar dorstende ziel naar wat hoger en edeler was dan zijzelf, en na vele innerlijke worstelingen wist zij het opnieuw nabij te komen. Haar pijn en radeloosheid verbleekten en ze voelde zich herboren nu de minne haar weer doorstroomde. Wederom omgeven door een bovenzinnelijke vreugde daalde ze langzaam af naar de wereld en daar trof ze een man bij wie ze zich geborgen voelde.

Aan het einde van de zomer arriveerden ze in het Land van Waes, ergens tussen Gent en Antwerpen. Wijchje ontdekte aan de rand van het gehucht Moerloo een ruim en mooi gelegen huis. Het huis, goeddeels van eikenhout en met een rieten dak, had een groot erf en een boomgaard, grenzend aan een klein bos. Hoewel het eenvoudig was gemeubileerd, zag het ernaar uit dat er niemand woonde.

'Hier dan maar?' vroeg Willem.

Wijchje knikte.

De woning was eerder van een rentmeester geweest, maar die was een maand geleden onverhoeds gestorven. Willem wist het zo te regelen dat hij het huis voor twee jaar kon huren. Als hij er dan nog wilde blijven, zou hij het moeten kopen. Hij wierf twee jonge diensters, Joni en Marise, om zijn vrouw te helpen bij de inrichting en het huishouden.

Nu ze zwanger was had Wijchje gezegd liever op het land te willen wonen dan in een stad. Twee maanden eerder, onderweg naar het noorden, tijdens een verblijf in de streek Thiérache, waren ze in het kerkje van een dorpje getrouwd met eenvoudig ceremonieel en een mis gewijd aan de Mystieke Roos. Ze hadden hun tijdelijke buren op hun eenvoudige bruiloft genodigd, en die hadden er een uitbundig feest van gemaakt. Ze brachten enkele wijnvaatjes mee die ze tot de laatste scheut leegslobberden.

Zijn liefde voor deze vrouw kon niet voorkomen dat Willem zich soms zorgen maakte over alle heftige bewegingen die zich in haar gemoed konden voordoen. Sinds haar zwangerschap leek Wijchje echter in een puur aardse vrouw veranderd. Verbaasd sloeg hij haar gedaanteverwisseling gade.

6

Willem wilde na lange tijd weer aan het werk, onrustig als hij werd van het idee dat zijn geld langzaam opraakte. Er spookten hem allerlei plannen door het hoofd, zonder dat deze al een klare vorm hadden aangenomen. Hij besteeg zijn paard en reed drie volle dagen achtereen rond in de wijde omgeving: vlak land met her en der lichte glooiingen of bol geploegde akkers, geflankeerd door inderhaast half gekapte bossen die soms eendenkooien herbergden. Hij deed verstilde boerendorpen aan, bestaande uit houten en lemen bouwsels waar mensen en vee onder hetzelfde rieten dak leefden. Hij zag nergens sporen van krijgsgeweld of strooftochten. Nu en dan knoopte hij praatjes aan met de dorpsbevolking om hun mening over het bestuur te vragen. Vrijwel iedereen toonde genegenheid voor gravin Johanna. Ze was een vrome en menslievende vrouw die erop toezag dat niemand haar onderdanen het vel over de neus haalde. Ze schonk geld voor het herstel van kapellen en kerken en had zelfs enkele gasthuizen en een leprozerie in het graafschap laten bouwen.

Hij reed langs geoogste graanvelden die krachtens het recht van stoppelweide door kleinvee van keuters werden afgegraasd. Hij zag weiden met runderen en paarden waartussen grote zwermen kraaien waren neergestreken. Hij zag braakliggende velden, heideland, hogere veengronden en moerassige wildernis. Hij sprak met rentmeesters, pachters en knechten. Hij bevroeg hen over de kwaliteit van de landbouwgrond, over zaaigoed en bemesting, opbrengsten en prijzen. Hij vroeg van wie de verschillende gronden waren en ontdekte algauw dat er, naast bezittingen en leengoederen, één voorname landheer in het gebied was, een patriciër uit een machtige familie die in Gent een groot handelshuis bestierde en hoge ambten in het stadsbestuur bekleedde.

Een kleine week later liet Willem zich – gestoken in nieuwe, fraaie kleding – aandienen bij deze landheer in diens buitenhuis, dat goeddeels uit steen was opgetrokken, enkele dorpen verderop. Geeraert Verspronck, die behalve koopman en magistraat sinds enkele jaren ook grootgrondbezitter was geworden, ontving hem in zijn werkkamer en bibliotheek, waar levensgrote beelden stonden van de allerzoetste Moeder en een gezelschap martelaren, onder wie Elmus. De landheer vertelde dat hij op tournee was geweest langs de dorpen op zijn domeinen met de vraag waar de bewoners behoefte aan hadden. Overal verlangde men naar stenen beelden van de heiligen, want die ze hadden vormden een door houtwormen opgevreten santenfamilie, waarvan de leden elk moment ter aarde konden storten. Elk dorp wilde zijn eigen heilige en niet een die drie gehuchten verderop ook al werd aangeroepen om voorspraak en bemiddeling – en daardoor overbelast kon raken. Binnenkort zou Verspronck de beelden naar de verschillende parochiekerkjes laten vervoeren.

Dat Willem het Frans sprak alsof het zijn eerste taal was verkleinde de afstand tussen beide heren als vanzelf. Nadat hij de landheer kort uit de doeken had gedaan welke kennis en ervaring hij met het beheer van grafelijke domeinen in het graafschap Mourille had opgedaan, kwam hij ter zake over het doel van zijn bezoek. Hij overhandigde de landheer vijf lijvige, aan weerszijden beschreven perkamentvellen die gevouwen waren tot een boekwerkje van twintig folia, bewaard in een portefeuille van kalfsleer. Het bleek een korte verhandeling over de landelijke situatie in dit gebied te zijn. Willem signaleerde tekortkomingen in het beheer van de landbouwgronden en deed ter verbetering een reeks aanbevelingen. Van groter gewicht was zijn voorstel het uitgestrekte gebied van hogere venen, waar nu slechts rundvee graasde en 's zomers hooi werd gewonnen, af te graven ten behoeve van de turfwinning. De turf had een grote toekomst als brandstof, met name in de steden, nu de grafelijke wouden in deze oorden meer en meer uitgedund raakten. Om de turf na indroging makkelijk te kunnen afvoeren was het nodig een kanaal door het land te graven naar de verderop stromende Schelde. Platbodems konden de turf tot aan de rivier vervoeren en daar moest de vracht worden overgeladen op grotere en dieperliggende schepen die naar Gent of Antwerpen zouden varen. Het kanaal door het veenland kon, na een kleine aanpassing, ook worden gebruikt voor de ontwatering van het moerasgebied dat aan de venen grensde. Na droogmaking en verdere bewerking zou het nieuw akkerland opleveren. Het drooggemaakte areaal kon worden opgehoogd met de grond die door het graven van het kanaal was vrijgekomen.

Deze landelijke nijverheid zou zich alleen kunnen ontwikkelen wanneer er gedurende de warme helft van het jaar voldoende arbeidskrachten aanwezig waren. Aangezien er in het Land van Waes geen sprake van overbevolking was, en het merendeel emplooi vond in de landbouw, zouden veel arbeidskrachten van elders moeten komen. Men moest ze gedurende een reeks maanden op het land huisvesten.

Aanvankelijk overrompelden deze voorstellen Geeraert Verspronck, die immers een stedeling was en de mogelijkheden van zijn landgoed niet kende. Sinds de aankoop van zijn domeinen had hij vertrouwd op de gemoedelijke praatjes van zijn vier rentmeesters, die zelf niet blaakten van ondernemingszin en zich graag beriepen op voorouderlijke gebruiken en traditionele beletselen.

Gedurende drie dagen doorkruisten Willem en Verspronck op hun paarden het allodiale landgoed om zich ter plekke van de situatie te vergewissen en te bestuderen hoe onderhavige plannen op de meest doelmatige wijze konden worden verwezenlijkt. Willem vervaardigde een eerder pessimistische dan behoudende begroting en die liet zelfs al zien welke mogelijke winsten er in deze onderneming schuilgingen. Kort daarop stelde Verspronck hem aan als de opperste beheerder van zijn landerijen. Lang duurde het niet voordat de vier rentmeesters met de ogen boven op het hoofd rondliepen door een hele trits opdrachten die ze van Willem hadden gekregen. Het waren alle voorbereidende werkzaamheden. Een deel van het landgoed zou op de schop gaan.

Willem had zich in een totaal ander leven gestort. Vooral dat eerste half jaar, toen de grote werken moesten worden gestart, was hij vanaf de dageraad tot het schemerduister in de weer. Soms kwam hij zo moegestreden thuis dat hij onder de maaltijd zat te slapen. De hoogtij- en heiligendagen waarop de kerk elke arbeid ten strengste verbood, brachten nu en dan verlichting. En gelukkig was de winter ook aan de barre kant zodat meerdere dagen zich aaneenregen waarop vorst en sneeuwjacht het onmogelijk maakten het huis te verlaten. Zulke dagen bracht hij door met zijn hoogzwangere vrouw. Wijchje droeg een wijde wollen jurk om haar uitpuilende buik te verdoezelen. Ze voelde zich gezond en krachtig. Wanneer het binnenvallend daglicht met een streepje winterzon over haar scheen vlamde haar roodbruine haar op. Ze mijmerde graag over het nieuwe leven dat onder haar hart groeide. Haar zucht om met geest en ziel in hoger oorden te verwijlen was trouwens niet helemaal verdwenen. Elke dag las ze urenlang in haar psalmboek of anders wel in Bijbelboeken die ze in het scriptorium van de nabijgelegen abdij liet vervaardigen. Ze wilde geen verluchting in haar boeken omdat de beelden die haar onder het lezen voor de geest traden krachtiger waren dan welke illustraties ook. Haar grote buik belette haar niet uitvoerig te knielen voor het houten beeld van de gekruisigde Jezus. Dat beeld stond in een zijkamertje dat ze als een kleine kapel had ingericht.

Wanneer ze samen waren, getuigde zij graag van haar gevoelens en gewaarwordingen die de lezing van de Psalmen, Spreuken, het Hooglied of de Evangeliën in het Latijn bij haar losmaakte. Al luisterend verwonderde Willem zich erover hoe geëigend en beeldend ze zich hierover in de volkstaal kon uitdrukken. Zou Wijchje in staat zijn de Bijbelboeken uit het Latijn in het Diets te vertalen? Hij probeerde voor zich te zien hoe ingrijpend de wereld zou veranderen als deze boeken in de volkstaal beschikbaar waren, te beginnen met het Nieuwe Testament. Dan was de tussenkomst van priesters niet langer vereist. Papen deden graag geheimzinnig over Latijnse Bijbelteksten en waakten ervoor dat gelovigen te wijs werden, om hun onderdanigheid in stand te houden.

'Hé lieve man, waar ben je met je gedachten. Luister je wel?'

'Ik dacht na over dingen die je zei,' reageerde hij.

'Als je zo naar me kijkt, word ik warm vanbinnen.'

'Kom dichter bij me, toe.'

Zij liet zich kussen en daarna kuste zij hem, ineens gretig.

In haar leven waren geloofsijver en kuisheid niet met elkaar verbonden. Daar was hij blij om.

Zij wilde na lezing in een Bijbelboek graag met hem over lastig te duiden passages spreken en hij luisterde kalm naar haar commentaren. Meestal waren zij het wel eens over hoe een tafereel moest worden uitgelegd. Een keer liep het anders bij de duiding van een passage uit het boek Marcus. Daarin wordt Jezus toornig wanneer een vijgenboom geen vruchten draagt. Het is dan ook buiten het vruchtseizoen. In plaats van een wonder te verrichten en de boomtakken alsnog met sappige vruchten te laten doorbuigen, vervloekt Jezus deze vijgenboom. De boom verdort daarop spoedig. Wijchje trachtte dit verhaal een diepere betekenis te geven. Het ging over een boom die wel bladeren droeg maar geen vruchten en derhalve leeg en loos was, zoals mensen die uiterlijk laten zien te geloven maar innerlijk ongelovig zijn. Dit ergerde Willem en hij zei dan ook: 'Kan het zijn dat Jezus een zonde tegen een weerloze boom bedrijft? Laat hij hier zijn mens-zijn met alle onredelijkheid van dien kortstondig prevaleren boven zijn goddelijke natuur?'

Wijchje wilde dit absoluut niet onderschrijven, al kon zij er weinig tegen inbrengen.

Er was ineens een kloof tussen hen, voor de eerste keer sinds ze elkaar kenden. Zij staarde voor zich uit, leek zelfs te overwegen of hij het misschien toch bij het juiste eind had. Zij wist niets van zijn nietige geloof. Ze wist niets van zijn leefregel desondanks nooit af te geven op dat geloof. Nu had hij dat in een opwelling wel een keer gedaan. Hij zag haar ontzetting en zei: 'Ik neem mijn woorden terug, hoor je me?' Hij zocht haar blik, want hij wilde haar geruststellen. En toen zei hij: 'Maar mijn onbehagen over deze passage, dat kan ik niet terugnemen.' Het duurde wel even voordat hij haar weer voor zich gewonnen had. Hij moest van haar de Heer vergiffenis vragen en hij deed het zonder meer, wel wetend dat anders echtelijke narigheid hem wachtte. Daarna schreide zij langdurig in zijn armen, terwijl hij haar koesterde en lieve woorden sprak.

De ergste winterkoude was geweken toen Wijchje half maart van een meisje beviel. Twee vroede vrouwen uit de omgeving stonden haar bij. De bevalling ging niet vlot, hoewel zich ook geen complicaties voordeden. Toen Willem op de bewuste dag in het eerste duister thuiskwam was het kleintje al enkele uren oud. Wijchje lag te slapen in het licht van twee grote kaarsen. Haar wangen en lippen waren bleker dan ooit en ze scheen volkomen uitgeput te zijn. Naast haar bed lag het kind, niet al te stijf ingebakerd, te slapen in een kribbe. De vroede vrouwen waren er nog en bewogen zich fluisterend door de kamer en slaapkamer. Hij mocht niet te lang bij het bed en de kribbe zitten, want ze wilden Wijchje gaan wekken en de zuigeling bij haar aanleggen.

Later die avond waren ze eindelijk met zijn drietjes verenigd. Ze besloten het meisje Eva te zullen noemen. Zo zou ze na haar doop in het geboorteboek van de plaatselijke kerk worden ingeschreven. Op de eerste avond begonnen ze haar al Eefje te noemen. Het meisje lag intussen tegen haar moeders borst aan. Ze sliep, en al ademend bracht ze nu en dan snifgeluidjes voort. Willem keek verdwaasd naar zijn dochter, zijn keel zat dicht, hij kon geen woord uitbrengen. Wijchje had alweer meer kleur op haar gezicht gekregen. Ze hield Willems hand vast, glimlachte naar haar kleine meisje en steeds opnieuw liepen er tranen over haar wangen.

Wijchje hield Eefje ten minste anderhalf jaar aan de borst. In alles leek ze een geboren moeder en ze stond erop het leeuwendeel van haar verzorging zelf op zich te nemen, hoewel beide dienstertjes voor dat werk ook geschikt waren. Ze naaide zelf kleren voor haar kind van fraaie, zachte stoffen die ze tijdens een kort verblijf in Gent hadden gekocht. De hele dag sjouwde ze met haar rond, speelde met haar in het gras, liet haar op schoot slapen tussen de bloemen, ze zong liedjes voor haar die ze uit het niets componeerde en praatte zo intensief met haar kleine dat Eefje zich al vroeg allerlei woordjes liet ontvallen.

Willem kreeg meer tijd voor zijn vrouw en kind nadat alle voorbereidingen waren verricht en hij de strak georganiseerde werkzaamheden op het landgoed aan betrouwbare opzichters kon delegeren. Zelf verscheen hij, door drie hanen wakker gekraaid, dagelijks in alle vroegte in het veengebied om de werkzaamheden met de opzichters door te nemen. Ook sprak hij regelmatig met de voorlieden van de turfstekers. Ze bivakkeerden in ter plaatse opgetrokken schuren. De stekers werkten in ploegen die zich naar opbrengst lieten betalen. Doordat ze een behoorlijk loon konden verdienen behoefden ze nauwelijks aansporing, net als de opvarenden van de platbodems die onder gelijke condities werkten.

Het werd al snel duidelijk hoe winstgevend de turfwinning in deze contreien was. De gestoken turven werden eerst gedroogd op nevenliggende velden en daarna verscheept. De cijfers over het tweede jaar die Willem presenteerde overtroffen alle verwachtingen. Geeraert Verspronck was geen man die door uitzonderlijke voorspoed hoogmoedig gestemd raakte; eerder werd hij er verlegen en nederig van. Hij had het landgoed van het in geldnood verkerende Vlaamse gravenhuis gekocht om zijn handelswinsten in een solide belegging te waarborgen. De aankoop moest voorkomen dat zijn vermogen in de loop der tijd door geldontwaarding als vanzelf zou interen. Maar nu begon zijn behoedzame investering ineens woekerwinsten voort te brengen en alles wees erop dat dit nog jaren kon doorgaan. Verspronck trachtte de onrust in zijn gemoed vanwege deze overdaad aan zegeningen te temperen door barmhartige werken van religieuze instellingen scheutig te ondersteunen, door de armenkassen van Gent te spekken en door zijn opperste beheerder die in korte tijd bijna tot zijn weldoener was uitgegroeid met fikse gratificaties te belonen.

Wanneer Willem moegestreden thuiskwam en hij zijn kleine meisje opmerkte dat naar hem zwaaide, was hij alle besognes van de voorbije dag vergeten. Zijn gevoeligste herinneringen aan Eefje dateerden uit de nazomer toen ze bijna anderhalf jaar was. Ze sprak haar eerste kleine zinnen van drie of vier woordjes. Ze zette haar eerste zelfstandige stappen in het groen voor hun huis. Toen ze dat eenmaal alleen kon drentelde ze over het erf en maakte praatjes met de katten, de kippen en hun kuikens, de konijnen. Hij had een dwergezeltje voor haar gekocht, het was aandoenlijk om te zien hoe ze met elkaar omgingen.

Op zomerse middagen waarop hij zichzelf vrijaf gaf deed hij niet veel anders dan thuis klein geluk zoeken in het samenzijn met Wijchje en Eefje. Als hij eraan terugdacht hoe hij Eefje een liedje leerde en ze samen het refrein zongen; hoe verzot het meisje was op een papje van zwarte bessen met honing en een toefje geklopte room; hoe ze zat te genieten wanneer hij haar een handvol zoetgerijpte rode stekelbessen uit de boomgaard voerde; hoe ze met zijn drietjes badend in het ochtendlicht een wandeling langs de rand van het woud maakten; hoe ze op zijn schouders zat, met haar vingers door zijn haarbos krauwde, en ze van plezier kraaide.

7

Ze staarde naar haar roerloze kind. Het was alsof een demon Wijchje op de rug sprong en zijn harige vlerken rond haar keel samenkneep om haar te wurgen. Enkele keren bezwijmde ze, even later werd ze weer wakker, nog steeds op haar knieën bij de kribbe, en achter zich hoorde ze het schreien van beide dienstertjes die ook niet meer wisten wat ze moesten doen. Zelf zei ze niets, huilde niet. Ze wilde haar kind uit de kribbe tillen en aan haar borst koesteren, maar alle kracht leek uit haar armen te zijn gevloeid. Waar is híj toch? vroeg ze zich af. Ze zat daar nog steeds in dezelfde houding toen hij, in dolle haast verwittigd, het huis binnenstormde. Ze voelde de winterse kou toen hij zijn mantel van zich af gooide en zich naast haar op zijn knieën liet vallen. Hij zei iets tegen haar, de woorden drongen niet tot haar door. Zwaar ademend boog hij zich over de kribbe en zijn linkerhand ging voorzichtig naar het kleine gezichtje op de peluw. Hij streelde haar korte krullen, zijn vingers beroerden haar wangen en hals. Hij tilde haar op en drukte haar voorzichtig tegen zijn borst, keek in haar ogen, legde twee vingers op haar hart. Er gingen schokken door zijn lijf, hij stiet onbestemde klanken uit en huilde met rauwe kreten alsof ze hem met gloeiend ijzer bewerkten. Hij kalmeerde en legde haar terug in de kribbe. Niet eerder nadat hij zijn arm voorzichtig om Wijchjes schouders heen lei, haar tegen zich aan drukte en met kussen wilde troosten, schrok ze uit haar verbijstering wakker en brak haar eigen tranenvloed door.

Drie dagen had Eefjes koorts aangehouden. De eerste nacht scheen er nog niet veel aan de hand, maar de nacht erna lag Eefje voortdurend hevig te zweten en ijlen. Wijchje was al die tijd bij haar en gaf haar telkens druppels of slokjes helder water te drinken. Overdag knapte het kleintje wat op en werd ze rustiger. Tijdens de derde nacht raakte de koorts ontketend en was Eefje ineens urenlang in ademnood, al leek het ergste gevaar tegen de ochtend weer geweken.

'Kleintjes kunnen beter tegen koorts dan volwassenen,' zei Willem. 'Het zal nu wel goed komen.' Vanwege de vorst en sneeuwval hoefde hij niet naar de hoge veengronden, maar ergens dicht bij huis moest hij voor het werk een en ander regelen.

Wijchje was die vroege ochtend volkomen uitgeput, al wilde ze beslist niet gaan slapen. Als Eefje eenmaal rustig insliep zou ze voor het houten beeld van haar gekruisigde Verlosser in de kleine kamer op haar blote knieën om genezing smeken. Maar ze zat nog steeds op de rand van haar eigen bed, vlak bij de kribbe, toen ze wakker schrok omdat Joni, een van haar dienstertjes, krijste dat Eefje niet meer ademde.

Wijchje leek van de eerste maanden na het sterven van haar kind geen samenhangende herinneringen meer te hebben. Wel doemden in haar geest af en toe indringende beelden op. Van hun voettocht door de sneeuw naar de kapel en het gewijde hofje aan de andere kant van Moerloo herinnerde ze zich elke stap. Ze liep naast haar man en hij droeg het kistje voor zich uit en klemde het tegen zijn borst aan. De dag ervoor had hij, samen met een man uit het dorp, in de bevroren grond van het grafveld een kuil gedolven. Ze hadden de keiharde bodem laag voor laag langdurig met houwelen moeten bewerken, verkruimelen bijna, om de aarde weg te kunnen scheppen en op diepte te komen. Een vrieswind deed de sneeuw op het land rondom hen opstuiven.

Hij was lief voor haar, vond Wijchje, ontzettend lief. Zolang het winterde kon hij grote delen van de dag in haar nabijheid zijn. Ze spraken niet eens veel, maar ook wat ze elkaar niet zeiden begrepen ze meteen. En hij deed wat ze hem vroeg. Zo wilde ze graag dat er omwille van de voorspraak en het heil van hun kleine engel een aantal litanieën voor gestorven kinderen zouden worden gezongen in het nabijgelegen nonnenklooster van Sint-Harlindis. Ze gingen er samen heen en bespraken hun wensen met de abdis, die alles kon regelen. Zonder morren betaalde hij het forse bedrag voor de vieringen die een week lang zouden duren. Als man mocht hij er niet bij zijn. Hij liet Wijchje achter in het klooster van de nonnen, zodat zij alle vieringen kon meemaken. Aan het einde van de week haalde hij haar weer op.

Iets van haar verdriet was gelenigd. Zij was niet gelouterd, maar voelde zich wel geïnspireerd door de balsem van de symbolen uit het bovenmaanse, door de spirituele krachten die de liturgie wist vrij te maken, door de troost van het goddelijke mysterie waarvan een dorstende ziel soms een vleugje mocht ervaren.

In die vroege lente, gedurende lange dagen waarin zij op zichzelf werd teruggeworpen, voelde zij hoe een grauwe leegte geleidelijk bezit nam van haar ziel. Waar ooit de minne in haar bloeide, resteerde nu nog slechts dorheid. Was het waanzin die haar belaagde of was het de dood die nabij sloop? Zij voelde zich bereid te sterven, onder helse pijnen als het moest, als het haar zou herenigen met haar Eefje. Maar sterven deed zij niet, ook niet toen ze lange tijd niet at en schaars gekleed door de schrale velden doolde. Ze kon niet meer huilen, nog amper slapen. Dat Willem zich 's avonds over haar wilde ontfermen, haar koesterde, nadat hij vergeefs had geprobeerd met haar te praten, werd haar onverschillig. Ze was al bang voor de nieuwe dag voordat ze zich van alle angsten in de nacht ervoor had ontdaan. Ze las haar hele psalmenboek keer op keer, ze bad bij het beeld van haar gekruisigde Verlosser, ze liep alle kerken en kapellen af in de wijde omgeving, maar nergens vond zij voeling of troost. Totdat zij op een nacht in uren van afgrondelijke wanhoop een stem hoorde die haar aansprak bij haar doopnaam.

'Hadewijch, waarom toch verberg jij je voor mij?'

Na door de weergalm van die gebenedijde stem te zijn beroerd werd alles anders. Eindelijk welden haar tranen weer, haar angsten verbleekten, slaap ontfermde zich over haar en tegelijk was het alsof zij in een levend licht baadde. Het was hierom dat ze in de dagen daarna weer moed kon vatten in uren van ontroostbaarheid, erop vertrouwend dat Hij haar zocht en zij Hem mocht naderen. En net als in de tijd van haar bedevaart richtte ze zich, hoewel nooit zonder vertwijfeling, op gewaarwordingen in haar eigen ziel en maakten gevoelens van overgave, verzoening en zuiverheid haar licht.

Zij vermoedde dat haar jongste ervaringen zich zouden kunnen verdiepen als ze zich verder bekwaamde in geestelijke oefeningen en in het achterhalen van de verborgen weg waarlangs de wil van God zich in haar leven zichtbaar en voelbaar maakte. Dat vereiste intense contemplatieve inspanningen en een zuivere passie om dit ondermaanse te ontstijgen en op zoek te gaan naar verbinding met het bovenzinnelijke leven. Zij wist dat het haar niet was gegeven met haar verstand iets van God te kunnen begrijpen, dan immers zou zij groter zijn dan Hij. Haar kennis van God kon zij alleen door middel van de ziel vergaren en nooit door het harteloze intellect. En omdat nu de minne haar ziel weer doorstroomde kon zij trachten de verbondenheid met de Zoon, die *voor haar* mens was geworden, enigszins te herstellen: door innerlijk te groeien en zich te zuiveren en Zijn omarming te zoeken.

Willem bespeurde hoezeer een delirium van verdriet zijn vrouw naar al te ijle sferen deed wegdrijven. Om haar afleiding te geven maakte hij geregeld uitstapjes met haar. Ze gingen op pad in een karos met koetsier en overnachtten dan in Antwerpen of Gent. Hij bracht haar in contact met enkele vrouwen uit omliggende dorpen die net als zij uit de gelederen der welgeborenen stamden. Het leverde niet veel meer op dan plichtmatig bezoek over en weer. Wel kreeg Wijchje vriendschappelijke kennis aan ene Lutgard, een kruidenvrouw, wier elixers en druppelkuren in de wijde omgeving aftrek vonden. Lijders aan de meest uiteenlopende ziektes zochten haar hulp. Voor allen had ze een speciale kruidendrank die haar patiënten tijdens het uitspreken van bepaalde gebeden moesten innemen.

Toen Willem haar eens bij zijn vrouw thuis trof had hij

direct begrepen dat ook deze Lutgard graag over geloofszaken sprak, of liever gezegd: kolderde. En dat met een zelfverzekerdheid die deed vermoeden dat ze uit een canoniek geschrift stond voor te dragen. Het waren geen zoetsappigheden die beide vrouwen met elkaar zaten uit te kauwen. Hij vermoedde dat zulke gesprekken Wijchje vooral sterkten in haar wereldvliedende verlangens. Maar hij liet het voor wat het was; zo had zijn vrouw in elk geval wat meer aanspraak.

Wijchje was inderdaad gesteld op Lutgards bezoeken aan huis. Ze kwam doorgaans overdag wanneer Willem naar de veengronden was. Aangespoord door Lutgard ging Wijchje, fanatieker dan ooit, op zoek naar een ander bewustzijn, een nieuwe geestesgesteldheid die haar dichter en duurzaam bij God kon brengen. Ergens in mei begon ze zich met rituele stiptheid over te geven aan het dagelijks reciteren van gebeden en psalmen. Ze combineerde deze godvruchtige toewijding met het schouwen van haar eigen ziel en een taaie hunkering naar mystieke verbinding.

Wijchje hield geen toezicht meer op wat dan ook van het huishouden, waardoor haar beide diensters in hun ongerustheid hierom harder werkten dan ooit. Dagenlang negeerde de vrouw des huizes het voedsel dat de meisjes haar nadroegen. En als ze aandrongen kon ze zeggen: ‘Breng mij dezelfde kost als de oude woestijnvaders zich veroorloofden: sprinkhanen en wilde honing. Laat trouwens die wilde honing maar zitten.’ En dan wisten de meisjes het ook niet meer.

Ondanks al deze onthoudingen begon Wijchje sterker te worden. Niet langer viel ze ten prooi aan stemmingen die haar in het moeras deden verdwalen. Ze leerde zichzelf hoe ze haar passie, haar verlangens en verbeeldingskracht kon samenbundelen en richten in haar opgaande queeste naar Hem, die zij zocht en die haar wachtte. En eens dreef ze in een hoger sfeer, ze voelde hoe vleugelslagen de ijle lucht in beroering brachten, ze werd een serene warmte gewaar, ze kwam nader tot Hem, maar het was nog niet de tijd om in omhelzingen één met Hem te worden. En daarna was zij uitgeput en droef en zelfs ontroostbaar, maar tegelijk stelden fluisterstemmen haar gerust, en zij raakte ervan doordrongen dat ze moest herstellen, haar krachten moest verzamelen, haar passie en verlangens uitvergroten tot het bijna te veel werd, en dan moest zij haar queeste hervatten. En ze deed aldus, en het was zwaarder dan wanneer zij barrevoets een berg die tot in de hemel reikte zou hebben beklommen, en zij zette door, liet niet af, wanhoopte tijdens deze buitensporige reis van haar ziel, maar herpakte zich en arriveerde uiteindelijk op een in hemels licht gedrenkte weide tussen rotsformaties waarop aan weerszijden serafijnen waren neergestreken. En daar wachtte Hij haar, en Hij sprak: '*Orewoet van minne* heeft je hier gebracht.' En toen omhelsde Hij haar als zijn bruid en deed haar Zijn almachtige, heilige wil. Zij was één met Hem en in haar extase hierom raakte zij voor uren bezwijmd.

Tijdens de voorjaarsmaanden had Willem een forse terugslag gekregen en ging hij meer dan ooit gebukt onder het verlies van Eefje. Ook verscheen Alberic steeds in zijn gedachten, en hij hoopte dat dit geen onheilspellend teken was. Overdag tijdens het werk in de hogere venen gaf hij geen krimp. Thuis was hij passief en in zichzelf gekeerd en nog voor het donker werd, zocht hij zijn bed al op zonder zich af te vragen waar zijn vrouw de nacht eigenlijk doorbracht. Pas in de loop van de zomer drong het tot hem door dat Wijchje opnieuw vol gloed, vol passie en minne was. En tegelijk bekroop hem het gevoel dat haar opbloeiende levenskrachten niet langer voor hem waren bestemd. Hij hoefde niet lang te zoeken naar zijn rivaal. Was het werkelijk waar, vroeg hij zich af, dat ze haar mensgeworden God nu dagelijks vereerde en liefhad, in gebed en zang, in weeklacht en tranen, en soms in jubel en verrukking? Dagenlang probeerde Willem deze ongerijmdheid tot zich te laten doordringen, maar zijn ongeloof hierover was dermate sterk dat hij besloot het haar zelf te vragen.

Op een vroege zomeravond ging hij, na een maaltijd met beide diensters, op zoek naar de afwezige Wijchje en hij vond haar, gewikkeld in een linnen laken, omgeven door wel tien flakkerende kaarsen, op de zolder in gebed. Wat hij nooit had gedaan deed hij nu wel: hij stoorde haar, hij gaf te kennen haar te willen spreken. Ze reageerde ontsteld nu hij haar naderende vervoering zo ruw doorkruiste. Hij liet zich niet weerhouden en zei: 'Luister naar me, lief. Geef me alsjeblieft antwoord op mijn vragen.'

Ze sloeg haar ogen naar hem op en knikte onwillig.

Hij zei: 'Je bent mijn geliefde, mijn echtgenote, je betekent alles voor mij. Eerder schonken wij elkaar oneindig veel minne, maar sinds maanden is het dat je mij niet meer ziet staan, of me lijkt te ontvluchten. Wij mochten onze lieve Eef niet zien opgroeien en dat heeft ons allebei eenzaam gemaakt. Laten we daarom weer als man en vrouw gaan leven en zo meer kinderen krijgen, en wellicht zullen we die wel groot zien worden.' Zij wilde iets zeggen, maar met een opgeheven hand beduidde hij haar te zwijgen. 'Wees zo toegewijd in je geloof als je wilt,' hernam hij, 'schenk eer aan God, de hele Drie-eenheid. Maar laat mij, je man, intussen niet verrekken. Ook mijn ziel is zwart van droefheid. Deel je verdriet met mij, met wie anders? Mijn hart voelt als geranseld en de pijn ervan doorsteekt me met elke ademtocht. Moet ik, na Eefje, jou dan ook nog verliezen? Hebben wij elkaar voorheen dan niet intens bemind? Laat mij je daarom vannacht weer omhelzen en koesteren, want daardoor zal je ook mij omarmen en kalmeren. Slaap weer aan mijn borst, lieve vrouw, met die zalige gloed van je. Zolang ik leef zal ik over je waken. En daarom doe ik je nu bij wijze van spreken opnieuw een aanzoek en wil graag weten wat daarop jouw antwoord is.'

Hij ademde diep in, en even dacht hij dat zijn woorden haar hadden geraakt, want haar gezicht werd nat van tranen. Vooralsnog zweeg ze, en ook hij bleef zwijgen. Toen zei ze:

'Laat me nog even alleen. Voordat het donker wordt kom ik beneden. Dan praten we.'

Zij kon niet ontkennen dat zij zich al enige tijd van haar man had afgekeerd. Voor haar voelde het alsof hij niet langer onderdeel van haar leven uitmaakte. Ja, ze had van hem gehouden, maar die aardse liefde was futiel gebleken in vergelijking met de onuitsprekelijke, oneindige minne die zij voor Hem had opgevat. Ze had in de voorbije maanden dusdanige innerlijke ontwikkelingen doorleefd dat iemand die niet was ingewijd het niet zou kunnen begrijpen. Ze had aanrakingen, omarmingen, versmeltingen in het bovenzinnelijke beleefd, haar geest was gelaafd door een gedachtegoed met een epifanische kracht en uitstraling. Ze had inzichten opgedaan over verschijnselen en lotgevallen, oneindig groter dan zijzelf, alsmede over die in haar eigen leven. Zo kwam ze te weten dat haar huwelijk met Willem een grote dwaling was geweest; daarmee had ze ontkend hoe Gods edele wil in haar bestaan uitwerkte. In haar verlangens, haar wereldse liefde en huwelijk, waren onzuiverheden geweest. Het verklaarde waarom haar kleine meisje plots had moeten sterven en waarom zij boete moest doen in een onpeilbaar verdriet. Maar toen zij door het duister van de diepste vallei der schaduwen kroop en voorbij haar wanhoop was, was er een engel bij haar neergestreken, zeggende: 'Huil maar om je kind, Hadewijch, zo veel je wilt, maar bedenk dat je vreugdetranen stort, want de stervelingen van wie God het meest houdt, neemt hij vroeg tot zich om ze niet te lang aan de wrede wereld over te laten.' En de engel sprak: 'Je meisje is als zoenoffer tot uitverkorene geworden. Loof haar steeds, want zij is als een zalige, maar noem haar niet waar anderen bij zijn.' En toen was het alsof het bloed van Christus over haar plensde en liet zij haar verdriet achter zich. Daarna was zij herrezen, als een godschouwende ziel.

Wijchje had, mede dankzij Lutgard, sinds kort een duidelijk beeld van haar toekomst. Ze wilde spoedig vertrekken naar Antwerpen en daar in het Begijnenhuis gaan leven met andere zusters. Er waren geen beletselen meer. Willem was een man van louter vlees en sappen, maar zij moest, om gered te worden, voor het spirituele huwelijk kiezen. Dat was de weg die Hij haar voorhield en zij had intussen genoeg moed verzameld om die stappen ook te zetten, om Moerloo en haar gewezen man achter zich te laten.

Toch zag ze op tegen het gesprek dat zij straks beneden met Willem zou voeren. Zij zou zwijgen over al die zaken die hij niet kon begrijpen, aardse man als hij was. Haar verwondering groeide nog elke dag door het besef dat zij ooit de meest aardse man die ze zich nú kon voorstellen tot de hare had gemaakt. Het was stellig gebeurd om, in het contrast met hem, haar eigen onaardse natuur te ontdekken en doorgronden. Ze vond het moeilijk dit gesprek te moeten voeren, want hoe aards deze man ook mocht zijn, hij was oprecht en eerlijk en had haar steeds gerespecteerd. Zij wist dat haar vertrek hem veel verdriet zou doen, hij had geen andere minne dan de ondermaanse. Hem te kwetsen, daar zag ze tegenop, al mocht ze natuurlijk in deze aangelegenheden niet zwak zijn, nooit.

8

Uiteindelijk had hij ingestemd met haar vertrek, en dat deed hij in de veronderstelling dat hun scheiding tijdelijk zou zijn. Haar doorgeslagen hang naar het spirituele en mystieke beschouwde hij als een uitwas van de rouw om hun kleine Eefje. Blijkbaar moest ze dat verdriet langs deze weg uitzieken. Zijn gevoel fluisterde hem in dat ze ongeveer een jaar lang van hem zou wegblijven, maar daarna naar huis zou komen om samen verder te gaan. Willem wees haar arglistig op het Bijbelboek Marcus, waarin staat dat wat God heeft verbonden door de mens niet mag worden gescheiden. Wie een in de hemel gesloten huwelijk probeert te ontbinden, bedrijft een onuitwisbare zonde.

Zodra hij bespeurde dat zijn woorden haar niet onverschillig lieten, ging hij niet verder op het onderwerp door. In de dagen die ze nog samen waren was hij lief voor haar, om duidelijk te maken dat zijn gevoel voor haar niet was veranderd. Dat ze per koets naar Antwerpen zou gaan, en hij haar zou vergezellen, was zijn beslissing. Wel hadden ze samen bepaald dat ze over twee weken zou vertrekken. Maar toen Willem de tiende dag van die sombere episode achter in de middag thuiskwam van een inspectie op de hoge veenlanden bleek Wijchje reeds vertrokken. In de vroege ochtend was zij met een middelgrote tas vol spullen en een gevulde beurs naar het dorpje gelopen, waar een klein rijtuig met koetsier haar wachtte. De dienstertjes waren achter haar aan gegaan en hadden hen in de verte zien wegrijden.

Het merkwaardige was dat hij in die eerste maanden zonder haar veel kalmer was dan in de langere periode daarna. Aanvankelijk betroffen zijn herinneringen aan haar vooral de grauwe maanden na het sterven van hun kind. Hij beleefde weer hoe Wijchje langzamerhand onbereikbaar voor hem werd, en in plaats daarvan troost zocht in een delirium van devotie.

Het zou redelijk zijn geweest als hij toen de conclusie had getrokken dat zij hem al in ziel en lichaam had verlaten. Maar zoiets te denken was op dat moment onmogelijk voor hem. Herinneringen uit de hoogtijdagen van hun liefde begonnen zich daarentegen aan hem op te dringen. In onrustige dromen keerden de dagen terug waarin zij met al haar gloed, temperament en esprit in eendere, aardse sferen als hij verkeerde, en ze elkaar in vurige minne uitputten. Het geheugen gaf hem alle zinnelijke verleidingen terug die zij hem eertijds had geboden.

Op het werk wist hij zich te vermannen en hij handelde er als altijd verstandig en bedachtzaam. Toch vermoedde zowel het hogere als lagere werkvolk dat nietsontziende aanvallen van zwarte gal het hart en de ziel van de opperste beheerder aanvraten.

Er gingen geruchten rond.

Men merkte op hoezeer de opperste beheerder vermagerde en zijn gelaatstrekken, ondanks alle beharing en littekens, scherper waren geworden. Even vreemd was het dat hij zijn paard meestal thuis liet en dat hij bijna alle afstanden te voet aflegde. De werkploeg zag hem komen aanlopen in de verte, een silhouet in het eerste licht van de morgen, een dolende ziel op leren laarzen en gestoken in een zwarte wollen jas. Alsof hij door de voortdurende inspanning van het lopen een boze droom probeerde uit te zweten.

Zolang hij liep, zichzelf dwong te bewegen, voelde Willem zich beter. Ging hij weer te paard of liep hij enkele dagen niet, dan was het alsof hij langzaam gek werd. Deze bevinding maakte van hem de eenzame figuur die niet alleen overdag maar zelfs bij nacht en ontij door de velden dwaalde.

Hoofdstuk 10

Willem die Madoc, Reynaert en Izegrim maakte

1

Gedurende een lange tijd zou hij haar nabijheid blijven voelen, alsof zij elk moment nog naar huis kon terugkeren. Dan zouden ze samen verdergaan, en dat wat hen eerder had uiteengedreven zonder geruzie weer vergeten. Er waren dagen dat hij overliep van vertrouwen in haar terugkeer en alle zorgen van hem af vielen.

Wijchje bleef weg.

Later liet hij de gedachte toe dat het zo beter was. Gewoon zijn verlies nemen en het leven weer oppakken. Zulke voornemens deden vreemd genoeg het gemis ineens weer opspelen. De kwalen van zijn gekwetste ziel leken net zo hardnekkig als Parijse snikkelkoorts, die na zekere tijd luwt en dan onverhoeds weer op volle sterkte terug is.

Willem was geen man om te verdwalen in een moeras van rancune. Toch veranderde zijn melancholie langzamerhand in afgunst jegens haar hemelse bruidegom. Om zijn waardigheid terug te vinden moest hij er iets tegenover stellen. Hij speelde met een vermetel plan voor een dichtwerk om de roof van zijn vrouw symbolisch te vergelden. Dit oorspronkelijke motief raakte echter naar de achtergrond toen verregaander ideeën zich aan hem begonnen op te dringen. Sindsdien werd hij in beslag genomen door een opzet voor een hemels drama dat even groots als onvoorstelbaar mocht heten. Zijn enige wapen was het woord.

Twee dromen was zijn werktitel.

Het Diets kwam niet in aanmerking als taal voor dit werk, oordeelde Willem, daarvoor was het nog niet genoeg gevleugeld. Het Frans leek hem geschikter. Hij had in deze taal tamelijk veel eigentijdse dichtwerken gelezen, waaronder een reeks heldenliederen en romans uit de Keltische ridderepiek. En natuurlijk kende hij het fameuze dierenepos *Roman de Renart*. Zijn kennis van de versvormen was nogal wankel. Hij herinnerde zich een dichtwerk, opgebouwd uit lijvige strofen van twaalf regels, *douzains* geheten. Ergens in zijn Parijse tijd had hij het gelezen, de inhoud stond hem nog slechts vaag voor de geest. De herinnering aan een ander dichtwerk uit de antieke wereld drong zich sterker naar de voorgrond. Ooit las hij dat werk in het Latijn, maar het leek hem van oorsprong Grieks te zijn. Het dichtwerk was anoniem en incompleet. In dit epos keert een man terug uit een oorlog die jarenlang woedde en tot de verwoesting van de stad Troje leidde. De reden voor deze uitputtende oorlog? Een vrouw. Alleen al dat gegeven deed hem tintelen. De thuisvaarder – diens naam lag hem voor op de tong – raakt onderweg op drift. Zijn reis op een zeilschip verandert in een reeks omzwervingen vol beproevingen. Van het dichtwerk ontbrak zowel het begin als het einde. Willem kon zijn smart hierover nog steeds voelen. Maar wat hem was bijgebleven waren de wijdvallende versregels, de fraaie cadans en variaties erin. Hij was niet bij machte deze versvorm te doorgronden, maar hij voelde hem nog wel aan en droeg hem opeens weer in gedachten mee, net als toen, in Parijs, in de onvolprezen bibliotheek van het klooster Sainte-Geneviève.

Willem maakte lange wandelingen door de velden, als was het dat hij moest warmlopen voor zijn eigen dichterlijke onderneming. Hij peinsde over de strekking van zijn ideeën en hoe die uit te werken. Soms stond hij stil, in staat van ontvangenis ineens, en prevelde regels voor zich uit, opdat ze niet zouden verwaaien. Eens kwam hij weer thuis met een heldere en tintelende geest. Hij ging zijn pennen snijden en op een oud vel uitproberen. Vrijwel meteen, als in een roes, noteerde hij de eerste twaalf versregels – met veel doorhalingen en nieuwe invallen – en zag tot zijn verbazing dat hij ze niet in het Frans maar in het Latijn had opgeschreven, in een onbewuste heimwee naar de taal van de oude schrijvers en dichters. Met name naar die ene dichter in dat epos over de thuisvaart van een sluwe krijgsman.

canticum maledictum
Proxime somniavi de incogitabili ipso.
Et nihil erat minus quam revelatio semper
incumbens animum, facens cor sanguinem fundere.
Saepe cogito desperatus: loquer ergo
de nefando? De drama fatali quae
oculis meis se decomplicavit et me tetigit in anima?
Ita, de eo dicam testemonium, tamen me insciente
ex nomine cuius; ab Deo neque Satana venit adversa.
Hic visum praedicit finem Providentiae.
Si quis habet aures, modo tace et audi: hoc
canticum maledictum refert quomodo ignis vexavit sublunare,
postquam in excelsis inenarrabile est effectum.

Hij reciteerde zijn versregels traag voor zichzelf en begreep dat hij onbewust de beste keuze had gemaakt. 'Ik zal een laatste keer een beroep op je moeten doen, Madoc,' fluisterde hij. Een mijmering voerde hem terug naar de denkbeeldige wereld. Hieruit ontwaakte hij na enige tijd met een hart dat vol vreugde was. Driftig schreef hij verder en hij sprak tot zichzelf: 'Denk erom, niet te veel galmen.'

2

Duo Somnia.
Eerste droom. Het ondenkbare. Godendeemstering.

vloekzang
Kortgeleden droomde ik van het ondenkbare.
Het was niet minder dan een openbaring die steeds
op mijn gedachten drukt, en mijn hart doet bloeden.
Vaak denk ik vertwijfeld: moet ik dan spreken
over het onuitsprekelijke? Over noodlottig drama dat zich
voor mijn oog ontvouwde en mij raakte in de ziel?
Ja, ik moet ervan getuigen, nochtans zonder te weten
namens wie; van God noch Satan kwam de rampspoed.
Dit visioen voorzegt het einde van Voorzienigheid.
Als iemand oren heeft, zwijg dan en luister: deze
vloekzang verhaalt hoe vuur het ondermaanse teisterde,
nadat in ijle hoogte het onzegbare werd aangericht.

gramschap Gods
Sinds de kerk van Christus onze harten wil regeren,
leert zij ons het eind der tijden, en dat ooit een dag
de Zoon op aarde zal wederkeren om schapen van bokken
te scheiden, te oordelen over levenden en doden.
Duizend jaar vrede gaat aan de Jongste Dag vooraf, en als
het Einde nadert zullen tekenen de nacht doorschijnen,
zoals het felste weerlicht in de broei van zomerhitte.
Uit de hemel zal de zicht worden geworpen, zegt het
Boek der Openbaring, want de ure is daar om de gerijpte
oogst op aarde te maaien en kaf van koren te scheiden.
Maar ook worden de gouden schalen met daarin de
gramschap Gods beurtelings over de aarde uitgestort.

elk oog zal Hem zien
Zeeën van bloed, verderf en plagen: duizendkoppige
menigten zullen weeklagen, de dood zal over hen komen.
Satan neemt de gedaante aan van godvijandige gedrochten
uit zee of afgrond en de blinde schare zal hem aanbidden.
Natuurgeweld en chaos, kwelling of tuchtiging wordt
alledaags, en Babylon, hoofdstad der hoererij, stort ineen,

wordt weggevaagd voordat de bazuinen klinken. En dan komt Jezus op de wolken en elk oog zal Hem zien. En hij zal oordelen over levenden en doden, over uitverkorenen en verlorenen. Goddelozen wacht eeuwig verderf, poel van vuur en zwavel, geschrei en tandgeknars. Daarentegen, zo is voorzeid, zullen uitverkorenen zalig zijn in eeuwigheid.

daar zongen meisjes
Zowel dit dreigement als die belofte heeft de moederkerk ons ingewreven, maar in de openbaring uit mijn droom werd ik gewaar hoe een catastrofe alle eeuwigheid tenietdeed. Deze voltrok zich hartje zomer, in dagen van vreugde. Er was vrede in de meeste streken van het land en in opeen gebouwde steden leken alle plagen uitgewoed. Ossenwagens, zwaarbeladen met hun vrachten, reden kreunend over de heerbaan, weilanden werden gemaaid, en lang zou het niet duren eer men het graan ging oogsten en halmen tot schoven gebonden naar de hoeven bracht, waar men ze later op de lemen dorsvloer vlegelen zou. Daar zongen meisjes op de maat van twee- of drieslag.

dat plots de vogels zwegen
Alles stond in bloei, gezang klonk over de velden en in het kreupelhout en struikgewas floten de vogels mee. Van al het onheil dat toen plaatsgreep hoorde men lawaai noch donderslagen; daarvoor gebeurde het te ver van hier. Wel bemerkte ieder dat plots de vogels zwegen, rondom werd niets bespeurd. Toen staarden allen hemelwaarts. En hoe verblindend het licht ook was, daar in de verste hoogte zag men iets bijzonders: alsof de zon kapotging, ter rechterzijde aan de bovenkant. Men zag hoe zich een uitbarsting voordeed op de vuurbol, als bij een vulkaan die massa's vuur en sterren in het verste uitspansel spuwt en daar aanhoudend mee doorging, heel die lange zomerdag.

hemelbrand
De nacht was kort: in alle windstreken gloorde de weerschijn van de hemelbrand, zo verblindend was de dageraad nooit. Een wijs man sprak die dag: 'Door een ontploffing op de zon wordt Gods derde, kristallijne hemel door het vuur bezocht. En ach, wij zien in jammerstaat hoe de vlammen blijven woeden, en hoe onze Vader niet bij machte schijnt de brand te blussen.' De kerkklokken bleven beieren, mensen kropen door het stof en weenden hartverscheurend. Wie nog de kracht had wist gebeden schor en droef te stamelen. Uitzonderlijk was het dat men nooit anders had gedaan dan God om hulp vragen, en men toen tot behoud van de Vader en de Zoon en alles wat heilig was om genade voor de hemelen smeekte.

contouren van het Koninkrijk
Wat niemand ooit gezien had werd zichtbaar in de vuurzee: de contouren van het Koninkrijk der hemelen, de omtrekken van de goddelijke woonst der Drie-eenheid, het paleis met de kapel waar de Heilige Moeder in gebed verzonken leeft, de verblijven voor de schare der engelen die daar uitrusten van hun vluchten naar het ondermaanse; de cellen en kluizen voor woestijnvaders, martelaren en heiligen. En dan zag men nog hele buurten in deze stede Gods waar de zielen van gewone, brave stervelingen mogen wonen, en ook hier woedde een verzengend vuur dat niets en niemand wilde sparen. Die het zagen en begrepen stierven vanwege een vermorzeld hart, en anderen werden met blindheid geslagen in dit helse licht.

vuurlawine
Na lange tijd van hemelbrand maakte het licht van de dagen plaats voor schemerduister waardoor de zon nog slechts een schijnsel flauw op de aarde wierp. Asregens ruisten neer vanuit de verre hoogte en kleurden heel de wereld grijs. Mensen hadden toen moeten bedenken dat de kristallijne ondergrond van de derde hemel het door de

hitte had begeven en dat heel het Koninkrijk in puin, in gloeiende stukken en brandende brokken, levensgroot of verpulverd tot een vonkenregen, naar beneden stortte. Het grote vallen van de bovenmaanse wereld ving aan en vernietigde de ondermaanse samenleving. Kerken, dorpen noch steden of bewoners ontsnapten aan de vuurlawine.

verschroeide aarde
Ruim dertig dagen later kroop een aantal overlevenden uit de spelonk, verbonden met een onderaardse grot, te midden van een bos dat goeddeels was verzwolgen door het vuur en overal nog smeulde. Dankzij water en een voorraad die bijtijds in de grot was aangelegd waren deze lieden nog in leven. Ze dwaalden als verdoofd over de geschroeide aarde, om te zien wat van hun dorp resteerde. Alles lag in puin, de dorpelingen lagen dood tussen wat over was van door vuur bezochte engelen. Overal lagen scherven van kristal, verkoolde resten van de stede Gods. Zo ver men zag was er een woestenij van as en geblakerde ruïnes. Enkele hoeven waren ongeschonden evenwel.

alles achterlaten
Madoc was de man die tijdig had begrepen wat het gevolg was van de vuurzee in het bovenmaanse. En zo had hij twintig anderen gebracht naar de ruimte van de grot, en nu klaagden ze dat ze nog leefden. Madoc was een ridder in zijn jeugd en nadien een landheer en belezen man. Hij beval – bevelen was hem gewoon – dat ieder in de omgeving op zoek zou gaan naar voedsel en het mee zou nemen. Het plan was weldra met een kleine voorraad te vertrekken, en alles achter hen te laten, ook de doden bovengronds. Op zoek gingen zij waar godendeemstering en hemelval minder schade hadden aangericht. Op weg erheen sloten anderen mogelijk aan, en zo zou de schare groeien.

wij zijn alleen op aarde
De negende dag dat zij op weg waren stak rumoer op in de gelederen. Enkele priesters en een prelaat voegden zich bij hen en wilden in de openlucht een mis opvoeren. Maar Madoc verbood het hun, en toen velen hier geschokt op reageerden, sprak hij: 'Kijk om je heen: wij trekken door een dodenrijk, ontstaan omdat een vuurzee in de derde hemel onze Vader, zijn Zoon en Moeder, en al zijn heilige getrouwen, heeft verteerd. Boven en onder de maan is alles nu aan puin. God en de zijnen zijn allen dood door een catastrofe, en wij zijn alleen op aarde. Nooit zullen doden nog herrijzen. Niemand die ze op kan wekken, hun zielen sterven na de laatste zucht, hun lichamen zullen ontbinden.'

sla dood, de duivels
'En hoe moet het dan met ons!' riepen velen Madoc toe. En hij zei: 'Wij zullen leven en daarna eeuwig dood zijn, en wie dit niet verdragen kan, hij springe in het ravijn. Maar beter is dat hij bij ons blijft. We zijn te klein nog in getal om de mens een derde kans te geven hier op aarde.' De volgelingen bleven bang en hun zielen waren zwaar van tranen. Men vreesde dat Satan nu vrij spel had op de wereld, waar hij in de diepste krochten zijn helleoord uitbaatte. Madoc sprak hierop: 'Satan en gevolg zijn gevallen engelen die ooit door God begiftigd werden met speciale kracht. Nu God dood is, is hun kracht vervlogen. Alle duivels kwijnen en zijn ziek. Sla dood en in de fik ermee. Laat honden er niet bij, die worden anders vals.'

door alleman gedeeld
'En hoe kan het dat wij mensen zonder onze Vader kunnen bestaan?' riepen velen tegelijk. En Madoc sprak: 'Eerst was de mens het evenbeeld van God, maar na de zondeval werd dit zijn schaduwbeeld. Toen immers herschiep hij de mens tot listig dier met hersenen. Voorwaar, dat is wat we zijn.' Het viel stil in de gelederen, men leed eronder dat

de eigen soort ontluisterd werd. Madoc ging verder: 'Nu is het nog te vroeg om te profeteren of een wijsgeer na te praten. Nu trekken wij verder op zoek naar ongeschonden land waar wij kunnen wortelen en een republiek optuigen. Dat leg ik jullie later uit. Onze schare mag nog best flink groeien, door aanloop of eigen teelt: vrouwen worden vanaf nu door alleman gedeeld.'

langs gesmolten bergruggen
Gejuich klonk in de rijen. Een goede geest kwam over welhaast iedereen, let wel: over vrouwen eveneens, want Madoc sprak: 'Vereer de vrouwen om je heen, straks dragen zij onder het hart nieuw nageslacht.' Ieder kreeg weer moed de tocht te hervatten, ongewis waar deze eindigen zou. De schare trok over vlaktes die geblakerd waren, langs stadsruïnes die nog smeulden, door half verkoolde wouden, over met puin bedolven heuvelland of langs gesmolten bergruggen. Sommige streken waren minder getekend door de hemelbrand. Er waren overlevenden die zich aansloten en hun kuddes meenamen. Ze troffen kloosters aan, deels verwoest maar intact de bibliotheek, wijnkelder en putten met vers water. De boeken, lafenis in vaten, ze namen alles mee.

de stede Gods verpletterd
Toen zij een hoogvlakte doorkruisten met hun groeiend legioen dat klein en groot vee, en ook paarden en wagens telden, was er in de verte een onaardse schittering rond wat leek een stad te zijn. Ze naderden een reuzeburcht, overal gespleten en vergruisd, maar waarvan het gesteente fonkelde als diamant, topaas en goud. Madoc begreep terstond wat voor hen lag. Gedragen door de wind, schalde zijn stem over de menigte: 'Hier ligt aan puin het Nieuw Jeruzalem. Er was voorzeid dat het zou nederdalen uit de hemelen, nadat het Laatste Oordeel was geveld. En zie, wat nu gebeurd is: de stede Gods viel hier te pletter, niemand zal deze ooit door een der twaalf poorten nog betreden. Voorwaar, er zit niet anders op: wij zullen onze eigen steden moeten bouwen.'

moed houden!

Zij verwijderden zich van de fonkelende ruïne; niemand had van het edele gesteente of het goud ervan iets durven te verschalken, vooral niet toen men zag dat engelen in ontbinding aan de poorten kleefden. Lang zou het niet duren eer de stede Gods door gras, riet en struweel werd overwoekerd. Velen schreiden door dit besef van onomkeerbaarheid, en ook drong tot hen door dat God hun tranen nooit meer wissen zou of hun smarten nog zou dragen. Ze waren louter overlevenden op aarde en hadden nog alleen elkaar. 'Moed houden!' hield Madoc de schare voor. 'Ik voorzie dat ongerept land onze komst verbeidt.' En op een dag: een vallei, een rivier, verderop een weelderige vlakte met bos, heuvels, een meer en bronnen. Ieder knielde daar en weende.

kiemen voor de oogst

Ze doopten deze landstreek met de naam Enclavia. De eerste jaren waren zwaar, er was gebrek aan alles. Haastig opgerichte hutten waaiden stuk toen een storm in wintertijd het juist bezette land roskamde. Een barre koude die erop volgde sleepte velen naar het graf. De meest weerbare mannen stroopten ommelanden af op zoek naar oude voorraden die niet aan vuur ten prooi waren gevallen. Dit zoeken was niet steeds vergeefs; anders zou niemand die koude maanden hebben overleefd. Dat eerste voorjaar werd akkerland omwoeld met een soort hak of anders met de spade. Zonder ploeg werden ruggen zeer beproefd. Het zaaien kon beginnen. Een vondst van opgeslagen graan schonk kiemen voor de oogst in vroege jaren.

de priesters geranseld

Geest en spierkracht werkten aan de toekomst. Madoc en getrouwen ontwierpen een landrecht en gaven vorm aan het bestuur. Er werden flink veel kinderen geboren. Gewezen priesters ageerden tegen de onchristelijkheid en vrije voortplant. In preken beleden ze hun roomse vrouwenhaat opnieuw. Toen Madoc dit vernam bracht hij ze voor het gericht. Men

ontnam hun de gewaden van hun staatsie, en gaf hun wol.
En ze kregen met de zweep, die vrouwen zelf hanteerden.
Priesters mochten nog lesgeven in aritmetica, lezen, schrijven
in de landstaal. Of werken met hun handen. Het geloof was
immers loos geworden. Zo makkelijk was het natuurlijk niet.
Het volk verlangde naar een eredienst, de zielen waren dorstig.

moeder natuur
Meerdere seizoenen overlegden Madoc en getrouwen over wat
heilig heten mag, en wat ons bestaan verklaart en rechtvaardigt,
over wat streng verboden is, ja zelfs verafschuwd, en wat men wel
belijden mag. Geest en ziel heten sindsdien edele organen van het
innerlijk. Liefde voor de naaste als voor zichzelf is de opdracht
van ons leven. Wijsgerig gesteld begint alles bij het Woord. Dat is
de vonk van denken en bewustzijn, waardoor wij bij machte zijn te
handelen en regeren op de wereld. De natuur is evenwel veel groter
dan de mens. Voor mensen is het zaak in vrede met natuur te leven,
zich aan haar te laven en te voeden, haar te beminnen en als de
bron des levens te vereren. Laat niemand denken dat wij boven haar
gesteld zijn. De natuur is aller moeder en zij is ieders majesteit.

3

In de tijd dat Willem dit eerste deel aaneensmeedde droomde hij eens dat hij zijn dichtwerk voordroeg aan een letterlievend publiek in Gent, dat al na acht lange strofen in staat van verbijstering raakte. Lang duurde het niet voordat zijn toehoorders daaruit weer wakker schrokken en met het schuim op hun kaken op het ereschavot aanstormden om hem zijn ingewand uit te rukken. Zo raakte de pasgeboren dichter ervan doordrongen hoe ongerijmd en grensoverschrijdend deze epiek van ondergang voor anderen zou klinken. Het leek hem het beste dat dit werk nooit het daglicht zou zien en zelfs nimmer heimelijk werd verspreid.

Dat hij zich aanvankelijk had willen wreken op het geloof dat hem, met bovenzinnelijke verlokkingen, zijn geliefde had ontvreemd, was hij totaal vergeten, zoals hij er ook nooit bij zou stilstaan dat het eerste deel van zijn Droom was geschreven in een lucide vervoering die in sommige opzichten deed denken aan een zelfde mystieke extase, als waar Wijchje bij vlagen door werd meegesleept.

Het geschrift veranderde in het tweede deel van een ondergangsprofetie in een dichtwerk over de vraag op welke wijze men, nadat de rook is opgetrokken, de herrijzenis van de welhaast uitgestorven mensheid kan organiseren. Dit deel van de Droom, over het denkbare, legt uit hoe men een samenleving en regeringsvorm vanaf de grond weer kan opbouwen. Het is een leerdicht waarin de eerdere vervoering en de taal van de hartstocht naar de achtergrond verdwijnen. Eigenlijk neemt de man het woord die jarenlang in het graafschap Mourille robuuste verhandelingen had geschreven over het droogmaken van moerasgebieden, de afschaffing van de herendiensten, de hervormingen in het pachtstelsel en de plaats van ontluikende steden in het grafelijk bestel. Deze man was een ongelovige die alle luister van de bovenmaanse wereld aan het vuur had prijsgegeven, en die daarvoor in de plaats een religie rond moeder natuur hoopte te doen wortelen in een nieuwe samenleving. Het viel niet te loochenen dat alle hervormingen in het jonge land Enclavia slechts in beperkte mate waren geïnspireerd op een of ander hoger gedachtegoed. Een filosofie die het stoffelijk en praktisch leven door sublieme ideeën kon laten fonkelen en er een diepere zin aan kon geven ontbrak nagenoeg.

Ook in de tweede Droom liet Willem zijn alter ego Madoc figureren als de onversaagde leider van een gehavend volkje dat een tweede kans krijgt op aarde. Deze Madoc trekt onversaagd een streep door de feodale orde met zijn drie standen.

Zowel adel als geestelijkheid en hun privileges moeten verdwijnen, want:

> 'Onze geschreven wetten, van welk koninkrijk dan ook,
> van bisdom of graafschap, doen ons vooral denken
> aan spinnenwebben waarin kleine en zwakke insecten
> strengelijk zijn gevangen, terwijl het grotere gebroed
> als kevers of kakkerlakken de gesponnen draden
> door hun kracht weten te breken en zich bevrijden.'

Wanneer die feodale orde eenmaal is afgeschaft, kunnen mensen zonder dat juk in vrijheid leven en elkaars gelijken worden, ondanks hun onderlinge verschillen. Mensen kunnen door talent en toewijding, door inspanning en volharding, een landzaat van aanzien worden, maar daarmee is men nog steeds even gelijk voor de wet als een ander die minder gedreven of succesvol is. Verschillen in welstand moeten niet alleen door werken van barmhartigheid worden afgevlakt. Een stelsel van tribuut naar draagkracht verkleint de onderlinge verschillen, al is het ook goed voor de veerkracht van een samenleving om mensen gelegenheid tot lotsverbetering en verrijking te bieden.

Madoc werkt aan een regeringsvorm in antifeodale zin, aan de opbouw van een sterker centraal bestuur dat versnippering van gezag op voorhand ongedaan maakt. De bestuursvorm die hij schept is feitelijk geen andere dan een landsheerlijke in moderne vorm. De centrale macht mag echter niet absoluut worden. Daarom zijn er raden die de landsheer adviseren. Om de bevolking al meteen enige zeggingskracht over haar zaken en problemen uit de eigen leefkring te geven, werkt Madoc aan de oprichting van plaatselijke volksvergaderingen in Germaanse geest – *ding*, of *thing* – zoals die volgens een geschrift van Tacitus in vroeger eeuwen hebben bestaan, en waarvan de mondelinge overlevering in de tijd van Madoc ook nog dikwijls getuigt. Feodale machthebbers hebben deze instelling, ontsproten aan het volksrecht, vrijwel overal met geweld afgeschaft. Anders dan in de oude tijd zullen de vrouwen in deze herstelde volksvergadering ook hun stem kunnen laten horen.

De rol en positie van ontstane steden is van groot belang, omdat zij de geest van de republiek ademen. Een republiek is feitelijk een slim georganiseerde volksvergadering in het groot. Maar deze kan in Enclavia pas worden verwezenlijkt als de meerderheid van de bevolking – mannen én vrouwen – lezen en schrijven heeft geleerd.

Ondanks eeuwenoude vervloekingen van 'het onderhorige geslacht' door de kerk en de toenmaals bestaande verhoudingen tussen de seksen, valt op welke voorname talenten en geestkracht in de strofen aan vrouwen worden toegeschreven. In dit dichtwerk wordt een geheim omtrent vrouwelijk intellect onthuld dat men in talloze adellijke kastelen in stilte bewaart.

> 'Sinds het gewoonte werd ook jonkvrouwen
> vanaf hun prille jeugd te onderwijzen, bleek dat hun
> ontvankelijkheid voor leerstof meestal groter is
> dan die van edelknapen. Vechten, jagen of jakkeren
> op een paard vinden deze jongelingen voornamer
> dan ontplooiing van hun geest. Dit verschil
> in het voordeel van de jonkvrouwen is opgemerkt,
> maar men wenst hierover liever te zwijgen.'

Willem heeft in zijn eerste Droom de christelijke godenfamilie en moederkerk ten onder laten gaan, maar hoe het daarna verder zal gaan in spirituele zin staat allerminst vast voor hem. De reeks *douzains* hierover vormen samen een aftastende beschouwing over een nieuw gedachtegoed, over een mythologie met hogere zingeving die een samenleving in geest en ziel zal kunnen verenigen. Velerlei vragen dienen zich aan, zoals: mag een nieuwe cultus rond moeder natuur doen denken aan de roomse Mariaverering? Uit het oogpunt van continuïteit ligt dat natuurlijk voor de hand, al is het zaak al te heftige vormen van mystiek in zo'n verering te temperen. Moet de liturgie sterk gericht zijn op het aardse leven zelf, op cycli van verlangen en beminnen; van geboorte, leven, sterven, wedergeboorte; van zaaien en oogsten? Is het zinnig dat in de nieuwe liturgie een hartstochtelijke liefde voor flora en fauna wordt beleden, omdat beide levensvormen de voorwaarden voor het bestaan van mensen scheppen? Dergelijke liturgische vieringen zijn vooral zinvol als ze voortkomen uit een groot mythisch verhaal dat Enclavia en zijn bewoners een plek geeft in de ondermaanse wereld en geschiedenis, en dat voor symbolische verbinding van de inwoners zorgt. In zo'n verhaal mogen best godheden en nimfen figureren, maar nooit een hemeltiran voor wie de mindere goden zullen moeten wijken.

Voor de schepping van een kring van mythen en sagen in dichtvorm is een geest nodig die niet onderdoet voor Ovidius, wiens versregels zo veel licht en fonkeling onder de mensen hebben gebracht. Wie zal dit grote verhaal voor Enclavia componeren? Wie kan het zinnebeeldig uitspansel boven de nieuwe samenleving vormgeven?

Halverwege het leerdicht werpt Madoc de vraag op of de jonge adepten van het nieuwe natuurgeloof bij machte zullen zijn zelf vieringen met liederen, instrumentele muziek, processies, dansen of drama's te bedenken, met het doel zich hiermee voor zekere duur boven het profane van het alledaagse leven te verheffen. Madoc lijkt er niet bij stil te staan dat het volkje van Enclavia, beroofd van haar vertrouwde religie, traditionele feesten en rituelen, zonder leiding en sturing, het gevaar loopt terug te vallen tot kinderlijk bijgeloof, tot wanhopige aanbidding van gestorven voorvaderen of tot wat voor troebele mysteriën dan ook. Daarentegen gloort er tussen de versregels een zeker optimisme

'over de geestelijke bevrijding van de schare sinds
de hemelse orde door het fatum is weggevaagd
en verweesde priesters hun voormalige lastdieren van
de moederkerk nooit meer op het bit kunnen rijden.'

De nieuwe aardse religie blijft schimmig in de tweede Droom. Hetzelfde geldt voor de moraal die het dagelijks leven van mensen richting moet geven.

Madoc zal in dit leerdicht niet uitgroeien tot een Mozes van het Morgenland Enclavia. De afwezigheid van een marmeren tafel der wet waarin een vinger van hogerhand de geboden had gegraveerd is soms pijnlijk voelbaar. De instellingen en het landrecht staan fier overeind, maar in de levensbeschouwing en moraal van alledag heersten twijfel en verwarring. Het slotgedeelte van het leerdicht geeft daar een treffend voorbeeld van.

Het probleem heeft te maken met de vrije voortplant die Madoc tijdens de lange zwerftocht van de schare heeft afgekondigd. Enkele geboortegolven zijn er het resultaat van geweest. Toch daagt het besef bij Madoc dat het zo eigenlijk niet verder kan, omdat de scheidslijnen van het bloed vervagen, en inteelt op den duur zijn intrede zal doen. Herstel van huwelijk, van eenkennigheid en trouw blijken echter niet makkelijk te realiseren. Het verzet tegen de wederinvoering ervan komt vooral van de vrouwen, die bang zijn dat ze andermaal van hun rechten en bewegingsvrijheid beroofd zullen worden. Velen van hen hebben weliswaar een min of meer vaste beminde, maar ze wijken ook weleens uit naar een tweede of derde persoon. Vroeger waren het mannen die graag in zulke gedragingen excelleerden, en inmiddels heeft de andere sekse het initiatief overgenomen. Ook Madocs eigen vrouw blijkt al snel na de afkondiging van de vrije voortplant aan de loop te zijn gegaan en sindsdien mag de *primus inter pares* van Enclavia blij zijn dat ze af en toe zijn bed nog wil delen.

*

Na voltooiing van het leerdicht was Willem zich meer dan ooit bewust van de lacunes en verborgen gebreken in zijn ontwerp van een nieuw land en de inrichting van de samenleving. Hij nam zich voor een rijpere en doordachter versie van de tweede Droom te schrijven, vooral waar het ging over de nevelige domeinen van de hogere bezieling die ook richting aan de vernieuwingen moesten geven. Eén ding was op voorhand al duidelijk, ook voor Willem zelf: al zijn strevingen in dit leerdicht stonden volkomen haaks op de tradities, overtuigingen en instellingen van zijn eigen tijd.

4

Het was alsof Willem door zijn zinnen te verzetten met een werk van pure verbeelding Wijchjes persoon verder naar de achtergrond had kunnen dringen. Het was onderhand ruim anderhalf jaar geleden dat ze als een dievegge uit hun huis was gevlucht om zich in Antwerpen aan te sluiten bij een gezelschap begijnen. Over dit slag vrouwen vertelde men dat ze er in hun gebeden om smeekten tijdens het zingen van psalmen de geest te mogen geven. Willem kon zich niet voorstellen dat ook Wijchje in die mate stervensbereid was. Daarvoor was zij eenvoudig te levenskrachtig, te hartstochtelijk. Onderhand probeerde hij zich te verzoenen met het idee dat ze niet meer zou afdalen naar de ondermaanse oorden van hun liefde. Hij durfde zelfs de gedachte te opperen dat hij blijkbaar voor haar nooit veel meer dan een figurant was geweest, een naamloze herder in het passiespel van haar geestelijk leven.

Toen hij niet veel later, tussen het gebint en de planken van het onderdak een gevouwen perkamentvel met versregels van haar vond werd hij door een forse ruk teruggeslingerd in de tijd. Verdwaasd liep hij met zijn vondst naar buiten en ging in de tuin zitten met het vel op zijn schoot. En nadat hij de vier kleine strofen met plechtig geprevel had gelezen, begon hij weer van voren af aan. Dat Diets van haar. Luisterend naar Wijchje in hun eerste seizoenen samen had hij de taal van zijn jeugd hervonden, de taal die hij sprak met andere jongens in het klooster, met andere monniken en dikwijls met magister Arnulf en mater Matthea. En anders wel met Juno, de beminde ezelin. Wijchje sprak vloeiend Frans, beheerste het Latijn dankzij een geduchte scholing, maar haar grootste liefde ging uit naar het Diets. Ze was er bijzonder vaardig in. Haar woordenschat was veel groter dan de zijne. Het leek alsof zij al pratend nieuwe woorden kon scheppen, soms zelfs hele uitdrukkingen.

Willem bekeek de bladspiegel van het kleine vel dat van lamshuid moest zijn gemaakt. Ze had het dubbelgevouwen en daarna nog eens, zodat er acht vlakken aan de voor- en achterzijde waren ontstaan. In de vier vlakken aan de voorzijde had ze kleine strofen opgeschreven die onderling verband hielden.

So selen in corten tiden –
des hebbe de minne danc –
die fiere herten, die haere pinen
ghedogen hebben over lanc
op toeverlaet van minne.

Hi sal in allen sinnen
gherne daerna staen
dat hi de starcste doet
van minnen wil anegaen.

Ay, wat sal hen dan ghescien
die levet na der minnen raet?
Want hi sal niemene sien
die sine noet verstaet.

Men sal met vremden oghen
hem toenen vremt ghelaet
want hen sal nieman kinnen,
wat node hi ghedoghet,
in orewoet van minnen.

Toen hij haar regels woord voor woord herlas, werd het alsof zij hem het geschrevene zelf voordroeg, met een stem zachtmoedig van geluk, met vloeiende en ronde klanken waarmee ze haar eigenste melodie componeerde. Ademloos liet hij haar versregels op zich inwerken. Aanvankelijk dacht hij nog dat ze over aardse minne schreef en deze veronderstelling alleen al maakte zijn ziel week door koortsige herinneringen. Toen hij weer kalmeerde, maakte hij een andere betekenis op uit haar strofen en wist hij dat de minne in deze regels de aarde reeds ver was ontstegen.

Hij stond op en begon, tot verbazing van Joni en Marise, overal in het huis op donkere plekjes of tussenruimtes te zoeken naar versregels van Wijchje op kleine vellen die ze wellicht in de dagen van hun geluk had geschreven en gedachteloos ergens tussen had gestoken. Later die dag werd hij kwaad op zichzelf dat hij toch weer naar de moerlanden van de melancholie was afgedwaald. Maar haar Diets vergat hij niet, ook niet omdat haar stem in zijn gedachten bleef klinken. Deze taal met haar Brabantse rondingen ontsloot ineens een wereld die groter was dan waarin zij met hem had geleefd. In hem ontstak een verlangen om zijn geest en gemoed te verfrissen met de ontluikende Dietse letteren die hij niet kende, maar waarover hij weleens terloops had gehoord.

*

De voorbije seizoenen was het paard van Willem langzaam aan het vervetten geraakt. Zijn berijder bleef ervoor kiezen de meeste afstanden op zijn eigen gelaarsde voeten af te leggen.

Willems zwartgeklede gestalte in de verte, zwervend door mistige velden of voorbij dwalend in de schemering, deed zijn lichtgelovige plaatsgenoten dikwijls huiveren en hun blik afwenden.

Willem had, ondanks alle malheur, de onderneming van de turfgraverij steeds met wijs beleid bestierd. Hij had de ploegen van werkvolk in het gareel gehouden door aanstelling van voorlieden met ruime bevoegdheden. Bijzondere prestaties in ploegverband liet hij nauwkeurig met toeslagen belonen. Opzichters die zich in hun werk onderscheidden kregen meer verantwoordelijkheid en een hoger traktement.

In de tijdelijke nederzetting van het werkvolk, vooral bestaande uit een drietal inderhaast opgetrokken houten schuren, was een centrale keuken waar de turfstekers dagelijks ieder een half brood en een bonengerecht met vlees of spek voorgeschoteld kregen. Er waren marketentsters die in hun afspanningen van zeil 's avonds voor enkele uren van verstrooiing en vertier zorgden. Twee uur na zonsondergang moest het stil zijn in de schuren. Wie de vrede op de latere avond verstoorde kreeg op zijn lazer van de avondwachten en werd in zijn taakloon gekort. Op zondagen verscheen in de middag een priester om in een van de schuren een mis te celebreren. Willem woonde die altijd bij, en na de mis ging hij drinken met het werkvolk dat het ervan nam. En hij sprak met hen over alledaagsheden, over het werk en ander werk dat ze hadden gedaan, over het leven, hun familie, hun dromen over de toekomst. Tegen zonsondergang hees hij zich in zijn zwarte wollen jas en dan stapte hij, onaangedaan door de wijn, over de wijde velden weer naar huis, terwijl raven in glijvlucht naar hem krasten.

In een hoek op zijn erf had Willem een fraai houten optrek laten bouwen, waar hij kantoor hield. Door de aankoop van een aangrenzend stuk grond wist hij zijn erf aanzienlijk te vergroten. Hij verdiende zo veel geld dat huis en land al meteen vrij van schulden waren. Hij bezat een groeiend vermogen in zilver dat in een kluis in het herenhuis van Geeraert Verspronck werd bewaard. Diezelfde Verspronck bood hem de mogelijkheid poorter van Gent te worden: 'Doe dat maar, dan heb je, als dat nodig is, machtige lieden achter je staan.' Willem stemde toe en werd lid van het eedgenootschap, maar bleef wel in Moerloo wonen.

Gedurende het eerste voorjaar zonder Wijchje, liet hij nog meer struiken planten rond zijn hele erf, en bomen rond het woonhuis. De bebouwing zou op den duur welhaast verdwijnen tussen het opschietend groen, waarvan klimplanten ook de gevel belaagden. Verderop liet hij bloembedden aanleggen en hij breidde er het aantal fruitbomen uit. Dat hij alleen leefde, met Joni en Marise meestal in zijn buurt, hinderde hem niet langer. Er was rust over zijn gedachten neergedaald.

Geeraert Verspronck vroeg hem per brief naar Gent te komen om de cijfers van de jaarrekening te overleggen en tussentijds verslag van de productie uit te brengen. Verspronck had weinig tijd meer om naar zijn buitenhuis in het Land van Waes te gaan, sinds hij het hoogste ambt bij het gerecht in de stad bekleedde.

Willem zadelde zijn paard na lange tijd weer eens, bevestigde zijn reistassen aan de halsriem en ging in alle vroegte op weg naar de stad. 's Avonds gebruikte hij het avondmaal bij de man die vol ongeloof en hoofdschuddend vernam dat de winsten op de turfgraverij alweer waren toegenomen.

Verspronck legde Willem de vraag voor hoe hij een deel van zijn winsten zou kunnen besteden voor het welzijn van zijn stad.

Willem zei: 'Had ik die financiële armslag zelf dan zou ik meer parochiescholen voor de kinderen van de poorters stichten en ondersteunen.'

Verspronck knikte, hij had dit zelf ook al overwogen. Hierna vertelde hij over zijn nieuwe positie. Als een van de rijkste Gentenaren had hij niet voor de eer kunnen bedanken toen men hem vroeg het ambt van eerste onder de schepenen of magistraten te bekleden. In de uitoefening van zijn ambt was hij al direct op misbruik en onregelmatigheden gestuit. Het waren zijn eigen familieleden, vertrouwde relaties in de handel en prelaten uit de moederkerk die zich er schuldig aan maakten. Eigenlijk wist hij dat al langer maar nu hij er zo direct mee geconfronteerd werd, kon hij er niet meer van wegkijken.

Willem memoreerde de metafoor van het spinnenweb, waaruit grote insecten zich zo makkelijk bevrijden.

'Zou ik er zelf ook een zijn?' vroeg Verspronck zich af.

'Dat dacht ik niet,' zei Willem. 'Treed maar op.'

Willem bleef een paar dagen in Gent. Hij logeerde in een vleugel van Verspronck's herenhuis. Invitaties van zijn gastheer om elders in de stad recepties en banketten bij te wonen, sloeg hij beleefd af. Overdag wilde hij privézaken afhandelen.

In de ochtend ging hij op weg naar een befaamde ketelslagerij aan de rivier en overlegde er urenlang met de patroon terwijl ze gebogen stonden over een werktekening van een stookketel met toebehoren die Willem zelf op groot formaat had gekopieerd uit de handleiding van Johannes. Hij onderhandelde scherp om de kosten van de bouw beheersbaar te houden. De hele installatie moest ook nog eens naar Moerloo worden vervoerd.

In de vroege avond dwaalde Willem door de stad, ineens zonder besognes, en verstoken van moeilijke gedachten. Leunend tegen de stenen muur van een brug staarde hij in het stilaan vliedende water. Niet veel later stond hij te dommelen, het hoofd gebogen waardoor de hoed die hij voor de gelegenheid droeg bijna van zijn hoofd afgleed.

'Ik mag maar hopen, edel heerschap, dat de somberte die uw houding uitstraalt, u er niet toe aanzet hier beneden in de Leie te eindigen.'

Naast hem stond een vrouw, van zijn leeftijd. Niet van de

straat, wel een madelief. Ze was smaakvol gekleed, maar wat ze droeg accentueerde eerder haar vormen dan dat het deze bedekte. Waarschijnlijk had ze klanten die haar rijkelijk betaalden voor haar gezelschap en gunsten.

'Och, ik stond zomaar wat te dromen.'

'En ik dacht: staat daar een man die sinds kort weduwnaar is?' Ze voegde aan haar vraag een verleidelijke blik toe.

'Soort van, ja,' reageerde Willem. 'Onbestorven.'

'Dat moet u hebben gekwetst.'

'Och, u ziet het: ik leef nog.'

'Veel mannen die in omstandigheden als de uwe verkeren zouden liever met een uitvaart afscheid van haar nemen,' zei de vrouw. 'Dat vergeet makkelijker. En ze hoeven niet bang te zijn dat er hoorns uit hun schedel zullen groeien.'

'Zo heb ik het nooit bekeken,' zei Willem. 'Zulke ideeën houd ik liever verre van mij.'

'Het lijkt me dat u nog steeds van haar houdt,' zei de vrouw, nu met een minzame glimlach. 'U bent zo te zien natuurlijk ook een ridder.'

'Geweest,' zei Willem.

'Ach ja. Mocht uw afvallige geliefde eens een moment van helderheid beleven, dan zal ze vol berouw weer voor de poort staan.'

'Wie bij haar in ongenade valt,' reageerde hij voor de vuist weg, 'hoeft zich geen illusies meer te maken.'

De vrouw knikte en zei: 'U wilt er liever niet in blijven hangen, want u weet dat het leven kort is.'

Maar de dagen zijn lang, dacht hij. Nog steeds.

'U ervaart het misschien nog niet helemaal zo,' vervolgde de vrouw met een blijde stem, 'maar u bent een vrij man. Dringt het tot u door? Een vrij man.'

'Het is nog even wennen,' zei hij.

'Bent u een gelovig mens?'

'Niet overdreven.' Hij dacht: het geloof staat ook bij haar niet vooraan, gelukkig.

'Ik heb zomaar het idee dat wij veel te bespreken hebben. Als u deze avond ook vrij man bent dan kunnen we misschien...' Ze keek hem onderzoekend aan.

Hij zag ineens haar kleine woonvertrekken voor zich, in de hoek een sponde met beddengoed waaruit de geuren van andere mannen zich lieten opsnuiven. 'Vanavond blijf ik vrij man,' zei hij. 'Maar het is waar dat wij veel te bespreken hebben. Overigens, uw zinnen klinken zo mooi. Kan het zijn dat u van Leuven bent? Of uit die omgeving komt?'

Ze knikte en kleurde licht.

Hij zag haar aan. 'Als ik een volgende keer deze stad aandoe? Hoe en waar vind ik u dan?'

'Hier vlakbij is De Swarte Swaen gelegen. Vraagt u naar de weduwe Aleida. En u bent?'

'Willem van Moerloo.'

'Blijft u niet te lang weg.'

Hij staarde haar na toen ze verder wandelde.

5

Het werd een gewoonte van hem om eens in de maand een dag of drie in Gent door te brengen. Hij reserveerde een vaste kamer in de voorname herberg De Kleine Foreest, waar hij ook ontvangen kon. In de achterzaal van de herberg traden regelmatig jongleurs of speellieden op met een energiek, wereldlijk repertoire. Het leeuwendeel werd in het Diets opgevoerd. Er waren toneelvoorstellingen met acteurs in uitdossing tegen de achtergrond van een bescheiden decor. Er waren voordrachten van korte heldensagen op rijm, minnedichten, vertolkingen van liederen zoals een treurzang over de moord op graaf Karel de Goede, of het rouwlied over Aegidius. Een tweetal zong het lied over heer Halewijn, de onweerstaanbare vrouwenbeul die op een dag zelf gekeeld wordt door een even malse als manse jonkvrouw. Indringender nog was wat erop volgde: het lied over de hemelse doem waaronder Halewijn leefde, voortgekomen uit een gruweldaad die een van zijn voorvaderen had gepleegd.

Op andere avonden werden prozawerken voorgedragen, zoals *Karel ende Elegast*, waar Willem roerloos naar luisterde. Een paar maanden later kwam hij er in dezelfde achterzaal tot zijn verrassing achter dat er een Dietse vertaling van *Les quatre fils Aymon* bestond: *De vier Heemskinderen*. Het waren meeslepende versregels die het karakter van het ros Beyaert uitbeeldden. De tergende passages over de verdrinkingsdood van dit legendarische paard, bevolen door keizer Karel, deed de toehoorders tranen storten. Sommigen waren zo verontwaardigd dat ze de gevierde heerser een eeuwenlang verblijf in het Vagevuur toewensten.

Het bijwonen van al die voordrachten deed hem heviger dan ooit onder de bekoring van het Diets geraken. Die zomer ging Willem op zoek naar boekwerken in de landstaal. Hij had vernomen dat het welvarende Brugge als de stad van de betere letteren bekendstond. De leeshonger van patriciërs en poorters maakte zowel wereldlijke als geestelijke boekwerken er tot felbegeerd bezit. In kloosterlijke scriptoria en die van particuliere kopiisten vervaardigde men handschriften naar believen en zo was er een levendige handel in ontstaan.

Zich in Brugge vertonen, op zoek naar epische en tragische dichtwerken (aan minnedichten had hij toen even geen behoefte), daar moest hij over nadenken. Zou iemand een of andere gelijkenis opmerken tussen zijn verschijning als jonge monnik toen en zijn tegenwoordige: een in het gelaat getekende ridder zonder harnas, een voorname, woest ogende man in de kracht van zijn leven? Hij ging uiteindelijk niet naar Brugge en wachtte op de jaarmarkt van Gent, die in de tweede helft van augustus werd gehouden. Er stonden kramen van Brugse boekhandelaren en hij deed er stevige aankopen. Hij kocht zeven afzonderlijke geschriften die behoorden bij de Franse *Roman de Renart* en schafte er het lijvige dierenepos *Ysengrimus* in het Latijn aan. In het Diets vond hij een fraai verlucht gebonden handschrift van het *Roelantslied*. En op de laatste dag van zijn reeds gerekte verblijf in Gent vond hij het epos in verzen: *Ystorie vanden vier Heemskindre ende Rosbeyaert*, waar hij sinds de voordracht veel aan had teruggedacht. Zonder af te dingen telde hij het forse bedrag voor dit boek in leren band neer en vertrok met al die schatten naar zijn riante huis in Moerloo, waar de beide diensters Joni en Marise met hun vrijers de honneurs zolang hadden waargenomen.

*

In de week voor kerst ruimde de wind eerst naar het noorden en al spoedig naar het noordoosten. Vrieskou legde alle werkzaamheden op het land stil. De resterende arbeiders kregen hun openstaande betalingen en vertrokken naar contreien waar de families op hen wachtten. Het winterweer werd onstuimiger, sneeuwjacht loeide over de velden. Willem hoopte op een langdurige barre episode waarin hij van elke verplichting zou zijn ontslagen.

Het was nog donker toen hij op een ochtend nieuwe blokken hout op het smeulend restant in de haard legde. Nadat de vlammen waren opgelaaid schoof hij een grote tafel dichter naar het vuur toe, pakte een stoel met gevulde zitting en zette zich. Na de veldslag met de Brabanzonen in Mourille lukte het hem niet meer om zijn schrijfwerk staande te verrichten. Nu hij zittend placht te schrijven stond hij geregeld op en liep een rondje, meestal over zijn eigen erf.

Voor hem lagen zeven gebonden handschriften, een stapel lege perkamentvellen en tot pennen gesneden veren. Op een ouder stuk perkament deed hij enkele pennenproeven. Hij vond de inkt te dik en stug en zette de pot enige tijd nabij het knappend houtvuur. Intussen ordende hij de handschriften en vellen op tafel.

Zijn aanvankelijke plan om alle delen van het dierenepos *Roman de Renart* in het Diets om te zetten had hij na lang nadenken laten vallen. Herhaalde lezing van de verschillende verhalen over de vos hadden hem doen inzien dat ze van evenzoveel auteurs afkomstig moesten zijn. De spankracht in de verhalen en levendigheid van beschrijving verschilden onderling nogal. Willem wilde zich concentreren op de bewerking van een enkel boek, genaamd *Le Plaid*, dat er naar zijn idee uitsprong. Dit gedeelte handelt over het gerecht aan het hof van de leeuwkoning Nobel, waar de andere dieren, zijn baronnen, het recht van aanklacht en verweer hebben. Vrijwel alle dieren hebben aanklachten tegen Reynaert ingediend. Twee pogingen de vos te dagen mislukken en de koninklijke gezanten lopen daarbij gevoelige klappen op door arglistige streken van de gedaagde. Een derde keer laat de vos zich wel naar het hof brengen en dan begint een proces met grillige taferelen. Veel scheelt het niet of Reynaert wordt gehangen, maar hij weet door een nieuwe list de dodendans te ontspringen.

Het verhaal waarin Reynaert terechtstaat bood mogelijkheden tot omwerking en verdichting. Willem had eerder al voorvoeld dat hij het niet bij braaf vertalen van het origineel zou houden. Het lag voor de hand dat hij aan andere delen van het Franse dierenepos nog korte fragmenten kon ontlenen om die aan zijn eigen verhaalversie toe te voegen en zo de tekst pakkender te maken.

De verse perkamentvellen die Willem gebruikte waren anderhalve voet lang en een voet breed. Links van het vel was de ruimte voor de kolom waarin hij de eerste versie van zijn vertaling in het Diets zou neerschrijven. Die kolom zou niet heel breed uitvallen. Ter rechterzijde bleef een ruime marge over. Bij het teruglezen zou hij stellig nog veel correcties of zelfs ingrijpende veranderingen aanbrengen, waardoor ook de marge rechts volgeklad werd. Hij moest er nog helemaal inkomen, in het verdietsen, en hij voelde zich er onzeker over. Aanvankelijk leverde een werk van uren nauwelijks tien regels tekst op, terwijl het in de marge reeds krioelde van onverhoedse ingevingen, correcties en commentaren. Allengs ging het beter. In zijn hoofd begonnen stemmen te klinken; niet die van Wijchje, maar die van zijn werkvolk.

Toen hij na verscheidene weken in zijn bewerking halverwege de Franse tekst was gekomen voelde hij zich op zijn gemak. Hij verzon buiten de bestaande tekst een nieuwe intrige die het proces een verrassende draai moest geven. De aanklachten tegen de vos zijn dermate ernstig dat hij, zoals eerder aangestipt, tot de strop wordt veroordeeld. In de *Roman de Renart* verschijnen vrouw en kinderen van de vos met een lastdier, beladen met een hoeveelheid kostbaarheden. Hun doel is de veroordeelde vrij te kopen, en de koning kijkt begerig naar wat aangebracht is.

Willem verzint een andere intrige: vlak voordat Reynaert zal worden gehangen begint hij – uit geveinsde angst dat hij in de hel belandt als hij nu blijft zwijgen – over een vroegere samenzwering tegen de koning. Reynaert vertelt dat zijn eigen vader de schat van koning Ermenrike buitmaakte en deze in een hol had begraven. Dit fortuin was bedoeld om soldaten te werven die koning Nobel moesten afzetten en vermoorden. Bruun de beer, de wolf Izegrim, Grimbeert de das, Tibeert de kater waren indertijd de andere samenzweerders, verklaart de vos nu. Ja, die valse Bruun wilde eigenlijk zelf tot nieuwe koning worden gekroond. Reynaert, over het complot ingelicht door zijn vrouw, vertelt koning Nobel dat hij dit plan wist te verijdelen door de immense schat uit de schuilplaats weg te nemen en elders te verstoppen. In het aangezicht van de dood zegt de vos zich gedreven te voelen alles op te biechten.

Koning Nobel hecht geloof aan dit verhaal en geeft bevel Bruun en Izegrim te knevelen. Wanneer de vos verklaart dat hij de rijkdommen graag aan de koning wil afstaan wordt hij zelfs weer vrij man. Reynaert zegt een pelgrimage te willen maken om zijn vroegere zonden uit te wissen. Met een stuk vacht van Bruun, met huid en al uit diens rug gesneden, zou hij een mooie pelgrimstas kunnen maken. En zouden Izegrims behaarde schoenen misschien tot de zijne kunnen worden, nu hij op reis gaat? Of anders twee van de wolf en twee van zijn vrouwtje? Dit alles wordt hem toegestaan en nadat hij de koning heeft uitgelegd dat de schat thans bij Kriekeputte ligt begraven, vertrekt hij van het hof, vergezeld door de ram Belijn en de haas Cuwaert.

Uiteindelijk vlucht Reynaert met vrouw en kleintjes naar de wildernis nadat hij Belijn heeft gevraagd een brief ten afscheid naar het hof te brengen. Belijn wil dat wel doen en krijgt de pelgrimstas overhandigd. In plaats van een brief zit daar het hoofd in van de haas Cuwaert, die door de familie Vos haastig is opgevreten. Nietsvermoedend brengt Belijn de tas naar de koning.

6

Ongeveer in dezelfde dagen dat Willem de tweede versie van zijn bewerking in het Diets voltooide, deed een flinke dooi de sneeuwmassa gestaag smelten. De wegen werden dermate nat en modderig dat hij zijn voorgenomen tocht naar Gent nog weken zou moeten uitstellen. Een kleine week later echter zette een nieuwe, milde vorstperiode in, waardoor de ondergrond stevig werd. Nu durfde hij het wel aan om naar de stad te gaan. Zijn paard was aanvankelijk onwillig de stal te verlaten, maar het schikte zich toch toen het werd omhangen met een dikke paardendeken en eroverheen nog een leren dek. Het was evengoed een barre tocht en de schemering was reeds ver heen toen Willem eindelijk de stad bereikte waar de weinige flambouwen langs de straat schuw flakkerden in de vrieswind.

Bij de stookplaats in de gelagkamer van De Kleine Foreest warmde hij langzaam door. Hij schreef een bericht voor de weduwe Aleida en stuurde een knaap ermee naar De Swarte Swaen. Het duurde wel even eer de knaap terugkeerde en hem het gevouwen vel weer overhandigde. Op de achterkant stond geschreven: *Neem een bad alsjeblieft; de vorige keer geurde je dure bed naar een paardenstal. Tot straks, X.*

In het voorbije najaar had hij zich laten strikken in haar netten van betaalde liefde. Toch was ze al direct meer voor hem dan alleen maar bedgenote. Ze werden vrienden die graag gesprekken voerden. Aleida was uit een adellijk nest gevallen – of geduwd. Van het hoe en waarom wist hij niets en zelfs via de meest slinkse omwegen werd hij niets wijzer. In zijn aanvankelijke verliefdheid had hij erover gemijmerd hoe ze samen zouden leven in zijn grote huis te Moerloo. Algauw had hij het hele idee weer verdrongen: Aleida was een stadsvrouw die graag reuring om zich heen had, die naar voordrachten en toneel ging, of anders de banketten van de eerste rang bezocht, waar ze werd voorgesteld aan mannen die al jaren tot haar vaste clientèle behoorden, maar die haar altijd in vermomming opzochten om te voorkomen het mikpunt te worden van achterklap en gelispel.

Grote delen van de drie dagen die volgden bleven Willem en Aleida in het grote bed op zijn kamer. Dat was de aangenaamste plek zolang het buiten winterde. Ze zaten met de peluwen in hun rug tegen het houten hoofdeinde. Willem had een stapel vellen in zijn hand en las langzaam voor uit zijn bewerking van de Reynaert. Ingepakt in dekens luisterde ze aandachtig. Herhaaldelijk zei ze: ‘Lees die regel nog eens.’ Of: ‘Wat je daar schrijft, wringt met wat je eerder beweerde.’ Of: ‘Door rijmdwang heb je dat ene woord gebruikt. Maar dat klopt niet helemaal, hè. Mmm, daar moet eigenlijk een heel andere zin komen.’

Zo zaten ze hele dagen te kibbelen over versregels, details

en de juiste woorden. In kruipgang bewogen ze zich door de tekst. Het beddengoed raakte langzaamaan bespat door de inkt die van zijn pen droop wanneer hij verbeteringen in de rechtermarge van zijn perkamentvellen aanbracht.

'Wat denk je dat het kost om zo veel uren achtereen over mijn geest en lijf te kunnen beschikken?' vroeg Aleida terloops.

'Een rib uit mijn lijf. Ik zorg ervoor dat jij deze barre winter iets te kluiven hebt,' zei Willem. 'Sta me nog een uurtje bij, talige vrouw, daarna gaan we naar beneden om uitgebreid te tafelen. En vanavond is er een optreden van een kleine groep Engelse muzikanten. Ze brengen liederen uit hun geboortestreek.'

Ze geeuwde langdurig. Toen zei ze: 'Nou, kom dan maar op met die sluwerik.'

De winter was op zijn hand. Na terugkeer uit Gent werden hem nog drie koude weken toegemeten voordat de werklieden aanstalten konden maken om de turfwinning te hervatten. Aan de tafel dicht bij het haardvuur maakte hij een eindversie in keurig boekschrift van het dierenepos en gaf het de titel *Van den Vos Reynaerde, den fellen metten roden baerde*.

Bij de eerstvolgende gelegenheid bezocht hij in Gent een door klimplanten overwoekerd huis aan een zijstraat, die men wel de Kleine Bokkenlei noemde. Een jonge geletterde met de naam Ogier dreef hier een scriptorium en boekhandel. Samen met zijn assistent Teijl had deze jongeman zich toegelegd op het kopiëren van wat hij noemde 'ondermaanse geschriften'. Willem had schik in deze seculiere kopiist en boekhandelaar. Bij een vorig bezoek had hij er onder meer een bundel vagantenpoëzie in het Latijn gekocht, en ook een klein Brabants liedboek.

Ogier vertelde hem dat de kerk sinds kort in zondagse sermoenen en doordeweekse prediking op straat een felle campagne voerde tegen de verspreiding van niet-religieuze boeken. Priesters fulmineerden dat schrijvers van profane boeken de moederkerk onteerden en in hun schildering van immorele en ontuchtige taferelen het christelijk zondebesef ondermijnden.

'Dan zullen ze hier ook niet blij mee zijn,' zei Willem. Voorzichtig haalde hij het handschrift uit zijn leren buideltas en overhandigde het Ogier.

Die bekeek de volgeschreven vellen aandachtig en zei: 'Nee maar, een deel uit de *Roman de Renart* in het Diets. Eerder ging het verhaal dat ene Arnout bezig was het complete werk te vertalen. Hoe ver hij is gekomen weet niemand. Het schijnt dat hij al een tijdje dood is.'

'Dit boekwerk gaat over het proces dat aan het hof tegen Reynaert wordt gevoerd,' zei Willem. 'Ik heb het vertaald, en tegelijk nogal vervlaamst. Graag bestel ik twee kopieën in boekschrift.'

'Met verluchting?'

'Doen jullie dat zelf?'

'Jazeker, Teijl is daar heel goed in.'

'O, dat is akkoord. En in dat geval kan hij ook meer werk maken van de initialen.'

Ze spraken de opdracht door. De soort inkt, de kwaliteit van het perkament. Welke illustraties gewenst waren. Willem wilde gebonden exemplaren, met een leren omslag. Ook dat kon Teijl regelen. Over de prijs waren ze het snel eens. Ogier vond het niet nodig, maar Willem wilde graag vooraf betalen. Hij droeg een beurs vol zilveren schellingen bij zich. De zaak werd met roemers wijn beklonken.

Bij het afscheid zei Willem: 'Als je denkt dat dit werk geschikt is om voor te dragen, maak dan gerust goedkopere kopieën in cursief om aan speellieden te verkopen.'

'Voor uzelf?' wilde Ogier weten.

'Nee, voor jou. Voor je handel. Om overeind te blijven tussen die vijandige papen die jou het liefst je nering willen ontstelen.'

'Nee maar, dat is geweldig. Dank!'

'O ja, nog iets,' zei Willem, het humeur van de clerus indachtig. 'Jij weet nu dat dit een werk van mijn hand is. Houd het voor je, laat mijn persoon er verder helemaal buiten. Vraagt iemand door naar de schrijver, zeg dan: ene Willem, uit Antwerpen. Duidelijk?'

Ogier knikte.

De letteren raakten dat voorjaar naar de achtergrond. Hij kreeg het razend druk op het landgoed. Overvloedige regenval veroorzaakte afwateringsproblemen op de percelen waar de turf werd afgestoken. Maar ook het voormalige moerasgebied dat ze het jaar ervoor hadden drooggelegd, geploegd, ingezaaid en geoogst moesten ze nu andermaal ontwateren. Maandenlang was hij met het werkvolk bezig om nieuwe sleuven voor de ontwatering in het gebied aan te leggen, voordat ze het eigenlijke werk konden hervatten. Hij kwam er niet aan toe om Gent te bezoeken. Ten slotte regelde hij een bode om Geeraert Verspronck verslag te doen van de moeilijkheden op zijn landgoed. Diezelfde bode liet hij een brief bezorgen bij de weduwe Aleida en een bij de boekhandelaar aan de Kleine Bokkenlei.

De meimaand was al voor een goed deel verstreken toen Willem eindelijk enkele dagen in Gent kon vermeien. De zwoelte van de dagen werd verdrongen door een onrustige en geagiteerde stemming in de straten. Die middag van zijn aankomst was het overal volkrijk: meerdere processies trokken over de korenmarkt en onderwijl werd er luid en schel gezongen. 's Avonds dineerde hij met Geeraert Verspronck. De magistraat toonde zich verstoord door de sfeer in de stad; het waren priesters die de bevolking aan het opruien waren. Er hadden zich de afgelopen tijd verschillende incidenten voorgedaan. Een Joodse koopman met wie meerdere Gentenaren prettig zaken plachten te doen, was zonder aanleiding door een menigte aangevlogen en halfdood geslagen, net als zijn familie en bedienden. Daarna waren alle Joden uit de stad gedreven. Maar waarom precies de clerus het janhagel tot deze pogrom had aangezet was voor Verspronck en andere magistraten onduidelijk. Ja, er was sprake van zekere ketterij in den lande maar het ging om kleine aantallen van lieden die er verder ook niet toe deden. Geen reden in ieder geval om de openbare orde zo wreed te verstoren en vreemdelingen naar het leven te staan.

Willem zag dat Verspronck meer gebeten was op de geestelijkheid dan hij wilde vertellen. Dit was het juiste moment om het ingebonden handschrift met het verhaal van Reynaert aan hem te schenken.

'Weer eens wat anders dan een christelijk boek,' zei Willem bij de overhandiging. 'Het komt uit het Frans, maar het is al met al iets meer Vlaams geworden.'

'Wie heeft dit werk gemaakt?' vroeg Verspronck en hij keek zijn gast onderzoekend aan. 'Zit ik hier soms met een dichter aan tafel?'

Willem schudde het hoofd en zei: 'Blader het eens door.'

Dat deed Verspronck, voorzichtig en aandachtig. De kolommen in boekschrift werden her en der onderbroken door met inkt getekende portretten van dieren uit het verhaal.

'Een naamgenoot van me, uit Antwerpen, heeft dit werk gemaakt,' zei Willem. 'Verder weet ik niets van hem.'

Willem had eerder geen moment stilgestaan bij het idee dat zijn werk in de maanden hierna een warm onthaal zou krijgen. Ogier en Teijl kopieerden het verhaal van de vileine vos vijf keer in een goedkopere versie. Het perkament was minder mooi, verluchting ontbrak, het gehanteerde schrift was een informele cursief. Nog voor deze serie was vervaardigd, lagen er alweer vier opdrachten voor nieuwe kopieën. Alle aankopen en bestellingen kwamen van speellieden die het hele verhaal of een verkorte versie ervan op pleinen in dorpen en steden wilden voordragen. De weduwe Aleida vertelde hem dat *den fellen metten roden baerde* in korte tijd reeds faam genoot. Er werd over gesproken in de herbergen en taveernen, op straat. Iedereen wilde het verhaal horen. Sommige speellieden hadden het verhaal ingekort en zongen tussendoor liederen waarin de weggelaten passages werden samengevat. Dit alles om de voordracht in de buitenlucht niet langer dan een uur te laten duren, wat wel handig was als men een voorstelling tussen de buien door wilde houden. En o ja, vertelde ze, enkele paters hadden, luid protesterend tegen de immorele inhoud van het verhaal, geprobeerd een voordracht op een plein te stoppen. Maar het samengestroomde publiek had het tweetal zwartrokken weggehoond, en zelfs achternagezeten toen die kwezels zich niet snel genoeg uit de voeten maakten.

Willem schonk het tweede exemplaar van de kopie in boekschrift met verluchting aan Aleida. Ze reageerde verbaasd: 'Is dit wel een boek voor een dame?'

'Je hebt me geholpen, je invloed op dit werk is aanzienlijk.'

'Dat wel, maar toch staat dit verhaal ver van mij.'

'Je kunt het boekwerk altijd nog verkopen aan een rijke poorter. Enne, geen woord over de schrijver.'

De populariteit die door de voordrachten in de buitenlucht werd opgewekt resulteerde voor Ogier en Teijl ook in nieuwe bestellingen van fraaier gemaakte codices in boekschrift met verluchting en met een leren band waarop het patricische familiewapen – dikwijls van zeer recente datum – verguld was aangebracht. Zo viel er in korte tijd toch aardig te verdienen aan zo'n werk, al viel te verwachten dat sommige kopers hun exemplaar met handelsoogmerk elders weer lieten vermenigvuldigen, zodat de spoeling voor de boekhandel aan de Kleine Bokkenlei dunner zou worden. Dan was het zaak naar andere titels uit te kijken.

Hartje zomer was er in de achterzaal van herberg De Kleine Foreest een speciale voordracht uit de Reynaert-epiek waarbij enkele spannende delen van het proces waren geënsceneerd.

Voor die scènes deed de voordragende speelman een stapje terug ten gunste van als dieren uitgedoste acteurs. De zaal was afgeladen vol met vooral belangstellenden uit de betere burgerij. Op de eerste rij zaten de weduwe Aleida en Willem, en daarnaast zat Ogier met een jonge geliefde in haar mooiste jurk. Willem deed zijn best de hele voorstelling ingespannen te volgen, maar dat kon toch niet voorkomen dat hij weleens in gedachten wegdreef en de taferelen op het toneel aan hem voorbijgingen. Waardering van zijn publiek voor de doortrapte intriges van de vos had hij eerder op voordrachtsavonden in het kasteel van graaf Hincmar meegemaakt. Zelfs Geeraert Verspronck bleek zich kostelijk te hebben vermaakt met het dierenepos. Elke keer als de vos ter sprake kwam, moest hij zijn uiterste best doen de grijns van zijn gezicht te houden. Misschien werkte dit boek wel net als het carnaval, dacht Willem. Ook bij dat festijn werd de wereld op zijn kop gezet. Alles wat voor eervol en fatsoenlijk doorging werd dan welbewust geloochend en besmeurd. Keurige mensen cultiveerden ineens een monsterlijke vraatzucht. Ze zopen het ene oorlam na het andere totdat ze niet meer op hun benen konden staan. Ze vergaten de huwelijksband en deden er alles aan kortstondig te verdierlijken, hun aandriften en instincten de vrije teugel te geven. De moraal van de vos was dezelfde als die van de losgeslagen feestgangers tijdens carnaval. Het was voor een brave christen blijkbaar uiterst verkwikkend om over zo'n schelm te lezen of horen.

Willem was tevreden over het prille succes van zijn dierenepos. Keek hij naar zichzelf als schrijver dan leek het alsof hij een complete gedaanteverwisseling had doorgemaakt. Het Diets zoals het om hem heen leefde, en zoals het zijn eigen voelen en denken was gaan beheersen, was in veel opzichten een plomp en onaf taaltje. Het miste een moedertaal, zoals het Latijn dat was voor het Frans, en dat hierdoor ontwikkelder, verfijnder en meer geplooid was dan het bastaardige

Diets. Zijn vrijelijk gedichte epos *Van den Vos Reynaerde* kwam in het Diets niet tot aanzienlijke hoogte, het bleef doorgaans dicht bij de grond, in een kraaienvlucht waarin gefladderd en geklapwiekt werd, een vlucht die soms werd onderbroken om neer te strijken bij een paardenvijg waar lekkere zaadpitjes in zaten die er een voor een uitgepikt werden. Misschien was het Diets in veel opzichten nog een boerentaaltje, maar wel een taal sprankelend van levenskracht, en met een ingeschapen sluwheid om zich in overdrijving, spot, achterbaksheid en dubbelzinnigheden uit te drukken.

Hoewel hij alles had gegeven om *Van den Vos Reyaerde* in het Diets te laten triomferen, vergat hij geen moment dat dit werk in belangrijke mate door zijn Franse voorgangers was geschapen. Willem had de seculiere, licht rebelse, ondeugende geest van het verhaal weten te verinnerlijken en daarna had hij het verhaal iets aangescherpt en het gesitueerd in zijn eigen leefomgeving. Hij hield van de geest die in dit dierenepos regeerde en voegde zich er als dichtende verteller graag naar. Maar het was níet zijn eigen, authentieke geest.

Die eigen geest was wel in *Duo Somnia* aanwezig. Dat was een voornamer literair werk, vooral vanwege zijn oorspronkelijkheid. Het was alsof het uit het niets kwam, maar in zijn aanwezigheid overweldigend was. Het had, voor zover hij wist, geen Frans of antiek voorbeeld, en het was geschreven in het Latijn. Dat was hoe dan ook een hoogontwikkelde taal en daarom leek dat een aantal *douzains* in het eerste deel in een arendsvlucht was geschreven. Het wist daardoor vergezichten, hoogten en diepten op te roepen, in het verhaal en in de taal.

Het applaus en gejoel zwollen aan. Iedereen stond op, Aleida tikte Willem op zijn arm, waarna ook hij zich met wazig hoofd uit eigen gedachten bevrijdde en overeind kwam. Hij stond daar verlegen te klappen en glimlachte het telkens buigende toneelgezelschap toe. Dat hij zijn kunst niet zelf hoefde voor te dragen, om er ternauwernood van te kunnen leven, stemde hem tevreden.

7

Welk nieuw werk zou hij moeten schrijven? Hij dacht na over een nieuw dichtwerk van het kaliber *Duo Somnia*. Het thema zou iets minder heftig moeten zijn, zodat hij het deze keer wel kon laten verspreiden. Een groot dichtwerk in het Diets. Was dat mogelijk? Voorlopig niet, want hij bleef verstoken van grootse en meeslepende ideeën. Willem herinnerde zich zijn grensverleggende verhandeling over geest & ziel die hij indertijd in Parijs had geschreven. De tekst ervan was zoekgeraakt tijdens zijn reis naar het zuiden toen een snotjongen hem zijn bezit had ontroofd, al zijn schrijfsels incluis. Dat vertoog zat nog goed in zijn hoofd en hij maakte er een nieuwe versie van in het Diets, deze keer in verzen, nergens afwijkend van zijn stellingen omtrent de sterfelijkheid van geest en ziel, en daarmee de tijdelijkheid van een mensenleven benadrukkend, dwars tegen de pretenties van het geloof in. Hij liet de scherpe betooglijnen echter varen en beeldde uit wat hij zeggen wilde in taferelen uit het leven. In de laatste strofen echter formuleerde hij zonder dralen een reeks bevindingen, alsof hij wilde laten zien hoezeer hij overtuigd was van zijn controversiële kennis.

Hij vertaalde een en ander in het Diets uit de Latijnse bundel vagantenpoëzie die hij eerder had verworven. Hij koos vooral de vrijmoedige gedichten waarin dikwijls een zekere zelfspot de toon zette. Lang kon dit hem niet boeien en daarom was hij ten slotte gaan zoeken naar een boek in het Frans of Latijn dat hij in het Diets kon omzetten, met alle literaire vrijheid die hij daarvoor nodig dacht te hebben. Het boek over de wolfsmonnik Ysengrimus, door hem gekocht op de jaarmarkt van Gent, leek hem na aandachtige herlezing toch niet geschikt om te vertalen. Het was een aardig boek in versvorm, maar veel te wijdlopig en vol herhalingen, en daarom liet hij het rusten. Maar het scheppend schrijven had iets verslavends. Om het nu te laten schieten, omdat hij niet genoeg gegrepen werd door een idee, gaf hem het sombere gevoel dat zijn geest stilaan begon te *verturven*. Tijdens een lange dwaaltocht door de velden kreeg hij een beter idee. Hij vatte het plan op de tekst van het epos over de wolfsmonnik flink te snoeien. Met drieste ingrepen kon hij de dorre bolsters verwijderen en zou alleen de vrucht overblijven. Zo werd het alsnog een interessante literaire uitdaging. Hij moest woekeren met de beschikbare tijd, want naast het schrijven had hij er een andere passie bij gekregen.

*

Het was nog amper licht toen hij op een zondag aan de slag ging. Hij had zich de avond ervoor op allerlei manieren voorbereid en de benodigdheden klaargezet. De lijvige stookketel stond sinds de laatste keer dat hij hem zachtjes had laten zingen alweer anderhalve maand te wachten in de houten schuur die hij eerder speciaal had laten bouwen. Niet het optuigen van de ketel met leidingen en toebehoren was indertijd het probleem geweest, maar het installeren van de schoorsteenpijp die door het dak stak, zodat tijdens het destilleren de rook, afkomstig van het reservoir met brandende houtblokken onder de stookketel, niet in de schuur zou blijven hangen. In de schuur stond eveneens een achttal vaatjes koppige rode wijn die hij uit de stad had laten overbrengen. Er stonden vaten met het helderste bronwater. Er was een stellage met kleinere, lege vaten, kruiken en flessen.

Met een bos hooi stak hij de houtblokken aan onder de met wijn gevulde ketel. Een uur later hing er een behoorlijke warmte rond het koperen gevaarte. Hij hield het vuur hoog en veerde even op toen uit de met water gekoelde leiding eerst enige tijd druppels vielen en zich daarna een straaltje vormde. Met een zacht kringelend geluid viel het in een grote kruik. Voorzichtig vloeide de voorloop. De top van zijn pink onderbrak het straaltje enkele tellen; hij proefde met de punt van zijn tong en probeerde zich de smaak van dit vurige water in te prenten. Het door de vagant Johannes vertaalde geschrift van Salernus vertelt dat dit vocht *spiritus lignum* ofwel houtgeest wordt genoemd. Dit vuurwater kwam niet van de wijn maar van gegist sap uit de steeltjes en pitjes van de druiven. Het vuurwater van de houtgeest ontstaat bij een lager kookpunt dan dat van de wijngeest. In de voorloop wasemt het hout zijn geest uit, in de middenloop, bij een hogere temperatuur, wasemt de wijn haar geest uit. Aldus sprak Salernus, en Willem handelde in zijn geest.

Willem schatte dat de ketel gedurende ongeveer een uur zijn gang kon gaan. Enkele keren tussentijds hield hij zijn pink onder het straaltje (dat al die tijd in de grote kruik vloeide) om met de punt van zijn tong voorzichtig te proeven. Het was al voorbij het uur toen hij proefde dat een fruitiger smaak over het vurige water was gekomen. Hij wist hierdoor dat de stook zich nu naar de fase van de middenloop bewoog waarin de wijngeest tot brandewijn werd verstookt. Hij verwisselde de kruik voor een klein vaatje. Hij schonk het destillaat van de voorloop in een ander vaatje waarop hij op de bovenkant het woord ‘wondreiniger’ had geschreven. De middenloop zou meerdere uren in beslag nemen, temeer daar hij deze met een niet al te groot vuur onder de ketel stookte.

Willem schoof een tafel met daarop zowel lege vellen als vellen met allerlei aantekeningen dichter naar de ketel toe, zodat hij in de warmte ervan kon schrijven aan zijn dichtwerk *Izegrim de wolfsmonnik*. Terwijl de ketel zachtjes zong en de wijngeest tot zijn essentie werd gedestilleerd, zat hij zeer geconcentreerd te componeren. Overal kortte hij de oorspronkelijke tekst aanmerkelijk in. Maar de passages waarin de kerk en haar dienstvolk ervan langs krijgen nam hij vrijwel geheel over.

Hoofdstuk 11

Dodenkluis

1

In het jaar dat de berichten over een ketterjacht in aangrenzende, zuidelijke streken ook naar Vlaanderen overwaaiden, begon Willem zich af te vragen wat er zou gebeuren als zo'n kerkelijk inquisiteur zijn *Duo Somnia*, dichtwerk van godendeemstering en menselijke herrijzenis, in handen zou krijgen. Die kans was klein. Niemand anders dan hij kende het werk. En geen mens wist van zijn vrijdenkerij. Ook was het slechts enkelen bekend dat hij de schrijver was van het veel onschuldiger dierenepos *Van den Vos Reynaerde*. Willem liep nooit met zijn denkbeelden te koop, wel wetend hoe lang de tentakels van de kerk konden zijn. Dat gedrag van hem kwam vooral voort uit berekening, om een vergeefse krachtmeting te vermijden.

Hoewel hij *Duo Somnia* nooit aan de wereld zou prijsgeven, bleef het dichtwerk hem bezighouden. Regelmatig haalde hij de ingebonden katernen tevoorschijn en dan las hij de tekst van begin tot einde met halfluide stem. Soms stuitte hij op grammaticale fouten. Dan krabde hij de woorden in kwestie van het vel en herstelde de tekst zorgvuldig. Over het eerste deel bleef hij bijzonder tevreden.

Met het tweede deel lag dat heel anders. Daar aangekomen stokte de geprevelde voordracht aan zichzelf en peinsde hij over de onvolmaaktheden die hij in passages van het leerdicht had bespeurd, zonder deze meteen te kunnen verhelpen. Verstoord stopte hij de gevouwen perkamentvellen met de bijna zevenhonderd wijdvallende dichtregels terug in de leren buideltas, die al zijn persoonlijke teksten bevatte. In de kleine kelder van zijn huis had hij een onopvallende bergplaats, achter de houten trap, en daarin bewaarde hij de tas. Een dag of wat later haalde hij de buideltas wederom tevoorschijn om zijn tweeledige dichtwerk voor de zoveelste keer aandachtig te lezen. Meerdere keren bracht hij veranderingen aan in de tekst van deel twee, maar hij was nog steeds niet tevreden. Onderhand kende hij het dichtwerk helemaal uit zijn hoofd.

2

Hoe waarachtig waren die berichten over ketterse bewegingen in de Vlaamse landstreken? Willem kon zich maar moeilijk voorstellen dat de leerregels van deze zogenaamde katharen of 'reine christenen' weerklank vonden bij grote delen van het gewone volk. Daarvoor waren die regels te warrig en ingewikkeld tegelijk.

In Gent had hij onlangs Gregoire ontmoet, een koopman uit het zuiden die kennis zei te bezitten van de kathaarse religie. De man vertelde te hebben gesproken met enkele *perfecti*, zoals de naam van hun priesters luidde. Ze hadden hem uitgelegd hoe een tweespalt van goed en kwaad het aardse bestaan beheerste. Ware God almachtig geweest, dan had hij het kwaad niet hoeven dulden. Maar de werkelijkheid leerde dat God en Duivel in rivaliteit naast elkaar bestonden. Niet God, maar de Duivel had de wereld naar zijn beeld en natuur geschapen, en dit verklaarde waarom er zo veel leed in het ondermaanse was.

Ook hadden de *perfecti* aan Gregoire uitgelegd dat het menselijk lichaam een duivelse herkomst had. Het lichaam echter was begiftigd met een engelenziel, en die wilde terugkeren naar God.

Toen hij dit allemaal te horen kreeg keek Willem er bedenkelijk bij. Gregoire bemerkte het en herhaalde met verheffing van stem: 'De innerlijke mens is een gevallen engel en hij hoort in een betere en hogere wereld thuis dan deze.' Het was daarom voor iedereen noodzakelijk zich te zuiveren. In het dagelijks leven kon een mens dit nastreven door zich van alle vlees, van zinnelijke verlokkingen en het huwelijk te onthouden. Langs deze lange, smalle weg kon iemand uiteindelijk vervuld raken van de Heilige Geest. Vasten tot de dood erop volgde was de snelste manier om zich met God te herenigen.

'Jezelf bewust doodhongeren,' zei Willem droogjes, 'dat is me nogal wat.'

Gregoire leek daar ook mee te zitten en kon er weinig zinnigs over zeggen. Liever koerste hij met zijn verhaal aan op een goede afloop: het einde der tijden resulteerde in de nederlaag van de Duivel, waarna de hereniging van de gezuiverde christenzielen met God in de hemel plaatsvond. De duivelse aarde zou door vuur worden verteerd.

Gregoire vroeg hem wat hij van deze denkbeelden vond.

'Het is bovenal een leer van wereldverzaking, niet?' informeerde Willem, die al meteen had begrepen dat de ander een bekeerling was.

'Ja,' reageerde Gregoire enthousiast. 'Dat hebt u juist gezien.' En na een korte stilte: 'Nou?'

Willem kon met een enkel woord volstaan: 'Bedroevend.'

Niet veel later zag Willem met eigen ogen hoe in de straten van Gent niet alleen priesters van de moederkerk op straat predikten. Op een pleintje trok opeens een in het zwart geklede kathaarse *perfectus* de aandacht van het passerende volk. Vol begeestering stak hij een verhaal af over ziekte en rot in de heersende kerk, en wat het 'gezuiverde christendom' daar zoal tegenover stelde. Vanwege het gevaar dat zo'n wildprediker door helpers van de schepenen werd gevat, was een *perfectus* steeds omgeven door een handvol met knuppels bewapende lieden. Zo'n ketterpreek duurde niet langer dan een kwartiertje en daarna loste het groepje op in de menigte, om later in een andere straat opnieuw de aandacht van passerende lieden te vangen.

Ook op de turfvelden verschenen de boodschappers van het gezuiverde geloof. Achteraf vernam Willem dat enkele avonden een man, het Diets sprekend met een Waals accent, zich onder het samenhokkende werkvolk in een van de schuren had begeven. Zijn tanige verschijning was die van de typische asceet, die door oefeningen van versterving in een staat van loutering is geraakt en daar aanstekelijk van weet te getuigen. Naar verluidt hadden de turfstekers vooral geboeid geluisterd naar mystieke ervaringen van de *perfectus* die hij zelf als 'hemelreizen' omschreef. Hij had 'in de zevende Hemel' een glimp van God de Vader mogen zien, een voorschouw van zijn aanstaande hereniging met Hem.

3

Ze hadden een zakelijke bespreking gehad, en nu zaten ze samen aan het avondmaal in een kamer waarin het licht van flambouwen door spiegels werd weerkaatst. Willem had na aankomst al direct bemerkt dat zijn gastheer uit zijn doen was, dat zorgen zijn gemoed bezwaarden.

'Toen ik jong was,' begon Geeraert Verspronck, 'en ik aan de zijde van mijn vader kwam in het handelshuis, waaiden er soms berichten over vanuit het zuiden. Daar werd een edele strijd gevoerd tegen de ketterij, en het was zaak daaraan met ruime betalingen bij te dragen. Ach ja. Ik verlangde ernaar die streken zelf te bereizen. Maar onze agenten en handelsrelaties die over de situatie in het gebied rapporten en brieven met de konvooien meestuurden, rieden dit af. Woord voor woord spelde ik de regels van die correspondentie om te zien of er geen mogelijkheden waren om die fameuze oorden toch te bezoeken.' Geeraert Verspronck zweeg enige tijd. 'Vanuit Toulouse en omgeving rapporteerden ze dat het een oorlogsgebied was. Vrijwel dagelijks ondernamen de Franse kruisvaarders plundertochten. Legio waren de verwoestingen. Dorpen werden met de grond gelijk gemaakt. In de stad Béziers weigerde de gewone christelijke bevolking hun kathaarse stadgenoten – een minderheid – uit te leveren aan de Fransen. Die overweldigden daarop de stad en moordden iedereen uit, vrouwen en kinderen inbegrepen. Daarop volgden nog talloze bloedbaden.' Andermaal zweeg Geeraert Verspronck. Hij leek erover na te denken of hij iets wel of niet zou gaan zeggen. Toen vervolgde hij met zachter stem: 'De Franse ridders mochten zo tekeergaan omdat de paus ze op voorhand hun zonden had kwijtgescholden. Welke misdaden ze ook hadden bedreven, ze mochten nooit voor een wereldlijke rechtbank ter verantwoording worden geroepen. Ze konden roven, verkrachten, martelen en moorden zo veel als ze wilden. Stierven ze in de strijd dan werden ze verheven tot martelaren van de ketterjacht.' Weer viel Geeraert stil.

'Alles wat in deze kamer wordt gezegd,' zei Willem na enige tijd, 'blijft natuurlijk onder ons.'

'Mijn geloof staat recht overeind,' hernam Geeraert, 'maar het laat zich niet verenigen met de misdaden die door tirannen van de kerk in naam van datzelfde geloof zijn begaan.'

'Deze ontboezeming verbaast me,' zei Willem. 'En ik maar denken dat je een brave, volgzame zoon van de kerk bent.'

'Dat moet ook zo lijken. Bedenk eens: mijn familie, de lakennijverheid en handel, onze bestuursfuncties. De belangen zijn hoe dan ook te groot,' zei Geeraert. 'De hand van de kerk is almachtig en je krijgt iedereen op je nek wanneer je je ertegen uitspreekt. Toch hebben we de moederkerk ter plaatse kunnen beteugelen, en wel in de rechtspraak. Onze schepenbank heeft de bisschoppelijke rechtbank op het tweede plan gekregen.' Na een korte stilte: 'Tegen jou durf ik wel vrijuit te spreken over mijn verachting voor de hedendaagse kerk, omdat ik weet dat jij het niet anders voelt. Subtiel en indirect liet je dat blijken in je verhaal over die donderse vos.'

'Hoe je erachter bent gekomen weet ik niet,' zei Willem, 'maar je hebt me in meerdere opzichten ontmaskerd en ik mag hopen dat dit gesprek in alles onder ons blijft.'

Geeraert knikte en zei: 'Laten we het nog even hebben over Occitanië.'

Willem was er zelf eerder op weg naartoe geweest, maar er nooit aangekomen.

'Er is iets merkwaardigs in die zuidelijke streken,' vertelde Geeraert. 'Ook veel adel is er vanouds aanhanger van de ketterij. Waarom dat zo is, begrijp ik niet goed.'

'De katharen geloven dat in een mens een engelenziel huist,' zei Willem. 'Daar hoeft een edelman zijn neus niet voor op te halen.' Hij zag ineens Adelina voor zich, getrouwd met een kathaarse aristocraat uit Montpellier, aanvoerder van een regiment dat zich tegen de Franse kruislegers verweerde. En waar was Alberic? Die zou toch geen jeugdige vaandrig in hetzelfde regiment zijn? Het idee alleen al maakte hem een beetje misselijk.

'Wat ik indertijd zo speciaal vond,' zei Geeraert, 'was het vredelievend naast elkaar bestaan van die twee geloofsgroepen, katholieken en katharen, in Toulouse, de Languedoc, eigenlijk in het hele zuiden daar. Heel curieus, een dergelijke tolerantie. Had het mogen voortbestaan, dan waren alle verwoestingen uitgebleven.'

Willem dacht terug aan zijn kortstondige verblijf in het dorpje Sainte-Béatrice, in een enclave te midden van ondoordringbare bossen. Gelovigen van verschillende richtingen konden er goed met elkaar overweg. Het ging alleen mis wanneer een priester zijn kudde opjuinde.

'Die oorlog in het zuiden,' zei Geeraert, 'werd in naam van de paus voor de religie gevoerd. Maar het ging die Fransen om wat anders. Het eigenlijke Franse belang school in de onderwerping van gebieden aan de rand van hun koninkrijk.'

'Mocht dit waar zijn,' zei Willem, 'dan kon het weleens zijn dat die Fransen binnenkort ook deze kant opkomen, profiterend van de ketterij die hier in sommige landstreken flauwtjes de kop opsteekt.'

'Dat is scherp gezien. Luister: toen ik vanochtend met de raden van de stad vergaderde,' vertelde Geeraert, 'bespraken we een brief van de aartsbisschop van Kamerijk. Daarin stond dat de pauselijke Inquisitie in Noord-Frankrijk is neergestreken. En ja hoor, een regiment van de Franse koning begeleidt de reizende scherprechters van de moederkerk.'

'Dan moeten de troepen overal in het graafschap paraat worden gehouden,' zei Willem.

'Ja, dat zal nodig zijn. De vrees bestaat dat ze inderdaad deze kant op zullen komen.' Geeraert Verspronck schonk hun beider wijnglazen vol tot aan de rand. Ze dronken zwijgend.

In de weken daarna kreeg het stadsbestuur een waaier aan berichten over de ketterjacht die de nieuwgevormde pauselijke inquisitie had ondernomen. Het optreden van dit 'spirituele gerecht' scheen radicaal en onverzoenlijk te zijn. Leidende en drijvende kracht hierachter was maître Robert le Petit, Inquisiteur-generaal, die inmiddels een vreeswekkende reputatie had verworven. Een rapporteur van de bisschop Walbert meldde in zijn verslag dat maître Le Petit vooral genezend werk verrichtte door aan verschillende landstreken 'alle pus en wondsnot van de ketterij te laten ontvloeien'. Inquisiteur Le Petit was trouwens in een eerdere levensfase zelf een ketter geweest, vermeldde het verslag terloops. Dit gegeven was allerminst bezwaarlijk: 'Want daarom doorziet hij de listen waar aanhangers van duivelse sekten zich van bedienen en weet hij degenen die ontrouw aan God zijn feilloos te ontmaskeren.'

De rondneuzende scherprechters, zo berichtten andere rapporteurs aan het Gentse stadsbestuur, hadden al snel een ketterse beweging opgespoord die in Dowaai, Kamerijk en Atrecht actief was. Overal verrichtte men arrestaties waarna scherpe verhoren volgden die meestal snel tot doodvonnissen en openbare executies leidden. De brandstapels laaiden op in Dowaai voor een groep ketters die zich samen dermate schor schreeuwden in de vlammen dat toeschouwers van de hogere clerus zich nadien over oorsuizingen beklaagden. Te Kamerijk walmden de geuren van geroosterd vlees toen men vier edelen in de vlammen ombracht. Robert le Petit stortte zich persoonlijk op het onderzoek naar meer getrouwen van deze Kamerijkse sekte. Het resulteerde in de veroordeling tot de brandstapel van ruim twintig ketters, onder wie enkele vrouwen en zelfs drie schepenen.

De inquisiteur bezocht Dowaai opnieuw en liet er nogmaals een aanzienlijke groep ketters arresteren. Ook hier mocht het vuur van de brandstapel hoog oplaaien. Toen alle hout en vlees tot as waren verteerd, trok de kermis des doods van pauselijke scherprechters verder, met in hun spoor steeds nieuw oplaaiende kettervuren die een dikke walm over de landerijen deed neerdalen.

Verschillende bisschoppen werden uitgenodigd om het purgerende vuur te komen aanschouwen. Soldaten van de Franse koning handhaafden intussen de orde en moesten zich elke keer in het zweet werken om opstandig volk op afstand te houden. Te Dowaai was tijdens de grootschalige verbranding van wel dertig ongelukkigen, mannen en vrouwen, tussen de bisschoppen op de eerste rij ineens ook gravin Johanna, landsvrouw van Vlaanderen, verschenen om met eigen ogen te zien hoe verdorvenen tot pulver brandden, om zich er, al dan niet geveinsd, ook nog eens verheugd over te tonen.

Dit dociele gebaar van de gravin jegens Rome en Frankrijk was zeer slecht gevallen bij het Gentse stadsbestuur. Onder de stedelijke bestuurders bestond een zekere waardering voor het gematigde, binnenlandse beleid van hun landsvrouw. Tijdens de gevangenschap van haar man Ferrand in Frankrijk, en na zijn dood, had zij het grafelijk bestuur zelf uitgeoefend, zonder zich te laten ringeloren door allerlei feodale avonturiers van binnen of buiten het graafschap. Ze liet ook de steden hun gang gaan, zolang die haar paaiden met schenkingen in zilver.

Maar haar heilige ontzag voor het pausdom en de Franse koning scheen wars van elke zin voor de werkelijkheid. Dat de Franse koning haar de laatste tijd niet tot nieuwe concessies had gedwongen kwam voort uit zijn beduchtheid voor de Vlaamse steden, die bij het minste vermoeden van onraad te hoop liepen en de middelen bezaten om grote legers uit te rusten.

Willem hoorde van al deze mensenoffers omwille van de religieuze zuiverheid toen hij een kleine maand later weer aan de dis met Geeraert Verspronck plaatsnam, ter voltooiing van hun besprekingen over de domeinen in het Land van Waes. Op grond van de berichten die men had verzameld schatte het Gentse stadsbestuur het aantal slachtoffers van de brandstapel van tachtig tot over de honderd personen. Daar zaten veel onschuldigen tussen.

Geeraert Verspronck zei: 'De mensenjacht gaat allesbehalve secuur. Er is niet veel nodig om in staat van beschuldiging te worden gesteld. En dit lot treft ook gewone, brave mensen. Zo werd een alom bekende, zeer geliefde en godvruchtige vrouw met de naam Aleidis gevangengenomen en gemarteld. Zij was zo dapper zich ondanks alle pijnen geen valse bekentenissen te laten ontlokken. Maar die vuige Robert le Petit oordeelde dat hij zeker was van haar ketterse inborst en dat zij moest branden. Ook andere godvruchtige vrouwen die met haar in verbinding stonden, liet hij arresteren en ondervragen. Drie van hen die een even sterk godsvertrouwen aan de dag legden als hun leermeesteres eindigden eveneens op de brandstapel. Een vierde was minder goed bestand tegen pijniging en angstaanjagende bedreigingen. Robert le Petit liet haar van alles bekennen, vooral aantijgingen die de andere terechtgestelde vrouwen in een duivels licht plaatsten, zodat zijn furieuze optreden tegen hen daarmee ook kon worden gerechtvaardigd. Zowel Robert als zijn helpers zijn alle afkomstig van de nog jonge orde der Dominicanen.'

'Domini canes,' zei Willem, 'de honden des Heeren. De naam is een voorteken.'

'En die jagen dus niet alleen op ketters, maar ook op zogeheten godvruchtige vrouwen, ook wel als begijnen aangeduid. De kerk kijkt al langer met scheef oog naar die vrouwelijke genootschappen. Velen onder hen hebben hun man verlaten – jou hoef ik niks te vertellen – om zich aan de verering van God te wijden. Maar ze treden niet toe tot een geestelijke orde. Ze hebben geen abdis of ander kerkelijk gezag boven zich. De begijnen streven naar mystieke ervaringen, vaak op hartstochtelijke wijze. Ze kennen de bovenzinnelijke begeerte en het genieten, en jagen het ook na. Daarvan getuigen ze soms in straatpreken of in brieven die ze per exemplaar verkopen. Ook veroordelen ze geestelijken vanwege hun liederlijke levenswijze. De kerk is over al die vrijmoedigheid van begijnen zeer verbolgen.' Geeraert Verspronck hield even in. 'En nu wordt er van meerdere kanten gefluisterd dat het vaak priesters zijn die de begijnen bij de inquisiteurs zwartmaken en hen tussen neus en lippen beschuldigen van sympathie voor de ketters. En dat klinkt des te geloofwaardiger omdat de katharen ook heilige vrouwen hebben die de wereldlijke liefde uitbannen en met elkaar in een huis wonen om nader tot God te komen.'

Die laatste verwikkeling had Willem niet zien aankomen. Liep Wijchje ook gevaar?

'Niet onmogelijk dat wanneer de inquisitie eenmaal meer noordwaarts door dit graafschap reist, en overal een walm van verkoold vlees verspreidt, de begijnen tot ketterse prooidieren worden.' Geeraert zag Willem aan. 'Weet je ook waar Wijchje is?'

'Ik weet het niet zeker. Vermoedelijk leeft ze ergens in Antwerpen.'

'Daar heb ik goede connecties in het stadsbestuur. Weldenkende, vrije poorters. Die zouden haar, en eventuele zusters van haar, vrijwillig of niet, tijdelijk kunnen opbergen, mocht de inquisitie er met grafelijk consent actief worden.'

'De gravin zal haar gebied toch niet gewoon uitleveren aan deze scherprechters?' vroeg Willem vol ongeloof.

'O jawel, daar twijfelt niemand aan.' Geeraert snoof manhaftig. 'Maar dat wil niet zeggen dat ze zomaar overal toegang krijgen. Wij in Gent zullen er alles aan doen om ze buiten onze stadspoorten te houden.'

Willem had het diezelfde avond zo geregeld dat de weduwe Aleida later op de avond in zijn kamer in de herberg De Kleine Foreest verscheen. Ze trof hem daar tegen middernacht aan in de kaarsverlichte kamer, liggend op bed. Hij was somber – verdoofd, leek het bijna. Hem opmonteren scheen eerst te lukken, maar weldra zakte hij weer in. Ze had uitgezien naar sprankelende conversatie met hem, vol zinnelijke plaagstootjes, – hij kon op hoofse wijze alleraardigst over de schreef gaan – maar daar kwam niets van, hij leek door een doodsbericht getroffen. Wel had hij goede wijn laten brengen, heel goede wijn, en dat was tenminste iets. Op haar vragen wat hem scheelde antwoordde hij met vaagheden.

Bijna moegestreden zei ze na een uur tegen hem: 'Zeg Willem, zowel je persoon als edele delen zijn van elke bezieling verstoken vanavond. Ik had naar ons wederzien toegeleefd en kwam hier met rode wangen binnen. Maar jou gezelschap houden begint onderhand een beetje op werken te lijken. En als het er zo voor staat pleeg ik het tarief te verdubbelen.'

'Groot gelijk,' zei Willem. 'Ik vraag pardon voor deze onverhoedse instorting.' Hierop kwam hij overeind en vermande zich.

De weduwe Aleida begreep er nog steeds weinig van. 'Ik had gedacht dat je het epische gedicht over die wolfsmonnik had meegenomen.'

‘Dat heb ik bij me. Als je me morgen overdag wilt helpen, dan nemen we het eerste deel door.’

‘Laten we dat doen,’ zei ze.

Ze dronken wijn en lagen op bed als geheime geliefden die hemel en aarde bewegen om eens in de maand een ontmoeting te regelen, maar die bij het weerzien eerst weer even aan elkaar moeten wennen. Eenmaal in zijn armen gaf de weduwe zich helemaal aan hem over en sliep al spoedig als een roos. Hij lag na te denken over de zoektocht om Wijchje te achterhalen.

In de nachthemel boven de stad begon het fel te weerlichten, al liet de donder zich niet één keer horen.

4

Kort na hun aankomst in het Land van Waes was Willem enkele keren met Wijchje naar Antwerpen geweest om inkopen te doen. Dat was onderhand jaren geleden. Nadat ze bij hem was weggegaan had hij deze havenplaats aan de Schelde gemeden. Hij zag ertegen op haar tegen te komen in een door motten aangevreten habijt, verkerend in een jubelstemming waarin zij nog nahijgde van verrukkingen die bovenmaanse minne haar had gegeven, of anders in een jammerstaat vanwege het gemis en de onbereikbaarheid ervan.

Nu ging hij, zijn paard telkens aanvurend, toch weer naar Antwerpen toe, om haar op te sporen en te waarschuwen voor een roedel Dominicaanse bloedhonden die dankzij een bundel vrijbrieven van Zijne Heiligheid uit Rome iedereen mochten verscheuren die hun niet aanstond.

Na aankomst in Antwerpen liep hij eerst verdwaasd langs kaden met aangemeerde koggen en knarren en langs waterboezems waar handelswaar met pramen en vlotten aan land werd gebracht. Pas langzaam ontdekte hij dat de voornaamste buurten en stadskern verder landinwaarts lagen. Er stond hem weinig anders te doen dan deze buurten langzaam te doorkruisen op zijn paard en her en der te vragen naar het bestaan van huizen waar begijnen samenleefden. Die eerste dag kreeg hij van het straatvolk voornamelijk schimpscheuten naar zich toe geslingerd over godgeile begijnen die 's nachts in donkere straten kerels naar zich toe lokten. Iets netter volk dat hij aansprak kon hem ook niet helpen. Wel vond hij bij invallend duister een goede herberg waarvan de eigenaar zich als een kenner van de stad opwierp en hem twee huizen wees waar de door hem gezochte begijn met de naam Wijchje mogelijk zou kunnen verblijven.

En zo ging hij de volgende dag te voet op weg. Het eerste huis vond hij in een armlastige buurt waar sjouwers en zeevarend volk, meestal tijdelijk, in kotten zonder erven leefden. In de straten waren overal bierstallen, wist hij van de herbergier, waarvan de klanten diep in de nacht lallend uitzwermden en nogal eens voor het bewuste begijnenhuis samenrotten in de veronderstelling dat het een hoerentent was.

Willem deed het huis aan op een dag van de week dat de begijnen in zwijgplicht leefden. Gelukkig was er een oud mensje dat zich fluisterend met hem wilde verstaan en toezegde de moederbegijn te zullen verwittigen.

Moederbegijn? dacht hij. Het woord deed hem denken aan moederbij, in dit geval een van een zwerm die op hemelse honing aasde.

De moederbegijn verscheen en stond hem gewoon te woord. Ze wandelde met hem mee naar een onverhard pleintje waar een man in vodden met een schep bezig was tientallen paardenvijgen op een hoop te gooien. Ze knikte hem vriendelijk toe en zei terloops tegen Willem: 'Hij is arm van geest, maar zijn ziel is groot. Hij brengt de mest naar onze moestuin.' Ene Wijchje, vertelde zij Willem, had nooit onder hun dak geleefd, maar wel was er iemand jaren geleden komen aanlopen die zich Hadewijch noemde. Uit haar beschrijving maakte Willem op dat het om zijn gewezen echtgenote moest gaan.

'Maar ze is na amper een paar maanden alweer vertrokken,' vertelde de moederbegijn. 'Ze vertrok naar verderop, naar het huis in het Reeënhout, dat ze toen blijkbaar had ontdekt. Ondanks alles was ze toch een madammeke en liet ons achter tussen het janhagel.'

Het begijnenhuis in het groen viel makkelijk te vinden. Ook hier kreeg Willem belet bij de moederbegijn, die hem naar een tuin meenam en op een bankje liet zitten. Zelf bleef ze staan in haar niet verschoten, zwarte habijt, terwijl ze, al luisterend naar hem, haar gevouwen handen op de borst hield.

Hij zag dat ze hem wantrouwde, ook al verzekerde hij haar dat hij niet was gekomen om de gezochte vrouw naar huis terug te halen. Waarom hij haar wel wilde spreken, liet hij in het midden.

'Veel onrust kenmerkte haar,' oordeelde de moederbegijn. 'Ze is al een tijd geleden vertrokken, niet helemaal zonder onmin. Waarheen ze ging? Ik meen dat ze zich in een kluis onder de rook bij Luik wilde vestigen. Iemand zou haar daartoe hebben uitgenodigd.'

Uit de toon van de vrouw maakte Willem op dat ze dit verhaal verzon. Had Wijchje haar daartoe opdracht gegeven, ingeval hij haar te na zou komen?

'Heus, ze is weg hier,' herhaalde de vrouw nadat ze Willems blik had gekruist.

'Ik stel me zo voor,' veranderde Willem het gesprek, 'dat ook in een fraaie buurt als deze de manna niet iedere week uit de hemel valt. Het zal weleens moeilijk zijn de kost voor iedereen op tafel te krijgen. Je kunt niet blijven vasten.' Hij pakte zijn beurs en opende deze. Er lagen voornamelijk zilveren schellingen en dito marken in. Hij telde tien schellingen uit en hielde ze in zijn gesloten hand. Toen zei hij: 'Ik moet haar spreken en daarna laat ik haar met rust, waar ze ook verblijft.'

De moederbegijn sprak, terwijl ze haar hand ophield: 'Probeer het dan maar eens in Brugge.'

Hij ging niet rechtstreeks naar Brugge. Eerst ging hij terug naar Moerloo en naar het landgoed vanwege velerlei lopende werkzaamheden, hoewel hij die al eerder had gedelegeerd. Hij moest naar Brugge, als hij Wijchje wilde vinden, maar hij talmde. Om het gevaar daar herkend te worden zo klein mogelijk te maken koos hij ervoor in een soort van ridderlijke verschijning naar het stadje te gaan. Een paar jaar geleden had hij een tweedehands kuras aangeschaft, een lichte helm, enkele zwaarden, een beschermend dekkleed met manhaftige emblemen voor zijn paard, toenmaals voor het geval er opstand of oorlog in het graafschap zou uitbreken en hij bij de verdediging zou moeten meevechten. In die uitdossing ging hij op weg naar Brugge. Maar zonder het zelf te bemerken maakte hij een omweg in een zuidwestelijke kromming, zodat ineens de geestgronden van de abdij Sint-Odulfus voor hem opdoemden. Bij zijn voorzichtige nadering zag hij reeds hoezeer het hele complex van gebouwen in verval was geraakt. Blijkbaar had het in de voorbije jaren herhaaldelijk hevig gestormd en waren delen van de dakbedekking beschadigd zonder dat er herstel op was gevolgd. Hij zag hoe rond het domein de tuinen uit zijn jeugdjaren in verwilderde staat verkeerden. Toch meende hij stemmen te horen achter de ommuring. Hij reed naderbij, richting de openstaande toegangspoort. Een groepje lieden liep juist naar buiten, in speciale lang vallende gewaden van een verschoten rode kleur. Toen ze hem zagen pakte een van hen een ratel en liet hem scherp klinken. De anderen deden hetzelfde. Geratel vermengde zich met wild geschreeuw.

Hij deed zijn paard omdraaien en reed weg van de plek. Het klooster bestond blijkbaar niet meer, het was een leprozenkolonie geworden. Dat leek hem een goede bestemming. Alsnog werd hij besprongen door herinneringen aan de jaren die hij er had doorgebracht. Hij dacht aan Arnulf, het scriptorium en de bibliotheek met de antieke geschriften. Dat had hij nooit willen missen, net als het werk in de tuinen en bossen. Andere ervaringen uit die dagen begonnen als vanzelf te schrijnen. Hij dacht aan de twaalf aposteltjes, waar hij er een van was geweest: een hele generatie die door de robuuste monnik Elmus was geïntimideerd en verkracht. Hij dacht aan Glinus die hem herhaaldelijk, naar hij nu meende uit louter lust en genoegen, met een zweep had geslagen. Hij dacht aan de spirituelen, een zootje ijdele parasieten dat zich het liefst op hun rug liggend, de ogen toe, met God verstond. Hij dacht aan de abt Adalbertus, de meest doortrapte hypocriet die hij kende. Sint-Odulfus was toen ook al een oord waar een lepra van geest en ziel de meerderheid van de populatie had besmet. Na deze bevinding begon hij speeksel en groene rochels door de lucht te spuwen.

Hij trok door het brakke land dat blijkbaar al een tijd niet was overstroomd. Op de grillige geestgronden groeide nu overal struikgewas en her en der graasden schaapskudden op weiden van taaie grassen en planten waarvan hij zich herinnerde dat ze ziltzoet of kruidig smaakten. In de verte doemde Brugge voor hem op. Hij zag dat de buurten buiten de stadsmuur, waarin het werkvolk voor de lakennijverheid en andere textiel leefde, flink waren uitgedijd. Stapvoets ging hij door enkele van de straten waar veel bedrijvigheid was op de erven. De grondstof werd geprepareerd voor de productie, een walm van wolvet maakte de lucht er dikker. Daarna ging hij de stad in door een kleine poort, om niet te veel op te vallen.

Hij liet zijn paard kalm langs de kabbelende reien lopen. Er was nogal wat volk op straat, er reden veel karren rond, door ezels of ketten voortgetrokken. Op een bedekte manier was hij op zijn hoede, voor het geval hij een oude bekende zou tegenkomen. Eigenlijk had hij geen echt plan, en zich door de stad bewegende dacht hij niet zozeer aan Wijchje maar vooral aan mater Matthea, de vrouw die zich ooit over hem ontfermde toen hij een door angsten geplaagde kleuter was. Het was zeer waarschijnlijk dat ze ergens in de voorbije jaren was gestorven, op haar doodsbed de laatste hoop uitzwetend dat de vloek die over haar verwanten was neergedaald, dankzij haar goede werken eindelijk zou zijn verbleekt. Aan haar denkend en in zijn geheugen haar nabijheid zoekend was hij als vanzelf naar het gasthuis van Sint-Jan gereden, omdat hij haar daar vroeger, op bezoek in de stad ter afhandeling van zaken voor de abdij, altijd had aangetroffen.

Zo stond hij daar op enige afstand van de hoofdingang weifelend naast zijn paard toen een oude non naar buiten kwam en zijn kant op liep. Hij sprak haar aan, in het Frans, en zij antwoordde hem in dezelfde taal. Hij vroeg haar naar mater Matthea, en wilde eigenlijk vragen waar haar graf zich bevond, maar de non liet weten dat mater Matthea in goede gezondheid verkeerde en dat zij in het verste paviljoen een kamer bewoonde. Zware, lichamelijke arbeid kon zij niet langer verrichten. Wel verzorgde ze nog onderricht aan jonge nonnen die in het gasthuis kwamen werken. En als ervaren en wijze vrouw gaf ze iedereen die erom vroeg, artsen incluis, goede raad in hun omgang met zieken en stervenden.

'Ik ben haar neef Theobald en kom van ver,' zei Willem tegen de non, 'en ik zou haar graag willen spreken. Zou ze mij kunnen ontvangen, denkt u?'

'Dat denk ik wel,' zei de non die helemaal opleefde. 'Ik breng u wel even naar haar toe, het bezoek van een familielid zal haar vast een genoegen zijn. U kunt uw paard daar verderop stallen. Ik wacht hier bij de ingang, dan lopen we er samen heen.'

Na zijn paard te hebben ondergebracht liep hij achter de oude non aan door de halfduistere, bedompte gangen van het gasthuis. Zijn verschijning trok veel bekijks bij de jonge nonnen op de gang, die hem vrijwel allen met een zedig knikje en een kniebuiging begroetten. Alsof hij hoog bezoek was. De schemergestalte van een oudere monnik, die een houten blad met waterkruiken voor zich uit droeg, kwam hem ergens bekend voor, en toen hij hem passeerde en hun blikken zich kruisten, werd het hem even koud op het lijf.

Ze betraden een domein met medicinale tuinen. Daarachter stonden verschillende paviljoens. De oude non wees naar de verste en zei: ‘De deur waarnaast een beeldje van de heilige Goedele staat, leidt naar de kamer van mater Matthea.’

Het was met schroom dat hij zich naar het woonvertrek van deze vrouw begaf. Zou ze ooit geloofd hebben dat hij in staat was een ander mens met de zweep te villen? Diep in zijn hart had hij steeds gedacht van niet, maar nu hij op het punt stond haar weer onder ogen te komen, was hij nergens zeker meer van. Hij stond voor haar deur en klopte na enige weifeling. Een jonge non deed open.

‘Zeg alsjeblieft tegen mater Matthea dat haar neef Theobald, komend van ver, haar wenst te spreken.’

Het nonnetje liep naar binnen, keerde weer en sprak met een glimlach: ‘De mater is verheugd dat haar geliefde neef eindelijk tijd heeft gevonden haar te bezoeken. Komt u verder.’

Daar zat ze, kaarsrecht op een stoel in haar kamer waarin ook haar sponde stond. Ze stond op, zei tegen de jonge non: ‘Laat ons maar alleen, Alicia, ga maar helpen in het gasthuis.’

Ze leek kleiner te zijn geworden, maar onveranderd was de warmte die om haar heen was. Ze droeg een eenvoudig habijt van witte en grijze wol. Haar ogen waren zoekende, haar glimlach week niet toen ze zei: ‘Theobald, komend van ver. Tsss. Ach jongen, daar ben je dan.’

‘Moeder,’ begon hij, ‘ik ben terug om u te zeggen dat alle beschuldigingen tegen mij berusten op een bedrieglijke intrige. Ik wil me graag nader verklaren.’

‘Mijn blik is vertroebeld,’ zei ze. ‘Toch wist ik meteen... En je stem. Ik geloof je als je zegt dat je nooit de hand aan Elmus sloeg.’ Ze bekruiste zich. ‘Maar als je het wilt vertellen. Wees kort van stof, het is beter hier niet lang te blijven.’

Hij begon over de nacht van zijn vlucht uit het klooster. Nadien zei ze: 'Al meteen gonsde het in de stad van de geruchten dat andere jonge monniken dan jij Elmus die nacht hebben doodgeranseld. De reden is jou en mij bekend. Het was makkelijk om jou tot zondebok te maken en Elmus tot een heilige. Adalbertus dacht zo zijn klooster te redden.'

'Mmm, dat is toch niet gelukt,' zei Willem. 'Het krioelt er nu van de leprozen.'

'Onze gravin Johanna schonk het klooster aan het bisdom, een half jaar na jouw vertrek. De bisschop zag echter geen toekomst voor Sint-Odulfus, en heeft de abdij vrijwel meteen opgeheven. Sommige monniken bleven hier in Brugge, een aantal verdween naar Gent. Van anderen weet ik het niet.' Ze stokte even. 'En toen dat was gebeurd kwam al snel die zaligverklaring van Elmus. Alsof dat niet genoeg was verklaarden ze hem daarbovenop ook nog eens heilig. Maar als die lui uit Rome hier gedegen onderzoek hadden gedaan, was het zo ver niet gekomen.' De mater probeerde haar rillingen te bedwingen.

'Ben blij te horen,' zei Willem, 'dat er al vanaf het begin twijfel was over de toedracht van de moord op Elmus.'

'De kerk beschouwt jou als de dader, en de kerk heeft hier het laatste woord. Ik ben verheugd dat je leeft en dat ik even je stem mag horen. Ik zou uren met je willen praten, maar het is beter dat je nu weer snel vertrekt, voordat...'

'Ik ben op zoek naar mijn echtgenote Wijchje. Ze is een begijn geworden, enkele jaren terug. Ze zou in deze stad wonen.'

'Ik ken alle begijnen die in deze stad verblijven. Ze hebben les van me gehad over hoe met zieken om te gaan, hoe wonden te verzorgen. Met zulk werk verdienen ze penningen voor hun schrale bestaan. Maar ene Wijchje is niet onder hen.'

'Was er misschien een die de naam Hadewijch droeg?' vroeg Willem.

'Nee,' zei de mater. 'Maar die naam...'

Dus in Brugge hoef ik niet verder te zoeken,' zei Willem. 'Dan kan ik het beste nu vertrekken.' Hij trad op haar toe, kuste haar op het voorhoofd.

Haar hand streek zachtjes over zijn wang, vond het grote litteken. 'Was het voor een goede zaak, jongen?'

Hij knikte.

Even dacht ze na en zei toen: 'Nu weet ik het: onder de begijnen circuleren stichtelijke brieven en gedichten van ene Hadewijch. Dat moet haar dan zijn.'

'Dat kan niet anders, nee.'

'Ze komt uit Gent of verblijft er in ieder geval.'

'Is ze in Gent?' riep hij uit. 'Maar dat is mijn stad!'

Willem haastte zich terug, van het paviljoen, over de tuinpaden, door de halfduistere en bedompte gangen van het gasthuis. Daar was ineens weer die schemergestalte van de oude monnik, als een geest door de gangen sluipend. Hij weifelde maar liep toch door, om het akelige sujet te passeren. En toen herkende hij ineens de figuur van Glinus, zijn beul uit Sint-Odulfus, zo kaal geworden dat hij geen tonsuur meer kon dragen, diens hele kop verschrompeld, en in zijn verschijning een nog even grote naarling als in vroeger dagen. Het was Glinus, hij wist het zeker. Nog veel erger was dat Glinus ook hem had herkend, te oordelen naar de priemende blik die in zijn rattenoogjes gloeide. Willem haastte zich langs de oude monnik en beende naar de uitgang. Maar hoewel hij niet omkeek voelde hij dat de ander hem achterna kwam, zo snel als diens spillebenen hem konden dragen. Hij bereikte de uitgang, betrad de straat die hier geplaveid was en liep naar de paardenstal waar zijn rijdier was opgeborgen. Halverwege hoorde hij gehijg achter zich, Glinus was hem zelfs tot op geringe afstand genaderd, en onderwijl murmelde de oude bezwerende strofen, waarschijnlijk uit een psalm, om zich tegen demonen beschermd te weten. Willem bleef staan, verbluft, draaide zich om en zag hoe zijn achtervolger, ineens schor schreeuwend, zijn armen spreidde, zijn vingers kromde als vogelklauwen, met de bedoeling zijn prooi vast te grijpen en niet meer los te laten. De monnik kwam nog enkele stappen dichterbij en stond op het punt hem te bespringen. Voordat het zo ver kwam haalde Willem uit met links. De vuistslag trof Glinus midden in het gezicht, waarna hij zonder een kik te geven ineenzeeg.

Passanten schrokken op van het voorval. Willem gebaarde hun met zijn armen om naderbij te komen. Een aantal deed dat ook. Willem riep: 'Deze oude broeder in zijn bescheten pij is uit het kot der dwazen ontsnapt. Hij moet weer terug naar het gasthuis. Maar niet zonder hem te knevelen, hij is gevaarlijk.'

Er ontstond een drukte van hulpvaardige omstanders rondom de oude, gevelde gek wiens bebloede tong tussen zijn lippen uitstak. Moesten het er vier of zes zijn, vroegen de lieden zich af, die de oude dwaas terug zouden dragen naar het gasthuis, waar ze hem weer veilig konden kluisteren? Onderwijl glipte Willem ertussenuit en haalde zijn paard op. Even later zat hij in het zadel en reed in draf naar de stadspoort waardoor hij was binnengekomen. Hij voelde zich beter toen hij die poort had genomen en ook de bebouwing buiten de stadsmuur achter zich liet. Hij reed in draf het veld in, nu en dan achteromkijkend of hij niet werd gevolgd. Toen hij zich met zijn paard een mijl van Brugge had verwijderd dacht hij een kerkklok aanhoudend te horen beieren, alsof er een alarm werd gegeven. Hij vuurde het paard aan. Het dier was gewillig, nu het rust, water en haver had gehad. En zo reed hij het eerstvolgende bos in, om niet gezien te worden.

5

Verbolgen om dit geenszins verlangde weerzien, zo voelde Wijchje zich de dag waarop Willem zijn zoekgeraakte echtgenote eindelijk terugvond in Gent. Zij bewoonde er met een groep gelijkgezinde vrouwen een krakkemikkig huis van hout en pleisterklei in een achterafstraat. Hoewel zij uit eigen beweging een half jaar geleden vanuit Antwerpen naar hier was overgekomen om leiding te geven aan een dolend gezelschap vrouwen, voor wie geen plek was in het groot begijnhof Sint-Elisabeth, was de verhuizing haar zwaar gevallen. Wijchje miste het zoetgeurend struweel van de hofjes in de nabijheid van haar Antwerpse woonst met andere vrouwen. Zij kon daar in de stilte van het groen zo genadig brevieren. En ook miste zij de verlaten zolderruimte waar zij urenlang kon minnen in de ziel en waar geen enkel geluid van buiten haar gedachten verstoorde. Het had wel even geduurd eer zij begreep dat zij in dit Gentse huis, even bouwvallig als de hele buurt, tot nieuwe inspanningen en beproevingen werd geroepen om zelf te onthechten van aardse gemakken en bescheiden maar verderfelijke weelde. Daarom was zij, in haar nieuwe positie van moederbegijn in deze gemeenschap, strenger dan ooit voor zichzelf geworden, om zich los te maken van aards, bedrieglijk welbevinden. Zij had na haar aankomst in deze gribus al meteen orde op zaken gesteld om de verslapping en verwereldlijking zonder aarzelen de kop in te drukken. En waar haalden deze zusters het vandaan zo luid en onbekommerd met elkaar te praten? Een eendenkooi waar een vos was binnengedrongen bracht minder gesnater voort.

Op haar derde dag in Gent had ze alle zusters na de vroege gebeden toegesproken: ‘Wanneer de kerkklokken straks het noenuur luiden, wordt er in dit huis gedurende drie weken geen woord meer gesproken. Want wie God werkelijk zoekt, zal zich van loze woorden onthouden.’ Verbluft hadden ze haar aangestaard. Wijchje had hun op het hart gedrukt hoe door zwijgzame dienstbaarheid de Heilige Geest zich in hun zielen zou nestelen. En toen had ze hen helemaal murw gekregen met de woorden: ‘En voor die periode geldt ook: onvoorwaardelijk vasten op oneven dagen, en op even dagen halve kost met water. Wie brood eet, besprenkele het met as.' Daar liet ze het bij.

In de weken daarna ging ze hun voor in zwijgen en ascese. Het deerde haar niet dat een week later al drie vrouwen hun boeltje hadden gepakt. Dat waren geen begijnen, maar vrouwen die aan het echtelijk juk waren ontsnapt. Ze waren niet ontvankelijk voor spirituele groei of mystieke overgave. Zij die overbleven keerden schoorvoetend terug naar het pad van de minne door dagelijks langdurig te bidden, fluisterzacht te psalmodiëren of verzen uit het Hooglied te neuriën. Hun onreinheden verdwenen wanneer ze zichzelf durfden te zwepen en uit te hongeren. Degenen die de wondtekenen van Jezus bij zichzelf hadden aangebracht raakten zelfs door wanen bevangen. Zo waren de vrouwen bezig hun grenzen in pijniging en versterving te verleggen, en Wijchje voorzag dat een aantal van hen het tot ware godsvrucht zou brengen.

De vrouwen wisten zich dankzij haar ook beter te bedruipen. Al eerder schreef zij onder haar geestelijke naam Hadewijch liederen die gericht waren tot andere begijnen. Sinds kort kopieerden enkele zusters zulke liederen en zelfs visioenen een aantal keren op vellen van eenvoudig perkament, en die wisten ze op straat te verkopen. Vooral de liederen trokken de aandacht van poorters die tot welstand waren gekomen, maar een armoede in hun ziel voelden. Juist in haar versregels werden ze een sprank van hoop en verlossing gewaar. Zij verzochten haar om andere liederen en wilden daar graag meer voor betalen dan er aanvankelijk voor gevraagd werd.

Wijchje had die eerste tijd in Gent geleden onder de ongemakken en de warboel. En nu was ze dankbaar voor de goede gaven die hun door een vingerwijzing van hogerhand mochten toevallen. Door dit alles, door deze inspanningen, door de genadegiften, voelde zij zich mild gestemd. In deze vrede van het gemoed schreef ze haar liederen, zonder innerlijk te hoeven worstelen hiervoor. Ze hoorde stemmen, ze luisterde aandachtig en dan werden haar versregels geopenbaard die ze plooide naar zodanige heffingen dat degene die ze las of voorlas een neiging voelde om ze te zingen, de minne te vereren, en de Heer te loven in een melodie die zomaar opklonk.

Bij vlagen ging haar vervoering nog veel verder. Haar sterkste sensaties en gewaarwordingen beleefde zij meestal in het eerste licht van de dageraad na een nacht vol onuitsprekelijk verlangen. Eerst overstroomde haar de minne en van lieverlee werd zij de minne zelve. In die staat van verrukking en uittreding veranderde haar minne in *orewoet*, een razende, overweldigende begeerte, en wanneer zij in die kracht kon meegaan was zij bij machte Hem te naderen, ja soms zelfs met Hem te versmelten, alsof zij hun adem en bloed kortstondig deelden. En altijd weende zij zeer wanneer zij moest scheiden van Hem en terug moest en weer louter zichzelf werd, gevangen in haar eigen geest en ziel, en omgeven door een wrede, barre wereld. Nadien was het een worsteling woorden te vinden voor zulke uitputtende vervoeringen. Zij bleef in contemplaties zoeken naar de meest precieze formuleringen hiervoor, want ze wist dat hogere waarheden zich in visioenen openbaren.

Willem had een stevige zoektocht achter de rug om dit huis van de vrouwen te vinden. Nu stond hij ervoor en overwoog enkele zachte klopjes op de openstaande deur te geven en het dan direct te betreden. Dan was hij maar binnen. Niettemin talmde hij en wierp een blik op twee schrale geiten die voor de gevel aan de roop stonden. In de kleine ruimte die de dieren was gegeven hadden ze werkelijk alles kaalgevreten. De lengte van hun hoorntouwen was te kort om bij het onkruid en de paardenbloemen even verderop te kunnen komen. Willem liep naar deze begroeiing aan de rand van de zandstraat toe en rukte de wildgroei uit de bodem. Met een grote bos in zijn handen keerde hij naar de geiten terug en legde het groen voor ze neer. Uitzinnig vielen de dieren erop aan.

Willem klopte op de openstaande deur en liep het huis binnen. Een vrouw in een vaal habijt zat in een halfduistere hoek van het benedenvertrek achter een tafel te slapen. Haar hoofd hing ietwat naar achteren en bewoog nu en dan met kleine schokjes, waarbij ze steeds bijna de met leem bestreken wand raakte. Pas toen hij haar voorzichtig was genaderd herkende hij haar. Zonder een woord te zeggen, zonder te ademen bijna, staarde hij haar aan. Wijchje was ernstig vermagerd, haar wangen waren strak ingevallen, haar volle lippen waren verlept en haar ooit zo weelderige roodbruine haarbos was verbleekt en uitgedund. Hij zou zweren dat zij twintig jaar ouder was geworden. Toen een zucht aan zijn borst ontsnapte, schoot ze wakker. Eerst keek ze naar hem alsof tegenover haar een droomgestalte was verschenen. Toen vroeg ze, korzelig: ‘Zeg, wat doe jij nu hier?’

‘Ik Wijch... ik kom je waarschuwen.’

Ze sperde haar ogen wijd open.

‘Er is beroering in het land,’ ging hij verder, ‘nu scherprechters van de kerk de jacht op ketters hebben geopend. Ze zijn op weg naar hier, ook naar deze stad en...’

‘Hou je mij nu ook al voor een ketter?’

‘Nee, natuurlijk niet. Maar weet dat ze in Zuid-Vlaanderen al tientallen mensen op de brandstapel hebben gezet. Daaronder waren drie godvruchtige vrouwen, begijnen.’

‘Wat wil je nu eigenlijk zeggen?’

‘Dat jij hier ook gevaar loopt. Al geruime tijd maken de geestelijken stemming tegen jullie. Dat weet ik uit goede bron. Er wordt kwaad over jullie gesproken. En jij bent hier de leidsvrouw, dichtwerk van je doet de ronde door deze stad.’

‘Dus?’

‘Luister nu eens: laatst stond een of andere prelaat schuimbekkend te preken op het plein hier verderop. Een van zijn beweringen luidde dat het niet mogelijk was dat een of ander begijntje – hij gebruikte het verkleinwoord – God zo dicht zou naderen als waarvan zij in een op schrift gesteld visioen getuigde. En, ging hij verder, er kan van enige spirituele vereniging tussen God en zo'n vrouw in haar delirium nooit sprake zijn. Dit na te streven of te pretenderen noemde hij blasfemisch en ketters.'

'Dit is al een belegen kwestie,' reageerde ze, 'we hebben nooit anders gehoord. De priesters zijn altijd afgunstig op de door ons beleefde openbaringen en verschijningen die over ons komen dankzij onze gedurige beproeving en versterving. Wie anders dan zij, roepen de priesters herhaaldelijk, hebben ervoor geleerd zich met God en zijn epifanieën te verstaan? Maar het is eigenlijk heel eenvoudig: de meeste dienaren van de kerk zijn te weldoorvoed om hogere spirituele gewaarwordingen deelachtig te kunnen worden.' Met afkeer hernam ze: 'Wanneer ze ervoor gaan zitten om zich geestelijk te verruimen of verdiepen, komt weldra de slaap der verzadiging over hen. Zo is het, en ze weten het zelf ook.'

'Wijchje, ik onderschrijf je woorden,' reageerde hij, 'maar de feitelijke kwestie is dat je ondanks al je gelijk gevaar loopt. Ze zien je als een bedreiging, omdat vrouwen zoals jij religieus gezag uitstralen. Dat is de reden waarom zulke priesters de inquisiteurs allerlei verdachtmakingen influisteren. Mocht het oog van die laatsten op jou vallen, dan staat je leven op het spel. Het schijnt moeilijk te zijn hun beschuldigingen te weerleggen. En daarom...'

'Wat kunnen wij te duchten hebben wanneer wij alleen maar proberen dichter bij God te leven?'

'Je zegt allemaal redelijke dingen,' zei Willem. 'Maar begrijp alsjeblieft dat je vijand onredelijk is, uit nijd of zelfs met opzet. En daarom is het beter als je je een tijdje elders zou schuilhouden, totdat deze storm weer is overgewaaid. En ik kan je daarbij helpen.'

'Dacht je echt dat ik mijn zusters hier zomaar zou achterlaten? Dacht je soms dat Hij ons niet zou behoeden?'

Willem leek iets te willen zeggen, maar hij viel stil.

Enkele vrouwen waren vanuit het achterhuis op de klanken van het gesprek afgekomen. Ze kwamen het vertrek niet in, en keken vanuit de deuropening naar wat zich afspeelde. Twee andere vrouwen die vanaf de straat het huis betraden voegden zich bij hen. Allen droegen dezelfde habijten, vaal en sleets. Het stoorde Wijchje dat een deel van haar geestelijke dochters getuige was van dit tafereel. Toch wist ze niet echt waarom ze zich zo onbehaaglijk voelde. Willems toon was overwegend vriendelijk en hij leek zich over haar nieuwe leven maar weinig te verbazen. Zij evenwel kon dat gevoel van vervreemding dat haar door zijn nabijheid was overvallen moeilijk maskeren. Door zijn komst en boodschap was haar achterdocht gewekt, alsof hij een voorwendsel had bedacht om haar terug naar huis te halen. En wat haar ook stoorde was die aardse levenskracht in zijn verschijning. Kort na haar vlucht uit Moerloo had zij angstaanjagend van hem gedroomd. Hij was nader tot haar gekomen, zijn mannenlijf gespierd en vol duistere hartstocht, een furie van dierlijkheid uitwasemend. De herinnering aan die droom kon haar nog steeds de adem benemen omdat hij, in het besef dat zijn zinnelijke driften vergeefs waren, haar toen met een paardenzweep had geranseld, schreeuwend dat hij haar wilde bevrijden uit visioenen die niet goddelijk waren, maar haar leven vergiftigden.

Wijchje herademde en poogde haar gedachten te verzetten naar het hier-en-nu. Zij was soms zo gespannen in de ziel dat ze niet onder de mensen kon komen, omdat zij zichzelf niet altijd in bedwang had. Ze was nu dicht bij zo'n toestand van onmacht, van vallende ziekte, waar zij in het voorbije jaar soms door werd bezocht. Ze sloot haar ogen en prevelde een kort gebed. Ze zei, nauwelijks zichzelf meer en met een stem die voortkwam uit een hortende ademhaling: 'Geachte heer, u maakt zich zorgen... om de verkeerde. Laat het hierbij... en keer niet weer. Zolang het de Verlosser behaagt redden wij ons hier.' Meer kon zij niet uitbrengen. Haar bleekheid had plaatsgemaakt voor een gloed die haar gezicht ongelijk kleurde. Ze had ineens niet meer op zijn naam kunnen komen.

Ze moet echt gek zijn geworden, dacht Willem, en ze ziet eruit als een knaagdier aan het einde van een hardnekkige winter. Wat doet ze zich toch aan? Waarom wil ze de vernieling in? Hoofdschuddend liep hij naar de buitendeur. Maar voordat hij naar buiten ging draaide hij zich om en sprak: 'Ik neem aan dat het niet de bedoeling is dat de geiten hier ook aan ascese doen. Verzet ze dan wel op tijd. Het zijn weerloze dieren, je hebt voor ze te zorgen.'

Daarop vertrok hij.

6

Willem was die dag al vroeg te paard naar het landgoed gegaan, het gedeelte van de hoge venen waar de turf werd gewonnen, met de bedoeling in de loop van de middag naar Gent door te rijden om vóór het invallen van de duisternis nog door de stadspoort te kunnen glippen. Samen met rentmeesters en opzichters had hij werkoverleg gevoerd op een tijdstip dat hen niet echt scheen te bekoren. Hij negeerde hun ochtendziekte en zorgde ervoor dat alle lopende zaken en besognes met vaart werden afgehandeld. Zoals zo vaak bij de afgraving van nieuwe percelen was er gedoe over de afwatering die door de aanleg van een te zuinig geulenstelsel te weinig doorzette. Hij eiste maatregelen tot verbetering en stelde enkele opzichters persoonlijk aansprakelijk voor de realisatie hiervan. Van het besprokene, van alle afspraken, maatregelen en verantwoordelijkheden, maakte een klerk intussen aantekeningen op enkele grote vellen perkament, die Willem nadien in zijn leren rijtas wegstopte.

Hij was juist te paard op weg gegaan naar een ander deel van het landgoed om de stand van zaai- en plantgoed te controleren, toen hij in de verte in de velden iemand zag komen aanlopen, of beter gezegd: rennen, die hij herkende als Donaat, de vrijer van zijn dienster Joni. De jongeman zwaaide wild naar hem om zich van zijn aandacht te verzekeren. Willem hield in en wachtte tot de ander hem genaderd was. Hij riep hem toe: 'Hé jongen, waarom heb je geen paard uit de wei genomen als je zo'n haast hebt me te spreken. Wat is er aan de hand?'

Donaat was dermate achter adem dat hij eerst geen woord kon uitbrengen. Toen hij ietwat bijgekomen was zei hij: 'Er is een overval, een inval gaande op uw erf, en in het huis. Ze zijn uit Brugge gekomen, een klein leger van schepenen en hun trawanten, er zijn grafelijke gerechtsdienaars bij, en soldaten. Ze zoeken u, en intussen wordt alles bij u thuis overhoopgehaald.'

Voor iemand die te horen kreeg dat zijn lot bezegeld was, reageerde Willem ijzig kalm. 'Zei je nou dat ze uit Brugge komen?'

'Ja, ze voeren het stadswapen op hun banieren. U weet wel.'

'Weten ze dat ik hier ben? Heb je ze iets verteld?'

'Nee niks, natuurlijk. Ik ben er stiekem vandoor gegaan om u te waarschuwen.'

'Ik dank je daarvoor.' Hij dacht en zei: 'Ga nu terug naar mijn huis en zeg dat je hier op het landgoed bent geweest. Je hebt mij hier niet gezien, maar de rentmeesters hebben je verzekerd dat ik vandaag naar Antwerpen ben vertrokken om problemen rond de opslag van turf op het haventerrein op te lossen. Vertel ze dat maar, graag met een uitgestreken gezicht. Hopelijk gaan ze die kant op.'

Donaat ging door de velden terug naar Moerloo en Willem staarde hem een tijd na. Hij steeg af en liet het paard nog even grazen. Het slechte nieuws was onderhand wel tot hem doorgedrongen. De afstand tussen Brugge en Moerloo bedroeg ruim dertig mijl. Hij had na lang twijfelen aangenomen dat het voldoende was om in Moerloo voorlopig onopgemerkt verder te kunnen leven, als Glinus de dienaren van het gezag over zijn komst naar Brugge had ingelicht. Had hij die oude ellendeling maar doodgeslagen. Blijkbaar hadden de gealarmeerde dienaren de landelijke omgeving stelselmatig afgezocht. Hij besefte nu ook hoe makkelijk het was hem op het spoor te komen. Eerder had hij verondersteld dat het litteken op zijn wang hem na al die jaren onherkenbaar maakte voor mensen die hem als jongen of noviet in Brugge hadden gekend. Maar dat was bij de eerste de beste ontmoeting met een oude kloosterbroeder niet waar gebleken. Vanaf dat moment was het opvallende litteken ineens zijn grootste zwakte geworden. Feitelijk kon hij nergens heen vluchten, want overal zou dat door de moederkerk verspreide signalement hem achtervolgen: grote kerel, ridderlijke gestalte, donker hoofdhaar, grijzende baard en op de rechterwang een fors litteken met meerdere vertakkingen die een grillige paarsachtige tekening in het vlees onder een dunne huid vormen.

Willem besteeg zijn paard en ging meteen in draf op Gent aan. Het stond hem niet helemaal helder voor de geest maar sommige van zijn ideeën boezemden hem een zweem van nieuwe moed in.

De weduwe Aleida zat op haar kamer na te genieten van de brief die een man uit een familie van gegoede poorters, nota bene veel jonger dan zij, haar had laten bezorgen. Dat het allemaal vleierijen waren waarmee hij haar het hof probeerde te maken, stond haar wel aan. Het joch begreep tenminste waar vrouwen gevoelig voor waren. Ze voelde lust om hem terug te schrijven met een brief die hem van zijn stuk zou brengen. Daarover zat ze na te denken toen een harde klop op de deur haar deed opschrikken en Willem, donker en verwilderd, in de deuropening verscheen. Aleida was perplex.

'Ik overval je... pardon daarvoor,' begon hij terwijl zijn blik door de ruimte scheerde om te zien of er geen ander aanwezig was. Hij sloot de deur achter zich en sprak, beduidend zachter: 'Er zijn problemen, een vreemde geschiedenis achtervolgt me. Mijn vraag: kan ik hier tot morgen blijven? Morgen ben ik weer weg.'

Ze knikte, gealarmeerd door de merkwaardige toon die in zijn woorden doorklonk. Alsof alles verloren was. Ze liep op hem toe en omhelsde hem, als bij een gewoon weerzien. Behendig ontdeed ze hem van zijn jas en pakte zijn grote leren rijtas aan. Daarna voerde ze hem naar de alkoof, liet hem op het bed neerzitten en trok zijn laarzen uit. 'Kom, even samen liggen,' gebood ze.

Hij kroop meteen dicht tegen haar aan, zijn lippen zochten haar wang, haar hals.

Met haar koesteringen bedwong ze de rillingen die hem gedurig over het lijf liepen. Zo lagen ze daar geruime tijd. Toen zei ze: 'Vertel. Wie staat jou naar het leven?'

Willem posteerde zich aan haar schrijftafel onder het raam. Eerst zat hij alleen maar na te denken, en daarna begon hij te schrijven. Hij verhaalde over zijn jeugdjaren in de abdij Sint-Odulfus onder de rook van Brugge. In algemene termen beschreef hij het dagelijks leven daar, het geestelijk klimaat, de bestaansstrijd. Hij vertelde over zijn geluk in het scriptorium te mogen werken en les van magister Arnulf te krijgen. Hij schreef over de twaalf aposteltjes, oblaten en wezen, en noemde hun namen een voor een. En daarna voerde hij de monnik Elmus ten tonele. Hij beschreef zijn gedragingen, zijn afstand tot de andere monniken, zijn intimiderend onderricht aan de kinderen, zijn periodieke ascese, zijn terugkeer naar de alledaagse wereld. En hij beschreef de geheime lusten waaronder deze monnik gebukt ging en waarvan de aposteltjes, de jonge jongens in de abdij, een voor een, hijzelf ook, het slachtoffer werden, dikwijls op brute wijze. En hij vertelde ook hoe hij dit van de andere jongens te weten was gekomen. Toen hij in zijn verhaal aan zijn laatste nacht in het klooster toekwam – en uitvoerig beschreef wat er in het duister gebeurde nadat hij Elmus in de val had gelokt, met het doel hem met de zweep te straffen voor zijn gewelddadige ontucht met jonge jongens – piepte het eerste licht van de Gentse dageraad door de luiken en waren de vier kaarsen die hem onder het werk bijlichtten bijna opgebrand. Nog even en hij kon de luiken openen om zijn verklaring bij daglicht te voltooien.

Onderwijl lag Aleida onrustig op haar sponde in de alkoof te slapen.

Het liep tegen een uur of elf toen hij zijn verklaring helemaal af had en alle vellen nog eens rustig nalas. In zijn laatste passages deed hij voorstellen om nog in leven zijnde monniken die eerder tot de apostelties hadden behoord te achterhalen en hen over de monnik Elmus te laten verklaren. Opmerkelijk was zijn verzoek de gewezen apostelties die thans niet zouden durven verklaren, bijvoorbeeld uit angst voor de allerheiligste Elmus, nooit onder druk van pijniging te ondervragen. Wat ze vrijwillig verklaarden, afstand doende van hun zwijgrecht, leek hem het dichtst bij de waarheid te komen.

De hele verklaring van Willem stond in een helder boekschrift genoteerd.

'Je aanwezigheid voelt goed,' zei Aleida tegen hem toen ze zag dat hij was uitgeschreven. 'We hadden het vaker moeten doen.'

Willem was het met haar eens. Het gevoel hoezeer hij haar zou missen was ineens heel dicht bij hem. Hij was er zeker van dat dit hun laatste nacht samen was geweest, in dezelfde ruimte, niet eens samen in bed. Een vervolg was er niet. Ook niet elders. Hij stond op van de schrijftafel en zei, alle somberheid en zenuwen van zich af werpend: 'Een herdersuur met jou, daar zou ik mijn hele koninkrijk voor overhebben.'

Aleida zei: 'Ik heb altijd al gedacht dat je een koningszoon was. Van ergens ver weg.' Ze pakte een rode sjerp en hing hem op de gang aan haar deur, ten teken dat ze niet gestoord wenste te worden. Ze liep naar de alkoof, wenkte hem en zei: 'Als je maar niet te veel haast maakt.'

Hij had best op een later tijdstip kunnen gaan, tot de avond kunnen wachten. Maar het was nog maar vier uur in de middag toen hij voor het laatst de spullen die hij meenam overzag. Dat hij zijn kleine, vlijmscherpe dolk in een foedraal tegen de verwachting in op de bodem van de tas aantrof, stemde hem bijna vrolijk. Hij stopte het mes in de binnenzak van zijn jas. Toen hij haar omhelsde zei ze: 'We hebben de tekst van Izegrim de wolfsmonnik nog maar half doorgenomen. Ik verwacht je over niet al te lange tijd terug.'

Stapvoets reed hij op zijn paard naar het stadshart waar het herenhuis – een imposante residentie maar zonder verschanstorens – van Geeraert Verspronck was gelegen. In de veronderstelling dat Willem, de opperbeheerder van het landgoed, zich voor een zakelijke bespreking meldde, voerde men zijn paard naar de stallen, en werd hij zelf naar de ontvangstkamer gebracht. Verspronck was op dat moment in vergadering op het stadhuis. Willem zei tegen diens secretaris dat zijn komst door onvoorziene omstandigheden was ingegeven. Of hij dit aan zijn meester wilde laten doorgeven, zonder hem overigens tot haast aan te zetten.

Die avond, even na zevenen, keerde Geeraert Verspronck terug naar huis. Hij ontving Willem zoals gewoonlijk in een ruim zijvertrek van zijn bibliotheek, waar hij bij hun eerdere ontmoetingen steeds het avondmaal had laten opdienen. Ook nu gebeurde dat, terwijl Willem over het reilen en zeilen van de hoge en lage venen vertelde.

'Alles heel goed, zo te horen,' merkte Verspronck vriendelijk op. 'Wat is het dat jou onverwachts hier heeft gebracht? Je ziet er niet florissant uit. Ben je ziek?'

'Eet eerst maar even rustig,' zei Willem. 'En dan wil ik je een document laten lezen.'

'En je wilt me nu nog niets over de inhoud ervan vertellen?'

'Nee, het zou je eetlust maar bederven.'

Na de maaltijd viste Willem de samengebonden vellen perkament uit zijn tas en legde deze voor Geeraert Verspronck neer. Zonder nog iets ervan te lezen staarde hij naar het fraaie handschrift.

'Je zult hier niet voor een kleinigheid of simpel privébelang zijn gekomen,' zei Geeraert met een akelig voorgevoel.

'Liever had ik je de eindversie van mijn dichtwerk over de wolfsmonnik Izegrim toegeschoven,' zei Willem.

Onder het lezen van Willems verklaring verschoot Verspronck enkele keren van kleur. Halverwege zijn leesarbeid gekomen, kreeg hij last van droge hoest en begon hij overvloedig te zweten, als bij een aanval van koorts. Niettemin las hij verder zonder een enkele keer het hoofd op te richten en een blik te werpen op Willem die van tafel was gegaan en uitgeteld op een bank in een hoek zat. Hij las het hele document zonder één kik te geven. Daarna stond hij op en liep het vertrek uit. Hij moest moeite doen zijn ademhaling te beteugelen, terwijl hij door de schemerverlichte gangen van zijn residentie dwaalde. Hij vermeed de vleugel met de woonvertrekken omdat hij bang was zijn vrouw of een van zijn dochters tegen te komen. Via een bijkeuken waarin twee dienstertjes in de laatste warmte van het fornuis zaten te slapen, bereikte hij het achtererf waar de wind zijn gezicht verkoelde. Hij probeerde tot zichzelf te komen, maar zijn hoofd was vol van een gruwelijk misdrijf dat ooit een nacht in een kloostertuin was gepleegd. Willem, die deze gebeurtenis, grotendeels naar horen zeggen, in een verklaring had beschreven, beweerde dat deze een andere toedracht had dan jaren geleden werd verkondigd. Hij beweerde dat niet hij degene was geweest die de monnik Elmus had doodgeranseld. Anderen hadden wraak genomen voor wat hun eerder was aangedaan. Verspronck probeerde zich iets van deze jarenlange voorgeschiedenis van aanranding en verkrachting, in een klooster nog wel, voor te stellen. Het was verbijsterend dat de marteldood van juist deze Elmus binnen enkele jaren had geleid tot diens heiligverklaring. Op dit punt van overweging gekomen kreeg de magistraat het helemaal benauwd. Het duizelde hem toen hij deze netelige zaak en alle mogelijke consequenties ervan trachtte te overzien.

Toen hij terugkeerde in het zijvertrek zat Willem op de bank te sluimeren. Geeraert staarde naar de man die hem, prille landheer als hij eerder was, grote diensten had bewezen in de exploitatie van zijn domeinen. En met niet-aflatende toewijding was hij dit blijven doen. Geeraert probeerde beide levensverhalen van deze man met elkaar te verbinden, en dat lukte hem niet.

Nadat Willem met een onpeilbare blik in zijn ogen weer tegenover hem was gaan zitten, zei Geeraert: 'Ik herinner me die geschiedenis met Elmus en wat de kerk ervan vertelde. Er zongen toen ook nog andere verhalen over hem rond, en die geurden beslist minder zoet. Jouw lezing van de gebeurtenissen is wellicht de ware. Of ik je kan helpen? Ik weet het niet.'

'Ik vraag geen gunsten van je. Ik vraag slechts gerechtigheid.'

'Het zou kunnen dat juist dat te veel gevraagd is,' zei Geeraert. 'Als er een proces komt dan moet het hoe dan ook hier in Gent worden gehouden. En dat kunnen we rechtvaardigen, want je bent een poorter van deze stad.'

'Ik weet niet of ik je voor het poorterschap dat je me ooit opdrong eerder uitvoerig heb bedankt,' zei Willem. 'Maar bij dezen dan alsnog.'

'En het proces moet in het grootste geheim gehouden worden,' ging Verspronck onverstoorbaar verder. 'Als we je aan Brugge uitleveren of aan een geestelijke rechtbank van het bisdom dan ben je al dood voordat de eerste zittingsdag begint. Je bent immers jaren geleden door een pauselijke banvloek getroffen. Iedereen mag jou doden, op stel en sprong. En wie dat voor elkaar krijgt mag zich verheugen op kwijtschelding van een zware dracht zonden. Door jou te doden is trouwens het hele probleem opgelost, is de vermeende schuldige verdelgd, hoeft er geen proces gevoerd te worden waarin waarschijnlijk onzalige feiten naar boven komen die het blazoen van een heilige in onze moederkerk besmeuren. Het is natuurlijk ondenkbaar dat je een heilige voor het gerecht kan slepen, zoals het ook ondenkbaar is dat een heiligverklaring wordt herroepen.'

Eigenlijk was Willem verbaasd dat Geeraert Verspronck na lezing van het brisante document niet meer afstand tot hem in acht nam. Geeraert was weliswaar een beetje magistratelijk tegen hem gaan spreken, maar de toon was geenszins kil geworden. Nu hij dit alles over Willems leven te weten was gekomen leek hij niet wezenlijk anders tegenover hem te willen staan.

'Ik ben ook naar je toe gekomen,' zei Willem, 'om je te vragen mijn nalatenschap te regelen, mocht ik sterven. Tenzij natuurlijk mijn hele bezit wordt geconfisqueerd.'

'Er wordt hier nog een en ander bewaard voor je in een van mijn kluizen. Hoe het ook afloopt, dat hoeft niemand anders te weten.'

'Daarover heb ik ook een document opgesteld.' Willem haalde het tevoorschijn en schoof het naar Verspronck toe. 'En mocht dat proces toch niet gevoerd kunnen worden met de waarborg van een behoorlijke rechtsgang, gezien allerlei complicaties, dan kan ik het probleem ook zelf nog oplossen.'

'Wacht daar maar even mee,' zei Geeraert. 'Zo ver zijn we nog niet.'

Er werd licht bier gebracht, uit klare bron gebrouwen. Verspronck begon een uiteenzetting over gerechtelijke procedures in bijzondere gevallen. En dit was er toch wel een. Het was een uitgesponnen betoog waarin de magistraat eigenlijk hardop zat te denken en bij twijfel over bepaalde zaken graag de suggesties van zijn tafelgenoot aanhoorde. Meerdere plannen kregen langzaam contouren. Er waren zaken die hoe dan ook moesten gebeuren: het ging erom zo veel mogelijk monniken van de gewezen abdij Sint-Odulfus te achterhalen. Vooral de voormalige aposteltjes maar ook oudere monniken, voor zover nog in leven.

Vervolgens spraken zij nog over het landgoed en hoe het verder moest in het beheer. Willem had geen tijd gehad hierover een en ander op te stellen. Hij verklaarde dat alsnog te zullen doen, als hij daartoe gelegenheid kreeg. Verspronck zei hem daarvoor binnenkort perkament en schrijfwaren te laten bezorgen.

Het was al flink laat toen Verspronck nog een goede wijn liet brengen. 'Deze kruik drinken we nog leeg,' sprak hij. 'En daarna moet ik je jammer genoeg naar het gevang laten afvoeren.'

7

Willem belandde in een bovengrondse cel, bestemd voor lieden die een vooraanstaande positie bekleedden. De ruimte, voorzien van een kleine tafel en kruk, was een aantal uren van de dag redelijk verlicht. Zo schreef hij, eenmaal van schrijfwaren voorzien, in het daglicht een verhandeling over de stand van zaken in verschillende domeinen op het landgoed van Verspronck. Hij had hoofdstukken geschreven over de verdere exploitatie van de turfnering, de ontsluiting van nieuwe terreinen en de problemen van afwatering. Hij gaf adviezen voor de werving elders van en omgang met de groepen turfstekers die tijdelijk bivakkeerden in de hoge venen. Hij wees enkele opzichters aan die hem zouden kunnen vervangen.

Daarnaast behandelde hij de stand van de dorpslandbouw in de domeinen. Hij weidde uit over de relatie van de landheer tot zijn pachtboeren nu een deel van de pacht in geld werd opgebracht en gaf instructies hoe de rentmeesters moesten handelen in jaren van misgewas. Hij noemde de naam van een rentmeester die in zijn plek zou kunnen treden. Bedachtzaam te werk gaand en alles drie keer overdenkend voordat hij zijn bevindingen noteerde, had hij deze taak tot ruim twee weken kunnen rekken.

Hierna begon de lethargie van de gevangenschap hem zwaar te vallen. Hij zocht naar verstrooiing in de geest en probeerde alle achtenvijftig *douzains* van zijn grote dichtwerk *Duo Somnia* op fluistertoon te reciteren. Hij haperde nogal eens of sloeg versregels over, maar ontdekte dit steeds tijdig. Verschillende keren moest hij hele *douzains* omwisselen omdat de volgorde toch niet klopte, maar na enkele uren van poetische mijmering had hij het hele dichtwerk uit het hoofd aan zichzelf voorgedragen. Hij was doodop en heel tevreden.

Geeraert Verspronck had meer dan genoeg vellen perkament, inkt van goede kwaliteit en pennen laten bezorgen, en na Willems voltooiing van de verhandeling over het landgoed was er nog genoeg schrijfmateriaal over om zich aan eigen werk te kunnen wijden. Het was niet wenselijk, zelfs gevaarlijk, de achtenvijftig douzains uit het hoofd tot een nieuwe tekst te kopiëren, maar wat hij wel kon doen was de inhoud ervan verheimelijken tot een kortschrift, tot een gecomprimeerde versie waarin de woorden van de versregels waren teruggebracht tot afkortingen van soms een of twee letters, of anders tot acroniemen en grafische figuren met een bijzondere betekenis. Alleen hij zou dit geheime document kunnen ontraadselen, kunnen decoderen en het, in andere omstandigheden, eventueel herscheppen tot het oorspronkelijke, volwaardige gedicht. Wanneer dit mystificerende werk eenmaal was voltooid zou hij het manuscript van zijn tweeledige dichtwerk zelfs in het vuur kunnen gooien. Het idee alleen al maakte hem op voorhand misselijk. Zijn dichtwerk was samen met andere manuscripten opgeborgen in een leren buideltas. En die was veilig verstopt in de kelderruimte onder zijn huis.

De vervaardiging van het kortschrift nam hem wekenlang in beslag. Hij had te weinig perkament om meer dan één kladversie te kunnen maken van het kortschrift. Steeds moest hij lang nadenken eer hij zijn afkortingen of geheime codes ook daadwerkelijk opschreef. De tweede versie schreef hij op vellen die hij met behulp van zijn kleine dolkmes had gehalveerd. Het stapeltje kleine, beschreven vellen bewaarde hij in de voering van zijn jas. Vrijwel elke dag viste hij de vellen eruit en las dan zijn tweeledige gedicht aan de hand van het kortschrift.

Toen dat eenmaal gedaan was, wist hij niet goed meer wat hij verder zou schrijven op de nog resterende vellen. Hij zat urenlang bij de open tralies en bracht fluitende geluidjes voort om lijsters en vinken in de struiken op de binnenplaats naar zich toe te lokken. Vooral jonge kauwtjes toonden zich geïnteresseerd in zijn lokzangen. Geeraert had hem een tamelijk formeel bedankbriefje geschreven vanwege diens verhandeling over het landgoed, zonder verder met een woord in te gaan op wat er ten behoeve van een mogelijk proces reeds was ondernomen. Wel kreeg hij een tas met schone kleren aangereikt door een bediende uit het herenhuis die zijn morsige goedje meenam om het te laten reinigen. Het was voor Willem al een voorrecht dat hij niet ergens ondergronds in de stank van medegevangenen hoefde te zitten. Omneveld zijn door eigen onwelriekendheid was echter ook een bezoeking. Het schone goed voelde weldadig aan en geurde als veldbloemen in de voorzomer, temeer daar hij voordien ook nog in de gelegenheid was geweest zich met een emmer water te wassen. In die genadige staat lag het voor de hand dat hij een of ander oorspronkelijk werk aan het perkament ging toevertrouwen. Maar uiteindelijk voerde hij niets uit, raakte slechts verdwaald in herinneringen vol weemoed. Omringd door de schaduwen van vijf vrouwen die in zijn leven waren geweest, zat hij stil te mijmeren en de dagen te verdommelen.

Veel actiever was Geeraert Verspronck, die met elan en overtuigingskracht een rede voor het voltallige stadsbestuur had afgestoken. Hij had daarin zijn eigen stad geëerd als een *communitas* van poorters, een eedgenootschap van vrije individuen, die in het jonge verleden, om zich te vrijwaren van feodale knechting en willekeur, een stedelijk handvest met privilegiën bij de landsheer had kunnen afdwingen. In die overdracht van macht en zeggenschap was het domein van justitie en rechtspraak van cruciaal belang geweest. *De iuris* bezat de stad nog geen volledige onafhankelijkheid in de rechtspraak over haar bewoners. Maar *de facto* had ze deze gedurende de voorbije decennia wel bezeten, dankzij haar rijkdom en macht, voortkomend uit de productie en handel van wollen lakens en kledingstukken. Dat poorters van Gent alleen door andere poorters van Gent konden worden berecht, ook wanneer het om kapitale zaken ging, en niet zomaar aan een andere rechtbank mochten worden uitgeleverd, was een heilig beginsel en groot goed, dat natuurlijk in de toekomst, wanneer het juiste moment daar was, definitief, als het ware gebeiteld in marmer, van de landsheer of -vrouw zou worden afgedwongen.

Op dit punt van zijn rede aangekomen onderbraken de andere stadsbestuurders Geeraert Verspronck, hun voornaamste magistraat, met een enthousiast applaus.

Geeraert begreep dat dit het moment was om de eigenlijke kwestie voor te leggen aan zijn medebestuurders. In korte trekken vertelde hij over de recente arrestatie van een poorter hier in Gent. De aanklacht tegen hem was van vroeger datum: hij zou de monnik Elmus uit het klooster Sint-Odulfus bij Brugge op een nacht met de zweep hebben doodgeranseld. Hij vertelde verder over deze moord die, zoals bekend, tot heiligverklaring van de monnik had geleid. Het was om verschillende redenen echter een heikele strafzaak. Er waren aanwijzingen dat niet de huidige verdachte maar anderen de monnik hadden omgebracht. En achter deze moordzaak ging een historie vol bittere ontucht schuil. Toen Verspronck nader op deze kant van de zaak inging trad ineens verstarring op in de gelederen van de stadsbestuurders.

'En nu, juist in een zaak als deze, komt het erop aan,' sprak Verspronck, 'de ruggen recht te houden en ook deze onzalige zaak zelf te berechten, hoewel de bisschoppelijke rechtbank, zelfs de inquisitie, het grafelijk gerecht, of anders de stad Brugge, deze beklaagde graag uitgeleverd zullen zien. Dat moet echter te allen tijde voorkomen worden. Dat zal leiden tot een oneerlijk proces, ja zelfs tot de wisse dood van de verdachte, nog voor het vonnis zal zijn geveld. Wij kunnen deze poorter niet laten vallen, tenzij we dat met onze principes en eden ook zullen doen. Wij Gentenaren zullen dat proces daarom zelf moeten voeren, en aldus zal het een eerlijk proces worden.' Hier zweeg hij voor korte duur, om zijn woorden te laten indalen. Even later hernam hij: 'Maar we zullen het toch anders dan gewoonlijk moeten aanpakken. Dit proces moet strikt geheim worden gevoerd. Omdat een heilige in mensgedaante in dit proces een voorname rol zal spelen kan bepaalde informatie ook onze moederkerk schade toebrengen. Een bijzondere rechtbank zal dit geheime proces moeten voeren. Hoe dat precies zal gaan zal duidelijk worden uit onze beraadslagingen daarover. Mijn vraag aan jullie luidt: "Staan jullie achter mijn streven ook in deze gecompliceerde zaak Gent als onafhankelijk rechtsgebied te handhaven en profileren?"' Toen niemand zomaar durfde te antwoorden, zei Geeraert: 'Wij schorsen nu en over een half uur hoor ik jullie beslissing.' Geeraert Verspronck wist wel dat het merendeel van de magistraten zich achter hem zou scharen. Zo kon hij ze na de stemming een strikte geheimhouding laten zweren op straffe van een fikse geldboete. Toen een meerderheid zijn voorstel bleek te ondersteunen, ging hij aan de slag om het proces verder voor te bereiden. Hij nam zich voor om nu eerst de confrontatie met mogelijke rivalen in de rechtspraak aan te gaan. Eerst beraadslaagde hij in het geheim met een afvaardiging van schepenen uit Brugge. De Brugse magistraten eisten de uitlevering van de verdachte. Verspronck bracht het handvest van zijn stad in stelling en het statuut dat poorters vrijwaart van uitlevering. Daar leek men weinig van onder de indruk. Toen hij de ontuchtige voorgeschiedenis van de monnik Elmus aanroerde, begon de weerstand echter zichtbaar af te kalven.

Geeraert Verspronck kon aan de reactie van de Bruggelingen zien dat zij heel goed wisten op welke misdragingen hij zinspeelde. 'Jullie weten van die narigheden af,' probeerde hij. 'Maar waarom hebben jullie die indertijd niet onderzocht?'

'Dat werd ons verboden en onmogelijk gemaakt door de abt, ene Adalbertus,' vertelde Jochemsz, de leidende Brugse magistraat. 'Zo staat het in onze *Aantekeningen* van toen. De abt beweerde dat de zaak door het bisschoppelijk gerecht zou worden uitgevlooid en berecht. Maar een proces is er, voor zover ik weet, nooit geweest. Wel kwam er een veroordeling, bij verstek, van de monnik Beda. De paus heeft dit vonnis overgenomen en de banvloek over Beda uitgesproken. Toen die brutale kerel na vele jaren bij ons in Brugge ineens werd gesignaleerd, hebben we op hem gejaagd. We hebben zijn huis gevonden bij Moerloo, in het Land van Waes, en dat hebben we helemaal doorzocht. Maar hijzelf bleef ons uit handen. En nu hebben jullie hem gevangen? Maar hoe wisten jullie van zijn bestaan, en ook dat wij hem zochten?'

'Hij heeft zichzelf bij ons aangegeven.' In het kort vertelde Verspronck het nodige over de man die als kloosterling de naam Beda droeg. En hij vervolgde: 'Wij hebben getuigen van toen nodig die nu nog in Brugge en omgeving verblijven.'

'De bisschop zal deze zaak voor zijn gerecht opeisen,' meende Jochemsz.

'De kans die ze toen kregen hebben ze verprutst,' zei Verspronck. 'Een tweede kans krijgen ze niet.'

'Willen jullie het in zo'n proces *daar* dan ook over hebben?

Ik bedoel: dat dierlijke gehannes met jochies in het donker?'

'Volgens mij is werkelijk alles van die praktijken aan jullie bekend,' zei Verspronck.

Na een kort zwijgen zei Jochemsz: 'Om eerlijk te zijn wel.' Die woorden deden hem kleuren.

Een week later had Verspronck een geheim onderhoud met de bisschop, die zich liet flankeren door twee officialen, de hoogste rechters van zijn bisdom. Er was in de voorbije decennia een slepende rivaliteit geweest tussen de rechtbank van het bisdom en de schepenbank van Gent. De wereldlijke rechtbank van de stad had die van het bisdom in competentie overvleugeld en de laatste welbeschouwd veroordeeld tot het behandelen van lichtere zaken tussen geestelijken onderling, of anders van tuchtstraffen voor lokale priesters en monniken. Dit pleit was al geruime tijd beslecht, maar toch schikte de geestelijkheid zich moeilijk in de status quo.

'Het bisschoppelijk gerecht heeft na de moord op de monnik Elmus, onderhand iets minder dan een kwart eeuw geleden, een vonnis geveld na een onrechtmatige procedure,' maakte Verspronck aan de bisschop duidelijk, nadat hij eerst een uiteenzetting over de huidige stand van zaken had gegeven. 'Er is toen door uw gerecht nagelaten onderzoek te doen naar de achtergronden van dit misdrijf, ondanks vele belastende verhalen over de monnik Elmus, het slachtoffer in kwestie. Dit werd me onlangs duidelijk in mijn onderhoud met rechtsdienaren uit Brugge.'

Het was Walbertus zelf geweest die toen als jonge bisschop deze rechtszaak op zijn manier had laten afhandelen. Hij hoopte dat Verspronck van dit feit niet op de hoogte was. Terwijl hij zich bekruiste, fluisterde de bisschop boven zijn gestapelde onderkinnen uit: 'Ik raad u aan uw woorden zorgvuldig te kiezen wanneer u over een heilige en martelaar van onze moederkerk spreekt. Anders zou u weleens de eerste Vlaming kunnen zijn die in een zoutpilaar verandert.'

'God weet dat mijn missie slechts gerechtigheid behelst,' reageerde de Gentse magistraat. Hij overwoog zich te bekruisen, maar liet het na.

'Waarom zou u deze zaak, waaraan Zijne Heiligheid in Rome indertijd een godvruchtige draai heeft gegeven – de heiligverklaring van een Vlaamse martelaar – tot zegen van de hele bevolking van dit graafschap... waarom zou u deze zaak opnieuw oprakelen?'

'Omdat de haastig veroordeelde man thans als verdachte in een Gentse cel zijn proces afwacht. Voor het eerst kan hij werkelijk berecht worden.'

'Het spreekt vanzelf dat u hem aan ons uitlevert,' oordeelde de bisschop. De officialen ter weerszijden van hem snoven instemmend.

'Wij leveren geen eigen poorters uit,' zei Verspronck. 'Het bisschoppelijk gerecht heeft een kwart eeuw terug zijn kans gehad, maar deze verspeeld.'

'Deze hele zaak is reeds beklonken door de pauselijke banvloek die de monnik Beda indertijd heeft getroffen,' stelde de bisschop. 'Als dat ook al niet genoeg is om hem ter dood te brengen? Elke dag dat u deze terechtstelling uitstelt is een belediging van de pauselijke onfeilbaarheid.'

Verspronck nam een voorschot op de vier gewezen aposteltjes uit Sint-Odulfus, inmiddels monniken op leeftijd, die een paar dagen eerder door zijn helpers in Gent en omgeving waren opgespoord: 'Er zijn sterke aanwijzingen dat onze verdachte niet de moordenaar is van de monnik Elmus.'

'Met dat argument hoeft men een veroordeelde niet te sparen,' was de bisschop van mening. 'God zelf is, indien nodig, heel goed in staat een gerechtelijke dwaling teniet te doen.'

'Wij Gentenaren spreken recht in de ondermaanse wereld,' zei Verspronck. 'Dat is een taak die wij hoe dan ook in Gods naam nooit zullen verkwanselen.'

'Wat denkt u eigenlijk te bereiken,' vroeg de bisschop met een kleur, 'als alle achterklap en drek van zo'n strafzaak weer naar de oppervlakte worden gehaald?'

'Als het nodig is om de waarheid te vinden omwille van de gerechtigheid, dan moet het maar.'

De bisschop dacht na en zei: 'Kunt u begrijpen dat de waarheden van de bovenmaanse wereld soms niet stroken met die van de ondermaanse wereld?'

'Die uitspraak laat ik geheel voor uw rekening. Maar laten we elkaar op één vlak in elk geval proberen te verstaan: wij werken in alle stilte aan een uiterst controversiële zaak – zwijgt u, ongeacht de uitkomst, op uw beurt over dit proces. Want wanneer het gewone volk van deze zaak lucht krijgt, dan kan ik niet voor de gevolgen van hun hartstochten of woede instaan. Ik beloof u: alles wat vanwege het gerechtelijk onderzoek aan zwadder bovenkomt zal ook in stilte weer worden toegedekt. Omwille van de rust en de kerkelijke vrede.'

'Het lijkt of het tot u begint door te dringen,' smaalde de bisschop, 'met welke heikele zaken uw schepenbank zich denkt te moeten inlaten.'

Geeraert Verspronck verkeerde na dit onderhoud in de overtuiging dat hij de bisschop voldoende had geïnformeerd en tegelijk gerustgesteld over de gevolgen van een heropening van het proces over de moord op Elmus. De bisschop en zijn prelaten hadden opnieuw te verstaan gekregen dat ze zich nu eenmaal moesten schikken naar de vierschaar der wereld. Verspronck had echter geen rekening gehouden met een religieuze instantie die zich sinds kort met ruimere volmachten, met tortuur en vuur in de samenleving deed gelden en vooral huiver en ontzetting opriep.

Een kleine week later verzocht bisschop Walbertus om een nieuw onderhoud met Verspronck en zijn staf. Het werd hem toegestaan, en zo kwam het dat op een eenvoudige dinsdagmiddag ineens vijf geestelijken met een escorte van twintig kruisridders op het plein voor het stadhuis verschenen. De bisschop werd geflankeerd door een man die in zijn verschijning zowel prelaat als kruisridder scheen. Hij droeg een zwarte mantel waarvan beide schouders en armen tot de elleboog met kurasdelen van dezelfde kleur waren uitgerust, zoals ook zijn borst met een kuras was bedekt. Daaronder droeg de man een roomblanke toga, waaronder zijn laarzen en wellicht stalen beenstukken schuilgingen. Het was maître Alonso Bizarri, uitvoerend lid van de inquisitie in Frans-Vlaanderen en omstreken, en naar Gent afgevaardigd door maître Robert le Petit, grootinquisiteur in voornoemde landstreken.

Alonso Bizarri wond er geen doekjes om. Hij eiste de onmiddellijke uitlevering van de gebanvloekte Beda aan de hoogste kerkelijke rechtbank, voorzien van een blanco volmacht, door Zijne Godvruchtigheid de paus verstrekt. 'En die uitlevering moet vandaag plaatsvinden.'

Verspronck, die zijn secretaris onderhands had bevolen het stedelijk regiment direct naar het plein voor het stadhuis te ontbieden, legde nog eens rustig uit waarom van uitlevering geen sprake kon zijn. Toen Bizarri in zijn Frans vol Italiaanse glijklanken al te aanmatigend werd, veranderde Geeraert Verspronck van toon.

'Wij, bestuurders van Gent, hebben via onze waarnemers vernomen dat door de zogeheten ketterjacht vele onschuldige mensen door scherprechters zoals u de vuurdood in zijn gedreven, en dat deze wreedheden in naam van onze moederkerk nog steeds aan de orde van de dag zijn.'

'Wij hebben katharen die hun godsonterende dwalingen hebben bekend, op gepaste wijze gestraft,' reageerde Bizarri met opgezette borst.

'Is het juist,' wilde Verspronck weten, 'dat zulke bekentenissen doorgaans met behulp van de tortuur aan de mensen worden ontwrongen?'

'Dat is juist.'

'Wanneer men onderzoek doet met behulp van roodgloeiende tangen is het niet moeilijk om allerlei vermeende ketters voor het voetlicht te halen. Maar de werkelijkheid in het land is een andere: er is onder de bevolking een grote ontevredenheid over de gedragingen en leefwijze van de roomse clerus, hoog en laag, zoals ook zijne excellentie de bisschop weet. Daarom is er een zekere ontvankelijkheid voor de prediking van kathaarse *perfecti*, omdat deze een ingetogen levenswijze praktiseren en de vinger op de zere plekken van de moederkerk leggen. Dit nieuwe geloof zelf vindt echter nauwelijks aftrek, de mensen vinden het veel te onwerelds. Er zijn dan ook nauwelijks mensen die het *consolamentum*, de kathaarse doop, hebben aangenomen of zich op een andere manier trouw betonen aan de ketterij. Vanwaar dan zo'n meedogenloze ketterjacht?'

'Zo'n ontkiemende ketterij,' verweerde Bizarri zich, 'doet denken aan enkele gevallen van lepra die men ongemoeid laat. Voordat je het in de gaten krijgt is een halve landstreek bevlekt geraakt.'

'Ik zou willen oproepen tot terughoudendheid,' sprak Verspronck. 'U kent de parabel uit het Bijbelboek Mattheus. Daarin vertelt Jezus over een landheer die onkruid tussen het graan heeft, maar zijn werkvolk gebiedt dit onkruid niet uit te trekken, omdat daarmee het goede tarwe ook ontworteld kan raken.'

Alonso Bizarri luisterde onbewogen en bleef zwijgen.

Verspronck ging daarop verder: 'Na verbeteringen in onze eigen moederkerk, na het uitzuiveren van allerlei excessen bedreven door priesters, zal alles verbleken wat nu ketters wordt genoemd.' De magistraat verwoordde hier wat het stadsbestuur in grote meerderheid van mening was. Men wilde geen angst en onrust in het land, geen taferelen van mensenjacht die tot desperate opstanden konden leiden. Die van Gent wilden rust en vrede en gemoedelijkheid. In zo'n klimaat floreerden de nijverheid en handel ook het beste.

'U neemt het probleem van de ketterij wel erg licht op,' vond maître Bizarri. 'Het is alsof u een lans wilt breken voor de afvalligen.'

'U denkt mij in mijn eigen domein te kunnen beledigen,'

sprak Verspronck op ijzige toon. ‘Laat mij die weg niet gaan en u van redelijke repliek blijven bedienen: de tortuur is een geniaal instrument in de jacht op vermeende ketters, want die kan zelfs u en ik, eenmaal ermee bedreigd of eraan onderworpen, van alles laten bekennen. Bijvoorbeeld dat ook u kathaar bent of zich anderszins vijandig aan God betoont. Met de waarheid heeft het niets uit te staan. Wij in Gent veroordelen dergelijke brute en nietsontziende praktijken. Ergo: wij zullen onze gevangene Beda nooit uitleveren aan uw rondreizende gerecht. We zullen hem zelf berechten.’

De inquisiteur lispelde op giftige toon: ‘Over dit godslasterlijk handelen van het Gentse stadsbestuur zal de paus uitvoerig geïnformeerd worden. En u zult de gevolgen daarvan ondervinden.’

‘Op onze beurt zullen wij, bestuurders van Gent en andere steden, ons beklag doen bij de paus over de bloedstollende praktijken van een rechtbank die zegt te handelen uit beginselen van geloof, liefde en barmhartigheid. En ik zeg u: de onzen zullen wat ze hebben moeten aanzien nauwgezet in hun verslag optekenen. De jongste berichten zeggen ons dat er onlangs weer bijna honderd lieden voor zogeheten “ongeneeslijke ketterij” zijn veroordeeld. De lichtingen worden groter. Ze zullen tegelijk op de brandstapel sterven. Dat zal me een vreugdevuur worden waar iedere christen zich in kan behagen.’

‘Wij handelen slechts in de geest van de pauselijke instructie,’ zei Bizarri.

‘Misschien strookt uw werkwijze met praktijken in landstreken waar de tirannie floreert, maar wij blijven daarvan liever verschoond.’

In een dergelijke vijandige sfeer ging het zo nog een tijd door, totdat Verspronck opmerkte dat dit onderhoud was beëindigd. Hij beval de inquisiteur en zijn escorte van kruisridders de stad binnen het uur te verlaten.

Zo leek er alsnog een breuk te zijn ontstaan tussen het bestuur van de stad en dat van het bisdom. Na overleg met andere schepenen toog Verspronck nog diezelfde week naar het paleis van de bisschop om de kwestie van de rechtszaak opnieuw te bespreken en de eventuele rol van de geestelijkheid daarin. De bisschop meende dat de schepenbank een diepe kniebuiging kwam maken en hij eiste dan ook dat de getuigen vóór aanvang van de rechtszaak bij hem zouden biechten, want in die situatie zouden zij werkelijk de waarheid spreken. Daarvan kon geen sprake zijn, oordeelde Verspronck, omdat het gevaar bestond dat de getuigen te zeer geïntimideerd door de nabijheid van zijne heilige excellentie zouden zijn en een eventuele controversiële waarheid zouden verzwijgen. Daarbij kwam ook nog eens dat de biecht geheim was; niemand van de schepenbank zou mee kunnen luisteren. De openbare ondervraging, nadat getuigen met de hand op de Heilige Schrift hadden gezworen de waarheid te zeggen, had daarom in alles de voorkeur. Na lange en grillige onderhandelingen wist Verspronck te bereiken dat de bisschop en twee officialen het proces zouden bijwonen in een rol als waarnemers en adviseurs. Hun werd niet toegestaan zich actief in de procesvoering te mengen. Wel mochten ze op de achtergrond vragen naar voren brengen die tijdens het verhoor aan de getuigen konden worden gesteld. Ze hadden ook een adviserende stem bij de totstandkoming van het vonnis. Dat de bisschop zich in deze voor hem bepaald vernederende procedure uiteindelijk schikte, kwam doordat hij hoe dan ook zicht wenste te houden op wat tijdens deze geheime procesvoering naar boven zou komen. Wat verder hielp was de toezegging van het stadsbestuur om een flink bedrag van de restauratiewerkzaamheden aan de Sint-Janskerk te betalen. Daarmee was er weer een nieuwe, wankele brug tussen wereldlijk en geestelijk bestuur in de stad geslagen. Maar het was een samenwerking die zowel de magistraten als de prelaten tegen heug en meug aangingen.

8

Hoewel Willem onderhand veertien weken in zijn bovengrondse cel had doorgebracht maakte hij bij zijn entree in de schepenbank de indruk alsof hij jaren gevangen had gezeten. Hij was vermagerd en liep onzeker. Hoewel zijn kleding tamelijk fris oogde, zag hij er onverzorgd uit met zijn verwilderde hoofdhaar en baard. De grauwheid van zijn gelaatskleur was te wijten aan buikloop, waar hij wekenlang door was geplaagd. De ergste verschijnselen daarvan waren inmiddels getemperd, maar een knagende pijn in zijn ingewand was gebleven. Gedurende zijn leven was hij weinig ziek geweest; dat hardnekkige kwalen nu ineens de kop opstaken vrat aan zijn geestkracht. Ongemakkelijk zat hij op de bank van de beklaagde; nu en dan scheen hij te beseffen dat het beter oogde als hij zijn rug recht hield.

Nadat alle formaliteiten en het aanvangsgebed gepasseerd waren, kon het proces inhoudelijk beginnen. Schier onbewogen luisterde Willem naar de oude aanklacht waarin hij met zijn kloosternaam Beda werd aangesproken. Hij knikte haast onzichtbaar toen schepen Sleeuws voorlas dat er gerede twijfel was ontstaan over de toedracht van de moord op de monnik Elmus, reden om dit proces vele jaren na het misdrijf alsnog te voeren en zekerheid over de schuldige te verkrijgen. Daarna ging Sleeuws in op de verklaring die Willem zelf over zijn kloosterverleden en het misdrijf had opgesteld. Hij had in zijn tekst uitvoerig stilgestaan bij het moment dat hij de monnik Elmus wist te knevelen en aan een geseling onderwierp. Maar na het toebrengen van een vijfde zweepslag was hij daar ineens mee opgehouden. Hij, Beda, was plots tot het inzicht gekomen dat Elmus zijn lichaam herhaaldelijk aan zware ascese en foltering onderwierp om zichzelf te straffen voor zijn niet te bedwingen aandriften ontucht met jonge jongens te bedrijven.

Sleeuws vroeg: 'U had de monnik Elmus geheel in uw

macht, gekneveld en wel. En toch besloot u ineens om hem te sparen toen u tot inzicht kwam. Hoe verklaart u dat? Uw woede was blijkbaar ineens verdwenen.'

'Ik werd in die dagen niet door een nietsontziende haat gedreven; dat gevoel is mij trouwens sowieso vreemd. Dat ik Elmus aanvankelijk meende te moeten ranselen was omdat ik de andere slachtoffers van hem voldoening wilde verschaffen. Mijn voornemen was hem veertien zweepslagen toe te dienen, voor elk slachtoffer een slag. Na vijf slagen kon ik echter niet verder. Ik heb Elmus gekneveld laten staan zodat andere monniken hem de volgende dag zouden vinden. Ze zouden het bijgelegde perkamentvel ook onder ogen krijgen. In die toestand heb ik hem achtergelaten.'

'Heeft u geheel uit eigen beweging gehandeld zoals u hebt beschreven?' vroeg Sleeuws.

'Ik was daar alleen en ik handelde volgens eigen plan,' zei Willem. En met uitgestreken gelaat voegde hij eraan toe: 'Maar het is natuurlijk zeer wel mogelijk dat ik van hogerhand werd verlicht door een besef van liefde en genade en het daarom na vijf zweepslagen genoeg vond.'

Veel meer behoefde er niet te worden verduidelijkt. Willems verklaring over zijn jeugd als kloosterling was glashelder. Zijn persoonlijke historie ging geen enkel obstakel uit de weg en deed daarom oprecht aan. Voor aanvang van het proces hadden ook de bisschop en de twee officialen Willems verklaring gelezen. Vooralsnog had dit niet geleid tot een reeks kritische vragen van hun zijde. Wel had het drietal prelaten te kennen gegeven deze lezing van het verhaal uiterst onwaarachtig te vinden.

Voor aanvang van het proces was er in Gent en omgeving gezocht naar monniken die bijna een kwart eeuw geleden novieten waren geweest in Sint-Odulfus nabij Brugge. Eerder waren er drie van hen achterhaald, op de valreep was er nog een vierde in het zicht gekomen. Kort voor het proces waren ze – vanwege hun veiligheid – ondergebracht in een onbekend verblijf in het hart van de stad. Ze stonden daar onder bewaking en bleven al die tijd van elkaar gescheiden. De dag van het proces wilde men ze alle vier aan een getuigenverhoor onderwerpen. Ze moesten niet alleen met een hand op de Heilige Schrift zweren dat ze de waarheid zouden spreken, maar ook dat ze borg stonden voor de absolute geheimhouding van wat ze verklaarden of gedurende dit proces zelf over deze zaak te weten kwamen.

Men verhoorde één getuige tegelijk; de overige drie wachtten in andere vertrekken. Elke getuige leidde men naar voren in het aangezicht van de vier schepenen. Schuin achterin, aan de rechterkant van het vertrek, zaten, half verdekt, de bisschop, links en rechts van hem zijn twee officialen. Het leek de schepenbank beter de hoge geestelijken uit het blikveld van de getuigen te houden; hun presentie zou anders te intimiderend op hen kunnen werken. Naast de prelaten zat Verspronck met zijn secretaris. De laatste maakte nu en dan aantekeningen wanneer hem iets werd toegefluisterd.

In de voorbespreking tussen Verspronck en de bisschop waren er plots nieuwe geschillen gerezen. De bisschop hernam zijn eerdere standpunt dat het volstond om de getuigen de moordenaar van Elmus aan te laten wijzen, zonder nader in te gaan op de motieven van de dader.

'Dan krijgen we weer zo'n zelfde gemankeerd proces als de rechtbank toen, onder uw gezag, een kwart eeuw geleden heeft gevoerd.' Versproncks woorden brachten een kleur op de wangen en onderkinnen van de bisschop.

De eerste drie verhoren leidden telkens tot grote gemoedsbeweging bij de getuigen in kwestie. Eenmaal oog in oog met de schepenen praatten ze aanvankelijk makkelijk over wat ze wisten van die nacht. Wat ze vertelden was zeer in het voordeel van Beda. De monnik Servatius was op de betreffende zomeravond van de moord niet zelf op de plaats van het misdrijf geweest. Maar hij had van twee andere jonge novieten, van Theodorus en later Lucius, een ooggetuigenverslag van de geseling gekregen. Ze schatten dat Elmus in zijn vastgebonden staat maar liefst tweehonderd slagen op zijn rug en achterlijf had moeten verduren.

'En wie noemden de ooggetuigen als degenen die de eindeloze dracht slagen hadden gegeven?' vroeg Sleeuws.

'Ze noemden allebei dezelfde namen,' sprak Servatius zonder te aarzelen. 'Het ging om Honorius en Paulinus, oudere jongens met een sterk lijf die ook regelmatig in het bos werkten. Zij zorgden ervoor dat de houtvoorraad van het klooster op peil bleef.'

De tweede getuige was Petrus. Hij verklaarde de excessieve geseling van Elmus met eigen ogen te hebben aanschouwd.

'Het was later dan middernacht,' merkte Sleeuws op. 'Wat deed u daar in de boomgaard van het klooster buiten de ommuring. Hoe kwam u daar? De poort was immers dicht.'

'Het was een zwoele zomernacht,' verklaarde Petrus. 'Net als ik waren verschillende jongens stilletjes uit bed gegaan rond middernacht. Via de kleine, geheime poort ontsnapten we aan het klooster. We dwaalden die nacht in groepjes over de geestgronden en het brakke land. Ik was samen met Alcuinus. Toen we in de buurt van de boomgaard kwamen hoorden we klappende geluiden als van een zweep. We slopen naderbij en zagen wat er gebeurde.'

'U zag dat de geseling van Elmus in volle gang was?' vroeg Sleeuws voor de nauwkeurigheid.

'Ik zag Honorius en Paulinus, twee oudere jongens. Ze hanteerden beurtelings die grote zweep. Ze sloegen Elmus op zijn ontblote achterlijf en rug. Je zag de striemen en het bloed, want het tafereel werd door de vollemaan bijgelicht. En toen ontdekten ze ons, dat was heel bedreigend. Ze beten ons toe dat ze bezig waren een goddeloze verkrachter te straffen. Ik wees naar Elmus, die toen met zijn gebonden handen willoos aan de touwen hing die boven hem aan boomtakken waren vastgemaakt. Paulinus zei dat hij hem wel weer wakker zou maken. Toen hij dat zei had hij het schuim op zijn mond. Even later gingen ze opnieuw tekeer. Alcuinus en ik zijn weggevlucht. Nog lang heb ik die kletterende slagen in mijn hoofd moeten horen.'

'En was Beda ook op deze onheilsplek?' vroeg Sleeuws.

'Nee, hij was daar niet.' Petrus dacht na en zei: 'Wel ging later het verhaal dat het Beda was geweest die Elmus naar de boomgaard buiten de ommuring had gelokt. Daar had hij hem bewusteloos geslagen en hem vastgebonden. Ook zou hij Elmus een prop linnen in zijn mond hebben gedaan en hem vervolgens de mond hebben gesnoerd. Dat had hij blijkbaar goed gedaan: Elmus maakte nauwelijks geluid toen hij werd gezweept.'

Sleeuws knikte. Dit alles had Beda ook in zijn verklaring zonder terughoudendheid beschreven. Toch vroeg hij nog door. 'Had iemand anders Beda die bewuste nacht misschien nog gezien en daar wellicht over verteld?'

Niemand had hem gedurende die avond gezien, verklaarde Petrus met grote stelligheid. Later hadden ze hem ook niet meer gezien. Algauw ging het verhaal van Beda's vlucht, omdat hem op een oneigenlijke manier een tweede gelofte was ontwrongen.

De dag na de geseling ging Honorius bij alle andere aposteltjes langs. Hij droeg een bijl bij zich en dreigde iedereen die het zou wagen over de nachtelijke gebeurtenissen te spreken.

'Honorius of Paulinus heeft nooit iets te vrezen gehad,' vertelde Petrus. 'Niemand heeft ons toen ondervraagd. Voor abt Adalbertus was het namelijk direct duidelijk dat de gevluchte Beda de dader van deze martelmoord moest zijn. En die twee onderschreven de aantijging. Datzelfde deed een aantal monniken. Die noemden Beda een verdwaalde en dolgedraaide wereldling. Wij wisten wel beter en hoopten met zijn allen dat Beda in de grote wereld behouden zou blijven. En dat hij ook zijn familie zou terugvinden.'

De blikken van Petrus en Willem kruisten even.

Uit verdere ondervraging door Sleeuws werd ook duidelijk wat er met de twee moordenaars was gebeurd: Paulinus had met gif een eind aan zijn leven gemaakt toen hij vernam dat Elmus door de paus heilig was verklaard. Honorius was een winter eerder aan bloedhoest bezweken.

De derde getuige, Alcuinus, bevestigde de lezing van Petrus op vrijwel alle vlakken. Wel begrepen de aanwezigen dat Alcuinus' geheugen minder nauwkeurig was dan dat van Petrus.

Telkens bij het getuigenverhoor stelde Sleeuws in de laatste ronde vragen over de redenen waarom er tegen de monnik Elmus zulke grote grieven bestonden dat hij met de zweep nagenoeg dood was geslagen. Beda was hierop in zijn verklaring uitvoerig en openhartig ingegaan. Hij had beschreven hoe hij zelf als kind was verkracht door de potige monnik en hoe hij daarna te weten kwam dat alle, niemand uitgezonderd, in het klooster opgroeiende jongens dit lot hadden getroffen, de zwaksten meerdere keren. Maar nu deze kwestie in het verhoor direct werd aangesneden aarzelden de drie getuigen om te spreken. Men zag hoezeer schaamte hen overviel door wat hun vroeger was aangedaan en waarover zij nu rechtstreeks moesten spreken. Daarbij kwam natuurlijk dat zij door te spreken zich schuldig maakten aan de besmeuring van een man in mensengedaante die na zijn dood een heilige was geworden. Zou hun openhartigheid in dezen niet de toorn van God of de Zoon kunnen oproepen? Telkens heerste er een loden stilte in de schepenbank wanneer dit aan de orde kwam.

Sleeuws, die niet zeer geduldig was, riep die middag drie keer: 'Spreek gerust, God is niet bang voor welke waarheid dan ook. Sterker nog: Hij kent die waarheid allang. Maar u dient haar hier aan ons te vertellen, want hier zijn wij bezig die waarheid te vinden opdat wij kunnen oordelen of veroordelen.'

In gevoelige flarden, in lijdelijk gestamel, kwamen de verhalen gebroken naar buiten. Telkens stokten ze, maar de voorzitter van de schepenbank bleef ze aan de getuigen ontwringen. In tranen, zich telkens bekruisend, lieten de getuigen zich uiteindelijk wegvoeren.

Heel anders was de indruk die de vierde getuige achterliet. Het betrof Bonifatius die, herinnerde Willem zich, in het verleden steeds een hecht span had gevormd met Dominicus. Boni & Domi werden ze genoemd. Ze hadden zich aangepast aan de omstandigheden en zich als twee schandknapen van de nodige verdiensten en voorrechten verzekerd. Daarover sprak Bonifatius nu met geen woord. Hij was die bewuste nacht niet buiten de ommuring van het klooster geweest en kende slechts de verhalen die hij zorgvuldig resumeerde. Toen het verhoor in de laatste fase kwam wist hij de aanwezigen stil te krijgen. Wat hij uiteindelijk verklaarde deed, zoals Sleeuws later opmerkte, 'de melk in onze bekers schiften'. Bonifatius herschiep de nachtelijke leefwereld van het klooster Sint-Odulfus tot het jachtterein van een enkele maniak op jonge prooien, waarbij geweld niet werd geschuwd om de prooi volledig te onderwerpen en bezitten. Dit gegeven was bekend onder vele oudere monniken die de novieten niet in bescherming namen maar de aanstichter eerder navolgde, zij het op een mildere wijze. Bonifatius sprak: 'Om allerlei redenen was ik zeer goed op de hoogte van de nachtelijke gedragingen der monniken. Niet allen waren op jacht. Er was een zestal dat zich niet aan de jongens bezoedelde. Uit respect wil ik hun namen hier noemen: Gerardus, Jacobus, Abbo, Stefanus, Thomas en magister Arnulf.'

Hiermee was het getuigenverhoor afgelopen. Hoewel de ademhaling van de bisschop nog meer zwoegde dan gewoonlijk, had hij geen nieuwe vragen die tot een tweede verhoor aanleiding gaven. Wel wierp hij de vraag op in hoeverre verklaringen van getuigen over gebeurtenissen, stammend uit de kindertijd, waarheidlievend mochten heten.

Willem werd terug naar zijn cel gevoerd. De vierschaar besloot om ruim een week later een uitspraak te zullen doen.

9

Bij de vertraagde hervatting van het proces oogde de schepenbank niet langer als een wereldlijke rechtbank. De bisschop en zijn twee officialen hadden hun verdekte positie rechts achterin verruild voor een plek achter de tafels naast die van de schepenen. Willem, grauwer van gelaatskleur dan ooit, keek verbaasd naar het zevental tegenover zich. Vergeefs zochten zijn ogen aan de zijkant van de zaal naar Verspronck. Daar zat een andere magistraat met een secretaris die beiden niet opkeken toen twee bewakers Willem binnenbrachten.

Zoals gewoonlijk leidde Sleeuws de zitting in met een speciale toelichting omtrent de voortzetting van dit proces, waartoe in tweede instantie was besloten. Na het aanvangsgebed kondigde hij aan dat officiaal De Maere het verhoor zou afnemen. Hierna gaf hij hem het woord.

De officiaal was klein van postuur. De purperen toga die hij droeg viel nogal ruim. Hij sprak het Frans op een gedistingeerde wijze. Het leek of hij zich met deze spreektrant van zijn wereldlijke rivalen wilde onderscheiden.

De officiaal richtte zich tot Willem: ‘U heeft in enkele versregels verklaard dat het dichtwerk *Duo Somnia* in een openbaring tot u is gekomen. Vanwaar kwam die openbaring, denkt u?’

‘Die kreeg in momenten van luciditeit vorm en stortte zich uit in mijn eigen geest.’ Willem antwoordde beslist en afgemeten. ‘Veel meer kan ik er niet over zeggen.’

‘Heeft u, wat u een openbaring noemt, direct op schrift gesteld?’

‘Nee, ik heb er enige tijd mee gelopen. Wat ik voordien in lucide ogenblikken voor me zag, wilde niet uit mijn gedachten wijken. En zo ben ik mijn gewaarwordingen gaan opschrijven.'

'Uw dichtwerk doorkruist de zoetgeurende voltooiing van de christelijke heilsgeschiedenis, zoals deze ons in het Evangelie wordt beloofd. In uw strofen van elk twaalf regels wordt een eind gemaakt aan goddelijke Voorzienigheid en eeuwig leven.' De officiaal stokte zonder evenwel een vraag te hebben gesteld.

'Dat is juist,' reageerde Willem. 'Vandaar ook dat er in de eerste strofe sprake is van het ondenkbare. En van de geschoktheid waarvan de dichter gewag maakt.'

'Het ondenkbare heeft u niet doen besluiten erover te zwijgen, er niet over te schrijven?'

'Ik voelde een innerlijke noodzaak erover te schrijven.'

De officiaal ademde diep in: 'Dit is blijkbaar het ondenkbare: God de Vader die zelf de hemelen, de zon en sterren, de planeten en aarde schiep, is in zijn Almacht niet in staat een onverhoedse vuurmassa te bedwingen die aan de zon ontsnapt en de derde, kristallijne hemel in vlam heeft gezet. En het gaat nog verder: alles wat in het Koninkrijk der hemelen leeft – de Drie-eenheid, de heilige Moeder, de familie van heiligen en de brave zielen – vindt de dood in de hitte van dit onafzienbare hemelvuur.'

Willem zat roerloos te luisteren.

De officiaal hernam: 'U heeft als dichter voor die ondergang van de goddelijke, christelijke familie een begrip gemunt: *crepusculum deorum*. Het is de latinisering van een begrip dat ontleend is aan het Germaanse heidendom, waarin sprake is van *Ragnarok* in het hoge noorden of in het Duits: *Götterdämmerung*. In het gedicht wordt aangericht wat zich ook in de heidense mythen en sagen van de Germanen voltrekt: de ondergang van de goden en die van de aarde.'

'Dat is frappant,' reageerde Willem. 'Ik ben niet bekend met het Germaanse heidendom, op een klein geschrift van Tacitus na en enkele passages uit Caesars geschrift over de

Gallische oorlogen. De parallel die u noemt is geheel nieuw voor mij.'

'U wilt zeggen dat u dit allemaal zelf verzonnen heeft?'

'Ik heb niets verzonnen, eerwaarde heer, slechts opgeschreven wat zich voor mijn geestesoog ontvouwde.'

De achterliggende dagen in de koude cel was bij Willem, redenerend langs lijnen van redelijkheid, de verwachting gegroeid dat hij simpelweg zou worden vrijgesproken voor de moord op Elmus. Tegelijk probeerde hij zijn opspelende vreugdegevoel te temperen, omdat ergens misschien toch weer een addertje onder het gras verborgen was. En daarbij kwam: zelfs bij pure vrijspraak was de zaak niet uit de wereld. Er was altijd nog die pauselijke ban waarmee zijn persoon vervloekt was. Iedereen die wist dat hij 'die Beda' was kon hem aan het mes rijgen of de hersens inslaan. Ongestraft en tegen een vette beloning. Na een eventuele vrijlating zou hij verborgen moeten leven en het Land van Waes of de stad Gent voortaan mijden. Of hij ooit van die pauselijke banvloek afkwam? Het was hem op voorhand duidelijk dat hij op de bemiddeling van de hogere Vlaamse clerus niet hoefde te rekenen.

Op de dag waarop het vonnis werd gewezen, een week na de eerder vastgestelde datum, wachtten hem enkele onaangename verrassingen: aan de lange tafels tegenover de beklaagdenbank zaten niet alleen vier schepenen, maar ook drie geestelijken, de bisschop en zijn twee officialen.

Voor hen, in de ruimte tussen magistraten, prelaten en beklaagde, was een kleine tafel neergezet. Erop lag een leren buideltas die Willem tot zijn schrik als de zijne herkende. Zijn huis in Moerloo moest zeer grondig zijn onderzocht.

De inquisiteur Bizarri was weliswaar door het Gentse stadsbestuur niet toegelaten tot dit geheime proces, maar dat betekende niet dat hij met de staart tussen de benen naar Frans-Vlaanderen was teruggekeerd om zich er opnieuw verdienstelijk te maken in de ketterjacht. Hij was in het bisschoppelijk paleis gebleven en had vernomen hoe het proces tegen die gebanvloekte figuur op een fiasco dreigde uit te draaien. De bisschop vertelde hem dat de schepenen van Brugge eerder op deze Beda hadden gejaagd en zijn huis op het land hadden gevonden. Met enkele geestelijke ridders toog Bizarri terstond naar Brugge. Hij eiste namens de paus alle spullen op die van Beda in beslag waren genomen. De inhoud daarvan viel hem een beetje tegen. Het ging vooral om waardevolle voorwerpen en seculiere boekwerken in de landstaal die de magistraten klaarblijkelijk onderling wilden verdelen. De inquisiteur zag af van deze inbeslagname als men hem naar het huis van die Beda in het Land van Waes zou brengen. Hij wilde er een grondiger huiszoeking verrichten. Aldus geschiedde. Een dag later keerde Bizarri triomfantelijk terug in Gent en wist de bisschop en de officialen met zijn vondst nieuwe moed te geven.

De schepen Sleeuws had op de zitting waarop het vonnis over de moord op Elmus zou worden uitgesproken kort het woord genomen en aan Willem alias Beda een lijst voorgelezen met titels van manuscripten die in de leren buideltas waren aangetroffen. Telkens las Sleeuws een titel voor en dan moest Willem zeggen of hij de schrijver van genoemd werk was of dat hij dit slechts in zijn bezit had.

'Bent u de auteur van het in het Latijn gestelde dichtwerk *Duo Somnia*?'

Willem bevestigde dat hij de auteur van het dichtwerk was.

'Bent u de auteur van het wijsgerige, in het Diets gestelde dichtwerk met de Latijnse titel *Animus & Anima?*'

En zo verder. Nadat de hele lijst was afgewerkt, sprak Sleeuws: 'Aan dit proces wordt een nieuwe aanklacht toegevoegd, namelijk die van blasfemie in geschrifte.'

De schepenbank achtte zich blijkbaar zelf niet bij machte een aanklacht van theologische hoedanigheid op te stellen. Daarom kregen de bisschop Walbertus en zijn twee officialen de rol toebemeten dit proces te voeren, onder voorwaarde dat de schepenen zich hierin konden mengen en procedures zo nodig konden veranderen. Het werd de inquisiteur Bizarri andermaal niet toegestaan het proces bij te wonen. Maar dankzij de voorgesprekken die Bizarri met de bisschop en diens officialen voerde wist deze Dominicaan toch de nodige invloed op het proces uit te oefenen.

De officiaal ging verder met zijn behandeling van Willems tweeledige dichtwerk *Duo Somnia*. De bespreking en duiding ervan betroffen vooral de eerste droom, waarin de verwoesting van beide werelden gestalte krijgt. Zonder daarin uitputtend te zijn, onderbrak hij zichzelf en richtte zich tot Willem.

'Ik wil graag enige dingen door u zien opgehelderd.' Alvorens verder te gaan deed hij iets wat iedereen die aanwezig was de ogen deed sperren. Officiaal De Maere stond op, en in een vlugge en bijna vloeiende beweging die zijn ruimvallend habijt mogelijk maakte, had hij zichzelf over de tafel gewerkt. Nu stond hij ervoor en liep toe op Willem, die ook opstond van de beklaagdenbank.

'Ik zou u willen vragen,' hernam de officiaal, 'gelooft u in het bestaan van een almachtige God?'

Willem sprak: 'Ik geloof in diens almacht die voor een sterveling te groot is om te bevatten.'

De officiaal fronste even en vervolgde: 'Gelooft u in de wederkeer van Christus en de wederopstanding uit de dood waarin hij ons voorging en die hij zijn volgelingen bereidt.'

'Al een leven lang,' antwoordde Willem, 'doe ik mijn uiterste best deze wonderen tot mijn geest en ziel te laten doordringen.'

Weer fronste de officiaal. Toen vroeg hij: 'Is uw geloof onvoorwaardelijk?'

'Ik ben geen farizeeër die zich op zijn geloof laat voorstaan,' zei Willem.

'Ik val u lastig met deze vragen,' verduidelijkte de officiaal zich, 'omdat u een dichtwerk heeft geschreven waarin de goddelijke Drie-eenheid, de engelenscharen en de hele heilige familie het leven, let wel: het eeuwige leven, wordt benomen. Voor wie gelooft moet het toch onmogelijk zijn zoiets in welke vorm dan ook te bedenken en vervolgens op te schrijven?'

'Ik gebruik het woord: ondenkbaar,' zei Willem. 'En dat is geredeneerd vanuit de grenzen die de christelijke leer van de waarheid ons stelt. Maar mijn geest werd in een dichterlijk visioen geconfronteerd met een profetie waarin de grenzen van de christelijke leer worden overschreden. En ik besloot dit bijzondere verhaal op schrift te stellen.'

'Omdat een nieuwe waarheid aan u werd geopenbaard door dit visioen?'

'Niet in religieuze of theologische zin,' zei Willem. 'Maar als poëtische waarheid was mijn dichtwerk over de ondergang van de bovenmaanse én ondermaanse wereld wel denkbaar. En zo kreeg deze vorm in mijn versregels.'

'En aldus schiep u als poëet een verwoeste wereld zonder bovenmaans Koninkrijk en zonder het priesterdom dat in Gods naam hier de honneurs waarneemt.'

'Zoals ik u eerder zei,' reageerde Willem stroef, 'staat het hele scheppingsproces van dit dichtwerk me niet helder voor de geest. Het werd in mij uitgestort, en toen was het er.'

'U neemt ineens geen verantwoordelijkheid voor dit verhaal?'

'Natuurlijk doe ik dat wel. Het is mijn allereerste dichtwerk.'

'Mag ik u vragen: wanneer u met de ogen van een gelovige naar het dichtwerk kijkt dat u als poëet op deze of gene wijze heeft gewrocht, voelt u dan geen spijt of wroeging voor hetgeen u in de betreffende versregels op perkament heeft aangericht?'

Willem dacht hierover na. 'Het is geen getuigenis in dichtvorm, geen dichtwerk waarin een overtuiging wordt uitgedrukt. Nee, het is een gedachteproef.'

De officiaal ging verder: 'In de zogenaamde tweede droom, een leerdicht over het denkbare, schrijft u over het bouwen van een menselijke samenleving die totaal gespeend is van de christelijke godsdienst, of van welke god dan ook, en waarin voor de priesters – na vernederend te zijn geranseld; door vrouwen nog wel – geen enkele plaats meer is. Meer wijsgerig gesproken wekken uw versregels de indruk dat het geloof, net als alle andere verschijnselen in de wereld, een vergankelijk verschijnsel is. Daarom herhaal ik: wanneer u naar dat tweede gedicht kijkt met de ogen van de gelovige die u voorgeeft te zijn, heeft u er dan spijt van dat u deze wereld in het gedicht heeft opgeroepen? Of dat u deze wereld met uw gedicht heeft bezwaard?'

'Ook hier is alleen maar sprake van een gedachteproef,' antwoordde Willem.

'U bent niet alleen dichter,' ging de officiaal verder, 'maar ook nog eens een denker. U schreef een dichtwerk waarin u aan de werking van onze geest en ziel de goddelijke adem ontzegt. U voert de werkingen van beide wezenlijkheden, van de geest en de ziel – naar het voorbeeld van Lucretius en andere heidense denkers uit de antieke wereld – terug naar processen in lichamelijke sappen en stoffen. En u verklaart in datzelfde dichtwerk dat de ziel geen eigen leven én onsterfelijkheid heeft, maar zal afsterven wanneer het lichaam afsterft. Is dat ook weer zo'n gedachteproef van u?'

'Ik heb inderdaad de gewoonte om nu en dan de afzondering te zoeken en dan op te schrijven wat uit mijn geest opwelt. Ik ben zelf vaak uitermate verrast door wat uiteindelijk op het perkament geschreven wordt. In die wijsgerige exercitie in dichterlijke strofen was dat niet anders. Dat geschrevene is iets van mezelf. Ik heb er nooit met anderen over gesproken, nooit liet ik iemand iets lezen. U bent degene die als eerste mijn gedachtespinsels hier voor het voetlicht brengt en mij erop aanspreekt. Maar waarom eigenlijk?'

'Omdat genoemde geschriften van u bol staan van godslasterlijke extremiteiten, van gruwelijke en afzichtelijke godsvijandigheid, en haat tegen de dienaren van de roomse moederkerk. En daarom vraag ik nog een keer: zou u, die zegt een gelovige te zijn, schuld en spijt willen belijden voor hetgeen u in geschrifte tegen alles wat ons heilig is heeft ingebracht? Zou u dat niet alleen willen verklaren maar van uw berouw in dezen ook blijk willen geven door daadwerkelijke boetedoening, door terugkeer naar een klooster waar de Regula daadwerkelijk wordt gehandhaafd en uw bewegingsvrijheid strengelijk zal worden beperkt, en ook door ascese te plegen, een boetekleed te dragen en zich uw resterende dagen te verdeemoedigen in het aanschijn van God.'

Het begon in Willems hoofd te suizen door de vele gedachten die zich verdrongen. Hij had begrepen dat de schepenbank hem voor de moord op Elmus had willen vrijspreken. Zeer tegen de zin van de bisschop, die hem het liefst een andere aanklacht aansmeerde. Men had al speurend in zijn huis zijn geschriften aangetroffen en twee ervan eruit gepikt. Hoe kwamen ze daar in Moerloo? Alleen Verspronck kende zijn woonplaats. De officiaal had hem met dit materiaal in de hoek gedreven. Nu had hij de keus om te buigen of te breken. Het drong tot hem door dat het spel was gespeeld. Hij zou geen lastige vragen meer ontwijken. Het was genoeg geweest.

'Geeft u ons nog antwoord op deze kardinale vraag?'

'Ik wens geen schuld te belijden noch spijt te tonen voor hetgeen ik in geschrifte, in afzondering, en alleen bestemd voor mezelf, in versregels heb verklaard.'

'U wenst te volharden in deze godslasterlijke houding?'

'Ik heb God niet gelasterd. God is groot en almachtig genoeg om zich niet gekrenkt te weten door de gedachteproeven van een enkeling aan een schrijftafel die het geschrevene voor zichzelf wenst te houden.'

De officiaal zweeg enige tijd, net als alle anderen die aanwezig waren in de schepenbank. Hij hernam: 'Ik zal u zeggen wat mijn conclusies zijn: u bent geen ketter en ook geen duivelsaanbidder. U bent een totale ongelovige. Van een heiden kan men nog zeggen dat hij een natuurgodsdienst belijdt. Maar ook dat is u vreemd. U bent dat listige dier met scherp verstand waar Madoc in de eerste droom van spreekt, wanneer hij de mens als soort typeert. U bent zonder geloof, zonder respect voor welke goddelijke sfeer dan ook. U bent een onmens. Maar u leeft nu eenmaal in een werelddeel waarin het geloof de geesten en harten regeert, waarin de roomse moederkerk de voornaamste pijler van de samenleving mag heten. En dat bevalt u geenszins. En daarom heeft u in geschrifte op symbolische wijze wraak willen nemen op de christelijke, goddelijke Drie-eenheid en alles wat bij de bovenmaanse wereld hoort. Door een oppermachtig noodlot in te zetten, in de geest van het antieke, heidense geloof, heeft u op symbolische wijze de hele hemelse wereld en die van de moederkerk op aarde doen instorten, want uw ongelovige natuur verdraagt het moeilijk in deze christelijke wereld te leven, en vrij te kunnen ademen.'

'Ik ben inderdaad een ongelovige,' zei Willem. 'En meer ook niet.'

'Is dat uw laatste woord hierover?'

'Misschien moet ik voor de duidelijkheid nog iets toevoegen,' zei Willem. 'Ik ben niet uw vijand. Ik ben niet de vijand van de christelijke leer of van de moederkerk. Die laatste, de moederkerk, zou ik willen prijzen voor het in stand houden van het schrift in onze wereld. En ik dank de moederkerk voor het redden, het bewaren en kopiëren van vele geschriften uit de Romeinse Oudheid, waarvan een klein deel zelfs uit de oude Griekse wereld afkomstig is. Het is mede onder invloed van deze literatuur dat ik geen volgzame gelovige ben geworden. Overigens ben ik ook goed thuis in de Bijbel. De prediking van Christus en de gelijkenissen die hij zijn volgers voorhield hebben ook invloed op mijn persoon en geweten gehad. Ik herhaal ten slotte dat ik geen vijand van u ben. U echter acht mij uw grootste vijand. U preekt onderwerping aan God, maar eigenlijk bedoelt u: onderwerp je aan mij en de andere priesters. Een dergelijke, blinde onderwerping past me niet, daarin kan ik niet leven. Daarom zoek ik de lichtende vrijheid voor mijn geest.'

Hierna nam Sleeuws van de schepenbank het woord en rondde de zitting af. Willem werd terug naar zijn kerker geleid. Het was nog maar nauwelijks middag. Die middag, na het gezamenlijke maal, volgde er een beraadslaging tussen de schepenen en de drie adviserende prelaten. Die werden daarop bedankt voor hun diensten en verlieten de schepenbank. Onderling kwamen de schepenen reeds spoedig tot een vonnis. Twee dagen later werd het Willem voorgelezen nadat hij opnieuw naar de schepenbank was gebracht. Het vonnis was meerledig. Hij werd allereerst vrijgesproken van de moord op Elmus. Voorts werd hij wegens buitensporige blasfemie in geschrifte, wegens ongeëvenaarde krenking en versmading van de verlossende christenleer, wegens halsstarrige godsverachting, tot ongelovige verklaard. Daarom legde men hem een niet zeer bekende, maar reeds eeuwen bestaande straf op.

*

Bisschop Walbertus was tevreden over deze ontknoping. Hij had bij de schepenbank bedongen dat het dichtwerk *Duo Somnia* in zijn bezit kwam. Over enige tijd vertrok de jaarlijkse escorte van zeven geestelijke ridders en hun schildknapen naar de paus in Rome om de jaarlijkse verslagen en stukken aan de Curia Romana te overhandigen. *Duo Somnia* zou hij ook aan deze zending toevoegen, vergezeld door een missive waarin hij uiteenzette dat dit godslasterlijke dichtwerk was gewrocht door dezelfde man die de heilige Elmus bij leven had gezweept, maar die nu eindelijk zelf was omgebracht en ter helle was gevaren. Aan het gevoerde proces in de stedelijke rechtbank van Gent en de secundaire rol die hij daarin had moeten spelen zou hij geen woorden besteden. Dergelijke verwikkelingen zouden de Heilige Vader alleen maar verwarren. De absolute geheimhouding van dit proces had voorkomen dat de bevlekking en ontering van een heilige geen wijdere bekendheid kreeg. Daarmee hoefde hij de paus niet lastig te vallen.

Ook over de inhoud van het gewraakte dichtwerk mocht geen woord naar buiten komen. De betrokken prelaten zouden er misschien onderling een enkel keertje over fluisteren, maar de schepenen voor wie de berechting van de aanklacht tegen Willem van 'blasfemie in geschrifte' uiterst lastig en ongewoon was geweest, deden hierover het liefst het zwijgen toe. En zo werd deze zaak door stilte toegedekt.

Maar bijna een half jaar na dato toen het zomerde in de stad ging er toch een vaag gerucht langs de taveernen en de wijnhuizen. Een dichter zou terecht hebben gestaan, heette het, vanwege een klein epos waarin de geheimzinnige figuur Madoc een reis door het dodenrijk maakt. Er waren ook andere versies van de geruchten die rondgingen. Zo was er een waarin verteld werd dat in dit dichtwerk de roomse clerus genadeloos over de hekel werd gehaald: er zouden zelfs strofen zijn waarin allerlei schurken in purper aan geselpartijen niet ontsnapten. Ook werd er gelispeld dat de inhoud van het venijnige epos buitengewoon ketters was, en daarnaast toonde het zich vrijgevochten in de liefde en moraal. Dat zogenaamde Boek van Madoc ging uiteindelijk vooral over de zoektocht naar het rijk van het verlangen ergens hier op aarde, waar de bewoners een samenleving zonder standen hadden gesticht.

Niemand wist er het fijne van. Maar de verhaalflarden die de ronde deden, prikkelden de verbeelding, zodat nieuwere versies van de geruchten weer kleurrijker werden aangezet. De geruchtenstroom over de avonturen van Madoc vond zijn weg naar andere Vlaamse en Brabantse steden. Wat werd verteld over Madoc was altijd prikkelend, en zo werd het een deel van het repertoire van rondtrekkende gezelschappen. Speellieden creëerden hun eigen variatie op de wederwaardigheden van deze Madocfiguur in de hoop daarmee anderen te overtreffen. Het droomverhaal werd het meest populair, en zo kwam het dat er talloze liederen of scènes van straattoneel ontstonden over de droom van Madoc, of zoals men toen zei: *Madox droem*. Omdat men het droomveld had betreden kreeg men talloze variaties: populair werd het verhaal over een barre tocht door het dodenrijk door Madoc die zijn geliefde wilde terughalen naar de bovengrondse wereld. Gedurende meerdere decennia zou deze artistieke mode standhouden, maar stilaan raakten de variaties op dit thema uitgeput en werden ze overvleugeld door andere onderwerpen in het repertoire van speellieden.

10

Willem die Madocke maecte
Daer hi dicken omme waecte

Een iele ruis van wind ergens in de hoogte. Klam is de koude. Zijn hoofd schrijnt hevig als hij bij kennis komt. In zijn droom heerste een angstaanjagende leegte, maar nu hij ontwaakt raakt hij doortrokken van angst. Elke ademteug geeft hem meer benauwenis. Hij is niet zozeer door duisternis omgeven, nee, hij staart in een verblindend zwart. Hij moet niet bang zijn, hij moet zich vermannen. Want dit had hij kunnen voorzien. Hij sluit zijn ogen om de duisternis te hervinden en daardoor te kalmeren. Om hem heen geurt het naar cement, of is het leem? Ligt hij op een vloer van zerken? Moeizaam tasten zijn stramme vingers naar inscripties. Vergeefs. Dan ziet hij het plein bij nacht ineens weer voor zich, aan de rand ervan het schaduwbeeld van een fiere kerktoren, zich verheffend in de grauwe hemel. Hij is lang niet helder, toch weet hij alles weer. De laatste avond in zijn cel: hij had de kleine dolk, vlijmscherp, uit zijn jas gehaald en daarbij zijn vingers gesneden. Maar dat gaf natuurlijk niet. Later die avond zou hij de aders in zijn polsen, in de liezen en in zijn hals openen. En dan zou hij zich in het stro vlijen. Maar toen het moest gebeuren, zag hij ervan af. Zijn gedachten waren nog niet verstild, zijn gemoed neeg niet tot overgave. Het voelde alsof hij nog verscheidene omgangen in de geest te maken had. Daarom moest het later maar gebeuren. Er was een later, al zou het van korte duur zijn. In dat later verkeert hij nu.

De voorzitter van de schepenbank had Willem de hoogste straf opgelegd: omdat hij in godsverachting volhardde; en omdat hij zijn ongeloof tot levensbeschouwing had gesmeed en daarvan in geschrifte uitvoerig had getuigd. Daarom zou hij in een nis van een stedelijke kerk achter een massieve muur zonder venster worden ingemetseld. In zijn dodenkluis zou hij voldoende lucht kunnen ademen en hij zou een zuinige voorraad water meekrijgen waarop hij een kleine week kon leven. Die laatste dagen waren hem geschonken om zich, tot behoud van zijn ziel, alsnog te bekeren voordat hij zou sterven. Aldus luidde deze even onverbiddelijke als barmhartige straf, nog daterend uit de dagen van Lodewijk de Vrome, de Karolingische vorst die halsstarrige heidenen van hoge komaf of ongeneeslijke godsloochenaars ertoe liet veroordelen, zoals de schepen Sleeuws in zijn laatste zinnen van het vonnis had opgemerkt.

Na deze uitspraak verbleef Willem eerst nog twee nachten in zijn cel, die hem ineens vertrouwd en bijna behaaglijk toescheen. Toen had zich het plan gevormd met de kleine dolk zijn aderen te openen en daarna in het stro op de doodsslaap te wachten. Hij stelde het uit, ook de derde avond, toen hem door de wacht was toegefluisterd dat ze hem later dic nacht kwamen halen. En ze kwamen in het uur dat hij met al zijn kleren aan, in een sluimering vol nerveuze droombeelden was verdwaald. Met veel gestamp en gebonk verscheen een escorte van zeven wapenknechten en een wachtmeester in zijn cel, die hem geboeid naar buiten voerden. De voettocht ging door de vrijwel donkere stad, door stille straten en stegen, naar een duister plein waarachter hij de contouren van een kerktoren meende te ontwaren. Zag hij bewegend, zwak licht van flambouwen in een openstaande kerkdeur? Midden op het pleintje hield de kleine stoet halt en Willem haalde diep adem om zich zo veel mogelijk van de koude nachtlucht toe te eigenen. Een enorme dreun op zijn hoofd maakte aan alles een einde. Toen hij onder pijnscheuten weer ontwaakte bevond hij zich in een kille, kleine stenen ruimte waarin een gitzwart donker heerste.

Ze hebben hem zo hard geslagen dat hij niet zomaar overeind kan komen. Want als hij het probeert lijkt het alsof zijn hoofd te vol wordt en zijn ogen uit hun kassen worden geduwd. Hij ligt te verstijven op de stenen, beseft ineens hoe dorstig hij is en valt toch weer in slaap met de vraag op zijn lippen: er moet hier toch ergens water zijn? Uren later, laverend tussen sluimering en droom, schiet hij wakker omdat er aan zijn hoofd wordt geknaagd. Hij weet ineens dat een beest bloedkorsten tussen zijn haarlokken wegvreet. Dan moet hij wel overeind komen en hoort tussen zijn stotende ademhaling zacht getrippel. Het komt weer nabij en begint achter hem te likken aan de grote stenen plaat, op de plek waarop zijn hoofd heeft gelegen. Hij luistert, haalt zijn kleine dolk tevoorschijn, draait zich zachtjes om, en steekt door het zwart naar de plek waar hij de rat vermoedt. Heel even klinkt een schril krijten, dan gepiep en even later is het stil. Met zijn hand zoekt hij de rat en gooit hem met kracht van zich af. Het kleine kreng kletst tegen de massieve muur. Zijn werphand ruikt naar oude pis en warme drab. Voorzichtig gaat hij op knieën door de kleine ruimte op zoek naar water.

Hij vindt twee volle kruiken en drinkt mondjesmaat uit een ervan. Water met een moddersmaak. Kermend staat hij op en tast de muren van de kluis af. Uitkijken dat hij in zijn blinde ommegang met zijn voeten afstand houdt van de muren, zodat hij straks niet een kruik omtrapt. Zijn kluis, schat hij na uitvoerig onderzoek, lijkt ruim zes voet breed en negen voet lang. Alles is potdicht, alleen boven hem niet. Daar ergens moet een luchtgang zijn, maar er is geen sprankje licht te bespeuren. Aan één kant is vers metselwerk in de laagte. Daarachter zal misschien de middenbeuk zijn of een andere ruimte in de kerk. Ineens ziet hij voor zich hoe hij hier is terechtgekomen: de muur was geheel intact maar men wist van de ruimte erachter – een kluis om in te creperen. Bouwlieden verwijderden vanaf de marmeren vloer enkele lagen van de zware stenen. Met scherpe steenbeitels bikten ze de voegen eruit, waardoor de onderste stenen loskwamen. Zo ontstond een uitsparing, gaandeweg zo groot dat een menselijk lichaam erdoorheen kon. Een dappere knecht kroop door de uitsparing de kluis in met een dikke, brandende kaars in zijn hand. Zij die erbij waren verwachtten dat er een skelet zou liggen, iemand die ooit in het verleden was veroordeeld. Men dacht dat diens karkas natuurlijk helemaal was afgeknaagd door wormen en kerkratten. Het ging nog verder: ook het gebeente was tot het laatste botje opgevreten, evenals alle kleren van de veroordeelde. Dat er ooit iemand had gelegen bewezen vier koperen knopen op de stenen vloer en iets wat op een ijzeren gesp van een riem leek. De knecht stak ze schielijk bij zich en riep: 'Het is hier leeg, er is niets.' Eerst reikten mannen buiten de kluis de dappere knecht twee kruiken met modderig water aan en daarna schoven ze die bewusteloze figuur door de opening naar binnen. De knecht legde hem netjes in het midden neer, boog zich over de ongelukkige, hoorde zijn ademhaling, en kroop daarna als de sodemieter de dodenkluis uit. Eenmaal weer bij de anderen raakte hij door rillingen overmand. Hoongelach galmde door de gewelfde kerkruimte. Enkele bouwlieden metselden, onder toezicht van de wapenknechten en wachtmeester, de muur van zware stenen weer netjes dicht. Tussen de stenen streken ze specie waarin extra lijmstof zat. Voor een snelle afharding.

Met zijn kleine dolk onderzoekt Willem de sterkte van het jonge metselwerk van de voegen. Het is keihard, inderdaad. Hij realiseert zich dat hij – sinds wanneer? – zijn ogen niet steeds meer dichthoudt vanwege dat verblindende zwart rondom hem. Hij kijkt er nu naar. Het angstgevoel dat zijn ingewand afkneep is ook verminderd, maar nu dringt honger zich aan hem op.

Zo te horen is er een andere rat binnengeslopen die zich verzadigt aan zijn dode soortgenoot. Alles lijkt potdicht, waar komt het ondier vandaan? Uit die luchtgang waarschijnlijk. En anders moet er ergens een kleine opening zijn waar ze zich doorheen kunnen wringen. Smikkelgeluiden, scheurende geluidjes, krakende botjes. Dat beest vreet die ander toch niet helemaal op? Of zijn er meer op afgekomen? Willem vermoedt van wel, hij laat het maar even zo. Hij voelt zich stram en koud. De hoofdpijn is nog te erg om weer op te staan en zich te warmen door beweging. Hij zit nu met zijn rug tegen de muur, staart in het zwart. Hij heeft het niet meer zo verdomde koud als in die ogenblikken van totale angst. Waarom zou hij ook nog bang zijn? Hij weet al dagen dat de dood nabij is. Als hij wil kan hij het einde zelfs nog bespoedigen. Maar hij wil enig uitstel. En onderwijl moet hij maar niet te veel letten op zijn lijdende ziel. De ontvankelijkheid voor het lijden van de ziel is aangeboren, zoals de relativering ervan door de werking van het verstand is aangeleerd.

Hij tracht in zichzelf te verzinken, afleiding in eigen gedachten te zoeken. Wat moet hij van zijn leven vinden? Nog niet eens zo lang geleden werd het geheim van zijn afkomst onthuld. En zelden heeft hij zich zo beroerd en ontgoocheld gevoeld. Toen hadden die ploertige Welshmen hem ook al de schedel half ingeslagen. Of is hij, toenmaals in Parijs, in een klucht terechtgekomen, als gevolg van een of ander idioot misverstand, en is hij helemaal geen Welshman? Geen wildeman? Mogelijk. Zijn voorzaten? Och. Belangrijker is zijn nazaat. Dat Alberic en hij gescheiden raakten, dat is, naast de dood van de kleine Eef, het drama van zijn leven. Destijds in Parijs kon hij de situatie redelijk verdragen in het vooruitzicht dat hij zijn jongen binnen afzienbare tijd weer zou gaan opzoeken. En nu dat niet meer kan schrijnt de wond van het gemis. De jaren in Mourille herleven in zijn gedachten. Achteraf blijkt die episode de beste te zijn geweest. Eerder had magister Arnulf hem op velerlei gebied onderwezen, zodat hij het klooster als geletterd man had kunnen verlaten. Daarna had Hincmar hem meer van de wereld en het leven doen begrijpen, gewoon door de wijze waarop hij handelde en zich deed gelden. Hincmar had groot vertrouwen in hem en gaf hem ruimte om iets tot stand te brengen in het grafelijk bestuur. Hervormingen, vernieuwingen. Hij was toen nog niet veel meer dan een jonge, onervaren man, en toch was hij met iets groots bezig. En dat Hincmars vrouw juist hem herhaaldelijk verleidde denkt hij nu beter te begrijpen. Zij, heerseres van nature, moest hoe dan ook iets ondernemen tegen de uitspattingen van haar echtgenoot. Zij kon dat gewoonweg niet over haar kant laten gaan. En toen kreeg ze, na een stoet miskramen, ook nog eens een kind. Van hem, haar trouwe minnaar. In Mourille lag zijn toekomst, maar door enkele kardinale fouten van hemzelf werd daar een streep door gezet. In het conflict met Osemund was hij in de nasleep ervan te behoedzaam geweest. Toen hij Osemunds strot in dat duel met het zwaard wist te doorsteken had hij moeten beseffen dat het hiermee niet gedaan was. Beurs geslagen zat hij aan de rand van het toernooiveld toen Hincmar hem voorstelde die twee zoons van Osemund dan ook maar over de kling te jagen. Zij zouden immers vroeg of laat hun vader willen wreken. Hij had in die ogenblikken, geschokt als hij was door dit eerloze plan van de graaf, met opzet geen reactie gegeven. En was kort erop bezwijmd geraakt. Later had Hincmar hem andermaal gepolst voor het plan, hem ervoor willen winnen, maar hij had het met een handbeweging weggewuifd, en de graaf had het erbij gelaten en Bertram leenhulde laten doen. Maar het was natuurlijk veel beter geweest om het feodale machtsspel volgens zijn eigen regels te beslissen: die twee lomperiken met hun hondenkoppen hadden moeten worden gekeeld. En omdat dit niet was gebeurd was de geschiedenis van Mourille een verkeerde weg ingeslagen, had hij zijn werk niet kunnen afmaken. De rebellie van Bertram had hen tot een smadelijke vlucht uit La Couronne gedwongen. Het eerder welvarende graafschap raakte door onderlinge twisten van de feodale rebellen spoedig goeddeels verwoest. *Hij* had dit kunnen voorkomen als hij zich niet als een humane, zachtmoedige klootzak had gedragen. Alsnog doet de woede hierom hem beven. Dan denkt hij in het zwart beweging te zien, ongeveer ter hoogte van zijn knie. Stilletjes pakt hij zijn kleine dolk uit zijn jaszak en doorsteekt in den blinde een onvoorzichtige rat die nu gierend ligt te zieltogen voordat zijn strot wordt doorgesneden.

*

Elk besef van tijd is hij kwijtgeraakt, het voelt alsof hij half verdoofd is nu hij alleen maar hazenslaapjes kan doen voordat de ratten, allengs brutaler, hem weer belagen, in zijn vingers bijten of over zijn benen lopen, wat hem ertoe brengt er nu en dan een te doorsteken, zodat er weer vlees is voor de andere ratten en ze hem voor korte tijd met rust laten, en zo komt hij zijn laatste tijd door, en het water is bijna op, en daarom vermoedt hij dat zijn opsluiting onderhand vier of vijf etmalen heeft geduurd, al denkt hij geregeld dat het veel langer is, en de koorts heeft hem ook bevangen, hij gloeit er onderhand van en begint de wankele greep die hij op zijn situatie had verkregen weer te verliezen, en daarom vecht hij tegen zijn ineenstorting, want nog steeds heeft hij het voornemen enkele afsluitende omgangen door zijn gedachtewereld te maken, alsof hij alle draden van zijn leven in de finale fase nog behoorlijk wil afhechten zonder een enkel los eindje achter te laten, maar eigenlijk begint hij weerloos te worden doordat de oplopende lichaamshitte zijn voor de dood beduchte ziel aan kracht doet winnen ten koste van zijn werkend verstand, de basis van zijn geest die nu ook al aan het vertroebelen raakt en ten prooi valt aan hersenschimmen en de weeën van het geheugen waarin zo veel verdwaalde angsten en smarten zijn opgeborgen en die nu de vrije loop krijgen en hem belagen zodat hij tot zijn bijna verlammende schrik ineens Osemund en een roedel huurlingen tegenover zich weet, van zins hem met hun reuzenzwaarden aan prut te hakken, hoewel hij kans ziet hen te weerstaan met onwaarschijnlijk veel kracht en geweld, met duizelingwekkende slagen van het staal, waarna ze jammeren en huilen, en zelfs die monsterlijke kaalkop als een kleuter zit te krijsen terwijl hij zijn afgeslagen hoofd in zijn handen koestert, en dat te moeten zien doet hem ook weer zeer, al is het die ploert zijn eigen schuld dat hij nu gekeeld is, hij heeft het zelf uitgelokt, nu geen erbarmen, godverju, iedere snoodaard komt immers op een dag zijn meerdere tegen, net als die klootzakken van Brabanzonen die denken dat je van de oorlog je nering kunt maken, dat je ervan kunt leven, ja eeuwig leven wanneer je als een afgemaakte hond in het gras ligt weg te rotten en de stankwolken die aan je vlees ontsnappen de bloemen doen verwelken, en dan kalmeert hij en hoort zichzelf zwaar maar regelmatig ademen en hij ziet lieflijke poelen, een enkele ondiepe zeearm op de geestgronden van Sint-Odulfus waar je het grootste deel van het jaar in kunt waden, want alleen in de winter wordt het te koud, en je wordt zo rustig van dat waden, net als wanneer je 's zomers blootvoets langs de vloedlijn loopt en de kleine golven steeds je voeten overspoelen en je beter dan ooit kan nadenken over wat magister Arnulf je heeft onderwezen over grammatica, over de letteren uit de antieke wereld, de passages die hij je laat lezen, als voorproefje, zoals hij steeds zegt, en dat is waar want binnen afzienbare tijd lees je zulke schrijvers zelf, met alle vragen die dat oproept, met zo veel woorden en constructies die je nog niet kent, hoewel je reeds vervuld raakt van een andere geest en ziel; een betere dan waarin hij moet zien groot te worden, en vroeg of laat zal hij het klooster achter zich laten, en hij zal zich wagen in het weerbarstige woud der wereld waar uiteindelijk de wolven regeren, een terrein waarvoor hij denkt genoeg moed te hebben, ja moed! die mettertijd toch ook weer van hem zal wijken, misschien omdat hij ervan overtuigd raakt vooral een man van liefde te zijn, en die liefde heeft hij naarstig gezocht en soms gevonden en hij weet inmiddels beter dan wie ook hoezeer een mens alleen is in het ondermaanse, want ook de liefde is een luchtspiegeling van de ziel die je beter niet al te serieus kunt nemen, omdat er zo veel smart door wordt vermeerderd, en daarom is het beter naar eenvoudige warmte te zoeken, naar gezelschap met esprit, naar een dierlijke samenligging die het lijden tempert en niet aanwakkert, en zoiets is natuurlijk achteraf mooi bedacht, maar zo is het niet gegaan, er waren immers liefdes, van een verbazende diversiteit, en hij is niet het soort man om de narigheid en het verdriet die eruit voortkwamen te blijven koesteren met een ziel in zwarte gal gedrenkt, en daarom wil hij in gedachten zijn geliefden van toen zoeken, gewoon om ze nog even in zijn buurt te hebben en nog enkele ogenblikken te beleven hoe het was, de verrukkingen te ondergaan die ze wisten op te roepen, zoals de weduwe Aleida, met wie hij een onvergetelijk herdersuur beleefde kort voordat hij zich ging aangeven en tot wie hij nog zou willen zeggen dat het geweldig zou zijn als ze het laatste deel van zijn bewerking van *Izegrim de wolfsmonnik*, die hij van een wijdlopig gedicht omsmeedde tot een versoberde, krachtige versie, aandachtig zou doornemen om verbeteringen aan te brengen, want zij, meesteres over het Diets, is in staat met haar ingrepen een tekst groter zeggingskracht te geven, de versregels te doen tintelen, en natuurlijk deed ze hem wat de letteren betreft vaak aan Wijchje denken, maar als het om Wijchje gaat zijn vooral zijn vroegste herinneringen niet vertroebeld, het gaat hem om de vrouw die als een roodharige nimf ooit Occitaanse liederen zong onder een kastanjeboom vol bloesems, liederen van de wereld, waarin ze met haar stem een betoverende warmte legde die hem deed besluiten haar te volgen, in plaats van zijn geluk in Montpellier en omgeving te beproeven, in de buurt van zijn zoon, en dat hij zonder door twijfel te worden geplaagd met Wijchje naar het noorden reisde om daar een nieuw leven te beginnen, daarvan begrijpt hij nu in het zwart van zijn dodenkluis helemaal niets meer, en hij kan het ook niet meer navoelen nu, hoe graag hij ook zou willen nog eenmaal de warmte van haar zielsgloed te ervaren, zij, ijlend van minne die toen nog meestentijds ondermaans was en niet los van de wereld raakte door die ellendige mystieke wanen, godverju, zoals zijn liefde voor Adelina op een dag verdwenen was en hij nu in zijn laatste woelingen haar toch weer in zijn nabijheid probeert te lokken, de vrouw die hem in het duister overviel en hem een levensgroot mes op de keel zette om hem tot de daad en een overspelige eed te dwingen, ja met het zicht dat hij nu in het zwart heeft ontwikkeld zou hij haar in dat duister van zijn kamer in La Couronne direct hebben herkend, maar wat geeft het ook, het beeld is er, net als andere beelden van ooit kostbare omhelzingen, alleen: hij kan er niets meer bij voelen, het zijn lege beelden geworden, en dat verdriet hem alsof hij haar daarmee tekortdoet, de moeder van zijn zoon die niet haar heerszuchtige natuur geërfd heeft maar de zijne, en dat feit zal Alberic gedurende zijn leven nog genoeg opbreken, maar evengoed: leef, lieve jongen, en versmaad geen der verlokkingen die op je pad komen, want onthouding maakt ons tot knaagdieren op een gortdroge, stuivende vlakte, en je wordt ook zo lelijk en achterbaks van al dat hongeren en stil begeren, en hoewel afzien en onthouden hem zelf jaren werd ingeprent, waarbij de zweep van Glinus de ernst van deze zaak moest onderstrepen, heeft hij zichzelf nooit iets ontzegd, zonder trouwens ooit gulzig te zijn geweest, behalve in het bezitten van die kleine frêle Sofia, lief slim oprecht meiske, en daarbij een klein wonder van erotiek, gek eigenlijk dat hij haar niet meenam toen hij Parijs verliet, in plaats daarvan nam hij bruusk afscheid van haar, al was het minder bruusk dan zijn vlucht uit Koekelbeke toen hij Veerle zonder een woord achterliet, achter moest laten, het kon niet anders, hij durfde haar immers niet te vertellen waarom ze hem zochten, waarom over hem een pauselijke banvloek was uitgesproken, en zo was hij opeens weg, van dat warmbloedige wezen waarin geen kwaad stak, dat zachtmoedig was en oprecht, volkomen oprecht, iets wat hemzelf onbekend is, en zijn onverhoedse vertrek moet haar heel zwaar zijn gevallen, en omdat hij zich er altijd schuldig over heeft gevoeld lukt het hem nu niet haar naar zich toe te halen, haar nog eens krachtig te koesteren, en dat doet zeer, en daarmee is wat een ommegang had moeten worden opeens voorbij, het was meer een krabbengang, een loopje met hindernissen en veel gestroffel, het heeft geen zin meer, de kracht ontbreekt hem, de beschouwing over wat hij heeft geschreven kan in enkele gedachten worden afgehandeld: de tweede droom van zijn oorspronkelijke dichtwerk, over de vraag hoe van Enclavia een nieuwe samenleving te maken, zit wat de praktijk betreft verdomd goed in elkaar, het leerdicht leest ook nog eens heel prettig en is optimistisch van toon, maar wijsgerig rammelt dit onderdeel van het tweeledige werk, want het fundament van een land, een staat, een republiek bestaat voor een aanzienlijk deel uit een samenhangende ideeënwereld, een mythologie desnoods, en daarin is hij tekortgeschoten, en ook dat doet zeer, net als zijn handen die door rattenbeten zijn verwond, die stinkende beesten ruiken dat hij over niet al te lange tijd de geest gaat geven, als hij de kracht had zou hij er weer een paar doorsteken zodat er voer is voor hun soortgenoten, maar hij is te verzwakt, te koortsig, te dorstig, en hij heeft alle resterende kracht nodig om zijn eigen noodlot onder ogen te zien, want hij zal in het niets verdwijnen, nou ja, was het maar zo, hij zal in de magen van uitgehongerde kerkratten verdwijnen, tot het laatste kootje, en terugkeren als een verzameling vunzige rattenkeutels waar vliegen vergeefs hun eitjes in zullen begraven, want het is hier veel te koud om nieuw leven te laten uitbroeden in de stront, die ratten echter hebben zich wel vermenigvuldigd, en nu komt het erop aan dat ze niet aan hem beginnen te knagen voordat hij dood is, dat ze niet aan zijn neus en lippen en oorschelpen gaan vreten zolang hij nog bij vol bewustzijn is, en hij zoekt zijn dolk en vindt hem niet, en na lang zoeken in zijn jas ook niet, om zich heen ook niet meer en nu moet hij zich verbijten om niet gek van angst te worden, en dan gebeurt er iets merkwaardigs: die vijf zes zeven, misschien wel tien of meer ratten die hem omsingelen en belagen, die over hem heen lopen alsof het de gewoonste zaak van de wereld is, die schrikken en vliegen ineens met roetsjende geluiden alle kanten op – en waarom eigenlijk? – en dan vermoedt hij dat door het zwart heen een groot dier op hem toe sluipt, en het doet hem denken aan de eerste avond met Hincmar toen ze een schaakpartij speelden en hij ook werd opgeschrikt door zoiets, vreemd, er is iets van licht om dat zwarte dier, een levensgrote kat, een aura van stofgoud lijkt het wel, en het is Salim, hij weet het zeker, de onvolprezen liebaard, hij voelt hoe het fraaie lijf zich naast hem uitstrekt en dan tegen hem aan gaat liggen, en hij is zo perplex om wat er gebeurt dat hij zich niet durft te bewegen, hij durft het dier niet te aaien, bang dat het alleen maar een hersenschim is, al lijkt dat onwaarschijnlijk: hoor de liebaard snuivende geluiden maken zoals hij altijd doet als hij gaat slapen, en hij voelt de dierlijke warmte aan zijn flank, en hij ruikt die heerlijke vacht van Salim, en behalve dit alles doemt nu ook het beeld op van Alberic, inmiddels een grote jongen, en ook van Eefje, die nog klein is en door de tuin in Moerloo trippelt, en dan begrijpt hij dat hij lang genoeg heeft gewaakt, eindeloos heeft hij hier moeten waken, nu is het tijd om in te slapen, en hij slaapt in op de gonzende ademhaling van het aanbeden roofdier en het laatste wat hij voelt is de gladde vacht van Salim, waarop hij toch zijn hand heeft gelegd.

11

Achteraf kon Willem zich er niet veel meer van herinneren. Wel van die droom, een euforiserende droom. Hij liep door straten waarlangs hele ploegen bezig waren huizen te bouwen. Hij hoorde het gehamer van de timmerlieden, het tikken en kloppen van metselaars, het klakken van stenen tegen elkaar. Hij liep in de schaduw en toen opeens viel er zijdelings licht op zijn gezicht en dat verdroegen zijn ogen niet. Heel even werd hij wakker en hoorde mannen, onbekenden, op een gedempte manier met elkaar spreken. Ze pakten hem beet en trokken hem over de stenen vloer en hij zag door zijn krampachtig gesloten oogleden dat er nog meer licht om hem heen was, en hij voelde aan de veranderde lucht dat hij niet meer in de kluis was. Toen werd hij opgetild en ze legden hem in een kist met een bodem die zacht aanvoelde doordat hij met gevouwen paardendekens was bedekt. Hij schrok zich wild: dachten ze dat hij dood was, en gingen ze hem begraven? Met zijn laatste krachten probeerde hij zijn hand op te tillen, geluid uit zijn keel te laten ontsnappen. Iemand zag het en zei, steeds met gedempt stemgeluid: 'Rustig maar, we nemen je mee, de stad uit. Die kist gaat dicht, geen paniek, er zijn luchtgaten. Geen kik, laat je niet horen.'

'Wa-ter,' kermde hij op fluistertoon.

'Wat zei je? Ik maak een doek nat, die leg ik op je mond, dan verslik je je niet.'

'Water,' bracht hij uit, 'waa-terr.'

Sommige momenten na zijn bevrijding kon hij zich nog herinneren. Hij wist vagelijk nog dat de kist waarin hij lag, inmiddels gesloten, op een wagen stond, waarmee ze stapvoets door de stad gingen. Al spoedig gleed hij weer weg in diepe slaap. Hij schoot pas weer wakker toen ze al door open land gingen over een pad vol kuilen. Een paar keer sloeg zijn hoofd tegen het zijschot van de kist. Later werd de weg beter, waarschijnlijk trokken ze door een zandgebied. Opnieuw gleed hij weg in een afgrondelijke slaap en toen hij daaruit ontwaakte lag hij ontkleed in een bed en was het nacht. In het eerste ochtendlicht zat hij misselijk en duizelig op de rand van dat bed en hij begreep dat hij zich in een landhuis bevond.

Nadat hij weer wat op krachten was gekomen, leefden zijn gedachten op en kon hij niet anders dan terugdenken aan de gewaarwording die nog nagloeide in zijn geest. Eerst scheen het hem dat hij in de kluis, door koortsen verzwakt en bereid te sterven, door Salim in een ultieme droom was bezocht. Die droom evenwel was in zijn herinnering dermate fabelachtig en zo indringend en waarachtig dat het leek alsof hij werkelijk herenigd was geweest met de liebaard. Hij lag op bed, dwalend door zijn gedachten en diepere herinneringen, en probeerde nogmaals te beleven wat hij in zijn vermeende, door koortsdromen verhitte, laatste uren in de dodenkluis had meegemaakt. Urenlang zweeg hij, vermeed zijn ogen te openen wanneer een van de twee bedienden hem vroeg of hij iets nodig had en zond hen heen met afwerende gebaren. Hij peinsde en sliep en peinsde opnieuw. Na eindeloze overdenkingen, na veelzijdige bespiegelingen, na verbijsterende vermoedens die steeds dieper tot hem doordrongen, fluisterde hij tegen zichzelf: 'Ik heb Salim geroken, ik heb zijn lijf en warmte gevoeld toen hij tegen me aan ging liggen, ik heb zijn vacht gestreeld en ben met mijn vingers zachtjes door zijn haren gegaan. Die ervaringen waren als vanouds. Dat kan toch geen ijlkoortsige hersenschim bewerkstelligen? En daarbij: hij moet er zijn geweest, anders waren al die ratten toch niet weggestoven? In de laatste uren dat ik in die kluis zat, heb ik er geen enkele rattenbeet bijgekregen. Die ik had, vooral in mijn handen, dateren van de tijd ervoor. Ze zweren niet meer, ze zijn genezen.' Elke keer als hij voor zichzelf verwoordde wat hem was overkomen lag hij met een bijna gepijnigde uitdrukking op zijn verwilderde gelaat te overdenken wat echt was en wat gedroomd. Hij deed er dagen over voordat hij de woorden: 'Is mij dan een wonder geschied?' durfde uit te spreken, zonder op deze vraag een bevestigend antwoord te willen geven. Hij neigde er veeleer toe om zich wederom in de beleving van dit vermeende wonder (dat zo niet mocht heten) onder te dompelen en dan zijn hele geest voor de zoveelste keer te onderzoeken op zaken die hij wellicht over het hoofd had gezien.

Verspronck had erop gerekend dat Willem eenvoudigweg zou worden vrijgesproken van de zweepmoord op Elmus. Als het eenmaal zover was zou hij ervoor zorgen dat Willem, nog steeds in doodsgevaar door die pauselijke banvloek, werd afgevoerd naar Aken, of zelfs naar Keulen, waar hij onder een andere naam een nieuw bestaan kon opbouwen, bijvoorbeeld als vertegenwoordiger van het handelshuis. Zo had het kunnen aflopen, als zich toen niet twee complicaties hadden voorgedaan. Het proces tegen Willem kreeg onverhoeds een vervolg nadat de bloedhond Bizarri enkele geschriften in Willems huis te Moerloo had aangetroffen die door de adviserende prelaten gretig als godslasterlijk werden gekwalificeerd. En Geeraert zelf werd in de aanloop naar dat procesvervolg zwaar ziek – hij piste bloed en steentjes – en was in de cruciale episode niet in staat zijn invloed in de vierschaar nog te laten gelden. Toen hij weer op de been was, hadden de schepenen reeds een kapitaal vonnis gewezen en was Willem sinds enkele dagen in een dodenkluis opgesloten. Toen Verspronck de betrokken schepenen daarover sprak, werd hem algauw duidelijk dat zij achteraf vol twijfel waren over de straf die ze hadden opgelegd. Het waren de drie prelaten geweest, gesouffleerd door de inquisiteur, die als adviseurs hun wil aan de minder ingewijde leden van de schepenbank hadden kunnen opleggen. Die Willem alias Beda was een duivelse figuur, een gif voor de christenwereld, en een doodvonnis was de enige passende genoegdoening voor zijn halsstarrige godsverachting. Verspronck had het viertal duidelijk gemaakt hoe graag deze hogepriesters van de moederkerk een man als Willem dood wilden hebben. Immers, door zijn geschiedenis raakte hun heilige Elmus bevlekt en werd zichtbaar hoezeer Walbertus en zijn kerkelijke rechtbank in deze zaak indertijd volledig hadden gefaald. Allengs begreep het viertal dat zij waren misleid door de geestelijken, dat ze zich de les hadden laten lezen, dat ze zich een wreed en onrechtvaardig vonnis hadden laten opdringen. Ze waren nu vol wroeging en betreurden hun zwakheid.

Onderhand begon het vijfde etmaal van Willems verblijf in de dodenkluis.

Verspronck zei: 'Laat mij het nu ogenblikkelijk regelen. Op dezelfde geheime wijze zal ik de veroordeelde laten bevrijden, zoals hij eerder in het grootste geniep werd ingemetseld. Goede kans dat hij nog leeft.' Maar hij dacht huiverend aan Willems woorden over een eventuele finale aderlating, mocht alle hoop vervlogen zijn. 'Dan hoeven jullie er ook niet 's nachts wakker van te liggen.'

En zo was het gekomen dat een nacht later een tweede geheime operatie plaatsgreep in de kathedraal en Willem meer dood dan levend werd bevrijd.

En nu, een kleine week later, bezocht hij Willem, die in zijn landhuis domicilie had gekregen om er te herstellen van alle beproevingen. Verspronck trof een man aan die op een vreemde manier in zijn toch al getekende gelaat uitdrukking gaf aan hevig geestelijk lijden. Kon het zijn dat Willem nog niet helemaal terug was in de realiteit? Hij was in zichzelf gekeerd, en wanneer hij zich wel met een ander verstond, leek hij steeds door zijn eigen gedachten te worden afgeleid. Zijn geestkracht had Willem nog niet terug. Zijn lichaam leek wel vlot te zijn hersteld en dit straalde zijn houding ook uit. Het betekende dat Willem met een klein escorte binnenkort naar Aken kon vertrekken om zich daar voorlopig te vestigen.

Die avond zaten beide mannen weer tegenover elkaar aan de eettafel in een ruime, door flambouwen verlichte kamer, die door een haard werd warm gestookt. Hoewel Verspronck veel op het spel had gezet om Willem te behouden, voelde hij zich toch bezwaard, vooral over de richting en uitkomst van het proces. Niet dat Willem zijn gastheer en weldoener ook maar een zweem van verwijt had gemaakt of daar in zijn gedragingen op zinspeelde. Of kwam dat juist door Willems als het ware slechts gedeeltelijke aanwezigheid hier, zijn gebrek aan esprit?

Verspronck schonk hun glazen nog eens vol met een zware wijn en zei: ‘We moeten een aantal zaken regelen voordat je hier weggaat.’

‘Wanneer vertrek ik?’

‘Overmorgen in de vroege ochtend. Vandaar de regelingen die getroffen moeten worden. Om het makkelijk te maken: ik wil je huis in Moerloo kopen.’

‘Hoe moet dat? Ik ben er toch niet meer?’

‘Officieel ben je er nog wel. Er zijn ook geen processtukken meer inzake je veroordeling. Niettemin kun je hier niet blijven. Kijk hier eens.’ Verspronck haalde een document tevoorschijn en schoof het Willem toe.

Willem staarde naar een koopakte van zijn huis, een geantedateerd document. Hij vond de prijs wat aan de zuinige kant. Toch zei hij: ‘Akkoord,’ en glimlachte.

'Je hebt me eerder een vel gegeven met toewijzingen van geld naar bepaalde personen. Is dat nog volgens je wil en verlangen? Of wil je de bedragen aanpassen?'

'Dat laatste, ja. Ik zal een nieuw lijstje voor je maken. Wijchje, mijn gewezen echtgenote, valt af. Die hoeft niks van me, heeft niks nodig, ze leeft liever van de wind die vanuit de hemelen waait. Maar mijn beide diensters uit Moerloo, Joni en Marise, wil ik toch meer schenken dan eerder bepaald. Dan kunnen ze trouwen, die meiden hebben onderhand de leeftijd. En er is nog een schenking aan de weduwe Aleida. Je kent haar vast wel. Die kan ook wel wat groter. Ik zet een bedrag neer; keer dat vijf jaar achtereen uit aan haar. Als je dat wilt laten doen en erop toeziet?'

'Natuurlijk. Daar heb ik mensen voor die ik blindelings kan vertrouwen.'

'Morgenochtend krijg je het document.' Willem zweeg, leek ineens in gedachten.

Verspronck wenkte de bediende die hout gebracht had voor de haard en fluisterde hem iets toe. De man knikte en kwam even later terug met een leren buideltas.

Willem schrok op. 'Mijn schrijfsels!'

'Er ontbreken enkele geschriften. Dat betwiste, profetische dichtwerk van je en een wijsgerig dichtwerk over geest en ziel. Sleeuws schijnt ze aan de bisschop te hebben overhandigd.'

'Dan zal die ze inmiddels wel hebben verbrand.'

'Dat denk ik niet,' zei Verspronck. 'Het zijn trofeeën voor ze. Die bewaren ze in een speciale hoek van hun archief.' Hij pakte de tas en reikte hem Willem aan. 'Ik hoop dat de rest ongeschonden is.'

'Ik dank je,' zei Willem terwijl hij voorzichtig opstond, zonder eerst naar de inhoud van de tas te kijken. 'Hoogste tijd om naar m'n nest te gaan. Ik kan niet meer.' Willem sleepte zich met de tas tegen zich aan gedrukt naar zijn slaapvertrek.

Terwijl hij met kleren aan op zijn sponde lag, dacht hij aan het kortschrift. Eerst wist hij niet waar hij het had gelaten. Toen herinnerde hij zich de ruimte in de voering van zijn jas. Waar zou die zijn? Hadden ze het kledingstuk wellicht in een wasteil laten weken, omdat het meurde als een bunzing? De volgende dag vond hij de jas gewoon tussen zijn andere kleren. In de voering zat het pakje kleine vellen waarop hij het kortschrift had gekrabbeld. Zijn jas was niet gewassen en stonk vreemd genoeg in het geheel niet. Sterker nog: zijn jas rook fris en op sommige plekken naar Salim. Waar was die ellendige geur van rattenzeik dan gebleven? Verdwaasd zat hij op bed met het kledingstuk en het stapeltje behouden vellen op zijn schoot. Het idee dat hij dankzij een godswonder was behouden drong zich opnieuw aan hem op, sterker dan ooit. Zolang hij het niet begreep wilde hij zich niet gewonnen geven.

12

Het was de vroege ochtend van zijn vertrek. Het escorte was de vorige middag gearriveerd. Vijf ruiters, een rijtuig met twee paarden en twee mannen op de bok. Men had zijn paard ook meegenomen uit Gent. De kleine stoet was klaar voor vertrek. Verspronck en Willem waren nog binnen.

'Alles nu besproken en geregeld?' wilde Geeraert Verspronck weten. 'Maak je dus geen zorgen over je geld. Je kunt die promesse verzilveren op ons comptoir in Aken. De rest komt spoedig je kant op.'

'Over één ding heb ik het nog niet gehad,' zei Willem. 'Ik ga weliswaar nu naar Aken, maar mijn eigenlijke doel is Montpellier. Daar heb ik nog een zoon rondlopen. Die wil ik terugvinden.'

'Over drie maanden vertrekt een konvooi van ons vanuit Aken naar Montpellier. Je kunt zo mee.'

'Als het kan wil ik daar blijven,' zei Willem. 'Een kleine wijngaard kopen, en daar hoort eigenlijk een schuur met twee stookketels bij.'

Geeraert was enthousiast over de destillaten die Willem eerder in Moerloo had gemaakt. Het was nog goede handel ook. Niet alleen die brandewijn, ook de wondreiniger. Willem was een vernieuwer, en dat bewonderde hij in hem. Wie weet wat hij in Montpellier nog tot stand zou brengen. Drie tellen dacht hij na en zei toen: 'We kunnen samen reizen naar het zuiden. Al heel lang wil ik die kant uit, zoals je weet. Volgens de laatste berichten is het er redelijk rustig. Ik leg mijn ambt binnenkort neer, kandidaten genoeg in mijn grote familie. Dan kom ik naar Aken.'

'Goed idee,' zei Willem.

Ze liepen naar het erf. Daar namen ze afscheid, hartelijk.

'O ja,' zei Geeraert. 'Het is misschien wel slim dat je een andere naam aanneemt.'

'Wat je zegt,' zei Willem. 'Ik weet er wel een.'

'Vertel maar.'

'Reinaert.'

'Ja, dat past je.' Geeraert liep mee het erf op. De kiezels knarsten onder hun laarzen.

Met een zucht besteeg Reinaert zijn paard. De stoet kwam in beweging. Geeraert staarde hen na, stak nog eens zijn hand op. Verderop, waar het bos begon, maakte de zandweg een flauwe bocht. Even later was de kleine stoet uit het zicht verdwenen.

Naspel

'Pablo, stoute kat van me. Kom maar op schoot. Kom dan...'

De roodbruine kat is op mijn schrijftafel gesprongen. Daarop liggen twee stapels printpapier. Pablo snuffelt eraan en kijkt dan onbewogen naar me. Ik schuif mijn stoel iets naar achteren zodat er meer ruimte ontstaat. Het dier springt meteen op schoot en wenst te slapen.

Mijn roman is eindelijk af. Nou ja, als ik na enige tijd het hele verhaal weer doorwerk begin ik stellig op de ene bladzijde zinnen te schrappen, om elders weer passages toe te voegen. Met zo'n lijvig typoscript kun je nog lang in de weer blijven.

Wat heeft mij bezield in de voorbije jaren? Het valt moeilijk te begrijpen dat ik – na de verwerving van een stokoud verzamelhandschrift vol met onbekende originelen – niet dag en nacht heb gewerkt aan grotere en kleinere publicaties hierover, maar mijn meeste energie heb gestoken in het schrijven van een roman. Het geheimzinnig kortschrift dat ik niet wist te ontraadselen staat natuurlijk aan de wieg van deze zonderlinge keuze. Getergd zocht ik mijn toevlucht in de verbeelding om langs die weg toch een verhaal te vinden. Mijn geval doet denken aan wat Aristoteles eerder aan zijn leerlingen voorhield. Deze wijsgeer verhief de dichtkunst van het epos of de tragedie uiteindelijk boven de geschiedschrijving. Een geschiedschrijver namelijk tracht aan de hand van geschreven bronnen en getuigenverklaringen een waargebeurd verhaal te schrijven over een reeks door mensen en goden veroorzaakte voorvallen. Maar het verhaal van de dichter begint juist daar waar de geschiedschrijver zwijgt omdat zijn bronnen zijn uitgeput of verzegeld blijven. De dichter put uit de bron der verbeelding. En vreemd genoeg heeft dat verdichte verhaal dikwijls een tragischer problematiek en universeler zeggingskracht dan die werkelijkheidsgetrouwe geschiedschrijving. De dichter uit de antieke wereld heeft in onze tijd de gedaante aangenomen van de romancier.

Zo raakte ik verwijderd van mijn eigen professie, de historische letterkunde. Als romancier moest ik mezelf met vallen en opstaan uitvinden en vormen. Wat mij persoonlijk zo bevalt aan het schrijven van een historische roman is de vrijmoedige omgang met het verleden. Natuurlijk, je documenteert je uitvoerig over onderwerpen en de setting die voor je verhaal relevant zijn. Anders dan de historicus verricht je zulk onderzoek niet systematisch, maar speur je her en der naar verrassende en sprekende vondsten.

Door mijn vak was ik op het punt van de documentatie natuurlijk al aardig overvoerd. Maar het was zeker niet de bedoeling om al die historische kennis in de roman te reproduceren. Je bent als ingewijde zodanig vertrouwd met een oude wereld dat je het aandurft te fabuleren over personages of gebeurtenissen, waarover historische bronnen weinig of niets zeggen. Eigenlijk zoekt de romancier bewust naar de leemtes in de geschiedenis om deze met zijn eigen verbeelding op te vullen. Hij ziet schemergestalten die in de letterkunde 'literaire mystificaties' worden genoemd en deze herschept hij met denk- en boetseerwerk tot volwaardige personages. Hij schenkt ze een eigen leven, hij omgeeft ze met aannemelijke verzinsels, een vermenging van historische kennis en verdichting, opdat ze, met hun specifieke eigenschappen, kunnen figureren in een verhaal dat authentiek en waarachtig wil lijken. En hoezeer het genre zich ook van leugens en hersenspinsels bedient, het doel ervan is waarheden over het menselijk bestaan te onthullen. Zo ontstaat historische fictie die de voorheen donkere achterkant van de geschiedenis voor het licht wil brengen.

Het zijn grote woorden die ik hier neerschrijf. Zolang ik aan de roman werkte dacht ik nooit in zulke termen over mijn eigen werk. En nu het hier voor me ligt in print twijfel ik ook aan een dergelijke pretentie. Tot nu toe heeft niemand er iets van gelezen. Ik verzamel moed om het document met anderen te delen. Dit werk staat nogal haaks op de literaire tijdgeest van onze dagen, waarin het persoonlijke, het eigene en autobiografische zo populair is bij schrijvers en lezers. Een dergelijke mode kan toch niet alleen verklaard worden uit het gegeven dat media als radio en televisie, vooral de tv, op het drama en welvaartsleed, op de tragedie uit iemands leven verzot zijn omdat de problematiek van een verhaal daardoor concreter wordt, aanwijsbaar bijna. 'Kijk, daar zie je het huis waar mij jaren achtereen iets werd aangedaan.'

Het autobiografische is natuurlijk voor iedere schrijver materiaal om het metier te leren. Maar al dat persoonlijke gelamenteer, min of meer gefictionaliseerd, mag toch niet het eindpunt zijn van de romankunst. De echte uitdaging van de fictie is immers zich in een verhaal een wereld eigen te maken die heel anders is dan die waarin de schrijver leeft. Een kunstvorm van uiterste empathie.

Het scheppen en uiteindelijk voltooien van een roman is, ondanks al het dwalen en zwoegen onderweg, een heuglijke ervaring. Maar nu de roman er ligt, ongeveer af is, resteert een vreemd verdriet. En wat daarvan de precieze oorzaak is weet ik niet. Maar er is meer: ik voel me ook bevrijd en er is weer ruimte ontstaan voor mijn eigenlijke professie. Dat gevoel kwam langzaam terug toen ik in het derde deel van de roman was beland en de held afziet van zijn reis naar het zuiden en met zijn nieuwe geliefde naar de Lage Landen reist. Eenmaal weer terug in de Brabantse en Vlaamse contreien was ik op dermate vertrouwd terrein dat ik ook weer energie kreeg me te wijden aan de fabuleuze inhoud van het verzamelhandschrift.

Als eerste heb ik het dierenepos *Izegrim de wolfsmonnik* klaargemaakt voor publicatie. Alle eerdere lacunes in de transcriptie zijn inmiddels ingevuld – er resteren nog slechts enkele twijfelgevallen. Aan de tekst gaat een inleiding vooraf over de herkomst van het epos, de verkorting van de oorspronkelijke Latijnse tekst en vertaling ervan in het Diets. Er is iets merkwaardigs aan de hand met deze Dietse versie: ze valt uiteen in twee delen die een verschil in kwaliteit vertonen. Het eerste deel lijkt nauwlettend te zijn geredigeerd en is waarschijnlijk daarna van het bewerkte kladschrift overgeschreven. Het tweede deel evenwel doet denken aan een tekst in kladschrift die nog niet werd geredigeerd. Het is een moeilijk leesbare tekst vanwege de vele doorhalingen en inserties in priegelig schrift. Enkele fragmenten blijven hierdoor problematisch; wellicht dat ik deze vóór publicatie nog met enkele collega's kan bespreken. Het notenapparaat is aan de lijvige kant, maar toch nergens overdadig.

Daarnaast ben ik al behoorlijk op streek met de publicatie van de gedichten die onder de titel *Sancwijn bi nachte* bijeenstaan in het verzamelhandschrift. Ik ben er nog niet achter of ze oorspronkelijk zijn of toch uit het Latijn of Frans in het Diets zijn vertaald. Dat laatste lijkt me het meest aannemelijk. Het voorbije jaar heb ik nu en dan gewerkt aan een vertaling van deze verzen in het Nederlands. Het lijkt me geweldig de Dietse en moderne tekst synchroon te publiceren.

Aan deze kleine stroom van publicaties gaat natuurlijk die over het verzamelhandschrift vooraf. De uit de hemel neergedaalde codex, deze monumentale serie geschriften van wellicht een enkele auteur, dient met een eigen inleidend werk aan de wereld te worden gepresenteerd. Een dergelijke studie zal de nodige codicologische uiteenzettingen bevatten. Dit werk zal ik in de nabije toekomst schrijven, wanneer ik weer helemaal *nuchter* ben.

Nu moet ik een van mijn beraamde plannen uitvoeren om de toekomst enigszins veilig te stellen. Ik zal het verzamelhandschrift aanbieden bij de Koninklijke Bibliotheek van Brussel. Die krijgt de codex in eigendom onder voorwaarde dat ze een leerstoel bij de Vrije Universiteit te Brussel voor een periode van twaalf jaar zullen financieren. In die positie wil ik een eigen onderzoeksgroep leiden. Tegelijk wil ik vrijgesteld worden van bestuurlijk geharrewar, van jacht op subsidies bij Europese fondsen. Valt dit niet te regelen dan bied ik de Koninklijke Bibliotheek aan het stokoude boekwerk te kopen. Voor anderhalf miljoen euro. Een vriendenprijs. Ze zullen toehappen in de wetenschap dat er in Den Haag ook een Koninklijke Bibliotheek bestaat, waar ze desnoods het dubbele bedrag willen betalen. Alle pagina's heb ik nauwgezet gefotografeerd; ik kan thuis zo aan het werk. Linksom of rechtsom zal het me wel lukken iets draaglijks te regelen voor de laatste onderzoeksfase van mijn academische leven.

Voorzichtig haal ik de kartonnen doos met daarin het verzamelhandschrift uit de grote lade van mijn schrijfbureau. Pablo op mijn schoot richt zijn kop op als ik het in leer gebonden boekwerk uit de doos haal en voor me neerleg.

'Wat denk jij, Pablo, zullen we de perkamentvellen van het tweede kortschrift onder het dekblad aan de achterkant laten zitten? Of is het toch beter ze eruit te halen voordat we dit oude boekwerk verkopen? Dan hebben we het maar in bezit, net als het eerste deel. Wie weet kunnen we beide delen met behulp van een vaardig computerprogramma op een dag ontraadselen. Het zou mij niet verbazen als beide delen samen de verheimelijkte versie van dat zogenaamde boek van Madoc vormen. Met de decodering ervan kunnen wij dan weer scoren. Jij ook, stout roofdier, als feitelijke ontdekker van dit raadseldocument. Het tweede kortschrift eruit halen geeft natuurlijk enige schade, maar ik weet hoe we dit voorzichtig kunnen doen. Daarna laten we de restaurateur hier aan huis komen, voordat we met het verzamelhandschrift naar Brussel tijgen. Nou, vind je dat een goed idee?'

Pablo op mijn schoot is ineens klaarwakker. Terwijl hij blijft liggen strekt hij zijn voorpoten en spreidt zijn lange nagels uit. Het dier begint te spinnen, maar stilaan gaat dit vredige geluid van hem over in gegrom en ingehouden geblaas.

Dankbetuiging

Voor hun hulp en commentaar dankt de auteur Jessica Witte, Eva Baaren, Jaap Dros, René Huigen, Sipko Melissen, Femmy Witte en Martin Vlaming.

De op pagina 82–84 aangehaalde versregels uit de *Ecloga Quarta* van Vergilius komen uit het boek *Bucolica – herdersgedichten*, ingeleid, vertaald en toegelicht door Anton van Wilderode. Uitgeverij Orion, Brugge 1980.

De op pagina 419–420 aangehaalde strofen uit de Occitaanse minnelyriek zijn vertaald door Ernst van Altena en vindt men in zijn boek *Daar ik tot zang word aangespoord – Occitaanse troubadours 1100–1300*. Uitgeverij Ambo, Amsterdam 1987.

Inhoud

Colofon

Willem die Madoc maakte van Nico Dros werd in opdracht van Uitgeverij Van Oorschot te Amsterdam gezet uit de Janson door Perfect Service te Reeuwijk, en gedrukt en vervaardigd als hardcover door Wilco te Amersfoort. Het omslagontwerp werd vervaardigd door Studio Jan de Boer.

De auteur ontving voor het schrijven van dit boek een werkbeurs van het Nederlands Letterenfonds.

Nederlands letterenfonds
dutch foundation
for literature

www.nicodros.nl